KAREN ROBARDS es autora de más de cuarenta novelas, varias de las cuales han figurado entre los libros más vendidos de Estados Unidos. Entre otras muchas, destacan *El ojo del tigre*, *Corazón negro*, *Susurros a medianoche*, *Deseo bajo el sol*, *Confiar en un extraño*, *Desaparecida* y *Perseguida*. Muy popular entre las lectoras asiduas al subgénero histórico, ha hecho incursión, con igual éxito, en el género del suspense romántico contemporáneo. Ha recibido varias distinciones, entre ellas un Romantic Times Career Achievement Award y seis premios Silver Pen otorgado por la revista *Affaire de Coeur*.

www.karenrobards.com

Título original: *Superstition*
Traducción: Laura Paredes
1.ª edición: junio, 2017

© Karen Robards, 2005
© Ediciones B, S. A., 2017
   para el sello B de Bolsillo
   Consell de Cent, 425-427 - 08009 Barcelona (España)
   www.edicionesb.com

Printed in Spain
ISBN: 978-84-9070-384-7
DL B 8119-2017

Impreso por NOVOPRINT
            Energía, 53
            08740 Sant Andreu de la Barca - Barcelona

Superstición

KAREN ROBARDS

*Este libro es para Jack,
que siempre es tan bueno,
con muchísimo amor*

Agradecimientos

Muchas gracias a todas las personas que han hecho posible este libro: a Peter Robards, por su incansable apoyo técnico, sin el cual, francamente, no habría sabido qué hacer más a menudo de lo que me gustaría admitir; a Christopher Robards, por sus valiosísimas críticas de mi argumento y/o sentido del humor; a Jack Robards, por ver siempre el aspecto positivo de las cosas; a Doug Robards, que guarda el castillo mientras yo estoy absorta escribiendo; a Peggy Kennady, por su ayuda documental y por estar siempre ahí; a Robert Gottlieb, extraordinario agente; a Christine Pepe, que es una editora absolutamente maravillosa; a Lily Chin, por estar pendiente de todo; a Stephanie Sorensen, por hacer un trabajo publicitario tan bueno; a Dan Harvey, que me dedicó tanto tiempo cuando estuve en Nueva York; a Sharon Gamboa y a Paul Deykerhoff, por trabajar tanto para vender mis libros; a Leslie Gelbman, Kara Welsh, Claire Zion y a todo el grupo Berkley, y, por supuesto, a Carole Baron, con mi gratitud y mi reconocimiento por su apoyo y su amabilidad.

1

—¡Aléjese de mí! ¡Oh, Dios mío! ¡Auxilio! —gritó Tara Mitchell mientras corría por la casa mirando hacia atrás con los ojos desorbitados para intentar distinguir la figura borrosa del hombre que la perseguía.

Era delgada. Bronceada. Rubia. Tenía diecisiete años. Llevaba vaqueros, camiseta y tenía el cabello liso y largo. Dicho de otro modo, tenía el aspecto típico de una adolescente estadounidense. Si no hubiera sido por el terror que le contraía el rostro, habría sido más atractiva que la mayoría de las chicas de su edad. Incluso hermosa.

—¡Lauren! ¡Becky! ¿Dónde estáis?

Su llamada contenía una nota aguda de pánico. Resonó por las paredes y se mantuvo temblorosa en el aire. No hubo respuesta, excepto un gruñido de su perseguidor. Se estaba acercando, acortando la distancia que los separaba mientras Tara cruzaba el salón para huir de él y del cuchillo que llevaba en la mano y que reflejaba de modo inquietante la luz de la luna que se filtraba a través de las cortinas transparentes que cubrían las puertas de cristal del extremo opuesto de la habitación. Tara llegó a las puertas y tiró del picaporte frenéticamente. No pasó nada. Estaban cerradas con llave.

—¡Auxilio! —Dirigió una mirada desesperada hacia atrás mientras agarraba el cerrojo con tanto ímpetu que se oyó cómo arañaba con las uñas la madera que lo rodeaba—. ¡Que alguien me ayude!

Las puertas no se movieron. Tara desistió y se giró. Tenía la cara lívida. Una mancha oscura, acaso de sangre, se le extendía por la manga de la camiseta clara como una flor abriéndose despacio. Pegó la espalda a las puertas y fijó unos ojos aterrorizados en su perseguidor. Éste ya no corría. Una vez que había acorralado a su presa, se acercaba despacio y sin titubear. El jadeo de la muchacha se intensificó al darse cuenta de que se había quedado sin opciones. Aparte de las puertas cerradas a su espalda, la única salida de esa habitación era por las puertas correderas que daban al vestíbulo, las puertas por las que acababa de entrar corriendo hacía unos instantes. Estaban abiertas de par en par, con lo que dejaban entrar la luz suficiente de alguna parte lejana de la casa, una luz que le permitía distinguir el contorno de las cosas y la figura de su perseguidor.

Corpulento y amenazador, estaba entre ella y la puerta. Era evidente que no tenía la menor probabilidad de esquivarlo. Él también lo sabía, y se deleitaba en tenerla atrapada. Le habló entre dientes, sin que sus palabras fueran audibles. Movía el cuchillo despacio hacia arriba y hacia abajo frente a ella, como si no quisiera dejarle ninguna duda sobre lo que le esperaba.

Durante un par de segundos, el miedo de Tara casi fue tangible. Y, por fin, explotó. Corrió gritando hacia la puerta, intentando rodear al hombre. Pero él era demasiado rápido. Saltó hacia ella, le obstruyó la salida y la agarró. Le sujetó el brazo con una mano y tiró de ella atrayéndola. Tara chilló de nuevo, presa del terror y la desesperación.

El cuchillo se elevó, descendió...

Al verlo desde el sofá, donde estaba sentado muy erguido desde que algo, podía ser cualquier cosa, lo había despertado de lo que debía de ser su tercera cabezadita involuntaria del día, Joe Franconi sintió un sudor frío en el cuerpo.

—Como ya te he dicho, estás perdiendo los papeles, muchacho —observó irónicamente Brian Sawyer desde detrás de él. Brian tenía treinta y cinco años, medía metro ochenta de altura, era rubio y bien parecido. Y estaba muerto. Así que Joe pasó por alto su comentario para escuchar a la reportera de la televisión, que aparecía entonces sola en pantalla. La violencia ya no le iba, ni siquiera la televisada. Los crímenes auténticos podían estar de moda en televisión, pero para alguien como él, que había visto más de los que habría deseado en la vida real, no se incluían en la categoría de entretenimiento. Ni siquiera se le acercaban.

¿Por qué seguía mirando entonces?

Buena pregunta.

¿Por la reportera? Debía de tener alrededor de veinticinco años y era delgada, pelirroja con unos enormes ojos castaños; una mujer atractiva que hablaba con gran naturalidad. Pómulos altos. Piel de porcelana. Labios rojos, carnosos. De acuerdo, estaba buena. En su vida anterior, sin embargo, no había sentido nunca el menor interés por un busto parlante, por muy atractivo que fuera, y tras reflexionar sobre el asunto, se alegró de comprobar que su indiferencia hacia quienes aparecían en los medios de comunicación permanecía intacta.

No era la reportera. Pero había algo. Algo...

Para tratar de averiguar qué era ese algo, Joe frunció el ceño y se concentró en lo que la periodista estaba diciendo.

—Este mes se cumplen quince años desde que Tara Mitchell, de diecisiete años, fue brutalmente asesinada en esta casa —narraba la mujer.

Un plano de una mansión blanca anterior a la guerra de Secesión, otrora majestuosa y ahora deteriorada y descuidada, llenó la pantalla. De tres pisos, el edificio tenía porches dobles y columnas estriadas, y estaba rodeado de unas enormes encinas de Virginia con las ramas cubiertas de liquen y las hojas con el renovado color verde de la primavera. Como estábamos a principios de mayo, la toma era reciente. O quizá la hubieran tomado otra primavera. Fuera como fuese, la casa tenía algo que lo inquietaba. Entrecerró los ojos para intentar averiguar qué era. Las sombras que habían pasado a formar una parte ineludible de su vida seguían apareciendo y desapareciendo de los límites de su visión periférica, lo que no le facilitaba nada la concentración. Las ignoró. Eso se le estaba empezando a dar muy bien, lo mismo que ignorar a Brian.

La pelirroja de la televisión seguía hablando:

—Rebecca Iverson y Lauren Schultz desaparecieron. No se ha encontrado nunca ningún rastro de ellas. Lo que acaban de ver es una reconstrucción de lo que las autoridades creen que pudo ocurrir los últimos minutos de vida de Tara, según las pruebas encontradas en la casa. Esa noche, los padres de Lauren habían llevado a las chicas a cenar para celebrar el decimoséptimo cumpleaños de su hija, que sería al día siguiente. Becky, que tenía dieciséis años, y Tara tenían previsto dormir en casa de Lauren. Los padres de Lauren las dejaron en la casa hacia las diez y cuarto y fueron a ver a la abuela de ésta, que vivía a menos de un kilómetro de distancia. Cuando volvieron, faltaban veinte minutos para las doce. Andrea Schultz, la madre de Lauren, nos describe con qué se encontraron.

Otra mujer, de tal vez entre cincuenta y sesenta años, rubia, con los cabellos cortos, unos apagados ojos azules y una cara muy marcada por el tiempo o por el dolor, o por una combinación de ambas cosas, apareció en pantalla. Estaba sentada en un sofá color dorado, en lo que parecía ser un salón elegante. Un hombre de más o menos su misma edad estaba sentado a su lado. Tenía los cabellos grises, era un poco panzudo y lucía el aspecto de un ciudadano responsable. Le tomaba la mano.

La señora Schultz habló directamente a la cámara.

—Al subir por el camino de entrada, observamos que la única luz de la casa era la del cuarto de baño de la planta baja, pero eso no nos pareció extraño. Pensamos que las chicas se habrían acostado mucho antes de lo que habíamos esperado. Entramos por la puerta de la cocina. Mike, mi marido, dejó los donuts y la leche que habíamos ido a buscar para que desayunaran, y yo fui al vestíbulo principal. Cuando encendí la luz —le tembló la voz—, vi sangre en el suelo. No mucha. Unas cuantas gotas de unos dos centímetros y medio de diámetro, un reguero que se dirigía hacia el salón. Lo primero que pensé fue que una de las chicas se habría cortado. Empecé a llamar a Lauren y entré en el salón y di la luz. Tara estaba ahí, en el sofá. Estaba m... Muerta.

La señora Schultz se trabó con la última palabra y se detuvo con los ojos llenos de lágrimas; había perdido la compostura. El hombre, Joe supuso que era su marido, la rodeó con un brazo. Y entonces desaparecieron, y la reportera volvió a aparecer en pantalla, mirándolo con frialdad mientras proseguía:

—Esa noche, Tara fue apuñalada veintisiete veces, con tanta violencia que el cuchillo le traspasó el cuerpo hasta penetrar en el sofá por lo menos en doce sitios. Tenía los cabellos cortados hasta apenas unos milímetros de la cabeza. Y su rostro había quedado tan desfigurado que era casi irreconocible.

—¡Mierda! —exclamó Joe, paralizado de repente.

Acababa de averiguar lo que lo había estado inquietando. Esa mañana había visto una foto de la casa del asesinato, que estaba en el expediente que había estado leyendo. El expediente de este caso. Los detalles eran imposibles de olvidar.

—Pensé que querrías verlo —dijo Brian, petulante—. Te lo habrías perdido si no te hubiera despertado dejándote caer el mando a distancia en el regazo. No hace falta que me des las gracias.

Joe no pudo evitarlo. Bajó los ojos y, sí, ahí estaba el mando, apoyado entre las perneras de los tejanos, donde habría aterrizado si le hubiera caído en el regazo al despertarse de golpe. ¿O estaba ya en su regazo cuando se había dormido? Demonios, no conseguía acordarse.

—¡Dave! —gritó a la vez que intentaba concentrarse en la pantalla. Si seguía pensando que su salud mental se desmadraría, si es que no lo estaba ya—. ¡Ven aquí! ¡Rápido!

El programa hizo una pausa para publicidad.

—Caray, Joe. No chilles tanto. Vas a despertar al niño —dijo Dave O'Neil al aparecer en la puerta que separaba la cocina del salón, y su lento acento sureño suprimió eficazmente de las palabras cualquier urgencia que pudieran haber querido comunicar. Había asistido al servicio que su iglesia, como casi todas las del lugar, oficiaba todos los domingos a las cinco de la tarde, pero hacía rato que se había quitado la chaqueta y la corbata. Llevaba la camisa blanca arremangada por encima de los codos con un delantal a cuadros azules atado sobre los pantalones grises, y sujetaba un tenedor para asado en la mano. De treinta y dos años, metro setenta y dos y barrigón, llevaba los largos cabellos oscuros, cada vez más escasos, peinados hacia atrás en un intento bastante inútil de taparse el cuero cabelludo. El sudor le perlaba la frente, y tenía coloradas las mejillas regordetas y la punta de la nariz chata, lo que llevó a Joe a pensar que acababa de comprobar los progresos del pollo asado que iba a servir de cena en algún momento de la noche.

En un desafortunado triunfo de las hormonas sobre el sentido común, Dave estaba encaprichado de una divorciada ególatra a la que hacía poco había permitido irse a vivir a su casa con él... La casa en la que estaban Joe y él en ese momento. La divorciada se había traído consigo a sus tres mimados hijos, dos de los cuales todavía no habían vuelto, gracias a Dios, de pasar el fin de semana con su padre. El tercero, muy pequeño, se había dormido poco después de que Joe hubiera llegado a las siete, como habían quedado, para la cena de los domingos, que seguía cocinándose aunque ya eran poco más de las ocho y cuarto. Hacía veinte minutos largos que Amy Martinez, novia de Dave y madre de los niños, había ido a la tienda de la esquina a comprar algunos ingredientes que faltaban y había dejado a Dave guardando el castillo. No era que Dave tuviera ningún problema con ese papel. De hecho, desde que Joe lo conocía, Dave nunca había tenido ningún problema con nada, que él supiera. Cuando cinco meses antes habían contratado a Joe como jefe de policía de la reducida Pawleys Island, en Carolina del Sur, Dave ya era subjefe del departamento, formado por doce hombres. La primera impresión que tuvo Joe de él había sido que se trataba de un hombre torpe, de movimientos lentos, de conversación lenta y de ideas más lentas aún, pero lo había mantenido en el cargo, como a todos, lo mismo que se había resistido a hacer cambios que no fueran insignificantes en la forma en que se habían hecho siempre las cosas, tanto si le parecían enojosas como si no. Lo cierto era que necesitaba demasiado el empleo como para arriesgarse a levantar ampollas las primeras semanas, y ahora encontraba la cultura sureña de su departamento, en realidad de toda la isla, más relajante que irritante. Y había llegado a sentir auténtico afecto por Dave, que había hecho todo lo posible para lograr que su nuevo jefe se sintiera como en casa en lo que, para el policía antivicio de Jersey que Joe había sido antes, era un entorno tan desconocido como el planeta Marte.

—Me había olvidado del niño. —Al recordar las gracias del pequeño de dos años antes de irse a dormir, Joe sintió remordimiento. Señaló el televisor sin levantar la voz y añadió—: Escucha esto.

Volvía a aparecer la pelirroja. Estaba delante de la casa donde se había cometido el crimen y que se llamaba Old Taylor Place, si no le fallaba la memoria. El caso que estaba esbozando era el único homicidio sin resolver del que se tuviera constancia en la isla, y le había llamado la atención por esa razón: el expediente era el único de esa sección. Joe captaba ahora signos de que la reportera estaba actuando en su actual territorio: las adelfas rosas y blancas que rodeaban el ancho porche delantero, el macizo alto de hierba a la izquierda de la mujer, los rayos brillantes y cálidos del sol y, por debajo de todo, el tenue gorgoteo del océano que había aprendido a reconocer como el incesante ruido de fondo de la vida de Pawleys Island.

—La policía investigó el crimen —decía—, pero no se resolvió nunca. Con los años, las pruebas se han perdido o se han deteriorado, el recuerdo de los testigos se ha difuminado y los inspectores que llevaron el caso pasaron hace mucho a dedicarse a asuntos más urgentes y prioritarios. Pero las familias de las chicas no lo han olvidado. Sus amigos y vecinos tampoco lo han olvidado. Siguen esperando que se haga justicia. Y algunos dicen que las chicas también esperan justicia. Dicen que sus espíritus siguen aquí, en el sitio donde fueron vistas vivas por última vez: esta otrora espléndida mansión sureña en el corazón de Pawleys Island.

Un plano panorámico de la isla rodado desde el aire llenó la pantalla. Todo estaba ahí, los ingredientes que convertían Pawleys Island en un paraíso ideal: el color zafiro del océano, el blanco de las playas, los vuelos en picado de las gaviotas y las garcetas en un cielo totalmente despejado, el verde oscuro de la vegetación casi tropical, el pastel de los pequeños *bungalows* apiñados cerca del centro de la isla como azúcar espolvoreado en una tarta y las «casitas» de veraneo de varias plantas, más imponentes, anteriores al aire acondicionado y en muchos casos a la guerra de Secesión, pegadas a la orilla a lo largo de todo su perímetro. La mejor forma de describirlo era, como Joe había decidido poco después de haberse instalado allí, afirmar que era un sitio olvidado por el tiempo.

Como prueba de lo que el estilo de vida de la isla le hacía a una persona, cada vez tenía que recordarse con menos frecuencia que no era nada malo.

La pelirroja seguía hablando.

—La familia Schultz vendió la finca dos años después del asesinato de Tara y de la desaparición de Lauren y Becky. Desde entonces, se han instalado en ella cuatro familias, que se han ido. Ninguna se ha quedado más de seis meses. La casa ha estado a la venta los últimos tres años. Hasta ahora, nadie se ha interesado. ¿Por qué? Porque los lugareños aseguran que la casa está habitada por el fantasma de Tara Mitchell y, aunque no se han encontrado nunca sus cadáveres y sus familias siguen aferradas a la remota esperanza de que siguen con vida y de que quizás algún día vuelvan a casa, también por los fantasmas de Lauren Schultz y Rebecca Iverson.

Se vio el plano de una reluciente cocina blanca. Un

hombre y una mujer cuarentones y un par de adolescentes estaban sentados alrededor de la mesa situada en el centro de la habitación y miraban muy serios a los telespectadores.

La pelirroja estaba de pie junto a la mesa, hablando a la cámara.

—Estoy aquí, con Paul y Susan Cook y sus hijos, Ben, de doce años, y Elizabeth, de catorce. Los Cook compraron la casa hace cuatro años y fueron la última familia que vivió en ella. —Se volvió hacia ellos—. Sólo permanecieron en la casa seis semanas, ¿verdad? ¿Podrían decirnos por qué se fueron?

—Fue Elizabeth —respondió Paul Cook.

La cámara hizo un zoom sobre la chica. Era menuda, linda más que hermosa, con el cabello oscuro, la nariz pecosa y un aparato de ortodoncia. Llevaba el cabello recogido en una cola, y vestía una blusa blanca.

—Una noche entraron en mi cuarto —dijo Elizabeth en voz baja—. Ahora sé que eran ellas, esas tres chicas. Entonces, cuando pasó, no tenía idea de lo que ocurría. Estaba dormida y, de repente, me desperté y la habitación estaba fría como el hielo, y supe que no estaba sola. Al principio, fue como si las oyera, como unos pasos, como si caminaran. Y... y a veces se abría y cerraba la puerta del armario, a pesar de que me había asegurado de que estaba cerrado cuando me acosté. Un par de veces las oí reírse. Hubo un momento en que tuve la impresión de que se sentaban en el borde de la cama. Sentí que el colchón se hundía y una especie de movimiento como si algo se apoyara en él. Era una presencia. —Elizabeth se estremeció—. Le insistía a mamá, pero ella decía que eran pesadillas y que debería cerrar los ojos y volver a dormirme. Y entonces... Entonces, las vi. A las tres. Fue en mitad de la noche. Las oí y abrí los ojos, y estaban de pie alrededor de mi cama, mirándome. Esas tres formas de chica, ¿sabe? Sólo que no eran tangibles. Estaban muy pálidas, con una especie de agujero negro donde debería haber estado la cara.

Se detuvo e inspiró hondo, y al alejarse la cámara, pudo verse cómo su madre alargaba un brazo para tomarle la mano desde el otro lado de la mesa.

—Elizabeth tuvo miedo desde la primera noche que pasamos en esa casa —comentó la mujer mayor. Susan Cook era menuda como su hija, atractiva, con los cabellos color castaño oscuro cortos y enmarañados, y los ojos azul claro. Llevaba puesta una blusa también azul—. La situación empeoró tanto que tenía que acostarme junto a ella hasta que se durmiera. Nos trasladamos a Pawleys Island desde Ohio, y cuando compramos la casa, no sabíamos nada sobre lo que había pasado en ella. Después, averiguamos que el dormitorio de Elizabeth había sido antes el de Lauren Schultz. Pero entonces no lo sabía, y cuando Elizabeth empezó a contarme todo eso de que había fantasmas en su cuarto, pensé que serían imaginaciones suyas. La última noche que pasamos en la casa, Elizabeth empezó a gritar hacia las dos de la madrugada. Paul y Ben habían ido a una excursión de los boy scouts, de modo que estábamos ella y yo solas. Me levanté de un salto y corrí hacia su habitación para ver qué diablos estaba ocurriendo. Todavía estaba acostada, pero histérica. Creí que había tenido una pesadilla y me metí en la cama con ella para tranquilizarla. Y, entonces, empezó.

—¿Qué empezó? —preguntó la pelirroja.

—La cama empezó a zarandearse —narró la señora Cook. Todavía tenía la mano entrelazada con la de su hija. Por la blancura de los nudillos de ambas era evidente que se sujetaban con fuerza—. Elizabeth y yo estábamos tumbadas en la cama, y empezó a sacudirse como si hubiera un terremoto. Se sacudió con tanta fuerza que el espejo del tocador repiqueteaba contra la pared. Y, a continuación, la cama se elevó unos centímetros del suelo. Levitó.

—Y entonces la oímos chillar —añadió Elizabeth.

—¿A quién? —quiso saber la pelirroja.

—A Tara Mitchell —contestó Elizabeth con un escalofrío—. Sé que era ella. Bueno, ahora lo sé. Sonaba como si la estuvieran apuñalando en ese instante.

—No sabemos que fuera Tara Mitchell —la contradijo su madre, que sacudió la cabeza—. No sabemos quién chilló. No con certeza. Lo único que sabemos seguro es que sonaba como una chica joven, y que era espeluznante. Y... y que parecía proceder de la planta baja de la casa, justo debajo del dormitorio de Elizabeth.

—Donde Tara Mitchell fue asesinada —intervino Elizabeth. Tenía los ojos desorbitados y observaba, pálida, a su madre, que le oprimió la mano.

—Llamamos a la policía —siguió la señora Cook—. Vinieron. Registraron la casa. No encontraron nada. Fueron los primeros que nos contaron lo que había sucedido allí. Dijeron que no éramos las únicas que habíamos tenido esa experiencia. Al parecer, todo el mundo que había vivido en la casa después de los Schultz había visto cosas. Y oído los gritos.

Se detuvo e inspiró hondo.

—Y eso fue todo —prosiguió el señor Cook—. No quisieron quedarse en la casa otra noche, ninguna de las dos. Tuvimos que marcharnos. Ni siquiera quisieron quedarse en la isla, de modo que terminamos en Charleston. Finalmente logramos vender la casa, pero perdimos dinero.

—No me importa —aseguró la señora Cook—. No íbamos a pasar ni una noche más en esa casa. No he estado nunca tan asustada en toda mi vida. Esa casa está embrujada. No se me ocurre ninguna otra explicación.

La pelirroja volvía a estar sola en pantalla.

—Como han oído, los Cook no son los únicos que han presenciado algo inusual en la casa.

El plano se abrió para mostrar que volvía a estar al aire libre, delante de lo que parecía un viejo edificio de madera blanca. Junto a ella, había un adolescente con la cara llena de granos provisto de una gorra y una camiseta verde que ponía PRO CÉSPED.

—Tengo a mi lado a Thomas Bell, que trabaja para el servicio de mantenimiento del césped y es el responsable de cortarlo. —Situó el micrófono que sujetaba delante de la cara del muchacho—. Tom, ¿podrías contarnos lo que te pasó aquí?

El chico tragó saliva mientras la cámara se acercaba para tomarle un primer plano de la cara.

—Bueno, verá, fue el agosto pasado, un jueves. Trabajaba más tarde de lo habitual para poder terminar todos los céspedes porque el viernes quería marcharme pronto. Llegué a la casa hacia las nueve de la noche. Empezaba a oscurecer. Es una finca de un tamaño considerable, de casi una hectárea, con muchos árboles, pero iba deprisa, de modo que sólo tardé unos cuarenta y cinco minutos en terminar. Para cuando acababa, no quedaba demasiada luz pero todavía podía ver algo, y estaba llegando a la parte delantera del garaje con la cortadora de césped cuando oí cómo alguien subía por el camino de entrada y se dirigía hacia donde yo estaba.

La cámara retrocedió para que los telespectadores pudieran ver que las tablas de madera blanca pertenecían a la fachada de un garaje de tres plazas independiente de la casa. Se veía viejo y desvencijado, y las puertas grises, cerradas, parecían estar combadas.

—Al principio no pude ver nada excepto que venía alguien, ¿sabe? La casa estaba vacía; lo ha estado desde que empecé a cortar el césped. Así que pensé que era extraño que alguien subiera por el camino de entrada. —La cámara se movió para mostrar un angosto camino asfaltado que serpenteaba entre un grupo de araucarias frondosas hacia la calle situada delante de la casa—. Entonces vi que era una chica, una adolescente, con los cabellos largos y rubios, que llevaba unos vaqueros y una camiseta ligera. Caminaba hacia mí de forma normal, ¿sabe? Así que apagué el cortacésped para poder oírla si quería decirme algo. Estaba muy cerca cuando lo hice, más o menos ahí, junto a esa araucaria enorme. —Señaló un árbol altísimo a unos nueve metros del garaje—. Le juro que parecía mirarme directamente a mí. Entonces, mientras yo seguía observándola... desapareció. Como si se hubiera esfumado o algo así —dijo. Y tras tragar saliva, concluyó—: Fue muy raro.

—¿Qué hiciste entonces, Tom? —preguntó la pelirroja.

El muchacho esbozó una sonrisita avergonzada y se metió las manos en los bolsillos.

—Solté un alarido, dejé caer el cortacésped al suelo y salí corriendo como un loco. Y no volví. Hasta hoy. Harvey, mi jefe, tuvo que enviar a alguien a recoger mis cosas.

—¿Qué crees que viste, Tom?

—No es que lo crea —aseguró el muchacho—. La gente puede reírse todo lo que quiera (a algunos de mis amigos les parece la cosa más graciosa del mundo), pero lo que vi era un fantasma. Y lo vi con la misma claridad con que la veo a usted ahora.

La pelirroja volvió a aparecer de repente en primer plano. Se dirigió directamente a la cámara.

—Pedimos a Tom que mirara ochenta fotografías de

chicas rubias con los cabellos largos, algunas de las cuales viven ahora cerca de Old Taylor Place, para ver si reconocía a la chica que vio, y lo hizo. —La cámara retrocedió, de modo que Tom Bell volvía a aparecer en pantalla junto a la pelirroja. Seguían delante del garaje, y el muchacho sujetaba lo que parecía ser una foto de 13 x 18 centímetros—. ¿Es ésta la fotografía de la chica que viste, Tom?

—Sí, es ésta —afirmó.

—¿Estás seguro? —insistió.

—Tan seguro como de que estoy aquí hablando con usted.

—Pues de eso no hay ninguna duda —sonrió la reportera.

La cámara hizo un zoom sobre la fotografía. La imagen de una sonriente chica joven y bonita llenó la pantalla. Joe también recordaba esa fotografía del expediente. Sintió una punzada de algo por la adolescente (¿lástima, o tal vez pena?), que no tenía idea, cuando le tomaron esa imagen, que poco tiempo después su vida iba a terminar de una forma horrible y violenta.

—Esta fotografía corresponde a Tara Mitchell —dijo la pelirroja mientras la cámara seguía enfocando la imagen—. Se la tomaron una semana antes de su muerte.

Una puerta se cerró de golpe en la cocina, lo que hizo que tanto Joe como Dave se sobresaltaran y se volvieran.

—Ya estoy aquí —gritó Amy. El ruido de las bolsas de la compra subrayó sus palabras.

—Ahora mismo estoy contigo, cariño —respondió Dave mientras el teléfono empezaba a sonar. Había un supletorio en la mesita del sofá, y Joe hizo una mueca porque el timbre que sonaba a su lado tapó momentáneamente el sonido del televisor.

—¿Puede contestar alguien? —gritó Amy—. Yo estoy ocupada.

—Sí. —Dave alargó la mano hacia el teléfono—. ¿Diga?

Joe intentó no prestar atención a las distracciones y se concentró en el programa. La pelirroja volvía a estar sola en pantalla, de nuevo de pie frente a la casa.

—Esta noche, aquí, en *Investigamos las veinticuatro horas* haremos todo lo posible por aclarar el misterio de lo que les ocurrió a esas tres chicas inocentes —anunció.

—Es para ti, Joe. El alcalde. —Dave le pasó el teléfono.

Joe tragó saliva, exasperado.

—Hola, Vince —dijo.

Vince era Vincent Capra, un ex policía antivicio de Jersey como él, que había encontrado un insólito refugio en aquella lengua sofocante de arena bañada por el sol. Vince se había jubilado siete años atrás, a los cincuenta y cinco años, y se había trasladado con su mujer, Ann, a la casa de alquiler de la isla que había sido su lugar de vacaciones anual. Pero su espíritu inquieto de Jersey se había resistido a aclimatarse. Congénitamente inmune, al parecer, al espíritu del «hazlo mañana, hoy tómatelo con calma» de la isla, Vince había comprado más casitas para alquilarlas, incitando a los residentes (en la medida en que eso era posible) a rechazar una gran cadena hotelera que había intentado implantarse en la isla, había construido un discreto centro turístico y, de algún modo, había terminado siendo elegido alcalde. Cuando, después del desastre que le había destrozado la vida, Joe había necesitado un sitio donde lamerse las heridas, un par de compañeros del departamento se habían puesto en contacto con Vince. Y el resto, como suele decirse, era historia.

—¿Estás viendo la tele? —le gritó Vince en la oreja.

Joe advirtió distraídamente que, a pesar de todo el tiempo transcurrido, no había perdido el acento de Jersey.

—Sí —respondió con los ojos fijos en la pantalla.

—¿El Canal 8? ¿Esa porquería de programa sobre crímenes?

—Sí.

La pelirroja seguía hablando:

—La investigación policial está en un punto muerto. Se han aplicado técnicas forenses modernas a las pocas pruebas que se conservan sin que se hayan conseguido nuevas pistas. Convirtiendo a éste en el más imposible de todos los casos imposibles.

—Somos nosotros —dijo Vince, con un tono que sonaba indignado—. Está hablando de nosotros. Esa casa de ahí es Old Taylor Place.

—Sí, ya lo sé.

—Es increíble, ¡mierda!

—Pero nuestros telespectadores habituales saben que nosotros —seguía contando la mujer—, en *Investigamos las veinticuatro horas*, no nos rendimos nunca. Esta noche llegaremos más lejos que ningún investigador hasta la fecha, más allá del terreno de la ciencia, para obtener la verdad de las propias víctimas. —Inspiró hondo y pareció henchirse ante la importancia de lo que iba a decir a continuación—. Hemos pedido a la famosa médium Leonora James que establezca contacto con el Más Allá para intentar comunicarnos con Tara, Lauren y Becky. Esta noche, a las nueve, en esta cadena, Leonora James dirigirá una sesión de espiritismo, que televisaremos en directo, aquí, en el interior de esta casa donde Tara fue asesinada y donde Lauren y Becky fueron vistas vivas por última vez.

—¿Pueden hacer eso? —quiso saber Vince—. ¿No necesitan un permiso o algo?

—Ni idea —contestó Joe—. Tú eres el alcalde.

—¿Significa eso que tengo que saberlo todo? —Y, a continuación, se dirigió a alguien que evidentemente estaba con él y que Joe supuso que era Ann, y añadió en un tono algo apagado—: Llama a Lonnie Meltzer, por favor. —Meltzer era el abogado de la ciudad—. Pregúntale si necesitan un permiso.

—Es la primera vez que se va a transmitir en directo por televisión una sesión de espiritismo con la intención de contactar con las víctimas de un homicidio para que tengan la oportunidad de contar a los vivos qué pasó y quién lo hizo —prosiguió la pelirroja—. Nuestros telespectadores conocerán las respuestas al mismo tiempo que nosotros. Esta noche, a las nueve, media hora después del final de este programa, les invitamos a acompañarnos mientras Leonora James usa sus dotes paranormales para intentar resolver por fin este crimen horrendo. —La pelirroja esbozó una sonrisita—. Soy Nicole Sullivan, y les espero esta noche, a las nueve, en esta edición tan especial en directo de *Investigamos las veinticuatro horas*.

Empezó un anuncio.

—Mierda —exclamó Vince—. No queremos esta clase de publicidad. ¡Un maldito asesinato triple! ¡Ahora que se acerca la temporada alta! Lo que me gustaría saber es: ¿hablaron con alguien?, ¿sabía alguien algo de esto?

El trasfondo implícito era que si alguien lo sabía, estaba perdido.

—Si va a estar en directo a las nueve —comentó Joe sin hacer caso de la ofensiva de preguntas de Vince cuando sus sinapsis cerebrales, todavía no preparadas para adquirir grandes velocidades, lograron por fin establecer las conexiones adecuadas—, significa que están aquí, en la isla. En este momento.

Eran las ocho y veintisiete minutos.

—Por todos los santos —gimió Vince—. Lo que nos faltaba. Reúnete ahí conmigo en diez minutos.

—Sí.

Joe colgó y se levantó. El mando a distancia, olvidado, chocó en el suelo de madera con un gran ruido. Eso le recordó que tenía otro problema aún mayor y, tras recogerlo, lo dejó junto al teléfono mirando a su alrededor con cautela. Ni rastro de Brian. Eso estaba bien. Era positivo. Captó entonces su reflejo en el espejo que colgaba de la pared situada tras el sofá. Había cumplido ya los treinta y seis, seguía midiendo metro ochenta y siete, y tenía unos abundantes cabellos negros y ondulados, pero estaba delgado, más que nunca, tanto que era todo músculo y huesos, y llevaba unos vaqueros dos tallas más pequeños que antes. Seguía siendo ancho de espaldas, pero era consciente de cómo, bajo la camiseta de algodón suave de los Nets, se le marcaban las clavículas. Sus rasgos eran los mismos de siempre (cejas gruesas y negras sobre unos ojos color avellana; nariz larga y recta; boca normal) e incluso volvía a estar bronceado gracias al sol casi constante que se abatía sobre la isla. Lo bastante bronceado como para que las dos cicatrices de la sien izquierda ya no fueran tan evidentes a primera vista. Pero tenía la cara más enjuta y los pómulos más marcados. Se le veían los ojos más hundidos, ensombrecidos. Parecía una versión mayor, más dura, del Joe que él recordaba.

Parecía embrujado.

«Joder —pensó con una mueca—. Es que estoy embrujado. O algo así.»

—¿De modo que al alcalde no le gusta que salgamos por la tele? —preguntó Dave, lo que supuso una grata distracción.

—Opina que no es bueno para el negocio. Ven, más

vale que vayamos. —Joe se giró y empezó a dirigirse hacia la puerta—. ¿Lo sabía alguien?

—Yo, no —respondió Dave, que lo acompañaba.

—La cena estará servida en cinco minutos —dijo Amy desde la puerta que separaba la cocina del salón.

Captó la situación con una sola mirada y se puso en jarras. Esbelta, rubia oxigenada y sospechosamente bien dotada, con bastantes horas de vuelo a sus espaldas, lucía unos vaqueros cortos con una blusa a cuadros azules atada a la cintura y sandalias blancas de tacón alto. Muy bronceada y razonablemente atractiva, entrecerró sus ojos azules, muy bien resaltados con el maquillaje, para observarlos. Dado que en ese momento se estaban encaminando hacia la puerta principal, que se abría desde el salón, con la intención evidente de evitar pasar por la cocina, donde ella había estado hasta entonces, Joe tampoco podía culparla.

—¿No os iréis, verdad? —preguntó con recelo.

A tres pasos escasos de la puerta, Dave le dirigió una mirada atormentada.

—Trabajo —dijo en un tono ahogado.

—Ha surgido una emergencia —explicó Joe. Ante la mirada penetrante de Amy, Dave se quedó inmóvil en el sitio como un conejo cuando un perro lo detecta. Joe lo empujó hacia la puerta y alargó la mano para abrirla.

—Pero ¿y la cena? —quiso saber Amy.

—Volveremos —dijo Dave desesperadamente con la cabeza vuelta, mientras Joe le hacía cruzar la puerta mosquitera hacia la reducida entrada de hormigón—. En treinta minutos como mucho. Mantenla caliente.

La puerta mosquitera se cerró de golpe. En algún lugar del interior de la casa, el niño empezó a llorar.

—¡Y una mierda! —vociferó Amy desde dentro—. Serás...

Dave encorvó los hombros mientras una retahíla de insultos los seguían hasta la calle. Todavía no estaba totalmente oscuro y había aún bastante gente andando por ahí en aquel barrio de casas cuidadas, situadas a poca distancia unas de otras, que se había construido justo tras la finalización de la Segunda Guerra Mundial. Los niños que corrían por el jardín contiguo disparándose pistolas de agua permanecieron ajenos a las sugerencias clasificadas X de Amy sobre lo que Dave podía hacer de ahí en adelante. Pero la pareja mayor de la casa situada al otro lado, sentada en sillas de jardín, pareció sobresaltarse, y la mujer que pasaba en bicicleta con su hijita lanzó una mirada indignada hacia la casa de Dave.

—Madre mía —exclamó Dave al oír cómo el golpe furioso de su puerta principal acababa con la diatriba justo cuando llegaban al coche patrulla de Joe, que estaba estacionado delante. Tras haber saludado débilmente a los vecinos sentados en el jardín y dirigido una mueca de disculpas a la mujer de la bicicleta, rodeó el coche para dirigirse a la puerta del copiloto con el aspecto de una tortuga que hace todo lo posible por meterse dentro del caparazón. Al encontrar la mirada de Joe por encima del automóvil, puso mala cara—. Mujeres. ¿Qué le vamos a hacer? —Luego, en un tono más apesadumbrado, añadió—: Puedes apostar el culo a que me lo va a hacer pagar muy caro.

Joe pensó en decir a su segundo cómo, en su opinión, podía manejar mejor su vida matrimonial, pero recordó justo a tiempo que él no se dedicaba a dar consejos. Para empezar, carecía de energías y, de todos modos, era más fácil no meterse. Dave ya era mayor. Podría averiguarlo él solito. O no.

En cualquier caso, mientras no afectara a su rendimiento laboral, no era asunto suyo.

Entonces observó lo que su segundo seguía llevando puesto.

—Quítate ese maldito delantal, por favor —gruñó, mientras abría la puerta—. Y sube al coche. Tenemos trabajo.

Dave se miró con rapidez, se sonrojó y se peleó un minuto con el lazo torcido que llevaba atado a la espalda antes de lograr quitarse la prenda. Lo arrugó con una mano y se subió al coche. Joe ya estaba sentado al volante. Había puesto el motor en marcha y miraba muy serio a través del parabrisas. En cuanto Dave puso el trasero en el asiento, metió la primera y arrancó en dirección oeste.

Con una rápida mirada hacia atrás, Dave lanzó el delantal a la parte posterior del coche y alargó la mano hacia el cinturón de seguridad. Era evidente que ni se imaginaba que la prenda despreciada había aterrizado al lado de Brian, que sonreía de oreja a oreja mientras se ponía cómodo en el asiento trasero.

2

—Malas noticias, Nicky. Mamá dice que no puede hacerlo —comentó Livvy con toda tranquilidad, como si no concibiera razón alguna por la que esto pudiera ser un problema.

Nicole Sullivan, que acababa de irrumpir en la laberíntica «casita» de su madre en Pawleys Island por la puerta mosquitera de atrás, se detuvo en seco y se quedó mirando a su hermana mayor. Con una cuchara en la mano, Livvy estaba sentada en la mesa rectangular de roble de la cocina, típicamente desordenada, tomándose un helado de chocolate y vainilla, sus sabores favoritos. El viejo ventilador de techo giraba perezosamente sobre ellas, con lo que añadía un «fum-fum» rítmico a los sonidos del programa televisivo que Livvy estaba mirando. La combinación de colores, resultado de una redecoración de los años sesenta, recurría al dorado y al aguacate, con tableros de formica y suelo de linóleo. Unos tubos fluorescentes que brillaban a través de dos pantallas esmeriladas en el techo estaban pensados para iluminar la zona de trabajo, no para favorecer. Dicho de otro modo, nadie parecía una reina de la belleza en esta cocina pero, aún así, el aspecto de su hermana sorprendió a Nicky. Tenía la cara, normalmente bronceada y delgada, pálida y redonda como una luna llena. En lugar de su cuidado peinado a lo paje, se había sujetado el pelo de cualquier manera en lo alto de la cabeza y, algo nunca visto en ella, lucía al menos cinco centímetros de raíces oscuras. Debajo de su «premamá» de color rosa, las antes airosas copas B de Livvy habían aumentado de volumen hasta parecer un par de montes Cervino gemelos. La mesa tapaba el resto, pero Nicky había visto lo bastante como para darse cuenta de que su madre no había exagerado al decirle que Livvy, que estaba de siete meses y en trámites de divorcio del cerdo que la había dejado por otra mujer, estaba hecha una piltrafa.

—¿Qué significa eso de que no puede hacerlo? —dijo Nicky reanudando su carrera hacia la habitación principal, que era la única de la planta baja. Livvy era un problema que podría atacar después. La búsqueda de su madre, en cambio, era urgente—. Tiene que hacerlo. Saldrá en directo por televisión en veinticinco minutos.

—Gracias a Dios que estás aquí, Nicky.

Karen Wise, una de las desventuradas ayudantes de producción de *Investigamos las veinticuatro horas*, salió del estudio adyacente, donde Nicky supuso que había estado metida haciendo más llamadas desesperadas del tipo «¿qué hago ahora?», como la que le había hecho a ella y que la había llevado a desviarse de su camino hacia Old Taylor Place a ciento cuarenta kilómetros por hora. Karen tenía veintidós años, unos relucientes cabellos negros tan cortos que requerían un cuidado mínimo, los ojos casi negros, la piel cetrina y una constitución menuda y esbelta que le confería el aspecto de una adolescente. La habían enviado, junto con Mario, encargado de la peluquería y del maquillaje, a Twybee Cottage (todas las casas viejas de Pawleys Island tenían nombre, y la de la madre de Nicky se llamaba así) para preparar a la estrella invitada de la noche para su aparición televisiva, y para acompañarla después al lugar de la emisión.

—Dice que ha cambiado de parecer —prosiguió Karen—. Que no va a ir.

—Ya lo creo que sí —prometió Nicky, que pasó a su lado con rapidez. La palabra difícil y su madre eran prácticamente sinónimos. Por suerte, a lo largo de los años, los veintinueve que tenía para ser exactos, había aprendido a sobrellevarla.

—¡Nicole! ¡Cariño! ¡Oh, qué guapa estás!

Un hombre, que evidentemente la había oído acercarse, salió deprisa del dormitorio de su madre con los brazos extendidos para recibirla y una sonrisa enorme en los labios mientras obstruía el pasillo con el pretexto de saludarla. De alrededor de metro ochenta y con los hombros encorvados, era delgado excepto por una ligera tendencia a echar barriga. Gracias a un uso cuidadoso del filtro solar, algo imprescindible, como había recordado a Nicky infinidad de veces, para la gente de cutis blanco como ellos, tenía un rostro tan pálido y tan liso como el de un bebé, pero contaba cincuenta y siete años. Tenía los cabellos rojizos ya escasos, los ojos color castaño, la nariz aguileña, unos labios grandes y carnosos que detestaba, y una mandíbula suave, algo hundida, que detestaba aún más. Iba meticulosamente vestido para los estándares de Pawleys Island, con unas bermudas de madrás y un polo color verde hierba metido por dentro de los pantalones, que llevaba sujetos con un cinturón. Lo que indicaba a Nicky que, fuera cual fuera la postura que su madre adoptara ahora, en algún momento del pasado reciente había planeado presentarse a la actuación por la que su hija se había jugado su carrera poco estelar como periodista televisiva en *Investigamos las veinticuatro horas* por conseguirle.

—Quítate de en medio, tío Ham —dijo Nicky, muy seria, a la vez que empujaba con el hombro al hermano de su madre, conocido también como Hamilton Harrison James III, cuando intentaba envolverla en un abrazo dilatorio. El hombre puso mala cara—. Sé que está ahí.

—Pero Nicky, dice que no puede...

El resto de la protesta del tío Ham se perdió cuando Nicky llegó a la habitación de su madre y abrió la puerta. Era un cuarto grande, decorado en tonos suaves y femeninos, básicamente turquesa y crema, con una gran cama de matrimonio con dosel dispuesta contra la pared a la izquierda de la puerta, y una amplia ventana que daba al mar en el otro lado, el lado hacia el que Nicky miraba al cruzar la puerta. Las cortinas de seda turquesa, que estaban corridas, impedían ver el atardecer y proporcionaban un bonito fondo a su madre, una mujer rellenita con los cabellos color fuego, que estaba sentada en una de las dos sillas de terciopelo crema frente a la ventana. Estaba soplando en una bolsa de papel marrón que el tío John (John Carter Nash, la pareja de toda la vida del tío Ham) le sujetaba sobre la nariz y la boca.

—¡Madre! —Nicky los fulminó a ambos con la mirada, aunque es justo decir que el tío John no se lo merecía especialmente. Era evidente, aun sin conocer ningún detalle, dónde estaba el problema.

—¡Nicky! —Su madre y el tío John soltaron casi al unísono un grito ahogado a la vez que daban un respingo que descolocó la bolsa. La miraron con expresión nerviosa.

—Tu madre... no puede ir. Mírala. La sola idea la pone tan inquieta que está hiperventilando —explicó el tío John. Aparte de ser más o menos de la misma edad que el tío Ham, era su polo opuesto: rubio, con los cabellos erizados cortados al rape, bronceado intenso, incluidas unas marcadísimas líneas de expresión, y el cuerpo tonificado y musculado de un fanático del ejercicio físico. También él iba vestido como si tuviera pensado ir a alguna parte, con una ajustada camiseta negra y unos pantalones color caqui.

—Tiene que ir —dijo Nicky, impasible, con los ojos clavados en su madre.

Ésta, conocida también como Leonora James, la famosa médium, ex estrella de un programa televisivo propio, de corta duración, autora de incontables libros sobre comunicación con el Más Allá, preciada asesora de departamentos de policía y clientes particulares, receptora cada mes de decenas de cartas de admiradores, compuso un gesto de desesperación con sus cuidadísimas manos.

—Oh, Nicky, creo que tengo... ¡Tengo un bloqueo parapsicológico! —gimió, y sus pestañas cargadas de rimel batieron como las alas de un colibrí cuando Nicky llegó junto a ella.

—¿Qué? —Nicky miró atónita a su madre. Esa excusa era nueva. Creativa, incluso. No es que tuviera tiempo de valorar el ingenio de su madre. El tiempo pasaba, y esta vez lo que estaba en juego era su propia carrera. Entrecerró los ojos peligrosamente—. Es lo más ridículo que he oído en mi vida. No existen los bloqueos parapsicológicos y tú lo sabes. Además, me da igual si existen y tú tienes uno; tienes que estar en el aire en... —Consultó el reloj—. Veintidós minutos. Así que supéralo. Tenemos que irnos.

Nicky cogió el codo de su madre con una mano y la apremió, de modo nada cuidadoso, obligándola a levantarse.

—No lo comprendes —se quejó Leonora, que se resistía. Aferrado aún a la bolsa de papel. El tío John soltó un sonido de angustia y retrocedió. Nicky vio de reojo que el tío Ham lo observaba todo desde la puerta. Tras él, estaban Karen y el pequeño y enjuto Mario, con aspecto de estar fascinados y preocupados a partes iguales.

«Espléndido», pensó Nicky. Tenía que vérselas con su madre con público presente.

—Sí, lo comprendo —aseguró, e hizo lo posible por mantener la voz, la expresión y el lenguaje corporal dentro de los límites de la conducta aceptable de una hija cariñosa, mientras reafirmaba la presión constante hacia arriba en el codo de su madre en un intento inútil de levantarla de la silla—. Tienes miedo escénico. Lo superarás en cuanto estés delante de las cámaras.

Tal como había esperado, Leonora estalló de indignación a la vez que se hundía más en el asiento.

—No tengo miedo escénico. No lo he tenido en mi vida. Te digo que tengo un bloqueo parapsicológico.

Nicky contuvo las ganas de soltar unas cuantas palabras fuertes. Leonora era así; debería habérselo esperado. No había duda de que su madre había pensado ir: Lucía su atuendo oficial de médium, que constaba de un reluciente caftán púrpura, muchas joyas de oro, y bastante delineador de ojos negro y carmín rojo como para enorgullecer a Kelly Osbourne. Pero, por alguna razón, había cambiado de opinión: a pesar de los esfuerzos de Nicky por levantarla, seguía aferrada a la silla con la misma pertinacia que si estuviera pegada a ella con cola. Si hubiera tenido tiempo, Nicky se habría abofeteado a sí misma. Debería haber sabido que no había que mezclar la familia con el trabajo; eran como el agua y el aceite. De hecho, lo había sabido. Pero...

—Madre —dijo, e inspiró hondo para intentar conservar la calma. No agarraba con fuerza el brazo de su madre. No apretaba los dientes. Pero no parecía poder evitar el tono duro de su voz—. Si no te presentas, el programa no te pagará. Si el programa no te paga, no tendrás dinero para abrir un restaurante con el tío Ham. Eso es lo que querías, ¿recuerdas? ¿Cuando me llamaste y me preguntaste si podía conseguirte una aparición rápida en la televisión? Además, si no te presentas, es probable que me despidan porque contar contigo fue idea mía. Entonces, regresaré a Pawleys Island y podremos vivir aquí todas juntas, desempleadas, gastándonos los ahorros hasta que se nos haya acabado todo el dinero y el banco nos quite la casa y nos quedemos en la calle, muertas de hambre.

Pasó un momento en que dos pares de ojos castaños casi idénticos se estudiaron mutuamente.

—No exageres, Nicky. Siempre has tenido tendencia a exagerar —comentó por fin su madre.

Y eso lo decía la reina del drama del mundo occidental. Nicky apenas logró evitar poner los ojos en blanco, lo que, como sabía por experiencia, tendría unas consecuencias funestas para sus probabilidades de lograr que su madre hiciera otra cosa que no fuera sufrir un soberano ataque.

—Tenemos que irnos, mamá —insistió Nicky, que seguía tirando de ella.

—Te digo que no puedo hacerlo. —Leonora, sin embargo, se dejó poner por fin de pie. Después de todo, bajo la reina del drama había una persona pragmática. Habían transcurrido ocho años desde que el programa de televisión de Leonora se había emitido... y había sido cancelado. Su fama había alcanzado entonces su cota máxima; a partir de ese momento, se había ido reduciendo. Tal como estaba la bolsa y con el descenso constante de los derechos de autor de su libro hasta reducirse a unos dos mil dólares al año como mucho, los ingresos de Leonora eran más bajos que nunca. Por suerte para los esfuerzos de Nicky para mover a su madre, hasta las médiums famosas tenían que comer y pagar las facturas.

—Desde que vi a Harry —Harry Stuyvescent era su tercer marido, un hombre sensato que probablemente estaría mirando la ESPN en el garaje en ese momento, ajeno a todo el jaleo— acercarse a mí totalmente ensangrentado, no he podido ver nada más.

Cuando su madre decía que había visto a Harry se refería a que había tenido una visión de Harry, algo a lo que, por suerte o por desgracia, según el caso, las videntes eran propensas. Nicky recordaba muy bien la llamada telefónica medio histérica que había recibido justo antes de Pascua, durante la cual su madre había insistido en que su querido Harry iba a morirse de una forma horrible y trágica en poco tiempo porque lo había «visto» totalmente ensangrentado.

De acuerdo, Leonora había «visto» a su primer marido, Neal Sullivan, el padre de Nicky y de Livvy, yacer empapado en la cama unas semanas antes de que muriera ahogado en un accidente de barco. Y había «visto» a su segundo marido, Charlie Hill, en una playa de las Bahamas cuando se suponía que estaba en Nueva York de viaje de negocios y, en realidad, se había tomado unas vacacioncitas con su secretaria que le terminaron costando el matrimonio con Leonora. Puede que esas visiones sirvieran para argumentar la capacidad de Leonora de predecir las calamidades relacionadas con sus maridos. Pero...

—Harry recibió el impacto de una pelota de golf en la cabeza dos días después, madre —dijo Nicky entre dientes. Intentó relajar los músculos de la mandíbula sin éxito—. No fue nada grave. Sólo una herida en el cuero cabelludo que sangró mucho. Ni siquiera tuvieron que darle puntos. Volvió del campo de golf a casa andando, se puso una toallita mojada en la cabeza y se acabó. Recuerda que esa noche me llamaste para contármelo todo. Estabas muy aliviada. Tú misma dijiste que por eso lo habías visto cubierto de sangre.

—Pero el trauma... —gimió Leonora—. No comprendes cómo me afectan este tipo de visiones. Has sido siempre muy insensible, Nicky. Si no te hubiera visto nacer y no fueras idéntica a mí, diría que es imposible que seas hija mía.

Esta cantinela tan habitual sobre su nacimiento empezó a despertar sensaciones que Nicky había olvidado.

—No tengo tiempo para esto —refunfuñó, exasperada, y empezó a tirar físicamente de su madre hacia la puerta. Leonora pesaba veinte kilos más que su hija y podía perfectamente plantar los pies en el suelo y negarse a ir si de verdad era cierto que no quería hacerlo. Que su madre le permitiera empujarla, a pesar de la renuencia que pudiera aparentar, reafirmaba lo que Nicky había sospechado desde el principio. Su madre no había tenido nunca la intención de no presentarse. Tan diva como siempre, sólo necesitaba que antes todos los ojos estuvieran puestos en ella. Dicho de otro modo, se trataba de una escena más en el escaparate constante que era la vida de Leonora James.

—No puedo conectar y desconectar el don como si fuera un interruptor, ¿sabes? —protestó Leonora mientras el tío Ham, Karen y Mario retrocedían a su paso.

El pasillo era largo y estrecho, con las paredes con paneles pintadas de blanco y el suelo de madera noble. Nicky, con Leonora a remolque y John detrás, lo recorrió con todo su ímpetu. Los demás casi tuvieron que correr para mantenerse delante y, como consecuencia de ello, entraron de golpe en la cocina como el chorro que se desprende de una botella de champán zarandeada.

—Ya lo sé, madre.

Resuelta a no perder la paciencia, Nicky obligó a Leonora a cruzar la cocina al mismo tiempo que dirigía una mirada a Livvy, que al verlas se había detenido con una cuchara rebosante de helado a medio camino de la boca. Tenía una mirada asesina que la desafiaba a decir o hacer algo que complicara más la situación.

—El contacto se establece cuando quiere. Tengo que sentirlo. Y esta noche no lo estoy sintiendo —prosiguió Leonora.

Esta vez Nicky no pudo contenerse: los ojos se le pusieron en blanco casi como si tuvieran vida propia. Por fortuna, su madre no lo vio.

—Pues finge, madre, finge —dijo entre dientes.

Un sonido siseante llenó el silencio repentino, y Nicky supo que había sido la inspiración profunda de Livvy.

—Ahora sí que la has hecho buena —comentó su hermana.

Sin mirar siquiera a su madre, Nicky sabía que tenía razón: casi podía notar que Leonora estaba a punto de explotar. Se le tensaron los hombros.

—Yo... Jamás finjo —soltó Leonora con un tono aterrador.

—No podías haber dicho nada peor. —La voz de Livvy sonaba casi alegre.

—Oh, acábate el helado —replicó Nicky, que fulminó a su hermana con la mirada para que se callara. Ya se arrepentía de sus palabras. De vez en cuando, en el desaparecido programa de su madre, los productores habían usado determinados efectos especiales para, según decían ellos, «realzar» la experiencia. Ésa seguía siendo una espina que Leonora tenía clavada.

—No necesito fingirlo. Me parece despreciable fingirlo. Eso sólo lo hacen los charlatanes.

—Ya lo sé, madre. Perdóname. No quise decir fingir en el sentido de simularlo.

Nicky se retractó verbalmente lo más rápido que pudo mientras hacía cruzar a su indignada madre la puerta mosquitera, que se cerró de golpe tras ellas, y recorrer el estrecho porche cubierto de la parte trasera. Twybee Cottage se encontraba junto a la playa, y como todas las demás casas de la línea costera de Pawleys Island, estaba orientada de modo que la parte posterior daba a la calle y la delantera, a las dunas, las arañas y la arena del mar. Ya era oscuro, y lo único que alcanzó a ver del océano fue un tembloroso brillo negro entre el final del seto de árboles de Júpiter que bordeaba el camino de entrada y el lado de la casa. El murmullo de las olas quedaba casi tapado por el croar de las ranitas verdes, los grillos y los demás ruidosos nocturnos que se dedicaban a sus cantos cotidianos. La luna era un disco pálido que flotaba a poca altura en un cielo totalmente negro. Emitía la luz suficiente para distinguir el tono plateado suave del camino de grava. La noche era cálida como casi siempre en la isla cuando no hacía un bochorno asfixiante, pero entonces llegó del océano una ráfaga repentina de viento fresco cargada de olor a algas y de la esperanza de que iba a llover. Hizo susurrar las brillantes hojas del magnolio gigante que daba sombra al porche y a la zona de estacionamiento, y le apartó el pelo de la cara y del cuello. Nicky tenía la piel húmeda de sudor, y el roce rápido del aire le resultó maravilloso. Levantó la cara en un gesto automático de valoración a la vez que se le ocurrían las palabras «Estoy en casa». En muchos sentidos, esa isla le gustaba más que ningún otro lugar en el mundo. Hasta que había vuelto, había olvidado lo profundamente arraigados que tenía en el alma las imágenes, los sonidos y los olores de su infancia.

—¿Qué quisiste decir entonces, Nicole?

Nicky sabía que cuando su madre la llamaba Nicole en ese tono, estaba en un buen aprieto, y tenía que admitir que esta vez se lo tenía bien merecido. Sugerir que Leonora fingía algo de lo que hacía era el equivalente verbal a agitar una bandera roja delante de un toro. Y ella lo sabía. La única explicación posible era que el estrés le estaba alterando la razón. Por suerte, el Honda Accord negro que había alquilado estaba estacionado al pie de los peldaños del porche. Pudo llegar al coche y abrir la puerta del copiloto antes de que Leonora se exaltara lo suficiente para volver a negarse.

—Sólo quise decir que hagas lo que sueles hacer y no te preocupes por el resultado. Que pase lo que tenga que pasar. Si estableces contacto, perfecto. Si no, bueno, qué se le va a hacer.

Leonora se detuvo en seco para fulminarla con la mirada.

—¿Y tu programa consistirá en una hora entera en que sólo se me verá a mí paseando por habitaciones vacías y diciendo cosas como: «No, aquí no hay nada», «Lo siento, pero no recibo nada» o «Nada, parece que esta noche los fantasmas tienen cosas mejores que hacer que hablar conmigo»?

Nicky había olvidado lo bien que se le daban los sarcasmos a su madre.

—Vamos, madre. —Un empujoncito hizo que volviera a moverse.

—¿Crees que quiero quedar como una idiota en un programa en directo?

—No vas a quedar como una idiota en un programa en directo —aseguró y, haciendo todo lo posible por mantener una actitud tranquilizadora, dejó a su madre en el asiento del copiloto después de agacharse incluso para levantarle los pies del suelo y colocarlos bien en el interior del coche—. Si esta noche no captas nada, lo que es muy poco probable y tú lo sabes, quedarás como una médium legítima que intentó establecer contacto con el Más Allá pero no pudo. —Nicky trató de no contemplar la posibilidad de televisar en directo una sesión de espiritismo a la que no se presentaba ni un solo fantasma. Rodarían cabezas. No, rectificaba, rodaría una cabeza: la suya.

»Además —prosiguió—, ¿cuántas sesiones de espiritismo has hecho? Lo más probable es que pudieras hacer una durmiendo. Y siempre recibes algo.

—Puede que cientos —respondió Leonora con tristeza mientras Nicky le pasaba el cinturón de seguridad por delante del cuerpo y lo abrochaba, no tanto como el gesto cariñoso que parecía, sino como una forma de precaución por si su madre intentaba echar a correr—. La gente siempre pide sesiones de espiritismo. No se da cuenta de que no es necesario hacer una para entrar en contacto con los muertos. Las sesiones de espiritismo son básicamente un entretenimiento. Por lo menos, las de la clase que la gente se imagina, con un grupo sentado alrededor de una mesa con las manos entrelazadas y los ojos cerrados —soltó con desdén—. No es así como yo trabajo.

—Ya lo sé. Haz lo que haces siempre y no te preocupes por nada.

Cerró la puerta y rodeó a toda velocidad el coche antes de que a Leonora pudiera ocurrírsele que, en teoría, podía volver a bajar. Iba a sujetar el pomo de la puerta cuando el ruido de la mosquitera le hizo alzar la vista. Karen, con el móvil pegado a la oreja, bajaba corriendo los peldaños con Mario detrás en dirección hacia su propio coche, un Neon azul de alquiler que había estacionado delante del garaje. Karen levantó el pulgar hacia ella al pasar a su lado, y Nicky le devolvió furtivamente el gesto, a sabiendas de que si la veía su madre, le iba a costar muy caro. Otro portazo anunció la aparición en el porche del tío Ham y del tío John, que también bajaron los peldaños a toda prisa. Nicky supuso que se dirigían hacia su propio coche, aparcado seguramente en su lugar habitual, tras el garaje de tres plazas, un edificio largo y bajo situado entre la casa y la calle que casi lograba que el porche trasero y la zona de estacionamiento quedaran ocultos por completo desde el exterior. Convertido en un despacho y refugio de Harry, hacía años que no albergaba coches. Un tercer portazo, y surgió Livvy. La mirada rápida que Nicky dirigió a su hermana le bastó para comprender que en la mesa había sido indulgente. Los pechos no eran nada. La barriga de Livvy era tan grande que parecía que se hubiera tragado un zepelín. Entero.

—¡Nick! ¡Nicky! Quiero ir. Espérame —pidió Livvy a la vez que hacía señas con las manos. Avanzó muy rápidamente por el porche, chancleteando el suelo de madera.

Nicky estuvo a punto de fingir no haberla oído, pero tuvo un inoportuno ataque de conciencia, y volvió a levantar los ojos justo a tiempo para ver cómo Livvy, con unos pantalones cortos elásticos de color blanco nada favorecedores, con los que no la habrían pillado ni muerta hacía sólo siete meses, bajaba los peldaños prácticamente como un pato. Livvy, aclamada tiempo atrás la chica más bonita de la isla, la hija perfecta de su madre con el marido perfecto y una vida perfecta, había caído muy bajo. Daba lo mismo la urgencia de las circunstancias y lo segura que estaba de que la presencia de Livvy sólo serviría para complicar una situación ya de por sí difícil, Nicole descubrió que era incapaz de subirse al coche y dejar atrás a su hermana.

—Date prisa —gruñó hacia ella, mientras el Neon aceleraba camino abajo. Seguía mirando la grava que el coche había levantado cuando el tío John y el tío Ham distrajeron su atención al aparecer a cada lado del Honda, abrir las puertas traseras, subir al coche y volver a cerrarlas.

Así, sin más. Nicky sólo pudo pestañear sorprendida mientras observaba, consternada, la puerta que le quedaba más cerca.

La vida en la isla siempre había sido, y era evidente que siempre sería, un eterno circo de tres pistas. ¿Cómo podía haberlo olvidado? Ese alboroto constante era la razón, o una de las razones, por la que apenas volvía nunca a casa. A diferencia de sus seres más próximos y más queridos, le gustaban las cosas tranquilas, bien organizadas y previsibles.

—Esperad un momento... —protestó mientras se deslizaba en el asiento del conductor y se volvía para mirar a sus parientes masculinos. No era que no los quisiera, por supuesto que los quería, pero parecía que esa noche lo más prudente era mantener el nivel de desbarajuste lo más bajo posible. Leonora sola provocaba ya más caos que un huracán. Si a todo eso se añadía su hermana— Livvy también viene. No va a haber sitio.

La puerta trasera de la izquierda se abrió e interrumpió a Nicky.

—Me sentaré en el centro. —El tío Ham unió la acción a las palabras, y Livvy se dejó caer en el espacio del asiento trasero que había dejado libre y cerró la puerta. Dado el bulto que hacía, los tres iban más apretados que sardinas en lata, pero no parecía importarles en absoluto. De todos modos, Nicky no tenía tiempo para discutir.

Tenían que estar en el aire, en directo, en dieciocho minutos. Esperaba que alguien estuviera preparándolo todo.

—¿Dónde está Marisa? —preguntó al poner el coche en marcha. A Leonora le gustaban las cosas hechas de cierto modo y, como el mantra familiar rezaba: «Si Leonora no está contenta, nadie va a estarlo.»

—Se marchó —dijo Leonora con frialdad. Como Marisa había sido ayudante y amiga de su madre toda la vida, y sabía cómo le gustaban las cosas a Leonora, tanta frialdad sólo podía significar que no se había tomado lo bastante en serio su último ataque de divismo.

—Fue a Old Taylor Place para empezar a preparar las cosas —explicó el tío Ham—. Nosotros íbamos a llevar a Leonora.

«Buen trabajo, chicos», quiso decir Nicky mientras arrancaba el coche, pero no lo hizo. Leonora, en su actitud de reina del universo, era demasiado para el tío Ham. En realidad, lo era para la mayoría de las personas.

—Poneos los cinturones de seguridad.

Nicky soltó ese recordatorio por encima del hombro mientras describía un círculo en el que casi golpeó al marido de su madre, que había salido del garaje en ese momento, puede que atraído por todo ese barullo. La luz del interior iluminaba su figura alta y bien formada, y sus tupidos cabellos blancos. A sus sesenta y siete años, tenía el temperamento más tranquilo que Nicky había visto nunca. Suponía que eso era lo que le había permitido sobrevivir a seis años de matrimonio con su madre sin perder totalmente la chaveta.

Lo saludó por la ventanilla. Cuando el parachoques delantero del automóvil le pasó rozando las rodillas, se limitó a sonreír y a devolverle el saludo. Luego, desapareció, y Nicky lanzó el Honda camino abajo tan deprisa que la grava que levantaba repiqueteó contra las ventanillas cerradas.

—¡Oye! —exclamó el tío John agarrado al respaldo del asiento del conductor—. Quizá deberías correr un poco menos, Nicky.

Nicky lo hizo el tiempo suficiente para girar a la izquierda y tomar Atlantic Avenue, que era recta y estaba casi vacía, y que conocía como la palma de su mano, lo que le permitiría, dadas las circunstancias, correr si era necesario. Y lo era. Estaba sudada y colorada, tan preparada para situarse ante una cámara como Livvy. Y todavía había que maquillar, calmar y poner en situación a su madre. Y...

No iba a permitirse pensar en nada más hasta llegar.

—Conduce como tú —comentó el tío John al tío Ham en un tono que no sonaba a cumplido—. Y como Leonora. Es el pelo rojizo. Estoy convencido de que le produce algo al cerebro. Sois todos muy imprudentes, es lo que yo opino.

—No es cierto —replicó el tío Ham, irritado. Nicky apretó los dientes. Como muchas parejas que llevan juntas mucho tiempo, esos dos tenían tendencia a discutir. Y esta noche, precisamente, Nicky no estaba de humor para escucharlos.

—E irascibles, también —prosiguió el tío John, impertérrito, mientras Nicky giraba a la izquierda para tomar la South Causeway Road. Los faros surcaron la oscuridad de la curva e iluminaron una extensión de matorrales de unos cincuenta centímetros de altura, un grupo de palmeritas erizadas y un par de ojos brillantes en la oscuridad que debían de pertenecer a una comadreja o a un mapache. Old Taylor Place estaba situado en un punto elevado de la orilla de Salt Marsh Creek, de cara a tierra firme. Estaría a unos diez minutos de Twybee Cottage si mantenía la velocidad dentro de los límites permitidos, lo que, dadas las circunstancias, no tenía intención de hacer. Lo único peor a emitir una sesión de espiritismo sin fantasmas sería empezar con unos interminables segundos de inactividad total porque tanto la presentadora, es decir ella, como la estrella, es decir su madre, llegaran tarde. La sola idea la hizo estremecer y pisar el acelerador. Las casas que pasaron zumbando al ganar velocidad eran las más nuevas y baratas; se habían construido agrupadas en el centro de la isla, lejos de la ahora carísima línea costera. La mayoría tenía las luces encendidas, lo que confería a la zona el aspecto de un pueblo navideño en miniatura.

—El pelo rojizo es un marcador genético. De toda clase de cosas —aseguró el tío John—. Como una menor tolerancia al dolor. Ya te mostré ese estudio. Y...

—Ese estudio es una tontería. —La voz del tío Ham era tensa—. Lo único que conlleva ser pelirrojo es tener el pelo rojizo. En cualquier caso, por lo menos el color de nuestro pelo es natural.

—¿Estás diciendo que el mío no?

—Sólo estoy diciendo una cosa: rubio de Clairol.

—Esa caja no era mía, y tú lo sabes.

Al parecer, Livvy, por su parte, se había estado peleando con el cinturón de seguridad todo el rato que llevaban en el coche.

—¡Oh, Dios mío! ¡No puedo abrocharlo! —Soltó el aire con un siseo, como si lo hubiera estado conteniendo. El sonido estuvo acompañado del deslizamiento del cinturón de seguridad descartado al regresar hacia su contenedor—. Me va pequeño. Estoy hecha una vaca... Una foca. Me gustaría morirme.

Nicky olvidó sus preocupaciones, sobresaltada al oír el dolor en la voz de Livvy, y miró a su hermana a través del espejo retrovisor.

—Por el amor de Dios, Liv —dijo—. Estás embarazada de siete meses. No puedes esperar usar una talla 38.

—Esa... Esa zorra tiene pinta de usar una 34 —gimió Livvy.

Por «esa zorra» todos los ocupantes del coche entendieron la mujer por la que el marido de Livvy la había abandonado.

—Tú eres más bonita que ella —aseguró el tío Ham, que le rodeó los hombros con un brazo para reconfortarla—. A pesar de...

Se interrumpió, consciente al parecer de lo desafortunado que era lo que había estado a punto de decir. Livvy, que no era tonta a pesar de estar muy gruesa, ser muy sensible y estar muy cargada de hormonas en ese momento, no pareció tener ningún problema para llenar el vacío.

—¿A pesar de estar inmensa? —supuso, con una nota de desesperación en la voz.

—No estás inmensa —soltaron el tío Ham, el tío John y Nicky al unísono de modo instantáneo y leal.

—Lo estoy. Lo estoy. —Livvy se echó a sollozar—. Parezco un campo de fútbol, lo sabéis muy bien.

Una señal de stop apareció en medio de la oscuridad. Nicky la vio, así como el automóvil que circulaba por el cruce que anunciaba, justo a tiempo. Pisó el freno. El Honda se detuvo con un chirrido.

—Queremos comunicarnos con espíritus, no serlos —dijo el tío John tras un instante brevísimo, lo bastante alto como para superar el ruido que hacía Livvy al llorar. Sin prestarle atención, ni tampoco a su hermana, ni a nada excepto a la necesidad de llegar a tiempo a su destino, Nicky esperó a que el cruce se despejara y giró a la izquierda. Ya casi habían llegado...

—No sé cómo dejé que me convencieras —gimió

Leonora, ajena al parecer al barullo del asiento trasero—. No puedo hacer una sesión de espiritismo si no puedo establecer contacto.

Se deslizaba las manos arriba y abajo por los brazos como si tuviera frío. Nicky, que sabía por experiencia que eso era una mala señal, empezó a sentir los primeros indicios de alarma. Quizá la renuencia de su madre no obedeciera sólo a un mero empecinamiento. Quizás aparecería en pantalla y se quedaría inmóvil...

—Puedes hacerlo, mamá. Tienes un verdadero don, ¿recuerdas? —Nicky hizo todo lo posible por dominar el pánico que empezaba a sentir y por mantener la voz calmada y tranquilizadora, lo que no era exactamente fácil, dado que su hermana se estaba desmoronando en el asiento trasero, sus tíos estaban discutiendo sobre cuál de los dos era más culpable de haberla alterado y su madre mostraba todos los signos de querer desabrocharse el cinturón de seguridad y salir pitando en la siguiente señal de stop.

Aunque Nicky no pensaba pararse a no ser que fuera absolutamente necesario. En primer lugar, llegaban tarde. En segundo lugar, ya se había enfrentado antes con el histrionismo de su madre, y era muy consciente de hasta dónde Leonora estaba dispuesta a llegar.

Si se trataba sólo de histrionismo. Que era de lo que, si tenía suerte, se trataría. En cuanto la enfocara la cámara, Leonora estaría bien. Nicky sabía cómo era su madre, y reflexionó con pesar que se merecía lo que le estaba pasando. Había sido una locura permitir que su madre tuviera la menor relación con su carrera. Pero *Investigamos las veinticuatro horas* había sufrido un descenso repentino de audiencia, los productores habían estado buscando desesperadamente alguna forma de impulsar las cifras en los estudios de audiencia de mayo, y su madre la había llamado para preguntarle si podía usar sus influencias para conseguirle una aparición breve y bien remunerada en la televisión. «¿Qué influencias?», había querido bramar Nicky; su programa sería cancelado si la audiencia bajaba un punto más, y ella era uno de los tres reporteros, no muy bien considerados, que aparecían en pantalla. Estas tres cosas habían ocurrido en tan poco espacio de tiempo que Nicky había tenido uno de sus momentos eureka y las había relacionado entre sí.

En ese momento, había parecido cosa del destino.

Ahora se percataba de que era una fórmula para el desastre.

Demasiado tarde.

—Ni siquiera he recibido una visita de Dorothy, Nicky. Desde hace mucho —confesó Leonora en un tono bajo que atrajo la atención de Nicky más de lo que lo habría hecho un grito.

La mirada que dirigió a su madre fue de auténtica alarma. Dorothy era el espíritu guía de Leonora, y desde que Nicky tenía uso de razón, había sido una presencia constante en la vida de su madre, lo mismo que la propia Nicky, Livvy y el tío Ham.

—¿Estás hablando en serio, madre?

—Te lo juro con el meñique.

Dios mío. El juramento con el meñique; esa preciosa reminiscencia de la infancia. La palabra que Livvy, Leonora y ella jamás violaban. Los juramentos con el meñique no eran tomados nunca a la ligera. Entre las mujeres James, significaba que quien lo hiciera estaba diciendo la verdad más absoluta.

—Tranquila —pidió Nicky en voz alta, tanto a su madre como a sí misma, mientras por la cabeza le bailaban imágenes del programa que Geraldo Rivera se pasó hablando de la habitación de Al Capone y, al abrirla, resultó que estaba vacía. Leonora, por supuesto, lo tomó como una indicación para que perdiera los nervios. Se clavó las uñas en las muñecas con tanta fuerza que se le formaron unas medias lunas alrededor y se recostó en el reposacabezas para empezar a jadear como un perro muy grande en un sitio muy caluroso.

¿Acaso como el infierno? Tal como se sentía en ese momento, Nicky no se atrevería a apostar lo contrario. Dado que su presencia allí era imprescindible, habría salido de Chicago días antes si hubiera sabido que confiar en que unas líneas aéreas la llevaran a su destino en una definición razonable de la expresión «a tiempo» era confiar demasiado y si hubiera podido prever que, debido al mal tiempo, habría una demora que provocaría que ella y su equipo tuvieran que alquilar coches y conducir desde Atlanta, por lo que habían llegado al hotel del continente hacía menos de dos horas, justo a tiempo para ver parte del programa *Investigamos las veinticuatro horas* emitido en el horario habitual y para el que Nicky había preparado la gran presentación (grabada) del especial de esta noche.

En directo a las nueve. O no.

Nicky se estremeció.

—Leonora, vas a hiperventilar. —El tío John, que al parecer había seguido lo que pasaba en los asientos delanteros a la vez que contribuía a la turbulencia de la parte trasera, se inclinó hacia delante y alargó una bolsa de papel a Leonora. Si no era la que le había sujetado sobre la nariz y la boca en casa, era su hermana gemela—. Recuerda que debes ponértela sobre la nariz y la boca y respirar normalmente —comentó—. Como te enseñé en casa.

Leonora la agarró, se la llevó a la cara y empezó a respirar en ella.

—Inspira, espira. Inspira, espira... —la animó John.

—Dios mío, no puedo dejar que nadie me vea así —gimió Livvy—. Parezco Mobby Dick. Ya sé que quería venir, pero... Nicky, tienes que llevarme a casa.

Nicky estaba segura de que trabajar para *60 Minutos* no era nunca así.

—Livvy... —Nicky se detuvo cuando el coche coronó un montículo y Old Taylor Place apareció ante su vista. A su izquierda, el extremo occidental de la isla era una especie de marisma casi selvática. Una alta vegetación crecía cerca de la carretera, y las aguas tranquilas del río situado al otro lado brillaban tenuemente a la luz de la luna. A su derecha, las densas ramas de encinas, araucarias y cipreses cubrían el terreno más elevado, donde se habían construido las casas. A diferencia de los bonitos *bungalows* color pastel del centro de la isla donde solían vivir los residentes habituales, las casas situadas a lo largo de Salt Marsh Creek eran, en su mayoría, más grandes y más antiguas, anteriores al cambio de siglo. En ese momento, la mayoría estaba aún vacía, a la espera de los veraneantes que las ocupaban. Dicho de otro modo, aparte de los faros del Honda, la zona debería haber estado tan oscura como el interior de una cueva.

Pero no lo estaba. Old Taylor Place estaba iluminada como el monumento a Washington. Parecía que todas las luces de la casa estaban encendidas. Unos potentes arcos de luz iluminaban el exterior. Había media docena de vehículos estacionados en el camino de entrada.

Nicky notó que su tensión se aliviaba al observar que todo tenía el aspecto que debería para la emisión, hasta que vio el par de coches patrulla estacionados delante de la casa con las luces estroboscópicas encendidas.

Acababa de fruncir el ceño cuando empezó a sonar su teléfono móvil, que había dejado en el soporte entre los dos asientos.

—¿Diga? —contestó a la vez que dirigía una sonrisa de ánimo a su madre, que había bajado la bolsa de papel e intentaba, con una expresión cautelosa en la cara, respirar sin ella.

—No te lo vas a creer, Nicky —susurró Karen por teléfono—. Nos están clausurando.

3

Para cuando llegaron a Old Taylor Place, Brian se había ido. Eso hizo sentir a Joe algo mejor, aunque no demasiado. Ya habían pasado casi dos años. Empezaba a pensar, y a temer, que Brian podría formar parte de su existencia para siempre.

Y no quería pensar siquiera en las repercusiones que algo así tendría.

—No tienen permiso. Diles que se marchen. —Vince recibió a Joe y a Dave en el porche con esta información mientras hacía tintinear con una mano las llaves que llevaba en el bolsillo y los astutos ojitos negros le brillaban de satisfacción. Era un hombre descomunal, de casi metro noventa y cinco, y casi lo mismo de ancho, con unas espaldas, un tórax y una panza enormes sobre unas piernas curiosamente cortas. Tenía unos frondosos cabellos canosos, unos rasgos agresivos y muchos problemas para estarse quieto. A pesar de los años pasados en este clima que socavaba la motivación, seguía rebosante de la clase de vigor puro y de la energía nerviosa que era tan ajena a Carolina del Sur como el *kudzu* a la del Norte. Llevaba traje y corbata, lo que hizo pensar a Joe que, como Vince era católico devoto, iría de camino a misa o volvería de ella. O tal vez no. Vince no creía demasiado en la costumbre de la isla de vestir ropa informal en cualquier circunstancia.

Motivo por el cual Joe se había puesto la camisa del uniforme de reserva que llevaba siempre en el maletero antes de subir por el jardín hacia el porche. De todos modos, le gustaba la camisa del uniforme: gris y de mangas cortas, con un gran escudo plateado prendido en el bolsillo superior. Con ella, se sentía como Andy Griffith.

—Así pues, ¿lo necesitaban? —preguntó sin demasiado interés. Durante el camino, se le había ocurrido que la investigación chapucera, si es que la investigación había sido chapucera, no había tenido lugar bajo su mando. Lo que se hubiera hecho o no hacía quince años no era problema suyo. Por lo tanto, no le importaba especialmente que el programa se emitiera o no; se limitaría a hacer lo que Vince quisiera. De ese modo, era más fácil. Exaltarse mucho por cosas que en realidad no importaban había formado parte de su personalidad, pero ya no. Había dejado ese rasgo de su carácter junto con muchas otras cosas, en Jersey.

—Bueno, soy el alcalde. Si yo digo que necesitan un permiso, lo necesitan —soltó Vince, y las llaves tintinearon con más fuerza.

Joe interpretó que eso significaba que ninguna de las personas con las que Vince había podido hablar sabía si se necesitaba o no un permiso para este tipo de asunto.

—A mí me vale —aseguró.

El último vestigio de sol se había desvanecido hacía rato. Más allá del perímetro de la casa iluminada, la noche era oscura y tranquila. Soplaba una brisa procedente del océano; olía a mar, por supuesto, y también vagamente a flores. La puerta principal de Old Taylor Place estaba abierta, aunque la puerta mosquitera estaba cerrada. A través de la tela metálica podía vislumbrar el amplio vestíbulo hasta la escalera curvada y parte de lo que imaginó que sería el salón. Techos de tres metros y medio de altura, paneles de madera oscura que recubrían tres cuartas partes de las paredes, sombras lúgubres por todas partes. Excepto unas cuantas sillas plegables y el material de la cadena televisiva, lo que alcanzaba a ver de la casa carecía de muebles. En un rincón del salón se había instalado una luz brillante tras una especie de pantalla blanca translúcida, supuso que con objeto de difuminar su intensidad. Cerca de la luz se apiñaba un grupo de personas (visitantes, a juzgar por su ropa, que, como en su mayor parte era de color negro y agradable para trabajar, distaba al máximo de la típica de la isla). Sólo podía ver una tercera parte de esas personas, pero era evidente que estaban comentando algo frenéticas, aunque en un tono tan bajo que no alcanzaba a oír qué decían.

Pero adivinaba de qué se trataba; no era probable que les gustara que les impidieran realizar el programa.

—Vaya, ahí viene una —advirtió Dave entre dientes.

Una mujer joven con los cabellos negros y cortos se había separado del grupo del salón para ir al vestíbulo. Fruncía el ceño mientras hablaba por el móvil. Automáticamente, Joe detectó que era atractiva y delgada, llevaba una blusa blanca, una falda negra y zapatos planos, pero no era su tipo. Se dirigía hacia ellos.

—O'Neil. Ve a ver qué están haciendo. —Vince, que también observaba a la joven, dirigió una mirada a Dave y señaló la casa con la cabeza—. Deberían estar desmontándolo todo.

Dave asintió y se metió en la casa. La joven, que seguía hablando por el móvil, llegó a la puerta mosquitera al mismo tiempo que él. Caballeroso como siempre, Dave terminó abriéndole la puerta para dejarla pasar. Al salir al porche, la mujer lo miró de reojo con desdén.

Ni pizca de gratitud.

Entonces, el sonido de unos pasos rápidos en la escalera del porche hizo volver la cabeza a Joe. Se sorprendió un poco al ver a la reportera pelirroja que había salido por televisión; subía los peldaños de dos en dos. Tras ella una colección variopinta de recién llegados avanzaba con dificultad por el jardín, en dirección a la casa. Tenían detrás los tres arcos de luz que se habían instalado a unos diez metros del edificio para iluminar el exterior, lo que les alargaba las sombras de modo que se extendían por la hierba llena de maleza hasta casi alcanzar el matorral de adelfas que bordeaba el porche. Joe vio a una mujer mayor, pelirroja como la reportera, con un vestido largo y suelto de color púrpura que se apoyaba en el brazo de un hombre rubio, bajo pero musculoso. Un poco más atrás, otro hombre, menos corpulento pero también menos tonificado, rodeaba con la mano el codo de una mujer en avanzado estado de gestación que resoplaba a cada paso. Pero la que estaba más cerca era la reportera, y al volver a dirigir la vista hacia ella, se percató de que, además, avanzaba deprisa. Era delgada, más de lo que parecía por televisión, y llevaba un traje chaqueta negro ajustado que hacía que sus espléndidas piernas parecieran medir kilómetros, y unos tacones altos que repiqueteaban con fuerza en la madera. El cabello, largo hasta los hombros, se le veía oscuro en la penumbra que reinaba en lo alto de los peldaños pero, una vez en el porche, los arcos de luz la iluminaron y Joe vio que era tan rojizo como aparecía en la televisión. Pero antes lo llevaba bien liso y reluciente como si fuese un anuncio de champú. Ahora iba despeinada, con una parte detrás de una oreja y flequillo. Tenía las mejillas sonrojadas y sus labios, antes cautivadores, se veían duros y tensos. Al fijarse en Vince y en él, entrecerró los ojos, torció el gesto y dijo algo por el móvil que llevaba pegado a la cara.

Debió de notar que la observaba, porque alzó la vista y sus miradas se encontraron. Joe sintió despertarse en él un interés algo desconcertante al ocurrírsele que era su tipo, aunque era probable que las pelirrojas atractivas lo fueran de todo el mundo. Pero era evidente que estaba muy enfadada y que tenía ganas de desquitarse con cualquier pobre alma desafortunada. ¿Quizá con él? Era posible. Había tenido uno de esos días en que todo sale mal.

Al llegar donde estaban, la pelirroja cerró el teléfono móvil. Un ruido idéntico a su izquierda lo llevó a mirar en esa dirección. La mujer de cabellos negros estaba a unos tres metros de distancia y se acercaba a ellos con su propio móvil, ahora cerrado, en la mano.

Era evidente que habían estado hablando entre sí, y no era demasiado difícil adivinar sobre qué.

Vince tenía suerte de que esa noche no celebraran un concurso de popularidad en Old Taylor Place.

—Nicky. —La mujer de cabellos negros saludó a la reportera con evidente alivio y pasó junto a Joe y Vince, a los que lanzó una mirada asesina.

—Ya me encargo yo —indicó Nicky a la vez que dejaba el móvil en un bolsillo lateral del bolso que llevaba colgado del hombro mientras dirigía los ojos de él a Vince y viceversa—. ¿El señor Capra? —preguntó con decisión.

—Soy yo —contestó Vince, enfrentándose a ella. Nicky entrecerró los ojos aún más para observarlo mejor.

«Muy bien —pensó Joe—. Es idea de Vince. Es problema suyo. Adelante, Vince.» Y dio un pasito hacia un lado para alejarse de la línea de tiro.

Si sabía juzgar el carácter de las personas, algo de lo que tiempo atrás se enorgullecía, lo que se avecinaba iba a ser algo parecido a la batalla de los titanes.

—Soy Nicole Sullivan —se presentó la reportera en un tono brusco. Alargó la mano y estrechó la de Vince. Joe no estaba del todo seguro de si Vince había cooperado, pero tanto si lo había hecho como si no, el resultado era el mismo: apretón de manos consumado. No había duda de que aquella mujer estaba acostumbrada a conseguir lo que se proponía—. De *Investigamos las veinticuatro horas*. Tengo entendido que hay alguna duda sobre si tenemos o no la autorización necesaria para grabar aquí.

—Sí, señora —dijo Vince con educación pero con firmeza—. O, mejor dicho, no, señora. No hay ninguna duda. No pueden grabar aquí. No tienen permiso.

Nicky sonrió. O, como pensó Joe desde la perspectiva objetiva de un observador, enseñó los dientes. Unos dientes muy bonitos, rectos y blancos, por cierto.

—En realidad, no necesitamos permiso. Lo único que necesitamos es la autorización del propietario de la casa, y la tenemos, por escrito. ¿Le gustaría verla? —Se descolgó el bolso del hombro.

—No, señora. El caso es que no tiene permiso. Siendo así, voy a tener que pedirle a usted y a su gente que se marchen. —Vince se mantuvo firme mientras ella abría el bolso y metía una mano dentro.

—Tenga. —Nicky le mostró una hoja de papel—. Autorización escrita del propietario de la casa. Lo hemos comprobado, créame, y no necesitamos nada más.

Vince tomó el papel y lo miró con el ceño fruncido.

—Hola, Vince —dijo el hombre rubio a modo de saludo cuando la mujer mayor y él llegaron a lo alto de los peldaños del porche y empezó a avanzar hacia ellos.

Vince, que conocía a todo el mundo en la isla mientras que, hasta entonces, Joe se limitaba básicamente a los hombres de su departamento, a sus familias, a los concejales y a varios infractores de la ley de diversa índole, alzó los ojos. Joe vio que los fijaba en el hombre y fruncía el ceño.

—John. Señora Stuyvescent —dijo a la vez que saludaba con la cabeza a los recién llegados como por obligación—. Lamento pedirles que den media vuelta y se vayan, pero me veo obligado a hacerlo.

—Nadie se va —soltó Nicky entre dientes antes de arrancar el papel de las manos de Vince y volverlo a sumergir en las profundidades de su bolso—. Estaremos en el aire, en directo, en... —consultó el reloj—. ¡Oh, Dios mío! En ocho minutos.

—Sin un permiso... —empezó a objetar Vince, que sacudía la cabeza con un pesar fingido.

—Olvídese del permiso —replicó Nicky, y los ojos le echaban chispas—. No necesitamos ninguno.

—Vamos justos de tiempo. —La voz de censura, de mujer, interrumpió el intercambio antes de que subiera de tono. Llegó desde detrás de Joe. Tres personas que habían salido de la casa pasaron junto a él. Un hombre bajo y enjuto con aspecto latino, una mujer alta de raza negra con los cabellos muy cortos y una rubia menudita con una cola de caballo hasta la cintura y unos zapatos de plataforma enormes rodearon a Nicky. Iban provistos de un cepillo para el pelo, un perfilador de labios y una borla gigante, respectivamente. La rubia llevaba colgado del brazo un maletín translúcido lleno de maquillaje. Joe observó entre sorprendido e interesado cómo los tres se movían a la vez alrededor de Nicky para arreglarla como unas hadas madrinas hiperactivas.

—Ya lo sé —respondió Nicky—. He tenido que...

—Deja de hablar y frunce la boca.

Nicky obedeció. Le pasaron por los labios un pincel delgado para pintárselos. Joe observó fascinado cómo se recuperaban los contornos carnosos que había admirado antes en pantalla.

—Un momento. —Vince levantó la voz para que lo oyeran a pesar del barullo. Joe se percató con interés de que se estaba poniendo colorado—. No tiene sentido que sigan con esto porque no va a haber ningún programa de televisión. No aquí, no esta noche.

Si alguien lo escuchaba, lo disimulaba bastante bien. Mientras el hombre seguía cepillándole las puntas del pelo, Nicky tiró de la señora Stuyvescent, que soltó a John, al parecer con cierta renuencia, y murmuró algo que sonó como un «No, Nicky» asustado en medio del círculo.

—Creo que habría que empolvarla un poco —comentó Nicky—... Y ¿quizá retocarle los labios?

—Sí, desde luego.

La misma borla gigante que acababa de empolvarle la cara a Nicky atacó a la señora Stuyvescent mientras las hadas madrinas se dedicaban frenéticas a arreglarla también a ella.

—El programa se ha suspendido —anunció Vince en voz alta, sin efecto aparente—. Suspendido, ¿me oyen?

—Yo de ti, Vince, dejaría de intentar interferir en la gran vuelta a la televisión de Leonora —dijo John, con la mirada puesta, como la de todos, en las mujeres—. No puedes detener un tren fuera de control. Además, ¿para qué ibas a querer hacerlo?

¿Leonora? ¿Leonora James? Joe ató cabos al comprender que la señora Stuyvescent, que en ese momento sufría el frenesí maquillador, debía de ser la famosa médium que tenía que efectuar la sesión de espiritismo que el Canal 8 retransmitiría en directo en pocos minutos.

—No nos apetece que todo el país nos relacione con

un triple asesinato, en especial ahora que se acerca la temporada alta —gruñó Vince—. Es mala publicidad.

—La mala publicidad no existe —le corrigió John.

—¡No respiréis! —Esta inadecuada advertencia salió de los labios de una de las hadas madrinas, y la siguió casi de inmediato un sonido siseante debido a la descarga del contenido de un aerosol sobre las dos mujeres situadas en el epicentro de la actividad. Para su espanto, Joe se encontró envuelto en una nube de laca que el aire había empujado hacia él. Sin darse cuenta, inspiró, se ahogó y empezó a toser a pesar de haberse apartado del sitio.

—Deténganse. —Vince también tosía y agitaba una mano para disipar los vapores—. Maldita sea, ¿cuántas veces tengo que decirlo? No se va a emitir ningún programa de televisión desde aquí esta noche.

—Vamos, vamos —murmuró John.

La cara de Vince adoptó una interesante tonalidad magenta. Dirigió una mirada fulminante a John.

—No se va a poder —sentenció.

Por la reacción que obtuvo, era como si estuviera hablándole a una pared. La puerta mosquitera se abrió. Una mujer de unos sesenta y tantos años, baja y rellenita, con los cabellos grises cortos y rizados la cruzó deprisa. Cuando avanzó hacia el grupo, Joe vio que llevaba una falda floreada hasta los tobillos y un Jersey de color rosa pálido, y que parecía una abuelita encantadora. Tras ella, iba Dave, que le había sujetado la puerta para que no se cerrara.

—Oh, gracias a Dios, Marisa —dijo Nicky a la recién llegada. Mientras tanto, Joe arqueó una ceja inquisidora a Dave. Éste se encogió de hombros, con aire avergonzado. Joe lo interpretó como que había tenido tanta suerte como Vince. El acalde, que también miraba a Dave y, al parecer, había llegado a la misma conclusión, apretó los dientes de forma audible.

—Todo está preparado —informó Marisa a Nicky con una sonrisa rápida. Luego, dirigió su atención a Leonora y su voz se volvió enérgica—. Muy bien, vamos a ponerte en situación. Tengo un buen presentimiento sobre esta noche.

—No tienen permiso para grabar aquí —bramó Vince. Con la cara colorada y los ojos sobresalidos, parecía un globo a punto de explotar.

Aparte de dirigir la vista hacia él unos segundos, ninguno de los miembros del equipo de televisión le prestó la menor atención. Estaban concentrados en Leonora: un retoque en el pelo, una nota de color en los labios, un tironcito para alisarle el vestido. Marisa le rodeó el brazo con una mano. Leonora agarró una mano a Nicky con aparente desesperación.

—No creo que pueda hacerlo —gimió.

—Todo irá bien —aseguró Marisa a Nicky en un tono reconfortante. Nicky, por su parte, no parecía nada tranquila—. Sólo son los nervios anteriores a una actuación.

—No siento ninguna conexión. —Leonora recorrió el grupo con una mirada enajenada—. ¿Es que nadie lo comprende? —preguntó antes de separar los labios y empezar a respirar con dificultad—. Estoy bloqueada. Estoy bloqueada.

—Leonora. Toma. —John avanzó, se sacó otra bolsa de papel marrón doblada del bolsillo, la sacudió para abrirla y se la puso en la mano a Leonora. Ésta bajó la vista, se percató de lo que era y se la colocó sobre la nariz y la boca sin soltar la mano de Nicky.

—Haz lo que puedas —pidió Nicky, tranquila como si en este comportamiento tan extraño no hubiera nada sorprendente. Si Nicky no hubiera cerrado los puños al hablar, Joe podría haber creído que realmente estaba calmada.

La respuesta de Leonora fue incomprensible a través de la bolsa, cuyos costados se expandían y se contraían con su respiración. Marisa le tiró de un brazo. No se movió.

Nicky siguió hablando en el mismo tono tranquilizador:

—¿Recuerdas cuando encontraste a esa niñita que se había perdido en el bosque? ¿Recuerdas cuando viste que había supervivientes después de que ese yate volcara? Se salvaron gracias a ti. Esto no es nada comparado con aquello. Sólo un día más de trabajo.

Leonora se estremeció y sacudió la cabeza.

—Muy bien, me van a obligar a hacer algo que no quiero hacer —amenazó Vince con fuerza.

—¿Hay algún sitio donde pueda sentarme? —La mujer embarazada, que era rubia, de unos treinta años, y lucía una tripa enorme y aterradora, recorrió con dificultad el porche en su dirección. Con un chancleteo sonoro, unos pantalones cortos blancos de tamaño ínfimo y un premamá de color rosa hasta la ingle, se apoyaba con fuerza en el brazo del otro hombre, del que Joe pudo ver ahora que también era pelirrojo. La mujer embarazada respiraba con fuerza y transpiraba. Tenía la cara colorada y llena de manchas, como si tuviera alguna alergia o algo así.

—¿Estás bien? —le preguntó Nicky cuando los alcanzó, y por primera vez, su voz sonó tensa.

—Sí —respondió la embarazada, que se llevó una mano a la tripa y aclaró—, para ser un elefante.

Entonces le temblaron los labios, se le llenaron los ojos de lágrimas y se tapó el rostro con ambas manos.

Joe se percató, para su espanto, de que estaba llorando.

Por primera vez aquella noche, sintió una punzada de verdadera alarma. Las embarazadas sollozantes le hacían sentir muy incómodo. Si no hubiera estado ya pegado a la barandilla del porche, habría retrocedido. Pero, dada la situación, estaba atrapado. Advirtió que Dave y Vince parecían tan horrorizados como él.

—No llores, Liv —dijo Nicky mientras le daba unas palmaditas torpes en el brazo—. Él no se lo merece.

—Ya lo sé. —La embarazada, Liv, sollozaba con la cara tapada entre los dedos—. No puedo evitarlo.

—Son las hormonas —aseguró Leonora, que bajó la bolsa y sonó sorprendentemente normal—. A mí me pasaba exactamente lo mismo cuando estaba embarazada.

—Tres minutos —soltó una voz desde el interior de la casa.

—No te preocupes, Nicky, yo cuidaré de Livvy —dijo el hombre pelirrojo, y se la llevó.

—No os mováis —pidieron casi a coro las hadas madrinas.

Un siseo anunció el lanzamiento de otra nube tóxica de laca.

—Voy a tener que... —empezó a decir Vince, pero lo interrumpió un ataque de tos cuando los vapores lo envolvieron. Dave, pillado por sorpresa, también sucumbió. Joe, que había tenido la presencia de ánimo suficiente para recordar lo que presagiaba el aviso y había contenido el aliento, no pudo evitar sonreír. Cruzó los brazos, apoyó una cadera en la barandilla del porche para estar más cómodo y descubrió que, por primera vez en mucho tiempo, estaba empezando a pasárselo bien.

—Nicky... —exclamó Leonora con la cabeza vuelta cuando Marisa, con la ayuda de John, logró por fin moverla.

—Puedes hacerlo —la animó Nicky—. Es exactamente igual que las otras veces. Karen, ¿podrías ayudarlas, por favor? —La mujer de cabellos negros asintió y se marchó para reunirse con Leonora y los demás. Segundos después, Nicky les advertía en un tono más severo—. No la dejéis entrar hasta que vayamos a empezar. Queremos captar sus reacciones desde el principio. Y, por el amor de Dios, que alguien le quite la bolsa de papel.

—Dos minutos, Nicky. Tenemos que ponerte el micrófono —dijo un hombre con urgencia a través de la puerta mosquitera. Joe dirigió la mirada en esa dirección y observó que ahora podía verse una cámara dentro de la casa. El hombre que la manejaba parecía estar situándose para captar a cualquiera que cruzara la puerta principal.

—Ya voy —contestó Nicky. Y lo hizo. Erguida como un palo, con la melena ondulante, un trasero que se balanceaba de modo provocativo y pasos amplios, no había duda: se iba.

Podía anotarse como un gol para el equipo visitante.

—¿Ves qué pasa cuando intentas ser amable? Te ignoran. —Vince la observaba furioso y, a continuación, miró de reojo a Joe—. Eres el jefe de policía. Encárgate del asunto. No quieren irse, muy bien. Detenlos.

—No hablarás en serio —soltó Joe con una mirada de incredulidad.

—Claro que sí, joder. ¿Para qué te crees que te pagamos? Haz tu trabajo.

—Mierda —exclamó Joe, que fijó sus ojos en Dave. Su segundo parecía tener tantas reservas como él, pero, qué diablos, quien decidía era Vince. Con Dave pegado a él y Vince a la cola, se dirigió bastante a su pesar hacia donde estaba Nicky, rodeada de gente, delante de la puerta mosquitera. A unos cuantos pasos, en el centro de su propio grupo, Leonora volvía a respirar en la bolsa de papel.

—Probando, uno, dos... —decía Nicky hacia un pequeño micrófono negro que le acababan de fijar en la solapa.

—Fantástico. Todo listo para empezar —indicó un hombre desde el interior de la casa.

—No —le contradijo Joe con su mejor tono autoritario. Nicky se volvió para mirarlo. Al girar la cabeza, el cabello le brilló con múltiples destellos del color de los rubíes y se le apartó de la cara. Era preciosa. Qué lástima que él iba a descender hasta el último lugar en su lista de gente favorita—. Como ha dicho el alcalde, si no tienen permiso, no habrá programa de televisión. Van a tener que acompañarme fuera de la finca. Si se niegan a marcharse, no tendré más remedio que detenerlos.

Nicky separó los labios para inspirar aire. Joe casi pudo oír el fogonazo al encendérsele la mecha. Sus enormes ojos castaños echaban chispas en su dirección. Y, entonces, ¡zas!, con dos zancadas rápidas se situó justo delante de él.

—Se acabó —dijo bruscamente con los ojos centelleantes—. Ya me harté. No quiero saber nada de usted. Váyase a paseo.

Joe parpadeó al recibir el impacto de su ira, pero se mantuvo firme. Como Vince le había recordado, era el jefe de policía. Vince, como alcalde, era su jefe. Si Vince quería que esa gente se fuera, él tenía que hacerla desaparecer. Aunque, bien mirado, había sido más divertido ser un mero espectador.

—Señorita Sullivan... —empezó a decir. Demasiado tarde. Ya se había vuelto y se dirigía de nuevo hacia la puerta.

Era imposible razonar. Suspiró para sus adentros.

—Usted. —Levantó la voz para hablar con el cámara, al que podía ver dentro de la casa—. Apague esas cámaras. Les estamos clausurando.

Nicky se giró y regresó taconeando furiosamente.

—Ni hablar.

Joe cruzó los brazos y la miró.

—Me está poniendo en un compromiso.

—¿De veras?

—¿Quiere que la detenga?

Frunció la boca. Se le había tensado la cara, y los ojos le centelleaban. Prácticamente escupían fuego, como lanzallamas gemelos. Madre mía, qué enfadada estaba. Al sostener esa mirada abrasadora, Joe casi notó cómo se le erizaban los pelos de la nuca.

—Escúcheme bien —dijo Nicky—. Estaremos en directo en unos noventa segundos. Quien interfiera en esta emisión a partir de entonces se enfrentará con una demanda. —Desvió la vista hacia Vince, quien, como Dave, estaba situado detrás de Joe, y después la clavó en éste como si fuera la carne de una brocheta—. Por mucho dinero, se lo aseguro. ¿Me ha entendido?

—Un minuto —avisó la voz desde el interior de la casa.

—De acuerdo —confirmó Nicky. Entrecerró los ojos y éstos le brillaron. Volvía a fulminar a Joe con la mirada, amenazadora a pesar del hecho de que la cabeza le llegaba aproximadamente a la altura de su boca y de que él debía de pesar unos treinta kilos más que ella—. ¿Lo ha oído, Barney Fife? Estaremos en el aire en un minuto. Eso significa que tiene una opción. Puede detenerme en directo ante millones de telespectadores o puede echarse atrás.

Le lanzó un dedo índice hacia la nariz para dar énfasis a sus palabras. Se detuvo a unos diez centímetros de su objetivo y se quedó ahí como una pálida flecha inmóvil en el aire.

Mientras dirigía la mirada del dedo a los ojos de Nicky, Joe reflexionó que, después de que lo llamara Barney Fife, en alusión al inepto policía uniformado de la famosa serie televisiva, tendría que deshacerse de la camisa.

—Tienes que colocarte en tu sitio ya, Nicky —advirtió la mujer de cabellos negros, que gesticulaba frenética desde el umbral.

—Ya voy —respondió Nicky a la vez que miraba a su alrededor. Luego, volvió a fijar los ojos en él.

»Usted decide —sentenció entre dientes. Tenía los puños cerrados. Sus ojos lo desafiaron. Joe decidió de forma objetiva que aquella mujer estaba a punto de perder los nervios. Bastaría un empujoncito para que lo hiciera.

Y no iba a ser él quien se lo diera, no sin una razón mucho mejor que la que le habían dado hasta entonces. No con telespectadores en directo dispuestos a sintonizar esa cadena en cualquier instante. No. Ni hablar.

Nicky debió de leer la respuesta en sus ojos. Con una última mirada de advertencia, que amplió después para incluir a Vince y a Dave, dio media vuelta y se dirigió deprisa hacia la puerta.

—¿Vas a dejar que te intimide así? —le preguntó Vince entre dientes—. Decídete de una vez. Detenla.

—Diez, nueve, ocho... —La cuenta atrás, con voz de mujer, llegaba desde algún sitio situado detrás de la cámara.

—Será mejor no hacerlo, Vince. Créeme —aseguró Joe a la vez que agarraba a Vince por el brazo cuando éste, con una mirada fulminante que dejó clara su opinión sobre la falta de decisión de su jefe de policía, empezó a seguirla él mismo—. No, televisado en directo.

—... cuatro, tres, dos, uno...

Vince vaciló.

—Maldita sea —exclamó con amargura.

—Les saludamos desde *Investigamos las veinticuatro horas* —dijo Nicky a la cámara, y pudo advertirse que estaba en el aire. Su lenguaje corporal había cambiado por completo en los últimos segundos; ahora se la veía cómoda, casi relajada, e incluso logró esbozar una sonrisa para el público en casa—. Gracias por acompañarnos en esta emisión especial en directo. Soy Nicole Sullivan...

4

—No hay nada en el vestíbulo..., nada en el salón..., nada en el comedor —entonó Leonora.

Como Nicky había previsto, en cuanto la cámara la enfocó, Leonora se había convertido en lo que era: una profesional consumada. Después de todo, la televisión no era ninguna novedad para ella, y había sido médium profesional desde los dieciséis años. Sólo alguien que la conociera íntimamente como, por ejemplo, su hija menor, habría captado el parpadeo nervioso de los ojos, la tensión de la mandíbula, la brusquedad de los gestos. Fuera cual fuera la razón, el famoso bloqueo parapsicológico u otra, esa noche Leonora no establecía contacto. Pero lo intentaba, recorriendo animosamente la casa con pasos cada vez más rápidos, que, como Nicky sabía, indicaban su impaciencia ante la falta de actividad paranormal que captar. La cámara enfocaba el magnetómetro (equipo habitual en la detección de fantasmas que medía el campo magnético generalmente asociado a la presencia de espíritus), que había sido instalado en cada habitación: nada. Del mismo modo, los sensores de temperatura revelaban veintidós grados constantes: no se encontraban puntos fríos. Nicky pensó con pesimismo que, como la casa carecía de aire acondicionado, ni siquiera podían esperar una bajada de temperatura debida a un conducto de ventilación cuya ubicación les favoreciera. Trabajaban al natural, tanto si les gustaba como si no.

El plan era que Leonora recorriera la casa, habitación por habitación, para encontrarse e interactuar con los espíritus que hubiera presentes, mientras las cámaras lo grababan todo. Hasta entonces, el plan había proporcionado unos veintidós minutos de la substancia contraria de la que exigía la televisión, es decir: nada, nada, nada. Y más nada.

Podría titularse *La cámara de Al Capone II*: la sesión de espiritismo sin espectros.

Y la peor pesadilla de Nicky.

—Ésta es la biblioteca —anunció Nicky en voz baja a la cámara cuando su madre entraba en la pequeña habitación contigua al comedor. A pesar de la luz elevada colocada en un rincón especialmente para esta emisión, se veía sombría con sus oscuros estantes vacíos y sus ventanas cerradas con postigos. Había polvo depositado por todas partes, y una telaraña adornaba un rincón del techo encofrado. Como el resto de la casa, olía un poco a humedad, como si hubiera estado desprovista de luz y de aire durante mucho tiempo. Nicky pensó que si fuera una aparición, le gustaría andar por ahí.

Como la cámara, sus ojos siguieron a Leonora mientras se movía por la habitación para tocar la repisa de la chimenea o de la ventana, o los paneles de la pared. Nicky era consciente de que detrás de ella, fuera de cámara, Karen y el resto del equipo observaban ansiosos. Si con su mera voluntad hubieran podido invocar a un fantasma, se habría materializado uno justo ante ellos en ese preciso instante. Pero eran tan incapaces de cambiar lo que estaba pasando, o, más bien, lo que no estaba pasando, como ella.

—Nada. En esta habitación no recibo nada —anunció por fin Leonora con la voz tensa. Sus ojos se encontraron con los de Nicky un momento largo. Nicky conocía esa mirada. Si el programa resultaba un fracaso tan estrepitoso como parecía, los peces gordos de la cadena no serían los únicos que pedirían su cabeza a gritos: su madre también lo haría.

Y comprendió con amargura que, al final, cuando el programa se hubiera terminado y se produjera la reacción, toda esta increíble debacle sería culpa suya. ¿Por qué? ¿Por qué no lo había visto venir?

Porque había estado demasiado ansiosa por efectuar este programa, y el motivo de que estuviera tan ansiosa era porque había sabido que la CBS la estaba observando. Buscaban una nueva copresentadora para *En directo por la mañana*, la tertulia que la mayoría del país veía desde hacía muchos años durante el café matinal. Con independencia de que *Investigamos las veinticuatro horas* sufría una crisis, *En directo por la mañana* era un programa por el que todas las figuras femeninas de la televisión del país venderían sus dientes blanqueados con láser. A petición suya, les había enviado un vídeo de prueba, que había causado la impresión suficiente como para que tuviera que volar a Nueva York para una entrevista. Las cosas habían ido bien.

Mas no le habían ofrecido el puesto. Dijeron que la tenían en cuenta, pero que seguían buscando.

Una amiga bien informada le había dicho que les gustaba, pero que tenían reservas: como complemento para Troy Hayden, el presentador atractivo y moderado del programa, habían pensado en una rubita bronceada y desenfadada, no en una pelirroja alta, de piel blanca y en ocasiones demasiado sobria; el grueso de su trabajo había consistido en reportajes sobre noticias, desde el Canal 32 de Charleston, donde había empezado, hasta *In-*

vestigamos las veinticuatro horas para la A&E, y no tenía ninguna experiencia en efectuar programas de televisión en directo.

Bueno, gracias a sus maquinaciones, ahora la tenía. Y tenía todo el aspecto de que terminaría por estallarle en la cara.

Después de esto, no sólo no iba a conseguir el trabajo, era probable que tampoco siguiera trabajando en *Investigamos las veinticuatro horas*. Si no la despedían, sería porque no tenían por qué: el programa sería suprimido. Ella pasaría a los anales de la historia televisiva como la reportera que se cargó el programa.

Si la CBS volvía a hablar sobre ella alguna vez, sería porque era para *Investigamos las veinticuatro horas* lo que el iceberg había sido para el *Titanic*.

—Leonora James, que, como la mayoría de ustedes saben, también es mi madre, ostenta un historial asombroso como médium. En su programa *El Más Allá*, que tanto echan de menos sus admiradores, pudo poner a cientos de familias en contacto con sus seres queridos fallecidos. Ha hablado con Marilyn Monroe, con Elvis, con John Ritter...

Con la cámara de nuevo enfocada en Nicky, Leonora sintió que tenía libertad para dirigir una mirada hosca a su hija. Y ésta, que seguía hablando, hizo todo lo posible por ignorarla. Luego, con la cabeza alta, una pose majestuosa y el caftán púrpura arremolinado, Leonora pasó junto a Nicky para regresar al vestíbulo mientras la cámara, que volvía a enfocarla, la seguía en silencio.

—... ha investigado literalmente centenares de lugares hechizados —prosiguió Nicky—, incluido el Teatro de Ford, en la ciudad de Washington, donde se dice que el fantasma de John Wilkes Booth, el asesino de Abraham Lincoln, sigue deambulando por las tablas...

Nicky vio cómo un grupo de mirones apiñado fuera de cámara junto a la puerta principal alargaba el cuello para seguir la actividad, que por el momento se manifestaba como inactividad. Lo formaban varios miembros del equipo de apoyo técnico, una mujer con minifalda que, si no estaba equivocada, trabajaba para el semanario local, el alcalde, grande como un bulldog y con el ceño fruncido, y el compañero del alcalde, un hombre bajo, fornido y medio calvo que tomó por policía. Barney Fife, alto, moreno e inquietante, estaba detrás, con los brazos cruzados y los hombros apoyados en la pared. La contemplaba con un gesto irónico en los labios: no era precisamente una presencia amistosa. Era probable que planeara abalanzarse sobre ella una vez que terminara la emisión para llevarla a la cárcel, lo que, en ese momento, mientras repasaba con la mirada a las personas del grupo, era lo que menos le preocupaba. Sus expresiones eran desde preocupadas o aburridas hasta escépticas. Por desgracia, no había ni un solo rostro embelesado.

El chisporroteo que oía en la cabeza era su carrera que se iba a freír espárragos.

Mientras seguía a Leonora por el vestíbulo intentando no tropezar con el montón de cables que cubrían el suelo por cortesía del equipo de *Investigamos las veinticuatro horas*, Nicky pensó con desaliento que nunca se había sentido cómoda en esa casa. Tiempo atrás, había estado en ella varias veces, cuando sus padres alternaban con los propietarios anteriores a los Schultz. En aquella época había creído que su malestar se debía a la inferioridad que sentía por tratarse de una mocosa insignificante con la cara llena de pecas que lo pasaba mal en las fiestas, tan vitales para Livvy y Leonora. Ahora se preguntaba si tendría algo que ver con la casa en sí. Seguía existiendo una vibración, una disonancia, en el ambiente que le hacía sentir la piel casi húmeda.

O quizá fuera porque el crimen le resultaba demasiado próximo. No había conocido a ninguna de las víctimas ni a sus familias, puesto que Leonora se había vuelto a casar, y se habían trasladado todos a Atlanta unos años antes de que los Schultz hubieran ido a vivir a Old Taylor Place. Pero como Tara Mitchell y las otras chicas tenían más o menos la edad de Livvy y la isla era el lugar que Nicky, Livvy y su madre habían considerado siempre su hogar, el asesinato había sido un tema recurrente de conversación en su familia cuando se produjo. Aunque los detalles se habían desvanecido con los años, el hecho en sí se le había quedado grabado. Cuando *Investigamos las veinticuatro horas* buscaba un crimen interesante para mostrarlo, le vino inmediatamente a la cabeza.

Y el resto, como solía decirse, ya era historia.

Así que ahí estaba, haciéndose cargo de su vida, persiguiendo lo que quería, intentando ascender, y la triste realidad era que se iba a dar un buen morrón. Sabía, por la expresión de Karen, por las miradas de reojo que se intercambiaba el equipo, por su propia experiencia de lo que ocurría entre bastidores, que la reacción que obtenían de los productores de la sala de control, que estaban en Chicago viendo el programa junto con los telespectadores en casa, no era buena.

—¡No sucede nada! —era probable que estuvieran gritando a Karen por el pinganillo en ese mismo instante—. ¡Haced algo! ¡Solucionadlo! ¡Necesitamos acción!

Al pensarlo, se le hizo un nudo en el estómago.

«Un fantasma —pensó Nicky—. Dios mío, por favor, mándanos un fantasma. Casper, ¿dónde estás cuando te necesitan?»

Nicky no había visto nunca que su madre no consiguiera encontrar un espectro cuando salía a buscarlo. Por lo general, los espíritus se daban empujones para poder comunicarse con ella. Pero esa noche, no. Por Dios. Hay que ver cómo es la vida: la única vez que Leonora no conseguiría establecer contacto con el Más Allá sería en directo por televisión, con la vida profesional de su hija en juego.

—Ahora Leonora entra en la cocina —explicó Nicky a los telespectadores, lo bastante fuerte para que el micrófono lo recogiera. Esperaba que no captara también la desesperación que empezaba a sentir. ¿Buscaban fantasmas en la cocina? Era, en una sola palabra, patético. No había esperado nunca, ni en sus imaginaciones más descabelladas, llegar tan lejos; había estado segura de que a estas alturas ya habrían encontrado suficientes presencias del Más Allá para llenar la hora, y más. Era una suerte haber preparado toda la casa por si las andanzas a veces imprevisibles de Leonora los conducían en esa dirección.

Leonora recorrió la cocina, y sus pasos, con las zapatillas doradas y planas, sonaban como si arrastrara los pies por las baldosas del suelo. Al entrar en esa habitación tras su madre, Nicky se percató de que ahí hacía más frío, quizá porque era casi toda blanca: suelo blanco, armarios y electrodomésticos blancos, largas extensiones de tableros blancos. Lo único que no era totalmente blanco era el papel pintado del rincón para el desayuno. Era estampado y mostraba una enredadera cubierta de unas enormes rosas rojas que, por algún motivo, a primera vista le parecieron salpicaduras de sangre.

Se estremeció y miró esperanzada el sensor de temperatura. Indicaba unos poco prometedores veintidós grados.

Mierda.

Leonora estaba casi en la puerta trasera cuando se detuvo y juntó las manos delante de su cintura. Por un momento, el más largo de la vida de Nicky, permaneció inmóvil por completo, con una expresión atenta en la cara.

Nicky contuvo la respiración.

—Estoy captando un gran desasosiego —dijo Leonora por fin—. Miedo, dolor... En esta habitación pasó algo terrible.

Se calló, con la mirada perdida.

«Comunícate con los espíritus. Por favor», pensó Nicky.

—Las emociones siguen estando aquí —afirmó Leonora con los ojos vidriosos puestos en un punto situado directamente delante de ella—. Sorpresa, incredulidad, terror. Un terror absoluto. Me recorren el cuerpo oleadas de pavor. Alguien temía por su vida.

Leonora sacudió un poco la cabeza, como si quisiera aclararla. Luego, se movió. La cámara la siguió en su desplazamiento silencioso mientras deambulaba por la cocina, al parecer al azar. Era una habitación grande, de unos cuatro metros por siete metros y medio, rectangular, con una zona de trabajo en el centro y el rincón octogonal para el desayuno a un lado. Otro par de puertas de cristal, típicas de la casa, daban a un patio en el extremo opuesto, frente a la puerta oscilante por la que habían entrado. Unas cortinas blancas, ligeramente amarillentas debido a los años, seguían colgando de las ventanas y ocultaban la noche; Nicky se preguntó fugazmente si serían vestigios de la época de los Schultz.

¿Serían, como la misma casa, testigos silenciosos de la tragedia que había tenido lugar en ella?

Aunque fuera veterana de los encuentros de tipo paranormal, la idea seguía poniendo a Nicky los pelos de punta.

—Aquí... Aquí también había alguien más. Escondido —afirmó Leonora, y su voz retumbó en las paredes mientras avanzaba hacia las puertas de cristal. Al moverse, el caftán se le ondulaba alrededor de las piernas. Las zapatillas susurraban por el suelo. Aparte de esto, la habitación estaba totalmente en silencio, como todo el mundo, incluida Nicky, que estaba concentrada en Leonora. Marisa, a suficiente distancia de ella para no salir en el plano, la seguía con la máquina en la que Leonora grababa siempre las sesiones de espiritismo para que todo lo que dijera pudiera consultarse después y, con un poco de suerte, comprobarse. No era que no se fiara de las grabaciones de otras personas, como había explicado a Nicky muchas veces, pero había quien las montaba. Quería tener una grabación propia e independiente de los hechos.

»Siento que esta persona está esperando. Siento cómo el corazón le late deprisa, pum pum, pum pum... —Leonora se puso una mano sobre el corazón y siguió el ritmo con los dedos—. La persona está nerviosa, casi agitada, y respira con dificultad. Está escuchando.

Con una mirada al rostro absorto de su madre, Nicky supo que Leonora volvía a estar por fin en buena forma. Soltó un suspiro silencioso de alivio.

—¿Quién está escondido? —preguntó en voz baja—. ¿Es un hombre o una mujer?

Leonora dudó. Luego, sacudió la cabeza.

—No lo sé —murmuró en un tono distraído—. No lo veo. Recibo sensaciones.

Nicky hizo un gesto de comprensión con la cabeza. Leonora cerró los ojos. Las luces proyectaron su sombra sobre la pared y aumentaron su palidez hasta casi conferirle el aspecto de un cadáver. Si no hubiera sido por los cabellos rojizos y el maquillaje de colores vivos, ella misma habría parecido un fantasma. El color púrpura fuerte del caftán y el dorado reluciente de las joyas le añadían un exotismo que, como Nicky sabía por experiencia, resultaría fascinante desde el punto de vista televisivo.

En la televisión, como en la vida, Leonora James era cautivadora.

—Felicidad, alegría... Las emociones de quien entra en la habitación son optimistas. Y, entonces, miedo. —Leonora abrió los ojos de golpe—. Un sobresalto y un miedo sobrecogedores.

Frunció un poco el ceño y empezó a caminar hasta detenerse delante de los armarios y abrir uno. Tendría un metro ochenta de altura y era estrecho, sin estantes, de modo que Nicky supuso que se usaría para guardar las escobas.

—Aquí —dijo Leonora en voz muy baja, casi como si llegara de muy lejos—. La persona estaba aquí. Escondida. Esperando. Recibo oleadas de ira. Odio. Esta persona vino aquí a hacer daño. La sensación que recibo es de maldad... De maldad....

Leonora volvió la cabeza para mirar hacia atrás y, después, se alejó del armario, que dejó abierto. Dio un paso vacilante hacia el centro de la cocina; luego, un segundo y, por último, un tercero.

—Mucho miedo... Mucho miedo... —murmuró Leonora con una gran tristeza. Juntó las manos otra vez delante de la cintura y se quedó mirando hacia delante, absorta. Avanzó otro paso titubeante—. Las emociones son tan fuertes que... —Se detuvo e inspiró con ímpetu—. Estaba aquí. Una chica, creo. Estaba sorprendida. Se volvió y vio a alguien. A un hombre. Recibo que era un hombre con los cabellos oscuros. Se abalanzó hacia ella y ella gritó. Entonces, el cuchillo bajó... ¡Oh! ¡Oh! —Leonora se sujetó un brazo por debajo del hombro—. ¡Auxilio! ¡Me está matando! No... No...

Esos últimos gritos aterrados, emitidos con una voz muy distinta a la suya, se detuvieron en seco. Leonora cerró los ojos. Acercó el mentón hacia el pecho. Se estremeció de la cabeza a los pies. Nicky sintió que un escalofrío le recorría la espalda. Daba igual las veces que había visto a su madre en acción, de vez en cuando seguía haciendo que se le helara la sangre; como entonces, al saber que su madre accedía al pasado y revivía el horror de aquella noche como si le estuviera ocurriendo a ella misma en ese preciso instante. Sólo esperaba que los telespectadores tuvieran la misma reacción visceral que estaba teniendo ella.

—Tara. Ése es el nombre que recibo: Tara. —Leonora abrió los ojos de repente. Parpadeaba. Separó los labios y soltó el aire despacio—. Tara fue atacada primero en la cocina. Alguien que se escondía en este armario le saltó encima. Tara forcejeó, recibió una puñalada...

Leonora se puso en cuclillas con el vestido púrpura arrugado alrededor de las rodillas para tocar el suelo con las manos. La baldosa estaba blanca, inmaculada. Nicky casi podía notar debajo de sus propios dedos la superficie dura, fría y lisa.

—Aquí, aquí mismo había un charco de sangre. Sangró y sangró. Hay mucha sangre. Puedo sentirla... Es cálida, pegajosa...

La voz de Leonora empezó a sonar más baja y distante de nuevo, y Nicky supo que volvía a sumirse en el pasado.

—¿Puedes hablar con Tara? ¿Puede Tara decirte quién la atacó? —preguntó Nicky con suavidad. Todo iba bien. Ésta era por fin la Leonora James de siempre. Los telespectadores tendrían los ojos pegados a la pantalla.

—No —contestó Leonora, que se levantó, echó un vistazo alrededor de la habitación con el aspecto algo perplejo de quien acaba de darse cuenta de lo que le rodea—. Tara no está aquí. Aquí no hay nadie. Tenemos que ir arriba.

Nicky oyó un tenue movimiento y se volvió. La cámara estaba cambiando de posición para no molestar a Leonora, mientras seguía captando todo lo que hacía. La manejaba Gordon Davies, que tenía unos cuarenta años, era bajo y robusto, con unos rasgos duros y toscos, y un cabello denso y oscuro que llevaba recogido en una cola en la nuca. Llevaban trabajando juntos desde agosto, y Nicky lo consideraba un amigo además de un profesional excelente. Lucía una expresión ensimismada, absorta. Era evidente que estaba concentrado, no sólo en su trabajo sino en la propia Leonora y en la historia que estaba contando. Detrás de él, alrededor de la puerta abierta, se había reunido un grupo extraño de observadores. Nicky vio a Livvy, al tío Ham y al tío John, a los Schultz, que habían pedido permiso para estar presentes, a Mario, Tina y Cassandra, el equipo de peluquería y maquillaje, a Karen... Hasta el alcalde, el policía y Barney Fife estaban observando la escena. Todos ellos parecían absortos hasta la médula.

Sí. Mientras les pedía con un gesto que les dejaran pasar, Nicky levantó mentalmente el pulgar hacia ellos. La habitación de Al Capone ya no estaba vacía. Bienvenidos al club de los fantasmas.

Ajena al parecer a su entorno, lo que era bueno, Leonora se volvió y salió de la cocina en dirección a la hermosa escalera curvada situada al final del amplio vestíbulo mientras su improvisado público retrocedía delante de ella más o menos con la misma gracia de una manada de vacas sobre el hielo. Leonora se movía con rapidez y decisión, sin prestar ninguna atención al grupo que ahora le pisaba los talones. Nicky, que conocía a su madre, dudaba que fuera siquiera consciente de que estaban allí.

—Vamos a subir al primer piso —explicó Nicky en voz baja a los telespectadores mientras seguía a Leonora escaleras arriba. Cuando Leonora estaba en trance, solían producirse largos períodos de silencio interrumpidos por rápidas irrupciones verbales. Y como el silencio es el peor enemigo de una televisión apasionante, Nicky era la encargada de llenar los vacíos, algo peliagudo pero posible, si seguía la pelota, en este caso su madre, con los ojos—. La casa tiene tres pisos en total, con las áreas comunes en la planta baja, los dormitorios en el primer piso y las antiguas habitaciones del servicio en la planta superior.

En el primer piso, se encontraron con Bob Gaines, el segundo cámara de la emisión, preparado para tomar el relevo. Tenía unos treinta y cinco años, era de altura y complexión normal, con los cabellos castaños muy cortos y una cara franca y simpática que coincidía con su personalidad. Nicky esperó a que se encendiera la luz de su cámara para indicar que la emisión recaía entonces en él. Ahí estaba, haciendo un zoom para captar un primer plano en cuanto Leonora llegara a lo alto de la escalera.

—Leonora está ahora en el pasillo de arriba —prosiguió Nicky—. En este piso hay cinco dormitorios y dos cuartos de baño. Leonora se dirige hacia la parte delantera de la casa. Si recuerdan las imágenes del exterior, esta parte da a un jardín que, según muestran las fotografías, estaba lleno de colorido, con cornejos, árboles de Júpiter y adelfas en flor, cuando ocurrió el crimen. Al final del jardín, hay una calle privada y, al otro lado de la misma, está Salt Marsh Creek. De día, el río está muy concurrido, ya que proporciona a las embarcaciones locales una salida al océano Atlántico. De noche, sus aguas son oscuras y misteriosas, rebosantes de fauna salvaje...

Nicky se detuvo e inspiró al llegar a lo alto de la escalera. La cámara hizo un recorrido para captar lo que había a su alrededor. Como el vestíbulo de la planta baja, la falta de cuidados había deteriorado este espacio, otrora espléndido. El papel pintado adamascado de color marfil se despegaba de la pared en algunos puntos, y había varias manchas en el techo que delataban posibles goteras.

—Leonora ha llegado al final del pasillo. —Nicky, que había seguido a su madre, estaba casi en el mismo sitio—. A su izquierda, está el dormitorio principal, que en aquel entonces ocupaban Andrea y Mike Schultz, los padres de Lauren. A su derecha, se encuentra lo que había sido la habitación de Lauren. Si recuerdan nuestra emisión anterior, Elizabeth y Susan Cook hablaron sobre los encuentros fantasmagóricos que habían tenido en este cuarto... Es evidente que atrae a Leonora. En este momento está entrando en la habitación de Lauren.

Nicky dejó de hablar mientras seguía a Leonora, y Marisa y la cámara, hacia el interior. Era una habitación que hacía esquina, grande para ser un dormitorio, con tres ventanas: dos que daban a la fachada de la casa y una tercera que se abría al jardín lateral. El suelo era de madera noble, sin moqueta, y la puerta con paneles de un armario dividía una pared por la mitad. Aparte de las ventanas, la habitación carecía de características distintivas. Las paredes estaban pintadas de color azul cielo con el zócalo blanco. Unos visillos blancos colgaban hasta el suelo en las ventanas. Los dobladillos ondeaban un poco.

¿Ondeaban? Las ventanas estaban cerradas. El aire no debería circular en absoluto por la habitación. Sin embargo, Nicky notaba una corriente de aire que le circulaba por los pies. Una corriente de aire frío.

Una mirada reanimada al sensor lo confirmó: la temperatura, siempre de veintidós grados en todas las demás habitaciones de la casa que habían visitado, era ahora de veinte grados.

Mientras Nicky mencionaba este signo esperanzador en voz baja a los telespectadores en casa, Leonora se detuvo en el centro de la habitación y cerró los ojos.

—Había una cama. Aquí, contra esta pared —dijo, y abrió los ojos. Avanzó mientras con la mano señalaba la pared exterior—. Entre las ventanas. Es una cama de matrimonio, con una colcha a rayas rosas que llega hasta el suelo. Hay un asiento en el rincón, una butaca tapizada con flores rosas, con un... —vaciló un momento antes de concluir— con un perro de peluche encima. El perro es largo y blanco, un perro salchicha, y está escrito: tiene firmas. Muchas firmas, hechas con tinta. Es uno de esos peluches para coleccionar autógrafos, claro. Ahí hay un tocador —indicó a la vez que se volvía para señalar la pared junto al armario—. Es blanco, de estilo... provincial francés. Tiene una lámpara blanca con una pantalla rosa con fleco a cada lado. Hay un espejo sobre el tocador. Un espejo ovalado con el marco dorado.

Se detuvo para inspirar despacio.

—Hay alguien en la habitación —prosiguió Leonora—. Una chica, creo. Puedo... Vislumbro su reflejo en el espejo.

Leonora se volvió deprisa, como para ver a alguien que estuviera a su lado.

—¿Hay alguien ahí? —preguntó en voz baja. Nicky sabía que no estaba hablando con ninguna persona viva—. ¡Tara! ¿Estás ahí, Tara?

Silencio.

—¿Lauren? ¿Becky? —La voz de Leonora había adoptado el timbre ronco, áspero, que indicaba a Nicky que estaba de nuevo en una dimensión propia, en trance. Fruncía el ceño, concentrada, mientras llamaba al mundo de los espíritus.

—Sí, te veo —dijo Leonora, como si hablara con alguien que estuviera a apenas un metro de distancia. Su voz se volvió más aguda—. ¿Quién eres?

Observaba un punto situado cerca de donde había comentado que había estado antes la cama.

Nicky se encontró mirando también en esa misma dirección, aunque, hasta donde ella sabía, sólo podía verse una habitación vacía. Pero la corriente que le circulaba por los tobillos era ahora helada.

Una mirada rápida a la temperatura le indicó que había descendido a dieciocho grados. Y el magnetómetro mostraba asimismo indicios inconfundibles de actividad. Sin hacer ruido, ya que no quería perturbar a su madre cuando era evidente que estaba en buena racha, hizo una señal al cámara para que enfocara los sensores. El reloj digital de la cámara indicaba que se les estaba acabando el tiempo: sólo quedaban seis minutos. Tal como iba la noche, las tres chicas muertas se materializarían delante de ellos exactamente treinta segundos después de que ya no estuvieran en el aire.

Bueno. No había forma de acelerarlo, de regularlo. Como el tío John había comentado al alcalde, Leonora, una vez que había arrancado, era como un tren fuera de control. Y ahora Nicky iba en él, lo que significaba que lo único que podía hacer era agarrarse bien e intentar darle forma a la experiencia para que fuera lo más apasionante posible para los telespectadores.

—¿No te gusta que estemos aquí? —La voz de Leonora apenas era audible—. Lo comprendo. Intentamos ayudarte. ¿Puedes decirme tu nombre? —Leonora frunció el ceño y, a continuación, miró a Nicky—. Tara. Es Tara. Dice que está buscando a las otras chicas, Lauren y Becky. ¿Están aquí, en la casa, contigo?

Esta última pregunta iba claramente dirigida a la invisible Tara. Leonora asintió, como si escuchara la respuesta de alguien.

Nicky se dio cuenta de que observaba la escena conteniendo la respiración. Había presenciado las interacciones de su madre con el mundo de los espíritus desde hacía tantos años que habían dejado de ser algo fuera de lo corriente. Leonora hablaba con los muertos con tanta regularidad como otras madres horneaban bizcochos. Pero esa noche, algo, acaso el vacío resonante de la habitación y la voz grave de su madre, junto con el hecho de saber la atrocidad que se había cometido en esa casa, le ponían los pelos de punta.

Gracias a Dios. Tenía que ser un buen programa si su madre estaba logrando ponerla nerviosa a ella.

—¿No las encuentras? ¿Crees que podrían estar en la cocina? —Leonora se detuvo. Al parecer, escuchaba muy concentrada—. Sí, ya sé que es el cumpleaños de Lauren. ¿Crees que se están comiendo la tarta sin ti? —preguntó con el ceño fruncido. Y, después de sacudir la cabeza, añadió—: Espera, Tara. No te vayas. Por favor, queremos hablar contigo. Las otras chicas no están en la cocina ahora, Tara, están...

La voz de Leonora se fue apagando. Se giró como si observara cómo alguien salía de la habitación. Nicky, que estaba entre su madre y la puerta, sintió que una ráfaga de aire gélido le rozaba la cara. Con los ojos desorbitados, retrocedió un paso de modo instintivo. Se llevó la mano a la mejilla.

¡Era espeluznante!

Tenía la piel normal: cálida, seca.

El corazón, en cambio, se le había disparado.

—Se ha ido —anunció Leonora, en tono decepcionado mientras se volvía para mirar a Nicky—. Tara. Estaba aquí, pero se ha ido. Creo... creo que lo que está pasando es que está reconstruyendo los hechos que ocurrieron antes de que la atacaran en la cocina. Creo que esa noche se separó de las otras dos chicas por alguna razón y subió después a esta habitación, el dormitorio de Lauren, a buscarlas. Como no estaban aquí, bajó a la cocina y...

No terminó de contarlo. En lugar de eso, un grito espeluznante de mujer rasgó el aire.

5

Lo siguieron dos gritos más de forma rápida y aterradora: dos fragmentos idénticos de sonido que atravesaron las tablas del suelo para quedar suspendidos en el aire como una neblina glacial. Los alaridos, inquietantes y espantosos, eran vagamente tenues, como si procedieran de cierta distancia, pero no mucha. Eran indudablemente humanos, indudablemente de mujer, cargados del terror desgarrador de un animal que de modo imprevisto ha caído presa de un depredador. Pillada tan por sorpresa como todos los demás, Nicky inspiró mientras se le ponía la carne de gallina. Automáticamente bajó la vista, porque era ésa la dirección de la que parecían haber surgido los gritos. El tiempo pareció detenerse mientras las últimas notas escalofriantes se desvanecían despacio.

—¿Qué carajo ha sido eso? —farfulló Bob, el cámara.

Nicky lo miró sorprendida. Que hubiera perdido tanto el control como para hablar daba idea de lo inquietantes que habían sido los gritos. Por lo general, él y Gordon eran tan locuaces como sus cámaras. De hecho, daban tanto la impresión de ser un mero apéndice de su equipo que todo el mundo, incluida ella, solía olvidar que estaban ahí. Pero ahora Bob estaba ahí observando el suelo, como ella había hecho unos segundos antes, y se había olvidado un instante de su trabajo.

Nicky se vio reflejada en la lente de la cámara que,

temporalmente sin una mano que la guiara, se movía tambaleante. Tenía los ojos desorbitados de sorpresa. Y la boca abierta.

«Nada profesional» no hacía justicia a su aspecto. Se la veía alterada, horrorizada. Y, para empeorar aún más las cosas, no estaba hablando. De hecho, nadie lo hacía. Nadie grababa. Nadie hacía nada. Todos, incluidos los mirones que estaban al otro lado de la puerta, estaban ahí plantados como si se hubieran quedado de una pieza. Y, mientras tanto, *Investigamos las veinticuatro horas*, emitía esa pesadilla de la televisión en directo: inactividad total.

Nicky descubrió que esta idea terrorífica la reanimaba tan al instante como un jarro de agua fría en la cara. Fuera quien fuera, o lo que fuera, que había gritado, ella debía encargarse de interpretarlo de la mejor forma posible para los telespectadores en casa, y preocuparse después por los detalles. Siseó para atraer la atención de Bob, quien, al darse cuenta de su lapsus, agarró la cámara y volvió a enfocarla con aspecto de estar tan consternado como Nicky. Ésta usó un tono bajo, confidencial, para dirigirse a los telespectadores en casa.

—Ahí lo tienen. Han oído esos gritos junto con nosotros. No tengo idea de quién gritó ni por qué, pero, dado todo lo que hemos averiguado aquí esta noche, todo lo que hemos vivido juntos, estoy dispuesta a hacer una conjetura. Creo que lo que acabamos de oír, esos gritos terribles, eran los mismos gritos que Elizabeth y Susan Cook afirmaron haber escuchado una noche aterradora en que se acurrucaron juntas en esta habitación, los mismos gritos que otras personas han escuchado alguna noche oscura en que se han aventurado a acercarse demasiado a esta casa. Creo que son los gritos de una chica aterrada, asesinada a puñaladas en el salón, justo debajo de nosotros. Creo que son los gritos de Tara Mitchell...

Quedaban sesenta y ocho segundos. Mientras hablaba, Nicky calculó que tendría que llenar un poco más de tiempo del que le habría gustado, pero no el suficiente para que se notara que estaba intentando alargar la despedida para llenarlo. Después de esos gritos, cualquier cosa sería un anticlímax. Eran el punto final perfecto para un programa que si, a pesar de sus temores iniciales, no había resultado ser todo lo que había esperado, se le acercaba bastante. Y si ella opinaba eso, significaba que la emisión había sido muy buena.

Se volvió hacia su madre. Leonora estaba totalmente inmóvil, con las manos juntas, con los ojos fijos en el suelo y los labios apretados. No parecía haber movido ni un músculo desde que había mirado hacia abajo como todos ellos como reacción automática a los gritos. Nicky se percató de que Leonora seguía un poco alterada, como ella. Con independencia de su origen, y ahora que el último eco espeluznante se le había apagado en el cerebro sospechaba que no le gustaría demasiado averiguar cuál había sido, los gritos habían resultado tan terroríficos como inesperados. Aun así, la norma más antigua del mundo de la representación seguía vigente: el espectáculo debe continuar.

—Leonora, gracias por ser nuestra guía esta noche y permitirnos cruzar el umbral entre la vida y la muerte. Hemos compartido un viaje que pocas personas han hecho. Ha sido fascinante. Esclarecedor. Y también escalofriante. Estoy segura de que todos los que nos han visto desde casa se han quedado tan anonadados como yo.

Cuando Nicky había empezado a hablar, Leonora había alzado la vista. Su expresión había sido vaga, con los ojos desenfocados. Nicky tuvo la clara impresión de que su madre seguía todavía conectada e inmersa en el mundo de los espíritus. Pero ahora, mientras ponía fin a la emisión del programa, los ojos de Leonora se agudizaron, se entrecerraron y se fijaron en su hija.

Nicky conocía esa mirada, y se le hizo un nudo en el estómago. Leonora no estaba satisfecha. No había que ser muy agudo para deducir que sospechaba, como también Nicky empezaba a hacerlo, que el origen de los gritos no tenía que ser forzosamente sobrenatural. Habían sido fuertes, terribles y humanos. Fantasmagóricamente adecuados. Y luego estaba el momento; que no podía haber sido mejor. No podía estar segura, claro, pero sospechaba que los seres astrales no se interesaban demasiado por los índices de audiencia televisivos ni en los rigores del horario de programación, de modo que no podía esperarse que gritaran precisamente al darles pie. ¿Habría decidido alguien, y que Dios no quisiera que perteneciera a su equipo, dar al programa la apoteosis final que se merecía? Tenía que admitir que era posible. Sólo esperaba que su madre, a pesar de lo desconcertada que solía estar después de un encuentro con el mundo de los espíritus, recordara que estaban emitiendo en directo y obrara en consecuencia.

Pero no contaba con ello.

—Gracias de nuevo, Leonora James —dijo deprisa a la vez que sujetaba la mano de su madre entre las dos suyas. Estaba flácida, helada. Su mirada, en cambio, no era gélida, sino abrasadora.

No había ninguna duda: su madre estaba irritada.

—Me alegro de haber podido ayudar —contestó Leonora en un tono algo severo. Luego, agarró las manos de Nicky con la mano que tenía libre para soltarse la otra.

¡Vaya!

Sin dejar de sonreír, Nicky se alejó de su madre con una indicación a Bob para que la siguiera con la cámara. Fuera lo que fuera lo que irritaba a Leonora, y Nicky estaba bastante segura de saber lo que era, el momento de averiguarlo sería en exactamente veintisiete segundos. Dicho de otro modo, cuando ya no estuvieran en el aire.

—Como siempre, nos desplazamos donde sea necesario para intentar resolver casos que han desconcertado a otros investigadores. Analizaremos la información que Leonora nos ha proporcionado esta noche y veremos si abre nuevas líneas de investigación. Les mantendremos al día de nuestros progresos en programas sucesivos. Les habla Nicole Sullivan. Gracias por habernos acompañado esta noche en la emisión de este programa especial en directo de *Investigamos las veinticuatro horas*.

Nicky sonrió con decisión a la cámara hasta que la luz roja que les advertía que estaban en el aire se apagó. Bob se quitó el pinganillo y le dirigió una sonrisa. El monitor mostraba el paso de los créditos. Una mirada rápida a los sensores indicó a Nicky que las lecturas habían vuelto a la normalidad: al parecer, los fantasmas se habían ido. Hubo algunos aplausos entre los mirones que estaban en la puerta, y se volvió hacia ellos con una sonrisa que se le heló en la cara cuando sus ojos se encontraron con los de su madre.

Era evidente que estaba a punto de explotar. Gracias a Dios ya no estaban en el aire.

—Nicky, ha sido formidable —dijo alguien. Nicky pensó que podría tratarse de la voz de Mario, que había estado observándolo todo desde el pasillo y era probable que formara parte ahora del grupo que entraba en la habitación, pero estaba demasiado ocupada preparándose para lo que se le avecinaba para identificar a la persona que había hablado o para agradecer el cumplido con algo más que no fuera un gesto con la mano.

Los ojos de Leonora la miraban centelleantes. Abrió la boca...

—Debo decirle que todo lo que ha dicho esta noche ha sido exacto. —Andrea Schultz la salvó. Nicky había estado tan concentrada en su madre que ni siquiera se había dado cuenta de que estaban rodeadas de gente. La esbelta señora Schultz, con unos vaqueros y un chaleco bordado sobre una camiseta verde pálido, parecía mucho mayor de sus cincuenta y cinco años. Estaba pálida y los ojos le brillaban, llenos de lágrimas. Agarró la mano de Leonora con fuerza—. La habitación de Lauren, cómo era; la ha descrito a la perfección. ¿Cómo lo ha sabido? Y la sangre de la cocina. Había sangre en la cocina, justo donde usted dijo.

Leonora se concentró en la señora Schultz. Cuando estaba frente a alguien que había sufrido una pérdida, alguien que había acudido a ella para pedir ayuda, siempre estaba dispuesta, siempre era compasiva. Y, a pesar de lo enfadada que Nicky sabía que estaba, esta vez no fue la excepción.

—Lamento su dolor —aseguró Leonora, que sujetó la mano de la señora Schultz—. Ojalá pudiera hacer algo más por ayudarlos.

—Dígame una cosa. —Mike Schultz, que parecía un poco fuera de lugar con su traje azul marino, su camisa blanca y su corbata rayada, estaba detrás de su esposa. Basándose en las veces que había hablado antes con la pareja, Nicky lo habría descrito como un hombre fuerte: la roca en la que se apoyaba su mujer en su pesar. Pero ahora tenía los hombros encorvados, y era como si la cara se le hubiera descompuesto durante la emisión. Si antes parecía un hombre de mediana edad, ahora tenía el aspecto de un anciano—. ¿Dónde está mi hija? Vio a Tara pero ¿y Lauren? ¿Dónde está Lauren?

El dolor era evidente en su voz. Nicky notó que se le hacía un nudo en la garganta. Era lo que tenía la clase de trabajo que hacía: resultaba fácil, a veces demasiado, olvidar que detrás de estos programas había gente real que sufría de verdad.

—No lo sé —dijo Leonora a la vez que sacudía la cabeza—. Lo siento. No me ha sido revelado.

—Dios mío... —Se puso colorado y se le humedecieron los ojos. Se volvió de repente y se tapó la cara con las manos.

—Discúlpenos. Mike... —Su mujer se acercó a él, le rodeó la cintura con un brazo y le murmuró algo. Se dirigieron juntos hacia la puerta.

Marisa, que había permanecido cerca de las paredes de la habitación, se había reunido con ellos a tiempo de oír este último intercambio de palabras.

—¿Quieres que...? —preguntó a Leonora en voz baja.

Leonora asintió, y Marisa corrió tras la afligida pareja. Dada su larga experiencia en el trabajo de su madre, Nicky sabía que Marisa les ofrecería una cita para una sesión privada, gratuita, en alguna fecha futura. Era de suponer que cuando ya no estuviera «bloqueada».

—Ha sido fantástico —exclamó Tina mientras quitaba el micrófono de la solapa a Nicky. Ésta tuvo la sensación de que habría dado brincos si el peso de las plataformas de sus zapatos no se lo hubiera impedido—. Tu madre es increíble. —Dejó a Nicky y se volvió con una expresión de entusiasmo hacia Leonora—. Es la bomba —le dijo mientras le quitaba el micrófono—. ¿Cree que podría hacerme una sesión de espiritismo algún día? Mi abuela murió el año pasado y...

Tina también formaba parte del equipo habitual de Nicky y, por lo general, a Nicky le encantaba la presencia de aquella rubita: podía confiarse en que su entusiasmo rebosante infundiera una nota de alegría a cualquier rodaje, sin importar lo irritantes que fueran las condiciones en que se efectuara. Sin embargo, una mirada a su madre le confirmó lo que su instinto le decía: no era un buen momento para hablar con Leonora.

—Quizá la próxima vez que vengamos —intervino deprisa Nicky, antes de que su madre pudiera contestar, y la tomó del brazo. Su madre no se soltó, pero ofreció resistencia, no a irse sino al contacto de su hija. Por lo menos, el enojo de su madre le servía de algo: le impedía pensar demasiado en su desagradable convicción de que aquel roce gélido que había notado en la cara había supuesto un encuentro íntimo y personal con el fantasma de la casa—. Tenemos que recogerlo todo y marcharnos de aquí enseguida —comentó a la vez que señalaba con la cabeza a los dos policías, que entraban cautelosamente en la habitación en ese momento—. Antes de que Barney Fife y compañía nos detengan.

—¿Pueden hacerlo? —Tina vio a los recién llegados y frunció el ceño.

Nicky, que ya empujaba a su madre hacia la puerta, se encogió de hombros.

—No sé tú —sentenció—, pero yo no pienso quedarme para averiguarlo.

La iluminación de la habitación dejó de ser resplandeciente para convertirse en el brillo normal de una lámpara de techo, y la temperatura descendió medio grado por lo menos. Nicky parpadeó y echó un vistazo a su alrededor de forma automática, aunque no necesitaba hacerlo para saber que no se trataba de nada paranormal: habían desenchufado los focos. El equipo técnico ya estaba atareado efectuando su trabajo. Sabía por experiencia que habrían devuelto la casa a sus condiciones previas a la emisión en menos de media hora.

—Bonito espectáculo —comentó un hombre con sequedad, y Nicky alzó la vista. Tenía a Barney Fife delante.

Ahora que lo veía por primera vez con una luz decente, descubrió que era lo bastante atractivo como para considerarlo un galán: pelo negro y ondulado, rasgos cincelados y un cuerpo bronceado ancho de espaldas y con las caderas delgadas, muy musculoso y sexy. De hecho, podían aplicársele todos los clichés habituales, y su radar femenino le lanzó su aviso de «hombre estupendo cerca», pero la ridícula camisa, unida a la expresión de su cara, le permitieron ver las cosas objetivamente. Era un policía de pueblo con mala uva. En realidad, si tuviera que describirlo ahora, diría que era alto, moreno y desagradable. Tenía un brillo en los ojos y un gesto en los labios que le indicaron que creía en lo que acababa de ver y oír tanto como en Santa Claus. El hombre apostilló—: Se me han puesto los pelos de punta.

—Gracias. —A Nicky le costó mucho ser amable, pero prefirió no complicar las cosas y no hizo caso del sarcasmo tan poco sutil. Lo que le apetecía era mandarlo a la mierda, pero en ese momento tenía problemas más importantes que un policía ignorante. Problemas como su madre, a la que hizo pasar con cuidado a su lado. Notó cómo el brazo de Leonora se tensaba bajo sus dedos. Si la mirara, lo que no se atrevía a hacer, seguro que habría visto cómo Leonora se hinchaba como un pez globo.

Si el policía le hubiera pedido consejo, le habría advertido que Leonora no estaba de humor para soportar a ningún imbécil, y por imbécil se refería a él.

Barney Fife se volvió para seguirlas con la mirada cuando pasaron a su lado.

—No planeará grabar ningún otro programa por aquí, ¿verdad? Porque si lo hace, la próxima vez debería asegurarse de conseguir el permiso del que hemos hablado antes.

—No hace falta que se preocupe; mañana nos vamos. —Nicky contuvo el impulso de mandarlo a cagar para sacar de la habitación a su madre antes de que explotara. Condujo a Leonora hacia el pasillo y prácticamente la empujó hacia la escalera.

—¿Qué ha sido eso? —siseó Leonora un momento después, y Nicky sabía que no se refería al policía insufrible. Había que reconocer que, por lo menos, había esperado hasta que estuvieron en la escalera y relativamente solas. Nicky oprimió con fuerza la barandilla lisa de roble. Una mirada le permitió ver que su madre tenía las mejillas coloradísimas, la mandíbula tensa y los ojos centelleantes. Leonora, que iba un peldaño por delante, se detuvo a media escalera para alzar la vista hacia su hija—. ¿Cómo te atreviste a poner esos gritos? ¿No habíamos hablado ya de eso esta noche? Tú, más que nadie, deberías saber que yo no finjo.

Por suerte, como había imaginado por dónde iban los tiros, Nicky ya había tenido tiempo de prepararse para esta pregunta. Sólo había una respuesta posible que no hiciera estallar a Leonora.

—¿Por qué crees que eran fingidos? —le siseó mientras le daba unos golpecitos con la rodilla para que siguiera andando. Al pie de la escalera se estaba formando un grupito que observaba cómo bajaban. Todos los ojos estaban puestos, por supuesto, en Leonora. Nicky procuró conservar una sonrisa en la cara y mantener la voz baja—. Hasta donde yo sé, nadie puso esos gritos. Nosotros no los fingimos.

Leonora, que se dio cuenta de que tenían público, también sonrió, y siguió descendiendo con una elegancia majestuosa. Pero eso no significaba que las cosas hubieran mejorado. Nicky casi podía oír el chasquido y el chisporroteo de la mecha de su madre que quemaba hacia la detonación.

—Mentira —soltó Leonora casi sin abrir la boca.

—Verdad —replicó Nicky con la misma discreción.

Unas palmas las distrajeron a ambas. Una mirada hacia abajo lo confirmó: el grupo que las esperaba estaba aplaudiendo. Fue una de las pocas veces en su vida que Nicky estuvo contenta de ver al público de su madre. Lo bueno era que eso la tuvo callada el resto de la escalera.

—Señora James, permítame que le diga que soy su mayor admiradora. —La mujer de la minifalda avanzó hacia Nicky y su madre cuando llegaron al vestíbulo de la planta baja—. Soy Marsha Browning, del *Coastal Observer*. Cubrimos todas las noticias locales de Pawleys Island, Litchfield y Murrels Inlet. Ha sido memorable. ¿Podría concederme una entrevista?

—Será un honor —respondió Leonora sonriente, en su actitud de diva gentil, y le estrechó la mano.

—Tendrá que llamar a su ayudante para concertar una cita para otro día. Le daré el número —intervino Nicky con la soltura que daba la práctica. Mientras su madre aceptaba felicitaciones por todas partes, se sintió aliviada al ver a Livvy, flanqueada por el tío Ham y el tío John, que le sujetaban un brazo cada uno y se acercaban despacio. Livvy tenía la cara pálida e hinchada, y se movía como si cada paso que daba le supusiera un esfuerzo, pero por lo menos ya no tenía los ojos rojos y llorosos.

La mirada de Nicky se cruzó con la de su hermana. Se estableció entre ambas un momento de comunicación muda. Durante sus años de crecimiento no habían estado demasiado unidas, ya que la simpática Olivia, que atraía a los chicos como un imán, descollaba sobre la desgarbada Nicky, que siempre pasaba inadvertida. Incluso de adultas, a pesar de que los tres años que las separaban parecían reducirse con cada año que pasaba, seguían sin ser lo que se dice amigas. El caso era que no tenían demasiado en común salvo los genes. Livvy se había casado al terminar la Universidad con Ben Hollis, de los Hollis de Charleston, que en esa parte del país era lo mismo que casarse con un dios, y había vivido los últimos diez años en esa ciudad, a unos diez kilómetros de donde se habían criado, y había descollado en la sociedad local igual que tiempo atrás sobre Nicky. Era la esposa perfecta mientras su marido ascendía en el negocio familiar: ofrecía almuerzos, se dedicaba a tareas humanitarias y hacía cosas que para Nicky eran inexplicables, como ser presidenta de una asociación de voluntariado como la Junior League. A Nicky, en cambio, le había faltado tiempo para marcharse de este rinconcito del Sur. Desde la Universidad, había hecho todo lo posible por labrarse un futuro profesional en la televisión, y se había mudado con frecuencia, cada vez que conseguía un empleo en una cadena televisiva más importante en una ciudad más grande, hasta que el pasado mes de agosto había terminado en Chicago, en *Investigamos las veinticuatro horas*. Entonces había creído que era su gran oportunidad, pero cuando el programa no había logrado triunfar, se había visto obligada a corregir esa idea. Puede que ella y Livvy se vieran un par de veces al año, y que el resto del tiempo se comunicaran sobre todo a través de Leonora, pero en algunas ocasiones, en especial en lo que se refería a su exuberante madre, estaban de acuerdo y podían cooperar, sobre todo cuando algo las beneficiaba a ambas.

Como ahora. Livvy quería ir a casa; Nicky quería quitarse a su madre de encima. Sus necesidades encajaban a la perfección.

Nicky habló con su hermana por encima de las cabezas de los presentes reunidos con la voz un poco más alta de lo normal:

—¡Oh, Liv! ¿No te encuentras bien?

Todo el mundo se volvió para mirar a Livvy, algo que Nicky sabía que no gustaría a su hermana, dado su actual estado. Pero con un mérito que había que reconocer, Livvy le siguió el juego.

—Me duele la cabeza —se quejó con una patética voz infantil que conseguía siempre captar inmediatamente la atención de su madre, y que a Nicky siempre le daba dentera. Ahora, sin embargo, cuando Leonora se olvidó de su público y frunció el ceño preocupada hacia su hija mayor, Nicky bendijo la capacidad interpretativa de su hermana—. Tengo que irme a casa. Ya.

—Deberías acompañarla, mamá —aconsejó Nicky a su madre al oído. Ella no podía irse todavía, tenía que terminar muchas cosas antes de dar por finalizado el día, pero su prioridad era conseguir alejar de allí a su madre antes de que explotara—. Te necesita.

—Sí. Sí, lo haré. —Sin la turbulencia de una próxima aparición en televisión que la distrajera, Leonora volvía a estar dispuesta a concentrarse en el bienestar de su hija mayor. Con una sonrisa cortés y unos cuantos apretones más de manos a su alrededor, se dirigió hacia Livvy.

—Llevaos mi coche —ofreció Nicky cuando se iban. Sin Leonora para retenerlo, el grupito de admiradores empezó a dispersarse en varias direcciones—. Tiene las llaves puestas. Tengo que hacer algunas cosas aquí, de modo que ya me llevará alguien después.

El tío John la saludó con la mano a modo de conformidad. Nicky observó aliviada cómo los cuatro se dirigían juntos hacia la puerta. Entonces, Leonora se volvió para mirarla. Cuando sus ojos se fijaron en los de Nicky volvían a ser hoscos.

—Nicole —dijo—. Averígualo.

Nicky suspiró. Debería haber sabido que no iba a librarse tan fácilmente.

—Lo haré —prometió, conocedora de que su madre se refería a que averiguara de dónde habían procedido los gritos.

—Y después ven directamente a casa a decírmelo.

—Lo haré —repitió Nicky, aunque su voz era un poco más débil. Ya podía olvidarse de la soledad apacible de su habitación de hotel en Charleston. Y, mientras lo pensaba, imaginaba con nostalgia su alojamiento en el Holiday Inn del aeropuerto con sus dos grandes camas y su televisor. Bueno, de todos modos, jamás había esperado ocuparla. La última vez que había visto a su madre y a su hermana había sido en una visita relámpago durante las Navidades, y al inscribirse en el hotel, sabía que las probabilidades de que llegara a dormir en él eran escasas. Su madre no le perdonaría nunca que fuera a casa y se hospedara en un hotel. Una noche de caos familiar no iba a desequilibrarla.

Por otro lado, si resultaba que los gritos habían sido fingidos y que alguien del equipo de televisión era el responsable, quizá Leonora la mataría sin remordimientos.

Como si pudiera leerle el pensamiento (bueno, tal vez podía), Leonora le dirigió una última mirada penetrante antes de que Livvy y sus tíos consiguieran que cruzara con ellos la puerta.

—Parece que vamos a conservar el trabajo un día más —comentó Gordon con alegría detrás de ella. Nicky se volvió y vio que estaba enrollando un cable. Tenía un gran rollo naranja alrededor del brazo, al que añadía más cable a medida que recorría la planta baja para recogerlo del suelo—. Me han llegado buenos comentarios.

—¿Sí? —Eso eran buenas noticias.

—El final ha sido increíble.

—Sí. —Si esta vez había sonado algo desanimada, era porque lo estaba. Bajó la voz. No tenía sentido permitir que nadie que no trabajara con ellos supiera que había alguna duda sobre la autenticidad de su increíble apoteosis final—. Sobre esos gritos, tú que estabas aquí abajo, no viste chillar a nadie, ¿verdad?

Gordon sacudió la cabeza. Luego, se detuvo en la puerta que separaba el vestíbulo del comedor y la miró con el ceño fruncido.

—Era algún tipo de fantasma o algo así, ¿no?

—No lo sé. —Nicky arrugó la nariz—. Me gustaría creerlo. Pero es que han sonado tan... reales.

—Lo único que sé es que estaba aquí, en el vestíbulo, y no he visto gritar a nadie. Pero sí que los oí. No me importa admitir que me sobresalté.

—Así de bien estuvo, ¿eh? —comentó Nicky con una expresión irónica.

—Hombre, la última vez que me sobresalté así fue cuando mi ex mujer me pilló examinando a la canguro.

Nicky soltó una carcajada. Gordon sonrió y siguió con su tarea. Un poco más animada, se dirigió hacia la cocina, donde, por los sonidos que salían de ella, supuso que encontraría al resto del equipo. Quizá los gritos hubieran sido auténticos. Después de todo, así lo había creído al oírlos. Podía ser que Leonora, tras su experiencia negativa con su propio programa de televisión, estuviera paranoica. Y esta noche no había sido del todo ella misma. Tal vez estuviera tan descentrada que no reconociera el grito de un fantasma cuando conseguía uno.

Un grupo bajaba por la escalera cuando Nicky pasaba junto a él: Tina, Marisa, los Schultz, Barney Fife y su compañero. Nicky hizo una mueca para sus adentros cuando vio a los dos últimos, y aceleró el paso en un intento de evitar más encuentros de cariz desagradable.

El programa había terminado. Era el momento de largarse mientras todo fuera bien.

Cuando entró en la cocina, Cassandra y Mario estaban guardando sus cosas y tomaban su refresco favorito de arándano, mientras Bob estaba depositando una cámara medio desmontada en el tablero, cerca del fregadero. Interrumpieron la plática para recibirla con diversos gestos de felicitación que le indicaban que el programa les había parecido espléndido.

—Muy bien, quiero preguntaros algo, chicos —dijo cuando se acabaron los elogios. Estaba apoyada en la zona de trabajo del centro, intentando no recordar que su madre había dicho que hacía quince años había habido un charco de sangre a unos quince centímetros de donde tenía ahora el pie derecho. En esta habitación habían apuñalado a Tara Mitchell... Sintió un escalofrío interior, se dio cuenta de que tenía la mirada puesta en las rosas rojas que adornaban el papel pintado e hizo todo lo posible para alejar cualquier pensamiento violento y sangriento de su mente. Después de todo, los asesinatos y las posteriores informaciones sobre la presencia de fantasmas en la casa eran la única razón de que estuviera allí. Era ridículo que a estas alturas la cuestión de la casa encantada empezara a asustarla—. ¿Se sintió creativo alguien del equipo y fingió esos gritos?

Pasó un instante. Tres pares de ojos se clavaron en ella, evidentemente sorprendidos.

—Claro que no —aseguró Bob, con la mano sobre la tapa del objetivo que acababa de ajustar—. No estaba en el guión. Además, aquí no disponemos del equipo técnico para obtener algo así digitalmente.

—No estoy hablando de alta tecnología. —Nicky cruzó los brazos y le dirigió una mirada tranquila—. Estoy hablando de que alguien gritara.

—No que yo sepa —contestó Bob con el ceño fruncido.

Nicky miró a Cassandra. Ésta negó con la cabeza con una expresión sorprendida e inocente en sus ojos color chocolate.

—Te aseguro que si pudiera chillar así, buscaría trabajo en el cine de terror —dijo, y tomó un trago de refresco—. Eran unos gritos estremecedores.

—Yo estaba convencido de que había sido un fantasma —comentó Mario, que cerró el maletín de maquillaje de golpe—. Te diré que se me puso... ¿Cómo es la expresión? La carne de pollo.

Se estremeció de modo teatral.

—De gallina —lo corrigió Cassandra.

—¿Quieres decir que no fue algo paranormal? —preguntó Bob con el ceño más fruncido aún. Como Nicky, su experiencia profesional se basaba en noticias fidedignas, y Nicky sabía que la idea de que hubiera algo del programa que no fuera del todo auténtico, una vez asimilada, no le gustaría demasiado.

—No sé que no lo fuera —indicó Nicky con cautela—. Sólo intento asegurarme. Ya sabes lo que se dice: confía, pero verifica.

—Nunca lo había oído. —Mario, recién inmigrado de Italia, estaba siempre intentando mejorar el idioma y pareció interesado—. ¿Es una frase hecha?

—No —respondió Cassandra—. Es una especie de cita famosa o algo así.

—Ah —asintió Mario. Su expresión dejó claro que estaba almacenando la expresión para su uso posterior.

Mientras miraba uno a uno a los tres miembros de su equipo, Nicky decidió que los conocía desde hacía el tiempo suficiente y lo bastante bien como para saber cuándo mentían. No lo estaban haciendo.

—¿Dónde está Karen? —preguntó, cuando se le ocurrió la siguiente posibilidad.

—La llamaron por teléfono y salió —indicó Gordon, que había entrado en la cocina empujando un *travelling* justo a tiempo para oír la pregunta. Y, tras señalar las puertas de cristal con el pulgar, añadió—: Por la forma en que actuaba, era importante. Tuve la impresión de que estaba hablando con el Gran Jefe.

El Gran Jefe era Sid Levin, el productor ejecutivo de *Investigamos las veinticuatro horas*.

—¿Ah, sí? —Nicky sabía que sonaba inquieta, pero no podía evitarlo. Su trabajo, su carrera, dependía de Sid Levin—. ¿Qué ha dicho?

—No lo sé. —Gordon se encogió de hombros—. Tendrás que preguntárselo a Karen.

—Lo haré —afirmó Nicky, y se dirigió hacia el patio. Su salida fue más apresurada debido al hecho de que Barney Fife y su compañero entraban en la cocina cuando ella llegaba a las puertas de cristal.

—¿Necesitan ayuda para cerrar el tenderete? —preguntó el policía.

Con una mano en el picaporte, Nicky volvió la cabeza y se encontró que tenía los ojos puestos en ella. Gordon le dijo algo a modo de respuesta, pero no lo oyó porque abrió la puerta y salió. Al cerrar la puerta tras ella, pensó que ya había tenido estrés y preocupaciones suficientes por un día. Se sentía vacía física y emocionalmente, cansada, rendida, extenuada. Tratar con el pesado del policía local era más de lo que podría soportar en ese momento.

Que lo hiciera otro, para variar.

Se detuvo justo al otro lado de la puerta, envuelta en la oscuridad y en el aire agradable de la noche. Se quedó un instante ahí plantada, en el pequeño patio de piedra, con los ojos cerrados, deleitándose con la embriagadora fragancia de las flores, de la hierba y del mar, el leve sabor a sal en la lengua, las ráfagas suaves de la brisa. Hacía calor, más incluso que en el interior de la casa, pero la brisa impedía que fuera sofocante. En esta parte de la isla, el murmullo del océano se oía apagado, lejano; servía de fondo a las llamadas de las aves nocturnas que anidaban en Salt Marsh Creek. Sus voces aflautadas, junto con el zumbido de los insectos y el susurro de las hojas en las copas de los árboles, constituían un hermoso coro que formaba parte de ella tanto como sus huesos.

La música nocturna de Pawleys Island. Durante todos los años que había estado fuera, nunca, jamás, había olvidado cómo era.

Esta noche, la llamaba, le hacía pensar en fantasmas, no en los fantasmas que pudieran rondar o no Old Taylor Place, o los fantasmas que, según la tradición popular, deambulaban desde hacía mucho por la isla, sino sus propios fantasmas: los fantasmas de su pasado.

Se dijo que sólo tenía que mantenerlos a raya un poquito más. Y entonces, sin que lo deseara ni lo solicitara, empezaron a abandonar los lugares más recónditos de su mente: su padre..., el barco..., torrentes de agua fría y oscura...

No. Se negaba a recordar. La noche siguiente, a esa hora, estaría tranquila en su piso de Chicago.

Misión cumplida.

Era una sensación agradable y, al saborearla, sintió que empezaba a desaparecerle parte de la tensión que se le había acumulado en el cuello y los hombros. Por imposible que le hubiera parecido antes, lo habían logrado: habían emitido por lo menos veinte minutos de televisión en directo de visión obligada, y daba igual que fuera un programa de una hora.

«Estate atenta, CBS.»

Con este pensamiento, Nicky abrió los ojos y buscó

a Karen con la mirada. Ahí estaba. La vio casi al instante. La luna, que brillaba más ahora, era un pálido disco blanco que emitía la luz suficiente para que pudiera ver cómo la figura esbelta de Karen descendía por el camino asfaltado de entrada. Era demasiado oscuro para que pudiera captar los detalles, pero por la forma en que Karen se movía, supuso que seguía hablando por teléfono: iba despacio, como sin rumbo, lo que le daba el aspecto de caminar más por el mero hecho de estar en movimiento que por tener un destino en mente. Desde luego, no se dirigía a ningún sitio concreto, como haría en el coche, que, como los demás, estaba estacionado en la curva del camino de entrada, oculto a la vista.

Recordó que, después de preguntarle por los gritos, tenía que pedirle que la llevara en coche, y cruzó el patio para seguirla por el camino de entrada.

Notó que volvía a ponerse tensa al pensar en lo que podría estar a punto de escuchar.

«Por favor, que las noticias de Chicago sean buenas.»

Cuando estuvo alejada de los rectángulos cálidos y amarillos que formaba la luz que salía por las ventanas de la casa, el camino se volvió inesperadamente oscuro. Al principio, el bulto consistente del garaje, a su derecha, y las tres encinas impresionantes que lo custodiaban tapaban la luna. Los sonidos de la noche se oían más fuertes entonces, como si la distancia de la casa los amplificara de algún modo. La brisa había aumentado tan de repente que Nicky casi sintió frío, a pesar de la chaqueta. Veía la figura vaga de Karen delante de ella, avanzando hacia la curva del camino, y casi le gritó que la esperara. Pero recordó que Karen estaba al teléfono, seguramente atendiendo una llamada de trabajo, quizás hablando incluso con el Gran Jefe en persona, y se abstuvo. ¿No iba a quedar muy poco profesional que el teléfono captara su voz de fondo gritándole a Karen que se detuviera?

Aceleró el paso, decidida a atraparla en silencio. Esbozó una sonrisa al imaginar lo satisfechos que debían de estar en los estudios centrales con el resultado del programa. Era probable que Karen estuviera escuchando a alguien, o acaso a varias personas, haciendo elogios. Era probable que pudiera esperar una llamada de felicitación en cuanto sacara el teléfono móvil del bolso y lo volviera a conectar.

No había ninguna, bueno casi ninguna, posibilidad de que las noticias fueran malas.

Mientras corría tras Karen, Nicky decidió algo. Aunque resultara que el origen de los gritos no había sido paranormal, no lo diría, ni a su madre, ni al resto del equipo, ni a nadie. Cuando descubriera al responsable, si es que lo había y lo descubría, le recalcaría lo mal que estaba lo que había hecho, y le haría jurar que guardaría el secreto para siempre. Así, su madre mantendría su integridad intacta, no estallaría en cólera, y Nicky no tendría que admitir ante nadie cosas incómodas que podrían perjudicar su carrera.

El programa había terminado: mejor no tocarlo. Lo mejor para todos los implicados sería dejar que pasara a los anales de la historia de la televisión exactamente como lo habían vivido los telespectadores, de modo que el origen de los escalofriantes gritos finales siguiera siendo siempre un misterio.

Cuando casi había llegado a la curva del camino de entrada, se dio cuenta de que ya no veía a Karen. Frunció el ceño y redujo la velocidad, mirando atentamente hacia delante. A su izquierda, a unos pocos pasos, donde el camino doblaba para descender hacia la calle, había un grupo de araucarias altas cuyas ramas cubiertas de agujas llegaban al suelo. Una de las encinas retorcidas y frondosas que había al otro lado parecía alargarse hacia ellas, y sus ramas describían un arco sobre el asfalto a unos seis metros de altura. La sombra que esos árboles proyectaban era tan oscura que parecía envolverlo todo, hasta el ligero brillo del mismo asfalto.

Incluso a Karen.

No, un momento. Ahí estaba; un rayo de luna se reflejaba en algo metálico entre la penumbra de los árboles. Sólo podía ser el teléfono móvil de Karen. Estaba cerca, muy cerca. Debía de haberse detenido para terminar la conversación, y Nicky había estado tan ensimismada pensando que no se había dado cuenta de que la estaba atrapando tan rápido.

Aliviada, se acercó a ella. La oscuridad la cubrió como una manta cuando se sumió en la sombra de los árboles, y de repente le resultó casi imposible ver nada. Comprendió que había un motivo para esa densa penumbra: las copas oscilantes de los árboles tapaban por completo el cielo, pero eso no hizo que dejara de sentir cierta desazón mientras la brisa que estaba unos grados más fresca que la noche se arremolinaba a su alrededor, le acariciaba la cara y le ponía los pelos de la nuca de punta.

Inspiró hondo e inhaló el aroma a araucaria, tenue pero inconfundible. Los sonidos de los pájaros, los insectos y las hojas que había reconocido antes se habían apagado. Debajo de los árboles reinaba tal silencio que podía oír el ligero repiqueteo de sus tacones altos en el asfalto; un repiqueteo cada vez más vacilante y lento.

Karen tenía que estar justo delante de ella. ¿Por qué no la oía hablar?

A la porra.

—¿Karen? —llamó. Se dio cuenta, algo sorprendida, de que el corazón le latía con fuerza y su respiración era rápida y superficial. No sabía por qué, pero...—. ¿Karen? Nada.

Desde algún lugar, a lo lejos, hacia donde estaba la marisma, se elevó el aullido leve y solitario de un perro.

Se paró en seco, con el vello de la nuca erizado.

—¿Karen? —intentó de nuevo, pero su voz le sonó débil incluso a ella. Se le aceleró el pulso, se le puso la carne de gallina. El descenso de la temperatura provocó que un escalofrío le recorriera el cuerpo de la cabeza a los pies. No podía ver a su compañera de trabajo, ni siquiera el destello de su móvil. Los sonidos nocturnos se habían transformado en un curioso estruendo que no le dejaba oír nada más. La oscuridad la envolvía. Una oscuridad que ahora parecía viva y amenazadora, una oscuridad que de repente parecía poblada de cosas terribles que querían hacerle daño. De golpe, tuvo la abrumadora sensación de que alguien, o algo, la observaba entre las sombras...

Una ráfaga helada de aire le rozó la mejilla. La sensación fue casi idéntica a la que había tenido en la habitación de Lauren. Pensó, con el corazón en un puño, que era como la caricia de unos dedos fríos, sin vida.

Se quedó paralizada un instante, sin respiración, presa del pánico. Y, entonces, se volvió y echó a correr.

E hizo bien. Cuando empezó a huir, con un resbalón incluido, oyó el ruido de algo que se movía y tuvo la inconfundible sensación de una presencia que salía disparada tras ella. Horrorizada, comprendió que alguien, o algo, la perseguía. Oía unos pasos rápidos, una respiración, una especie de frufrú, como si dos telas rozaran entre sí con rapidez. Se atrevió a mirar hacia atrás, temerosa de lo que pudiera haber, pero no vio nada. Estaba demasiado oscuro. Pero su instinto le decía que estaba en peligro de muerte.

Se acercaba deprisa a ella.

El corazón le resonaba en los oídos. Las rodillas le flaqueaban. Los pulmones le reclamaban aire, pero estaba tan aterrada que no podía llenarlos, no podía respirar. Delante, más allá de la sombra de los árboles, veía que el mundo estaba iluminado por la luz de la luna, que estaba lleno de vida y de calidez, y que ofrecía seguridad. Pero ella estaba atrapada en la oscuridad, en una oscuridad fría que parecía envolverla por completo para cobrársela y le volvía los pies tan pesados que parecía correr a través de las profundas aguas negras que formaban parte de sus peores pesadillas, como si se moviera a cámara lenta, como si estuviera atrapada en uno de esos sueños espantosos en que no había modo de escaparse del monstruo en una persecución interminable...

Un grito, afilado como un cuchillo y tembloroso de miedo, rasgó la noche.

Luego, algo golpeó con fuerza las corvas de Nicky, y ésta cayó al suelo.

6

Nicky tuvo la sensación de estar suspendida en el aire un rato increíblemente largo, aunque en realidad no podía haber sido más de una fracción de segundo. El mundo empezó a moverse más despacio a su alrededor. Se le agudizaron los sentidos. La fragancia de las agujas de las araucarias, antes tenue, se volvió de repente tan fuerte como si le hubieran abierto un frasco de ambientador justo debajo de las fosas nasales. Los sonidos de la noche se intensificaron, como si los pájaros, los insectos y el viento hubieran elegido ese momento exacto para efectuar su *crescendo*. La fuerte negrura del asfalto pareció abalanzarse hacia ella y, sin embargo, podía ver tan bien que, incluso a través de la oscuridad, podía distinguir cada uno de los diminutos cristales azabache que componían el macadán. Era consciente de la sangre que le circulaba por las venas, de la sequedad de la garganta y la boca, de los fuertes latidos del corazón.

Y, sobre todo, tenía una abrumadora sensación de peligro, de maldad, de una aterradora presencia sombría...

Sus rodillas chocaron dolorosamente contra el camino. Las palmas de sus manos patinaron por el rugoso asfalto. Gritó con un sonido ahogado y lastimoso, al caerle algo enorme y pesado encima que la aplastó, le robó el aire de los pulmones y le cortó el grito casi antes de que le saliera de la garganta.

Se percató, horrorizada, de que la habían atrapado, la habían abatido. De forma increíble, contra todas las normas de las pesadillas, el monstruo fantasmal había logrado cobrarse su presa.

«Voy a morir», pensó en un momento fugaz de claridad gélida. Luego, su frente golpeó con fuerza el asfalto y el mundo se le volvió negro.

Mientras salía al patio para encender un cigarrillo Joe reflexionó que fumar tenía muchas desventajas. Era caro, políticamente incorrecto y perjudicial para la salud. Pero también, como había comprobado ya en muchas ocasiones, útil. Ahora le daba una excusa para seguir a Nicky Sullivan fuera de la casa.

La mirada que le había dirigido por encima del hombro justo antes de salir de la cocina había sido una mezcla inequívoca de antipatía y desprecio. No estaba acostumbrado a que las mujeres lo miraran de ese modo; estaba más acostumbrado al «ven aquí» que al «quítate de mi camino». Pero, como acababa de descubrir, no había duda de que «quítate de mi camino» tenía sus encantos. De hecho, lo había inducido a salir al patio esa noche oscura con brisa para conocerla un poco más.

Pero no estaba.

«Lo que tal vez sea mejor», pensó mientras se acercaba al fondo del patio y daba una larga y estimulante calada a su Marlboro Light. Las pelirrojas bonitas que lo detestaban podrían pertenecer a una categoría totalmente nueva de mujeres, pero era evidente que explorarla más era una mala idea.

En primer lugar, no había estado con una mujer desde que su vida se había ido al diablo. Ni siquiera para un beso, una cita o una simple conversación que no fuera superficial o de trabajo, de modo que lo razonable sería que empezara despacio, con una mujer a la que pareciera gustarle y que fuera a estar cerca de él un tiempo. Era indudable que las mujeres eran algo muy parecido a las bicicletas: cuando sabías montar, no lo olvidabas nunca. Pero toda su experiencia con las mujeres había sido antes, cuando aún era un conquistador engreído y pendenciero que había perfeccionado aquello de «ámalas y déjalas» hasta convertirlo casi en un arte. Pero ahora era después de aquel período, y estaba destrozado: frágil, indeciso e inseguro del mundo y de su lugar en él como nunca lo había estado antes en su vida.

Había vivido bastantes situaciones extremas, y eso había hecho que sintiera aversión por repetirlas. Descubrir que, en el fondo, tenía corazón le había enseñado algo más: que los corazones, incluso los más duros que una piedra como había sido el suyo, también pueden romperse.

Lo único que había querido desde que había empezado a recuperarse era mantenerse en el lugar tranquilo y seguro al que finalmente había logrado llegar. Había cubierto, con creces, su cuota de agitación, de tensión, de riesgo. Si alguna vez había sido, como alguien le había dicho hacía mucho tiempo, un adicto a las emociones fuertes, había dejado de serlo.

Lo que le llevaba al segundo punto: Nicky Sullivan había despertado su interés mucho más que ninguna mujer desde que había vuelto en sí para descubrir, para su consternación, que su vida tenía un después. Era pelirroja, lo que, a su modo de ver, era un atractivo más. A eso había que añadirle que tenía un cuerpo espectacular y una cara bonita, lo que la situaba directamente en su lista de preferencias. Y lo había fulminado con la mirada, le había gritado, se le había enfrentado y lo había puesto en evidencia.

Y había ganado.

La pelirroja.

El programa que estaba tan resuelta a emitir era una farsa: había observado con interés cómo la supuestamente fantástica médium Leonora James había recorrido la casa afirmando que no había fantasmas presentes mientras Brian, del que Joe sabía con certeza que estaba muerto, caminaba a su lado; después, había simulado ver un fantasma en la habitación mientras Brian prácticamente había bailado un twist delante de ella para captar su atención. De acuerdo, era posible que Brian no hubiera estado ahí, que quizá sólo existiera en su cabeza. Y de acuerdo, puede que la mayoría de los programas de televisión de este tipo fuera una farsa. Podía aceptarlo. Pero el remate final había sido que, incluso después de que esa farsa de programa se hubiera terminado, Nicky, que acababa de participar en la perpetración de un fraude que, sin duda, había tenido millones de personas de audiencia, había seguido mirándolo con desdén.

En pocas palabras, como pensó con ironía mientras daba otra calada al cigarrillo, era su tipo: un desafío. Un desafío pelirrojo, precioso, sexy.

Lo que, si lo pensaba bien ahora que tenía unos minutos de tiempo libre para hacerlo, era aterrador. Porque ésa era la clase de mujer por la que se habría sentido atraído antes, la clase que ahora no tenía cabida en su vida.

Cuando empezara a buscar de nuevo, y si Nicky Sullivan lo atraía tanto, quizás había llegado la hora de empezar a fijarse en las mujeres de la isla, quería a la chica de al lado; mamá, papá y pastel de manzana: dulce, sana, sencilla.

Había vivido suficientes altibajos emocionales para toda su vida. Lo único que quería a partir de entonces era una vida tranquila y apacible.

Así que iba a terminarse el cigarrillo y a volver a entrar. Que Nicky Sullivan fuera un desafío no significaba que tuviera que aceptar el reto.

A su madre de acogida le gustaba decir: «No agites nunca los problemas hasta que los problemas te agiten a ti.» Un consejo que valía la pena seguir.

Dio una última calada al cigarrillo, dejó caer la colilla y la aplastó con el tacón. Alzó la vista y observó la capa densa de nubes grises que avanzaba desde el mar y que iba ocultando sistemáticamente las pocas estrellas que todavía brillaban en el cielo, y supuso que llovería antes del amanecer. Después, se agachó para recoger la colilla.

Fue entonces cuando lo oyó: un grito agudo, interrumpido casi al instante. Algo en él lo llevó a olvidarse de la colilla y a enderezarse para escrutar la noche con el ceño fruncido. Esperó, escuchó, forzó la vista para intentar ver algo más allá de la luz que salía por las ventanas. Nada. Silencio. Una oscuridad absoluta.

Era probable que el grito procediera de un animal caído presa de algún depredador nocturno o de un cepo. ¿Qué otra cosa podría haber sido?

Durante un período incierto de tiempo, Nicky recuperaba y perdía la consciencia, sin saber muy bien qué había pasado, dónde estaba o nada más, salvo que estaba herida. El dolor le hizo recobrar despacio los sentidos. Le escocían las manos y las rodillas, le dolía la cabeza; no, le dolía todo el cuerpo. Y, finalmente, cayó en la cuenta de que si sentía dolor, tenía que estar viva.

Viva. Cuando recordó lo increíble y maravilloso que era eso, abrió los ojos.

Al principio, sólo vio oscuridad. Estaba todo borroso, y parpadeó para intentar aclararlo, para intentar enfocarlo. No lo consiguió. La oscuridad giraba a su alrededor mientras un dolor punzante le castigaba la cabeza. Estaba mareada y tenía náuseas. Volvió a cerrar los ojos y se quedó inmóvil para tratar de controlar la situación. Le retumbaban los oídos de un modo que la dejaba sorda a todos los efectos: sólo oía ese rugido. Respiró hondo para procurar orientarse, inhaló el olor a tierra húmeda, a las araucarias y a algo más. Era un efluvio que no conseguía distinguir, aunque sabía que lo había olido antes. Algo primitivo y acre que en su interior reconoció a pesar de no ser consciente de ello.

Era algo vagamente reconocible y, sin embargo, lo bastante extraño y aterrador como para que se le pusieran los pelos de punta al olerlo.

Se dio cuenta de que tenía miedo, y eso la asustó aún más.

¿Miedo de qué?

En cuanto la pregunta le vino a la cabeza, recordó con una oleada de horror. La habían perseguido, atrapado y derribado.

¿Qué? ¿Quién? La imagen confusa que le proporcionó el subconsciente era la de algo que le había saltado encima desde atrás. ¿Un hombre? No estaba segura, pero creía que sí. No había podido ver nada, pero todos los demás sentidos le decían que había sido una persona.

¿Dónde estaría? ¿Estaría cerca? ¿La estaría observando en ese mismo instante, esperando a que recobrara el conocimiento?

Nicky abrió los ojos de golpe. Al pensarlo, el pánico se había apoderado de ella, a pesar de advertirse a sí misma que no debía moverse. El corazón empezó a latirle otra vez con fuerza. El pulso se le aceleró en forma evidente. Los músculos se le tensaron a la vez que todas las terminaciones nerviosas se le preparaban para huir de inmediato.

«Espera», pensó.

Inspiró despacio, con cuidado, sin hacer ruido. Si aquel hombre estaba cerca, si la observaba, no debía revelarle que había vuelto en sí. Antes de hacer algo, aunque sólo fuera levantar la cabeza o intentar mover los brazos o las piernas, tenía que saber dónde estaba ella, dónde estaba él, y si estaba herida u obstaculizada de algún modo que pudiera impedirle llegar a un lugar seguro.

La oscuridad ya no parecía envolverla, pero seguía ahí, impenetrable aún. Tenía la mano derecha extendida y tan cerca de la cara que notaba el roce del aliento en los nudillos, pero estaba tan oscuro que no podía verla. La mano izquierda estaba atrapada bajo su cuerpo. Sentía un cosquilleo en ella, como si se le hubiera dormido. No se atrevió a moverse para liberarla. Lo positivo era que no parecía estar atada. Lo negativo, que le dolía todo el cuerpo.

Estaba tumbada de bruces sobre una superficie irregular. Notaba una especie de borde duro bajo las caderas, y un objeto pequeño y afilado se le clavaba en el hombro izquierdo. Tenía la cabeza vuelta hacia un lado, y lo que tenía debajo de la mejilla y de la mano derecha era frío, estaba algo húmedo y pinchaba un poco.

¿Agujas de araucaria?

Hizo fuerza hacia abajo con los dedos para comprobarlo: Sí, eran agujas de araucaria. De repente, su fragancia adquirió fuerza.

Le volvió la memoria por completo y, con ella, una idea: lo más probable era que estuviera en el exterior de Old Taylor Place, tumbada bajo las ramas bajas del grupo de araucarias que había en la curva del camino de entrada.

Pero había caído sobre el asfalto. ¿Cómo había llegado bajo los árboles?

Había estado inconsciente. No había llegado donde

estaba por sus propios medios. Alguien había tenido que arrastrarla o cargarla hasta ahí.

Él tenía que haberla arrastrado o cargado hasta ahí.

¿Seguiría ahí?

La idea hizo que se le helara la sangre.

«En cualquier momento puede hacer lo que quiera hacerme. Violarme... Matarme...», pensó.

Se percató de que respiraba demasiado deprisa. Si la oía, podría sospechar que estaba consciente. Sin moverse, incapaz de ver nada en la penumbra total instalada debajo de las araucarias, intentó respirar más despacio para adquirir el ritmo regular y apacible de la inconsciencia, intentó concentrar sus sentidos, intentó escuchar algo que le indicara si él estaba cerca, intentó captar otra presencia. Era difícil porque le dolía muchísimo la cabeza, le retumbaban los oídos y el corazón le latía tan deprisa que lo único que alcanzaba a oír era el ritmo alocado de su propio pulso, pero lo intentó, y tuvo la espantosa sensación de que no estaba sola.

Si gritaba, era muy posible que alguien la oyera desde la casa. Si gritaba y él estaba cerca, lo tendría encima antes de que el grito le saliera de la boca.

Ni siquiera estaba segura de poder gritar. Tenía la garganta muy seca. Y la boca también.

¿Y si intentaba gritar, pero lo único que lograba emitir era un sonido ronco y ahogado?

Descartó gritar. Lo mejor, lo único que podía hacer, era salir corriendo, reunir hasta la última pizca de fuerza que le quedara y salir disparada desde debajo de los árboles para correr como un galgo hacia la casa.

Pero ¿podría correr?

Le zumbaban los oídos. Le martilleaba la cabeza. Cuando trató de enfocar los ojos, tuvo náuseas. Notaba las piernas, las manos, todo el cuerpo dolorido. Estaba herida, pero no sabía cuánto. ¿Demasiado para salir corriendo?

La alternativa era quedarse donde estaba y limitarse a esperar. Pero ¿qué? No quería averiguarlo.

Entonces hizo un descubrimiento terrible: por encima del estruendo en sus oídos, de su pulso acelerado y de los latidos fuertes de su corazón, estaba casi segura de que podía oír respirar a alguien más.

Él estaba ahí. Estaba cerca. Podía sentirlo. A su derecha, cerca de su cadera. Parecía estar sentado o agachado, aunque no podía saberlo, pues no podía verlo.

Pero podía oírle respirar.

Y también podía oír otra cosa, un extraño sonido, como si estuvieran cortando algo. No podía imaginar de qué se trataba, pero era lo bastante raro y lo bastante espeluznante para que se le erizara el vello de la nuca.

«¡Dios mío! ¡Dios mío!», exclamó para sí.

Oyó el susurro de las ramas y notó que algo le tocaba la cadera. Notó la respiración, fuerte e irregular, mas cerca. Se había vuelto hacia ella.

Ahora estaba agachado a su lado, inclinado hacia ella...

El terror le recorrió el cuerpo en una oleada glacial. El corazón le dio un vuelco y pareció instalársele en la garganta. Se le hizo un nudo en el estómago.

«No te muevas», se dijo.

—Nicky —murmuró el hombre, y le acarició los cabellos.

Un grito le explotó en la garganta, donde quedó atrapado y mudo. Se le puso la carne de gallina. Le dio vueltas la cabeza. El pulso le empezó a sonar tan fuerte que le repiqueteaba de modo ensordecedor en los oídos. Le pareció que iba a desmayarse...

Si lo hacía, estaría indefensa...

Algo cálido y húmedo se le deslizó por debajo de la mano derecha. Un líquido consistente, pegajoso como la pintura, con un olor tenue pero distintivo. Se escurría bajo sus dedos, se encharcaba bajo su palma, circulaba hacia su cuerpo.

La sorpresa la paralizó un instante. Luego, con un movimiento compulsivo que habría sido tan incapaz de detener como el latido de su corazón, apartó la mano del charco cálido.

Y rozó algo.

Otra mano que yacía palma arriba en el suelo, a unos centímetros de distancia. Caliente pero inmóvil, insensible...

—Estás consciente, ¿verdad? —preguntó el hombre con una voz áspera, grave, gutural.

«¡Oh, no! ¡Dios mío, ayúdame...!»

Un par de haces de luz idénticos atravesaron la penumbra a través de las ramas y proyectaron la sombra del hombre, negra y encorvada, sobre el tronco del árbol a la vez que iluminaron la mano inmóvil y el cuerpo al que pertenecía en un aterrador plano congelado que no pudo haber durado más de una fracción de segundo. Pero fue el tiempo suficiente para que la imagen quedara grabada para siempre en la memoria de Nicky.

El cuerpo era el de Karen. Tenía la cara vuelta hacia el otro lado, pero su cabello, negro y reluciente, era inconfundible. Yacía boca arriba a menos de un metro de ella en medio de un charco de sangre que se extendía sobre el lecho marrón de las agujas de araucaria. Nicky vio la mano pálida y esbelta de Karen situada lánguidamente sobre el charco rojo y, en ese instante, comprendió que el líquido que había notado bajo su mano era la sangre de Karen, que el olor que había captado en cuanto había recobrado el conocimiento había sido el de la sangre, que lo más probable era que Karen estuviera muerta, que la habían matado y que seguramente también ella iba a morir asesinada en los siguientes segundos, ahí mismo, bajo las araucarias, junto a Karen.

El terror la impulsó a actuar. El alarido que salió de su boca habría enorgullecido a Jamie Lee Curtis. Con el corazón latiendo tan fuerte que temía que le fuera a explotar e impulsada por una enorme subida de adrenalina, se incorporó sobre las maltrechas rodillas y lo empujó con todas sus fuerzas. Como lo pilló desprevenido, el hombre perdió el equilibrio y se cayó hacia atrás con un gruñido de sorpresa, por lo menos eso le pareció a Nicky por el ruido que hizo, aunque no se quedó para asegurarse. Casi al mismo tiempo, se lanzó hacia delante como un misil para avanzar a gatas entre el laberinto de ramas entrelazadas, escabulléndose como un cangrejo asustado hacia la tenue luz plateada de la luna que brillaba al otro lado de los árboles, hacia el coche que subía por el camino de entrada y cuyos faros habían atravesado el grupo de araucarias un momento.

—Puta.

El hombre salió tras ella y logró sujetarla por la chaqueta, pero Nicky, con una fuerza surgida del terror, golpeó, pataleó, forcejeó y, de algún modo, consiguió liberarse. Luego, en un último impulso desesperado, saltó entre las ramas para lanzarse hacia el borde del camino, que estaba a apenas dos metros de distancia. Al salir de entre los árboles, algo le golpeó con fuerza en el costado, por encima de la cadera, pero lo consiguió de todos modos. Con un grito espeluznante, golpeó el suelo y rodó por el asfalto hasta parar delante del brillo deslumbrante de unos faros.

Se oyó un frenazo, un chirrido de neumáticos. El coche viró hacia un lado mientras intentaba detenerse...

Joe había empezado a bajar por el camino de entrada cuando el alarido había rasgado la noche. Fuerte como una sirena, inequívocamente femenino, y tan aterrado que se quedó petrificado y el corazón le dio un vuelco. Casi había vuelto a entrar en el edificio, después de haberse esforzado en convencerse de que lo mejor era irse lo más rápido posible a dormir a casa, donde la tentación estaría fuera de su alcance, pero no había conseguido quitarse de la cabeza ese gemido ahogado.

Casi seguro que había sido un animal. Pero Nicky había salido y, a no ser que hubiera rodeado la casa hasta la parte delantera, lo que era una buena caminata con unos tacones de ocho centímetros dado que el suelo era irregular y la hierba, alta, seguía fuera. Lo único que sabía con certeza era que no había vuelto a entrar en la casa por la puerta trasera porque, de haberlo hecho, él la habría visto. Claro que era muy posible que hubiera ido hasta donde estaban estacionados los automóviles, se hubiera subido al suyo y se hubiera ido.

También era posible que se hubiera caído o...

No tenía idea de qué más podría haber sucedido. Pero con ese grito ahogado en el pensamiento y, por si acaso, había decidido bajar con rapidez el camino.

Cuando sólo había avanzado unos cuatro metros, vio los faros que surcaban la oscuridad en su dirección. El coche aún no se veía, pero la luz que emitía iluminó las araucarias que había junto a la curva del camino de entrada y los convirtió en unas gigantescas siluetas negras de árboles de Navidad. Al otro lado, las encinas tenían el aspecto de unas manos enormes, retorcidas. Alguien subía en coche desde la calle, quizá la misma Nicky. Oía el suave ronroneo del motor por encima de los murmullos apagados de la noche.

Se detuvo, observó acercarse al vehículo y pensó que

si había algo que ver en el camino, el conductor lo veía. No era necesario que él bajara hasta la calle. Escuchó el tenue zumbido de los neumáticos sobre el asfalto e inspiró el aire cálido del mar mientras pensaba qué iba a cenar.

Podía olvidarse del pollo asado en casa de Dave. Dado que ya eran más de las diez y media y que todos los sitios de la isla en los que valiera la pena comer ya estaban cerrados, sus opciones se limitaban básicamente a lo que pudiera cocinar él mismo o...

El alarido surgió de la nada, rasgó la oscuridad e interrumpió sus pensamientos en seco.

Ya estaba corriendo por el camino cuando se oyeron otros gritos espeluznantes junto con el chirrido de un frenazo. Cuando llegó a la escena unos segundos después, la noche se había sumido en el caos. El coche se había parado tan deprisa que estaba medio atravesado en el camino. Sus faros iluminaban la noche. Joe notó el olor a gases de escape y al caucho quemado de los neumáticos. Siguió con la mirada las luces y vio que alguien yacía sobre el asfalto, delante del coche. Una mujer, acurrucada de lado, con el cuerpo esbelto y vestida de negro, las piernas pálidas con las rodillas dobladas y el cabello largo de color rojizo reluciente bajo los haces de luz blanca: Nicky.

—Mierda —exclamó. Avanzó deprisa y se agachó a su lado. Nicky soltó algo que no pudo entender e intentó hacer fuerza con las manos y las rodillas para levantarse. Su maravilloso pelo le cubrió la cara e impidió que Joe la viera. Respiraba con dificultad, evidentemente angustiada, y le faltaban los zapatos. La tela sedosa de su traje de chaqueta estaba cubierta de tierra y de alguna otra sustancia, como hierba, agujas de araucaria o algo así. Parecía tener las manos y las piernas manchadas de barro o de sangre. Joe esperaba que fuera lo primero.

—Quieta —ordenó, y la sujetó por los brazos para volver a acostarla en el suelo. Deslizó las manos por su cuerpo para buscar deprisa posibles lesiones. Notó cómo su cuerpo, esbelto, cálido, bien formado, se estremecía bajo sus manos. Tenía la chaqueta rasgada sobre la cadera derecha. Miró con más atención. A su alrededor, la tela estaba mojada y pegajosa: sangre.

—¡Mierda! Acaba de atropellarla un coche.

—No... —Nicky volvió la cabeza y el cabello se le apartó de la cara. Intentó levantarse, pero Joe le sujetó de nuevo los brazos y esta vez no la soltó para mantenerla recostada en el suelo mientras ella se esforzaba por liberarse. Ahora estaba boca arriba y lo miraba con los ojos desorbitados a la vez que sacudía la cabeza con energía.

—Karen...

—Se me echó encima —exclamó una mujer. Evidentemente, la conductora. Había dejado la puerta del coche abierta para correr hacia la escena del accidente. Los golpes rápidos de sus pies al chocar contra el asfalto resultaron sorprendentemente discordantes—. ¿Es Nicky? ¡Oh, Dios mío! ¿Le he dado? ¿Está muerta?

—No lo está —aseguró Joe, que dirigió a la mujer, la maquilladora rubita, una mirada brevísima.

—Karen. —Las manos de Nicky, frías y delgadas pero asombrosamente firmes, sujetaron las de Joe, se cerraron sobre sus muñecas y lo agarraron con fuerza. Lucía una expresión desesperada, frenética—. ¡Está herida! ¡Tiene que ayudarla!

—¿Qué? —Joe no la entendía.

—La atrapó —soltó mientras intentaba de nuevo incorporarse. Tenía los ojos muy abiertos y vidriosos debido a la impresión o al susto, o a una mezcla de ambas cosas. Le temblaban los labios. Se le agolpaban las palabras en la boca, y las profería tan deprisa que eran casi incoherentes. Sujetaba las muñecas de Joe con todas sus fuerzas y éste notaba cómo le temblaban las manos.

—Tranquila —le dijo para calmarla—. Todo va bien.

—Está debajo de los árboles. Hay un hombre...

—No se mueva, ¿de acuerdo? —Mantenía su voz suave, sin escuchar completamente lo que Nicky le estaba diciendo, mientras hacía todo lo posible para que se quedara donde estaba sin agravar las heridas que pudiera haberse hecho. Que pudiera controlarla con relativa facilidad decía mucho sobre su estado físico. Era evidente que estaba débil, y temió que pudiera entrar en *shock*.

—Él también está ahí. Me atacó... —Seguía balbuceando, pero la expresión de su rostro al señalar las araucarias dijo más que mil palabras. Estaba totalmente aterrada. Entonces, sus ojos se encontraron con los de Joe, y adoptó una expresión furibunda—. ¿Me está escuchando? El coche apenas me dio. Hay un hombre bajo los árboles; tiene a Karen...

Joe echó un vistazo hacia los árboles con el ceño fruncido.

—¿Karen? —repitió la maquilladora con una expresión de duda a la vez que también ella dirigía una mirada hacia las araucarias. Estaba agachada junto a Joe y su carita de hada reflejó preocupación al tocar un cardenal, una mancha o algo que Nicky tenía en la mejilla.

—Está ahí. Dese prisa, está sangrando. —El tono de histeria de la voz de Nicky hablaba por sí solo. Movía las piernas nerviosa, e intentaba una vez más ponerse de pie empujando con las manos el suelo con una patética falta de fuerza.

—Eh, tranquila. —Joe la sujetó con más fuerza. Notó que tenía los hombros estrechos, los huesos delicados y unos brazos sorprendentemente frágiles—. No debe moverse aún.

«Necesitamos una ambulancia», pensó, y alargó la mano hacia el bolsillo delantero de los vaqueros, donde guardaba el teléfono móvil.

—Se va a escapar —indicó Nicky, que se aprovechó de su movimiento para intentar liberarse. Joe se olvidó del teléfono un momento para poder mantenerla quieta. Cuando la sujetó de nuevo con ambas manos, pareció darse cuenta de que era imposible soltarse y se rindió. Derrotada, se quedó tumbada en el suelo, respirando con dificultad, mirándolo con una gran inquietud en los ojos. Estaba blanca como el papel y sus cabellos daban una nota de color vivo al negro del asfalto.

—¿Karen está bajo los árboles? —La voz de la maquilladora revelaba un total escepticismo, pero Joe estaba de repente empezando a comprender y a creer.

A no ser que Nicky estuviera alucinando, lo que podía ser si, cuando el coche la había lanzado contra el suelo, se había golpeado con fuerza la cabeza, había algo malo escondido bajo las ramas de las araucarias.

—Quédese con ella —dijo de golpe a la maquilladora, y se levantó.

—¿Va armado? —preguntó Nicky con brusquedad y con un cariz de histeria en la voz. Ahora que él no se lo impedía, consiguió por fin incorporarse a medias. Dobló las piernas a un lado del cuerpo y se apoyó en un codo. Con la otra mano se oprimió el lugar de la cadera donde él había detectado que le salía sangre. No apartaba los ojos de las araucarias—. Creo... Creo que tiene un cuchillo.

—Sí.

Qué diablos, siempre llevaba una pistola encima. Era una SIG Sauer, lisa, negra y reluciente, ligera y lo bastante pequeña como para guardarla en un bolsillo, en la zona lumbar, o en la funda del tobillo que llevaba puesta esa noche para mantenerla bien alejada de los hijos de Amy. Hacía mucho tiempo que la tenía, tanto que ya formaba parte de él casi tanto como sus manos. Durante su vida anterior, lo había salvado de la muerte más de una vez. No era su arma oficial del departamento. Ésa la llevaba en la guantera del coche patrulla estacionado delante de la casa. Ésa era una Glock, relativamente grande y burda, que no le gustaba demasiado. La SIG era suya. No se separaba de ella ni siquiera en este paraíso, donde, hasta ahora, no parecía pasar nada. Era una costumbre. Como los cigarrillos. Dos cosas que no podía, que no quería dejar.

Se sumió en la oscuridad y empezó a subirse la pernera de los vaqueros para tomar la SIG, por si acaso.

—Deprisa, Tina. Tenemos que encerrarnos en el coche —oyó que Nicky pedía con urgencia. Se volvió y vio que la maquilladora sujetaba a Nicky por un brazo para ayudarla a levantarse. Dado que Tina, con los zapatones y los largos cabellos rubios incluidos, era del tamaño de un mosquito mientras que Nicky, aunque delgada, debía de medir un metro setenta más o menos, no lo lograba. A pesar de sus esfuerzos, Nicky no conseguía que sus piernas la sostuvieran.

Hasta que no se determinara el alcance de las lesiones era probable que permitir que Nicky se moviera fuera un error. Por otra parte, si había una mujer herida entre los árboles, lo más urgente era encontrarla y ayudarla. Y si era cierto que había alguna clase de degenerado oculto bajo las araucarias, alejar a las mujeres del peligro antes de comprobar la situación era, sin duda, lo más prudente. Cabía la posibilidad de que ese hombre lograra rodearlo u, ojalá Dios no lo permitiera, eliminarlo. Entonces, las mujeres estarían a su merced.

Joe dejó la SIG en su funda, volvió sobre sus pasos y cargó a Nicky con un solo movimiento.

—¿Qué? —Nicky se agarró de sus hombros a la vez que lo miraba sorprendida.

—Es pura precaución —contestó mientras la conducía hacia la puerta del copiloto. Como esperaba, no pesaba demasiado, unos cincuenta y cinco kilos como mucho. El cabello le olía un poco a champú floral, y podía notar el cuerpo firme y ágil de la chica entre sus brazos. Así de cerca podía ver que tenía un chichón enorme en la frente, sobre el ojo izquierdo. Fuera lo que fuera lo que la había golpeado, el porrazo había sido de los buenos.

—Tiene que ayudar a Karen —insistió Nicky, y parecía a punto de perder el control. Le clavó las uñas en los hombros. Incluso a través de la camisa, Joe sintió cómo las curvas afiladas le oprimían la piel. Tuvo un fugaz instante de locura en el que imaginó esas uñas recorriéndole los músculos de la espalda desnuda, y apretó los dientes por el esfuerzo que le supuso desechar la idea.

«Necesitas una mujer, Joe», se dijo con tristeza mientras depositaba a Nicky en el asiento del copiloto.

—Suba al coche —indicó a Tina, que había caminado a su lado sin dejar de observarlos a él y a Nicky, con los ojos desorbitados, como si no estuviera del todo segura de si él quería hacerle daño o no a Nicky.

Al oír estas palabras, Tina pareció comprender que estaba de su parte. Por lo menos, asintió, rodeó el coche hacia el asiento del conductor y se subió.

—Ponga el seguro y conduzca hasta la casa —pidió Joe. Tina ya estaba al volante y él le hablaba inclinado hacia dentro desde el otro lado, donde Nicky lo miraba con unos ojos grandes y redondos como discos voladores—. Cuando llegue, toque el claxon hasta que salga alguien. Si no sale nadie, o si no le gusta el aspecto de quienquiera que lo haga, no se muevan hasta que yo llegue. ¿Entendido?

Los ojos de Tina se veían ahora tan sorprendidos como los de Nicky, y casi igual de asustados. Asintió.

—Váyase —dijo Joe.

Sus ojos se encontraron con los de Nicky un brevísimo instante y vio que tenía las pupilas enormes, lo que les confería un aspecto totalmente negro. Acto seguido, cerró la puerta y dio un paso hacia atrás para escuchar cómo se cerraban los seguros. Lo oyó. Y también oyó cómo el coche, que vio que era un Dodge Neon, subía por el camino de entrada.

A por la SIG.

Con el peso familiar del arma en la mano, se sentía preparado para enfrentarse con cualquiera, pero el terror evidente de Nicky seguía con él y le hizo ser precavido. Avanzó hacia las araucarias y, al llegar al extremo de las frondosas ramas, se detuvo y agudizó todos sus sentidos. La brisa llevaba impregnada una fragancia a araucaria. Oyó los habituales sonidos nocturnos pero nada más, nada fuera de lo corriente. Sin los faros para iluminarlo, estaba totalmente a oscuras: no podía ver nada. No llevaba linterna, no una de verdad, pero recordó con satisfacción que tenía uno de esos pequeños llaveros con luz. Dadas las circunstancias, tendría que conformarse con el artilugio. Se sacó las llaves del bolsillo, lo apretó y contempló contento el pequeño haz de luz blanca que emitía. No era gran cosa, pero debería bastarle para lo que tenía en mente.

Volvió a observar los árboles.

—Policía —gritó con su mejor voz de autoridad—. Salga con las manos donde pueda verlas.

Sí. Como si esperara realmente que eso fuera a funcionar. Los malvados sólo salían con las manos en alto en las películas. En la vida real, por lo menos en su vida real, empezaban a disparar o salían corriendo.

Aun así, esperó. La brisa agitó las ramas, y el ligero susurro de las agujas fue la única respuesta que obtuvo. Esperó un momento más y suspiró. Por supuesto. Nada era
nunca tan fácil.

Con la pistola en una mano y la linterna de bolsillo en
la otra, empezó a dirigir la luz a través de las ramas para
observar los troncos ásperos y grises, las ramas como brazos extendidos, la alfombra de agujas secas en el suelo.

Dio con ello bajo el tercer árbol: cerca del límite de las
ramas, el pequeño haz iluminó un hilito de un líquido rojo y viscoso que descendía despacio una pendiente que
terminaba en el camino de entrada.

Mala señal.

El corazón empezó a latirle más deprisa. Apretó las
mandíbulas y notó un nudo en el estómago. Utilizó la luz
para seguir el rastro agorero hacia arriba, hasta que detectó una mano blanca como la nieve que yacía sin vida
en medio de un charco de sangre.

7

Nicky estaba en estado de *shock*. Lo sabía. Podía verlo en la forma en que todos, en la cocina, parecían estar lejos, a pesar de que su madre y el tío John estaban sentados en la mesa con ella, y que Livvy estaba en la nevera y el tío Ham en los fogones, preparando unos huevos con beicon, mientras que Harry, que se había aventurado a situarse en el centro de la acción hacía unos segundos para conseguirse una cerveza, regresaba deprisa a la relativa paz y tranquilidad del estudio con la botella en la mano. Eran poco más tarde de las dos de la madrugada del lunes, el comienzo de una nueva semana. Tenía que volar hacia Chicago a las diez y cuarto, estar de vuelta en su oficina a las tres.

Karen estaba muerta.

—Bébete el chocolate caliente —dijo el tío John, que sonaba como si estuviera al otro lado de un largo túnel en lugar de estar sentado frente a ella en la mesa. El *fum-fum* regular del ventilador de techo le resonaba en la cabeza. Era curioso. En realidad, no le dolía nada: ni la herida larga pero superficial de arma blanca sobre la cadera, ni el muslo magullado que había sufrido un contacto directo con el coche de Tina, ni su pobre cabeza golpeada, ni las manos y rodillas arañadas. Quizás el *shock* también tuviera algo que ver en eso—. Necesitas azúcar.

Nicky asintió y miró la taza apoyada en la mesa delante de ella. El chocolate era espeso y estaba humeante. El tío Ham, que posiblemente era el mejor cocinero del mundo, lo había aderezado con una cucharada de crema batida y un poquito de cacao en polvo. Por lo general, a Nicky le encantaba el chocolate caliente del tío Ham. En este momento, pensaba que si se lo bebía vomitaría. Pero beber era más fácil que discutir, de modo que alzó la taza y tomó un sorbito.

Le supo terroso en la boca. Se le hizo un nudo de asco en el estómago y volvió a depositar enseguida la taza en la mesa. El tío John la observaba preocupado.

—Me parece mentira no haberlo visto. Mi propia hija —se lamentó Leonora como había hecho por lo menos una docena de veces desde que ella y el resto de la familia se habían reunido con Nicky en el hospital de la isla, donde Dave, el subjefe de policía, la había llevado directamente desde Old Taylor Place. En el hospital, le habían identificado la herida de arma blanca como lo que era y se la habían limpiado y vendado; le habían diagnosticado una leve conmoción, por lo que le habían dicho que debía descansar, y le habían recetado un sedante, que todavía no se había tomado, para que pudiera dormir mejor. Todavía la estaban examinando cuando llegó la llamada que confirmaba lo que había sabido intuitivamente desde el principio: Karen estaba muerta. Recordaba que, a partir de entonces, había estado como atontada. Ya nada le había parecido real del todo.

Una hora después, le habían dado el alta. En los aproximadamente cuarenta y cinco minutos que habían pasado desde que había llegado a casa con su familia, se había duchado con cuidado para que no se le mojara la venda y había procurado no pensar en que al principio el agua que le caía del cuerpo y se escurría por el desagüe estaba teñida de sangre, una parte suya, otra sin duda de Karen. Después de haberse percatado de eso, había salido de la ducha mucho más rápido de lo que había previsto inicialmente, se había secado el cuerpo y el cabello, se había puesto un pijama de nylon rosa y, como estaba helada, una gruesa bata rosa de toalla y un par de calcetines cortos blancos. Todas las prendas pertenecían a Livvy, porque la policía se había quedado la ropa que Nicky llevaba puesta durante el ataque, y su maleta, junto con casi todo lo demás que había llevado con ella desde Chicago, seguía en el maletero de su coche de alquiler. Al llegar a casa desde el hospital, había visto que el automóvil estaba estacionado junto al garaje, pero para cuando había pensado en sus cosas y recordado que estaban allí, ya estaba desnuda y empapada. Al salir de la ducha, le había sido más fácil corretear envuelta en una toalla hacia el cuarto de Livvy y agenciarse las prendas de su hermana. Livvy no se había opuesto: su única reacción al ver entrar a Nicky en la cocina vestida con su ropa había sido entrecerrar un poco los ojos. Para su sorpresa, Nicky había encontrado que llevar las prendas de su hermana mayor le resultaba reconfortante, casi como si hubiera retrocedido en el tiempo a sus años adolescentes, cuando si quería vengarse de Livvy por algo, sólo tenía que «tomar prestada» alguna de sus preciadas prendas. Y ahora, como si existiera alguna regla ancestral de venganza kármica, las cosas de Livvy le iban muy grandes, por no decir nada del hecho de que eran todas rosas, un color que no le iba a Nicky. Por suerte, los pantalones del pijama estaban provistos de cordones en la cintura, que había cerrado bien, y en ese momento, el color era lo que menos la preocupaba.

Había tenido la mano encima de un charco de sangre de Karen.

Se estremeció, y la mano en cuestión se le cerró sola en el regazo.

—Bebe —la apremió de nuevo el tío John—. Estás helada.

—No puedes ver nada que esté relacionado con tu familia —recordó Livvy con impaciencia a Leonora, mientras Nicky tomaba otro sorbito de chocolate caliente—. Podríamos morirnos todos sin que te enteraras. Acéptalo: no eres demasiado vidente cuando se trata de nosotros.

—Olivia Jane. —Leonora se había erguido en la silla para dirigir a Livvy una mirada ofendida—. Eso no es verdad.

—Lo es —insistió Livvy, nada arrepentida.

—Olvidas que vi a Harry cubierto de sangre y a Charlie sentado en una playa cuando debería haber estado en Nueva York, y al pobre y querido Neal... Bueno, ya sabes cómo vi a tu padre.

—Ellos no son de tu sangre, mamá. A ellos puedes verlos un poco, pero no a los de tu sangre. En absoluto. Es verdad, y tú lo sabes.

—Aunque tu madre hubiera visto lo que pasaba con tu marido, ¿de qué habría servido? —intervino el tío Ham con la cabeza vuelta mientras cascaba huevos en una sartén con gran maestría. Éstos caían sobre la grasa caliente con un sonoro siseo. El beicon, ya frito, se estaba secando sobre un poco de papel de cocina junto a los fogones. El aroma a desayuno familiar llenaba la cocina. A Nicky le revolvía el estómago.

—Podía haberlo pillado in fraganti, al muy cabrón. —Livvy cerró la puerta de la nevera con más fuerza de la necesaria y se dirigió arrastrando los pies hacia la mesa. Como el resto de la familia, estaba preparándose para acostarse cuando había llegado la llamada de reunirse con Nicky en el hospital. Iba totalmente vestida, con la misma ropa que llevaba antes, sólo que ahora tenía puesta la camiseta al revés y calzaba unas chinelas rosas, que hacían juego con la bata que lucía Nicky.

—Siento no haber visto a ninguna de las dos en apuros —se disculpó Leonora con el mentón tembloroso—. Ya os había dicho que estaba bloqueada.

—Estás mejorando: esta noche viste algo. —El tono del tío John era reconfortante.

—Era una huella, un lazo —replicó Leonora a la vez que sacudía la cabeza—. A veces un acontecimiento terrible deja su huella en su entorno. Evidentemente es lo que ocurrió en este caso, y doy gracias a Dios por haber podido captarlo porque no recibía nada. No me estaba comunicando en absoluto con el espíritu de Tara del modo habitual. Y Dorothy tampoco acudió.

Al decir estas últimas palabras, su voz había adoptado un tono triste.

—Ten, será mejor que te pongas esto en la frente. Parece como si te estuviera saliendo un cuerno —sugirió Livvy, que dejó caer algo en la mesa delante de Nicky.

Después de parpadear confusa un instante, Nicky vio que su hermana le había dejado una bolsa de guisantes congelados.

—Oh. Gracias.

El chichón de la frente era enorme, del tamaño de una pelota de golf. Así que los guisantes congelados eran una buena idea. Recogió la bolsa y se la puso sobre la protuberancia. Mientras, Livvy rodeó la mesa y se sentó con una mueca. La silla de roble, que estaba en la casa desde que eran niñas, crujió a modo de advertencia cuando se aposentó en ella. Todos los ojos se dirigieron de inmediato hacia la mujer embarazada que, por suerte, no parecía prestar atención ni a la protesta de la silla ni a la expresión de inquietud que reflejaban los rostros de su familia. Nicky pensó que no podrían soportar otro ataque de «estoy demasiado gorda para vivir». Desde luego, ella no podría soportarlo.

—Si lo hubiera pillado in fraganti, lo habría dejado al instante. En cambio, me esperé hasta estar embarazada y, entonces, el muy cabrón me abandonó —explicó Livvy, y acto seguido hundió la cuchara en el pudín de banana que había sacado de la nevera—. Hasta entonces, estuve en la inopia.

—Los huevos ya están —anunció el tío Ham desde los fogones—. ¿Quién quiere desayunar?

—Yo —dijo Livvy, mientras el tío John se ponía de pie para ayudar al tío Ham a llevar los platos a la mesa.

—Te has pasado los dos últimos meses comiendo, Livvy. Vas a enfermar —dijo Leonora con una mirada significativa al pudín que Livvy se estaba zampando.

—Quieres decir que voy a engordar, ¿no? Pues llegaste tarde, mamá. Ya estoy gorda. Y ¿sabes qué? No me importa. Estuve años esforzándome como una loca por conservar la figura y, de todos modos, él me dejó. Y ahora estoy embarazada y como una foca, y me da igual. —Con aire desafiante Livvy se metió una cucharada de pudín en la boca y alargó la mano hacia uno de los platos que el tío John acababa de llevar a la mesa—. Traed el beicon.

—Más adelante te arrepentirás —le advirtió Leonora.

Livvy clavó sus grandes ojos azules en su madre, abrió la boca de par en par y se metió en ella un pedazo entero de beicon.

—Olivia —le reprochó Leonora.

—Déjala en paz; está comiendo por dos —intervino el tío John a la vez que se sentaba. El tío Ham, después de llamar a Harry para que fuera a desayunar, también ocupó su lugar en la mesa.

—¿Dos, dices? Son los kilos que me faltan para llegar a los cien —replicó Livvy—. ¿Quieres apostarte algo a que los alcanzo?

Dio un mordisco feroz a un trozo de tostada con huevo.

A Nicky le parecía irreal. Su familia estaba manteniendo una conversación perfectamente normal, para ellos, cuando a ella la habían atacado y a Karen la habían asesinado brutalmente hacía sólo unas horas. Tenía la impresión de que el recuerdo horroroso estaba suspendido en el aire como una nube gélida y, sin embargo, estas personas seguían adelante como si nada.

—Come —dijo el tío John, que repiqueteó con el tenedor en el borde del plato de Nicky para darle mayor énfasis. Automáticamente, Nicky bajó la vista hacia el reluciente huevo frito sobre una tostada, los dos trozos de beicon crujiente y la rodaja de naranja retorcida que había usado a modo de guarnición. La perfección en un plato. Debería haber tenido hambre; no había comido nada desde... ¿El desayuno? El resto del equipo y ella habían tenido que pasar todo el día con la comida del avión en el que habían volado desde Chicago. Karen se había sentado al otro lado del pasillo y apenas había probado una tortilla. Tenían que almorzar al aterrizar, pero resultó que no habían tenido tiempo. La tortilla insípida del avión había sido lo último que Karen había comido...

Se le revolvió el estómago. De repente, el olor caliente y grasiento del desayuno le resultó insoportable.

Antes de que pudiera hacer otra cosa que levantar los ojos del plato, una llamada enérgica a la puerta interrumpió la charla que seguía oyendo a su alrededor.

Todos se callaron y dirigieron la mirada hacia el sonido. Procedía de la puerta trasera, que estaba abierta para que entrara la brisa fresca de la noche.

—¡Qué bien huele! —dijo a través de la mosquitera una voz masculina que Nicky no reconoció. Como había luz en la cocina y al otro lado de la puerta estaba oscuro, era imposible ver quién era—. ¿Les importa si entro?

—Depende de quién sea. —Leonora se volvió hacia la puerta mientras el tío John se levantaba para abrir la mosquitera—. Y de lo que quiera.

—Soy Dave O'Neil, señora Stuyvescent —aclaró Dave con el acento típico de los nativos de la zona mientras entraba en la cocina.

Nicky vio que se trataba del subjefe Dave; y justo tras él, iba su jefe, el policía desagradable. Pero había acudido en su ayuda en el camino de entrada, de modo que quizá debiera reconsiderar lo de calificarlo así. Y puede que también lo de llamarlo Barney Fife.

—Creo que antes no tuve ocasión de presentarme —comentó el policía ya no tan desagradable a la vez que echaba un vistazo alrededor de la cocina. Como había observado cuando lo había oído hablar por primera vez, era evidente que no era de por allí. «Yanqui» fue la palabra que le vino a la cabeza al oírlo ahora, lo que le demostró lo mucho que había retrocedido temporalmente a los años de su infancia sureña—. Soy Joe Franconi, jefe del Departamento de Policía.

Era obvio que lo estaba observando todo y, por un instante, Nicky imaginó la escena desde su punto de vista: el olor hogareño del desayuno todavía imperando en el ambiente, el zumbido irregular del ventilador de techo, la anticuada cocina color aguacate y dorado con los armarios oscuros y la luz fuerte, los tableros con las cáscaras de huevos, el papel de cocina y los diversos utensilios que el tío Ham había utilizado para cocinar, la vieja sartén de hierro negro, que era una de las posesiones más preciadas del tío Ham, todavía humeando un poco en el único aparato moderno de la habitación: la cocina de gas de seis fogones de acero inoxidable, de aspecto y calidad profesional. En el centro de la habitación, justo debajo del ventilador que giraba perezoso, estaba la mesa, llena de platos con huevos y beicon y tazas de chocolate caliente, además del cuenco de pudín casi vacío de Livvy. Alrededor de la mesa estaban sentados Leonora, quien, tras quitarse el maquillaje exagerado y el caftán púrpura antes de ir al hospital, llevaba una blusa floreada muy corriente de color azul con unos pantalones a juego, apenas un toque de carmín en los labios y en la punta de la nariz el enorme par de gafas de montura de carey que se ponía al quitarse las lentes de contacto; Livvy, a quien una gran cantidad de cabello liso de dos tonos del recogido le caía ahora desordenado sobre los hombros, con la cara casi tan rosada como la camiseta, puesta del revés, y la boca llena de beicon, que seguía masticando desafiante; el tío Ham, con una camiseta turquesa de los Hornets, unos pantalones amplios de franela con cuadros escoceses y un mechón pelirrojo que le cruzaba lánguidamente la frente, colorado y acalorado de haber estado cocinando, y la propia Nicky, vestida con el pijama y la bata de Livvy de ese color rosa tan fuerte, sin una pizca de maquillaje sobre la piel indudablemente pálida y brillante de la cara, los cabellos aún húmedos recogidos en una cola en la nuca...

Y con una bolsa de plástico blanco de guisantes congelados sobre la frente.

Al recordarlo, Nicky la bajó deprisa, a la vez que se percataba de que el jefe de policía tenía los ojos puestos en ella. Su boca adoptó una expresión irónica al detectar la bolsa de guisantes. Entonces, dirigió la mirada de nuevo hacia su frente, y de repente, la diversión desapareció por completo de su rostro.

—Soy John Nash —se presentó el tío John, que estaba tan elegante como siempre, con los mismos pantalones caquis y la misma camiseta negra que llevaba puestos antes, y distrajo así la atención del jefe de policía del chichón de Nicky. Al estrecharse la mano, el tío John señaló con la cabeza al tío Ham y prosiguió las presentaciones—: Hamilton James.

El tío Ham se levantó con una expresión ligeramente avinagrada en la cara, dio la mano al jefe de policía y volvió a sentarse de inmediato.

—Leonora James Stuyvescent —anunció a continuación, y Leonora saludó majestuosa con la cabeza—. Olivia Hollis —dijo a continuación. Livvy tragó y agitó los dedos a modo de saludo—, y creo que ya conoce a Nicky.

—Sí. —Sus miradas volvieron a encontrarse. Como antes, era imposible interpretar su expresión. Tenía la clase de cara delgada, de rasgos duros, que la luz fuerte realzaba y llenaba de sombras. También destacaban las arrugas que se le marcaban alrededor de los ojos y la boca, y que Nicky no había observado antes. Tenía los ojos inyectados de sangre y una expresión adusta. Había cambiado la ridícula camisa del uniforme por una raída camiseta negra de los Chicago Bulls que parecía casi tan vieja como él. Le pareció extraño que lo hubiera hecho, ya que casi con toda seguridad estaría efectuando algún tipo de investigación para aclarar lo que había pasado, hasta que se le ocurrió que quizá se había manchado de sangre la camisa del uniforme.

Su sangre... O la de Karen.

De repente, se sintió mareada.

—A mí ya me conocen —comentó con soltura Dave, el subjefe, y era cierto; había vivido en la isla tantos años que hasta Nicky, cuyas visitas de adulta habían sido esporádicas, como mucho, recordaba vagamente haberlo visto. Mientras hablaba, se acercó a la mesa y se quedó mirando la comida mientras Nicky, aferrada al asiento de la silla por miedo a caerse de ella si no lo hacía, inspiraba un par de veces con discreción para intentar recuperar el equilibrio—. Sentimos mucho molestarlos a estas horas de la noche, pero...

—A ver, ¿dónde está ese...? ¡Oh! —lo interrumpió Harry. Tras haber logrado por fin desengancharse del programa que estuviera viendo en el estudio, se había quedado en la puerta al darse cuenta de que había unos desconocidos en la cocina. Su abundante cabello tenía el aspecto de un pergamino blanco bajo la luz de los fluorescentes, que también parecía aclarar parte del bronceado de campo de golf que lucía en la cara y hacía que las arrugas que le recorrían la frente y las mejillas parecieran más profundas de lo que eran en realidad. Vestido con unos pantalones caqui arrugados y una camisa azul de manga corta, tenía los ojos azules y más bien pequeños, la nariz grande y triangular, los labios finos y el mentón cuadrado. De alrededor de metro ochenta y en una forma razonable, era un hombre atractivo para su edad.

Aunque eso no era ninguna sorpresa: todos los maridos de Leonora habían sido atractivos. La belleza física era importante para ella, y no se habría conformado con menos.

—Harry Stuyvescent —dijo el tío John—. El marido de Leonora. Harry, te presento a Joe Franconi. Ya sabes, es quien ocupa el cargo de Barry Mead.

—Es nuestro nuevo jefe de policía, entonces. —Harry entró en la cocina y le estrechó la mano—. Bienvenido a la isla, señor Franconi. Ocupa el cargo desde las Navidades, ¿verdad?

—Desde enero. Y llámenme Joe, por favor.

Abarcó con la mirada a todos los que estaban presentes para incluirlos en la invitación.

—Qué cosa tan terrible lo de esta noche —comentó Harry mientras avanzaba hacia la mesa—. Es increíble que haya ocurrido algo así.

—Esa pobre chica —intervino Leonora con sentimiento—. Y pensar que podría haber sido mi Nicky... —Se calló y apretó los labios a la vez que dirigía una mirada al chichón que Nicky tenía en la cabeza. «Su Nicky» era muy consciente ahora de su herida. Le dolía y tenía la impresión de que se le había hinchado hasta adquirir el tamaño de una pelota de tenis desde la última vez que la había comprobado. Cuando todos los ojos de la habitación parecieron fijarse de repente en su frente, decidió que Livvy tenía razón: se sentía como si le saliera un cuerno.

Tuvo que contener las ganas de volver a aplicarse la bolsa de guisantes para taparlo.

—¿Y qué? ¿Cómo vamos? —Harry ocupó su lugar en la mesa, donde lo esperaba el plato de huevos con beicon, y dirigió la pregunta a Joe—. ¿Tiene alguna idea de qué hijo de puta puede haber hecho algo así?

—Todavía no —respondió Joe.

—¡Harry! —Leonora frunció el ceño hacia su marido—. ¿Podrías cuidar un poco tu lenguaje en la mesa?

«Ésta sí que es buena, viniendo de alguien que, cuando la ocasión lo merece, dice más tacos que un auténtico carretero», pensó Nicky. Claro que había un desconocido yanqui en la habitación, y a su madre se le daba muy bien guardar las apariencias.

—Oh, sí. Lo siento, cariño —se disculpó Harry, avergonzado como correspondía a un caballero, antes de dirigir su atención al plato. Era evidente que en los seis años que llevaba casado con su madre, en los que Nicky no había logrado pensar en él como en su padrastro por la sencilla razón de que no lo conocía lo suficiente, había aprendido que el mejor modo de tratar con Leonora era no resistírsele ni contradecirla. Era una fuerza de la naturaleza a la que uno no podía oponerse; por lo menos, no sin luchar.

Y Nicky no creía que ninguno de ellos estuviera para más luchas esta noche. Por lo menos, ella no. Estaba agotada, asqueada, lastimada física y mentalmente, y le daba miedo admitirlo. Si lo hacía, tendría que enfrentarse con la espantosa realidad de lo que había ocurrido.

Habían matado a Karen.

Se estremeció por dentro a la vez que rehuía la idea.

—¿Quieren desayunar algo? —preguntó el tío John, que se había situado detrás de su silla—. Usted todavía no lo sabe, Joe, pero Ham es el mejor cocinero de los alrededores, y siempre prepara comida de sobra.

Nicky volvió a concentrarse con decisión en el aquí y el ahora, y observó que era cierto: había tres raciones intactas de huevos con tostadas en un plato en el centro de la mesa y otro de beicon, del que sólo quedaba una tercera parte porque Livvy se había estado sirviendo de él. Como diría el tío Ham, por si alguien quería repetir. Incluso más de una vez.

—Se lo agradezco —dijo Joe, que observó la comida con lo que a Nicky le pareció un considerable pesar—. Pero vine a hablar con la señorita Sullivan, si se siente con ánimo.

A Nicky se le cayó el alma a los pies. «No, la señorita Sullivan no se siente con ánimo. En absoluto.»

—¿Ahora? —El tío Ham frunció el ceño. ¿Habría leído su reacción en su cara?—. Son casi las dos y media de la madrugada y lo ha pasado muy mal.

—Ya lo sé —aseguró Joe antes de añadir mirando a Nicky—. Algunos compañeros suyos de trabajo me han dicho que va a marcharse hoy mismo. De lo contrario, le pediría que viniera a la comisaría mañana para prestar declaración.

—¿Te vas hoy? Creía que, después de lo que ha pasado... —la voz de Leonora se apagó y sus cejas se reunieron despacio sobre la nariz mientras sus ojos se encontraban con los de Nicky—. Tal vez no deberías irte.

Porque podría estar en peligro. La expresión de su madre cristalizó, lo mismo que sus palabras, el temor con el que Nicky se había negado a enfrentarse hasta ese momento.

Esta noche casi la habían matado como a Karen. Si las cosas hubieran ocurrido de un modo sólo un poquito distinto, ahora estaría muerta.

Y el asesino seguía ahí fuera.

Nada podría impedirle que tomara ese avión.

—Ahora me va bien —aseguró Nicky, que corrió la silla y se levantó. Las rodillas arañadas y magulladas le dolieron, el corte del costado le recordó su existencia con una punzada penetrante y la cabeza le dio vueltas de repente. Un poco tambaleante, se sujetó al respaldo de la silla para apoyarse y apretó los dientes para intentar recobrar la compostura. Hablar con la policía era inevitable, y si quería estar en ese avión a las diez y media de la mañana, ahora era el momento de hacerlo. Por su experiencia como reportera sabía que, como era la persona que había encontrado el cadáver («por Dios, "el cadáver" era Karen»), cualquier información que proporcionara sería de vital importancia para la investigación. Aparte de eso, también la habían atacado, y puede que su agresor fuera el mismo hombre, era de suponer que con la misma intención.

¿Podría identificar al asesino?

La idea le puso la carne de gallina.

—¿Podríamos hablar en privado en algún sitio? —le

preguntó Joe, y las imágenes confusas que habían empezado a arremolinársele en la cabeza remitieron.

—Pueden usar el estudio —sugirió Leonora, que lo miró por encima de las gafas.

Nicky, que se esforzaba por no temblar, dirigió la mirada hacia Harry, ya que el estudio era su segundo refugio después del garaje, y éste asintió.

—El partido ya se acabó —dijo—. Adelante.

—Por aquí. —Nicky inspiró hondo, se enderezó, soltó la silla y salió de la cocina. Joe la siguió. Con el rabillo del ojo, Nicky vio cómo se detenía y se volvía para echar un vistazo al grupo sentado alrededor de la mesa.

—Mientras tanto, Dave le tomará declaración al resto de ustedes, si no les importa. Sobre su paradero durante los últimos quince minutos más o menos de la emisión del programa, cualquier cosa fuera de lo normal que puedan recordar, cosas de ese tipo...

Hubo un murmullo a modo de respuesta, pero Nicky estaba demasiado lejos para oír qué decían. De todas formas, no le importaba. Andar era mucho más difícil de lo que recordaba, y poner un pie delante del otro sin caerse ya exigía toda su concentración.

Cuando llegó al estudio, estaba helada. Era una habitación pequeña, con unos inusuales paneles de pino palustre, una chimenea con un tallado muy elaborado en una pared y una ventana alta que daba al jardín lateral en medio de otra. Un par de butacas ajadas de piel flanqueaban la chimenea y, delante de ellas, había un sofá. El ambiente estaba impregnado de un tenue olor a humo de leña debido a décadas de fuegos encendidos. Harry era aficionado a la guerra de Secesión, y varios cuadros de federales y confederados enfrascados en diversas batallas épicas adornaban las paredes. Las cortinas, piezas de damasco dorado otrora espléndidas y ahora tan viejas que casi eran transparentes en algunos puntos, estaban corridas. La única luz, un tenue brillo azulado, procedía del pequeño televisor encendido en el mueble que ocupaba casi toda la pared junto a la puerta. Incapaz de soportar su alegre parloteo, Nicky lo apagó en cuanto entró, pero entonces la oscuridad, casi total de repente, le resultó inesperadamente enervante.

«Contrólate», se dijo, y cruzó con paso seguro la habitación llena de sombras hacia la lámpara del gran escritorio de Harry, que estaba situado delante de la ventana, lo más lejos posible de la puerta. Al encenderla, aliviada al ver la suave luz amarilla que terminaba con la penumbra, soltó el aire y se dio cuenta de que había estado conteniendo el aliento.

Después, se dejó caer en una de las butacas situadas junto a la chimenea con una mueca ya que el esparadrapo que le mantenía el vendaje en su sitio le tiró de la piel y se le cerró un poco más el cuello de la bata rosa de Livvy.

Estaba helada. Helada como un muerto...

—¿Le importa? —preguntó Joe. Había cerrado la puerta mientras ella se ocupaba de la lámpara, y estaba ahora de pie junto al escritorio de Harry. Nicky frunció el ceño sin acabar de comprenderlo y, entonces, vio que tenía algo en la mano. Al examinarlo con más atención vio que era un pequeño casete portátil. Estaba claro que le estaba preguntando si le importaba que grabara la conversación, y estaba igual de claro que daba por sentado que se lo permitiría porque puso en marcha el aparato antes de que asintiera siquiera con la cabeza.

Se identificó, la identificó a ella, y dijo la hora, el lugar y la fecha.

—¿Cómo se siente? —Fue su primera pregunta. Estaba apoyado en el escritorio de Harry con los brazos cruzados. Además de la camiseta vieja, llevaba unas zapatillas de deporte y unos vaqueros gastados que le quedaban ajustados sobre las caderas delgadas y las piernas largas y musculosas.

A Nicky se le ocurrió que estaba muy sexy ahí, de ese modo. También se le ocurrió que tenía un aspecto muy poco profesional para ser jefe de policía.

En cuya calidad dirigiría sin duda la investigación del asesinato de Karen. Frunció la boca.

—Bien —mintió, decidida a concentrarse en la cuestión que los ocupaba, y añadió, porque era evidente que no estaba bien—: dadas las circunstancias. —Y cambió de tema preguntándole algo que la incomodaba desde que se lo había oído decir en la cocina—. ¿Por qué va a preguntar el paradero de mi familia durante los quince últimos minutos del programa? Lo que le pasó a Karen sucedió cuando ya habíamos terminado la emisión.

—¿Por qué dice eso?

—Porque la seguí camino abajo, y no salí de la casa hasta que se terminó el programa. Puede que al menos diez minutos después de que se acabara la emisión.

—La siguió camino abajo. —La observaba con atención, con el ceño ligerísimamente fruncido.

—Sí.

—Muy bien. Antes de seguirla camino abajo, ¿cuándo fue la última vez que la vio?

—En el vestíbulo —respondió Nicky tras pensar un instante—. Justo antes de seguir a mi madre hacia el piso de arriba. Estábamos en el aire. Karen estaba en el vestíbulo. —Tragó saliva al recordarla—. Y pasé a su lado.

—¿A qué hora cree que sería eso?

—Puede que unos quince minutos antes de terminar. Si mira la cinta del programa, debería serle fácil establecer la hora. Mi madre estaba subiendo la escalera hacia el primer piso.

—Lo tendré en cuenta —dijo en un tono evasivo—.
¿Qué hacía Karen? ¿Con quién estaba?

—Estaba observando a mi madre, como todos los demás —recordó Nicky—. Y sonreía porque las cosas estaban saliendo finalmente bien. De hecho, me levantó un pulgar. —El recuerdo le dolió—. Estaba con... ¡Oh, vaya! No me acuerdo. Creo que... ¿Con Cassandra? Y puede que también estuviera con Mario. Había un grupo de personas cerca de la escalera, pero no le presté atención.

Joe asintió como para indicar que lo comprendía.

—Así que cuando la vi en la cocina después de la emisión, ¿no había visto a Karen desde antes de haber subido al primer piso unos quince minutos antes de acabar el programa?

—Exacto.

—¿Por qué salió de la casa?

Nicky frunció el ceño. Tuvo que pensarlo un minuto. Luego, lo recordó. Buscaba a Karen y él había entrado en la cocina y no quería verlo. Eran dos razones muy buenas, pero sólo iba a contarle una.

—Gordon dijo que Karen había recibido una llamada telefónica y que creía que era de Sid, alguien importante, sobre el programa, y quería saber si era él y qué había dicho. También quería decirle que tendría que llevarme a casa en su coche.

—¿Gordon?

—Gordon Davies, uno de los cámaras.

—Muy bien —comentó Joe tras hacer un gesto con la cabeza—. Así que salió. Y entonces ¿qué?

—Estuve en el patio unos segundos. —Nicky notó que se estaba poniendo tensa. No quería recordar todo eso, pero por Karen, y por ella misma, tenía que hacerlo—. Entonces vi que Karen bajaba por el camino. Y la seguí.

—¿La llamó o algo?

Nicky sacudió la cabeza. Tenía tanto frío que casi no podía evitar tiritar ostensiblemente.

—¿No? —la animó Joe.

—No —repitió Nicky, que se dio cuenta de que el policía quería que respondiera en voz alta a efectos de la grabación—. Creí que estaba hablando por teléfono. No quise interrumpirla.

—¿Por qué creyó que hablaba por teléfono? ¿La oyó hablar?

Nicky pensó. Un recuerdo fugaz se le materializó en la cabeza: Karen delante de ella en la penumbra, avanzando hacia la sombra de las araucarias...

Apretó los dientes e hizo todo lo posible para ser objetiva.

—No —contestó—. No la oí. En ningún momento. Ni siquiera cuando estuve lo bastante cerca y estábamos ambas... —hizo una pausa— bajo los árboles. Recuerdo que pensé que debería poder oírla.

—De modo que no la oyó. Permítame que le pregunte algo: ¿la vio realmente? Quiero decir... ¿lo bastante bien como para identificarla de forma concluyente?

—¿Qué? —Nicky parpadeó—. Ya se lo dije: la seguí camino abajo.

—¿Está segura? —Joe la observaba atentamente—. De que era ella, quiero decir.

Nicky se lo quedó mirando. Hasta entonces no se le había ocurrido la posibilidad de que la persona a la que había seguido camino abajo no fuera Karen. Frunció el ceño. ¿Qué había visto en realidad?

—Creo que sí —dijo por fin—. Vi que alguien se alejaba de mí por el camino de entrada moviéndose sin rumbo fijo, como se hace a veces cuando se habla por teléfono, y me pareció que era ella. Estoy casi segura de que era una mujer. Esbelta, con un andar femenino. Pero no, ahora que lo dice, no la vi lo bastante bien como para estar totalmente segura de que era Karen. Estaba demasiado oscuro.

—De modo que la persona que vio podía haber sido cualquier otra.

—Bueno... —Nicky frunció el ceño—. Supongo que sí. ¿Me está diciendo que cree que no era Karen?

—No lo sé —contestó Joe a la vez que negaba con la cabeza—. Sólo intento aclarar las cosas. Si fue Karen, tuvieron que matarla después de que usted la viera, y eso reduce mucho el margen de tiempo. Si no era ella, las posibilidades son un poco mayores.

—¿Quién más podía haber sido?

—En este momento, no tengo ni idea —vaciló—. Permítame que le pregunte algo: ¿conocía bien a Karen?

—Éramos compañeras de trabajo. Amigas, pero amigas de trabajo, ya me entiende. Sólo la veía por motivos profesionales. Todos nosotros, el equipo que está aquí conmigo, empezamos a trabajar juntos en agosto, cuando se inició *Investigamos las veinticuatro horas*. Antes de entonces, no la conocía.

—¿De modo que no podría decir si había alguien en su vida personal que quisiera hacerle daño?

—Pues no, pero nunca oí nada en ese sentido.

—De acuerdo. —Joe miró un momento el casete como si quisiera asegurarse de que seguía en marcha. Luego, volvió a mirar a Nicky—. Sé que esto puede resultarle difícil, pero... Quiero que me lleve por ese camino con usted. Cuénteme todo lo que pasó.

Nicky lo observó un momento en silencio. Después, cuando intentó hablar, abrió la boca pero no le salió nada.

—Tranquila —pidió Joe mientras le recorría la cara con los ojos. Seguía teniendo el ceño algo fruncido, pero era imposible saber qué pensaba—. Salió por la puerta trasera al patio y vio a alguien que creyó que era Karen. ¿Qué pasó después?

—Empecé a bajar por el camino hacia ella, como si la siguiera. No quise llamarla hasta que colgara. —Le alivió descubrir que le había vuelto la voz, pero de repente tenía tanto frío que tuvo que esconder las manos en las mangas de la bata mientras encogía los dedos de los pies bajo los calcetines de rizo—. Las araucarias que hay en la curva del camino de entrada proyectan una enorme sombra oscura sobre el asfalto y, cuando llegué a ella, todo pareció detenerse. Estaba increíblemente oscuro, de modo que no podía ver nada y, por alguna razón, tampoco podía oír nada, ni los pájaros, ni los insectos, ni nada de lo que había estado oyendo antes. Era como si me hubiera caído en un agujero, en un agujero negro, y entonces me di cuenta de que no oía a Karen.

El recuerdo le había venido a la cabeza a toda velocidad, y había vuelto a estar un instante bajo esa araucaria, sola en medio de la silenciosa penumbra.

—Pensé que había estado justo delante de mí y que debería haber podido oírla. Pero no había sido así. Entonces... No sé por qué exactamente, pero me asusté y di media vuelta y eché a correr. —Inspiró hondo al recordarlo. El corazón empezó a latirle más deprisa y se le puso la carne de gallina—. Alguien me atacó desde atrás. Estoy casi segura de que era un hombre. No lo vi, pero... Bueno, creo que era un hombre. Debí de golpearme la cabeza en el suelo y perder el conocimiento porque lo siguiente que recuerdo es que recobré la conciencia debajo de ese árbol.

Al recordarlo, empezó a sentirse mareada y cerró los ojos. Reconstruir lo que había pasado después en una secuencia continua le resultaba imposible por mucho que lo intentara. Era demasiado aterrador, demasiado doloroso. En lugar de eso, se le arremolinaban en la conciencia fragmentos de recuerdos como instantáneas espeluznantes.

—Continúe —le instó Joe con una voz grave y baja, tranquilizante, como una cuerda de salvamento que la unía al presente, a la que se aferró agradecida. Notaba sus ojos fijos en ella, sentía el peso de su mirada, oía sus palabras de aliento cuando se detenía o le fallaba la voz, pero mantuvo los ojos bien cerrados. Le contó todo lo que recordaba con frases entrecortadas, interrumpidas por pausas en las que se le aparecían fugazmente fragmentos de escenas tan manifiestos que la dejaban sin habla.

Cuando por fin terminó, Joe no dijo nada. Nicky permaneció quieta un instante, sentada con la cabeza apoyada en el suave respaldo de piel mientras inspiraba y exhalaba con cuidado y se esforzaba en volver al presente. Cuando por fin las terribles imágenes empezaron a desaparecer, abrió los ojos y vio que Joe estaba en cuclillas delante de ella, mirándola con el ceño fruncido y una expresión adusta.

Tenía las manos grandes y morenas, los dedos largos y las uñas bien cuidadas. Eran unas manos cálidas y fuertes, con unas ligeras durezas en las palmas. Lo sabía porque se las estaba sujetando con fuerza, aunque no recordaba haber alargado sus manos hacia él, ni que él hubiera hecho lo propio. Estaba lo bastante cerca para poder verle las marcas de fatiga alrededor de los ojos, y los pelos de la barba que le oscurecían las mejillas y el mentón. La anchura de sus hombros le tapaba gran parte de la habitación, y su sombra la cubría como una manta. Que se hubiera acercado tanto a ella sin que se hubiera dado cuenta de que se movía, por no mencionar el hecho de que ni siquiera había notado que le estaba sujetando las manos, decía mucho sobre hasta qué punto se había sumergido en los recovecos de su mente. Vio además que estaba acurrucada contra uno de los brazos de la butaca, con las piernas dobladas a un lado del cuerpo, de modo que ocupaba el menor espacio físicamente posible. Tenía la piel fría y húmeda, y temblaba tanto que los dientes empezaron a castañetearle.

—Oiga —dijo Joe con mucha dulzura cuando sus ojos se encontraron. Los tenía afectuosos, de color avellana salpicado de verde, y sombríos ahora debido a su preocupación por ella—. ¿Está bien?

8

No. No estaba bien. Ésa era, en resumen, la brutal realidad, pero Nicky no lo dijo, sino que apretó los dientes para que dejaran de castañetearle y tragó saliva para intentar recobrar la compostura. Pero el horror, una vez evocado, era difícil de eliminar.

Asintió.

—¿Seguro?

Aún demasiado alterada para hablar, asintió de nuevo y se concentró en estabilizar su respiración y en hacer desaparecer las espantosas imágenes. Notaba tanto frío que la sensación era como un dolor físico; el único punto caliente de todo su cuerpo era aquel donde sus manos tocaban las de Joe.

—Siento haber tenido que hacerla pasar por esto —dijo éste pasado un momento. El policía desagradable estaba siendo amable, y agradeció el cambio, pero no le sirvió de mucho. Lo que necesitaba era fortaleza, y para obtenerla tenía que buscarla en su interior. Le costó cierto esfuerzo físico, pero finalmente logró dejar de tiritar y relajar las mandíbulas. Inspiró hondo y trató de recobrar lo que le quedaba de compostura.

Y soltó las manos de Joe para cruzar los brazos. Él no pareció darse cuenta.

—El caso es que... Sabía mi nombre. Dijo «Nicky», y me tocó el pelo. —Su voz sonaba ronca, rasposa.

—Trabaja en la televisión. Mucha gente sabe cómo se llama.

Era eso, claro. Aunque la idea no la hizo sentir nada mejor.

—¿Reconoció la voz? —preguntó Joe sin parecer demasiado esperanzado.

Negó con la cabeza. Recordar que había susurrado «Nicky» le helaba la sangre.

—¿Puede... decirme algo? —preguntó Nicky pasado un momento—. ¿Cómo murió exactamente Karen?

La miró fijamente. Seguía en cuclillas delante de ella, tan cerca que podía notar la grata sensación del calor que irradiaba su cuerpo. Había apoyado ligeramente las manos en los brazos de la butaca, de modo que, de hecho, la tenía encerrada. Dadas las circunstancias, su postura resultaba más reconfortante que claustrofóbica.

—Todavía no se le ha practicado la autopsia pero, por lo que pudimos ver, sufrió múltiples heridas de arma blanca.

Nicky asintió. Lo había sospechado, claro, pero confirmarlo volvió a marearla.

—El sonido que oí, ese ruido de corte que le comenté —logró decir tras un par de respiraciones lentas—. ¿Tiene idea de qué pudo ser?

Joe la miró un instante sin responder. Nicky tuvo la impresión de que estaba tratando de decidir si contestar o no.

—Por favor —insistió—. Necesito saberlo.

Joe hizo una mueca.

—No puedo asegurarlo, claro, pero... Parece que le cortó parte del cabello. Le quedaban unos cuantos pelos en la cara. Yo diría que lo que oyó fue el ruido que hacía al cortarle el cabello con el cuchillo.

—¡Dios mío! —Evocar esta imagen la hizo marear

otra vez. La idea era demasiado horrible. Entonces recordó que el asesino le había tocado el pelo. Empezó a temblar. La habitación pareció inclinarse. Todo empezó a dar vueltas a su alrededor. Cerró los ojos en defensa propia. De repente, notó que la cabeza le pesaba muchísimo, como si tuviera una piedra atada a la parte superior del cuello, y la ladeó para apoyarla de nuevo en el respaldo de la butaca.

—Lo ha pasado muy mal esta noche, ¿verdad? —dijo Joe, y dio la impresión de que se estaba maldiciendo por haberle contestado la pregunta. Le tocó la mejilla. Nicky notó cómo deslizaba sus cálidos dedos por la superficie fría de su piel y se dio cuenta de que le estaba apartando mechones de pelo de la cara—. Pero ya se acabó. Ahora está a salvo. Inspire hondo unas cuantas veces y...

Lo que comprendió de repente con la fuerza de una explosión no podía esperar; tenía que decírselo de inmediato. Abrió los ojos. Joe estaba agachado hacia ella, más cerca aún.

Sus miradas se encontraron, y Joe apartó la mano con la que le había estado colocando el pelo tras la oreja.

—Es lo mismo que le pasó a Tara Mitchell —soltó, horrorizada.

—Sí —confirmó Joe, que se apoyó sobre los talones, de modo que ya no estaba tan cerca—. Ya lo sé.

—Ha vuelto. —La garganta parecía habérsele estrechado. Apenas conseguía pronunciar las palabras—. Es el mismo hombre. Dios mío.

Entonces, Joe se levantó, se metió las manos en los bolsillos delanteros de los vaqueros y la miró con aire pensativo.

—¿Lo es?

—Tiene que serlo, ¿no lo ve? —dijo en un tono apremiante. Cambió de postura para quedarse sentada con los pies en el suelo y un poco inclinada hacia delante mientras le señalaba lo evidente—. Es la misma casa, el mismo *modus operandi*, el mismo todo.

—Eso parece.

—¿Qué quiere decir, «eso parece»? Lo es. El programa... Quizá vio los espacios de autopromoción o algo. Quizás estuvo todo el rato ahí fuera, en la penumbra, mirando a través de las ventanas, esperando su oportunidad... —Nicky se interrumpió con un escalofrío.

—Es una posible explicación, desde luego.

Nicky alzó la vista hacia Joe con el ceño fruncido. Era alto, de modo que ahora descollaba mucho sobre ella. Si hubiera tenido más fuerzas, se habría puesto de pie sólo para reducir la diferencia de altura. Había algo en su voz que...

—¿Qué otra explicación podría haber?

Joe se encogió de hombros.

—¿Un imitador? ¿Es eso lo que está pensando?

—Podría ser. —Pasó un instante—. He hablado con parte de su equipo y tengo entendido que están a punto de cancelar su programa.

—Tal vez —concedió, aunque detestaba admitirlo en voz alta, incluso en circunstancias tan funestas—. Pero ¿qué tiene que...? —De repente, vio dónde quería llegar con eso. Se le desorbitaron los ojos—. No estará sugiriendo que... No pensará que... Nadie mataría a Karen y me atacaría sólo para subir los niveles de audiencia del programa.

—Puede que no —dijo a la vez que se encogía de hombros—. Es sólo algo a tener en cuenta. —Se volvió y regresó hacia el escritorio. Después de echar un vistazo al casete, según supuso Nicky para comprobar que seguía en marcha, se sentó en una esquina de la mesa con una pierna colgando, y la miró de nuevo—. Ahora le formularé una pregunta: los gritos que se oyeron al final del programa, me imagino que los generarían informáticamente o algo así, ¿no?

Nicky frunció el ceño. Aún estaba intentado asimilar la idea de que pudiera siquiera plantearse un momento que alguien relacionado con *Investigamos las veinticuatro horas* pudiera haberlo hecho, y encima para aumentar un par de puntos en el Nielsens.

—No. —Bueno, había llegado el momento de ser escrupulosamente sincera—. Por lo menos, que yo sepa.

—Pero estaban en el guión, ¿verdad? ¿Formaban parte del programa?

—No.

Sus miradas se encontraron.

—¿Me está diciendo que los gritos no estaban en el guión?

—Exacto.

—Venga, vamos. —El escepticismo de su tono de voz era indudable—. Puede decírmelo, ¿sabe? Soy policía, y no tengo el menor interés en el cómo y el porqué de los preparativos de un programa de televisión. Le prometo que nada de lo que me diga saldrá de esta habitación. Pero necesito saber la verdad por el bien de la investigación, de modo que se lo preguntaré otra vez. ¿Formaban parte de la actuación esos gritos?

—¿Actuación?

Nicky se puso tensa mientras captaba lenta pero inexorablemente las implicaciones de esta palabra. Notó que recuperaba sus fuerzas, notó que la sangre volvía a circularle por las venas, sintió que la piel le entraba en calor. No lo habría sospechado nunca, pero el enfado, como estaba descubriendo, tenía efectos de lo más terapéuticos.

—El truco de su madre, ya me entiende.

—Mi madre no hace ningún truco —soltó Nicky con abundante acritud.

—Como quiera llamarlo —replicó Joe, que parecía impaciente—. Lo que le estoy preguntando es: ¿de dónde salieron esos gritos?

—¿No se le ha ocurrido pensar que pudieron ser de un fantasma? —No estaba nada convencida de ello, pero Joe era tan incrédulo que no pudo evitarlo.

—No. Nunca.

—Pues quizá debería tener una mentalidad un poco más abierta.

Joe cruzó los brazos. Sus labios esbozaban ahora una expresión irónica.

—Qué quiere, soy policía. Si esos gritos tienen que proceder de un fantasma o de cualquier otra fuente, yo siempre elegiré la otra fuente.

—Está en su derecho —sonrió Nicky. No fue una sonrisa particularmente agradable. Se había pasado gran parte de su vida soportando las burlas de la gente cuando descubría quién era su madre y qué hacía. Ya no le quedaba demasiada paciencia para aguantarlo—. Lo único que puedo decirle es que los gritos no estaban en el guión. Sé tanto como usted sobre su procedencia. El fantasma de Tara Mitchell es mi mejor opción.

—Ya.

El policía desagradable había vuelto, y Nicky sintió que volvía a caerle fatal.

—¿Algo más? —preguntó mientras se preparaba para levantarse y dar por finalizado el encuentro—. Porque estoy muy cansada.

Era cierto. Le dolía todo el cuerpo, y puede que su pobre corazón estuviera en peor forma que el resto. Y estaba tan agotada que era como si no tuviera huesos. Se moría de ganas de meterse en la cama e intentar dormir hasta que fuera la hora de levantarse para ir al aeropuerto. Aunque la pregunta era qué vería cuando cerrara los ojos. Esa idea la hizo estremecerse por dentro. Entonces recordó los somníferos que el médico le había dado. Con un poco de suerte, la dejarían totalmente dopada. De golpe, la idea de no tener conciencia durante unas horas de lo que había pasado le resultó muy tentadora.

—Sólo una cosa más —dijo Joe.

Nicky le dirigió una mirada interrogante.

—¿Recibió alguna llamada después de que acabara el programa? Me refiero al móvil.

—No lo sé —respondió Nicky con el ceño fruncido—. Lo tengo en el bolso. Lo apagué y lo guardé antes de empezar la emisión, y no he vuelto a mirarlo.

—¿Le importaría comprobarlo ahora?

—No. —Se levantó y dio un paso, pero tuvo que aferrarse al brazo de la butaca porque la cabeza le dio vueltas inesperadamente. Era evidente que tardaría un tiempo en poder levantarse deprisa.

Joe se incorporó del escritorio cuando vio cómo Nicky se tambaleaba pero se quedó de pie delante de ella mirándola indeciso.

—Ha tenido una noche difícil, ¿recuerda? Será mejor que vuelva a sentarse.

—Tengo el bolso en la cocina —indicó Nicky. En medio del caos que se había apoderado de Old Taylor Place después de que se encontrara el cadáver de Karen, alguien había conseguido localizar el bolso de Nicky y lo había llevado al hospital, junto con su importantísima tarjeta del seguro, de modo que ahora colgaba del perchero que había junto a la puerta de la cocina.

—Iré a buscarlo. Dígame dónde está.

Se lo dijo.

—Siéntese —dijo como si fuera una orden. Después, apagó el casete y se fue de la habitación.

En lugar de sentarse, lo que, dado cómo se sentía, era indudable que le convenía, Nicky inspiró hondo varias veces y esperó a que se le despejara la cabeza. Cuando lo hizo, soltó la butaca y dio unos cuantos pasos hacia el escritorio. Estaba ahí, contemplando el pequeño casete plateado, cuando él regresó con el bolso.

—Creía que le había dicho que volviera a sentarse.

—Le entregó el bolso, que era grande, de piel negra, una imitación que era muchísimo menos cara de lo que parecía, y estaba atiborrado de las minucias de su vida.

Cuando sujetó las tiras de piel, sus ojos se encontraron con los de Joe.

—¿Hace la gente siempre lo que le dice? —preguntó en un tono que fingía interés.

—Normalmente, sí —respondió Joe, que dio la impresión de que se esforzaba por contener una sonrisa—. Si es lista.

«*Touché*», pensó mientras las rodillas le temblaban a modo de advertencia, así que dejó el bolso en la mesa sin rechistar. Inclinó la cadera para apoyarla discretamente en el mueble y metió una mano en el bolsillo lateral para sacar de él el teléfono móvil y mostrárselo. Joe debía de estar a un metro de ella más o menos, observándola con una expresión indescifrable.

—¿Le importaría comprobar el registro de llamadas? —pidió con la mirada puesta en el móvil.

—¿Por qué? —Pero, mientras hacía la pregunta, ya lo abría y pulsaba una tecla: había cuatro llamadas perdidas. Alzó la vista hacia él—. ¿Quién cree que me llamó?

—Encontramos el teléfono móvil de Karen entre unos arbustos al otro lado de la calle de Old Taylor Place. La última llamada entrante, por lo menos la última que contestó y que podemos usar para comprobar que todavía estaba viva, fue de Sid Levin, quien, según tengo entendido, es un pez gordo de la productora de su programa, a las nueve y cincuenta y dos minutos de la noche. —Hizo una pausa—. La última llamada saliente fue a usted.

—¡Oh! —exclamó Nicky. La información le dolió como una puñalada en el corazón. Recordó que Karen la llamó para advertirle de que la policía local quería impedir la emisión. La conversación parecía haber tenido lugar hacía muchísimo tiempo—. Pero eso fue antes. Antes de que empezáramos la...

La voz se le apagó al observar el registro de llamadas. Las llamadas perdidas (sintió un entusiasmo fugaz al ver que una de ellas era desde el mismo número particular de Sid Levin) le habían llegado después de que terminara la emisión. El número de Karen figuraba en último lugar.

—Karen me llamó a las diez y cuarenta y siete minutos —comentó despacio sin apartar la mirada de los datos de la pantalla digital. La verdad la sacudió como un puñetazo en el estómago: a esa hora, Karen ya estaba muerta. Nicky estaba en el coche del subjefe de policía dirigiéndose al hospital.

Se le cortó la respiración. Alzó los ojos hacia los de Joe. No tuvo que indicarle que Karen ya estaba muerta cuando se produjo la llamada. Por su expresión, era evidente que ya lo sabía.

—Espere un momento —pidió Joe, que dio un paso hacia delante y la rodeó para poner de nuevo en marcha el casete.

—La señorita Sullivan confirma que recibió una llamada de la señorita Wise al teléfono móvil a las diez y cuarenta y siete minutos de la noche. El teléfono de la señorita Sullivan estaba apagado en ese momento. —La miró. Estaba tan cerca que Nicky podía alargar la mano para tocarlo si quería, y ahora el cuerpo de Joe parecía irradiar tensión. De repente, recordó que era policía—. ¿Tiene algún mensaje?

Nicky asintió. Acababa de descubrir que era incapaz de hablar.

—La señorita Sullivan confirma que tiene mensajes —anunció Joe al casete. Luego, se dirigió de nuevo a ella—: ¿Le importa reproducirlos?

Nicky negó con la cabeza, se acordó del casete y logró pronunciar un «no» ronco.

A continuación, pulsó la tecla para reproducir los mensajes.

El primer mensaje era de Livvy:

—Nicky, acabo de recordar que se nos ha acabado el helado. ¿Te importaría pasar por Bassin-Robbins y comprar doscientos gramos de helado de chocolate y vainilla cuando vuelvas a casa? Gracias.

El segundo era de Sarah Greenberg, supervisora de producción de *Investigamos las veinticuatro horas*:

—¡Madre mía! ¡Enhorabuena! ¡Lo conseguiste! Ya hemos empezado a recibir muchísimas llamadas y correos electrónicos. Por lo que vemos hasta ahora, a los telespectadores les ha encantado. Dale las gracias a tu madre de nuestra parte. Ya hablaremos después.

El tercero era de Sid Levin (contrólate corazón mío):

—Un trabajo impresionante, señorita Sullivan. Cuando llegue mañana, venga a verme a mi oficina. Quizá pueda hacernos algo más de este estilo.

El entusiasmo que sintió al oír este último mensaje se desvaneció de inmediato al reproducirse el siguiente. Era de Karen. Su nombre y su número parpadearon en la pantalla. Nicky contuvo el aliento mientras esperaba.

Sabía, por supuesto, que era imposible que fuera la voz de Karen, y no lo era. Los tonos graves pertenecían a un hombre.

—¿Eres supersticiosa? —decía solamente.

Ese susurro ronco bastó para que Nicky volviera a marearse. Supo al instante quién era: el asesino de Karen, el hombre que la había atacado a ella, la presencia maligna bajo las araucarias. Le fallaron las rodillas, y se habría caído si Joe no la hubiera sujetado rápidamente. La agarró por los codos, dijo «hey» en un tono sorprendido, le dirigió una mirada a la cara y la estrechó entre sus brazos.

Si no hubiera podido desplomarse contra el sólido muro que suponía su cuerpo, Nicky se habría caído al suelo a sus pies. Los músculos parecían habérsele vuelto de gelatina. Las piernas amenazaban con doblarse bajo su peso. La habitación le daba vueltas. Por un instante, sólo pudo cerrar los ojos, aferrarse a lo único en lo que podía apoyarse y respirar.

—Tranquila. —La voz de Joe le sonó grave y un poco ronca, y sus brazos le resultaron cálidos y fuertes alrededor de ella—. Estese quieta un momento.

—Es él —pudo decir por fin. Tenía la cabeza vuelta hacia un lado, de modo que apoyaba la mejilla en el robusto hombro de Joe. A pesar de estar delgado, era mucho más corpulento que ella, más alto y musculoso. Sentía su calor corporal, oía el susurro regular de su respiración, notaba el ligero olor a... ¿Qué? ¿Cigarrillos? Era fuerte e inequívocamente masculino, y cuando la cabeza empezó a funcionarle de nuevo, pensó que se aferraba a él como el glaseado a un pastel.

Abrió los ojos y vio que los tenía a pocos centímetros de su cuello, fuerte y moreno. La barba le oscurecía la mandíbula y el mentón, pertinazmente viriles. Cuando lo observaba, Joe bajó los ojos hacia ella, y se encontraron con los suyos.

—Me lo había imaginado. —Inspiró, más fuerte que antes, y su tórax se elevó contra los pechos de Nicky, que estaban apoyados en los contornos amplios y firmes de sus pectorales. De hecho, estaba prácticamente recostada en él y le agarraba la parte delantera de la camiseta con los dedos. Si no hubiera sido por el grosor de la bata de Livvy, habría podido sentir hasta el último centímetro de su cuerpo. Y viceversa—. ¿Le ha reconocido la voz?

Por Dios. No quería pensar en esa voz.

—No —dijo mientras procuraba recobrar la compostura. Le soltó la camiseta y le empujó el tórax con las palmas de las manos para soltarse de su abrazo. Joe no opuso resistencia. Tuvo las manos en los brazos de Nicky sólo el tiempo suficiente para asegurarse de que podía mantenerse de pie sin caerse. Después, las dejó caer a sus costados y, durante un instante algo incómodo, se quedaron allí plantados, mirándose.

—Gracias por impedir que me cayera al suelo —comentó Nicky por fin.

—Encantado —y cruzó los brazos.

—Fue la impresión.

—Lo comprendo —contestó con una ligerísima insinuación de una sonrisa en los labios—. A propósito, la próxima vez que le diga que se siente, quizá debería hacerme caso.

Nicky se sorprendió al percatarse de que estaba coqueteando con ella. Antes de que pudiera responderle, su madre apareció en el umbral.

—Joe, hay un reportero que pregunta por usted.

Al final, Joe no pudo dormir nada esa noche. Cuando terminó con Nicky y su familia, volvió a Old Taylor Place para supervisar a sus hombres, voluntariosos pero inexpertos en la investigación de homicidios. En la concienzuda obtención de pruebas, supervisó la carga del cadáver de la víctima en la ambulancia que acompañaba al juez de instrucción del condado, se ocupó de la lluvia que había previsto instalando unas lonas improvisadas sobre la escena del crimen, se aseguró después de que la mencionada escena quedara precintada y de que se apostara a alguien para esperar la llegada del día, cuando esperaba que se encontraran las pruebas que pudieran habérseles escapado en la oscuridad y que hubieran sobrevivido al chaparrón. Para entonces, ya había amanecido.

Seguía esperando encontrar el arma del crimen, pero hasta entonces la cosa no tenía buena pinta.

—¿Quieres que paremos en el IHOP? —preguntó Dave, esperanzado, cuando por fin volvían en coche de la escena del crimen. En realidad, no tenían otra opción, porque era el único local de restauración de la zona que estaba abierto a una hora tan intempestiva.

Joe estaba tan cansado que le dolía la cabeza y tenía los ojos resecos, pero, al pensarlo y recordar que ni Dave ni él habían cenado, se dio cuenta de que él también tenía hambre. Ésta era una de las cosas que más le gustaban del Sur. Desayunaban a lo grande. En Jersey, si desayunaba, se tomaba un café y un cigarrillo a la carrera, pero aquí era una comida lo bastante consistente como para sostener a un hombre en pie el resto del día.

—Sí, claro.

El sol se elevaba sobre el océano, y la imagen era preciosa. Lo que lo hacía aún mejor era que podía disfrutarse todos los días, por muy oscura e inquietante que hubiera sido la noche anterior. Cuando llegó a la isla, Joe era incapaz de dormir más de unas horas seguidas. Como consecuencia de ello, había pasado muchos amaneceres con una taza de café en la terraza trasera de su casa, dejando que los maravillosos colores rosas, púrpuras y naranjas que anunciaban la llegada de un nuevo día hicieran lo que pudieran para aliviar su alma torturada. Ahora, mientras conducía por la estrecha carretera que conectaba la isla con tierra firme, miró automáticamente al cielo. El remolino multicolor que cruzaba el cielo azul lavanda oscuro extendía su reflejo sobre el manto azul del mar que podía ver a ambos lados y sobre las aguas negras del río bajo la carretera elevada. El río bajaba crecido, ya que su nivel ascendía unos tres metros cada noche con la marea, y la superficie estaba salpicada de una bandada de barnaclas canadienses que migraban al norte para pasar el verano. Un grupo de gaviotas, garzas y garcetas daba vueltas entre las nubes grises que habían quedado del chaparrón de la noche anterior y, después, descendía en picado hasta debajo del puente para pescar el desayuno en la relativa calma del río. Como había ido aprendiendo a hacer a lo largo de los últimos meses, se consoló lo que pudo con el esplendor de la mañana recién estrenada y pensó un momento en lo irónico que era. Que un mundo de una belleza física tan intensa pudiera albergar tanta maldad era uno de los grandes misterios del Universo. Algún día, cuando hubieran pasado los años suficientes para haber conseguido verlo con cierta perspectiva, intentaría averiguar el por qué de todo ello.

«Pero no ahora», se dijo mientras entraba en el estacionamiento del IHOP. Ahora iba a guardar los horrores de la noche en ese lugar especial de su mente que había aprendido a reservar para esta clase de cosas, y a concentrarse en hacer el trabajo por el que le pagaban.

—¿Crees que podremos resolver el caso? —preguntó Dave, inquieto, cuando ya habían pedido la comida. Estaban sentados en una mesa situada delante de la ventana, frente a dos tazas de café humeante. Joe observaba a través del cristal cómo un camión maniobraba con cuidado para estacionar. El asfalto estaba aún mojado de la lluvia, y el petróleo se mezclaba con los charcos para formar unos arcos iris relucientes sobre el macadán. Había cuatro clientes en el restaurante, todos ellos hombres; todos, por su aspecto, camioneros o pescadores. Puede que poco después de las seis de la mañana de un lunes de mayo, media docena de clientes fuera lo máximo a lo que podía aspirarse en este local concreto del IHOP. Pawleys Island, como toda la franja costera donde estaba situada, no empezaría a tener realmente actividad hasta que no empezaran a llegar los turistas en coche a principios de junio.

Después de que los estudios de audiencia de mayo hubieran terminado. Joe sabía de una forma tan vaga como cualquier telespectador medio que, en determinados meses, las cadenas de televisión emitían sus mejores programas con la esperanza de atraer al máximo número posible de espectadores, lo que les permitiría aumentar los precios que cobraban a los anunciantes. Pero ayer por la noche había vuelto a escuchar, con mucho interés, lo de los estudios de audiencia de mayo al hablar con el equipo de *Investigamos las veinticuatro horas* en la escena del crimen antes de ir a interrogar a Nicky a casa de su madre. Por lo que había entendido, el personal de la televisión vivía y moría (¿podía ser literalmente en este caso?) por los índices de audiencia que generaban sus programas durante estos estudios. Subir los índices de audiencia televisivos no era el mejor móvil de asesinato que había oído, pero, bien mirado, tampoco era el peor.

—Haremos todo lo posible —aseguró Joe mientras daba vueltas a varias posibilidades en la cabeza. Los faros del camión se apagaron, y el conductor bajó del vehículo y se dirigió hacia la entrada chapoteando en los arcos iris. Dave emitió una especie de resoplido entre dientes, y Joe desvió la mirada de la ventana para observarlo. Su segundo parecía cansado; estaba pálido y tenía ojeras. Y lucía unas manchas en la camisa que Joe prefería no saber de qué serían.

—Para serte sincero, no he participado nunca en la investigación de un homicidio. No creo que lo haya hecho ninguno de los hombres —comentó Dave en voz baja, como si divulgara un secreto un poco vergonzoso.

—Lo sé. —Tampoco era exactamente la especialidad de Joe, aunque al principio de su carrera, había pasado seis meses en la brigada de homicidios antes de que lo transfirieran a la de antivicio. Por otro lado, antivicio abarcaba mucho territorio. Había visto bastantes asesinatos, más que suficientes, y los había investigado cuando era necesario. Conocía los procedimientos básicos y rudimentarios que debían adoptarse, y tenía la nariz de un policía veterano para captar las cosas que no olían demasiado bien. Como en las últimas décadas la isla sólo había tenido un asesinato confirmado, el de Tara Mitchell, la experiencia en la investigación de homicidios no había sido excesivamente prioritaria cuando el Ayuntamiento había contratado a su nuevo jefe de policía.

Quizás ahora lo estuvieran reconsiderando. Pero, era muy fácil hacerlo a toro pasado, claro.

—¿Y tú? ¿Has...? —Dave se detuvo cuando la camarera llegó con su pedido y dejó en la mesa delante de ellos con gran estruendo el plato de huevos con beicon y tostadas para Joe y el de crepes con salchichas junto con un cuenco de salsa de carne para Dave. Joe agradeció en secreto la interrupción. Era mejor que la pregunta que supuso que Dave iba a hacerle, del tipo «¿has investigado alguna vez un asesinato?», se quedara sin respuesta si era posible. Seguía siendo el forastero, el chico nuevo en la ciudad, el desconocido en un lugar donde la mayoría de la gente se conocía de toda la vida. Tenía que encargarse de este trabajo y le sería más fácil hacerlo si contaba con la confianza de su departamento, por no hablar de la población, mientras lo hacía.

—¿Quieren que les traiga algo más? —preguntó la camarera. Era una mujer mayor, de alrededor de sesenta años, más bien rolliza, con el cabello castaño oscuro corto y los ojos cansados. Su uniforme se veía también apagado, como si lo hubieran lavado demasiadas veces.

—No, gracias —dijo Dave, que ya se abalanzaba sobre la comida con fruición.

Joe sacudió la cabeza, tomó el tenedor y lo clavó en el beicon. El aroma del desayuno le hizo pensar en la cocina de Twybee Cottage, y le trajo un instante a la cabeza la imagen de Nicky Sullivan. En unas pocas horas, estaría de camino al aeropuerto, y era probable que eso, bien mirado, fuera positivo. Cuando hubiera vuelto al sitio de donde había venido, ya no tendría que ocuparse de la fuerte atracción que sentía por ella, y, lo que era más importante, a no ser que el autor material viajara en avión, no tendría que preocuparse por su seguridad mientras intentaba averiguar quién la había atacado y había matado a su amiga.

El camionero pasó a su lado y se sentó en una mesa cercana, y la camarera se alejó para ofrecerle café.

—¿Qué hacemos ahora? —preguntó Dave pasados unos minutos, durante los cuales había logrado hacer desaparecer la mayor parte de la comida de su plato.

Su segundo lo miraba con una confianza total, y Joe procuró no hacer ninguna mueca.

«Más vale que te acostumbres», se dijo. Ahora era el capitán del equipo, por así decirlo, y los jugadores lo seguían. Desearía estar al cien por cien mentalmente.

Tomar un sorbo del café horroroso que les habían servido le dio un momento para pensar.

—Ir a peinar el escenario del crimen para asegurarnos de que no se nos haya escapado nada. —Mientras hablaba, iba tachando mentalmente los pasos que debían seguir—. Analizar las pruebas que ya hemos reunido y enviar al laboratorio de investigación criminal del FBI lo que sea necesario. Comprobar las declaraciones de los testigos —explicó, y como Dave parecía ansioso pero un poco desconcertado, se lo aclaró—: Asegurarse de que ayer por la noche todos estaban donde han dicho que estaban. Si encontramos inconsistencias, sabremos por dónde empezar a buscar a nuestro autor material.

—¿Más café?

La camarera había vuelto. Joe negó con la cabeza, ya que era amargo como la hiel, y Dave también lo rehusó. Joe iba a pedir la cuenta cuando la camarera frunció el ceño.

—Oiga, ¿no es usted el nuevo jefe de policía de la isla? —Lo miraba abiertamente con los ojos brillantes.

—Sí —contestó Joe, con la ligera esperanza de que le ofreciera una comida gratis. No cobraba un sueldo demasiado alto y, en su opinión, cada dólar que no tenía que gastarse hoy era un dólar más que podría gastarse mañana.

—Sale por la tele —le dijo. Debió de parecer sorprendido porque dio un paso hacia atrás y señaló un pequeño televisor instalado en la pared detrás de la barra. No lo había visto antes, tal vez porque el volumen estaba tan bajo que ni siquiera ahora, que lo estaba mirando, podía oírlo. Pero podía verlo a la perfección, y lo que vio lo consternó.

Ahí estaba, de pie en la oscuridad del camino de entrada de Old Taylor Place, hablando con Vince mientras, detrás de él, cargaban el cuerpo de Karen Wise cubierto con una sábana, en una ambulancia que esperaba en el camino con las luces naranja parpadeantes. No habían retirado el cadáver de la escena del crimen hasta cerca de la una y media, de modo que sabía más o menos a qué hora habían grabado las imágenes. Las araucarias que tenía a su izquierda y la mansión tras él le indicaban que el equipo de televisión estaba cerca de la calle. En ese momento había habido mucho caos, muchas idas y venidas. Ni siquiera se había dado cuenta de que había un equipo de las noticias locales en la finca.

Pero ahí, delante de él, tenía la prueba inequívoca de que lo había habido.

—Mira, salimos en las noticias de la mañana —soltó Dave con un placer evidente. Joe no se tomó la molestia de decirle que salir en las noticias no era siempre positivo, en especial, dadas las circunstancias. En lugar de hacer eso, se levantó y se acercó a la barra. Fue vagamente consciente de que Dave y la camarera lo seguían.

—¿Le importaría subir el volumen? —pidió al hombre gordo que estaba tras la barra. El hombre se secó las manos en el delantal que llevaba puesto y lo hizo.

De repente, la bonita rubia que había estado moviendo los labios silenciosamente tuvo voz.

—... historia fantasmagórica hecha realidad —relató—. En una coincidencia espeluznante, una mujer que formaba parte del equipo de *Investigamos las veinticuatro horas* que vino a Pawleys Island para que una médium revisara el asesinato de una adolescente local y la desaparición relacionada con él de dos de las amigas de la chica, ocurridos hace quince años, fue asesinada ayer por la noche. El cadáver masacrado de Karen Marie Wise fue encontrado minutos después de que terminara la emisión de una sesión de espiritismo cuyo objetivo era establecer contacto con el espíritu de la anterior víctima de asesinato, la adolescente Tara Mitchell. Lo que hace que esta tragedia sea tan escalofriante es que el asesinato de la señorita Wise parece ser casi idéntico al de la señorita Mitchell, todavía sin resolver, lo que plantea una pregunta: ¿Qué está pasando? Hoy mismo hablaremos con la policía local para intentar dar una respuesta a nuestros telespectadores. Mientras tanto...

—¡Mierda! —exclamó Dave en un tono abatido. Al parecer, se había percatado por fin de que su departamento, prácticamente carente de experiencia salvo en detenciones por altercado público y conducción temeraria, estaba ahora en el centro de la atención.

Joe habría expresado su consternación con algo más de contundencia. Ya estaba preparado para ver la historia publicada en todos los periódicos matutinos locales; el reportero que se había presentado en Twybee Cottage la noche anterior era del *Morning News* de Savannah. Las buenas noticias podían viajar deprisa, pero las malas lo hacían a la velocidad del rayo.

—¿De modo que hay un asesino de mujeres suelto por la zona? —preguntó el hombre gordo a Joe mientras sacudía la cabeza—. Eso va fatal para el negocio.

El ligero dolor de cabeza que el café malo casi había logrado eliminar estaba volviendo y atacaba a Joe en las sienes.

—Vigila mis mesas un momento, Frank —pidió la camarera—. Tengo que llamar a Pammy y decirle que cierre bien las puertas. Pammy es mi hija —aclaró a Joe.

Y prosiguió—: El idiota de su marido siempre olvida cerrarlas con llave cuando se va a trabajar.

Se dirigió hacia la trastienda del local, pero se detuvo para poner una mano en el brazo de Joe:

—Atrápelo pronto, ¿me oye?

—La oigo —respondió Joe, con la esperanza de que su voz sonara menos acre de lo que se sentía. Y, con Dave pisándole los talones, dejó el dinero de la cuenta en la barra e inició una rápida retirada pensando que se le había acabado la tranquilidad.

9

Los siguientes días fueron algunos de los más difíciles de la vida de Nicky. Voló de vuelta a Chicago el lunes. El martes fue al trabajo, donde el ambiente era una extraña dicotomía entre lo sombrío, debido a la muerte de Karen, y lo exultante, debido al revuelo que había generado el programa. El miércoles voló a Kansas City, que era la ciudad natal de Karen. El jueves por la mañana fue al entierro de su compañera junto con una representación completa de *Investigamos las veinticuatro horas*. El jueves por la noche volvía a estar sola en su piso de Chicago.

Ahí, a las once menos diez, exhausta y muy afectada, llevaba puestos unos pantalones raídos de chándal, una camiseta amplia y unos gruesos calcetines grises, su ropa preferida para dormir. Se había recogido el cabello de cualquier forma en lo alto de la cabeza y tenía la cara brillante de la crema hidratante que utilizaba a veces para combatir los efectos nocivos que viajar tanto en avión tenían en la piel. Estaba sentada con las piernas cruzadas en medio de su cama de matrimonio con el ordenador portátil sobre las rodillas para comprobar los e-mails de casi toda una semana.

Con todas las luces encendidas. Desde el domingo por la noche, había sido incapaz de estar sola a oscuras. Cuando no la acechaba entre las sombras un monstruo que quería matarla, oía los susurros de un coro de fantasmas anónimos.

Sabía que estaba a salvo en su casa. La puerta estaba cerrada con doble llave y tenía la cadena corrida, el sistema de alarma estaba conectado, y la casa de los horrores, como había pasado a denominarla, estaba a unos mil quinientos kilómetros de distancia.

Nadie podía acercarse a ella. Y hasta podía tener a raya los recuerdos, siempre y cuando tuviera las luces encendidas.

Había recibido cientos de e-mails. La mayoría era de admiradores de *Investigamos las veinticuatro horas* que habían obtenido su dirección electrónica del sitio web del programa. Nicky los revisó con un ojo en la pantalla y otro en el televisor, aunque no le prestaba atención realmente; ni siquiera le gustaba demasiado el programa que estaban dando. Sólo tenía puesta la televisión porque, por una vez en su vida, necesitaba llenar el vacío con ruido, junto con la ilusión que la televisión creaba de que no estaba sola.

Su piso era acogedor. Aunque sería más adecuado decir que era diminuto: de una habitación, en la decimosegunda planta de un edificio carísimo que «casi» tenía vistas del lago Michigan. A veces, los días despejados, si subía al club deportivo en la última planta y usaba un poco la imaginación, le parecía que podía ver las aguas azules del lago. Otras veces no estaba tan segura. En cualquier caso, había alquilado el piso, amueblado, por el mínimo permitido de un año, porque el trabajo en televisión era incierto, y cuando volviera a llegar agosto podría haberse quedado sin empleo, o tener que trabajar en un programa que se realizara en otra ciudad.

De todos modos, el piso tenía todo lo básico: una cama cómoda en un dormitorio insulso con las paredes pintadas de blanco en el que apenas cabía nada más, un cuarto de baño embaldosado de blanco, una cocina pequeña, y un salón enmoquetado de un color claro, con las paredes y las cortinas blancas, cuyo tamaño permitía acoger hasta a una docena de personas si estaban muy juntas. Aunque no es que diera fiestas. A no ser que asistiera a algún acto relacionado con su profesión, e iba a bastantes, era una persona trabajadora que se acostaba tarde y se levantaba temprano.

Por primera vez, se preguntó si no se estaría perdiendo algo. En Chicago tenía vecinos con quienes intercambiaba los buenos días o las buenas noches, según la hora del día en que se encontraba con ellos en el vestíbulo o en los ascensores, y alguna que otra carta mal repartida, amigos de trabajo, docenas de conocidos y un par de hombres con los que había salido una o dos veces antes de decidir que las relaciones no iban a ningún lado y que, en realidad, le daban más problemas que satisfacciones. Tenía muchos amigos diseminados por el país, gracias a los otros sitios en los que había vivido y a los otros sitios en los que había trabajado, una buena cantidad de ex novios, con algunos de los cuales todavía se hablaba, y una familia más numerosa que la que podría esperarse que ningún ser humano sobrellevara razonablemente durante un período prolongado de tiempo.

Ésta era su vida. Así era como le gustaba. Sencilla, sin complicaciones, concentrada en el trabajo y progresando. Ahorrando para cuando llegaran las vacas flacas. Unos buenos ingresos, por lo menos mientras se siguiera emitiendo *Investigamos las veinticuatro horas*, de modo que pudiera vivir de ellos y que le sobrara algo.

Dicho de otro modo, justo lo contrario del caos en el que había crecido. Su padre había muerto cuando ella tenía siete años. A partir de entonces, la familia había sido tan imprevisible como la propia Leonora. «El don», como todos llamaban a las dotes paranormales de Leonora, era caprichoso. Tendía a manifestarse sin previo aviso, y cuando oía su llamada, Leonora podía olvidarse de las cosas mundanas, como unas hijas que esperaban que las fuera a buscar al colegio o una cena que se cocía en el horno. Recibían constantemente a desconocidos que querían conocer su futuro o, casi con la misma frecuencia, Leonora tenía que irse para colaborar en alguna investigación. De pequeñas, Nicky y Livvy no sabían nunca, de un día para otro, si pasarían la noche en casa con su madre o en casa de Marisa, al otro lado de la isla, o en casa del tío Ham, en Charleston. Novios y maridos habían llegado a la vida de Leonora y habían salido de ella como si se tratara de una puerta giratoria; Nicky y Livvy habían aprendido a no apegarse demasiado a ellos, porque una mañana se despertaban y el último hombre en la vida de su madre ya no estaba.

El dinero también había sido un problema constante. Lo otro que nadie parecía entender del hecho de ser vidente era que no se cobraba un sueldo regular. Unas veces, como cuando Leonora tenía su propio programa de televisión, en casa había habido dinero a manos llenas. Otras, había sido difícil simplemente llegar a fin de mes con lo básico indispensable. Si no hubiera sido por Twybee Cottage, que Leonora y Ham habían heredado de sus padres y que, a lo largo de los años turbulentos, había servido de lugar de residencia a Leonora, puede que en muchos momentos no hubieran tenido siquiera un techo sobre sus cabezas. Leonora siempre había sido una madre cariñosa, y Nicky sentía devoción por ella. Pero donde estaba Leonora, reinaba la turbulencia, y hacía ya años que Nicky había descubierto que a ella no le iba la turbulencia. Era enemiga de las perturbaciones humanas.

Había hecho todo lo posible por crearse una vida que tuviera la menor turbulencia posible, a pesar de las visitas esporádicas que hacía a su madre.

Hasta esta noche, no se había sentido nunca sola.

Pero ahora, sentada en la cama en su piso limpio y ordenado con el ordenador portátil y el televisor por única compañía, de repente se sentía sola. No sabía muy bien por qué. Tal vez la muerte prematura de Karen y el hecho de que, si no hubiera sido por los caprichos del destino, su propia vida también habría llegado a su fin, la habían concienciado de lo corta que era la vida en realidad. Tal vez lo que estaba sintiendo eran las reverberaciones del miedo de esa noche, que persistían como un mal regusto una vez que había desaparecido el peligro. Tal vez había estado expuesta a demasiados fantasmas. Pero, fuera cual fuese el motivo, estaba inusitadamente nerviosa.

Pensó que habría sido agradable tener a alguien con quien hablar, alguien con quien comentar los e-mails, por ejemplo, o con quien compartir la impresión, el miedo y el dolor de la semana anterior, o simplemente alguien que le hiciera compañía.

Alguien especial.

Concluyó que lo que le faltaba, ahora que pensaba en ello, era alguien importante en su vida. Una relación estable. Un compañero. Un hombre.

Se lo imaginó alto, delgado y musculoso, con los cabellos negros, muy atractivo...

Joe Franconi.

Lo identificó al instante. Y, enfadada consigo misma, desterró la imagen de su mente.

Mientras se concentraba en los correos electrónicos con una decisión renovada, pensó con ironía que tal vez debería comprarse un gato.

«Me encanta el programa», aseguraba el e-mail que estaba leyendo.

Nicky pasó al mensaje siguiente con una sonrisa.

«Creo que Leonora James es increíble. ¿Cómo puedo ponerme en contacto con ella?»

Éste se lo reenviaría a su madre o, mejor dicho, a Marisa, ya que Leonora no tenía correo electrónico.

«¿Habrá más programas así? Lo paranormal es genial.»

«Me alegra que pienses eso», pensó Nicky antes de hacer clic en el mensaje siguiente.

> *Tres, eran tres, las hijas de Elena.*
> *Tres veces verás la muerte en escena.*
> *A tres que tienen relación en sus vidas*
> *va a llevarse la guadaña seguidas.*

Nicky parpadeó y leyó otra vez el e-mail. Despacio.

Sin encabezamiento, sin firma, nada salvo la rima en sí.

Miró entonces el nombre del remitente.

Lazarus508.

Y sintió que el corazón empezaba a latirle con fuerza.

Lazarus. Es decir, Lázaro, el hombre que resucitó. Y 508 sólo podía significar el día ocho de mayo, el día en que Karen había sido asesinada.

Lo comprendió horrorizada: casi con toda seguridad, el mensaje era del asesino.

A Joe el sueño sólo le era esquivo cuando más lo necesitaba. Sabía que tenía que haber cierta ironía en ello, pero estaba demasiado cansado para que le importara. Era jueves, aunque tras echar un vistazo al reloj digital que brillaba desde el decodificador de cable situado sobre el televisor, se corrigió; era viernes, porque ya eran las doce y cuarenta y tres minutos. Y, desde el domingo por la noche, había estado trabajando prácticamente veinticuatro horas al día. Todo el mundo estaba encima de él, desde Vince que le gruñía que el caso ya tendría que estar resuelto, hasta señoras mayores que lo acorralaban en la calle para preguntarle cosas como si deberían comprarse un perro, o reporteros de diversos tipos y opiniones, que parecían haberse tomado el asesinato de Karen Wise con todos sus aspectos sensacionalistas como un antídoto contra lo que evidentemente era una semana con pocas noticias. Esta noche lo había mandado todo a la mierda poco después de las once y había ido a casa para tomarse unos perritos calientes con chile enlatado, para ducharse y para meterse en la cama.

Quince minutos antes, cansado de estar acostado en la penumbra contando posibles asesinos en lugar de ovejas, volvió a levantarse. Y ahora estaba despatarrado en el sofá, haciendo *zapping*, con la esperanza de despejarse la cabeza lo suficiente para poder conciliar el sueño.

El programa de Letterman..., la CNN (¡mierda, no! La situación actual del mundo no inducía al sueño)... Una reposición de *Seinfeld*...

Le sonó el móvil. Como lo tenía en el bolsillo de los pantalones, y éstos estaban en su dormitorio, el sonido que oyó fue más bien como un balido apagado. Se levantó y corrió descalzo en calzoncillos por el salón hacia la más grande de las dos habitaciones de la casa, golpeó la jamba con el dedo gordo, soltó una maldición y cojeó a oscuras hasta el rincón opuesto, presidido por su viejo sillón reclinable Barcalounger. Agarró los pantalones, sacó el insistente teléfono y lo abrió.

—Joe Franconi al habla —gruñó, cabreado por haberse lastimado el dedo gordo y por no poder dormir, así como por el giro más bien asqueroso que había dado su vida últimamente, y sin importarle que se notara.

—Hummm... Hola. —La mujer al otro lado del teléfono sonaba algo titubeante—. Perdone. ¿Lo he despertado?

—Estaba despierto —aseguró Joe, que estaba sentado en el sillón con el tobillo sobre la rodilla para masajearse el dedo que le hacía ver las estrellas. La única luz de toda la casa era el tenue brillo azul del televisor del salón, y el rincón que ocupaba su asiento estaba oscuro como boca de lobo. El pequeño aparato de aire acondicionado que había comprado e instalado él mismo en la ventana del dormitorio (que nadie pareciera haber oído hablar de la refrigeración en Pawleys Island seguía siendo un misterio para él) vibraba cerca—. ¿En qué puedo ayudarla?

—Soy Nicky Sullivan.

Nicky Sullivan. Había hecho todo lo posible por no pensar en ella desde que había salido de casa de su madre el lunes por la mañana.

—Hola —dijo.

—Sé que está trabajando en el asesinato de Karen, y creí que debería informarle de que acabo de encontrarme un e-mail extraño.

Trató de no imaginársela: cabello rojizo, piel satinada, cuerpo delgado y suave. Pero no lo consiguió. Era de noche; estaría vestida para irse a dormir. Al instante, se la imaginó con un provocativo camisón negro, con los cabellos sueltos y relucientes hasta los hombros y con un mohín en los labios rojos. Necesitó la autodisciplina de un maestro Jedi para hacer desaparecer la imagen. Recordar que la única vez que la había visto preparada para acostarse llevaba una cola y una bata recatada de color rosa debería facilitarle las cosas. Pero no lo hizo.

Lo triste era que, incluso vestida así, estaba sexy.

—¿Ah, sí? —preguntó.

—Sí. ¿Quiere que se lo lea?

—Claro. —Y daba igual que la cadencia ronca de su voz le hiciera pensar en mil y una formas mejores en que podía utilizar su hermosa y exuberante boca.

—«Tres, eran tres, las hijas de Elena. Tres veces verás la muerte en escena. A tres que tienen relación en sus vidas va a llevarse la guadaña seguidas.»

Joe se enderezó en la silla. Su pie golpeó el suelo. Había estado intentando encontrar la forma de alejar su pensamiento de su entrepierna y Nicky se la había proporcionado.

—¿Le importaría leérmelo otra vez?

Nicky lo hizo. Joe notó la conocidísima sensación de la subida de adrenalina. Las emociones fuertes habían sido siempre su droga. Tiempo atrás había vivido por ellas, por la excitación de la persecución, el peligro del descubrimiento, la aceleración de saber que la muerte estaba al acecho.

Todo eso había quedado atrás, pero no pudo hacer nada por evitar la reacción habitual de su cuerpo.

—El remitente es Lazarus508 —prosiguió Nicky cuando, al parecer, él no respondió lo bastante deprisa para su gusto—. Ya sabe, como Lázaro, el de la Biblia, que murió y resucitó. Y 508 podría ser el ocho de mayo, el día en que Karen fue asesinada.

—Sí —asintió Joe—. Ya lo veo. ¿Le envió respuesta?

—No.

—Muy bien. No lo haga. No haga nada hasta que haya tenido tiempo de pensármelo un poco. Guárdelo, pero no haga nada con él. ¿Dónde está?

—En mi casa. En Chicago —respondió Nicky con un tono de cierta impaciencia—. ¿Importa eso?

—Podría. —Joe apoyó la cabeza en el escay frío y resbaladizo, y dirigió la mirada hacia la ventana. Las persianas estaban cerradas, pero entre los listones podía ver el brillo del cielo estrellado—. Si se lo envió el hombre que hizo esto, y tiene toda la pinta de ser así, ¿se da cuenta de que sería la segunda vez que se ha puesto en contacto directamente con usted?

Pasó un segundo.

—¿Y eso qué significa? —Su voz contenía ahora una nota de incertidumbre.

—Nada bueno —soltó Joe con tristeza—. Me alegro de que esté en Chicago. ¿Cómo conseguiría su dirección electrónica?

—No lo sé. Del sitio web del programa, supongo.

—No figurará en él su dirección física, ¿verdad?

—Claro que no.

—Perfecto. ¿Acaba de recibir el e-mail ahora?

—Acabo de encontrarlo. Me lo enviaron el lunes a las tres y diecisiete minutos de la mañana. No he comprobado el correo desde el domingo —finalizó tras titubear un instante.

—El lunes a las tres y diecisiete minutos de la mañana —masculló Joe—. Es sólo unas horas después del asesinato. Todavía estaba en Pawleys Island entonces, ¿verdad?

—Sí.

—Y teníamos su teléfono móvil. —Le había confiscado el móvil con su mensaje original como prueba, lo mismo que la ropa que llevaba puesta en el momento del ataque. Nicky no había puesto ninguna objeción. Había tenido la impresión de que habría preferido llevar una serpiente en el bolso que ese móvil después de haber oído el mensaje que el asesino le había dejado en él, y la ropa estaba rasgada y ensangrentada: inutilizable—. Así que puede que el e-mail fuera la forma más fácil que tuvo de ponerse en contacto con usted en ese momento concreto.

—Supongo.

—La pregunta es: ¿quién sabía que nos habíamos quedado su teléfono?

Se produjo una pausa.

—No lo sé. Mucha gente. Mi familia, puede que la mayoría del personal del programa, quien lo supiera del Departamento de Policía... No era ningún secreto.

—No. —Ahora, volviendo la vista atrás, quizás habría sido mejor que hubiese sido un secreto. Demasiado tarde.

»Debe de tener un teléfono nuevo, ¿no? —Que tendría otro número, mientras ellos controlaban el viejo por si el asesino volvía a llamar. Hasta entonces, sin suerte.

—Sí.

—¿Nada? —preguntó. Era evidente que se lo habría dicho, pero...

—No.

Joe guardó silencio mientras daba vueltas en la cabeza a varias posibilidades.

—¿Entendió lo que dice el mensaje? —comentó Nicky pasado un segundo. Joe notó la ansiedad en su voz—. Planea matar a tres personas que están relacionadas, y los asesinatos ocurrirán bastante seguidos. Es como antes, con Tara Mitchell y sus amigas.

—Lo entendí —contestó él con cierta sequedad.

—Ya ha asesinado a Karen. Lo que significa que... —se le fue apagando la voz.

—Que faltan dos —terminó Joe por ella.

—Sí —corroboró Nicky. Joe la oía respirar—. Creo... Creo que yo tenía que ser la segunda víctima.

—Eso parece.

—¿Es por eso que se pone en contacto conmigo? —dijo a toda velocidad—. ¿Cree que estos mensajes significan que va a intentarlo otra vez?

Era una pregunta difícil de responder. Parecía asustada. Su instinto natural de protección (y le sorprendió descubrir que todavía lo tenía) la impulsaba a asegurarle que estaba a salvo, fuera de peligro, segura. Por desgracia, la honestidad no le permitía hacerlo. «A tres que tienen relación en sus vidas» significaba que las otras dos víctimas conocerían a la primera. Pero ¿qué diablos significaba eso de «seguidas»? Como marco temporal, era vago. Pero el ataque a Nicky se había producido a los pocos minutos del primer asesinato... ¿Por casualidad, porque se había tropezado con la escena del crimen en el peor momento, o a propósito? Era imposible saberlo con certeza. Pero había algo seguro: si el mensaje era auténtico, y era mucho suponer, Nicky tenía motivos para estar preocupada. Por otra parte, como estaba lejos, no tenía caso confirmar lo que ya sabía y asustarla sin necesidad al hacerlo.

—Puede —dijo—. No soy experto en asesinos chiflados.

Se produjo una pausa brevísima.

—Espléndido —dijo.

Su tono tenía algo que le hizo sonreír.

—Pero, por lo que he podido ver, esta clase de asesinos suele actuar en un terreno conocido. Elige a sus víctimas a unas pocas horas de su casa en coche, como mucho. Si suponemos que se trata del mismo hombre que mató a esas tres chicas hace quince años, lo que es mucho suponer, puedo afirmar con bastante seguridad que es de por aquí. Dicho de otro modo, no creo que deba preocuparle que pueda presentarse en Chicago.

—A no ser que esté equivocado.

Lo dijo de nuevo en ese tono. No era sarcasmo, pero se le parecía.

—Debo admitir que cabe la posibilidad. —No pudo evitarlo, sonreía de nuevo—. ¿Está sola?

—Sí.

—Entonces le sugiero que cierre la puerta con llave.

—Oh, gracias. No se me habría ocurrido.

Joe soltó una carcajada.

—Le aseguro que no creo que corra peligro. Chicago está muy lejos, y por lo que yo sé, los asesinos en serie que utilizan el avión no son nada habituales.

Pasó un instante.

—¿Cree que se trata de un asesino en serie?

—En este momento, tiene toda la pinta.

—Entonces ¿por qué se pone en contacto conmigo? —Su voz volvía a contener una nota de miedo que acabó con la sonrisa de Joe.

De nuevo, quería tranquilizarla. De nuevo, no podía.

—No lo sé. A algunos de estos individuos les gusta fanfarronear. Puede que sea lo que está haciendo. A lo mejor la ha elegido porque sale por televisión: la ha visto y se considera relacionado con usted. O quizá se considera relacionado con usted porque la había elegido como víctima y se le escapó.

Mientras hablaba, Joe captó con el rabillo del ojo un ligero movimiento y dirigió automáticamente la mirada hacia el otro lado del cuarto. Una sombra, un poco más densa que las demás, adoptaba una forma vagamente humana al cruzar la puerta del dormitorio hacia el salón. Joe hizo una mueca y alzó la vista al techo para dejar de ver sombras. Ignorar lo que no quería ver se estaba convirtiendo en un arte para él.

—O, a lo mejor, cree que puedo identificarlo.

—También.

Nicky emitió un sonido de impaciencia.

—¿Tiene la menor idea de quién podría estar haciendo esto?

—Estadísticamente, los asesinos en serie son varones blancos de entre treinta y cuarenta años. Aparte de esto, las opciones son muy amplias.

—¿Qué está haciendo? ¿Lo está leyendo? —Sonaba algo escandalizada.

—El Google es algo maravilloso.

—¿Ha hecho una búsqueda sobre los asesinos en serie en el Google? —ahora sonaba totalmente escandalizada.

—Por algún sitio hay que empezar.

—Está bromeando, ¿verdad? —dijo con una ligerísima nota de incertidumbre en la última palabra que le indicó que no estaba del todo segura. Como no estaba bromeando, por lo menos no del todo, decidió mantener la ambigüedad.

—Puede ser. ¿Le importaría enviarme una copia del e-mail?

—Claro. —Parecía aliviada, como si su respuesta la hubiera tranquilizado—. ¿Me da su dirección?

Joe se la dijo. Luego, porque tenía la sensación de que iba a finalizar la conversación y, por estúpido que pudiera parecer, quería seguir hablando con ella un poquito más, le preguntó:

—¿Qué tal la cabeza?

—Mejor. Tengo un ojo a la funerala.

—No me sorprende —dijo con el ceño fruncido al imaginarlo—. ¿Y la herida de arma blanca?

—Se está curando. Pero me pica.

—Es buena señal.

—Eso me han dicho.

—¿Ya ha vuelto al trabajo?

—Sí.

No había mucho más que decir. Y no se estaba haciendo ningún favor intentando prolongar la conversación. Nicky podía ser lo que la parte de él que pertenecía a su vida anterior deseaba, pero no era lo que la parte de él de su vida subsiguiente sabía que necesitaba. Además, estaba en Chicago, y él estaba clavado allí, en el paraíso.

Sanseacabó.

—Bueno, la veré por televisión.

—Gracias.

Justo cuando la pausa se alargó hasta el punto en que Joe sabía que había llegado el momento de decir adiós y colgar, Nicky volvió a hablar.

—En serio, ¿cómo va la investigación?

En serio, ya se lo había dicho.

—Bien.

—¿Ha intervenido el FBI? ¿O alguien así?

Le vino a la cabeza aquello de que la esperanza es lo último que se pierde. Gracias a programas como *Ley y orden* y *CSI*, todo el mundo creía que cuando se cometía un crimen, como un asesinato, había ejércitos de investigadores especializados que acudían a la escena como hormigas a un picnic. Craso error.

—Los asesinatos suelen ser jurisdicción de la policía local. Es decir, mis hombres y yo. El FBI sólo interviene si enviamos pruebas a su laboratorio de investigación criminal.

—¿Qué clase de pruebas?

—Encontramos un par de pelos en la víctima que no eran suyos. Tenía algo bajo las uñas. Espero que sea tejido humano, porque se las clavara en la piel. Espero que de allí podamos obtener el ADN, pero podría ser sólo tierra. También había huellas, cosas así.

—¿Había huellas?

Joe hizo una mueca. En realidad, cuando habían empezado a tratar de conservar las pruebas, había ya docenas de huellas. Con la prisa para que los policías y los sanitarios llegaran a la escena del crimen, por no hablar de la cantidad creciente de mirones que se había concentrado en el sitio en cuanto había empezado a propagarse la noticia de lo que estaba pasando, era como si todo Dios hubiera pisoteado ese pedazo de tierra. Pero habían encontrado una huella parcial bajo las araucarias, y por su aspecto, diría que la había dejado una zapatilla de deporte o un zapato de hombre. Había fotografiado el resto, pero había hecho además un molde de yeso de ésta. Ese molde de yeso fue enviado inmediatamente al laboratorio de investigación criminal del FBI junto con todo lo demás.

—Unas cuantas.

—¿Fue agredida sexualmente? —A Nicky le temblaba la voz.

—No —respondió Joe. Los resultados de la autopsia habían sido muy claros al respecto.

—Tara Mitchell tampoco.

—Lo sé. —De hecho, Joe se había pasado horas repasando el informe de esa autopsia y comparándolo con el de Karen Wise. Se presentaban varias similitudes (múltiples heridas de arma blanca, cabello cortado, la localización general del hecho criminal), pero también algunas diferencias. Por ejemplo, la cara de Tara Mitchell estaba prácticamente destrozada. Karen Wise tenía la cara intacta, aunque, en su caso, el asesino había sido interrumpido. Quizá no hubiera llegado aún a la parte de la mutilación facial.

—¿Llegó a averiguar quién gritó? —preguntó Nicky—. Durante la emisión, quiero decir.

Joe no pudo evitar una sorpresa burlona en su voz:

—No me diga que ahora no cree que fuera un fantasma.

—Precisamente —dijo Nicky, que se negó a morder el anzuelo y sonó triste—. No lo sé. He estado pensando mucho en este asunto estos últimos días. ¿Cree que podría haber sido Karen?

Él se había preguntado lo mismo, casi desde el momento en que se había dado cuenta de que tenía un cadáver de mujer bajo las araucarias de Old Taylor Place. Por lo que había podido determinar hasta entonces, los márgenes de tiempo lo hacían posible. De acuerdo con todas las declaraciones, la última vez que Karen había sido vista con buena luz y total claridad había sido en la cocina, justo antes de que saliera por la puerta trasera para contestar una llamada al móvil. Eso había sido unos seis minutos y medio antes de que los gritos rasgaran el silencio de la noche. La llamada era de Sid Levin, quien había confirmado que Karen estaba viva al final de su conversación. Ésta había concluido de forma normal alrededor de un minuto y cincuenta y ocho segundos antes de los gritos. Había comprobado las horas con las cintas del programa; de nuevo, nada que descartara a Karen como el origen de los gritos. Incluso había efectuado unas cuantas pruebas improvisadas por su cuenta; había situado a Dave en diversos puntos del jardín y le había hecho gritar a voz en cuello mientras él escuchaba y grababa los sonidos desde distintos rincones de la casa, pero ninguno de los gritos que había podido registrar había coincidido con los que habían proporcionado un final tan espeluznante a *Investigamos las veinticuatro horas*. Pero, claro, tenía que tener en cuenta que Dave no era una mujer que gritaba porque temía por su vida.

—No lo sé —dijo—. Por el momento, sigue siendo

una incógnita. Si supiera que los gritos formaban parte del programa, me lo diría, ¿verdad?

Oyó cómo Nicky inspiraba con fuerza antes de hablar con una rabia inconfundible en la voz:

—Ya le he dicho que...

—Ya lo sé, ya lo sé —la interrumpió Joe antes de que pudiera terminar—. Pero tenía que preguntárselo otra vez. Porque no he podido encontrar el origen de esos gritos.

—Pues quizá tenga que buscar más a fondo. —La rabia se había convertido en mordacidad.

—Lo haré —dijo Joe en tono afable.

Pasó un instante.

—Mi madre es una auténtica médium, ¿sabe? —dijo, aún molesta—. Es capaz de captar energías y emociones que nos pasan inadvertidas a los demás.

—Me está diciendo que puede hablar con los muertos. —Si sonó escéptico, fue sin querer. El tono que quería imprimir a la frase era neutro.

—Sí.

—¿Podría hacerme un favor entonces?

—¿Cuál?

—¿Podría pedirle que se ponga en contacto con Karen Wise y le pregunte quién la mató? Me ahorraría mucho tiempo y esfuerzo.

Esta vez, la hostilidad casi pudo mascarse en la pausa subsiguiente.

—No tiene gracia —soltó Nicky, como si hablara entre dientes.

Joe no pudo evitarlo; sonrió de oreja a oreja. Tal vez no tuviera gracia, pero por lo menos él se estaba divirtiendo. Lo cierto era que se lo estaba pasando mejor con esta llamada telefónica de lo que se lo había pasado con nada en mucho tiempo.

—Lo siento.

—Voy a colgar.

Le sorprendió ver lo poco que deseaba que lo hiciera.

—No olvide enviarme una copia de ese e-mail —pidió Joe.

—Lo haré ahora mismo. Adiós.

—Nicky...

—¿Sí?

—Si su madre recibiera un mensaje del Más Allá, me lo diría, ¿verdad?

Una inspiración fuerte, seguida de un clic fue la respuesta que obtuvo.

Le había colgado. Joe seguía sonriendo cuando él también lo hizo.

Antes, no habría podido resistir la tentación de iniciar algunos acercamientos hacia ella. Pero ahora ya era después, y por fortuna para sus buenas intenciones, estaba en Chicago y, por lo tanto, fuera de su alcance.

Intentó convencerse de que eso era positivo mientras recorría de nuevo el salón en dirección a la cocina, donde tenía el ordenador instalado en la parte de la mesa que no usaba para comer. La luz de la luna que se filtraba a través de la mitad superior de cristal de la puerta trasera, sin cortina, confería a los tableros de metal rayado y a los armarios de roble marcados un aspecto casi presentable. Los electrodomésticos eran de mala calidad, el suelo era de linóleo gris moteado, imitación piedra, y la mesa rectangular de pino oscuro con las cuatro sillas a juego que ocupaba el centro de la habitación procedía de una oferta especial de noventa y nueve dólares de los almacenes Wal-Mart.

Como el resto de la casa, que era una de las viviendas pequeñas de una sola planta situadas en el interior de la isla, la cocina lucía más con las luces apagadas. Aunque no era ésa la razón por la que no se tomaba la molestia de encenderlas. Sencillamente, podía ver lo bastante bien para moverse sin necesidad de luces, y encenderlas ya no tenía para él ninguna otra utilidad.

Encenderlas no servía, por ejemplo, para que las cosas que daban miedo desaparecieran.

A él no. Ya no.

Mientras se sentaba en la mesa, encendía un cigarrillo, conectaba el ordenador y comprobaba los mensajes de correo, reflexionó que ahora le resultaba bastante fácil ignorar las sombras de formas cambiantes que acechaban en los rincones. Ignorar a Brian...

—Quienquiera que sea este tipo, es un poeta horroroso —observó Brian, oportuno como siempre, tras él. Al parecer, también leía el correo electrónico que había reenviado Nicky.

Ignorarlo era más difícil. Aparecía sin ton ni son, con una imprevisibilidad exasperante y con un aspecto tan real como cuando estaba vivo. Cuando Joe, algo indeciso, había finalmente contado a los médicos del hospital donde lo trataban que «veía» a Brian, éstos habían carraspeado y vacilado, y le habían ajustado y reajustado la medicación para controlar sus «alucinaciones» hasta enviarlo, finalmente, a un jodido psiquiatra. Por aquel entonces, a Joe le preocupaban tanto las repentinas apariciones y desapariciones de su nuevo mejor amigo que lo había aceptado y se había desahogado con el comprensivo psiquiatra. Pero, cuando había visto hacia dónde lo conducía eso (lo catalogaban de chiflado, decían que sufría neurosis traumática y que debería ser relegado a un trabajo administrativo o apartado del cuerpo por completo), lo había tenido claro.

Si quería volver a llevar alguna vez una vida normal,

y más aún ser policía, iba a tener que aguantarse y aprender a seguir adelante con su vida tal como era después, con Brian y sombras incluidos.

Tomó una decisión y dijo al psiquiatra, a los médicos y a todos aquellos a quienes había cometido la estupidez de mencionarlo, que Brian y las sombras habían desaparecido, que ya no los veía.

El psiquiatra se había mostrado satisfecho, y lo había atribuido al éxito de su terapia. Los médicos se habían mostrado satisfechos, y le habían asegurado que la ausencia de Brian significaba que estaba mejorando. El departamento se había mostrado satisfecho, porque antes había sido un policía estupendo e, incluso ahora, incluso en su vida actual, seguía teniendo muy buenos amigos en el cuerpo que se preocupaban por él.

Por eso le habían ofrecido este momio en esta islita aletargada. Cuando había comprendido la situación, cuando se había dado cuenta de que no podía volver a su anterior trabajo, los mandamases habían usado sus conexiones y le habían encontrado esto. De hecho, lo habían jubilado a los treinta y seis años.

Tampoco es que hubiera protestado. Al contrario. En ese momento que lo mandaran al paraíso le había venido muy bien. El ritmo lento, el trabajo poco exigente, el sol, el mar, la playa, las chicas en bikini. ¿Cómo no iba a gustarle el nuevo destino? El noventa y nueve por ciento de los compañeros con los que había trabajado en Jersey habría matado a alguien por un puesto así. Cada vez que hablaba con uno de ellos, lo que últimamente ocurría con poca frecuencia, se lo decían.

Pero lo cierto era que empezaba a aburrirse.

Mientras imprimía el mensaje que Nicky le había remitido, sin añadir siquiera un «hola» o un «hasta pronto» propios, lo que interpretó como que estaba definitivamente enojada, Joe se enfrentó a regañadientes a los hechos: el paraíso estaba en el ojo de quien miraba.

A pesar de Brian, ya fuera fantasma, alucinación o lo que quiera que fuera, era evidente que se estaba recuperando. En primer lugar Nicky, y después el asesinato, habían demostrado que todos sus mecanismos habituales volvían a funcionar. Había sentido la intensidad que tiempo atrás había formado parte de su vida tanto como el aire que respiraba, y redescubierto lo que había sabido siempre: la ansiaba.

—Espera un momento, estaba mirando una cosa —se quejó Brian cuando Joe inició el proceso para apagar el ordenador. La protesta, que podría haber estado o no en su mente pero que sonaba como si se la hubieran dicho al oído, hizo que Joe se percatara de que el ordenador había estado retrocediendo por los correos electrónicos, incluso mientras el último, el de Nicky, se estaba imprimiendo.

Joe apretó los dientes y pulsó el interruptor que apagaba la pantalla. Si no hubiera visto a Brian muerto, habría tenido auténticos problemas para creer que no estaba de verdad allí en la cocina con él, tan pesado como cuando estaba vivo.

Pero había visto a Brian muerto, lo que significaba que no podía estar allí, en la cocina. Siendo así, ignoró lo que fuera que estaba allí y se levantó para recoger la impresión.

La dejaría en el expediente que había llevado a casa desde la oficina y después volvería a...

Había alguien en el jardín trasero.

10

La cabeza de Joe se volvió cuando vislumbró un movimiento, un destello de la luna en un metal, como un reloj o algo así, a través de las persianas raídas que cubrían el cristal de la puerta trasera. No fue mucho, pero bastó para provocarle otra vigorizante subida de adrenalina en el sistema nervioso. Apagó el cigarrillo y se acercó sigiloso como un gato hasta la puerta para observar el exterior.

Con cuidado de no ser visto, rastreó el jardín, que él veía del tamaño de un sello de correos. Lo rodeaba una valla de estacas de madera destartaladas que debería servir para proporcionarle privacidad y que podría haber cumplido su propósito si no hubiera tenido una buena parte de las estacas rotas además de faltarle unas cuantas, algo que había querido reparar desde que se había mudado a esta casa de alquiler hacía cinco meses. Tal como estaba, había otras tres casas, las dos situadas a cada lado y la que estaba justo detrás, que tenían una vista parcial de su pequeño terreno desde sus respectivos jardines. La terraza, que era un entarimado largo, estrecho y bajo de madera tratada, ocupaba una quinta parte del espacio disponible. Más allá de la terraza, un barrón bajo y resistente, verde como los billetes de dólar a la luz del día, disputaba la supremacía del jardín a las abundantes malas hierbas, más largas, y a los restos del jardín perenne del anterior propietario. Un grupo de girasoles, de casi dos metros de altura, crecía junto al extremo norte de la valla, y tres frondosas zarzamoras, con las ramas polvorientas cargadas de hojas y de espinas pero desprovistas de bayas, se apiñaban en un rincón. Un tupelo negro con el tronco retorcido y las ramas extendidas y bajas crecía al final de la terraza, en el lado sur del jardín. Su denso follaje tapaba parcialmente la vista a Joe.

Pero no había la menor duda: había alguien en el jardín trasero. El hombre, porque Joe apostaría lo que fuera a que se trataba de un hombre, estaba ahora junto a las zarzamoras, agachado, seguro que con malas intenciones. La penumbra sólo le permitía distinguir su contorno agachado recortado contra las estacas rotas. Pensó en su Chief, que descansaba en la mesilla de noche, y en su arma oficial, que estaba en ese momento guardada en la guantera de su coche patrulla. Pero incluso ir a buscar la Chief le llevaría unos segundos valiosísimos, en los que el intruso podría marcharse.

Siendo así, abrió la puerta trasera y asomó la cabeza para gritar en medio de la oscuridad con la esperanza de que quienquiera que fuera no estuviera armado:

—¡Quieto ahí! ¡No se mueva!

El intruso dio un brinco altísimo y soltó un grito ahogado.

—¡Mierda! —soltó al mismo tiempo que se volvía hacia la puerta.

Joe supo quién era incluso antes de oír ese «mierda».

—Por el amor de Dios, Dave, ¿qué coño estás haciendo, merodeando así en mi jardín a estas horas de la noche? —preguntó indignado a su segundo mientras éste se acercaba a él—. Has tenido suerte de que no te disparara.

—Habría llamado, pero no quería despertarte —explicó Dave, avergonzado. Joe entrecerró los ojos al ver que algo redondo como un barril y que le llegaba hasta la rodilla trotaba a su lado—. Pero me imagino que no dormías.

—Eso parece —contestó Joe con tristeza sin apartar la mirada del compañero de Dave—. ¿Qué pasa?

—Verás, es Amy. —Dave subió a la terraza, y su amiga con forma de tonel lo acompañó. La terraza crujió bajo el peso de ambos—. Ha habido un, digamos, accidente, y está cabreadísima. Me ha dicho que tenía que elegir entre ella y *Cleo*. Así que he traído a *Cleo* para que se quede aquí uno o dos días, hasta que Amy se tranquilice. Sabía que no te importaría.

—Y una mierda. —*Cleo* era *Cleopatra*, la querida cerdita de Dave. Eso era lo que trotaba a su lado, y eso no iba a pasar uno o dos días en el jardín trasero de Joe. Podía soportar el paraíso si era necesario. Pero no el paraíso con un cerdo.

—Por favor, Joe. Amy dijo que si volvía con *Cleo*, me echaría a mí.

Joe observó a su segundo. Tenía los ojos desorbitados y suplicantes, y su cara redonda lucía una expresión tan inocente como la de un niño. Llevaba una especie de pijama de algodón de color oscuro con la chaqueta abrochada y los zapatos de trabajo.

Se veía tan perdido que era inevitable sentir lástima por él.

—Entra —dijo Joe a la vez que se apartaba para que pudiera hacerlo. Luego, bajó la vista hacia el cerdo, que era de un color entre gris y negro, y tenía las orejas caídas y el rabo retorcido. Cuando mostró todos los indicios de que iba a trotar hacia el interior de la casa acompañando a su dueño, Joe se lo impidió obstruyéndole el paso con las piernas. El animal lo miró entonces con unos ojitos negros que Joe habría jurado que brillaban de inteligencia—. Tú no —soltó, y le dio con la puerta en las narices—. No te muevas. Enseguida vuelvo —dijo a Dave mientras encendía la luz. El brillo repentino hizo parpadear a su segundo y no favoreció nada al aspecto de la cocina.

Joe se dirigió a la habitación para ponerse algo de ropa, contento de percatarse de que Brian se había desvanecido. Ésa era su experiencia con los muertos vivientes: se presentaban sin ton ni son. Brian y las sombras aparecían al azar. Si hubiera sido la clase de persona que perdía la calma con facilidad, el asunto habría sido de lo más perturbador.

Lo peor era que no parecía poder hacer gran cosa para solucionarlo. Básicamente, lo único que no había probado aún era el exorcismo.

—¿Una cerveza? —preguntó Dave con aire taciturno cuando Joe, vestido ahora con vaqueros y una camiseta, se reunió con él en la cocina. Dave estaba sentado en el extremo libre de la mesa, con una botella de Bud Light. Y sí, llevaba un pijama con los pantalones y la chaqueta de algodón azul marino ribeteados de blanco con unos grandes botones blancos delante. Joe no sabía que todavía los confeccionaran de esa clase—. Hay muchas en la nevera.

—Sí. —Y no importaba que la cerveza que le ofrecía procediera de su propia nevera. Joe tomó una.

—El amor es un asco, ¿no crees? —comentó Dave antes de dar un trago.

Joe pensó que ver a Dave tomando cerveza era como ver hacerlo a Santa Claus, pero su segundo tenía un aspecto tan abatido que no pudo evitar compadecerse de él.

—¿Quieres contármelo?

Joe se apoyó en el tablero con la cerveza en la mano, dispuesto a escuchar. No le gustaba adoptar el papel de padre confesor, pero Dave estaba tan perdido con Amy que era como observar a un pececillo que, sin saberlo, nadaba en un tanque con un tiburón. Después de haberle alterado los nervios a lo largo de las últimas semanas mientras esperaba el momento inevitable en que lo devoraban, Joe descubrió que no podía seguir observando y esperando.

—Amy dice que *Cleo* la atacó.

«Vaya marranada», estuvo a punto de gritar Joe, pero consiguió contenerse a tiempo. Así que, en lugar de eso, dijo:

—¿Ah, sí?

Dave asintió y dio otro trago con aspecto descorazonado.

—Esta noche Amy salió tarde del trabajo, ¿sabes? Y, cuando llegó a casa, entró por la puerta trasera para no despertar a nadie. *Cleo* dormía en la cocina, y debe de haber creído que Amy era un ladrón o algo así, porque Amy dice que la embistió.

Como las «salidas tarde del trabajo» de Amy habían levantado las sospechas de Joe desde hacía algún tiempo, sus simpatías siguieron del lado del cerdo.

—¿Ah, sí? —dijo de nuevo a falta de nada mejor.

Dave tomó otro trago de cerveza.

—Yo estaba profundamente dormido y, de pronto, he oído cómo Amy gritaba y maldecía como una loca, y *Cleo* chillaba en medio de un jaleo increíble. Así que me he levantado y he corrido hacia la cocina, y ahí estaba Amy, de pie sobre la mesa, desgañitándose, y *Cleo* sobre las patas traseras con las pezuñas delanteras apoyadas en la mesa para intentar alcanzarla.

Dave sacudió la cabeza al recordarlo. Joe no pudo evitarlo: la imagen que esta descripción evocaba le hizo sonreír.

—Ríete si quieres. Lo entiendo —dijo Dave, a quien no se le había escapado esa sonrisa. Que sólo pudiera devolverle una mueca desganada indicaba hasta qué punto estaba afligido—. Te diré que era todo un espectáculo. Entonces los niños han llegado gritando y Amy seguía chillando, y yo he bramado tan fuerte que debo de haberle dado un susto de muerte a la pobre *Cleo*, porque ha saltado sobre la mesa con Amy.

Para entonces, la sonrisa de Joe iba de oreja a oreja.

—A Amy debe de haberle encantado eso —soltó cuando Dave se detuvo para dar un sorbo tonificante.

—Ya lo creo —corroboró Dave, que puso los ojos en blanco—. Chilló como si alguien la estuviera matando y bajó de la mesa de un salto. Y, en cuanto tocó el suelo, le resbaló el pie, se cayó de culo y se golpeó el codo con una silla. Fue entonces cuando dijo que *Cleo* tenía que irse. Creí que después de que sacara a *Cleo* y ella y los niños se hubieran calmado, reaccionaría, pero no ha sido así. Ha dicho que si no se iba *Cleo*, lo haría ella.

—Eso es serio. —Joe no podía evitar divertirse.

—Sí —asintió Dave con una mueca. Tras otro trago de cerveza, estalló—. No culpo a Amy por enfadarse. De verdad que no. Pero *Cleo* no la atacó. No es de esa clase de cerdo. Además, no habría estado durmiendo en la cocina si esos renacuajos, quiero decir, si los hijos de Amy no hubieran roto las bisagras de la verja al columpiarse en ella. Ya sabes que siempre está en el jardín trasero. —Miró a Joe de modo suplicante—. Iba a arreglar la verja por la mañana, pero ha pasado esto.

—La vida es así —aseguró Joe a la vez que sacudía la cabeza.

—A ti te parecerá gracioso, pero a mí, no —replicó Dave con los ojos entrecerrados—. Amy dice que si no se va *Cleo*, lo hará ella. ¿Qué quieres que haga?

Pasó un instante en el que Joe, meditabundo, dio un trago de cerveza.

—¿Cuánto tiempo llevas viviendo con *Cleo*? —preguntó.

—Unos ocho años.

—¿Cuánto tiempo llevas viviendo con Amy?

—Alrededor de un mes.

—Ahí lo tienes.

—¿Me estás diciendo que debería librarme de Amy? —Dave lo miró sorprendido.

—Si no quieres librarte de *Cleo* —respondió Joe a la vez que se encogía de hombros.

—No puedo hacer eso. —Dave parecía atormentado—. A Amy se le pasará. Sólo necesita un poco de tiempo. Si dejaras que *Cleo* se quedara aquí uno o dos días...

—No —respondió Joe. Hasta que se había trasladado al Sur, el único contacto que había tenido con cualquier clase de cerdo había sido en el supermercado, muy bien envasado y a punto de comer, y era la forma como le gustaba—. Ni hablar. Lo siento, pero no trato con cerdos.

—No tendrías que hacer nada —replicó Dave—. Sólo dejar que esté en el jardín trasero. Yo vendré a darle de comer, a tenerla limpia y todo lo demás. Ni siquiera te percatarás de que está aquí.

—No —dijo Joe—. No se va a quedar.

—Si vuelvo a casa con ella, Amy dice que me echará.

—La casa es tuya, hombre.

—Ya lo sé, pero no puedo decírselo a Amy. Se pondría furiosa.

Joe miró un instante a Dave en silencio.

—Dave, ¿no se te ha ocurrido pensar que a lo mejor Amy y tú no sois la pareja ideal?

—¿Qué quieres decir?

No tenía ni idea.

—Bueno, Amy es... —Joe se detuvo en busca de una forma diplomática de decir lo que pensaba. Eso de hacer de hermano mayor no le iba. No se le daba bien. Y no quería que se le diera.

—¿Es sexy? —sugirió Dave.

No eran las palabras que Joe estaba buscando. «Probada en la cama» estaba más en la línea de lo que tenía en mente, pero no creía que fuera demasiado delicado.

—Es experimentada —fue por lo que se decidió—. Más experimentada que tú.

—¿Y quién no? —preguntó Dave con una mueca. La expresión de Joe debió de cambiar, porque añadió en un tono atribulado—. Por si no te habías fijado, no puede decirse que haya docenas de mujeres haciendo cola delante de mi casa para llevarme a conocer a su madre. Tengo suerte de que Amy haya querido darme una oportunidad.

«Es ella la que tiene suerte, y te puedes apostar lo que quieras a que lo sabe», quiso decirle Joe, pero en cuanto las palabras se le habían formado en el cerebro, se le quedaron atragantadas en la garganta. Entablar una conversación así implicaba un vínculo mucho mayor del que quería establecer con su segundo.

—Entonces ¿qué? ¿Te quedarás a *Cleo* uno o dos días? —preguntó Dave esperanzado como si hubiera captado algo en la cara de Joe que le indujera a pensar que éste había suavizado la posición que acababa de expresarle con tanta firmeza.

—No —repitió Joe—. Búscate a otro.

—¿A quién? No hay nadie más. Casi todos los hombres que conozco están casados y tienen hijos, un perro, familia. Las familias no quieren cerdos en casa.

—Yo no quiero cerdos en casa.

—Vamos, Joe. Eres el único hombre soltero que conozco con un jardín trasero vallado. Además, me debes una, ¿recuerdas?

—¿Te debo una?

—¿Recuerdas cuando vimos a esas dos chicas borrachas vomitando en el estacionamiento del Linney's Bar y alguien tenía que llevarlas a casa en el coche patrulla? Lo hice yo, y tú me dijiste: «Te debo una.» ¿Te acuerdas?

—Fue una forma de hablar, y tú lo sabes, hombre.

—Sólo esta noche. —La voz de Dave, sus ojos, toda su actitud era suplicante—. Para que pueda irme a casa. Mañana le encontraré otro sitio, te lo juro.

—Oh, por el amor de Dios... Está bien, que se quede esta noche. Pero sólo esta noche.

—Gracias, Joe —dijo Dave, que se levantó de golpe de la mesa y se acercó a toda velocidad hacia él. Por un instante alarmante, Joe creyó que iba a recibir un gran abrazo sureño, así que, como estar apoyado en el tablero le impedía retroceder, alargó la mano. Dave se la agarró y la estrechó con mucha energía—. Te lo agradezco de todo corazón. Si alguna vez necesitas un favor, ya lo sabes, Joe: no tienes más que pedírmelo. Ahora saldré, me aseguraré de que está cómoda y me perderás de vista.

Pero antes de irse, frunció el ceño, como si recordara algo.

—Por cierto —dijo— ¿no ibas a acostarte pronto? Esperaba... Creía que, con un poco de suerte, no te enterarías de que *Cleo* estaba aquí hasta mañana por la mañana.

—Sí —respondió Joe con sequedad—. Pasó algo. Ya te lo contaré mañana.

—Muy bien, de acuerdo. —Dave ya se dirigía hacia la puerta trasera, evidentemente ansioso por volver a casa ahora que había solucionado el problema, o que lo había convertido en el problema de Joe.

—Espera un momento —le pidió Joe cuando abrió

la puerta—. ¿Qué hago si el cerdo tiene hambre o algo?

—Oh, no tienes por qué preocuparte. Ya le he dejado el dispensador de comida y de agua en el jardín. Como te dije, cuando tuve la idea de traer aquí a *Cleo*, creí que estarías dormido. Iba a dejarte una nota.

—Habría sido un despertar muy agradable.

Pero Dave ya había cruzado la puerta y no oyó el sarcasmo.

Una mirada al reloj del microondas indicó a Joe que era la una y treinta y ocho de la madrugada.

Ya podía olvidarse de acostarse temprano.

Ahora no estaba cansado. O más bien estaba demasiado cansado y tenso; la cabeza le iba a mil por hora, como le había pasado sin cesar desde que se había dado cuenta de que era él quien tenía que resolver el problema del asesinato de Karen Wise. Método más oportunidad más móvil es igual a un posible sospechoso, pero el problema era que nadie había podido encontrar el arma, demasiada gente había tenido la oportunidad (hasta entonces no podía descartarse a casi nadie de la isla, salvo a las pocas personas que estaban en Old Taylor Place en ese momento y cuyas coartadas había podido comprobar provisionalmente) y el móvil podría haber sido cualquiera. O ninguno. Un psicópata suelto era la posibilidad más aterradora, pero no era la única.

El muy cabrón estaba enviando mensajes a Nicky... Si era el asesino de Karen Wise quien lo hacía, lo que entonces era sólo una suposición, y algo que había aprendido con los años era que las suposiciones pueden ser peligrosas porque a veces te impiden ver la verdad. Esto añadía un nuevo giro a la investigación, una nueva clase de apremio. Estaba seguro de que Nicky estaba a salvo en Chicago, pero...

Pero el mensaje parecía augurar dos asesinatos más.

«Seguidas.» Significara lo que significara, no podía ser nada bueno. Con una renovada sensación de urgencia, tomó el expediente y la impresión del e-mail, frunció el ceño y descubrió que no podía leerla: las palabras estaban borrosas.

Por un instante, casi le entró pánico. Después, pensó que era probable que tuviera los ojos demasiado cansados para enfocarlos bien y el pánico remitió.

Pero el dolor que notaba en las sienes, no. Se dijo que tenía que aceptarlo: tras cinco noches sin apenas pegar ojo, necesitaba un mínimo de dos horas para poder seguir funcionando con una capacidad cercana a la normal. Si no dormía, no sería de ninguna utilidad en el caso.

Detestaba hacerlo. Era como un retroceso, como un fracaso. Pero si no...

Avanzó descalzo hacia el cuarto de baño y dejó que el pensamiento se desvaneciera.

El cuarto de baño era pequeño, sencillo y feo. Todo, desde las paredes de azulejo hasta el retrete, el lavabo y la bañera, era de un color verde asqueroso. El suelo ofrecía un bonito contraste, porque era de baldosas grises, blancas y rosas, y el trozo de papel pintado que recubría la parte de la pared sin azulejos alrededor del armario botiquín lucía un estampado floral verde y rosa. En lugar de cortina de baño, la bañera disponía de unas puertas correderas de cristal esmerilado con unas grandes margaritas de plástico pegadas.

Era evidente que algún antiguo residente estaba más preocupado por la seguridad que por la estética.

Pero feo o no, el cuarto de baño era suyo e iba bien, y al final, eso era lo que importaba. Abrió el armario botiquín y tomó el frasco de somníferos que le habían recetado en el hospital al darle de alta.

De eso hacía más de dieciocho meses, y el frasco seguía casi lleno.

El primer par de semanas en casa, cuando le había sido totalmente imposible dormir, se había tomado diligentemente los comprimidos, noche tras noche. Se había dicho que necesitaba dormir, que dormir favorecería la curación de su cuerpo y le permitiría recuperarse más deprisa. Pero la razón real por la que había tomado las malditas pastillas era que ansiaba olvidar, que necesitaba caer en un agujero oscuro unas horas durante las cuales no sabría nada, no recordaría nada y, sobre todo, no lamentaría nada.

En cuanto lo comprendió, dejó de tomarlas. Lo pasado, pasado estaba. Lo único que podía hacer era enfrentarse con la verdad y aprender a vivir con ella.

Pero ahora necesitaba dormir, y se conocía lo bastante bien como para saber que la clase de sueño que producían esas pastillitas amarillas era la única que iba a conseguir esta noche.

«Basta de explorarte el alma», se dijo. Se metió una píldora en la boca y se la tragó con un poco de agua del lavabo sin más preámbulos. Luego, recorrió la casa para apagar las luces y el televisor, y comprobar las puertas, se quitó la ropa, se echó en la cama y yació boca arriba con los ojos abiertos y las manos bajo la cabeza, mirando el techo para no tener que ver nada más mientras esperaba que la pastilla le hiciera efecto.

Puntualmente, a las ocho de la mañana del día siguiente, Nicky llegó a su oficina en el tercer piso del edificio de Santee Productions e inspiró con resignación el conocido olor a aire viciado y a café. El término «oficina» era muy poco apropiado; «cubículo» describía mejor su lugar de trabajo. Era beis con una moqueta color gris marengo, de dos metros por dos metros y medio, con una superficie continua de escritorio adosada a tres paredes y un estante que recorría las mismas tres paredes a poco más de un metro por encima del escritorio. Éste, contrachapado en beis, albergaba un surtido de objetos relacionados con el trabajo, incluidos un ordenador, un escáner y una impresora, dos teléfonos, una cesta de entrada rebosante y diversos archivos muy bien ordenados. El gráfico que mostraba los últimos índices de audiencia estaba clavado en el tablón de anuncios que había en la pared junto a su ordenador, con la posición de *Investigamos las veinticuatro horas* rodeada con un círculo rojo. El estante, también contrachapado en beis, estaba abarrotado de cintas de vídeo y contenía una hilera de televisores de reducidas dimensiones por si quería ver varios canales a la vez, como hacía algunas veces cuando, por ejemplo, daban las noticias. La cuarta pared, donde estaba la puerta, era también la única con una ventana. Era muy bonita y bastante grande, con unas cortinas cortas a rayas beis y gris marengo y una persiana. Su única pega era que no daba al exterior, sino que le proporcionaba una vista excelente del pasillo que separaba su oficina de las que estaban al otro lado.

Las que tenían ventanas de verdad.

En Santee Productions, que era la empresa propietaria y productora de *Investigamos las veinticuatro horas* y de muchos otros programas para la televisión, el espacio se asignaba en virtud de la categoría de un individuo en el seno de la empresa. Nicky se había percatado enseguida de que su cubículo lo decía todo. Al equipo de *Investigamos las veinticuatro horas* se le había adjudicado el rectángulo de oficinas interiores de la tercera planta. Era un claro indicio de que ellos, y su programa, eran piezas muy pequeñas y muy poco importantes en una organización muy grande y que tenía muy en cuenta los resultados. Una mirada más atenta al gráfico confirmaba que *Informamos las veinticuatro horas* ostentaba la posición número 78 de los últimos índices de audiencia. No estaba bien, pero era mejor que el 89 de la semana anterior. Había caído desde el número 42 en otoño, cuando la cadena había decidido mantener el programa porque (a) era relativamente barato y (b) no tenía nada mejor para sustituirlo.

Pero, si no pasaba algo deprisa, sus posibilidades de conseguir alguna vez una oficina con una ventana de verdad eran escasas.

Por suerte para su moral, no permanecía demasiado tiempo en su oficina. Solía estar en algún otro sitio trabajando en una historia, en una reunión o en el plató, lo que estaba bien. Le impedía sentir claustrofobia y deprimirse.

«CBS, sácame de aquí», pidió en silencio.

—Buenos días, Nicky. ¿Estás bien? —Su interlocutor era Carl Glover. Ni siquiera tuvo que volverse para saberlo: reconocería esa voz grave y aterciopelada en cualquier parte. Carl, que era uno de los otros dos reporteros en directo de *Investigamos las veinticuatro horas* (el tercero era Heather Hanley), era compañero de trabajo y rival suyo.

Nicky dejó el bolso en el cajón donde lo guardaba y se volvió para sonreír a Carl. De metro ochenta, y más o menos su misma edad, tenía un hombro apoyado en el umbral de la puerta y se veía espléndido, como siempre, con un traje azul marino de raya diplomática que le debía de haber costado un riñón, una camisa blanca y una corbata de seda azul claro. Llevaba los cabellos rubios bien cepillados y relucientes, lo bastante largos para que las puntas se le volvieran hacia arriba, y fijaba en ella sus ojos azul claro, casi a juego con el color de la corbata, que había elegido, sin duda, para realzarlos.

Unos ojos llenos de lascivia. Apenas se tomaba la molestia de intentar ocultar su brillo libidinoso.

—Sí —contestó, aunque no era cierto del todo. Porque, a pesar de su aspecto de chico de calendario, Carl era una serpiente de cascabel. O, más precisamente, un tiburón. De modo que demostrarle la menor debilidad era invitarle a devorarte—. ¿Y tú?

—Oh, yo estoy de maravilla —le dijo con una sonrisa—. Pero a ti se te ve fatal. Quizá deberías plantearte tomarte unos días de vacaciones. Para recuperarte, ya me entiendes.

Nicky le dirigió una mirada fría mientras pensaba que era probable que tuviera un aspecto horrible. Un cardenal entre amarillo y púrpura le formaba un semicírculo alrededor del ojo izquierdo, y su entallado traje de chaqueta con pantalón negro ocultaba otros arañazos y contusiones. La noche anterior le había resultado casi imposible dormir, por lo que seguramente tendría ojeras y otras marcas de fatiga evidentes. Pero Carl no estaba preocupado por su bienestar. La competencia en la empresa era encarnizada y Carl participaba activamente en ella. ¿De veras se creía ese egoísta insoportable que ella se chupaba el dedo? Si se tomaba unos días de vacaciones, significaría más historias y más tiempo en el aire para él, por no hablar de Heather. Claro que si seguía su consejo y se quedaba en casa, cabía la posibilidad de que Carl lanzara a Heather bajo las ruedas de un coche.

—¿No tienes nada que hacer? —preguntó finalmente.

—Pues sí —respondió Carl con una sonrisa aún mayor mientras se enderezaba y le dedicaba un saludo—. Tengo una reunión con Sid a las ocho y cuarto. Hasta luego.

Se volvió y se marchó por el pasillo. Nicky se quedó mirando la puerta ahora vacía. Comprendió que el motivo de la visita de Carl era dejar caer esa piedrecita perturbadora en las hasta ese momento tranquilas aguas de su mañana. Sid sólo podía ser Sid Levin, y decir que tenía una reunión con él era como decir que tenía una reunión con Dios. Nicky entrecerró los ojos. Carl nunca hacía nada sin intención y, por lo tanto, si la había pinchado, era por algo. La pregunta era: ¿por qué?

Tardó un minuto, pero finalmente se dio cuenta de que quedarse ahí plantada frunciendo el ceño no iba a servirle para averiguarlo. Si le concernía, lo sabría a su debido tiempo.

Hizo todo lo posible por alejar a Carl de su pensamiento y trató de dedicarse a su rutina habitual, pero casi de inmediato se encontró con otro problema. Por lo general, cuando llegaba al trabajo, dejaba sus cosas en su oficina e iba directa a tomar café antes de volver para empezar el día comprobando sus mensajes. Pero hoy era distinto. Hoy no podría hacer eso. Para llegar a la cafetera, que estaba en una salita de descanso en el extremo sur del pasillo donde estaban también las máquinas expendedoras de distintos productos alimenticios, tenía que pasar por delante del cubículo de Karen.

No estaba preparada para ello. Todavía no. La impresión de la muerte de Karen empezaba a remitir, pero el dolor y la sensación de irrealidad seguían siendo fuertes. El viernes por la mañana, cuando había pasado por delante de la oficina de Karen al ir a buscar su café, ésta había salido y la había acompañado. Habían hablado sobre el viaje a Pawleys Island. Karen estaba entusiasmada...

Nicky cerró los ojos y trató de hacer desaparecer el recuerdo. De repente, tuvo el impulso irresistible de dar media vuelta y marcharse del edificio. Podía tomarse una baja o unos días de vacaciones para quedarse en casa y, como había dicho Carl, recuperarse. Pero pensó en Carl, en Heather, en las realidades de la televisión y en los próximos estudios de audiencia y descartó la opción casi al instante. Estaba en el trabajo e iba a quedarse, y siendo así, lo único que podía hacer era mantenerse ocupada. Revivir una y otra vez la pesadilla en su cabeza no servía de nada. No había forma de cambiar lo que había ocurrido.

Por muy insensible que pudiera parecerle, la fría y cruda realidad era que la vida, y también *Investigamos las veinticuatro horas*, seguía adelante.

Y, como para demostrarlo, la tercera planta rebosaba de la actividad habitual de un viernes por la mañana. La gente recorría el pasillo charlando o llamándose al pasar por las puertas abiertas. Los teléfonos sonaban. Los televisores se dejaban oír. Uno de los fluorescentes del techo zumbaba un poco tras la rejilla metálica, como si el tubo fuera a apagarse. Su ordenador ronroneó cuando lo puso en marcha. Casi detestaba tener que comprobar los mensajes porque tenía el de Lazarus508 grabado en el cerebro, pero el e-mail era fundamental en su trabajo, y no podía dejar de hacerlo.

Al final, resultó que el escalofrío de miedo que le recorrió la espalda al abrir su buzón fue innecesario. Un vistazo rápido a sus nuevos mensajes no reveló nada alarmante. A no ser, claro, que considerara aterrador un e-mail de jfranconipawleysisland.gov.

«Gracias y buenas noches», rezaba, y lo había firmado con su nombre de pila: Joe.

Mientras lo estaba releyendo, de espaldas a la puerta, alguien entró en su oficina.

—Nicky. No estaba segura de que fueras a venir. Nadie te habría culpado si hubieras querido quedarte hoy en casa, ¿sabes?

Estaba tan absorta que la interrupción la sobresaltó. Casi dio un brinco, pero logró contenerse a tiempo. Como le dio una vergüenza ridícula el mensaje que estaba leyendo, que de repente le parecía demasiado personal, hizo clic para cerrarlo antes de volverse para sonreír a Sarah Greenberg. La supervisora de producción de *Investigamos las veinticuatro horas* era una mujer seria de poco más de cincuenta años y de alrededor de un metro sesenta y cinco, con el cabello castaño oscuro y los ojos color avellana. Como estaba tras la cámara, se había permitido envejecer de forma natural, lo que significaba que su rostro tenía las arrugas habituales y su cintura y sus caderas unos cuantos kilos de más. Hoy llevaba unos pantalones negros con un jersey azul cielo y unos prácticos zapatos planos.

—Estoy bien —aseguró Nicky. Empezaba a considerarlo su mantra. Si lo decía bastante a menudo, podría incluso empezar a parecerle verdad.

—Me alegra oírlo —respondió Sarah en un tono enérgico—. Por cierto, el especial del domingo obtuvo los índices de audiencia más altos de toda la primavera. Así que, felicidades otra vez. Y tu madre estuvo maravillosa. Podríamos hacer algo más con ella más adelante.

—Gracias. Se lo diré.

—Bueno, no tiene sentido que ande con rodeos. El motivo de que esté aquí es darte un mensaje: Sid quiere verte en su oficina en cuanto puedas.

—¿De veras? —Nicky se habría entusiasmado con la posibilidad de que fuera para elogiar el especial del domingo si no hubiera sabido que Carl también estaba reunido con Sid en ese momento. Y la forma y el tono en que Sarah lo había dicho tenían algo que...

Frunció el ceño.

—¿Qué pasa? —preguntó.

—Tendrás que hablar con Sid —respondió Sarah a la vez que sacudía la cabeza.

Nicky sintió una punzada de pánico al plantearse una posibilidad espantosa.

—¡Dios mío...! No habrán cancelado el programa, ¿verdad?

—No es tan grave, pero no voy a decirte nada más —comentó Sarah con una ligera sonrisa en los labios—. Sube a hablar con Sid.

Era imposible convencer a Sarah de nada cuando adoptaba esa actitud y, además, suplicar no era nada profesional. Pero era evidente que algo iba mal. Repasó mentalmente todas las posibilidades mientras subía en el ascensor hasta la planta superior, pero cuando llegó a la zona de recepción de la oficina de Sid en el ático, seguía sin tener ninguna respuesta.

Fuera lo que fuera lo que le esperaba, y deseaba que no fueran a despedirla, iba a enfrentarse a ello con la cabeza bien alta, los hombros erguidos y un nudo en el estómago.

—Puedes entrar —dijo la recepcionista tras anunciarla a su jefe por teléfono.

Nicky le dio las gracias y se miró en el espejo con el marco de metal que había detrás del escritorio para comprobar que llevaba el peinado impecable y el maquillaje en su sitio, y que el traje de chaqueta con pantalón negro cumplía el triple objetivo de ser discreto, favorecedor y serio. Después, inspiró hondo, se alejó de la recepcionista, abrió la puerta y entró en la guarida de Sid.

Si el espacio de la oficina se asignaba de acuerdo con la categoría de una persona en la empresa, era evidente que Sid mandaba en este universo particular. Su oficina era enorme, con tres paredes cubiertas de ventanales desde el suelo hasta el techo que daban a los altos rascacielos y a las calles, angostas como cañones, de la ciudad. Al otro lado, el cielo estaba gris y nublado, y una ligera lluvia salpicaba el edificio y repiqueteaba en los cristales. En el interior, la iluminación incandescente era cálida y agradable. La moqueta color crema se extendía bajo un conjunto elegantemente tapizado que constaba de dos sofás de cuatro cuerpos de color gris marengo y cuatro butacas gris claro alrededor de una mesa de centro de cristal y metal del tamaño de una bañera, y seguía después hacia un par de sillones de piel azul marino de los que sólo podía ver el respaldo porque estaban orientados, a modo de apoteosis final, hacia la mesa de Sid. Ésta, grande como una mesa de billar y formada por un bloque macizo de una madera oscura y reluciente que debía de ser de calidad excepcional, se veía realzada por la presencia tras ella del gran hombre en persona.

—Nicky, me alegro de verte —la saludó Sid efusivamente mientras se ponía de pie y rodeaba la mesa para estrecharle la mano con una sonrisa en los labios. Hablaba con un acento urbano del norte del país, y daba la impresión de que lo más cerca que había estado de la Línea Mason-Dixon era el sur de Chicago. Según se rumoreaba en la empresa, tenía cincuenta y cuatro años, se había casado dos veces y tenía cinco hijos que iban desde adultos hasta niños de guardería. De alrededor de metro ochenta, peso medio, un poco encorvado de hombros y con la cintura un poco fofa, tenía los cabellos negros salpicados de abundantes canas, las facciones duras y los ojos grises tras unas gafas con montura metálica. Su rasgo más fascinante eran las cejas: gruesas y negras, tan peludas como orugas, que casi se le unían sobre la nariz. En cuanto al resto, tenía papada, unas buenas entradas, estaba pálido de pasar tanto tiempo entre paredes y llevaba un traje gris arrugado. Dicho de otro modo, parecía el típico oficinista.

Sólo que no lo era.

En Santee Productions era el rey. En los créditos de *Investigamos las veinticuatro horas*, figuraba como productor ejecutivo. También aparecía así en otros once programas de Santee Productions. Eso significaba que tenía poder para contratar y despedir a todos los que ocupaban el edificio. Podía eliminar programas, podía cargarse a figuras. También podía, si se interesaba en alguien, dar un impulso meteórico a su carrera. Nicky lo había visto exactamente cuatro veces: su primer día en el trabajo, cuando le había dado personalmente la bienvenida al equipo, en la fiesta de Navidad en la oficina, en el entierro de Karen y ahora.

Mientras Sid y ella se estrechaban la mano, Carl se levantó de uno de los sillones de piel. Le sonreía, lo que, por lo que Nicky sabía de él, no significaba nada bueno. Lo saludó con la cabeza. La sonrisa de Carl se volvió más amplia.

—¿Para qué querías verme? —Hizo la pregunta, dirigida a Sid, en un tono tal vez un poco más brusco que el que habría usado si Carl no hubiese estado ahí, mirándola como un gato preparándose para zamparse al canario.

—Siéntate, por favor —dijo Sid, que le señaló un sillón mientras volvía a situarse tras la mesa para sentarse. Aunque habría preferido quedarse de pie, Nicky se instaló casi en el borde del sillón de piel más cercano mientras que Carl se arrellanaba en el otro.

«No permitas nunca que te vean sudar», pensó.

Con esta máxima vieja pero válida, Nicky inspiró de modo discreto para tranquilizarse. Mientras pensaba que la oficina hasta olía a caro, se recostó con parsimonia en el sillón, apoyó las manos en los brazos del asiento y cruzó las piernas.

Carl no iba a ganarla en cuanto a lenguaje corporal. Ella también sabía proyectar frialdad y confianza.

—Bueno —empezó a hablar Sid, que juntó las manos frente a él en la mesa y se inclinó hacia delante mirando a Nicky—. En primer lugar, quiero volver a decirte lo contentos que estamos con tu especial. Fue un trabajo excelente, realmente excelente, y nos ha ido muy bien para los niveles de audiencia.

—Gracias. —Por mucho que intentara parecer relajada, no lo estaba, sino que esperaba con impaciencia ver por dónde iban los tiros. No podía evitar clavar las uñas en el sillón y balancear el pie calzado con tacón alto.

—Aunque sea triste decirlo, sigue existiendo mucho interés por el asesinato de la señorita Wise —prosiguió Sid—. La Associated Press tomó la cobertura de un reportero local y la distribuyó, con lo que la historia terminó en decenas de periódicos de todo el país. El asesinato apareció en varios programas de entretenimiento y reportajes, de los cuales hay uno o dos que ni siquiera son nuestros. —Sonrió un instante, y Nicky, que se percató de que lo consideraba una broma, esbozó también una ligera sonrisa—. Está por todo Internet. La vinculación con el asesinato y las desapariciones anteriores de aquellas adolescentes, lo del fantasma con la sesión de espiritismo y la médium... Era tu madre, ¿no? Es pura dinamita. Pues eso, junto con el hecho de que nuestra reportera, tú, también fuera atacada y viviera para contarlo, lo convierte en una buena historia. Tiene posibilidades. Podemos elaborarla. Nuestros espectadores quieren saber más cosas.

Se detuvo para observar a Nicky como si esperara algún tipo de respuesta.

«Estoy segura de que a Karen le alegraría saber que murió por el equipo», fue la idea que le vino a Nicky a la cabeza, pero tuvo la impresión de que podría ser un comentario poco prudente. Sid parecía no sentir vergüenza, ni siquiera remordimiento, por considerar el asesinato de Karen como una especie de mina de oro en lo que a los índices de audiencia se refería.

—Fue un crimen horrible —fue lo mejor que se le ocurrió. Esperaba que ese comentario sirviera de apoyo suficiente.

Sid asintió como si hubiera dicho algo acertado.

—Sí, lo fue. Y no creas que no vamos a hacer todo lo posible para asegurarnos de que se haga justicia, como la señorita Wise y tú os merecéis. Pero, dadas las realidades de los departamentos de policía de las poblaciones pequeñas, es muy probable que este crimen se quede sin resolver, a no ser que nosotros lo sigamos. Que les presionemos un poco. Que no les quitemos los ojos de encima, por así decirlo. Lo que quiero es que *Investigamos las veinticuatro horas* haga el seguimiento de la investigación de la muerte de la señorita Wise. Quiero que un reportero esté todo el tiempo en ese lugar, trabajando junto con el Departamento de Policía, para que nuestros espectadores tengan acceso al caso. Efectuaremos un reportaje de quince minutos en los dos próximos programas, les haremos una promoción increíble, con anuncios en otros programas nuestros; ya sabes, conexiones promocionales, promoción cruzada, ese tipo de cosas. Luego, emitiremos un resumen, puede que un especial de una hora como el que tú hiciste, en el que resolveremos el crimen. La última semana de los estudios de audiencia. Le haremos una promoción más que especial. Y obtendremos cifras espectaculares.

Con sólo pensarlo, se le sonrojaron las mejillas y le

brillaron los ojos. Si alguien se ha regocijado alguna vez, fue Sid en ese momento.

Pero no Nicky. El objetivo de su llamada al Monte Olimpo se estaba volviendo horriblemente claro. Sid quería que volviera a Pawleys Island, donde Karen había muerto y a ella casi la habían matado, que se pusiera adrede en peligro, que removiera sus atroces recuerdos y que expusiera su psique desprotegido y en este momento asustadizo al terror que le esperaba en la isla.

Para aumentar los índices de audiencia.

—No estoy segura de que tres semanas sea tiempo suficiente para identificar al asesino —indicó en el tono más neutro que pudo. Notó que le sudaban las manos y que empezaba a ponerse tensa.

No podía volver. Ahora no. Quizá nunca. Plantearse la posibilidad la mareaba.

—Con tal que les demos algo, estamos cubiertos —replicó Sid a la vez que hacía un gesto de desdén con la mano—. Lo que sea: una teoría, un perfil, tal vez otra sesión de espiritismo con tu madre... Mira, eso es una buena idea; sería fantástico. Al final, la cuestión no es lo que les ofrezcamos. La cuestión es que nos vean.

«No puedo hacerlo.»

Estas palabras se le ocurrieron de repente. Tragó saliva antes de que le salieran de los labios pero, aun así, le desfilaron en letras brillantes de neón por la cabeza.

Lazarus508 estaría en la isla, esperando. Lo presentía, lo sabía...

Apretó los dientes y procuró combatir la oleada amenazadora de pánico.

—Estás un poco pálida, Nicky. ¿Te encuentras bien? —preguntó Carl.

Se volvió a un lado para mirarlo. Estaba inclinado hacia ella, con un aspecto muy solícito. Cualquiera que no lo conociera, como, pongamos por caso, Sid, podría creer que estaba de verdad preocupado por su bienestar.

Pero ella lo conocía.

—Lo que me lleva al otro asunto que quería comentarte —prosiguió Sid con suavidad y con los ojos, como los de Carl, puestos en ella.

Nicky intentó que su rostro fuera inexpresivo. Todos los días, durante los ocho años que llevaba en televisión, había trabajado con depredadores. Toda la industria estaba plagada de ellos. Estaban en todas partes, esperando como chacales para abalanzarse sobre los que se volvían débiles y vulnerables.

No iba a permitir que pareciera siquiera que flaqueaba en la presente compañía.

—¿Qué asunto es ése? —preguntó.

—La idea del especial, con lo de la sesión de espiritismo, fue tuya, y quiero que sepas que no olvidaré el buen trabajo que has hecho. Pero, después de lo que te pasó, no podemos pedirte más. Por ello, se lo estoy encargando a Carl.

11

—¿Qué? —Nicky se levantó de un salto—. ¡No! ¡No puedes hacer eso!

—Me imaginaba que podrías disgustarte —empezó a decir Sid, pero Nicky lo interrumpió apoyando las dos palmas de las manos en la mesa e inclinándose hacia él.

—¿Disgustarme? No estoy disgustada. Estoy cabreada —bramó, y tuvo la satisfacción momentánea de ver cómo a Sid se le desorbitaban los ojos y se recostaba en el sillón para mantener la mayor distancia posible entre ellos—. ¡La historia es mía!

—Es sólo que... Sería mucho menos peligroso para un hombre —sugirió Sid, que parpadeaba, desconcertado al parecer por la vehemencia de la reacción de su empleada—. Y... y Carl tiene más experiencia en los reportajes sobre crímenes...

Nicky giró la cabeza de golpe para situar a Carl en su punto de mira. Éste la observaba con una expresión algo alarmada. O, por lo menos, eso habría creído Nicky si no hubiera visto el brillo de satisfacción en sus ojos.

Este brillo la detuvo. Carl ya lo sabía antes. Era probable que hubiera presionado mucho para conseguirlo. Había, de hecho, manejado a Sid como a un pelele. Carl era así: solapado, rastrero e inteligente.

Bueno, puede que pegarle una bronca al Gran Jefe no fuera la mejor forma de manejar la situación, sobre todo cuando estaba luchando por su futuro profesional. Carl, la serpiente, se aferraría al interés por la muerte de Karen hasta donde pudiera. A Nicky, la idea general de explotar esta horrible tragedia para aumentar los índices de audiencia le resultaba inconcebible. Era sórdido. Era repugnante. Era inmoral. Y la perspectiva de regresar a Pawleys Island para investigar el asesinato era aterradora. Sería psicológicamente traumático. Puede que hasta fuera físicamente peligroso. En teoría, no quería tener nada que ver en ello.

Pero, si no lo hacía, lo haría Carl.

Contuvo su genio con esfuerzo y se volvió de nuevo hacia Sid.

—Yo me crié en Pawleys Island —explicó en un tono tranquilo—. Conozco la distribución y la historia de Old Taylor Place, la casa desde donde emitimos el programa, donde Karen y esas tres chicas fueron asesinadas, porque había ido de visita cuando era pequeña. Conozco a casi todo el mundo en la isla; a todos los residentes más antiguos, desde luego. Mi madre, la médium que quieres que realice otra sesión de espiritismo en el programa de resumen, tiene una casa de propiedad en la isla. Además, es mi madre. —Contuvo la necesidad de mirar otra vez a Carl—. Dime cómo puede Carl competir con esto.

—La señorita Wise fue asesinada y tú fuiste atacada —dijo Sid, cuya voz ahora sonaba triste—. No podemos correr el riesgo de volverte a enviar allí.

—El asesino podría volver a intentar matarte —añadió Carl. Se inclinó hacia delante con las manos aferradas a los extremos de los brazos del sillón y miró a Sid con intensidad—. No sólo soy el reportero más experto, sino que no tendré ese problema. Ningún asesino en serie interesado en las chicas va a meterse conmigo.

—Yo tengo acceso. Tú, no —replicó Nicky, que se

enderezó para fulminar a Carl con la mirada—. Te costará conseguir que los residentes se sinceren contigo. No sabes quién es nadie, ni dónde está nada. Y si crees que mi madre va a realizar una sesión de espiritismo para ti, estás muy equivocado. —Volvió los ojos de nuevo hacia Sid—. No lo hará. Puedes estar seguro de ello, Sid.

—Hay muchos videntes en el mundo —dijo Carl—. Los hay a patadas. En cuanto a tu acceso, basta con ser buen reportero. Lo sabrías si lo fueras.

—¿Ah, sí? —Nicky se puso en jarras y le sonrió. No era una sonrisa agradable—. Ya tengo una fuente en el Departamento de Policía, e información confidencial que tú nunca obtendrás. Información confidencial que sólo tengo yo.

—Está mintiendo —dijo Carl a Sid.

—Es lo que a él le gustaría —dijo Nicky a Sid.

Sid levantó una mano regordeta y dirigió la mirada de uno a otro con el ceño fruncido.

—Has hecho un buen trabajo —aseguró a Nicky—. No tengo ningún problema con nada de lo que has hecho ante la cámara en todo el tiempo que llevas trabajando para *Investigamos las veinticuatro horas*, y el especial fue fantástico. Apartarte de la historia no es un castigo de ningún tipo. Quiero que lo comprendas. Sólo queremos que estés a salvo mientras proporcionamos a nuestros telespectadores la mejor información posible.

Carl estaba exultante. Nicky, que interpretó que estas palabras significaban que Sid estaba a punto de decirle que la historia era irrevocablemente de Carl, se desesperó.

—Se ha puesto en contacto conmigo —anunció—. El asesino.

Transcurrió un instante, en el que Sid y Carl se la quedaron mirando.

—¿Cómo? —dijo Sid por fin.

Nicky asintió.

—Primero me llamó. Luego, me mandó un e-mail.

—Estás mintiendo —soltó Carl.

Nicky negó con la cabeza.

—Eso sí que es una buena historia —intervino Sid—. ¿Qué te dijo?

—Lo contaré en el aire si la historia es mía —respondió Nicky con una sonrisa—. Si no, me temo que sólo puedo hablar de ello con la policía. Carl puede intentar obtener una fuente en el Departamento de Policía para que se lo cuenten todo, claro, pero... —Su voz se fue apagando y, tras encogerse de hombros, añadió—: Estas cosas llevan tiempo. ¿Dijiste que teníamos tres semanas?

—Esto es chantaje —explotó Carl, enfadado. Y, luego, dijo a Sid—: No vas a permitir que se salga con la suya, ¿verdad?

Sid pareció reflexionar un momento.

—Si no quiere contarnos algo, no veo cómo podemos obligarla —respondió en un tono razonable—. Y tiene razón en lo del acceso. Y en lo de que la médium es su madre. Y también lo tiene en lo del margen de tiempo. Y si está en contacto con el asesino... Admítelo, Carl, no puedes competir con eso. Y si a ella no le preocupa su seguridad... —Se encogió de hombros, miró a Nicky, chasqueó los dedos y la señaló con un índice regordete—. Muy bien, Nicky, la historia es tuya. Adelante.

Sentado en la mesa de la cocina para zamparse un plato de huevos con beicon mientras la posible y no deseada familia de la mitad de su comida lo observaba desde el otro lado del cristal de la puerta trasera, Joe pensó que desayunar mientras te miraba un cerdo no favorecía nada la digestión. El maldito animal debía de verlo a través de las persianas. ¡Mierda! Él lo veía a través de las persianas, de modo que no había motivo para que el cerdo no pudiera devolverle la mirada. Tenía el redondeado hocico negro apoyado en el cristal y lo estaba mirando con sus ojitos negros y brillantes. Lo extraño del caso era que no había aparecido tras la puerta hasta que el beicon empezó a sisear y chisporrotear en la sartén. Entonces Joe había sentido ese típico cosquilleo entre los omóplatos que significaba que alguien lo estaba observando y se había vuelto con el tenedor con el que daba vueltas a la carne aún en la mano. Y ahí estaba el maldito cerdo, mirándolo casi como si supiera qué estaba cocinando: carne de cerdo.

Ahora Joe estaba casi dispuesto a jurar que su expresión era acusadora.

—Lárgate, marrano —le dijo, como había hecho doce veces de distintas formas en los últimos cinco minutos. El cerdo no se movió. O estaba sordo, o no lo entendía o planeaba su próximo movimiento.

Joe se sentía como un imbécil por hablar con el animal. Para compensarlo, tomó de modo ostentoso una tira de beicon crujiente y abrió la boca.

El cerdo gruñó. Pudo oírlo a través de la puerta.

Miró al animal. Miró el beicon.

El cerdo gruñó de nuevo.

—Maldita sea —soltó con amargura, y dejó el beicon en el plato.

El cerdo no se movió. Notó sus ojos clavados en él mientras empujaba el plato aún medio lleno hacia delante y, tras tomar un sorbo de café y encender un cigarrillo, devolvió su atención al expediente que estaba esparcido sobre la mesa. El e-mail que Nicky le había enviado estaba encima de todo.

Ya lo había leído tantas veces que podría recitar el contenido de memoria.

La pregunta era: ¿Qué coño significaba, si es que significaba algo?

Eran las ocho y cuarenta y siete minutos de la mañana, había dormido más de seis horas y debería estar muy despierto, lúcido y lleno de un renovado entusiasmo por el trabajo que le esperaba. En cambio, se sentía tan fresco como la basura de la semana anterior. Tenía la boca seca como si la tuviera llena de algodón, le escocían los ojos y tenía un dolor de cabeza terrible, que medio desayuno, dos cigarrillos y el café no habían aliviado lo más mínimo.

Las posibilidades del condenado e-mail lo torturaban. Le dio vueltas en la cabeza y lo interpretó de varias formas sin que ninguna de ellas lo convenciera y, por último, terminó apoyando la cabeza en las manos y observando al cerdo con frustración.

Fuera, brillaba el sol. El cielo era de un precioso color azul y estaba salpicado de unas esponjosas nubes blancas que recordaban corderitos dormidos. Más allá del semblante nada seductor del cerdo, podía ver que todo estaba preparado para otro día fascinante en el paraíso. Las hojas púrpura del tupelo negro revoloteaban como las alas de un mirlo, movidas por lo que sabía por experiencia que sería la brisa cálida y salada que llegaba habitualmente del mar por la mañana y al caer la tarde. Los girasoles dorados ya se habían desprendido del rocío matinal y volvían sus caras hacia el sol: tenían el tamaño de un plato. Las gaviotas gritarían, la marea bajaría y los pesqueros y los yates pequeños surcarían por Salt Marsh Creek hacia el océano. Los pescadores de almejas y los practicantes de footing más madrugadores llegarían de la playa, mientras que los domingueros y los bañistas se dirigirían a pasar el día al sol. La plácida rutina.

Dentro, la cocina estaba hecha un asco, olía a café, a humo de cigarrillo y a grasa (de cerdo, naturalmente), y parecía poco aireada. Consideró que era posible que él también estuviera hecho un asco, oliera a café, a humo de cigarrillo y a grasa (de cerdo), y pareciera tan poco aireado como la cocina. Con la chaqueta y la corbata que Vince había insistido en que vistiera cuando los dos hablaran con los medios de comunicación locales a las nueve y media, estaba, además, asado de calor. Los efectos refrescantes del aire acondicionado del dormitorio no llegaban a la cocina, que estaba al otro lado de la casa, y cuya falta de ventanas excluía la instalación de un segundo aire acondicionado en ella.

Por lo general, abría la puerta trasera para ventilarla mientras cocinaba.

Por lo general, no había un cerdo con el hocico apoyado en la puerta. Un añadido.

Alguien llamó con fuerza a la puerta principal (cuando se había mudado a la casa el timbre no funcionaba y todavía no lo había arreglado) y se levantó, distraído. Era Dave, como esperaba, y ya era hora, además.

Abrió la puerta.

—¿Tienes ya la información en profundidad de los de la televisión? —preguntó a Dave a modo de saludo. Por experiencia, sabía que lo mejor era investigar en círculos concéntricos. Empezar por las personas más cercanas a la víctima, física y emocionalmente. Nicky había encontrado el cadáver. Otras personas que trabajaban con la víctima también habían estado presentes en el momento del crimen. Por lo que había podido determinar, los miembros de ese reducido grupo eran los únicos que había en la escena del crimen que conocían a Karen Wise antes de que fuera a Pawleys Island. Por lo tanto, eran el sitio donde había que empezar a buscar.

—No toda. Todavía me están llegando algunos archivos de personal.

Joe lo condujo hacia la cocina.

—Quiero ver los archivos esta tarde, tanto si están completos como si no.

—Entendido.

Llegaron a la cocina, y Joe rodeó la mesa. Al hacerlo, alzó la vista y detectó dos ojitos negros que lo observaban desde el otro lado de la puerta.

—Te vas a llevar al maldito cerdo, ¿verdad?

—Verás... —dijo Dave despacio.

Joe se quedó petrificado a medio alargar la mano hacia el e-mail para enseñárselo a su segundo. Volvió la cabeza y miró a Dave con dureza.

—¿Qué quieres decir con ese «verás»? No hay «verás» que valga.

—Me lo llevo, me lo llevo —aseguró Dave enseguida.

—Muy bien.

Cuando Joe se volvió de nuevo hacia la mesa, Dave pasó a su lado haciendo unos desagradables ruidos con la boca, dirigidos al cerdo, que casi bailaba de alegría al verlo.

Por primera vez, Joe estuvo de acuerdo con Amy en algo.

—Tenemos una novedad en el caso —empezó a decir Joe, concentrado otra vez en el e-mail—. Ayer por la noche...

El cerdo empezó a arañar frenéticamente el cristal con una pezuña. Joe se detuvo con el ceño fruncido.

—¿Has terminado con eso? —le preguntó Dave a la vez que señalaba con la cabeza el plato inacabado de huevos y beicon.

—Sí —contestó Joe.

—¿Te importa? —Sin esperar la respuesta de Joe, tomó el plato, se dirigió hacia la puerta, la abrió, y mientras el cerdo le daba golpecitos en la pernera con el hocico a la vez que agitaba la cola retorcida como un perro eufórico, vertió su contenido en la terraza.

Joe observó atónito cómo el animal bajaba el hocico hacia la comida y empezaba a zampársela, beicon incluido.

—Le encanta el desayuno —comentó Dave a modo de explicación, y volvió a entrar en la cocina.

—Caníbal —dijo Joe en silencio al cerdo antes de que Dave cerrara la puerta.

—¿Qué estabas diciendo? —Dave llevó el plato al fregadero, abrió el grifo y empezó a enjuagarlo.

Eso hizo que Joe devolviera su atención al asunto que tenían entre manos.

—Nicky Sullivan me llamó ayer por la noche. Había recibido un e-mail que creyó que debería ver —explicó mientras le daba unos golpecitos a la hoja—. Aquí lo tengo.

—¿Ah, sí? —Dave abrió el lavavajillas, metió el plato, lo cerró y se acercó a la mesa mientras se secaba las manos con un trozo de papel de cocina. Tomó el correo electrónico, lo leyó deprisa y silbó—. Parece nuestro hombre.

—Lo parece, ¿verdad?

—¿No crees que lo sea? —se extrañó Dave con el ceño fruncido—. En mi opinión, ese nombre es muy convincente. Lazarus es el personaje bíblico que murió y resucitó. Y 508 es la fecha en que mataron a la tal Wise, ¿sabes?

—Sí, ya lo sé —respondió Joe con sequedad—. La cuestión es que, cuando se envió este e-mail, casi todo el mundo en la isla sabía que Karen Wise había muerto el ocho de mayo. Por no hablar de la gente de la cadena de televisión donde trabajaba la víctima. Y su familia. Y vete a saber quién más.

Pasó un instante.

—No lo había pensado. —Dave sonaba algo apesadumbrado—. ¿Crees entonces que pudo mandarlo otra persona?

—Podría ser. No lo sé. Sólo digo que no tiene que haberlo enviado por fuerza nuestro asesino.

—Tienes razón.

—¿Hay alguien en el departamento que tenga conocimientos de informática? Tendríamos que localizar el origen de este mensaje, si es posible.

—No lo sé —contestó Dave, indeciso—. Yo no, desde luego. Ni Bill Milton; ni siquiera sabe mandar un e-mail. Ni Jeff Roe, ni George Locke, ni Andy Cohen, ni...

—Ya me hago una idea —lo interrumpió Joe. No deseaba oír una lista de todas las personas del departamento que no podían hacerlo—. No te sientas mal; yo tampoco sé hacerlo. Ya he intentado todo lo que sé hacer, que es básicamente ponerme en contacto con el suministrador del servicio. Fue reenviado a través de una de esas cuentas gratuitas de Hotmail, pero eso es lo único que podían decirme. Están intentando localizar el origen, pero la cosa no tiene buena pinta.

—¿Contestó Nicky Sullivan el mensaje?

Joe sacudió la cabeza.

—¿Y si le pedimos que lo haga? A lo mejor vuelve a escribirle, y podemos usarlo para atraparlo de algún modo. —Dave parecía ansioso.

Joe se guardó para sí mismo lo que pensaba sobre las posibilidades de éxito de esta opción. De todos modos, aunque saliera bien, implicaba exponer a Nicky al posible asesino, y no quería someterla a ello.

—Intenté contestarle yo mismo. Pero me llegó algo así como «Dirección electrónica no encontrada en el servidor».

—Mierda —exclamó Dave.

—Sí —coincidió Joe, que alargó la mano hacia el e-mail—. Sé que huelga decirlo, pero no cuentes a nadie que Nicky recibió esto. Si se propaga la noticia, es probable que empiece a recibir montones de e-mails parecidos. Si el asesino vuelve a escribirle, el mensaje podría pasarnos inadvertido en medio de la avalancha. De hecho, haz correr la voz por el departamento: que nadie cuente nada relativo a esta investigación sin consultármelo antes.

—Jamás hablaría sobre una investigación en marcha —se quejó Dave con gesto dolido—. Ninguno de nosotros lo haría.

—Tenía que asegurarme. —Joe le dirigió una mueca de disculpa y consultó el reloj que había encima de la nevera—. Tengo que estar en la alcaldía a las nueve y media. Quiero que empieces a comprobar la lista que preparamos sobre los delincuentes violentos de la zona. La pregunta clave es dónde estaban el domingo por la noche. También necesitamos saber quién salió de la cárcel, dejó de servir en el ejército o volvió de donde pudiera haber estado fuera de circulación varios años.

—Entendido.

—También es probable que tengamos que empezar a obtener los expedientes de cualquier asesinato relacionado con mujeres y armas blancas en los últimos quince años en un radio de, pongamos por caso, doscientos cincuenta kilómetros.

—Te das cuenta de que estamos a ochenta kilómetros de Charleston, ¿verdad? —gimió Dave—. Y también está Columbia, toda la zona de Myrtle Beach-Grand Strand y...

Se detuvo y agitó las manos para indicar la magnitud de la búsqueda.

—Ya lo sé —replicó Joe—. Pero si se trata de un asesino en serie, deberíamos encontrar algo que esté relacionado. Esta gente no mata y se para quince años antes de volver a empezar. A no ser que haya estado fuera de circulación por algún motivo.

—Sí. —Dave puso mala cara—. Bueno, nos pondremos a ello.

Se volvió y empezó a marcharse de la cocina, evidentemente en dirección a la puerta principal.

—Oye, un momento. —Joe vio adónde iba, dejó de ordenar el expediente y se enderezó. Dave se volvió para mirarlo con una expresión sospechosamente inocente en la cara—. ¿No se te olvida algo?

—Oh, sí —dijo Dave, que chasqueó los dedos como si acabara de recordarlo—. *Cleo*. —Empezó a regresar hacia donde estaba Joe—. Bueno, me la llevaré a casa, entonces.

—Buena idea —soltó Joe con sequedad.

Dave puso una mano en el pomo de la puerta trasera y se volvió hacia Joe.

—A no ser que pueda quedarse otra noche.

—No —contestó Joe—. Ene O. Lo digo en serio.

—De acuerdo —suspiró Dave.

Y salió por la puerta trasera.

Joe esperó hasta que lo vio salir por la verja con el cerdo, que llevaba puesto un collar con correa como si fuera un perro. Poco después de las nueve, cruzó el jardín hacia el bordillo donde tenía estacionado el coche patrulla. En efecto, soplaba una agradable brisa con aroma tropical, suficiente para que la sensación de la temperatura, que era de unos veinticinco grados, fuera un poco más baja. La luz del sol, que era cegadora, se reflejaba en la calzada y las aceras, así como en los coches aparcados en la calle. Un par de mujeres paseaba al perro, y un hombre mayor cortaba la hierba con un cortacésped manual que rugía como una sierra de cadena (los jardines de esta parte de la isla eran demasiado pequeños para tener algo tan sofisticado como un cortacésped autoportante), pero aparte de esto, el vecindario estaba tranquilo. En esta manzana de casas pequeñas y bien cuidadas, en la que, como observó al recorrer la calle arriba y abajo con la mirada, la suya era la única con el césped sin cortar, los adultos trabajaban y los niños iban al colegio. De día, había pocas personas.

Una de las mujeres, una rubia de mediana edad y complexión rolliza que llevaba unos ajustados pantalones negros, lo saludó con la mano. No sabía quién coño era pero, como ya llevaba cinco meses de adaptación a las costumbres del Sur, le devolvió el saludo. Luego, lo saludó la otra mujer, y también el hombre mayor, y les devolvió asimismo el saludo antes de abrir la puerta del coche patrulla, subirse a él y volver a cerrarla con una sensación de alivio.

Como todo lo demás que había en el paraíso, lo de saludar con la mano a los vecinos no era algo a lo que él estuviera acostumbrado.

En Trenton, donde vivía anteriormente, ni siquiera gruñía a los vecinos. Si hubiera empezado a saludarlos, habrían creído que estaba loco y se habrían mantenido alejados de él. Su vecindario estaba un poco abandonado, pero su piso se conservaba bien. A menudo, se oían disparos en mitad de la noche, las palomas se posaban en los aleros del edificio y le llenaban los alféizares de excrementos, y la basura era casi tan omnipresente en las calles como el *kudzu* en cualquier sitio abandonado a su suerte en la isla, pero ahí, por lo menos, tenía aire acondicionado.

Las mafias, los yonquis y los camellos que les vendían

la droga, las prostitutas y los chulos, los ladronzuelos y los matones formaban parte del paisaje de su vida. Había tratado con ellos según fuera necesario, y el resto del tiempo los había ignorado o los había detenido, según las circunstancias.

Jamás había creído que llegara a echarlos de menos. Pero lo hacía.

El sol casi perpetuo, el ritmo lento, los residentes despreocupados y extravagantes, como la madre de Nicky, supuestamente vidente, y su subjefe, enfermo de amor y propietario de un cerdo, le resultaban tan extraños como los pingüinos a un tejano. Ésta no era su ciudad, y sus habitantes no eran su gente. Aquí no sabía instintivamente cómo iban las cosas, lo que significaba que estaba en desventaja antes de empezar.

Si hubiera estado en Jersey y este asesinato se hubiera producido estando él al mando, habría tenido claro por dónde empezar. Habría presionado a los vecinos hasta que alguien le hubiera proporcionado alguna información, y entonces habría tenido una idea sobre dónde debía abordar la búsqueda del autor material. Eso era lo que tenía el crimen: nunca se producía en un lugar aislado. Los criminales no salían de la nada. Podían ser personas con empleos, familias y vecinos como todas las demás. Igual que las víctimas.

Dicho de otro modo, siempre había alguien que sabía algo. La clave era averiguar quién y qué.

Ya había hablado por teléfono con los padres de Karen Wise, sus dos hermanos, sus amigos y sus compañeros de trabajo. Ninguno de ellos manifestó tener idea del motivo por el que alguien pudiera querer matarla. Sólo tenía veintidós años, éste era su primer empleo y su novio tenía una coartada irrefutable en Chicago en el momento del asesinato.

En este momento, no daba la impresión de que detrás del crimen hubiera motivos personales.

Por otro lado, había un montón de factores, desde la similitud del asesinato de Karen Wise con el anterior de Tara Mitchell (y teniendo en cuenta que nadie sabía qué les había pasado en realidad a las otras dos adolescentes) hasta el lugar de las muertes o la conexión con el programa de televisión, que indicaba una relación entre ambos crímenes.

Lo que llevaba a otra pregunta: si los asesinatos estaban relacionados entre sí, ¿se trataba del mismo asesino o de un imitador?

Y si el autor material era el mismo, ¿dónde mierda había estado los últimos quince años?

Pero, en este momento, como el informe de la autopsia de Karen Wise todavía no estaba disponible y no podía compararlo con los resultados de la autopsia de Tara Mitchell, y todas las posibles pruebas forenses o de ADN seguían siendo procesadas en los laboratorios respectivos a los que habían sido enviadas, a Joe sólo le quedaba especular.

Tenía, por lo menos, una pista bastante sólida: el e-mail de Nicky, que, si era auténtico, pronosticaba dos asesinatos más. Dos muertes «seguidas». Su trabajo consistía en impedir que se produjeran.

La prioridad del día era averiguar dónde se había originado el maldito e-mail.

Joe puso en marcha el motor, conectó el aire acondicionado y salió a la calzada. Mientras circulaba calle abajo, empezó a teclear un número en su teléfono móvil.

Puede que no supiera rastrear un e-mail hasta conocer su origen, y puede que su departamento tampoco, pero, por suerte, se acordó de alguien que sí podría hacerlo.

Llevaba un tiempo fuera, pero no lo habrían olvidado. Había llegado la hora de empezar a llamar a algunos colegas.

Mientras cruzaba el South Causeway Bridge al volante de un Maxima gris metalizado de alquiler en dirección a Pawleys Island, Nicky no podía dejar de pensar en el viejo dicho que afirma que hay que tener cuidado con lo que se desea. Era sábado, alrededor de las seis y media de la tarde. Al salir de la oficina de Sid, había pasado el resto del viernes efectuando los preparativos del viaje, haciendo el equipaje y grabando su reportaje para el programa del domingo, completo salvo la introducción, que haría en Old Taylor Place en unos minutos. Hoy había estado viajando, primero en avión de Chicago a Atlanta, después en otro avión, más pequeño, de Atlanta a Charleston y, por último, en coche de Charleston a su destino final. Estaba cansada, hambrienta, malhumorada y cada vez más asustada.

Había querido regresar. Había luchado para regresar. Y ahí estaba.

Justo en la órbita de Lazarus508.

Era posible que no fuera lo más prudente que hubiera hecho en su vida.

Pero no podía dejar escapar esta historia. Era suya, maldita sea. No de Carl, ni de nadie más. Suya.

Aunque significara su muerte. Y esperaba, o mejor dicho, rogaba, que no fuera así.

Pero la idea de lo que podía aguardarle le aceleró el pulso hasta que pudo oír cómo le retumbaba en los oídos, demasiado rápido para pasar inadvertido.

Se dijo que sólo serían tres semanas y que iba a tomar todas las precauciones posibles para seguir con vida, como no quedarse nunca sola y pasar las noches con su familia en Twybee Cottage, donde la situación habitual de caos constante y la afluencia de visitas deberían bastar para que no corriera peligro. Durante un tentador instante, cuando había repasado los preparativos del viaje, se había planteado alojarse en el Best Western, en la Carretera 17, con Gordon, que viajaba con ella como cámara y que en ese momento conducía la furgoneta roja que la seguía, ya que iban a aprovechar la luz que quedaba para grabar en directo la introducción para el programa del domingo por la noche antes de dirigirse hacia sus respectivos alojamientos para recuperarse de los rigores de un día de viaje. Pero, a pesar de lo fascinante que era la perspectiva de tener paz y privacidad, había decidido casi de inmediato olvidarse del hotel. Se conocía lo bastante bien como para saber que sería incapaz de dormir porque imaginaría sin cesar que Lazarus508 se colaba a hurtadillas en su habitación en mitad de la noche. El resto del equipo, conmocionado por el asesinato de Karen, había podido elegir si deseaba volver o no a la isla, y Nicky no habría culpado a los que decidieron mantenerse alejados. Pero todos habían accedido a ir cuando se les necesitara, lo que significaba de aquí a tres semanas para realizar el programa final de una hora. Para los reportajes anteriores, más breves, Nicky se encargaría ella misma de su peinado y su maquillaje. Lo había hecho ya muchas veces. Pero, aun así, le encantaría tener a Tina, a Cassandra y a Mario, así como a Bob, el cámara, junto a Gordon y a ella. Le caían bien, formaban un buen equipo y, en este momento, le parecía que cuantas más personas la rodearan, menos peligro correría.

No había recibido más e-mails, más llamadas telefónicas ni más comunicaciones de ningún tipo de Lazarus508. Pero no podía evitar la sensación de que ahora estaban conectados de algún modo. Cada vez que cerraba los ojos, era casi como si pudiera sentirlo. Y cuando dormía, y lo hacía muy mal, Lazarus508 rondaba sus sueños.

Si no hubiera habido aún luz del día, el sitio donde iban a grabar la habría puesto muy nerviosa. Iba a estar delante de Old Taylor Place, señalando a los telespectadores el lugar bajo las araucarias donde había muerto Karen, y ella casi también.

Al pensar en ello, se le hizo un nudo en el estómago y se le secó la garganta.

Así que lo alejó de su mente y se concentró en conducir el coche.

El sol se preparaba para ocultarse por el horizonte, pero todavía no se había puesto. Como ahora se dirigía al este, lo tenía tras ella, a poca altura en el cielo: un brillante disco amarillo que irradiaba luz y calor, y que teñía las frondosas copas de los árboles situados delante de ella de color naranja neón. Si se acercaba al centro de la carretera, podía mirar a ambos lados y ver el Atlántico y el punto en que las olas espumosas confluían en las aguas más oscuras y tranquilas de Salt Marsh Creek. Sabía que a esta hora estaría empezando a subir la marea y el río, situado bajo la carretera elevada, estaría lleno de yates de motor, casas flotantes y motos acuáticas que volvían a sus muelles. El cielo empezaba a oscurecerse y pasaba del azul paradisíaco de la tarde al añil. Pronto se volvería púrpura y, después, cuando el sol desapareciera por fin del todo, negro azulado.

Volvería a ser de noche.

Las noches la asustaban. El asesino era una criatura de la noche.

El corazón empezó a latirle más deprisa al pensarlo, y se dijo que él no sabía que había vuelto. Era imposible que lo supiera.

Pero en cuanto se emitiera el programa del domingo, lo sabría. Vaya si lo sabría.

Aferró con más fuerza el volante.

Quizá debería comprarse un *spray* de autodefensa a la pimienta.

Quizás hacerse con una pistola.

Al imaginarse con un arma de fuego encima, torció el gesto. No había disparado una pistola en su vida. Sería mejor que se limitara al *spray* a la pimienta o a alguna arma no letal parecida, y que fuera muy, pero que muy cautelosa.

Había bastante tráfico en la carretera elevada, la mayoría en sentido contrario. Los residentes de los alrededores de Pawleys Island solían pasar las tardes del sábado en la playa y volver a su casa, en tierra firme, cuando se ponía el sol. Excepto unos cuantos bares algo sórdidos, restaurantes y salones de hoteles, no había demasiada vida nocturna en la isla, lo que el tío Ham, con su planeado restaurante-club nocturno, esperaba cambiar.

Lo que había inducido a su madre a llamarla para hablarle sobre una aparición televisiva, lo que había inducido a Nicky a recordar el asesinato de Tara Mitchell, lo que la había inducido a efectuar su propuesta en la reunión de personal, que había dado lugar al especial del pasado domingo y al asesinato de Karen.

¿Estaba compuesta la vida por una serie de coincidencias terribles o qué?

Le sonó el móvil. Aunque los conocía muy bien, los tonos melodiosos fueron inesperados y la sobresaltaron. Se hurgó en el bolsillo de la elegante chaqueta de punto (ahora se sentía más segura llevando el móvil encima que en el bolso), lo sacó y dirigió una mirada nerviosa al número de la llamada entrante sin apartar la vista de la carretera.

Su madre.

Teniendo en cuenta otras posibilidades todavía más espantosas, dio gracias a Dios.

—¿Dónde estás? —quiso saber Leonora cuando Nicky contestó.

—En la carretera elevada. Voy a parar en Old Taylor Place para hacer una toma rápida y enseguida estaré en casa.

—¿Lo has traído?

El *lo* se refería al *blazer* de reserva que Karen tenía en el trabajo. Un *blazer* barato de poliéster negro que había quedado olvidado en el armario del vestíbulo cuando habían recogido sus cosas después de su muerte para enviarlas a sus padres. Nicky lo había recordado esa misma mañana, después de llamar a su madre para decirle que iba a casa y Leonora le había expresado la necesidad de tener algo personal de Karen para usar como posible ayuda para establecer contacto con ella. Aunque Leonora no solía necesitar tales conductos, la gravedad de la situación la predisponía a intentar cualquier cosa, y apelar a cualquier recurso, incluido lo que ella consideraba métodos «primitivos», como sujetar un efecto personal de la difunta en las manos para tratar de captar sus vibraciones.

—Sí —dijo Nicky—. Es un *blazer*. ¿Crees que te servirá?

—No se pierde nada con intentarlo.

Nicky casi pudo ver cómo su madre se encogía de hombros.

—Sí. —Ninguna de las dos rezumaba la más mínima confianza.

—Nicky —dijo Leonora en un tono preocupado—. Tengo un mal presentimiento. Me gustaría que volvieras a Chicago.

—Mamá, ya hemos hablado de esto.

—Ya lo sé, pero he tenido un dolor de cabeza terrible todo el día. Prácticamente una migraña, y ya sabes que nunca tengo migraña. Y tengo esta sensación. Como si me cubriera una nube oscura. Como si algo malo estuviera a punto de pasar.

Viniendo de Leonora James, la advertencia no era algo que pudiera tomarse a la ligera. A Nicky se le puso la carne de gallina.

—¿Has visto algo?

—Ésa es la cuestión. No veo nada. Nada en absoluto. Lo he intentado una y otra vez. No recibo nada, salvo esta sensación. Y esto es algo que me preocupa bastante. Nunca, jamás en toda mi vida, había estado bloqueada de este modo. Está ocurriendo algo malo, y no sé qué es, pero ya sabes lo que me cuesta ver algo que guarde relación con la familia. ¿Y si significa que va a pasarte algo a ti?

El corazón de Nicky casi le golpeaba las costillas. Había apretado tanto la mano que tenía al volante (con la otra sujetaba el móvil) que tenía los nudillos prácticamente blancos. Si no iba con cuidado, lo que le pasaría era que se estrellaría contra el guardarraíl y se sumergiría en las aguas profundas y oscuras del río a unos diez metros de distancia de la carretera.

—Me estás asustando, ¿sabes? —dijo Nicky.

—Bueno, pues ya somos dos, porque tú me estás asustando a mí.

Nicky todavía no había contado a Leonora lo del correo electrónico, ya que sabía que sólo serviría para preocuparla aún más. Cuando lo hiciera, y tendría que hacerlo pronto porque formaba parte del reportaje que iba a emitirse en el programa del domingo, a Leonora le daría un ataque.

—Te prometo que voy a ir con mucho cuidado —aseguró Nicky en un tono tranquilizador.

Pasó un instante.

—Entre tú y tu hermana lograréis que me dé un ataque de nervios —estalló Leonora—. Tú, con este empleo que te obliga a perseguir asesinos todo el día, y ella, con su obsesión por ese desgraciado de Ben Hollis. ¿Sabes dónde está ahora mismo? En algún lugar, espiándolo a él y a esa golfa con la que está ahora. Ella me ha dicho que iba a comprar, claro. Pero la conozco. Sé qué está haciendo.

En lo que a Nicky respectaba, era casi un alivio concentrarse en Livvy un instante en lugar de soportar una nueva crisis de preocupación por ella.

—Cuando llegue a casa, hablaré con mi hermana, ¿de acuerdo?

—Siempre y cuando vivas lo bastante —dijo Leonora con amargura, y colgó.

Nicky volvió a meterse el móvil en el bolsillo y apagó el aire acondicionado. La sensación de su madre la había dejado helada.

Durante un momento largo y difícil, pensó en seguir el consejo de Leonora, dar media vuelta al final de la carretera elevada y dirigirse al aeropuerto.

Entonces se acordó de Carl. Y de Sid. Y de la CBS. Y de Karen. Si Nicky no hubiera sugerido hacer un programa sobre el asesinato de Tara Mitchell, el equipo de *Investigamos las veinticuatro horas* no habría ido a Pawleys Island para empezar, y Karen estaría viva. Ésa era la cruda realidad que había estado intentando eludir durante toda la semana anterior.

Pero lo había sugerido.

Y ahora estaba en deuda con Karen.

Tendría que conducirse con muchísimo cuidado.

Porque iba a quedarse y a llevar a cabo esta investigación.

Por Tara y sus amigas. Por Karen. Y por ella misma.

Entonces, ya no tuvo más tiempo para reflexionar porque había llegado al cruce donde tenía que girar a la izquierda. Cuando lo hizo, pudo ver Old Taylor Place.

12

—Como pueden ver detrás de mí, el jardín sigue acordonado con cinta policial amarilla —explicó Nicky a la cámara que Gordon tenía enfocada en ella. Como toda la finca estaba, como acababa de indicar a los telespectadores, rodeada de la cinta de plástico que mantenía alejados a los curiosos y que colgaba de unas estacas verdes de metal clavadas en el suelo, no había podido acercarse a su objetivo y hablaba desde la calle situada delante de la casa, ubicación que, para ser sinceros, le iba de perlas. Delante de ella, una pared de hierbas largas de marisma y una densa maraña de cornejos, abedules, árboles de Júpiter y espireas la separaba de la orilla escarpada que bajaba hasta las aguas crecientes de Salt Marsh Creek. Tras ella, coronando su suave colina, Old Taylor Place captaba los últimos rayos dorados del sol. Con su pintura blanca desconchada, sus porches dobles y sus anticuadas molduras doradas, la mansión era la imagen misma del esplendor perdido. Ahora que el cielo tras ella lucía unos tonos añiles intensos y las encinas, con los troncos plateados por el liquen, sobresalían al fondo y las sombras alargadas del crepúsculo que estaba por llegar se proyectaban sobre el jardín abandonado, tenía el aspecto de la casa encantada por antonomasia.

Lo que era exactamente, en opinión de Nicky.

No era donde quería estar, en especial porque en una

hora estaría completamente oscuro, y la idea de estar en Old Taylor Place después del anochecer le daba pánico. Pero tenía que admitir que tener de fondo la terrorífica casa encantada donde se habían cometido los crímenes era un escenario ideal para la televisión.

Además, en cinco minutos, ella y Gordon se habrían ido.

—Ahí, bajo el grupo de araucarias de la isla de Norfolk que hay en la curva del camino de entrada...

No podía verlo reflejado en la lente de la cámara, por supuesto, pero como habían hablado del sitio de antemano, sabía que Gordon estaría tomando un plano largo del camino de entrada que conducía hasta la curva y que después lo cerraría sobre las araucarias para ofrecer un primer plano de las ramas inferiores. Nicky se abstuvo de mirar para evitar que la invadieran recuerdos aterradores. Por suerte no necesitaba hacerlo. Lo único que tenía que hacer era mantener los ojos puestos en la cámara, ignorar el latido asustado de su corazón y el nudo nervioso en el estómago y abocarse al trabajo.

—... es donde Karen fue asesinada brutalmente a puñaladas, y donde yo también fui atacada. Esta noche podrán seguir el crimen segundo a segundo. Les mostraremos cómo se ve un asesinato desde dentro de una forma que ningún programa o reportero haya podido hacer antes mientras investigamos la terrible muerte de nuestra querida amiga y colega Karen Wise. A partir de mi propia experiencia como posible segunda víctima esa noche, les ofreceremos la reconstrucción del crimen y les revelaremos secretos que sólo conocen quienes participan en la investigación. Y, además, les introduciremos en el Departamento de Policía de Pawleys Island, cuyos miembros están buscando desesperadamente a quien creen que puede ser también el asesino de tres adolescentes hace quince años. No se marchen y, después de una breve pausa, les contaré cómo el hombre al que llamamos el asesino Lazarus me hizo esto —dijo a la vez que se tocaba el cardenal del ojo, puesto que sabía que la cámara la enfocaba de nuevo—. Y esto otro.

Muy en contra de su costumbre, que tendía hacia lo frugal, Nicky había viajado con uno de sus mejores atuendos para ponerse delante de la cámara, un traje de chaqueta con pantalón de St. John, pensando sólo en este momento. Para empezar, el tejido sedoso era lo bastante fino para ser fresco y no se arrugaba nunca, lo que lo convertía en ideal para trabajar delante de la cámara inmediatamente después de un largo día de viaje. Además, el corte de los pantalones facilitaba lo que tenía que hacer en esta toma. Con el aspecto de un mago que saca un conejo de la chistera, se puso la chaqueta negra de un solo botón tras la cadera, se subió unos centímetros el top blanco y se bajó la cinturilla de los pantalones negros. Dejó así al descubierto unos quince centímetros de cadera cremosa, junto con el corte enrojecido y cubierto de costra que el cuchillo del asesino le había hecho en la piel.

Al verlo, Nicky sintió una opresión en el pecho. Pero, le gustara o no, sus heridas eran parte de la historia, y no haría bien su trabajo si las omitía.

Además, como se recordó a sí misma, el factor sorpresa era fundamental. Se trataba de captar la atención de la audiencia, tanto si eso le revolvía el estómago como si no.

Dio a Gordon un par de segundos para obtener un buen plano de su cadera antes de que volviera a enfocarle la cara, se puso bien la ropa y terminó con:

—Les habla Nicole Sullivan. No se pierdan cómo *Investigamos las veinticuatro horas* efectúa su propia investigación de este crimen horripilante.

Gordon pulsó un botón y alzó la vista de la cámara.

—Has estado fantástica.

—Gracias —dijo Nicky a la vez que le dedicaba una sonrisa.

Gordon se había prestado a acompañarla, y lo último que deseaba era contagiarle su pésimo estado de ánimo. El caso era que no se sentía demasiado bien con lo que estaban haciendo. Le faltaba esa satisfacción que solía sentir cuando acababa de conseguir unas imágenes que sabía que tendrían un gran impacto en la audiencia, aunque era muy consciente de que nunca había trabajado en una historia que pudiera tener tantos telespectadores. Pero el entusiasmo había desaparecido, quizá porque el tema le resultaba demasiado próximo. Y, por supuesto, jamás había sido antes parte de una de sus historias, y estaba además lo de explotar la muerte de Karen. Por no hablar del hecho de que cada vez que se movía algo en su campo de visión periférica le entraban ganas de echar a correr. Por primera vez en su vida no se sentía bien en la isla. La familiar brisa cálida y perfumada parecía contaminada ahora de una nota de almizcle y de podredumbre de la marisma, el murmullo lejano del océano parecía más bien un gruñido de advertencia y los colores vivos que lucía casi todo lo que había en la isla parecían chillones, fuera de lugar, como alguien que fuera vestido de rojo a un funeral.

La sensación de volver a casa que había tenido siempre al viajar a la isla también había desaparecido.

La había sustituido una aprehensión persistente que, al enderezar los hombros y volverse para lanzar una mirada final, casi desafiante, a la casa, se convirtió en terror.

Se dijo sin autoindulgencia que lo superaría. Tenía que hacerlo.

Porque, le gustara o no, Old Taylor Place, como la

propia isla, formaba parte de su vida. Sus primeros recuerdos eran de esta isla. En ella, sus padres, Livvy y ella habían sido felices tiempo atrás. Todas las fotografías que tenía de su padre habían sido tomadas en esta isla o en sus alrededores. Cuando lo recordaba a él, también veía la isla, su calidez, su olor y sus colores exóticos entrelazados inextricablemente con cada preciado momento que lograba repescar de la memoria. No iba a permitir que un crimen, por espantoso y violento que fuera, le arruinara esos recuerdos, le arruinara la isla.

Después de todo, Old Taylor Place era sólo una casa, una reliquia un poco destartalada que había tenido la desgracia de ser el lugar que un hombre malvado había elegido para cometer sus crímenes. La casa en sí era inocente. Nicky la recorrió con la mirada y captó detalles nada aterradores como las masas desordenadas de adelfas rosas y blancas descuidadas que se apiñaban junto al porche inferior, los ocho marcos idénticos de las ventanas de cada planta, el tejado negro de ripias algo combado...

Cuando los ojos de Nicky llegaron allí, supo que había algo fuera de lugar. Al observar la casa con rapidez, había captado algo con los ojos y cuando su cerebro lo hubo procesado, se le cortó la respiración. Sorprendida, bajó la vista y observó incrédula la ventana del primer piso.

La del rincón; la de la habitación de Tara Mitchell.

Había una chica en esa ventana, mirando afuera.

A pesar de que Nicky estaba en la calle y de que la luz del día era un poco vaga ya que el cielo se seguía oscureciendo, pudo verla con bastante claridad. La melena rubia que le llegaba casi hasta la cintura, la forma oval y pálida de la cara, sin rasgos a tanta distancia, las curvas delgadas de su cuerpo vestido con lo que parecía una camiseta color crema y unos vaqueros: era Tara Mitchell.

Todo comenzó a girar. El corazón el dio un vuelco

incontrolado. El mundo pareció dejar de rotar sobre su eje cuando Tara Mitchell volvió la cabeza y le devolvió la mirada como si hubiera notado que la observaba.

Y, entonces, desapareció.

Así, sin más. Puf. Estaba ahí y, de repente, ya no.

Nicky se quedó petrificada una fracción de segundo con los ojos pegados a la ventana y la boca abierta. Ya no había nada que ver salvo los cristales oscuros e insondables que relucían negros y vacíos como los ojos de una mosca.

Liberada por fin del hechizo, Nicky dio un par de pasos hacia atrás con unas piernas que parecían de goma y se volvió para buscar al cámara.

—Gordon. Gordon. ¿Lo has visto? —preguntó, balbuceante—. Dime que seguías grabando.

—¿Qué? ¿De qué hablas? —Gordon la miró con una confusión evidente. Como lo había interrumpido mientras estaba guardando la cámara en la bolsa, era bastante evidente que no había grabado los segundos cruciales, lo que significaba que no había ninguna posibilidad de que hubiera captado a Tara Mitchell, ni siquiera por casualidad. Pero ¿la habría visto?

—Acabo de ver a Tara Mitchell en esa ventana —dijo Nicky, y la señaló aunque ya no había nadie en ella. Como todas las demás ventanas, sus cristales reflejaban en este momento los últimos destellos naranja de la puesta de sol, sólo eso—. Quiero decir que vi a una chica. Una chica rubia con los cabellos largos. Maldita sea; estoy segura de que era Tara Mitchell.

Gordon dirigió la vista hacia donde Nicky señalaba y, después, volvió a mirarla a ella. Incluso en medio de su agitación, Nicky no tuvo ningún problema en captar la expresión de duda de su compañero.

—¿Viste algo en la ventana? —le preguntó el cámara—. ¿Aparte de un reflejo?

—Sí. Sí. Vamos.

Ansiosa por grabar lo que había visto, Nicky avanzó deprisa hacia la casa. La cinta policial amarilla no sirvió ni para reducir su velocidad. Un salto ágil y ya estaba. Una mirada le indicó que Gordon la seguía de cerca.

—Ponte aquí —ordenó a unas tres cuartas partes del recorrido por el jardín invadido por malas hierbas, donde creyó que Gordon obtendría la mejor imagen de la ventana en cuestión—. Voy a describir lo que vi, y quiero que a continuación enfoques esa ventana. Luego, haz un plano general de la casa. Quién sabe, a lo mejor tenemos suerte y podemos grabarla.

Gordon ya estaba sacando la cámara.

—Si grabamos un fantasma, me retiro. Podría enviar a mis tres hijos a la universidad con el dinero que ganaría con eso.

—Lo mejor sería que fuera una especie de cosa entre novios —comentó Vince. Bajaba con Joe los peldaños de un edificio de oficinas de ladrillo de tres plantas, relativamente moderno, donde el Ayuntamiento acababa de celebrar una reunión de urgencia. Formaba parte del centro comercial al que se accedía por un paso elevado desde la zona turística de la isla y que estaba situado al otro lado de la Carretera 17, con varias tiendas al por menor, las consultas de un médico y de un dentista, y una pizzería. Delante de esta última había aparcados unos seis coches. El resto del estacionamiento estaba vacío. En esta época del año, no había mucha actividad. En un par de semanas, cuando empezara la temporada alta, las tiendas estarían llenas hasta las once.

A no ser que la noticia de que un asesino en serie andaba suelto asustara a los turistas y no acudieran.

—Eso sería lo mejor —Joe estuvo de acuerdo. Salían de una reunión en la que Joe había puesto al día a los concejales sobre los progresos de la investigación. Como hasta entonces no había habido demasiados, no había sido una reunión demasiado satisfactoria. Los concejales, todos ellos hombres de negocios, querían que el tema del asesinato desapareciera. Aparte de esto, lo querían resuelto «para ayer».

—¿Y bien? —dijo Vince.

Joe se detuvo en el peldaño inferior y se volvió para mirar a Vince, que estaba un peldaño detrás de él. Estaba anocheciendo, y la brisa que llegaba del océano cobraba fuerza. Joe llevaba una chaqueta de sport azul marino, unos pantalones grises, una camisa blanca y una corbata roja, y esta última y los faldones de la chaqueta le ondeaban al viento.

—El novio tiene una coartada sólida.

—Mierda —exclamó Vince, que se metió las manos en los bolsillos de sus pantalones caqui y se apoyó en los talones. Él también llevaba chaqueta y corbata, de color verde y a rayas, respectivamente. Joe reflexionó que desde que los reporteros habían empezado a aparecérseles sin previo aviso, todos vestían mejor. Eso sí que era poner al mal tiempo buena cara—. ¿Estás seguro?

—Sí.

—Tal vez algún hombre con el que se liara aparte de su novio, entonces. En un bar o algo. Ya sabes, uno de esos encuentros del tipo *Buscando al Sr. Goodbar*. Pero no en un bar de la isla.

—Estás divagando, Vince.

—Maldita sea, Joe...

El móvil de Joe sonó y lo interrumpió. Aunque a éste no le supo mal. Vince, los concejales, casi todos los propietarios de negocios con los que se encontraba, sus vecinos, al parecer todo el mundo que vivía en la isla, tenían su propia teoría sobre el asesinato y no les daba vergüenza comentarla, y todo el mundo quería ver el caso resuelto. No era que a nadie le importara demasiado la muerte violenta de una pobre chica inocente en la flor de la vida. Pero todos coincidían en que el caso tenía que resolverse para que el resto de la isla pudiera seguir adelante con su vida y la temporada turística no se viera afectada.

—Perdona un momento —dijo Joe a Vince mientras levantaba una mano para pedirle silencio. Luego, contestó la llamada—: Joe Franconi al habla.

Escuchó, sonrió y respondió:

—Enseguida estoy ahí. —Y colgó—. Me tengo que ir —dijo a Vince.

—Tienes que entender que hay mucho en juego, Joe —insistió Vince con el ceño fruncido—. Este asunto pesa como una losa sobre nosotros. Tenemos que resolverlo. Cueste lo que cueste.

—Lo entiendo. —Joe empezó a moverse hacia su coche patrulla, que estaba estacionado a unos metros de distancia. Lo entendía muy bien. Vince y el resto de ellos querían una detención lo antes posible. Que fuera la del verdadero asesino sería lo ideal. Pero, en última instancia, serviría la de cualquier sospechoso más o menos convincente.

Cualquier solución con tal de que los veraneantes estuvieran convencidos de que la isla era un lugar seguro y siguieran dejando allí su dinero.

Nicky estaba sentada junto a Gordon, no muy contenta, en la parte trasera de un coche patrulla aparcado delante del jardín delantero de Old Taylor Place cuando, a través del espejo retrovisor, vio un par de faros que se acercaban a ellos. Pensó que el hecho de que el coche que se aproximaba llevara las luces encendidas indicaba lo mucho que había oscurecido. Una mirada rápida a su alrededor se lo confirmó: ya casi no había luz. Las sombras púrpura que los habían envuelto hacía apenas unos minutos habían adoptado ahora un tono gris marengo, y la superficie negra del río relucía al final de la maleza enmarañada. Al advertirlo, Nicky se estremeció.

Estaba atrapada delante de una casa encantada donde había visto una aparición por primera vez en su vida y donde hacía una semana la habían atacado y habían asesinado salvajemente a su colega en plena oscuridad, cerca de las crecientes aguas negras.

No pensaba que el miedo pudiera resultar tan penetrante.

Cuando lo analizaba, le llegó desde algún lugar lejano un sonido tan tenue que apenas pudo oírlo por encima de los ruidos más cercanos de la noche, del coche y de sus ocupantes: el aullido de un perro. Nicky escuchó el *crescendo* lastimero con los ojos desorbitados y el corazón acelerado al recordar de repente, como si le hubieran dado un mazazo, que un perro había aullado también la noche del asesinato de Karen.

Pues se había equivocado. El miedo había subido de nivel.

—Esto... —empezó a decir, para comentar a los dos policías atontados que estaban en la parte delantera del coche lo del perro que aullaba. Pero la idea de intentar explicar a dos hombres que la habían mirado como si estuviera loca de atar cuando les había contado que había visto un fantasma para justificar por qué Gordon y ella habían cruzado la cinta policial era, como mínimo, desalentadora.

—Ya está aquí —dijo el policía que ocupaba el asiento del conductor antes de que Nicky pudiera pronunciar otra palabra. No lo conocía, ni tampoco a su compañero, por lo que explicarles por qué se tomaba los fantasmas mucho más en serio que ellos era más difícil de lo que podría haber sido en caso contrario. Dadas las circunstancias, decidió olvidarse del asunto del perro e intentar adivinar quién estaba ya allí. Sabía quién esperaba que fuera, aunque no debiera esperar tal cosa.

El conductor había llamado a alguien por el móvil después de encerrar a Nicky y a Gordon en el coche. Como la conversación había tenido lugar fuera del vehículo, no había podido oír lo que decía. Pero era bastante evidente que les concernía a ellos por la forma en que el conductor los había estado mirando mientras hablaba. En aquel momento, Nicky había creído que estaba informando a alguien de la situación, y, por lógica, era probable que la persona a la que informaba fuera el jefe de policía. Pero también podía haber sido el supervisor del turno, o incluso su esposa, a la que podía haber llamado para preguntarle qué debía llevar a casa para cenar.

—Ya era hora —refunfuñó su compañero, y Nicky estuvo de acuerdo con él. En ese momento, la tensión en el coche podía mascarse. Nicky (con muy poca ayuda de Gordon, en algunos momentos de su pequeña aventura ilegal casi había parecido estar de parte de los policías) había discutido y hecho todo lo posible por explicarse y convencerlos mientras los obligaban a bajar por el jardín y los metían en el coche patrulla, y sólo se había callado cuando los policías los habían amenazado con ponerles las esposas y detenerlos a ambos si no cerraba la boca, y Gordon le había dado un fuerte codazo en las costillas. Desde entonces había permanecido sentada en un silencio absoluto a la espera de..., no sabía qué.

Lo mismo que esperaban los policías, al parecer, porque después de que el conductor terminara la llamada, él y su compañero se habían subido al coche patrulla y allí estaban todos sentados.

Nicky tenía la impresión de que el coche que se acercaba, que ya podía ver que también era, como había sospechado, de la policía, era lo que estaban esperando. Como el vehículo que ellos ocupaban estaba orientado en la misma dirección que el que se aproximaba, tuvo que volverse para observar cómo el recién llegado se detenía tras ellos. Una figura masculina salió y cerró la puerta de golpe. Nicky le dirigió una mirada y el pulso se le aceleró. Esta vez fueron palpitaciones agradables.

Estaba demasiado oscuro para verle la cara, y que la ventanilla trasera del coche patrulla fuera tintada no facilitaba las cosas, pero era imposible confundir ese cuerpo alto y esbelto.

El primer policía bajó la ventanilla. Nicky oyó el crujido apagado de unos pasos en la grava, vio cómo una forma pasaba junto a su ventanilla y se encontró mirando a través de la reja de metal que separaba el asiento trasero de la parte delantera. Joe se había inclinado para observar el interior desde la ventanilla del conductor.

—No me lo puedo creer —soltó Joe cuando sus miradas se encontraron. Ya casi era totalmente de noche, y tenía la cara en la penumbra, de modo que no pudo ver su expresión, pero sí el brillo sombrío de sus ojos—. ¿Qué diablos está haciendo aquí?

A Nicky le sorprendió lo contenta que estaba de verlo, incluso dadas las circunstancias.

—Mi trabajo —respondió, y levantó el mentón con orgullo.

—No me diga —replicó Joe, y sus ojos se dirigieron hacia Gordon, que lo saludó con la mano y le dijo «hola» con sequedad, y por último hacia los policías, en la parte delantera del coche.

—Habían entrado sin autorización —dijo el conductor, y señaló con el pulgar Old Taylor Place—. Ahí arriba.

Nicky se inclinó hacia delante, de modo que tenía la nariz a pocos centímetros de la reja y habló con Joe a través de ella.

—¿Podría decirles que somos inofensivos y que ya pueden soltarnos?

—Depende —respondió Joe con una mirada rápida a Nicky, y después añadió al conductor—: ¿Sólo tenemos la entrada sin autorización?

—Eso y cruzar las líneas policiales. Cuando llegamos estaban en el porche, captando imágenes del interior por las ventanas.

Los ojos de Joe se dirigieron de nuevo hacia Nicky.

—Estábamos intentando grabar algo —explicó ésta.

—Un fantasma —aclaró el conductor en un tono cuidadosamente neutro.

Joe la miró de nuevo.

—¿De veras? —dijo.

Ahí estaba: escepticismo a puñados. Estaba empezando a hartarse.

—Sí. —Nicky entrecerró los ojos hacia él—. Vi un fantasma. ¿Le molesta?

—Nicky creyó ver una figura que se parecía a Tara Mitchell en la ventana de su habitación cuando estábamos grabando desde la calle. Queríamos captarla con la cámara —intervino Gordon con rapidez. Como ya le había dicho a Nicky, sabía cómo iban las cárceles en estas pequeñas poblaciones del Sur: te encierran el fin de semana y te quedas ahí hasta que algún viejo juez va a los tribunales el lunes. Y no quería pasarse las dos noches siguientes en una celda. Ni ella tampoco, si era sensata—.

Habríamos ganado muchísimo dinero si hubiéramos podido grabarlo.

—Pero no pudieron. —Joe lo aseguró, no lo preguntó.

Nicky se enfureció porque el policía cuya cara podía ver esbozó una sonrisita.

—Sé lo que vi —aseguró—. ¿Podemos irnos ya?

—¿Os importa soltarlos con una advertencia? —preguntó Joe. Los otros dos policías negaron con la cabeza. Joe miró de nuevo a Nicky—. La próxima vez que vea una cinta policial, no la cruce —indicó, y se enderezó. Un momento después, abría la puerta trasera del coche.

Nicky salió, seguida de Gordon unos segundos después. Joe cerró la puerta.

—Buen trabajo, chicos —felicitó Joe a sus subordinados—. Esperad que lleguen los refuerzos y entrad a comprobar cómo está la casa.

—Entendido —dijo el conductor, que bajó la voz para añadir con una sonrisa—: Pero ¿qué hacemos si encontramos un fantasma? ¿Lo detenemos?

Nicky lo oyó y se puso tensa. Gordon le hizo un gesto de advertencia con la cabeza.

—Llamadme —contestó Joe con sequedad.

—Lo haremos.

—Gracias por sacarnos del apuro —comentó Gordon, que se cargó la bolsa con la cámara al hombro y empezó a caminar hacia los vehículos que conducían Nicky y él. Nicky se conformó con lanzarle una mirada fulminante y se dirigió también hacia su Maxima, que estaba a unos diez metros de distancia. La furgoneta de Gordon estaba unos tres metros más lejos. Nicky observó que Joe llevaba chaqueta y corbata, y estaba tan atractivo que casi compensaba su pésimo talante. Pero ahora que ya era de noche estaba mucho más interesada en alejarse de la aterradora casa encantada con el perro que aullaba y que, por cierto, había dejado de hacerlo, que en pelearse con Joe o en babear por él.

—De nada —respondió Joe, que se puso a andar al lado de Nicky. Gordon iba un par de pasos delante de ellos—. ¿Quiere decirme por qué no está escondida a salvo en su piso de Chicago?

—Ya se lo dije: tengo trabajo que hacer. Y, para que lo sepa, vi lo que creo que era el fantasma de Tara Mitchell mirando por la ventana de su cuarto. Y oí un perro que aullaba.

—¿Un perro que aullaba? —Joe sonó algo desconcertado.

—El domingo por la noche oí aullar a un perro. Justo antes de que me atacaran. Y hace un rato, oí a otro.

—¿Y qué se supone que significa eso?

Notaba cómo la miraba, pero se negó a volverse hacia él y siguió con los ojos fijos adelante. El olor a almizcle de la marisma era cada vez más intenso a medida que se acercaba al coche. Ya estaba totalmente oscuro, y un coro de ranas toro estaba listo para empezar en algún lugar cerca del agua. Oía zumbidos de cigarras, saltamontes y grillos, y también de mosquitos, uno o dos alrededor de su cabeza. Los apartó con la mano, distraída, sin apenas prestarles atención. Unos insectos sedientos de sangre era lo que menos le preocupaba en este momento.

—¿Cómo quiere que lo sepa? Me limito a decírselo —replicó mientras sujetaba la manija de la puerta y la abría de golpe. Entonces, como tampoco era idiota, se detuvo para revisar el interior antes de subirse al coche.

—¿Va al aeropuerto? —preguntó Joe, que se detuvo junto al coche para mirarla.

—No. —Cerró la puerta y bajó el seguro. Cuando se oyó el clic, se sintió un poco más segura.

Gordon también estaba ahora junto a la puerta del Maxima. Se había parado para decir algo a Joe. Con los labios apretados y las llaves ya en la mano, Nicky bajó la ventanilla.

—Te llamaré por la mañana para programar el trabajo del día, ¿de acuerdo? —comentó a Gordon con brusquedad porque tenía prisa por marcharse. Además de estar enfadada con Joe, con los otros policías, con Gordon y, básicamente, con la mayoría del mundo por ser tan escépticos, quería alejarse de ahí. Ahora que había anochecido, este sitio le ponía los pelos de punta hasta tal punto que un escalofrío le recorría la espalda cada vez que miraba a su alrededor.

—Muy bien —contestó Gordon, y empezó a caminar otra vez.

—¿Dónde va, entonces? —le preguntó Joe—. Espero que lejos.

—A casa. A Twybee Cottage —dijo, y empezó a subir la ventanilla.

—La seguiré —comentó Joe. No era una pregunta. Era más bien una afirmación lúgubre, con la conclusión tácita... «Para asegurarme de que llegue ahí con vida.»

El dedo de Nicky se detuvo en el interruptor. La ventanilla dejó de moverse. Sus ojos se encontraron en la penumbra que los rodeaba.

Quería decirle que no era necesario que la siguiera. El orgullo le dictaba que le respondiera que no le pasaría nada. Pero le pudieron los nervios. Se dijo con tristeza que debía enfrentarse a la realidad: Ahora tenía miedo de la oscuridad. No iba a sentirse segura hasta que estuviera dentro de su casa grande, ruidosa y caótica con su familia grande, ruidosa y caótica. Que un policía la siguiera hasta llegar al hogar familiar la haría sentir mucho mejor, en especial si el policía en cuestión era Joe.

Puede que no le cayera nada bien en este instante, pero confiaba en él.

—Gracias —dijo. Él asintió.

Unos minutos después, la furgoneta de Gordon pasó junto a ellos. Nicky salió detrás de ella, y Joe detrás de Nicky.

Dejaron a Gordon con un toque de claxon y un saludo con la mano en el primer cruce, cuando él giró al oeste, hacia la South Causeway, y ella hacia el este, hacia el centro de la isla. Joe estuvo detrás de ella todo el camino hasta Twybee Cottage. Lo sabía porque lo había ido comprobando por el espejo retrovisor.

Nicky detestaba admitirlo pero estaba muy contenta de que Joe estuviera ahí. Aun así, no podía evitarlo: Mientras conducía por los campos cubiertos de matorrales, pinos virginianos y palmitos, y se cruzaba con otros coches que sólo eran un breve brillo de faros antes de desaparecer hasta que por fin pasó frente a las casas viejas y grandes que flanqueaban Atlantic Avenue, de las cuales sólo algunas brillaban con unas cuantas tenues luces interiores, estaba tan nerviosa como un saltamontes en un campo lleno de cortacéspedes.

Estaba descubriendo que regresar a la isla era mucho peor de lo que se había imaginado. Empezaba a asustarla todo.

Gruñó. ¿Acaso era extraño? En las dos últimas horas que hacía más o menos que había llegado a la isla, había visto el fantasma de Tara Mitchell y oído algo que le había recordado el aullido del perro de los Baskerville. Y casi podía notar la presencia del mal.

«Dios mío —pensó horrorizada cuando las palabras tomaron forma y consistencia en su cabeza—. Estoy empezando a sonar como mi madre.»

Era algo tan inconcebible que apenas se percató de

que el Maxima hacía crujir la grava del camino de entrada de Twybee Cottage hasta que giró ante el garaje y entró en la zona de estacionamiento, donde sus faros iluminaron a su madre, vestida con unos amplios pantalones negros y una blusa floreada de manga corta y los cabellos rojizos peinados hacia atrás brillantes bajo la luz, y a su hermana, con unos pantalones rosa cortos y ajustados y un premamá a cuadros rosas y blancos con los cabellos rubios sueltos sobre la cara, inclinadas juntas hacia la puerta abierta del conductor de un gran sedán Mercedes-Benz negro que estaba aparcado junto al Jaguar gris metalizado de Livvy. Como ambas parecían mirar algo en el asiento del conductor del Mercedes, al principio sólo les había visto los traseros. Pero cuando les llegó la luz de los faros, sus cabezas salieron del Mercedes más deprisa que los tapones de una botella de champán. Casi al unísono, se volvieron para mirar al coche que llegaba con el mismo aspecto que unos cervatillos atrapados por unos faros; se les veían las bocas y los ojos tan grandes y redondos como dólares de arena.

Nicky frunció el ceño. Frenó el coche, apagó las luces y el motor y bajó del coche. Había visto a su madre y a su hermana en todos los estados de ánimo, y reconocía éste con facilidad: extrema culpa.

—Hola, ¿qué pasa? —dijo. El capó del Maxima estaba entre ellas y Nicky, de modo que ésta sólo podía verles la mitad superior del cuerpo.

—¡Oh, Nicky! ¡Gracias a Dios que eres tú! —Leonora se apoyó en la puerta abierta, situada tras ella.

—Nos has dado un susto de muerte —añadió Livvy, que dirigió a su hermana una mirada indignada antes de volverse y meter la cabeza otra vez en el coche.

—Mira lo que me hacen hacer. Mira esto. —El tono era de queja amarga. La voz era del tío John, y procedía de algún lugar situado en alto. Nicky levantó la vista y se quedó boquiabierta.

El tío John estaba a unos seis metros del suelo, rodeado de las satinadas hojas verdes del enorme magnolio que había junto al porche, y avanzaba despacio por una de las gruesas ramas con una mano aferrada a una rama más pequeña que tenía sobre la cabeza y la otra a una sierra con la hoja plateada que brillaba tenuemente bajo la luz amarilla del porche. Una escalera de mano de metal apoyada en el tronco del árbol constituía la prueba silenciosa de su método de ascensión.

—Será un milagro que no me parta el cuello —añadió escuetamente.

—Aquí está el hielo —anunció el tío Ham, que salió por la puerta mosquitera. Echó un vistazo desde el porche al ver el Maxima, y al reconocer a Nicky, la saludó—: ¡Nicky, cielo! ¡Bienvenida a casa!

—No es culpa mía —aseguró Livvy. Ya no tenía la cabeza metida en el Mercedes, sino que estaba apoyada en la puerta trasera, cerrada, con una mano sobre la enorme panza. Ahora sólo sobresalía del coche el trasero de Leonora. Livvy miró con ojos de súplica a Nicky—. Me llamó orca.

«¡Por Dios! ¿Tenía alguien ganas de morir o qué?», pensó Nicky.

El tío Ham empezó a bajar corriendo los peldaños con un paño de cocina blanco envuelto en una mano, era de suponer que lleno de hielo. El tío John también se movía para avanzar un poco más por la rama y preguntar en tono lastimoso si creían que ya estaba lo bastante lejos. Leonora había salido de nuevo del Mercedes y sacudía la cabeza hacia Livvy, a quien el labio inferior le temblaba de modo inquietante.

Nicky captó todas estas cosas sólo tangencialmente

porque, al rodear el capó de su coche y ver en su totalidad a su madre, a su hermana y el lado del conductor del Mercedes, otra cosa atrajo al instante su atención. Los pies de un hombre con unos zapatos negros de talla mediana estaban plantados uno al lado del otro en la grava. Unas piernas, con unos elegantes pantalones negros de raya diplomática, se elevaban de ellos para doblarse por las rodillas y desaparecer, más o menos a la altura del muslo, en el coche. Éste tenía la luz interior encendida, y lo que estaba viendo no dejaba lugar a dudas, pero, aun así, Nicky se quedó atónita unos segundos. Luego, se le ocurrió que sí, que había un hombre inmóvil, tumbado boca arriba en los asientos delanteros del Mercedes. También se le ocurrió que conocía ese coche: lo había visto por última vez las últimas Navidades, cuando su hermana y el marido de su hermana habían llegado en él.

El hombre en decúbito supino sólo podía ser su futuro ex cuñado. Y había llamado orca a Livvy.

—¡Oh, Dios mío! —exclamó antes de llevarse una mano a la boca mientras aceleraba el paso para comprobar los daños. Efectivamente, era Ben. Como Livvy y su madre obstruían el acceso a la puerta del coche, no podía ver gran cosa, pero alcanzó a distinguir el contorno de un hombre de rasgos fuertes, pálido como un muerto, con el pelo rubio oscuro muy bien peinado. Tenía los ojos cerrados, la boca medio abierta y el cuerpo inerte. La mirada horrorizada de Nicky se cruzó con la de su hermana. Separó la mano de la boca—. ¿Qué has hecho, Liv?

—Lo dejó K.O. con un candelabro —explicó el tío Ham, no sin cierta cantidad de satisfacción mientras pasaba junto a Nicky para alargar la improvisada bolsa de hielo a Leonora—. Siempre supe que tenía el carácter de los James.

—No quería hacerle daño —aseguró Livvy en voz

baja—. Es que estaba molesta. Fui a nuestra casa para recoger algunas cosas mías, y llegó y me dijo que no podía llevarme nada. Así que me subí al coche, que ya tenía bastante lleno, y me marché, y él me siguió hasta aquí. Entonces, empezó a gritarme que era muy inmadura y que Alison es justo lo que él necesita. —Como todos sabían, Alison era la jovencita boba que le había robado el marido—. Y me llamó orca.

Al oír el temblor de la voz de Livvy, Nicky habría dado un fuerte puntapié en la rodilla a su cuñado, si hubiera estado lo suficientemente consciente como para sentirlo.

—Y entonces le dio un porrazo en la cabeza —comentó el tío Ham con entusiasmo—. Estábamos cenando y lo vimos por la ventana.

—Llevaba los candelabros de la abuela del coche a casa —explicó Livvy a Nicky—. Ya sabes cuáles son.

Nicky lo sabía. Un par de candelabros de plata anteriores a la guerra de Secesión, que habían ocupado un lugar destacado, junto con un centro a juego, en la mesa del comedor de Livvy desde que se había casado. Medían unos setenta centímetros de altura y debían de pesar por lo menos siete kilos cada uno.

Miró a su hermana y, a continuación, echó un vistazo a las piernas inmóviles.

—¿Está...?

«Muerto» era lo que iba a decir, pero el ruido de unos neumáticos crujiendo camino arriba unidos al recorrido de unos faros por la zona de estacionamiento le hizo dar un brinco y volverse en esa dirección. Todos los que formaban el grupo, con la excepción de Ben, que estaba incapacitado, por supuesto, y del tío John, que estaba en lo alto del árbol, siguieron su ejemplo con una inspiración colectiva de espanto.

—Es Joe —anunció Nicky, que acababa de recordar que la seguía—. Joe Franconi. Me ha seguido hasta casa.

—¿El jefe de policía? —exclamó Leonora a la vez que se llevaba una mano al pecho.

—¡Cuidado ahí abajo! —Una rama de magnolio larga como una pierna de Nicky cayó justo delante de la puerta abierta del Mercedes, y les hizo dar un nuevo brinco.

—Vamos a decir a Ben que una rama del magnolio se partió y lo golpeó en la cabeza. No creo que viera que le daba el candelabro —se apresuró a contar el tío Ham a Nicky—. Si es que se recupera, claro.

Luego, alzó la vista hacia el cielo.

—Maldita sea, John —siseó—. No hagas nada. ¿No ves quién acaba de llegar?

—¡Oh, mierda!

El coche patrulla los iluminaba a todos, una vez parado al lado del Maxima de Nicky. Ésta se imaginó la escena que debían de formar ella, Livvy, Leonora y el tío Ham petrificados junto al Mercedes y, al menos en su caso, mirando con los ojos desorbitados al recién llegado. Se notaría a la legua que se sentían culpables de algo. Y eso antes de que Joe hubiera podido ver al tío John en el árbol, o las piernas de Ben sobresaliendo por la puerta del coche.

—No tendré que ir a la cárcel, ¿verdad? —Livvy sonaba aterrada—. Me llamó orca.

Nicky pensó entonces que lo que Livvy había hecho podría considerarse agresión, a pesar del comentario de la orca. A no ser, claro, que Ben estuviera muerto.

—¡Chitón! —siseó Leonora a su hija mayor—. No vas a ir a la cárcel.

Dio entonces un empujoncito a Nicky en medio de la espalda, justo a la vez que los faros del coche patrulla se apagaban y la puerta se abría.

—Líbrate de él —le susurró—. Enseguida.

«Muy bien —pensó Nicky, que empezó a caminar medio histérica—. De nuevo en la brecha...»

—Buenas noches —saludó Joe, ya fuera del coche, antes de cerrar la puerta de golpe y avanzar hacia ellos. Su figura alta estaba en la penumbra y Nicky se percató entonces, horrorizada, de que ellos estaban iluminados.

—Hola, Joe —dijo su familia a coro. Con una mirada hacia atrás, Nicky vio que estaban todos apiñados delante de las reveladoras piernas y formaban lo que vendría a ser una muralla humana que, por desgracia, no lograba ocultar los pies de Ben. El tío Ham sonreía, Leonora sonreía. Y Livvy, blanca como el papel, redonda como una calabaza, con los ojos saltones como los de un sapo y una sonrisa como si tuviera rígor mortis, le dirigió, apoyada en el hombro de su madre, un pequeño saludo con tres dedos de la mano.

Nicky no pudo ver al tío John en el árbol. Era de esperar que Joe tampoco lo viera.

Pero la parte de familia que sí podía ver parecía tan relajada y natural como *American Gothic*.

Muy consciente de que Joe pronto rodearía el capó de su coche y podría ver los pies de Ben, Nicky aceleró el paso.

—¿Están todos bien? —preguntó Joe. Nicky lo tenía lo bastante cerca como para ver que fruncía un poco el ceño. Seguramente, la actitud de su familia empezaba a picarle la curiosidad.

—Muy bien.

—Sí.

—Perfectamente.

Las respuestas llegaron casi a la vez, y a Nicky le sonaron de lo más falsas.

Joe casi había llegado al borde del capó.

Nicky se le adelantó y se detuvo delante de él, con lo que pudo impedir que siguiera caminando.

Bien.

Joe la miró, y su expresión cambió. Sus ojos adquirieron un brillo peligroso, y apretó los labios. Tenía, de hecho, el aspecto de un hombre irritado. Con ella.

Perfecto. Porque, ahora que lo pensaba, ella también estaba irritada con él. Y, además, iba a engañarlo.

—Tenemos que hablar —dijo mirándolo con toda la furia que pudo reunir.

—Ya lo creo que sí —replicó Joe en voz baja, de modo que sólo ella pudo oírlo.

—Muy bien. —Y, tras otro de sus particulares «momentos eureka», añadió—. A solas.

—Me ha leído el pensamiento, cariño.

Estaba enfadada con él, asustada de los fantasmas y los asesinos, y preocupada porque su hermana (con un brote psicótico temporal) pudiera terminar en el manicomio o en la cárcel, demasiadas preocupaciones. Pero, aun así, que la llamara «cariño» con esa voz yanqui tan sexy le provocó una extraña sensación en el estómago, o en algún sitio cercano a él.

—Vamos a dar un paseo por la playa —dijo a los demás con la cabeza vuelta, pero sin mirarlos. Y, con el falsamente alegre «que os lo paséis bien» de su madre resonándole en los oídos, agarró la mano de Joe y se lo llevó de la escena del crimen hacia la parte delantera de la casa y la destartalada pasarela de madera que conducía por encima de las dunas y bajaba hasta la playa.

13

Mientras Nicky tiraba de él como la propietaria de un perro haría con un chucho recalcitrante, Joe pensó que el hecho de que una mujer preciosa y sexy por la que se sentía muy atraído se lo llevara hacia la penumbra no era lo peor que le había pasado en la vida, pero, dadas las circunstancias, era muy sospechoso.

—¿Qué pasaba ahí atrás? —preguntó cuando dejaron atrás la protección de la casa y empezaron a bajar por la destartalada pasarela de madera que conectaba Twybee Cottage con la playa. Una cantidad considerable de casas antiguas que estaban frente al mar tenían pasarelas privadas que se elevaban sobre las dunas siempre cambiantes y las arañas altas que separaban las casas de la playa para facilitar el acceso al mar. Como las casas, la mayoría presentaba el aspecto «arrogantemente venido a menos» de la isla, y algunas se tambaleaban más que otras. Ésta se bamboleaba bastante, y crujía bajo los pies, con unos soportes tan torcidos y con un aspecto tan frágil como las patas aplastadas de una araña.

—Nada fuera de lo corriente —aseguró Nicky, que al percatarse de que estaba literalmente tirando de él, redujo la velocidad y le soltó la mano.

A Joe le sorprendió ver lo mucho que echaba de menos el contacto de aquellos dedos cálidos y suaves.

—Un típico viernes por la noche en casa, ¿eh?

Nicky hizo una mueca cuando alzó la vista hacia él.

—¿Para mi familia? Ya lo creo.

La cuestión pendió de un hilo un instante. Luego, como la voz de Nicky sonaba sincera y como le apetecía mucho más bajar hasta la playa con ella que regresar para aclarar lo de su familia, dejó correr el asunto.

—No acabo de entender la situación —dijo. A medida que la noche los iba envolviendo como un velo notó un alivio de la tensión acumulada en los hombros y el cuello. Era una de las pocas veces de esta última semana en que estaba disfrutando de algo. Y de lo que estaba disfrutando era, sencillamente, de la compañía de Nicky—. ¿Viven ahí todos juntos?

—Normalmente no —respondió Nicky con una mueca—. Pero estamos teniendo una especie de crisis familiar, y ahora mismo todo el mundo está cerrando filas.

Caminaban uno al lado del otro, y Joe detestaba arruinar tan pronto el ambiente amigable que se había creado iniciando la discusión que sabía que iba a tener con ella. Además, sentía curiosidad.

—¿Qué clase de crisis? —quiso saber.

—¿No se ha enterado? Creía que todo el mundo en la isla lo sabía.

—Soy un recién llegado —indicó a la vez que se encogía de hombros—. No sé nada.

—Sí, claro. Bueno... —Se le apagó la voz. Al llegar al punto más alto de la pasarela pudieron ver el mar, oscuro y embravecido a la luz de la luna. La marea subía y las olas bramaban en la costa como hileras de caballos negros al galope con las crines blancas. El ruido era hipnótico. El viento, demasiado fuerte para llamarlo brisa, golpeaba la cara de Joe. Olía y sabía a salobre, como las ostras. Se sujetó la corbata y se la pasó por encima de un hombro.

A Nicky, el precioso cabello rojizo le revoloteaba alrededor de la cabeza, le azotaba la cara y se le metía en la boca, de modo que se detuvo para arreglárselo. Joe observó con cierto placer cómo se quitaba un mechón de los labios y lo sujetaba hacia atrás con una mano. Su perfil, grabado por la pálida luz de la luna, era tan fino y delicado como el de un camafeo, salvo que Joe no había visto nunca un camafeo que tuviera unas pestañas tan largas, o unos labios tan carnosos y sugestivos.

Al ver cómo los separaba para hablar, notó que el cuerpo se le tensaba, y desvió la mirada.

—Livvy, mi hermana, se está divorciando.

Tardó un segundo en volver a concentrarse para poder entender sus palabras.

—Y está embarazada —prosiguió Nicky—. Su marido se está portando muy mal y a ella le está costando mucho superarlo. Así que volvió a casa de mi madre y de Harry. Harry está bastante horrorizado por toda esta situación y hace todo lo posible por quitarse de en medio, pero el tío Ham y el tío John le han estado dando todo su apoyo. De hecho, ellos viven en Savannah, pero últimamente han pasado mucho tiempo en Twybee Cottage para ayudar a mamá con Livvy, y también porque el tío Ham tiene la intención de abrir un restaurante aquí. Es el propietario de Hamilton House, ¿sabe?

Su voz contenía una inequívoca nota de orgullo cuando dijo la última frase.

—Me lo han comentado. —Hamilton House era uno de los restaurantes más famosos de la región, como Joe había averiguado al investigar a todos los que habían estado presentes en Old Taylor Place la noche en que Karen Wise fue asesinada. Le habían descrito a Hamilton James de formas muy diversas: como un hombre de negocios muy respetado, como un temperamental artista de la cocina y como un aristócrata sureño de pura cepa. Su pareja, John, era también su socio en el restaurante, además de ser su contable y, a decir de todos, mucho menos explosivo que Hamilton.

—Además, mi madre está sufriendo una pequeña crisis personal, porque cree que padece bloqueo parapsicológico, como ella lo llama. No ha podido establecer contacto con el Más Allá como es debido desde hace cierto tiempo, y está un poco histérica.

Joe reflexionó un segundo.

—Si la línea parapsicológica no funciona, por así decirlo, ¿cómo pudo hablar con el fantasma de Tara Mitchell el otro día, durante su programa de televisión? —comentó haciendo todo lo posible por evitar el tono de «te pillé» en la voz.

Al parecer, no lo logró del todo, porque Nicky le dirigió una mirada penetrante.

—¿Sabe qué? Como no soy médium, yo tampoco entiendo siempre cómo funciona exactamente. Pero si mi madre dice que vio a Tara Mitchell es que la vio. Mi madre puede ser muchas cosas, pero no es ninguna mentirosa.

«El carácter explosivo debe de ser una característica genética de la familia James», pensó Joe, con una mirada irónica a su ahora irritada acompañante. ¿No se decía que el cabello color fuego implicaba un corazón fogoso, lo que, en su opinión, no era por fuerza algo malo?

El problema de jugar con fuego, sin embargo, consistía en que era muy fácil acabar quemándose...

Lo que, como se recordó con firmeza, era el motivo por el que decidía no jugar.

—Espere. Me está poniendo palabras en la boca. Nunca dije que lo fuera. Sólo le pregunté lo que cualquier otra persona razonable habría preguntado.

Eso le valió otra mirada penetrante.

—Que usted no crea en fantasmas no significa que no existan, ¿sabe?

Joe pensó en Brian, al que, por suerte, no se veía en ese momento por ninguna parte.

—Creer en fantasmas le resulta un poco difícil a alguien como yo. ¿Qué quiere que le diga? Necesito pruebas palpables.

Llegaron entonces al extremo de la pasarela, y la playa blanca se extendía delante de ellos como una carretera pálida. La luna estaba suspendida sobre el horizonte, grande y redonda como un tapacubos y del color de la leche, en medio del cielo oscuro. Su reflejo relucía sobre las olas como el glaseado de un pastelillo. Unas cuantas estrellas se asomaban a través de una capa desbriznada de nubes grises.

—Cuidado —advirtió Joe, que se detuvo para dejar que Nicky bajara los peldaños. Nicky vaciló con una mano en la barandilla y la otra sujetándose aún el cabello mientras observaba con cautela la playa arriba y abajo. No estaba del todo vacía. Joe pudo ver a lo lejos, recortada contra la luna, a una pareja que paseaba junta y a una mujer que hacía *footing* mientras su perro, que por el tamaño podría ser un labrador, iba y venía corriendo hacia el agua.

Pero estaba lo bastante desierta como para que, a efectos prácticos, estuvieran totalmente solos.

Joe se dijo que no era algo que le conviniera pensar. Pero el problema era que lo hacía, pensaba en dar algunos pasos, en hacer algo concreto respecto a la atracción que sentía por ella, lo que sólo servía para excitarlo más y que le costara más resistirse a medida que pasaba más tiempo con ella. La deseaba: ésa era la verdad. Y el caso era que tratar de conseguir lo que deseaba parecía formar parte de su naturaleza.

Dormir con ella sólo le complicaría la vida, que ya era demasiado complicada.

Había muchas mujeres, muchas isleñas bonitas y agradables, que le habían insinuado que estarían dispuestas a compartir la cama con él cuando quisiera. Tomarle la palabra a alguna sería muchísimo más sencillo. Sería lo prudente, lo seguro, la forma de encarrilar su vida por su nueva tranquilidad.

Podía dominarse: no tenía por qué ganar el adicto a las emociones fuertes que había en él.

Entonces Nicky se volvió para mirarlo, y al verla, se quedó embelesado. Tenía los ojos enormes y oscuros, y la piel, luminosa a la luz de la luna. El viento le aferraba al cuerpo la pieza de punto negra que llevaba de tal modo que podía distinguir todas sus deliciosas curvas. En un intento desesperado de no quedar deslumbrado por completo, se recordó que, por lo general, le gustaban las mujeres con forma de mujer: tetas grandes y un buen culo. Y Nicky carecía de eso. Al contrario, era casi extremadamente esbelta. Tenía los pechos pequeños, firmes y altos, una copa B como mucho, sin duda auténticos. Su cintura era delgada, y sus caderas, casi de chico. Y las piernas no parecían acabársele nunca bajo los ajustados pantalones negros.

Al contemplarla, recordó algo que Spencer Tracy dijo sobre Katharine Hepburn, algo por el estilo de: «No tiene mucha carne, pero la que tiene es selecta.»

Y sexy. Muy sexy.

—Lleva la pistola, ¿verdad? —preguntó Nicky entonces, y con eso, todo el ambiente cálido y aturdidor que había estado creciendo entre ellos se fue al diablo.

La miró a los ojos con el ceño fruncido. El enfado alimentado por el miedo que el inesperado deseo casi había eclipsado volvió con toda su fuerza. Muy bien, el dulce

intervalo para conocerse mejor había concluido oficialmente. Había llegado el momento de hacer que se fuera
de Pawleys Island y, si tenía algo de sentido común, de su
vida.

Joe no dijo nada. Se quedó allí plantado un momento, contra el fondo negro del cielo, las arañas y el tejado
en pico de Twybee Cottage, mirándola con el ceño fruncido. Después, aún en silencio, se apartó el lado izquierdo de la chaqueta para permitirle ver la sobaquera, que
contrastaba con la camisa blanca. Pudo distinguir el tenue brillo negro de una pistola que sobresalía de ella. Eso
la tranquilizó.

—¿Se siente mejor? —preguntó. Su tono poseía un
timbre irascible que le indicó que volvía a estar irritado.
Al parecer, no le había gustado que le preguntara por la
pistola.

Por suerte, sus cambios de humor no eran problema
suyo.

Nicky asintió con tranquilidad y, como realmente no
tenía otra opción, dado el drama que sin duda se seguía
desarrollando en la casa, se volvió y bajó los peldaños hacia la playa. El viento era mucho menos intenso cuando
dejó de estar a tres metros por encima del suelo, y una
vez que sus pies tocaron la arena, pudo soltarse el pelo.
Se lo pasó por detrás de las orejas, lo que bastaba para
mantenerlo apartado de la cara. Joe la siguió y se reunió
con ella cuando, por costumbre, empezaba a caminar hacia el pequeño grupo de hoteles, bares y tiendas de *sou-
venirs* que ocupaba el extremo norte de la isla. Desde que
tenía uso de razón, había habido alguna clase de centro
comercial en ese lugar; de niñas, Livvy y ella iban a menudo a jugar a la sala de juegos, ya largo tiempo desapa-

recida, o a tomar un helado a la sandwichería, también desaparecida. El brillo distante de las luces de los locales formaba un pequeño oasis de luminosidad en la oscuridad.

—Es evidente que sabe que volver a la isla ha sido una insensatez o no me habría preguntado si llevo pistola —indicó Joe.

Nicky había tenido razón. Estaba irritado.

—Puede.

El caso era que ya no tenía ganas de discutir. Estaba cansada, todavía un poco desconcertada por haber visto por primera vez un fantasma, preocupada por su hermana, preocupada por su trabajo y preocupada por su vida, y no exactamente en ese orden. Además, Joe Franconi era el primer hombre desde hacía tiempo que tenía la habilidad de hacerle latir con fuerza el corazón, incluso cuando le fruncía el ceño. Decidió que era algo que valía la pena explorar. ¿Cuánto tiempo hacía que había tenido esa clase de romance en su vida? La respuesta era que demasiado.

—¿Puede? ¿Cree que puede que sea una estupidez ponerse al alcance de un asesino sanguinario que ya ha intentado matarla una vez y que parece tenerla apuntada en lo más alto de su lista de amigos? ¿Qué necesita para convencerse de que es una estupidez? ¿La muerte inminente?

Por supuesto, el sarcasmo no era el rasgo que más le gustaba en un hombre. Ni siquiera figuraba entre los diez primeros.

—Eso no es asunto suyo, ¿no cree?

—Ya lo creo que lo es. Soy el jefe de policía, ¿recuerda? Mi trabajo consiste en impedir que asesinen a la gente en esta zona. Incluso a la más estúpida. Por ello, voy a pedirle muy amablemente que nos haga un favor a los dos y se largue a Chicago.

Lo dijo como si esperara que lo hiciera porque él se lo decía. Oh, un momento, seguramente lo esperaba.

—No.

Eso lo dejó callado un momento. Nicky notó que estaba furioso, vio con el rabillo del ojo que fruncía el ceño, pero no lo miró. En lugar de eso, dirigió la vista al mar. Distinguió a duras penas el contorno rectilíneo y negro de una barca pesquera en el horizonte y, más lejos aún, las luces centelleantes de lo que seguramente era un velero privado de grandes dimensiones o un pequeño yate. Caminaban juntos cerca de la orilla, justo fuera del alcance de las olas. Observó cómo el agua espumosa se curvaba y retrocedía una y otra vez a unos centímetros de sus pies calzados de negro. La arena por donde andaban estaba mojada de las salpicaduras y casi tan firme como el asfalto. La brisa se había convertido en un susurro, y el cielo estaba cubierto de estrellas. Nicky había conocido todos los climas de la isla en todas las estaciones, y mayo era uno de sus meses favoritos. Días calurosos y brillantes, noches suaves y cálidas, y pocos turistas. No podía pedirse mucho más.

Salvo por el hecho de que un asesino andaba suelto, claro.

—No puede ser que quiera estar aquí —dijo Joe, que trataba de que su voz sonara razonable—. Fue lo bastante lista y estaba lo bastante asustada para llamarme cuando recibió ese e-mail. Y fue lo bastante lista y estaba lo bastante asustada para casi desmayarse cuando oyó el mensaje que el asesino le dejó en el móvil. ¿Cómo se le ocurre venir antes de que lo hayamos atrapado?

A Nicky no le gustaba que le recordaran lo asustada que había estado..., y que seguía estando.

—Está perdiendo el tiempo —soltó en un tono cortante—. No me voy a ir. No puede convencerme y no puede obligarme. ¿Por qué no hablamos de otra cosa?

Pasó un instante sin que Joe dijera nada. Lo cierto era que si Nicky no quería irse de la isla, él no podía hacer nada al respecto. Y ambos lo sabían.

—Maldita sea, Nicky...

Nicky captó la frustración en su voz, pero no fue eso lo que la afectó. Era la primera vez que la llamaba por su nombre. El sonido de esa voz yanqui tan sexy diciendo «Nicky» la derritió. También la indujo a intentar por lo menos que comprendiera su postura.

—Mi productor iba a enviar a otra persona, ¿entiende? A otro reportero, para que cubriera la historia en mi lugar. Pero lo convencí de que no lo hiciera porque la historia es mía. Sí, de acuerdo, lo admito: tengo un poco de miedo. Y no, no voy a rendirme. Esto es importante para mí.

—No tengo hombres suficientes para asignarle protección las veinticuatro horas del día, los siete días de la semana, ¿sabe? —seguía sonando enojado.

—No le estoy pidiendo que lo haga.

—Oh, vaya. ¿Debo seguir entonces con lo mío mientras usted cruza los dedos y espera que no vuelvan a atacarla?

—Voy a ir con cuidado.

—Sí, claro —gruñó—. ¿Cuánto tiempo lleva en la isla? ¿Dos horas o dos horas y media, quizá? Y ya casi la han detenido por entrar sin autorización en Old Taylor Place, que, dadas las circunstancias, era el último lugar donde debería haber estado. Y ahora mismo pasea por la playa de noche con un hombre armado al que no conoce en absoluto. ¿Cómo sabe que no soy yo el asesino?

—Es policía.

—¿Y? Eso no significa nada, créame.

—Bajó corriendo por el camino de entrada para rescatarme cuando el asesino seguía bajo los árboles. Es imposible que fuera usted —indicó, triunfante.

Joe esperó un instante antes de hablar.

—De acuerdo, tiene razón. Digamos que está a salvo conmigo. Eso le deja sólo unos quinientos hombres más en la isla por quienes preocuparse. Por no hablar de las decenas de miles de hombres de fuera de la isla. De Murrels Inlet, por ejemplo, o Litchfield, o incluso Savannah.

Inclinó la cabeza para mirarlo. A pesar de la oscuridad, pudo ver que tenía la mandíbula rígida y la mirada intensa. Era evidente que estaba preocupado de verdad por su seguridad, y eso hizo que acabara de derretirse. Caminaban tan juntos que sus brazos se rozaban. Podía ver la línea marcada de sus labios, la silueta pronunciada de sus pestañas, la forma preocupada de su ceño fruncido.

El corazón le latió un poco más deprisa mientras intentaba de nuevo explicárselo.

—Verá, es que en televisión o estás en la cresta de la ola o no eres nadie. Últimamente no he estado en muy buena situación. Y tengo veintinueve años.

—Vaya, no me diga, abuela.

Volvía a mostrarse sarcástico. Pero sonreía un poco, y los labios de Nicky estuvieron a punto de devolverle la sonrisa.

—Créame, en televisión, veintinueve años es ya ser viejo. Si no triunfo pronto, no lo haré nunca. Si cancelan *Investigamos las veinticuatro horas*, es probable que mi próximo programa no sea tan bueno. Pero si va bien, si me va bien, puedo tener una oportunidad como copresentadora de *En directo por la mañana*, ¿lo entiende?

Era evidente que no era aficionado a la televisión; no parecía nada impresionado.

—No merece la pena morir por nada de esto.

—Pero no pienso morirme, ¿sabe?

—Nadie lo piensa.

Había algo en su voz, acaso una ligera amargura, que le hizo dirigir una mirada rápida e inquisitiva hacia él. Sus ojos se encontraron y Joe hizo una mueca.

—Lo que me lleva a mi idea inicial: tiene que marcharse de aquí hasta que lo hayamos atrapado.

—Lo que me lleva a mi respuesta inicial: no.

La observó.

—¿Es siempre así de tozuda o es que está haciendo una excepción conmigo?

—¿Se trata de una de esas preguntas con trampa como: «¿Cuándo dejó de pegar a su mujer?»?

—Tomaré eso como un «siempre» —rió Joe.

—Tómeselo como quiera.

Casi habían llegado al charco de luz amarilla que proyectaba el grupo de edificios comerciales. Ahora había más gente en la playa; en su mayoría, por el aspecto, los primeros veraneantes. Había un hombre mayor sentado en una tumbona de plástico situada al borde mismo del agua. Una pareja, vestida para salir de noche, cruzó el círculo de luz y se sumió en la penumbra, en un intento claro de dar un paseo privado por la playa.

—¿Ha estado ahí alguna vez? —preguntó Joe a la vez que señalaba los edificios con la cabeza. Nicky identificó con una mirada una de las tiendas de hamacas que daban fama a la isla, una joyería, una tienda de submarinismo y una panadería que formaban parte de la principal trampa turística del lugar. Estaban situadas en lo que el reluciente letrero de neón en una pared anunciaba como Centro Turístico y Spa. Nicky sabía que se trataba del nuevo complejo hotelero de la isla, construido en los terrenos de un antiguo hotel que había sido demolido para que ocupara su lugar. Los tres edificios de cuatro plantas estucados de blanco tenían el tejado rojo, arcadas y decenas de balcones de hierro forjado. Alrededor de las pasarelas, los patios y la piscina abundaban los palmitos, las yucas, los hibiscos y los phloxes azules, lo que convertía la zona en un atractivo oasis de color en medio de la arena blanca.

No había que olvidar llevar una buena cantidad de dinero para visitarlo.

Nicky sacudió la cabeza.

—Mi hermana y yo solíamos venir a tomar helados cuando éramos pequeñas, pero entonces no se parecía en nada a esto.

—¿Quiere probarlo?

—¿Qué? —Nicky frunció el ceño sin entenderlo.

—Para cenar —contestó Joe—. Yo no he comido. ¿Y usted?

—No.

—¿Quiere cenar conmigo, entonces?

—Bueno... —Para su sorpresa, Nicky se dio cuenta de que la respuesta era que sí. Se echó un vistazo a sí misma. La ropa estaba bien, gracias a los tejidos que no se arrugan, pero tenía los zapatos, de un modelo plano y cómodo con la puntera cuadrada, llenos de arena, probablemente igual que el dobladillo de los pantalones, aunque no podía estar segura. Por el modo en que se notaba los labios, dudaba que le quedara nada de carmín, y llevaba el pelo despeinado y enredado por el viento.

—Está preciosa —aseguró Joe, que había interpretado a la perfección su titubeo.

Sus ojos se encontraron. Al ver lo que había en los de Joe, a Nicky el corazón empezó a latirle un poquito más deprisa. Estaban a oscuras y acalorados, y eso la llevó a pensar en el sexo. Y pensar en el sexo con él la dejó sin aliento.

Podía si quería...

—Gracias —dijo intentando parecer más serena de lo que se sentía de repente—. Me encantará cenar con usted.

Joe le sonrió despacio, de un modo atractivo, que la deslumbró considerablemente. Le devolvió la sonrisa. Y cruzaron el círculo de luz para entrar en el hotel.

Mientras Joe se encargaba de conseguir mesa, Nicky hizo una visita rápida a la tienda de regalos, donde compró unas cuantas cosas imprescindibles con el billete de veinte dólares que siempre llevaba guardado en el bolsillo para casos de emergencia. Una vez provista pasó por el aseo de señoras y se arregló un poco. Sintiéndose mejor después de haberse dejado el pelo más o menos como lo llevaba peinado antes, de haberse empolvado la nariz y repuesto el brillo de labios, se dirigió hacia el comedor. Era encantador, reducido e íntimo, con el suelo de mármol, espejos ahumados que recubrían las paredes y velas que parpadeaban en el centro de cada mesa. Unas palmeras en macetas estratégicamente situadas por la sala conferían una sensación de intimidad a las mesas. La recepcionista era una niña (bueno, una mujer ahora) que había cursado la primaria con Livvy. Saludó a Nicky con alegría, le aseguró que miraba *Investigamos las veinticuatro horas* todas las semanas y que se moría de ganas de ver el siguiente programa. Después, bajó la voz para decirle lo mucho que sentía lo que había pasado, en referencia a la muerte de Karen, y condujo a Nicky hacia la mesa del rincón donde Joe estaba esperando. Éste se levantó cuando se acercó, y a Nicky la impresionó de nuevo lo atractivo que estaba con chaqueta y corbata. Mientras le apartaba la silla para que se sentara, reflexionó con ironía que siempre había sentido debilidad por los hombres con buenos modales, y un hombre guapísimo con buenos modales era el *summum*. También había impresionado a la recepcionista. Cuando Joe volvió a su asiento, la chica le dirigió la clase de mirada de reojo que indicaba a Nicky que (a) lo encontraba espléndido y (b) mañana a esa hora la noticia de su «cita» correría como un reguero de pólvora por toda la isla. Después, dedicó a Nicky una sonrisa pícara de felicitación y complicidad antes de dejarlos en las manos atentas de la camarera.

—Espero que no le importe que cotilleen sobre usted —dijo Nicky cuando la camarera terminó de tomarles nota y los dejó solos.

—Supongo que es lo que pasa por cenar con una mujer famosa —comentó a la vez que se encogía de hombros.

—No soy demasiado famosa, créame —aseguró Nicky con una mueca—. En Chicago puedo ir de compras, al cine, a cenar, a cualquier parte, y la gente apenas me reconoce. Sólo me pasa aquí, porque soy una chica del pueblo a quien le van bien las cosas. Además, creo que de quien van a hablar es de usted. Será algo así como: «¿Sabes a quién vi cenando con el jefe Franconi ayer por la noche?»

—Es lo que tiene el Sur. —Joe esbozó una leve sonrisa—. Todo el mundo mete las narices en los asuntos de los demás.

—Bueno —replicó Nicky—, por lo menos la gente se habla.

—Lo dice como si eso fuera bueno —sonrió más.

En ese momento sonó el móvil de Nicky. Con una mueca a modo de disculpa, se lo sacó del bolsillo, miró el número y suspiró.

—Perdone —dijo—. Es mi madre. Si no contesto, se volverá loca de preocupación.

—Su madre es una mujer inteligente —comentó Joe con sequedad.

Nicky lo miró con los ojos entrecerrados mientras decía «hola» por teléfono.

—Estás tardando mucho. ¿Dónde estás? —quiso saber Leonora.

—Estamos cenando. En el nuevo hotel, al final de la playa.

—¿Estáis cenando? —Leonora pareció sorprendida—. ¿Con Joe Franconi? ¿En plan cita?

—Sí —respondió Nicky mientras sonreía a la camarera que llegaba con las bebidas y las ensaladas, las dejaba en la mesa y volvía a marcharse. Por suerte, sólo estaban ocupadas dos mesas más, ambas a cierta distancia de la suya, de modo que si no alzaba la voz, no tenía que preocuparse por molestar a los demás comensales.

—Madre mía. Bueno, supongo que no pasa nada. Quiero decir que parece simpático y, desde luego, es muy guapo, pero... —La voz de Leonora se fue apagando. Después, como si se lo hubiera pensado mejor, soltó—: ¿Está ahí contigo? ¿Puede oírme?

—¿Puede oírla? —preguntó Nicky a Joe.

—No se lo preguntes —siseó su madre mientras Joe, sonriente, negaba con la cabeza.

—No —respondió Nicky por teléfono—. Por lo menos, eso dice. ¿Querías algo en particular?

—Llamaba para decirte que Ben se ha ido. Puedes venir a casa cuando quieras. —Hizo una brevísima pausa—. ¿A qué hora vas a volver?

—No tengo ni idea.

—¡Oh! —exclamó Leonora. Su voz adquirió un tono de ansiedad al asimilarlo—. No estará casado ni nada parecido, ¿verdad? Quiero decir que no sabemos nada sobre él, salvo que es del Norte. Podría...

Nicky la interrumpió sin miramientos. Joe se estaba comiendo su ensalada mientras la miraba con una expresión totalmente inocente. ¿Demasiado inocente? De repente, no estuvo segura de que hubiera dicho la verdad al decirle que no podía oír a su madre. En cualquier caso...

—Todo va bien, madre. No te preocupes. Tengo que dejarte, me han servido la ensalada. Adiós.

Colgó, se metió el móvil en el bolsillo, dio un mordisco a la ensalada y reflexionó.

Sí. A veces, sólo a veces, su madre tenía razón.

—Bueno... —soltó muy despacio cuando sus miradas se encontraron a través de la mesa—. ¿Está casado?

—Le dijo que me lo preguntara, ¿verdad? La respuesta es que no. No estoy casado.

Teniendo en cuenta la dirección que habían seguido sus pensamientos, era un alivio.

—¿Lo ha estado alguna vez?

—No.

—¿Comprometido? ¿Alguna novia formal? —preguntó con las cejas arqueadas antes de dar otro mordisco a la ensalada. La lechuga era iceberg y estaba aliñada con una vinagreta suave, puede que de bote. Su veredicto era: correcto, pero nada especial. Desde luego, nada que la distrajera de su conversación, ni de la compañía.

—No. Y no —contestó Joe con una sonrisa.

—Bien —concluyó.

Ante lo que implicaba esta afirmación, la mirada de Joe se volvió sombría y apasionada. Nicky contuvo el aliento...

Antes de que ninguno de los dos pudiera decir nada más, la camarera llegó con los segundos platos. Mientras los servía, la mujer charló amigablemente con ambos, y el momento pasó. En esta parte del país, el marisco, como la carta afirmaba, era el rey. Por ello, Nicky había pedido gambas a la plancha con sémola de maíz y Joe, cangrejo azul. Joe atacó su plato con avidez, como un hombre que había comido a la carrera hacía cierto tiempo, y Nicky hizo lo mismo, aunque con bastante menos entusiasmo. Como la ensalada, el marisco estaba bueno, pero a Nicky le complació comprobar que no era espléndido. Cuando el restaurante del tío Ham abriera, lo que seguramente no ocurriría hasta bien entrada la temporada al ritmo que iban las cosas, acabaría con éste.

—¿Ha surgido alguna pista interesante desde que hablamos el jueves por la noche? —preguntó mientras diseccionaba con delicadeza una gamba.

Joe alzó la vista del plato para observar la expresión de Nicky.

—¿Está intentando sonsacarme información?

—Quizá —sonrió Nicky.

—Nada de quizá. Lo está haciendo. Y ya puede olvidarse. No tengo nada que decir sobre una investigación en curso.

—Demasiado tarde. Ya me contó cosas. Cuando lo llamé.

—Era de noche. Me pilló por sorpresa. —Las cejas se le juntaron sobre la nariz y la mandíbula se le tensó sin previo aviso. Era evidente que había recordado que estaba enfadado con ella.

«Vaya por Dios», pensó Nicky. Ya estaba empezando a reconocer esa expresión.

—Quienquiera que sea este hombre, es despiadado. Quiero que se vaya de la isla. Por su propia seguridad. Se lo suplico. Por favor.

Nicky suspiró y dejó el tenedor.

—Ya hemos tenido esta conversación —indicó.

—Sí, bueno. Vamos a seguir teniéndola, créame.

—Joe... —Nicky vio que los ojos se le ensombrecían y le brillaban, y se percató de que era la primera vez que lo llamaba por su nombre. Por su expresión, era evidente que él también se había dado cuenta.

—Nicky —contestó Joe en un tono que se burlaba un poco del suyo. Sus ojos se encontraron. Una extraña intimidad pareció surgir entre ellos, como si hubieran cruzado una puerta que daba a... ¿Qué? ¿Una relación?

El corazón de Nicky se aceleró al pensarlo.

—Ya te lo expliqué —insistió.

—Sí, ya me lo explicaste —respondió Joe con sequedad—. Básicamente, estás diciendo que tu carrera es más importante que tu vida.

—Ya estamos de nuevo. Para ti las cosas son blancas o son negras, no hay grises —comentó con los ojos entrecerrados.

Ambos se fulminaron con la mirada un momento. Luego, casi a regañadientes, Joe soltó una carcajada.

—De acuerdo —dijo—. Háblame sobre *En directo por la mañana*. Es donde salen Troy Hayden y Angie no sé qué, ¿verdad? Si lo consigues ¿te irás a vivir a Nueva York?

—Sí. Si lo consigo. Y eso es suponer mucho.

—¿Por qué?

Le sorprendió, le emocionó un poco y le encantó que recordara con tanta claridad lo que había dicho antes. Muy pocas personas sabían que estaba interesada en este trabajo, y menos aún que había hecho una prueba. Además, lo que le había dicho al respecto había sido sólo un comentario de pasada. Había aprendido que ascender en el mundo de la televisión era un juego en el que no había que enseñar nunca las cartas, y contar a sus compañeros de trabajo que los de *En directo por la mañana* estaban pensando en ella sólo serviría para que (a) cuestionaran su compromiso con su empleo actual y (b) perdiera prestigio si no le ofrecían el trabajo, lo que, si era realista, era lo más probable. Pero Joe no trabajaba en la televisión y por eso no le había importado mencionárselo. Ahora, la observaba con los ojos sonrientes mientras ella hablaba y le hacía las preguntas adecuadas, de modo que terminó contándoselo todo. Cuando finalizó, habían acabado de comer, les habían traído la cuenta y, una vez pagada, hacían la sobremesa con un café delante.

—¿Has terminado? —preguntó Joe—. Aquí no puedo fumar y necesito un cigarrillo.

Nicky asintió, corrió hacia atrás la silla y se levantó.

—No deberías fumar.

—Ya lo sé. —La siguió a través del comedor—. Es uno de mis vicios.

—Lo dices como si tuvieras muchos.

—Tengo bastantes.

Habían salido ya al patio al aire libre. Joe se detuvo para encender un cigarrillo, y Nicky contempló con cierta desaprobación cómo rodeaba la llama del encendedor con una mano para protegerla del viento y daba una calada lo bastante larga para que la punta del pitillo brillara colorada. Luego, se guardó el encendedor de nuevo en el bolsillo junto con el paquete de tabaco y empezaron a recorrer el camino entre la piscina y el jacuzzi, en dirección a la playa. Le tomaba un codo con la mano con un gesto informal y posesivo, como si fuera lo que tenía que hacer. Nicky era muy consciente de ese contacto, a pesar de que, fría hasta el final, fingía no darse cuenta. Supuso que sería más tarde de las diez, y fuera del alcance de las antorchas que iluminaban el patio, la noche era tan suave y tupida como el terciopelo negro. Había dos parejas en el jacuzzi, y un nadador solitario hacía largos de piscina. El aire olía a humo, del cigarrillo de Joe y de las antorchas. El ruido del mar proporcionaba una suave música de fondo a la risa y a las salpicaduras de los turistas.

—Hay algo que no entiendo —dijo Nicky, porque la

tensión le iba aumentando a medida que llegaban a la playa y se acercaban al borde del círculo de luz, y sintió una repentina necesidad nerviosa de romper el silencio que se había instalado entre ambos—. ¿Cómo terminaste siendo el jefe de policía de la isla? No parece la clase de trabajo que pueda gustarte.

Notó que se le tensaba la mano con la que le rodeaba el codo.

—¿Por qué no iba a gustarme? El sol, la playa, las chicas en biquini por todas partes: este sitio es prácticamente el paraíso.

Estaban cruzando la línea que separaba la cálida luz amarilla de la fría penumbra, y Nicky notó un escalofrío premonitorio que le recorría la espalda. Los ojos le tardaron un segundo en adaptarse pero, cuando lo hicieron, vio que el hombre mayor de la tumbona se había ido, igual que los niños que jugaban antes entre las olas. Si había más personas paseando por la arena, y tenía que haberlas porque la noche se prestaba a ello, no las veía. Lo único que vio fue que la luna lucía alta en el cielo y la playa estaba inundada de una luz de ensueño, y las olas coronadas de blanco avanzaban hacia la costa con un ritmo constante, hipnótico, que era tan antiguo como el mundo.

—Aun así... —murmuró Nicky.

Joe se detuvo, tiró el cigarrillo y la volvió hacia él.

—También hay algo que yo no entiendo.

Sus ojos brillaban en la oscuridad. Nicky apenas le llegaba a la barbilla. Estaban ahora tan juntos que tenía que inclinar la cabeza hacia atrás para mirarlo a la cara. Estaba tan atractivo con la luz de la luna que se reflejaba en sus cabellos negros y le realzaba los pómulos y los rasgos marcados de la nariz y la mandíbula, que la dejó sin aliento.

—¿Qué?

Ahora le sujetaba con fuerza ambos codos, y ella apoyaba las manos en la parte superior de sus brazos. Su chaqueta era de un material ligero para el verano, no de lino, sino de algo suave y fresco, puede que de algún tejido sintético. A través de él, notaba la firmeza de sus bíceps. El corazón se le aceleró un poquito.

—Qué quisiste decir antes cuando dijiste «bien».

—¿Bien? —Bajó los ojos. El temblor que le provocaron esos músculos tan impresionantes la distrajo tanto que no lo entendió.

—Dije que nunca había estado casado, que no estaba comprometido y que no tenía ninguna novia formal y tú dijiste «bien».

—¡Oh! —exclamó Nicky, que se acordó del aserto—. Bueno, seguramente lo dije porque eso significaba que había un empleo vacante.

—¿Ah, sí? —Joe sonrió un poco, y de repente Nicky no pudo apartar los ojos de sus labios. El aire que había entre ambos parecía cargado de electricidad. Sintió calor en el interior de su cuerpo. El corazón empezó a latirle con fuerza en el pecho.

—Sí —dijo, y alzó los ojos hacia los suyos.

Entonces, porque el suspense la estaba matando y porque nunca se le había dado demasiado bien quedarse esperando algo, se puso de puntillas y lo besó.

14

Los labios de Joe eran cálidos y firmes, y sabían un poco a tabaco. Joe se quedó totalmente inmóvil un momento, dejando que lo besara. Nicky habría pensado que estaba metiendo la pata si no hubiera sido porque Joe cada vez le sujetaba los codos con más fuerza. Mientras recorría los labios de Joe con los suyos, se miraban con los ojos entornados, y cuando él empezó a responderle, los besos siguieron siendo cálidos y suaves, y sólo un poco exigentes. El cuerpo empezaba a arderle. Los pezones se le irguieron. Sintió una excitación insistente y palpitante en su interior. Mientras se besaban, esta sensación empezó a crecer cada vez más, hasta obligarla a encoger los dedos de los pies. Mareada por el calor que generaban, se apoyó en él y lo besó con más fuerza. El destello repentino de los ojos de Joe fue la única advertencia que recibió antes de que se acabara la suavidad y la ternura cuando él se hizo con el control del beso y la acercó hacia él con las manos en los codos mientras le separaba los labios con los suyos y le deslizaba la lengua en la boca. La cabeza le dio vueltas. El corazón le golpeaba la caja torácica con energía. Cerró los ojos y le devolvió el beso encendida de pasión. Joe le soltó los codos, la rodeó con sus brazos y le tomó la boca con una ansiedad carnal que casi la dejó sin fuerzas.

Había olvidado qué se sentía cuando te besaban así.

Elevó los brazos hacia sus hombros para rodearle el cuello. Se apretujó contra él con fuerza y lo besó como si fuera a morirse si no lo hacía. El sexo no había estado nunca muy arriba en su lista de prioridades pero, de repente, lo estaba. De repente, no podía pensar en otra cosa. De repente, un fuego vivo y dulce que le impedía pensar se apoderó de su cuerpo. O, mejor dicho, que le impedía pensar en otra cosa.

Lo deseaba.

—Nicky. —Joe levantó un poco la cabeza y le recorrió la mejilla con los labios hasta detenerlos, cálidos y húmedos, e increíblemente eróticos, en el hueco tierno y sensible de debajo de la oreja.

—Joe —exclamó Nicky. Le acarició la piel cálida de la nuca y jugó con el pelo fresco y grueso que había en ella mientras él le acercaba los labios a la garganta para darle varios besos alrededor del cuello. La brisa le sopló los cabellos hacia los ojos. Se los apartó para situárselos tras las orejas y deslizó las manos de un modo sensual sobre los hombros de Joe. Tenía los pechos arrimados a su firme tórax, donde notaba una protuberancia dura, antinatural: la pistola. Al identificarla, Nicky tembló de pies a cabeza. Era la primera vez que le ocurría: quería estar desnuda y en posición horizontal con un hombre que iba armado. Con un policía. Con Joe. Al pensarlo, la cabeza le dio vueltas y las rodillas le flaquearon. Si él no la hubiera estado sujetando, lo más seguro es que se hubiera caído.

—Espero que este trasto no nos dé ningún disgusto —logró decir.

—¿Qué trasto? —Joe levantó la cabeza y la miró. Tenía los ojos sombríos, inquietos, brillantes. Nicky pudo ver deseo en ellos, notar la tensión en sus brazos, en su cuerpo.

—La pistola.

Unos pocos centímetros separaban sus bocas. Joe tenía el cuerpo encorvado de modo protector a su alrededor y Nicky notaba cómo su calor le atravesaba las capas de ropa. Sus brazos la sujetaban con fuerza contra su cuerpo; sus manos, grandes y fuertes, le reposaban en la espalda.

Detrás de su cabeza, veía el cielo de la noche cubierto de estrellas.

—Oh. No. Tiene el seguro puesto —la tranquilizó con una voz densa y grave. La calidez de su aliento le rozó la mejilla.

—Muy bien.

—Hummm... —Le recorrió la cara con la mirada—. Por cierto, tienes la boca más sexy que he visto nunca.

Nicky empezó a sonreírle pero sólo consiguió levantar un poco las comisuras de los labios porque la besó de nuevo, de una forma tan experta y concienzuda que se estremeció de placer. Le devolvió el beso con todo descaro, ardiendo de pasión por él y sin importarle que lo supiera, deseando que lo supiera. Balanceó las caderas contra las suyas. Presionó los muslos contra los suyos. Notó lo excitado que estaba, el bulto apremiante en su entrepierna, y se apretó aún más contra él con un movimiento sensual.

—Dios mío, cómo te deseo —susurró Joe. Nicky abrió los ojos y vio que la estaba mirando. Su expresión era dura y sus ojos, sombríos y apasionados. Casi parecía un desconocido, un desconocido viril y agresivo, y se dio cuenta de que, en realidad, sabía muy poco sobre él y tal vez debería ir con cuidado y...

Joe deslizó una mano entre ambos, le desabrochó el único botón de la chaqueta con gran facilidad y le tocó el pecho. Nicky sintió que la reacción le llegaba hasta los dedos de los pies. El cuerpo se le tensó al instante. Arqueó la espalda, lo besó de modo febril y se apretó contra la mano que la acariciaba. Joe le tocó el pezón con el pulgar. Incluso a través del top y del sujetador, notó el calor de su contacto al rozarle esta zona tan sensible. Tembló, se estremeció, se derritió y ardió de pasión.

El único pensamiento coherente que pudo formar en su cerebro, atontado por la pasión, fue: este hombre conoce bien a las mujeres.

Joe le sacó el top de dentro de los pantalones y deslizó la mano por debajo de él. Nicky notó el calor de esa mano que le ascendía por la piel fresca del tórax y gimió.

Como respuesta a eso, Joe la acercó más a él y le metió un muslo entre las piernas.

«Espera. Un momento. Contrólate. No corras tanto», pensó Nicky.

A pesar de que esta fastidiosa vocecita interior trataba de decirle que estaba cometiendo un error, que iba demasiado deprisa, que si no le ponía fin pronto, iba a vivir una de esas situaciones en que al día siguiente te odias a ti misma, prefirió ignorarla y abandonarse a la sensación. Hacía mucho tiempo que no sentía algo así. ¿Había sentido alguna vez algo así? Intentó recordarlo...

Pero su repaso mental de ex novios se vio interrumpido por el timbre de su tres veces maldito móvil.

El sonido surgió de la nada y su incongruencia la sobresaltó. Su cerebro, enturbiado por la pasión, tardó un momento en comprender de qué se trataba. Cuando se dio cuenta, se puso tensa.

Joe separó los labios de los suyos y la miró con los ojos entrecerrados y brillantes de deseo.

—No contestes —pidió.

Quería complacerlo. ¡Cómo quería complacerlo! Pero, a pesar de lo mucho que le habría gustado ignorar la llamada estridente, no podía hacerlo. Era su madre. Sabía que era su madre, y era como si le hubieran lanzado un jarro de agua fría a la cabeza. Era una estupidez, era una locura, puede que fuera de lo más infantil, pero ahí estaba Leonora: no podía flirtear con un hombre sabiendo que su madre estaba al otro lado del teléfono.

—No puedo.

Para cuando empezó a soltarse, iba por el cuarto timbrazo.

Joe apretó la mandíbula con los ojos centellantes y el cuerpo tenso e inmóvil, pero le permitió soltarse de él.

—Perdona —dijo distraída mientras comprobaba sus sospechas al mirar el número de la llamada entrante. Joe, que estaba en jarras, respiraba tan fuerte que podía oírlo y se veía alto, sombrío y peligroso a la luz de la luna. Descubrió que ese aspecto peligroso le gustaba especialmente.

«Voy a matarte, madre», se dijo.

Envió el pensamiento volando hacia Twybee Cottage y procuró no sonar tan molesta como estaba en realidad al contestar el maldito móvil.

—¿Vienes ya para casa? —quiso saber Leonora.

—Sí, madre. —Bueno, sí. Quizá sonó un poco enojada. En cualquier caso, Joe, que estaba a un metro de ella encendiendo un cigarrillo, sonrió un poco al oírla.

—¿Interrumpí algo? —preguntó su madre. Era evidente que el tono de Nicky había dicho a su madre mucho más de lo que su hija le habría contado voluntariamente.

—En absoluto.

—Oh —exclamó Leonora—. Bueno, ya eres adulta, pero me imaginaba que querrías esperar un poquito más. Pero, por supuesto, eres tú quien debe decidirlo.

—Voy a colgar.

—Espera. El motivo de mi llamada es que Marisa está aquí, en casa. Trajo la cinta del domingo por la noche. Se oyen unas voces. Estoy casi segura de que son las de Tara, Lauren y Becky. Susurran cosas de fondo, como «está aquí», por ejemplo. Se refieren al hombre que las mató, claro, y creí que Joe debería venir a escucharlo.

Nicky dirigió una mirada a Joe. Éste la observaba. Había dejado de sonreír y lucía una expresión imposible de descifrar mientras se fumaba el cigarrillo. La idea de darle esta noticia la hizo estremecer.

Y no de forma agradable.

Era difícil hablar de fantasmas de modo razonable con un hombre que evidentemente no creía en ellos.

Su madre seguía explicándose:

—Sabía que estaban ahí esa noche. Pero no pude verlas. Lo único que pude hacer fue captar la huella de Tara. Nicky, ¿qué voy a hacer si no consigo superarlo?

—Lo superarás —la tranquilizó Nicky, y añadió deprisa antes de colgar—: Vamos para allá.

—Creo que lo de «salvada por la campana» ha adquirido una dimensión totalmente distinta —soltó Joe mientras Nicky se volvía a guardar el móvil en el bolsillo. Su tono era desenfadado, pero los ojos le seguían brillando apasionadamente a la luz de la luna. Nicky vio que había acabado de fumarse el cigarrillo. Por lo menos, ya no lo tenía en la mano.

—Joe —dijo, y se detuvo. Tenía las piernas entumecidas, seguía acaloradísima, sentía un cosquilleo en los pechos y un anhelo en su interior que todavía no había tenido la decencia de empezar a remitir.

—¿Sí? —Se acercó hacia ella, le tomó una mano y se la llevó a los labios. Mientras Nicky lo observaba, ligeramente fascinada, le plantó un beso en la palma. Su calidez le hizo doblar los dedos, de modo que con las puntas le rozó la mejilla. Tenía la piel caliente, y le rascó un poco con la barba. Ese leve contacto le envió una oleada de calor por todo el cuerpo. El corazón empezó a latirle otra vez más deprisa. El brillo constante en sus ojos le indicó que también él seguía sintiendo el mismo calor.

—¿Y bien? —dijo entonces Joe muy despacio—. ¿Qué te parecería practicar sexo en la playa?

Eso rebajaba algunos puntos el romanticismo.

—Estás dando muchas cosas por sentado, ¿no te parece? —replicó Nicky con los ojos entrecerrados.

Para su sorpresa, Joe le soltó la mano y le sonrió tímidamente.

—Me lo imaginaba. En tal caso, quizá será mejor que me digas qué quería tu madre.

Nicky suspiró. El cielo estaba cubierto de estrellas, las olas llegaban con fuerza a la costa y la playa estaba bañada por la luz de la luna. Joe era la encarnación de todas las fantasías eróticas que había tenido en su vida, ella estaba muy excitada, y la idea de volver a empezar donde lo habían dejado resultaba muy tentadora.

Por otra parte, estaban en una playa pública, con arena, que, si hacía lo que estaba imaginando, acabaría seguramente en lugares muy incómodos. Y, además, no conocía a Joe lo suficiente.

No era el momento adecuado ni el lugar adecuado. Puede que sí fuera el hombre adecuado, pero irse a la cama con él en la primera cita no era buena idea. Casi podía oír a su madre decirle: «Ten cuidado o pensará que eres una chica fácil.»

Prácticamente apretó los dientes. La vuelta a la isla le había hecho experimentar una regresión. Hacía años que no oía la voz de su madre así, en su cabeza.

El sexo en la playa quedaba descartado. Estaba escrito que para ella seguiría siendo una fantasía.

—Marisa, la ayudante de mi madre, efectuó una grabación de audio del programa del domingo por la noche —explicó Nicky, a sabiendas de que, con ello, estaba haciendo el equivalente verbal de darle un puntapié al resto de la velada—. Se oyen unas voces que dicen cosas como «está aquí». Mi madre afirma que se refieren al hombre que mató a Tara Mitchell. Y también a las otras chicas. Lo que significa que es posible que su asesino fuera el asesino de Karen porque estaba en Old Taylor Place el domingo por la noche.

Vio con el rabillo del ojo a una pareja, mayor a juzgar por su forma, que se dirigía hacia el hotel. Estaban un poco lejos, junto a la orilla del agua. Pero si ella podía verlos, era casi seguro que ellos podrían verlos a ella y a Joe. Era una suerte que se hubiera decidido en contra de practicar el sexo en la playa.

—Espera. —Joe fruncía el ceño—. Un momento. Repítelo, por favor. ¿De quién son las voces que hay en la cinta?

—De Tara, Lauren y Becky —respondió Nicky tras suspirar otra vez.

Sobrevino un instante de silencio.

—¿Son voces de fantasmas? —Una vez más había tanta incredulidad en su voz que Nicky se puso tensa y lo fulminó con la mirada.

—Sí.

Nicky se soltó de Joe, se volvió y empezó a caminar playa abajo, hacia casa, de modo que se cruzó con la pareja mayor.

«Anota el breve intervalo anterior como un triunfo de la química sexual sobre la incompatibilidad innata —pensó enojada—. Mejor dicho, la explosiva química sexual.»

Aunque no importaba.

—Espera. Un momento. Muy bien —dijo Joe a la vez que la atrapaba. Al mirarlo de reojo, Nicky vio que sonreía. Su reacción visceral no era una buena idea—. A ver si lo entiendo: la ayudante de tu madre tiene grabadas unas voces de fantasmas en una cinta.

—¿Te estás riendo? —le dirigió una mirada indignada.

La sonrisa de Joe desapareció. Su rostro fue de repente tan serio como el de un juez.

—No, no me estoy riendo. ¿Ves cómo no me río? —soltó mientras se señalaba la cara. Nicky captó el gesto de broma con el rabillo del ojo.

—Está bien que no te rías —aseguró en un tono amenazador—. Porque si lo hicieras, tendría que atizarte.

Entonces sí rió, sin lugar a dudas, y ella emitió un sonido furioso entre dientes y siguió caminando.

—Bromeaba, ¿de acuerdo? No me digas que eres una de estas chicas, mujeres, lo que sea, que no acepta una broma. Maldita sea, Nicky, para de alejarte de mí. Tienes que admitir que lo de las voces de fantasmas en una cinta suena bastante peculiar.

—Vete a la mierda —replicó Nicky en tono agradable. Una ola la salpicó como si quisiera regañarla, y se secó las gotitas de la cara con una mano impaciente, a pesar de que seguía andando, y a un buen ritmo, por cierto.

—Nicky, cariño. —La alcanzó de nuevo. La observaba; ella siguió mirando al frente, aunque controlaba sus expresiones con el rabillo del ojo. Por suerte para sus expectativas de vida, Joe parecía arrepentido—. Si dices que hay voces de fantasmas en una cinta, estoy totalmente dispuesto a creer que hay voces de fantasmas en una cinta.

Hizo una pausa brevísima. Sus labios se curvaron ligeramente hacia arriba.

—¿Qué pasa? —prosiguió—. ¿Puedes oírlos pero no verlos?

Para no estar riéndose, la pregunta reflejaba una gran diversión.

—A veces —contestó Nicky, que le dirigió una mirada asesina.

—Tengo que admitir que eso no lo sabía.

—Bueno, es que no sabes demasiadas cosas, ¿no?

—Los fantasmas no son mi especialidad. Qué le vamos a hacer —comentó Joe con una sonrisa burlona—. ¿Nos estamos peleando otra vez?

—Sí, creo que sí.

Le seguía el ritmo sin el menor esfuerzo, a pesar de que caminaba tan deprisa como si estuviera en una rueda de andar a toda marcha, lo que resultaba fastidioso. Ahora veía a dos parejas más: cuatro siluetas juveniles que levantaban salpicaduras de las olas y que se dirigían alegres hacia el hotel. Nicky se acercó más a las hileras ondulantes de arañas que bordeaban las dunas para mantenerse fuera de su camino. Siempre le había gustado caminar por la playa de noche. A pesar de todo, seguía siendo un placer volver a sentir las salpicaduras del mar en la cara, saborear la sal en el aire, ver cómo las olas besaban la playa. Sabía que esta noche, sin la sólida presencia de Joe, habría tenido miedo, sin duda demasiado para aventurarse a ir a la playa. Pero no podía pedir un guardaespaldas más tranquilizador que un policía armado. Y Joe, armado, era aún mejor. No porque fuera alto, moreno y guapo, sino porque estando a su lado, se sentía segura. Aunque, en ese instante, sintiera ganas de estrangularlo.

—Y, por cierto —añadió—. Ya que estamos discutiendo, ¿te dije que me estoy hartando de la forma en que pones los ojos prácticamente en blanco cada vez que alguien te habla de fantasmas, de espíritus o de fenómenos paranormales?

—No pongo los ojos en blanco.

—Sí lo haces. Prácticamente en blanco. De todas formas, ya sabes a qué me refiero.

—¿Te refieres a que hago gala de un escepticismo saludable cuando alguien me dice que ha visto un fantasma?

—Alguien no —replicó Nicky con los ojos entrecerrados—. ¿Te das cuenta? Ése es el problema. Estamos hablando de mi madre. Y de mí. Como antes, por ejemplo. Cuando te dije que había visto a Tara Mitchell en la ventana de su habitación, fue evidente que no me creíste. ¿Qué pasa? ¿Crees que me lo inventé?

—No —dijo, y negó también con la cabeza—. No creo que te lo inventaras. Pero...

—Pero ¿qué? —usó un tono desafiante.

—Muy bien, ¿quieres oír la verdad? —dijo Joe con una mueca—. Creo que es posible, y fíjate que sólo digo posible, que te confundieras. A ver, ¿qué probabilidades hay de que un difunto se quede por ahí, en el aire, y se aparezca para que los vivos lo vean cuando le venga en gana?

—Creo que no es así como funciona.

—¿Cómo funciona entonces? —parecía sentir verdadera curiosidad—. Explícamelo. Pongamos por caso que los fantasmas existen. ¿Por qué sólo podrían verlos ciertas personas, por ejemplo? Sería de esperar que quisieran que todo el mundo supiera que estaban ahí.

—Sólo sé que hay personas más sensibles que otras a los fenómenos paranormales.

—¿Y las personas que no son sensibles a los fenómenos paranormales? ¿Qué significa que vean un fantasma? Como el chico que salió en tu programa, por ejemplo, el que cortaba el césped en Old Taylor Place y supuestamente vio a Tara Mitchell. El otro día hablé con él y parecía normal.

—Es normal —corroboró Nicky, exasperada—. La gente normal ve fantasmas sin cesar. Puede ser una casualidad, una cosa excepcional, una especie de perturbación en el ambiente, por así decirlo. O puede ser que el fantasma quiera dar un mensaje a esa persona. Mira, la cuestión es que muchas veces, los fantasmas, y para tu información, el término que usaría mi madre es «espíritus», no saben que están muertos, sobre todo si fallecieron de repente, como en un accidente o, como en el caso de Tara Mitchell, asesinados. Otras veces, tienen algún asunto pendiente.

—¿Como cuál?

—¿Cómo quieres que lo sepa? —Nicky lo fulminó con la mirada—. Podría ser cualquier cosa.

—Muy bien. ¿Y estás segura de que viste el espíritu de Tara Mitchell en esa ventana?

—Del todo —aseguró Nicky.

—¿No hay ninguna posibilidad de que te confundieras?

—Siempre cabe la posibilidad de confundirse —reconoció Nicky a regañadientes—. Pero no creo que me haya confundido. Creo que estaba allí, y creo que es un mal presagio.

«Lo mismo que el aullido del perro», estuvo a punto de añadir, pero no quiso enredar las cosas. En lo referente a Joe y a los fantasmas, era evidente que lo mejor era la táctica del NENE: No Empeores Nada, Estúpido.

—¿No crees que podrías haberlo... imaginado? Si tenemos en cuenta que tu madre ve fantasmas por todas partes, podrías ser más receptiva que los demás a este tipo de cosas.

La mirada que Nicky le lanzó chisporroteaba.

—Hasta hoy, no había visto un fantasma en mi vida, ni imaginado que había visto un fantasma, y el motivo de que mi madre vea fantasmas es que es médium —aclaró con mordacidad—. Si te hubieras tomado la molestia de investigarla, habrías averiguado que no paran de llamarla de departamentos de policía de todo el país para que les ayude a resolver casos. Acierta de un modo asombroso. Encuentra personas que han desaparecido. Encuentra pistas que permiten resolver crímenes. Salva vidas. Y sí, ve fantasmas. Si eres médium, e incluso a veces si no lo eres, los ves.

—De hecho, investigué a tu madre —afirmó Joe en un tono suave—. Debo decir que tiene un historial impresionante. Claro que también ha tenido algunos fallos.

—Nadie acierta el cien por cien de las... ¿Investigaste a mi madre?

—Investigué a todas las personas que estaban en Old Taylor Place la noche del asesinato. Incluida tú.

Nicky inspiró con fuerza.

—¿De veras? ¿Y qué averiguaste de mí?

Joe esbozó una sonrisa seductora.

—¿Además del hecho de que eres preciosa, que besas muy bien y que...?

—Sí, además de eso —lo interrumpió con voz cortante.

—Bueno, veamos. Tu padre murió cuando tenías siete años. Viviste aquí, en la isla, hasta que tu madre volvió a casarse cuando tenías diez años, y entonces te mudaste con tu familia a Atlanta. Tu madre se divorció de su segundo marido cuando tenías dieciséis años. Eras una especie de patito feo en secundaria, pero te graduaste con matrícula, fuiste a la Emory University, donde estudiaste Periodismo y Comunicación Audiovisual, y conseguiste tu primer empleo en una televisión de Savannah. Desde entonces, has estado subiendo peldaños en el mundo de la televisión. Oh, y tu madre se casó por tercera vez en medio de todos estos acontecimientos. Tu vida personal no ha sido demasiado espectacular, aunque has tenido algunos novios. El último fue un abogado llamado Greg Johnson. Rompiste con él justo antes de trasladarte a Chicago el pasado agosto. Desde entonces, has...

—Basta. —Habían llegado a la pasarela de Twybee Cottage y, en lugar de empezar a subir los peldaños, Nicky se volvió para mirarlo y lo interrumpió lanzándole una mano hasta unos centímetros del tórax. Detrás de ella, las dunas se elevaban ondulantes, y oía el susurro del viento en las arañas. El peldaño inferior le rozaba la pantorrilla a través de la tela fina de los pantalones, y tenía la otra mano apoyada en la tabla gris y lisa que formaba la barandilla. Joe le tapaba gran parte de la vista, pero a cada lado de él, podía ver la playa teñida de azul y el brillo ébano del mar.

—Esto no me gusta nada. No puedo creerme que me investigaras.

Joe le escrutó el rostro. Dio un paso hacia delante, de modo que la mano que Nicky tenía en el aire le tocó el tórax. A través de la camisa de algodón, Nicky sintió la firmeza de los músculos y el calor del cuerpo de Joe. La parte de su cerebro que tenía dificultades para concentrarse en situaciones como ésta regresó al asunto del sexo en la playa. Pero nada había cambiado, salvo que ahora estaba enfadada con él. Una vez más.

«Lo que no suma puntos en la columna del sexo», pensó, y cerró el puño para dejar caer después la mano hacia un costado.

A Joe, el gesto, y la vacilación que lo precedió, no le pasaron inadvertidos.

—Es lo que hacemos los policías, cariño —explicó con

una leve sonrisa—. Sobre todo, cuando investigamos un homicidio.

De acuerdo, le gustaba cómo decía «cariño». Y cómo sonreía. Y..., qué más daba. Apretó los dientes mientras repasaba mentalmente sus conversaciones anteriores. Ahora que lo pensaba, le había pedido muy poca información personal porque, básicamente, ya sabía todo lo que había que saber sobre ella.

—Muy bien —dijo Nicky mientras lo fulminaba con la mirada con el sexo momentáneamente descartado de sus pensamientos—. Tú lo sabes todo sobre mí. Así que me parece que sería justo que yo supiera algo sobre ti.

—No hay ningún problema. —Joe se metió las manos en los bolsillos y se apoyó en los talones—. De todos modos, ya sabes lo más importante. Soy policía. No estoy casado. Me gustas.

Nicky entrecerró los ojos mientras él sonreía.

—¿Cuántos años tienes? —quiso saber.

—Treinta y seis.

—¿De dónde eres?

—De Trenton, Jersey.

—¿Cuánto tiempo hace que eres policía?

—Doce años —respondió Joe con una expresión que denotaba que la encontraba divertida. Esto no contribuyó a que se le pasara el enfado. Al contrario—. ¿Sabes qué? Sería mejor que te enviara un currículum.

—¿Padres? —prosiguió Nicky sin hacerle caso.

—Muertos —suspiró Joe.

—¿Hermanos?

—También muertos. ¿Podrías hacerme el resto de preguntas en otro momento? ¿No nos esperan en tu casa para escuchar la cinta de la ayudante de tu madre?

—¿Toda tu familia está muerta? —insistió, otra vez sin hacerle caso.

—Sí —contestó Joe con una dureza subyacente en la voz que indicó a Nicky que había tocado un tema del que no quería hablar y, como todo periodista que se precie de tal, sabía que era ahí donde tenía que empezar a escarbar.

—De modo que estás... —empezó a decir, pero la interrumpió el timbre del móvil.

—Te dije que nos esperaban en tu casa —soltó Joe en un tono petulante mientras Nicky, con el ceño fruncido, se sacaba otra vez el teléfono del bolsillo.

—Madre... —contestó con impaciencia.

—Nicky.

El susurro ronco la dejó muda. Todo pareció darle vueltas: las imágenes y los sonidos de la noche, la sensación del peldaño de madera en la pantorrilla, hasta la sólida y tranquilizadora presencia de Joe delante de ella. Fue como si, de repente, estuviera sola en un vacío inmenso y oscuro. La invadió un terror frío y paralizante.

—Nicky. —Esta vez la voz era la de Joe. Apenas lo oyó, apenas captó su tono fuerte, su mirada penetrante o el hecho de que alargaba la mano hacia ella. El mundo giraba deprisa a su alrededor y, cuando se fue deteniendo, lo único de lo que fue consciente fue de la voz que había rondado sus pesadillas desde la primera vez que la había oído bajo las araucarias el domingo anterior.

—¿Te lo estás pasando bien en la playa? —preguntó.

Las palabras parecieron reverberar, y le resonaron por la cabeza como si las oyera desde una gran distancia. Cuando Joe la sujetó por los brazos, dejó caer el teléfono y se sentó de golpe en el peldaño inferior de la pasarela.

Ni siquiera el efecto distorsionador de la luna pudo ocultar el hecho de que había palidecido. Había dicho «madre» en un tono impaciente al contestar el teléfono y, acto seguido, se le habían desorbitado los ojos, había abierto la boca y el teléfono se le había caído de la mano, como si de repente fuese una mano muerta. Joe la sujetó por los brazos cuando se venía abajo, pero no se había desmayado como él había imaginado. Lo que había ocurrido era que se le habían doblado las rodillas como si se hubiera quedado sin fuerzas, y se había sentado con brusquedad en el peldaño inferior. Luego, la cabeza le había caído hacia delante hasta tocar las rodillas.

—Nicky, ¿qué pasa? —alarmado, se puso en cuclillas delante de ella y le pasó una mano por los sedosos cabellos despeinados para apartárselos de la cara y poder vérsela. Tenía los ojos cerrados, pero los abrió cuando la tocó, lo que lo tranquilizó un poco. A pesar de haber comprobado que respiraba, que estaba consciente y que no parecía haber sufrido ningún daño, sabía que había pasado algo terrible. Pero no sabía qué.

—Era él —le explico Nicky, con la voz tan baja y entrecortada que apenas pudo entenderla con el murmullo de las olas y el viento—. ¡Oh, Joe, era él!

Era imposible no saber a quién se refería. «Él» sólo podía ser el cabrón que ya la había llamado antes. El asesino. Joe fijó los ojos en el teléfono, que estaba ahora en la arena, a los pies de Nicky. Lo recogió con el pulso acelerado.

—¿Hola? —soltó con brusquedad. Nada. Silencio. Si había alguien al otro lado, y no creía que hubiera ya nadie, no dijo nada—. ¿Hola? ¿Quién es?

—Era él —repitió Nicky, como si hablara desde algún lugar lejano—. Dijo... dijo...

Se estremeció.

—¿Qué dijo, cariño? —preguntó Joe con voz dulce mientras le apartaba otra vez el pelo de la cara y se lo pasaba por detrás de la oreja con la esperanza de que no se deslizara más hacia delante. Le puso un par de dedos en el pulso bajo la oreja. Latía demasiado deprisa, como las alas de un pajarillo atrapado y aterrado. Su piel, que sólo un momento atrás había notado cálida y vibrante, estaba ahora fría y blanca como la leche. Se le movía todo el cuerpo al intentar respirar.

Entonces, levantó la cabeza de golpe y echó un vistazo rápido y temeroso a su alrededor.

—¿Qué pasa? —preguntó Joe con urgencia.

—Nos está observando —contestó con un hilo de voz aterrado. La luz de la luna se reflejó en sus ojos con un brillo salvaje.

—¿Es eso lo que te dijo? —insistió Joe, que tuvo que esforzarse por mantener un tono calmado.

Nicky lo miró. Tenía las pupilas tan dilatadas que sus ojos casi parecían negros.

—Dijo... dijo...

Mientras la escuchaba, Joe pulsó la tecla para comprobar el registro de llamadas del móvil. La pantalla relució en la oscuridad y apareció un número...

—«¿Te lo estás pasando bien en la playa?» —soltó Nicky con voz temblorosa.

—¡Mierda! —exclamó Joe al mirar el número. Luego, se dirigió a Nicky en un tono distinto, más cariñoso—. No pasa nada. Todo está bien.

—Joe...

—Estoy aquí. No voy a dejar que te pase nada. —Miró a su alrededor con cautela. Sólo vio mucha oscuridad, un gran vacío en penumbra, y también mucha oscuridad, una gran cantidad de lugares en penumbra donde alguien podía estar escondido, al acecho.

La única forma que tenía quien llamó de saber que Nicky estaba en la playa era estar allí él mismo, lo que significaba que en algún momento de la noche, puede que en el instante mismo de la llamada, tenía que haber estado cerca.

Cuando Joe recordó el ardoroso intervalo que acababa de concluir entre Nicky y él, se le heló la sangre. Un batallón entero de criminales podía habérsele acercado sin que se hubiera advertido, ni le habría importado, hasta que hubiera sido demasiado tarde.

La última vez que había sido tan descuidado, había muerto un montón de gente a la que quería.

No iba a volver a pasar.

El número de teléfono, y la importancia que pudiera tener, tendrían que esperar. Su primera prioridad era asegurarse de que Nicky estuviera a salvo. Se guardó el móvil en el bolsillo de la chaqueta y desenfundó la Glock. Nicky observó el arma con los ojos muy abiertos. E inspiró de forma audible.

—Es sólo por precaución —la calmó—. Vamos, tenemos que sacarte de la playa.

La habría cargado sobre sus espaldas si hubiera sido necesario, pero le sería difícil reaccionar al instante si ocurría algo. Esperaba que no estuviera demasiado afectada para caminar, de modo que le sujetó un brazo con la mano.

—¿Puedes levantarte?

—Sí.

Confió en su respuesta y tiró de ella mientras se ponía de pie. Para su alivio, podía mantener bien el equilibrio, subir la escalera y, un momento después, recorrer deprisa la pasarela, apremiada por él. Joe temía que el eco de sus pasos, unido al ruido regular de las olas y del viento, tapara cualquier otro sonido que pudiera producirse, excepto un grito. Las dunas ondulantes bajo ellos medían unos dos metros y medio en algunos puntos, y las arañas crecían en ellas formando unos macizos oscuros y frondosos que se balanceaban y susurraban sin cesar. Alguien, cualquiera, podría estar escondido en ellos. Así que permaneció cerca de Nicky para protegerla lo mejor posible, sin dejar de escudriñar los alrededores para detectar cualquier cosa, un brillo revelador, un movimiento, algo que pudiera delatar la presencia de un observador.

Nada. No vio nada. Se dijo que ese hombre no era un francotirador. Un disparo salido de la nada no era su estilo. Le gustaba masacrar a sus víctimas. Y aterrarlas.

Aun así, cuando llegaron a la casa Joe se sintió como si hubiera envejecido diez años.

Las grandes ventanas en saliente de la fachada de Twybee Cottage sólo estaban tenuemente iluminadas, como si la luz del interior de la casa no irradiara de las habitaciones que daban a la playa. Nicky se dirigió hacia la parte lateral del edificio para deshacer el camino que habían recorrido antes, y Joe la siguió. Salieron así a la zona de estacionamiento, que estaba llena de coches pero vacía de gente. Joe vio otro coche patrulla detrás del suyo, frunció el ceño y se percató de que Nicky y él se encontraban bajo el brillo amarillo de la luz del porche y eran claramente visibles para cualquiera que estuviera observando.

Eran vulnerables.

—Entra —la apremió con una mano en los riñones cuando vio que reducía la velocidad. Nicky se volvió hacia él.

—¿Cómo sabía mi nuevo número de teléfono? —le preguntó.

Era una pregunta inteligente, para la que no tenía respuesta en ese momento aunque, desde luego, era algo que Joe tenía intención de investigar en cuanto pudiera. El domingo por la noche le había confiscado el móvil. El lunes o el martes, había adquirido otro, junto con un nuevo número. Ahora estaban a sábado. De algún modo, el asesino había averiguado su nuevo número en este margen de tiempo. La pregunta era quién tenía acceso a esta información.

—Ni idea. Pero lo averiguaremos.

Prácticamente la empujaba hacia los peldaños mientras hablaba. Su oído se había vuelto hipersensible de repente, y la grava que aplastaban con los pies le sonaba espantosamente fuerte. El canto de las ranitas verdes y el zumbido de los grillos, las cigarras, los mosquitos y demás insectos de los alrededores le bombardeaban los tímpanos. Un fuerte perfume con matices de árbol de Júpiter, de magnolio y de mar le invadía la nariz. El sabor a sal le incitaba la lengua. Lo veía todo, los coches, el garaje, la casa, el seto, los árboles y el movimiento de las sombras, con una clase de claridad que no poseía unos instantes antes.

Sabía qué había ocurrido. Le había subido la adrenalina.

Por primera vez en mucho tiempo, volvía a sentirse él mismo.

—Joe...

—Dímelo dentro.

Permaneció detrás de ella mientras subían los peldaños porque, aunque sabía que el disparo de un francotirador era muy poco probable, no podía descartarlo del todo, y quería cubrirla. Lo poco que le había visto de la cara le indicaba que había recuperado el color y ya no parecía un muerto viviente. De hecho, parecía volver a estar más o menos en plenas facultades, lo que era una suerte porque, en cuanto se asegurara de que ya no corría peligro, iba a tener que dejarla.

—Ya era hora —dijo Leonora en un cierto tono de reproche cuando Nicky, con Joe pisándole los talones, empujó la puerta mosquitera para entrar en la iluminadísima cocina. El ventilador de techo giraba de modo irregular sobre sus cabezas, un olor a café y a algo de chocolate se notaba en el ambiente, y un grupo de voces y risas se interrumpió en seco a la vez que todas las miradas se concentraron en los recién llegados. Leonora estaba sentada en la mesa de la cocina con los «sospechosos habituales», como Joe empezaba a llamarlos para sus adentros, y un par de personas más. Mientras el grupo los saludaba y empezaba a hablar casi al unísono, Joe lo dividió en las partes que lo integraban: la madre, los tíos y la hermana de Nicky, otra mujer, que recordó que era Marisa, la amiga y ayudante de Leonora, y Dave. En ese momento no podía sospechar siquiera qué haría su segundo en la cocina de la madre de Nicky, pero no dudaba que pronto iba a saberlo.

Había un casete en medio de la mesa. La mirada de Joe se posó en él, pero sólo un instante: las voces de los fantasmas iban a tener que esperar. Así que dirigió la mirada hacia Dave, que estaba de pie, cerca de la puerta.

Le hizo un gesto con la cabeza en lo que esperaba que fuera un sutil *ven aquí*.

—Recibimos una llamada sobre una posible agresión en la casa —explicó Dave en voz baja cuando se acercó a él. El clamor colectivo del resto del grupo era tan fuerte que podría haber gritado sin que nadie le hubiera prestado la menor atención, pero era evidente que Dave consideraba que la información que le estaba transmitiendo era lo bastante confidencial como para tener que susurrarla—: El marido de Livvy asegura que...

—Me da igual —le interrumpió Joe con decisión—. Ven conmigo. Tenemos un problema.

Mientras Dave ponía cara de asombro, Joe echó un vistazo a Nicky, que se había dejado caer en una silla de la mesa y era el centro de atención del grupo, que la escuchaba fascinado. No tuvo ninguna duda de que les estaría explicando el susto que acababa de llevarse.

Ya podía Joe Franconi despedirse de mantener algunos detalles de la investigación en secreto.

—Nicky —dijo de una forma lo bastante brusca como para interrumpir la charla, y Nicky dejó de hablar para mirarlo con las cejas arqueadas—. Tengo que irme. Quédate aquí. No salgas. ¿Entendido?

Nicky frunció el ceño y asintió.

—Y, por el amor de Dios, que alguien venga a cerrar la puerta con llave. Y que se quede así.

«¿Qué clase de comunidad es tan necia que no cierra nunca las puertas con llave? —pensó, y él mismo se respondió—: Oh, sí. Esto es el paraíso, claro.»

John, sentado en la mesa, corrió la silla hacia atrás con la intención evidente de hacer lo que Joe había pedido y cerrar la puerta con llave. Joe lo vio y se marchó a la vez que se sacaba el teléfono de Nicky del bolsillo. Una vez fuera, mientras oía girar la llave de la pesada puerta de madera, comprobó de nuevo el registro de llamadas del móvil de Nicky.

—El asesino la llamó —indicó con la cabeza vuelta hacia Dave, que lo había seguido mientras recorría deprisa el porche. Y tras teclear un número en su móvil, añadió—: Sabía que estaba en la playa.

Estaba a mitad de los peldaños cuando le contestó la operadora de la centralita de la policía. Con un nudo en el estómago le dio el nombre y la dirección desde donde se había originado la llamada que Nicky había recibido en la playa.

—Envía alguien ahí enseguida —ordenó.

—Sí, señor —respondió la operadora.

A pesar de los efectos refrescantes de la brisa marina,

al correr hacia el coche, empezó a sudar. Y el motivo era que recordaba muy bien la única otra llamada telefónica que Nicky había recibido de este hombre.

La había hecho desde el teléfono que pertenecía a su víctima.

15

La casa era un pequeño *bungalow* estucado, muy parecido al que ocupaba Joe pero, en lugar de ser azul como el suyo, éste estaba pintado de un alegre amarillo limón y sombreado por un frondoso papayo en una tranquila calle lateral llena de casas iguales salvo por el color. La única diferencia era el par de coches patrulla estacionados en el camino de entrada.

El destello azul de sus luces estroboscópicas iluminaba la noche.

«Demasiado tarde, demasiado tarde, demasiado tarde», se repetía Joe mentalmente al ritmo de los latidos acelerados de su corazón cuando aparcó detrás de los otros coches y bajó del suyo. Los vecinos ya empezaban a salir de las casas cercanas; algunos observaban la acción desde la entrada, otros se atrevían a acercarse. Joe los ignoró y avanzó a zancadas hacia la puerta principal, donde vio de inmediato que una tercera parte de sus hombres pululaba a la espera de que él llegara. Con el rabillo del ojo vio que el coche patrulla de Dave se detenía frente a la casa. Oyó cómo la puerta del coche se cerraba antes de que Dave cruzara también el jardín a toda velocidad.

—No contesta —dijo a modo de saludo George Locke. Locke, Andy Cohen, Randy Brown y Bill Milton estaban apiñados en la entrada con aspecto tenso. Locke, Cohen y Brown eran blancos, de edad mediana. Milton era de la misma quinta, pero de raza negra. Todos ellos llevaban años en el Departamento. Era la clase de trabajo que conseguías, dominabas y conservabas hasta que te jubilabas, a no ser que pasara algo que te fastidiara. Pequeños hurtos, agresiones simples, embriaguez en lugares públicos, conducción peligrosa, riñas domésticas, alguna que otra detención por posesión de drogas: era a lo que estaban acostumbrados.

Los homicidios no formaban parte del programa. No estaban formados para investigar esa clase de delito. No estaban preparados para ello. Pero, de repente, todo parecía girar alrededor de los homicidios.

—Está cerrado con llave —añadió Cohen—. Y también la puerta trasera. Lo he comprobado.

La casa estaba a oscuras; no había ninguna luz encendida en el interior. Cabía la posibilidad de que no hubiera nadie en casa, pero...

Había un coche en el camino de entrada.

Eso, junto con la llamada a Nicky, bastaba a Joe.

—Derribadla —ordenó.

—Esperen, esperen. No hagan eso; tengo una llave. —Quien hablaba era una mujer rolliza de unos setenta años, con los cabellos plateados y una bata floreada, que había cruzado el jardín y había llegado a la entrada a tiempo para oír lo que Joe había dicho. Tenía un llavero en la mano y trataba de encontrar la llave adecuada—. Aquí está. ¿Qué pasa? ¿Le ha ocurrido algo a Marsha?

—Váyase a casa, Greta —le pidió Milton mientras otro vecino, un hombre mayor encorvado que llevaba puesta una bata sobre lo que parecían ser unos pantalones de pijama, llegaba y empezaba también a hacerles preguntas.

—Que no entren —ordenó Joe a Milton.

Con la llave, la puerta se abrió sin dificultad. Joe se

encontró ante un salón oscuro. Nada se movió. Sólo se veían sombras.

—¡Policía! —gritó a través de la puerta abierta—. ¿Hay alguien en casa?

No hubo respuesta. Hizo una señal para que entraran con él en la casa, con precaución, con las armas preparadas. Para asegurarse, gritó de nuevo. Nada.

—No toquéis nada si no es necesario —advirtió a sus hombres.

Ya se estaban abriendo en abanico y se desplegaban con cuidado por la habitación hacia los dos arcos del fondo, uno de los cuales conduciría seguramente a la cocina y el otro, a los dormitorios. El salón en sí estaba organizado de forma típica: un sofá, dos sillones, algunas mesitas, lámparas, un televisor. Al acercarse al sofá, un zumbido peculiar captó la atención de Joe. No era demasiado fuerte, pero sí insistente, irritante, conocido. Frunció el ceño e intentó identificarlo mientras se detenía para encender la lámpara que había junto al sofá. En cuanto hubo luz, vio lo que era.

Había un teléfono blanco en la mesa situada al otro extremo del sofá. Estaba descolgado, con el auricular suspendido del cable hacia el suelo, y era el origen del pesado ruido.

¿Estaría mirando el teléfono desde el que se había hecho la llamada a Nicky? Tal vez. Era factible.

—Mierda —exclamó Joe casi al mismo tiempo que Locke, que se había dirigido hacia el pasillo que conducía a los dormitorios, empezaba a gritar:

—¡Aquí! ¡Venid aquí!

Unos segundos después, Joe estaba en el umbral del único cuarto de baño de la casa observando el cadáver bañado en sangre de una mujer menuda que yacía desmadejada en el suelo embaldosado de gris. Era rubia, estaba descalza y llevaba un camisón largo de nylon azul cielo remangado hasta más arriba de las rodillas. El pequeño cuarto de baño parecía un matadero. Había sangre por todas partes: en el suelo, en las paredes, en el lavabo, en el retrete y en la bañera: sangre que teñía las cortinas y las toallas. La mujer estaba tumbada boca abajo entre el retrete y la bañera en medio de un todavía creciente charco rojo que brillaba bajo la luz del techo como si fuera pintura colorada.

El olor era nauseabundo. Le recordó el de la carne en putrefacción. Lo respiró procurando mantener una expresión impasible.

Conocía ese olor. Lo detestaba.

—¡Oh, Dios mío! —susurró alguien detrás de él—. Es Marsha Browning.

Marsha Browning. Ése era el nombre que había aparecido el primero en el registro de llamadas del móvil de Nicky. La llamada que Nicky había recibido en la playa procedía de su teléfono. Una vez más, el asesino había llamado a Nicky desde el teléfono de su víctima.

La idea le revolvió el estómago.

—Yo tengo una llave de su casa y ella tenía una de la mía, por si se presentaba alguna emergencia o algo como una urgencia médica, ¿sabe? Hacía nueve años que éramos vecinas —explicó Greta Frank con lágrimas en las mejillas mientras observaba la cámara que Gordon tenía apoyada en el hombro—. Era una persona encantadora. Me parece mentira que... ¿Por qué haría alguien algo así?

—¿Cuándo fue la última vez que la vio con vida? —preguntó Nicky en voz baja. Las verdaderas ramificaciones del horrible acto que había tenido lugar en la casa que estaba detrás de ella era algo en lo que no quería pensar todavía. De momento, echaría mano de su profesionalidad hasta terminar el trabajo. El frío cosquilleo del miedo que asomaba a los límites de su conciencia tendría que esperar.

El asesino la había llamado desde el teléfono de Marsha Browning, probablemente cuando ya estaba muerta, lo mismo que había hecho desde el teléfono de Karen después de haberla matado. Había sabido que estaba en la playa. Puede incluso que la estuviera observando en este mismo momento, y esta posibilidad era como una garra gélida que le arañaba la espalda.

Al tener esta idea, tuvo que reunir hasta la última pizca de autocontrol para lograr mantener los ojos puestos en la señora Frank.

—Alrededor de las siete —contestó ésta—. Estaba regando las flores del jardín trasero. Nos saludamos con la mano y entré en casa. No sé qué hizo después de eso.

Estaban en el jardincito bien cuidado de la casa de Marsha Browning, a unos metros de la puerta principal abierta. A través de la mosquitera, apenas visible, que estaba cerrada, Nicky y la cámara habían captado ya imágenes del metódico registro de la policía, de cómo empolvaban el salón en busca de huellas dactilares, así como otras imágenes que no sabía si podría aprovechar o no, como el sanitario que salía del interior de la casa quitándose los guantes de látex ensangrentados y el fornido alcalde maldiciendo como un loco al llegar a la escena del crimen. Ahora, mientras entrevistaba a la señora Frank, toda la casa estaba inundada de luz. Más allá de esta iluminación artificial, la oscuridad esperaba como un depredador al acecho. La luna se veía pequeña, pálida y distante, y lucía muy alta en un cielo nocturno lleno a rebosar de diminutas estrellas. Una fuerte brisa llegaba del océano cargada de olor a coco y papaya. Apartaba el pelo de Nicky de la cara y lo ondeaba hacia atrás, como si fuera una bandera. Vestida aún con el mismo atuendo que llevaba ya desde hacía más de dieciocho horas, empezaba a ser consciente de un agotamiento exasperante que le reducía la concentración. Con el micrófono en la mano, se había situado junto a la señora Frank de modo que el plano incluyera lo máximo posible la escena del crimen, por detrás de ellas. Eran cerca de las dos de la madrugada del domingo, y Gordon y ella habían trabajado en la historia desde poco después de que se hubiera encontrado el cadáver, alrededor de las once. Habían logrado obtener muchos planos justos y unas cuantas entrevistas buenas, que tendrían que editar aún para que aparecieran en la emisión de esa noche, lo que significaba que dormir era un concepto remoto y teórico más que una posibilidad concreta. Por suerte tenía la sensación de que la actividad en la escena del crimen estaba terminando. El juez de instrucción del condado había llegado hacía poco rato, y había una ambulancia aparcada en la calle. Habían entrado una camilla en la casa. Los policías y los diversos funcionarios se iban marchando en lugar de llegar, como sucedía hasta un rato antes. Los vecinos seguían en el césped cercano al acceso al camino de entrada, pero el grupo era ya más reducido, ya que los menos morbosos y ávidos, o más exhaustos, habían empezado a dispersarse. En la escena del crimen había también otro equipo de televisión, perteneciente a la WBTZ, una cadena local, y un par de reporteros de prensa escrita.

Nicky sabía que pronto, cuando se supiera lo que había pasado, habría más. El asesinato abriría los informativos matutinos locales, salvo si había alguna catástrofe, claro, y eso alertaría a los demás. Su propio reportaje sobre el asesinato de Marsha Browning se incluiría en la edición de *Investigamos las veinticuatro horas* de esa noche, lo que, según calculaba, sería una primicia en el ámbito nacional en virtud de su horario por lo menos. Sin embargo, era de esperar que hubiera otros equipos cubriendo las noticias de Pawleys Island muy poco después de su emisión. El sensacionalismo del crimen atraería, sin duda, a la competencia como un animal atropellado en la carretera a los carroñeros.

—Cada vez está más claro que se trata del segundo de los tres asesinatos que amenazó cometer Lazarus508 —dijo Nicky a la cámara—. La última víctima, Marsha Browning, era reportera del *Coastal Observer*, un periódico local. Tenía cuarenta y seis años, acababa de divorciarse, no tenía hijos y vivía sola. Como la víctima anterior, Karen Wise, Marsha fue apuñalada brutalmente. El asesino le cortó el cabello alrededor de la cara. Y llamó a esta reportera con...

—¿Qué carajo crees que estás haciendo? —La pregunta explotó detrás de ella sin previo aviso. Nicky dio un brinco y casi se le cayó el micrófono. Era una voz de hombre, cargada de una rabia contenida, y conocida. Muy conocida.

—Corto —soltó Gordon, indignado, y bajó la cámara mientras Nicky se volvía para encontrarse, nada sorprendida, con que Joe la fulminaba con la mirada. No lo había visto desde que la había dejado en la cocina de su madre. Hasta donde sabía, no tenía ni idea de que ella estaba allí. Era evidente que ahora se había enterado. Estaba detrás de ella, en jarras, con una postura que irradiaba agresividad. Bajo el brillo estridente de las luces que se habían instalado alrededor de la casa, su rostro parecía tenso y demacrado, y se le marcaban unas arrugas alrededor de los ojos y la boca que ella no había detectado antes. Ya no llevaba la chaqueta ni la corbata, iba con los dos botones superiores de la camisa desabrochados, las mangas remangadas y el cabello negro y abundante despeinado, como si se hubiera estado pasando los dedos por él.

En conjunto, se veía cansado, malhumorado y, aun así, indiscutiblemente sexy.

—Me asustaste —dijo Nicky con un suspiro de alivio. A pesar de que era evidente que él no compartía este sentimiento, se alegraba de verlo. Sus labios esbozaron espontáneamente una sonrisa.

—Me gusta saber que algo te asusta —aseguró Joe en un tono adusto. Su expresión, al mirarla, también lo era.

—Oh, jefe Franconi, ¿tiene alguna idea de quién lo hizo? —intervino con voz temblorosa la señora Frank, que tocó a Joe en el brazo y lo distrajo.

—Lo estamos investigando. —Al hablar con ella el tono de Joe se suavizó—. Hacemos todo lo que podemos para averiguarlo. ¿Por qué no se va a casa? Y dígaselo a sus vecinos: todo el mundo debe irse a casa.

—Tengo tanto miedo...

Nicky vio entonces que estaban sacando el cadáver de la casa en una camilla. El cadáver. Al pensar en ello se le alteró el cuerpo. Era convertir en algo impersonal, en un mero objeto putrescente, lo que unas horas antes había sido una mujer viva que regaba las flores, saludaba a una vecina y entraba en casa, la rubia con minifalda que había hablado con entusiasmo a su madre en el vestíbulo de Old Taylor Place el domingo anterior por la noche, se había proclamado admiradora suya y le había pedido una entrevista. Reportera como ella. Nicky sintió frío en todo el cuerpo.

«Podría haber sido yo...»

Pero se negó a pensar en eso ahora, se negó a pensar en nada que no fuera hacer su trabajo lo mejor posible. Hizo una señal a Gordon, se alejó de Joe, que seguía tranquilizando a la señora Frank y se situó. Cuando la cámara empezó a grabar de nuevo, se puso a describir lo que ocurría detrás de ella: la camilla que recorría el jardín hacia la ambulancia, el cadáver envuelto en una sábana blanca con una mancha roja que aumentaba despacio, horriblemente, de tamaño, los sanitarios que abrían las puertas traseras del vehículo...

—... La autopsia se practicará el lunes a primera hora de la mañana —explicó Nicky mientras cargaban el cadáver en la ambulancia y cerraban después las puertas—. En este momento, se sabe que la muerte se produjo aproximadamente entre las nueve y las diez de la noche. Según parece, la señorita Browning fue sorprendida en su casa...

—¿Puedo hablar contigo? —preguntó Joe, que volvía a estar a su lado y le rodeaba el brazo con una mano para sujetárselo con fuerza. Lo hizo en un tono casi demasiado agradable. Nicky se detuvo para levantar la vista hacia él con cierto fastidio. Así, con la luz de la casa detrás de él, se erguía amenazadoramente corpulento, y las vibraciones que emitía indicaban que estaba exasperado. Lo que era una lástima. Joe estaba interfiriendo en su trabajo, y a pesar del estado incipiente de su relación, eso no le gustaba. Estaba cansada, estaba triste, estaba asustada. En ese momento, lo único que le faltaba era que Joe se mostrara sobreprotector.

—Ahora mismo estoy ocupada —se excusó a la vez que señalaba a Gordon y la cámara.

—Sólo será un minuto. —Los ojos le echaban chispas, y su expresión contradecía la cortesía de su tono. Tenía la mandíbula tensa y estaba serio. En resumen, parecía irritado. Dirigió una mirada a Gordon—. Quizá debería apagar la cámara.

Nicky se aprovechó de que Joe no la estaba mirando

para indicarle a Gordon con la cabeza que no lo hiciera y señalarse a sí misma. El cámara la obedeció e hizo un zoom sobre ella.

—Estamos con Joe Franconi, jefe de policía de Pawleys Island —dijo Nicky a la cámara, y vio cómo la lente se abría para tomar un plano más amplio que incluyera a Joe a su lado. Entonces, miró a Joe, al que se le desorbitaron un poco los ojos cuando le acercó el micrófono—. ¿Cree que se trata de un asesino en serie, señor Franconi?

Joe le sonrió. No era una sonrisa agradable.

—Sin comentarios —respondió.

—Nos han informado de que no había signos de que se hubiera forzado la entrada de la casa. ¿Significaría esto que la víctima conocía al asesino?

—Sin comentarios —ya no sonreía.

—También sabemos que la víctima fue apuñalada muchas veces, y que le cortaron parte del pelo como si fuera, al parecer, un trofeo. ¿Considera que estos detalles son suficientes para confirmar una relación, no sólo con el asesinato de Karen Wise, sino también con el de Tara Mitchell, hace quince años?

Joe apretó los labios.

—Sin comentarios.

—¿Tienen algún sospechoso en este momento?

—¡Maldita sea, Nicky!

—Cuidado, señor Franconi, está ante la cámara —le advirtió, y le sonrió. De acuerdo, su sonrisa tenía cierto aire provocador, y no podía esperarse que un hombre irritado reaccionara bien ante una burla. Pero la cólera que de repente le brilló en los ojos podía calificarse de exagerada.

—Muy bien, ya me he hartado —soltó, y añadió hacia Gordon—: si no apaga ese trasto, voy a metérselo por el culo, ¿entiende lo que le digo?

Mejor dicho, una cólera fuera de lugar.

—¡Mierda! No puede decirse eso por televisión. No podemos usarlo —se quejó Gordon, que se calló en cuanto vio la cara que ponía Joe—. De acuerdo —masculló, y la luz que indicaba que la cámara estaba grabando se apagó.

—Gracias —dijo Joe en un tono más controlado que antes, si es que eso era posible. Dirigió la mirada hacia Nicky y le sujetó el brazo con fuerza—. Y ahora...

—No puedes interferir así en mi trabajo —le espetó Nicky—. Soy una buena profesional, y pienso cumplir con mis obligaciones.

—Como te dije antes, sólo será un minuto —insistió con una voz todavía calmada, aunque era evidente que estaba llegando al límite de su paciencia. La idea de ver a Joe fuera de sus casillas era interesante, pero estaba cansada y sabía que él también lo estaba, y dadas las circunstancias, no parecía el lugar ni el momento de seguir provocándolo.

—Muy bien. Enseguida vuelvo —dijo a Gordon, y dejó que Joe se la llevara hacia el otro lado del jardín, donde se habían congregado menos personas. Cuando se detuvieron, estaban envueltos en sombras. Nicky estaba bastante segura de que nadie podía oírlos aunque no estuvieran totalmente escondidos del resto de la gente que pululaba por el exterior de la casa.

—¿Qué quieres? —preguntó. Soltó el brazo que le sujetaba y, basada en la teoría de que la mejor defensa es el ataque, usó un tono beligerante. Lo cierto era que sabía muy bien por qué Joe estaba molesto.

—¿Qué parte de «quédate en casa con las puertas cerradas con llave» no entendiste?

Sí, tenía razón. Entrecerró los ojos hacia él.

—La parte en que tú me das órdenes.

—¡Oh! ¿Así que se trata de eso? ¿Eres una de esas personas que tiene que hacer lo contrario de lo que les digan sólo para demostrar que pueden hacerlo?

—Entérese de algo, señor jefe de policía Franconi: esto no tiene nada que ver con usted. Se trata de mi trabajo, simplemente de eso.

—A la mierda tu trabajo.

—¿Sabes qué? Hay más reporteros. Ve a acosarlos a ellos.

—¿Acosar...? —Se interrumpió como si luchara consigo mismo y empezó a hablar de nuevo en el tono que un hombre razonable usaría para dirigirse a un loco o a un niño—. Por el amor de Dios, estoy intentando mantenerte con vida. Me importa un comino si hay o no reporteros en la escena del crimen. Pueden informar todo lo que quieran. Tú también puedes informar todo lo que quieras. No se trata de eso, y si tuvieras un mínimo de sentido común, lo sabrías.

—¿De qué se trata entonces?

—De que, por alguna razón, el asesino se comunica contigo. Te llamó después de los dos asesinatos que sabemos que cometió. Esta noche sabía que estabas en la playa, lo que significa que te vigila. Me apuesto lo que quieras a que en las próximas horas recibirás un e-mail o alguna otra forma de comunicación, si no es que ya lo has recibido. Y, por si no te has dado cuenta, las dos víctimas trabajaban en algún medio de comunicación, como tú. Si necesitas ayuda para entender la situación, permíteme que te la aclare: es posible que tú figures en lo más alto de su lista.

Nicky inspiró con fuerza. Había llegado a la misma conclusión, claro. Pero que Joe la formulara con palabras, le daba un aspecto más concreto y aterrador, y también más posible, que antes.

—Ya lo sé. Pienso ir con cuidado.

La mirada que Joe le dirigió fue tan penetrante que casi le dolió.

—No me parece que vayas con demasiado cuidado —soltó con tristeza—. Si lo hicieras, te habrías quedado en Chicago.

—Voy con cuidado. ¿Ves que no estoy sola? Gordon me recogió en casa y, cuando hayamos terminado aquí, volverá a llevarme.

Los ojos de Joe la dejaron un momento para posarse en Gordon. Estaba más o menos donde lo habían dejado, y parecía estar grabando cómo se iba la ambulancia.

—Ah, bueno. No me había percatado de que Gordon estaba contigo. Esto lo cambia todo.

Ya volvía a desplegar su sarcasmo. Nicky iba a intervenir, pero antes de que pudiera hacerlo, Joe puso cara de sorpresa.

—¿Es tu madre, aquélla?

Nicky no tuvo que dirigir la mirada hacia donde él la tenía puesta para conocer la respuesta: sí. Leonora, Livvy, el tío Ham y el tío John habían insistido en seguirlos a ella y a Gordon hasta la escena del crimen. No se había opuesto, aunque tampoco habría servido de nada hacerlo, y, de todos modos, su ayuda había resultado ser valiosísima. Nicky había pasado mucho tiempo fuera, pero la mayoría de estas personas eran vecinas y amigas de su familia desde hacía años, incluidos los policías, excepto Joe. La mayoría de la información que planeaba dar en el aire procedía de las fuentes que su familia le había conseguido.

—Y tu hermana. Ésa es tu hermana, ¿no? ¿Qué hiciste? ¿Convertiste esto en una salida familiar?

De acuerdo, que su familia la siguiera a cubrir una historia no era lo más profesional. En este caso, era una de esas cosas, como la muerte o los impuestos, que no puedes evitar. Habían decidido ir y habían ido. Se acabó. Así era, en pocas palabras, la vida en su familia.

—Te dije que iba con cuidado —comentó Nicky, que levantó el mentón con orgullo—. Nos siguieron a Gordon y a mí hasta aquí, y después nos seguirán hasta casa. Entonces, entraré con ellos y pasaremos juntos toda la noche bajo el mismo techo. ¿Te parece lo bastante seguro?

—Dios mío. —Joe inspiró y, cuando habló de nuevo, le había desaparecido de la voz hasta el último rastro de sarcasmo—. Me parece que no lo estás entendiendo. A esta mujer la masacraron. Por lo que sabemos en este momento, y es algo preliminar, pero estoy bastante seguro de que es correcto, no hubo agresión sexual, ni robo, ni ningún motivo para lo que hizo salvo matar por matar. Quienquiera que sea este hombre, es perverso, es peligroso y, al parecer, ha entablado alguna clase de relación contigo. Cuando vaya a por ti, si va a por ti, va a salir de la nada, no obstante la presencia de Gordon y de tu familia. Cuando te des cuenta de lo que está pasando, puede que ya sea demasiado tarde.

Al oír las palabras de Joe, Nicky sintió pánico. Pero, para entonces, esto ya empezaba a ser casi normal.

—¿Y qué sugieres que haga? ¿Que me vaya corriendo a Chicago a esconderme en mi casa?

—Sí, ésa sería la idea.

—¿Y puedes garantizarme que, si vuelvo a Chicago, no me seguirá?

Sabía que lo había pillado. Joe se la quedó mirando un momento sin responder.

—No puedes, ¿verdad? —soltó triunfalmente.

—Estarás más segura —dijo Joe—. Aunque sólo sea porque tendrá que hacer más esfuerzo para llegar a ti. Si es un asesino en serie, es probable que no quiera abandonar su terreno conocido.

—¿Y si no es un asesino en serie? ¿O si últimamente no ha hecho una búsqueda en el Google sobre asesinos en serie y no sabe que debería limitarse a un terreno conocido?

—Muy graciosa —comentó Joe con los ojos entrecerrados. Y, tras un instante, añadió—: Pues no vuelvas a Chicago. Ve a algún otro sitio. Tómate unas vacaciones en las Bahamas o algo así, y no digas a nadie dónde estás hasta que lo hayamos atrapado.

—Nadie lo ha atrapado en quince años. ¿Por qué crees que lo vas a hacer mejor?

—No sabemos si es el mismo asesino.

—¿Por qué crees que no lo es?

Frunció el ceño, pensativo, pareció que iba a decir algo, y después le dirigió una mirada penetrante.

—Oh, no. ¿Crees que voy a decírtelo? ¿Para poder verlo por televisión? Ni hablar.

—Muy bien —soltó Nicky—. No me lo digas. Lo averiguaré yo sola. El programa se llama *Investigamos las veinticuatro horas* por algo: investigamos las cosas. Como estos asesinatos. Que es lo que vine a hacer.

—Espléndido —dijo Joe con un inequívoco tono de crispación en la voz—. Pero quizá, mientras lo estés haciendo, tu programa debería pensar en cambiar de nombre. ¿Qué tal si, en lugar de *Investigamos las veinticuatro horas*, lo llamáis *La hora amateur*?

Nicky frunció el ceño. Estaba harta de su sarcasmo e iba a decírselo.

—¿Cómo...?

—Joe —llamó el subjefe Dave, que apareció de entre la penumbra antes de que Nicky pudiera dar rienda suelta a su disgusto. Joe se volvió—. El alcalde me ha dado un mensaje para ti: quiere que... Hummm... —se interrumpió al ver a Nicky.

—¿Qué? —soltó Joe.

—Que eches a todos los periodistas de aquí —concluyó Dave, abatido—. Ahora mismo.

—¡Vaya! —comentó Joe, que volvió a mirar a Nicky a los ojos—. Eso sí que es un buen plan.

—No puede echarnos —replicó Nicky al instante—. Si lo intenta, se enfrentará con una demanda por un importe tan elevado que la ciudad se arruinará, por no hablar de la mala imagen que dará cuando empecemos a criticar duramente la investigación por televisión.

La amenaza permaneció un momento suspendida en el aire entre ambos.

—Espléndido. Realmente espléndido. —Joe sonó verdaderamente harto. Dirigió una mirada hacia la casa iluminada pasándose la mano por el cabello y Nicky supo entonces cómo se había despeinado tanto. Joe la miró de nuevo—. Serías capaz de hacerlo, ¿verdad?

—Sin dudarlo —le sonrió.

Se miraron un momento a los ojos mientras medían sus fuerzas. Luego, Joe cedió, tal como Nicky sabía que no tenía más remedio que hacer.

—Bien —dijo despacio—. Supongo que tendré que ir a explicarle a Vince el concepto de libertad de prensa. —Y mirando a Dave, añadió—: Mientras tanto quiero que lleves a Lois Lane a su casa y que te quedes ahí hasta que yo llegue.

Se volvió hacia Nicky, que ya se preparaba para protestar.

—Y si te da algún problema —prosiguió—, o trata de darte esquinazo de alguna forma, quiero que la detengas, la lleves a comisaría, la encierres en una celda y te sientes delante hasta que yo llegue. ¿Entendido?

Dave miró a Nicky con los ojos desorbitados, llenos de alarma. La chica estaba a punto de explotar de rabia.

—Claro, Joe, lo que tú digas.

—Espera un momento —soltó Nicky—. No puedes...

—Ya lo creo que puedo. —La voz de Joe era suave, tan agradable como mortífera. Una mirada a sus ojos indicó a Nicky que esta vez no hablaba en broma—. Y créeme que lo haré, cariño. Así que lo aceptas o vas a la cárcel. Tú misma.

Y, acto seguido, se volvió y se dirigió hacia la casa.

Nicky, furiosa, iba a gritarle algo por el estilo de «vete a la mierda», sin importarle que tuviera un buen trasero y unos bonitos ojos, pero recordó su dignidad justo a tiempo, y recordó también que es más fácil atrapar moscas con miel que con vinagre. Así que se encogió de hombros y dirigió una sonrisa compungida a Dave, cuya expresión indicaba con tanta claridad como si lo dijera en palabras que desearía estar muy lejos de allí.

—Parece que vamos a estar juntos —dijo en un tono deliberadamente encantador—. Pero está bien. De hecho, ya había terminado aquí. Sólo me gustaría que me dijera algo antes...

Había enviado a Dave con Nicky porque no podía ir él mismo y Dave era el único de sus hombres al que conocía lo bastante bien como para confiarle la vida de la chica. Fue algo que le hizo reflexionar. Era un forastero en un sitio desconocido, lo que lo dejaba en una situación de gran desventaja. Como había advertido antes a Nicky, ser policía no convertía necesariamente a un hombre en honesto, o digno de confianza, o en nada más que no fuera el simple hecho de ser policía. Dos mujeres habían muerto salvajemente asesinadas en menos de una semana mientras él estaba al mando. Iba a asegurarse de que Nicky no fuera la tercera.

Si ella no tenía cuidado, él lo tendría por ella.

—¿Estabas concediendo una entrevista? —le bramó Vince en cuanto cruzó la puerta—. Queremos ser discretos, no convertir esto en un circo.

Hacía demasiado calor en la casa debido a todas las personas que estaban en ella y a todas las luces que se habían instalado en su interior para facilitar la búsqueda de todas las pruebas posibles, hasta las más insignificantes. Y resultaba de lo más claustrofóbica también. Ahora que sabía qué era, hasta el menor rastro del olor a muerte en el aire le provocaba náuseas. Cuando la puerta mosquitera se cerró tras él, fue consciente de querer volver a respirar aire fresco. No podía dar media vuelta y salir, pero le hubiera gustado hacerlo.

—Vamos a tener que tratar con los medios de comunicación —indicó Joe en un tono tranquilo mientras se acercaba a Vince.

El alcalde, vestido todavía con los pantalones caqui y la chaqueta verde que llevaba antes, aunque sin la corbata, estaba de pie detrás del sofá observando cómo Milton, bajo la supervisión de un miembro de la policía científica del condado de Georgetown, a la que se había llamado para que acudiera a la escena del crimen debido a la insistencia de Joe, se esforzaba por utilizar una cuchilla para cortar un trozo de moqueta del rincón del salón que podría tener o no un par de manchas de la sangre de la víctima. Los *flashes* procedentes del cuarto de baño indicaron a Joe que todavía se estaban tomando fotografías de la escena del crimen. El cadáver ya no estaba, pero Joe sabía que las manchas y las salpicaduras de sangre podrían revelarles muchos datos sobre el ataque. Un brillo azul en el dormitorio significaba que estaban utilizando «luminol» para encontrar más sangre.

—No se van a marchar —prosiguió Joe—, y no podemos obligarlos a hacerlo. Lo que tenemos que hacer es cooperar con ellos hasta cierto punto, proporcionarles información seleccionada mientras mantenemos en secreto lo que queramos que no se sepa y, de esta forma, procurar gestionar el caso lo mejor que podamos.

—¡Y una mierda! —Vince prácticamente echaba espuma por la boca. Fulminó a Joe con la mirada—. ¿Qué pasa? ¿No tienes pelotas para decirle a tu novia que se largue? Sí, señor. No te creas que no me enteré de que cenasteis la mar de acaramelados. Por el amor de Dios, hombre, soy el propietario del hotel. En un sitio como éste, se sabe todo, joder.

A Joe se le hizo un nudo en el estómago.

—Te daré un consejo, Vince —dijo—: no te metas en mi vida privada.

Sus ojos se encontraron y ambos sostuvieron la mirada.

—No me interesa tu vida privada —aseguró Vince en un tono más suave pasado un momento—. Pero tenemos que contener esto. Si no lo hacemos, nos vamos a arruinar. ¿Crees que el hombre que lo hizo es el mismo que mató a la otra chica en Old Taylor Place el domingo pasado?

—Es difícil estar seguro al cien por cien en este momento, pero yo diría que sí —comentó Joe a la vez que se encogía de hombros.

—¿El mismo hombre que mató a la chica fantasma hace quince años?

—No lo sé. Puede que sí. Puede que no.

—También crees que no —tradujo Vince—. ¿Por qué?

—Por muchas cosas —explicó Joe—. En primer lugar, ¿dónde ha estado estos quince años? En segundo lugar, corta el pelo pero no mutila la cara. La de Tara Mitchell estaba hecha trizas. A Karen Wise y a la mujer de hoy las masacraron pero no les tocaron la cara. En tercer lugar, no tenemos ningún indicio de que el asesino se pusiera en contacto con nadie hace quince años. Este hombre llamó a Nicky Sullivan desde el teléfono de la víctima después de ambos asesinatos, como si quisiera que supiera que estaba ahí fuera. Por cierto, voy a asignarle protección. Creo que está justificado.

—¿Tienes idea de lo que va a costar? —exclamó Vince, horrorizado.

—Sí —contestó Joe—. Mucho. Y me da igual. Puedes despedirme si quieres, pero mientras sea jefe de policía, una persona amenazada estará protegida.

Una mancha colorada empezó a cubrir las mejillas de Vince. Significaba que no estaba contento, y Joe lo sabía. También sabía que él no iba a echarse para atrás. Desde que había llegado a Pawleys Island, había dicho «¿a qué altura?» cada vez que Vince decía «salta». Pero había sido porque no le importaba. Nada.

Pero ahora, sí.

—Mierda —soltó Vince—. ¿Quieres que tenga protección? Muy bien. Dásela. Pero tenemos que resolver el caso. No podemos permitirnos toda esta mierda. Ahora, no. En ningún momento, pero ahora menos que nunca.

—Por Dios, ¿qué tiene de especial que pase ahora?

—Se acerca la temporada turística —dijo Vince mirándolo a los ojos.

Cuando Nicky entró en la cocina de Twybee Cottage, estaba tan agotada que apenas se notaba los huesos. La comitiva que la había seguido hasta la casa entró tras ella, a excepción de Gordon, que se había ido a su hotel. Hasta Dave entró. Las luces estaban encendidas, el ventilador daba vueltas en el techo y el olor a café impregnaba el ambiente. Harry estaba junto al tablero sirviéndose una taza. Se volvió cuando entraron y miró a los siete con el ceño fruncido: Nicky, Livvy, Leonora, el tío Ham, el tío John, Marisa y Dave.

—¿Dónde habéis ido tan deprisa? Me estaba empezando a preocupar por vosotros. Creí que a lo mejor Olivia... Pero veo que sigue de una pieza.

—¿Quieres decir que no te has enterado de...? —empezó a preguntar Leonora, y entonces todos metieron baza para poner al corriente a Harry de los detalles del asesinato de Marsha Browning. Nicky, mientras tanto, los dejó y subió a su dormitorio cargando con la maleta y el ordenador portátil, que había sacado del maletero del coche. Fue encendiendo las luces a medida que avanzaba hacia su dormitorio, uno de los cuatro del primer piso. Casi lo único que había cambiado en él era la posición de la fotografía enmarcada donde se la veía con el vestido de graduación del bachillerato que seguía sobre el tocador, donde la había dejado cuando se había ido a la universidad once años antes. Era una habitación grande, de unos cuatro metros y medio por cinco metros y medio, y el mismo techo alto de toda la casa: dos metros setenta en el piso superior y tres metros en el resto. Las paredes eran de color verde musgo, las cortinas y la tapicería eran blancas, y los muebles eran viejos, aunque no tanto como para calificarlos de antigüedades. La cama, de matrimonio y con dosel, situada entre el par de ventanas altas, el tocador y el buró eran de madera de cerezo. El marco del espejo rectangular que había sobre el tocador estaba cubierto de valvas que ella misma había pegado con una pistola de cola caliente en la fase artesanal de su adolescencia, y la butaca donde había pasado horas leyendo, que seguía en el mismo rincón que había ocupado siempre, lucía un estampado de helechos verde y blanco a juego con la colcha. Había dos puertas, una que daba al pasillo y otra que daba al cuarto de baño que compartía con Livvy, cuya habitación, idéntica (salvo por la decoración rosa fuerte y los muebles pintados de blanco), daba al otro lado del cuarto de baño.

Nicky dejó la maleta en el suelo, junto al buró, y sacó el portátil de la funda. Al dejarlo sobre la mesa, se le empezó a acelerar el pulso. Conectar con Internet le costó un poco porque el tejado de Twybee Cottage era de metal, lo que provocaba interferencias en la recepción de todo, desde la televisión hasta las llamadas telefónicas. Pero, al final, lo consiguió. No tardó nada en revisar su correo electrónico.

El corazón le dio un vuelco al verlo: un mensaje de Lazarus514. El catorce de mayo. El día antes, la fecha del asesinato de Marsha Browning.

Lo había esperado, lo había temido, pero, aun así... La fría realidad le revolvió el estómago.

Inspiró de modo entrecortado e hizo clic en el mensaje:

De noche oirás un aullido fuerte,
el aullido de un perro a la muerte.
Te aseguro que no me lo invento.
Que me caiga muerto si miento.

Seguía leyéndolo cuando, con el rabillo del ojo, captó la sombra alta de un hombre tras ella.

16

Nicky se volvió con un gemido. Habría sido un grito a voz en cuello, pero antes de que el sonido le saliera de la garganta, había reconocido al hombre que estaba con ella en la habitación.

—Joe —suspiró aliviada. Podía estar enfadada con él, pero no le tenía miedo. Se apoyó en la mesa para no caerse y se llevó una mano al corazón, que le seguía latiendo el doble de fuerte—. ¿Qué haces aquí?

—Llamé a la puerta; tu madre me dijo que entrara y que estabas arriba. Cuando le comenté que quería hablar contigo, me pidió que subiera. Y aquí estoy. Para empezar, necesito una lista de todas las personas que tenían acceso a tu nuevo número de teléfono. —Había fijado los ojos en el portátil—. ¿Tienes algo?

Al recordar su susto inicial, Nicky inspiró con fuerza.

—Sí —contestó—. Mira.

Se volvió y señaló la pantalla. Joe avanzó y se situó detrás de ella, muy cerca. Estaba descubriendo que el miedo vencía al enfado, y el temor que la había invadido al encontrar ese mensaje bastaba para hacer borrón y cuenta nueva entre Joe y ella. Bueno, casi nueva. Las ganas de recostarse en su cuerpo firme y fuerte eran casi irresistibles, pero pudo resistirlas. Se dijo que lo de Joe y ella no era una buena idea. Era indudable que había algo entre ellos, y puede que fuera incluso algo más que mera química, pero estaban en bandos opuestos. Ella era reportera, él era policía, e iniciar una relación personal cuando ambos trabajaban en el mismo caso era una pésima idea. Era, de hecho, un conflicto de intereses en ciernes y ella, ahora que ya no estaba en la playa bajo la luz de la luna, era lo bastante buena profesional como para darse cuenta de ello. Sí, señora.

—Lo sabía —dijo Joe. Nicky no tuvo que volverse para saber que estaba leyendo el mensaje que todavía estaba en pantalla.

—Te dije que había oído aullar a un perro —comentó con voz irregular—. En Old Taylor Place, poco antes de ver a Tara Mitchell en la ventana. Y antes, la noche que asesinaron a Karen.

Joe permaneció callado un momento. Incapaz de soportar el silencio, Nicky se giró para mirarlo. Estaban a pocos centímetros de distancia, tan cerca que tuvo que inclinar la cabeza para verle la cara. Él seguía concentrado en la pantalla del ordenador. Tenía el ceño fruncido y parecía aún más cansado que ella. Tenía los ojos enrojecidos y cercados por una red de diminutas arrugas, tenía la boca tensa y apretada, y en la mandíbula se insinuaba una barba incipiente.

Se le veía irritable y falto de sueño, e incluso en estas condiciones tan poco favorables, seguía haciendo que a Nicky el corazón le latiera con fuerza.

Sus ojos se encontraron.

—Si oíste aullar a un perro, es probable que él también lo oyera o no te habría enviado este mensaje concreto. Lo que significa que seguramente merodeaba Old Taylor Place cuando tú estabas allí —indicó, y tras tensar la mandíbula, preguntó—: ¿A qué hora oíste aullar al perro?

Nicky se lo dijo.

—Tenemos que suponer que también te vio en Old Taylor Place. Sabemos que más tarde te vio en la playa. Lo que implica que es muy probable que te esté siguiendo. Dios mío, podría haberte matado tres veces. Que sepamos.

—Gordon estuvo conmigo todo el tiempo en Old Taylor Place —replicó Nicky, que se esforzaba por tranquilizarse, aunque esta nueva posibilidad hizo que se le hiciera un nudo en el estómago—. Y cuando el perro empezó a aullar, estaba en un coche patrulla con dos policías que podían protegerme. Y luego, en la playa, estabas tú.

No pudo evitarlo. Se le enterneció la voz con las dos últimas palabras.

—Siendo demasiado descuidado. —La voz de Joe lo era todo menos tierna. Como su cara, era adusta. Frunció la boca, le tomó las mejillas con las manos y la miró a los ojos. Tenía las manos grandes, fuertes, cálidas... Eran unas manos muy masculinas. Habría sido un gesto de amante si no hubiera estado frunciendo el ceño—. Me gustaría que te plantees lo de esas vacaciones. Tengo mucho miedo por ti.

—Joe. —Nicky se dio cuenta de que tener grabado en la mente que estaban en bandos opuestos no iba a facilitar las cosas. Lo que realmente deseaba en ese momento era rodearle el cuello con los brazos y acercar los labios a los suyos para que la besara hasta que el miedo que le estaba helando la sangre en las venas sucumbiera a un fuego abrasador. Pero todavía le quedaba un poco de dominio de sí misma, y no lo hizo. En lugar de eso, le sujetó los antebrazos, musculosos y cubiertos de un fino vello negro, y levantó la vista hacia él—. ¿No te das cuenta? Soy tu relación con él. Se comunica conmigo. Puedes usar eso.

—No quiero usar eso. Quiero que te vayas, que tomes cócteles en la playa, a miles de kilómetros de aquí.

—Algún día tengo que volver. Algún día tengo que volver aquí. Ésta es mi casa —dijo Nicky, que trató de sonreír, aunque sospechó que no lo había conseguido—. La única forma que tengo de estar a salvo es que trabajemos juntos para atrapar al asesino.

—¿Trabajar juntos?

—Sí, tú y yo. En equipo.

—Ni hablar.

—Muy bien —soltó Nicky con los ojos entrecerrados—. Tú investiga por tu cuenta y yo investigaré por la mía. Así duplicaremos esfuerzos y perderemos mucho tiempo.

Joe le soltó la cara.

—Tengo una idea mejor. Yo investigo y tú te mantienes lo más alejada posible.

—Tengo la impresión de que te iría bien toda la ayuda que puedas recibir.

—Pero no la tuya.

Nicky se irritó.

—¿Qué quieres decir, «no la mía»? Para tu información, soy muy buena reportera. De hecho, apuesto lo que quieras a que puedo investigarte con todo detalle. Sé cómo encontrar las fuentes, y cómo sacarles información. Sé dónde...

Las comisuras de los labios de Joe se curvaron hacia arriba en leve insinuación de una sonrisa.

—Espera. Alto. Ya vuelves a hacerlo. Te estás enfurruñando por nada. No estoy diciendo que no hagas bien tu trabajo, sino que no quiero tu ayuda. Y la razón es que no quiero ponerte en más peligro del que ya estás. Mi peor pesadilla es recibir una llamada sobre una tercera víctima y encontrarme con que eres tú.

Había muchas cosas que objetar en estas palabras, y Nicky captó todos los matices exasperantes a medida que las pronunciaba. Pero lo que también captó fue la intensidad de la mirada de Joe y la fuerza con que sus manos la sujetaron por la cintura. El pulso de Nicky se le aceleró.

—¡Oh! —exclamó, porque de repente estaba demasiado ocupada deslizándole las manos por el tórax para pensar en algo mejor que decir.

—Lo que trato de decirte es que prefiero que estés viva a que estés muerta.

—Eso es muy romántico —decidió Nicky.

—¿Verdad?

Bajó la cabeza, y Nicky contuvo el aliento. Iba a besarla... Quería que la besara.

Casi podía notar su pasión.

—Nicky —dijo Livvy desde el pasillo.

Joe levantó la cabeza, soltó a Nicky y dirigió la mirada hacia la puerta.

Impaciente como siempre, Nicky se había quedado a medio ponerse de puntillas para acelerar el beso, después de que todas sus cuidadosamente razonadas precauciones hubieran saltado por los aires ante el destello de cariño que estaba casi segura de haber visto en los ojos de Joe. Frustrada, se volvió hacia su hermana con una expresión que indicaba que quería que desapareciera.

—Perdón —se excusó Livvy, que cruzó los brazos y puso cara de disculpas. El caso era que, sin embargo, no dio muestras de marcharse—. Marisa quiere irse a casa, y mamá pensó que quizá Joe quiera escuchar la cinta antes de que se vaya.

El rostro de Joe denotaba una clara falta de interés por la cinta en ese momento. Por consiguiente, la mirada que Nicky le dirigió fue severa.

—¡Livvy! ¡Nicky! ¿Bajáis? —gritó el tío Ham desde la parte inferior de la escalera—. Traed a Joe.

—Ya vamos —bramó Livvy, y miró a Nicky con intención.

—Mi madre puede ayudarte a resolver el caso si la dejas —sugirió Nicky a Joe tras aceptar el hecho de que había menos intimidad en su hogar de la infancia que en la playa y tras abandonar la idea de convencer a Livvy de que se fuera para que Joe y ella pudieran volver a empezar donde lo habían dejado. Así que dio un empujoncito a Joe hacia la puerta—. Vamos, baja. No crees en apariciones. Muy bien. No tienes por qué hacerlo. Pero lo menos que puedes hacer es escuchar la grabación sin prejuicios.

—Tienes suerte. Es muy atractivo —comentó Livvy con melancolía cuando Nicky pasó a su lado. Joe estaba unos pasos más adelante, cerca de la parte superior de la escalera, de modo que no podía oírlas—. ¿Cómo ha sido? —añadió con el gesto torcido—. Era yo y no tú quien se quedaba siempre con los hombres guapos. Y en cambio ahora, mírame. Y mírate.

—Sólo estás pasando un mal momento —la consoló Nicky—. Ya pasará.

—Hablas como mamá —dijo Livvy con los ojos en blanco—. Venga, bajemos.

—Ha vuelto. Está aquí. Es él. Está aquí.

Cuando supo qué estaba escuchando, Joe pudo oír las voces con claridad. Eran exclamaciones bajas de mujer que aparecían en diversos intervalos a lo largo de la cinta de audio y que, susurradas sobre la acción principal, repetían una y otra vez las mismas frases de dos palabras. Por desgracia, eso no significaba que lo que estaba oyendo guardara relación con la investigación. Por lo que él sabía, podía estar escuchando a cualquier mujer del mundo. No alcanzaba a entender cómo este grupo podía asegurar que las voces pertenecían a un fantasma y, menos aún a los fantasmas de las tres chicas en cuestión, pero se lo calló. Escuchó con educación haciendo todo lo posible para olvidarse de prejuicios, lo que era vital, porque Nicky no dejaba de observarlo, mientras luchaba contra un cansancio brutal que le ponía difícil concentrarse en cualquier cosa, y mucho más en unas voces de presuntos fantasmas en una cinta. Cuando la grabación se acercaba al final, sus esfuerzos se vieron recompensados de una forma que jamás habría previsto, lo que, en su opinión, servía para demostrar el viejo adagio que formulaba que era mejor tener suerte que ser competente; a veces, mucho mejor.

Nada de voces de fantasmas. Lo que oyó, muy diferenciado de todo el barullo que era el programa en sí, fue cómo un ser humano vivo, real, contestaba una llamada telefónica.

El teléfono debía de estar en modo de vibración, porque no oyó ningún timbre, solamente un tenue clic y entonces...

—¿Diga? —murmuraba una mujer.

Pasaba un instante.

La mujer decía algo ininteligible.

Otro instante.

—No te oigo —comentaba un poco más fuerte—. ¿Puedes hablar más alto?

Otro instante.

—Oh. Eso es [ininteligible]. —Parecía sorprendida, hasta nerviosa—. ¿Qué? Hay interferencias... No te oigo bien.

Otro instante.

—Muy bien. Perfecto —aseguraba en un tono evidente de alivio—. ¿Cómo? Espera, voy a salir a ver si te oigo mejor.

—Pare la cinta —pidió Joe cuando la acción prosiguió sin que volviera a aparecer la voz de la mujer.

Marisa, sorprendida, detuvo el casete. Todos los que estaban alrededor de la mesa, porque era ahí donde estaban todos sentados, en un gran y feliz grupo familiar alrededor de las sobras de los bollos caseros y las tazas de café, lo miraron con gestos interrogantes. Joe contuvo un suspiro. En el pasado, cuando había investigado un crimen, trabajaba solo o con un cuadro reducido y selecto de agentes de policía experimentados. Ocho civiles con los ojos desorbitados, más Dave, no eran las personas que habría elegido para compartir este tipo de información confidencial.

Pero era evidente que pedirles a todos excepto a Nicky, cuya ayuda necesitaba, que se fueran de la habitación, sería perder el tiempo. En primer lugar, todos ellos habían oído la cinta, la mayoría antes que él, ya que al parecer Marisa se la había puesto a Leonora y a los demás mientras Nicky y él estaban en la playa. En segundo lugar, conocía a Nicky lo suficiente para saber que su familia le sonsacaría enseguida lo que ella supiera.

De modo que ya podía olvidarse de cualquier idea inicial de mantener este detalle de la investigación en secreto.

Tenía que aceptarlo: eran los inconvenientes de llevar a cabo un trabajo policial en el paraíso.

Varios miembros de la familia abrieron la boca para hablar en cuanto el casete estuvo parado. Unos cuantos «qué» y «por qué» llegaron incluso a ver la luz antes de que consiguiera acallarlos. Pidió silencio con un dedo en los labios, y lo hizo de una forma que le recordó a un maestro de guardería. Dirigió una mirada alrededor de la mesa.

—Necesito un par de minutos —indicó.

El grupo tenía los ojos muy abiertos pero guardó silencio, obediente.

—¿Podría reproducir otra vez la última parte, por favor? —preguntó a Marisa. Ésta asintió y alargó la mano hacia el casete. Entonces, añadió hacia Nicky—: Quiero que escuches la llamada telefónica que se oye de fondo y que identifiques a quién pertenece la voz, si puedes.

Al hacerle una señal a Marisa, ésta puso la cinta en marcha.

El sonido dominante consistía en una serie de pasos rápidos y respiraciones aceleradas, seguida de otros pasos menos claros y de cierto frufrú, como si un grupo de gente se moviera a la vez en la misma dirección.

Entonces, de fondo, estaba la conversación apenas audible que Joe había captado antes.

Era corta, de sólo unos segundos, y cuando terminaba, estaba seguida casi al instante de la voz de Nicky.

—Vamos a subir al primer piso —decía Nicky en la cinta con una voz clara y fácilmente reconocible.

Joe hizo una señal a Marisa para que parara el casete. Todo el tiempo que lo había estado escuchando, había estado observando el rostro de Nicky. Antes de preguntarle de quién era la voz de la mujer, sabía por su expresión cuál sería la respuesta.

—Es Karen —dijo Nicky, como si de repente tuviera un nudo en la garganta.

Joe le dio las gracias con un gesto de la cabeza.

—¿Podría quedarme la cinta, por favor? —preguntó a Marisa. No necesitaba su permiso para quedársela, como tampoco había necesitado el de Nicky para quedarse su teléfono móvil, el segundo, el que se había llevado de la playa y que esperaba que estuviera ahora etiquetado y metido en una bolsa en la comisaría, junto al primero. La cinta, como los teléfonos, eran pruebas que podía confiscar, pero procuraba ser educado siempre que era posible. En Jersey, no siempre lo había sido, pero aquí, en el paraíso, la educación solía funcionar a las mil maravillas.

Como para demostrarlo, Marisa asintió y empujó el casete hacia él.

—¿Qué era eso? —soltó Livvy, que dirigió la mirada de Nicky a él, y viceversa.

—Esta llamada debió de ser el motivo de que saliera —contestó Nicky, con la cantidad exacta de preocupación por la confidencialidad que Joe había esperado. Tenía los ojos puestos en él y no en su hermana—. Tenía interferencias en el móvil. Alguien la llamó y no podía oír lo que le decía, así que salió para ver si tenía mejor cobertura.

Consciente de que la confidencialidad era una causa perdida, Joe hizo un gesto con la cabeza a modo de confirmación. Era lo mismo que él pensaba. Tendría que comprobar la hora con la cinta de vídeo para asegurarse, pero lo que acababa de escuchar tenía que ser el inicio de una de las últimas llamadas que Karen había recibido.

Esto, para él, era mucho más importante que el susurro de cien voces de fantasmas.

Ninguna de las personas que habían llamado a Karen y a las que él había interrogado había mencionado nada sobre el hecho de que Karen saliera porque había interferencias.

Cuando Joe se marchó, después de arrancarle a Nicky la firme promesa de que no daría un paso fuera de la casa sin que la acompañara uno de sus hombres, eran más de las cuatro de la madrugada, y sólo quedaba la familia. Tras un poco más de conversación lánguida, todos se rindieron por fin al cansancio y se fueron a dormir. Una vez en la cama, Nicky se acurrucó entre las sábanas y cerró los ojos con fuerza mientras intentaba concentrarse en cosas agradables, como la familiaridad cálida de la habitación de su infancia, el rugido tranquilizador de las olas que le llegaba del mar y el hecho de que su familia la rodeaba, para poder dormirse. Pero no funcionó. Nada lo hacía. No podía borrar las ideas y las imágenes aterradoras que tenía en la cabeza. No dejaba de ver el reluciente color rojo de la sangre de Karen cuando la iluminaron los focos, la forma abultada y envuelta de blanco del cadáver de Marsha Browning cuando la sacaron de su casa en una camilla o el brillo de la pantalla de su portátil.

De noche oirás un aullido fuerte...

El versito le rondaba por la cabeza. Hizo todo lo posible por dejar de pensar en él, y buscó desesperadamente algo, cualquier cosa, que pudiera tener a raya el frío glacial que le recorría las terminaciones nerviosas. La cara de Joe respondió a su apelación: casi podía ver cómo se le ensombrecían los ojos de cariño, notar cómo la rodeaba con sus brazos, saborear sus besos...

El calor empezó a sustituir al frío. «Si pudiera seguir pensando en Joe...»

—¿Nicky?

El susurro, surgido de la oscuridad, la sobresaltó. Abrió los ojos al darse cuenta de que conocía la voz. En realidad, si no hubiera estado nerviosa, la habría reconocido al instante.

—¿Mamá? —Así era como Livvy y ella habían llamado a Leonora desde que eran niñas. Nicky no había empezado a usar el apelativo «madre», que sonaba más adulto, hasta que se había marchado de casa para ir a la universidad. Livvy nunca lo había empleado. Ahora que volvía a estar en casa, Nicky estaba retrocediendo en muchas cosas, incluida la forma en que veía a su madre. Dadas las circunstancias, «mamá» parecía lo más oportuno.

—No estabas dormida, ¿verdad? —Era una afirmación más que una pregunta. Leonora estaba en la puerta abierta, apenas visible; una sombra más densa en la penumbra—. ¿Estás bien?

Nicky se giró para quedar tumbada boca arriba y se tapó hasta la barbilla mientras miraba el techo oscuro.

—Hoy vi el fantasma de Tara Mitchell —dijo.

Leonora no respondió. Pasado un momento, emitió un sonido, una especie de suspiro o de inspiración profunda, y entró en el cuarto. Nicky oyó el ruido que hacían sus zapatillas en el suelo de madera noble. No tenía que ver a su madre para saber lo que llevaba puesto: su bata de toalla con cremallera encima de un camisón. Segundos después, cuando Leonora se sentó al borde de la cama, Nicky notó cómo el colchón se hundía bajo su peso y le llegó el agradable aroma a loción de su madre a la hora de acostarse. Aunque podía ver la forma oscura de Leonora con el rabillo del ojo y sentir la calidez de su cercanía, siguió mirando al techo. Para su sorpresa, notó que el corazón le latía más deprisa. Estaba descubriendo que contar a su madre que había visto un fantasma no era fácil. Estaba incómoda, casi como si se estuviera introduciendo en un territorio prohibido.

—¿Dónde? —preguntó Leonora en voz baja para no perturbar el silencio de la casa dormida, pero con total naturalidad. Por supuesto. Para Leonora James, ver un fantasma, o muchos fantasmas, era algo habitual.

Para Nicky, era algo completamente distinto.

Nicky explicó a su madre lo que le había pasado en un tono tranquilo.

—No me sorprende —dijo Leonora cuando Nicky terminó—. O, mejor dicho, me sorprende que hayas tardado tanto.

—¿Qué? —dirigió la vista hacia la cara de su madre, que ahora, después de que sus ojos se hubieran adaptado a la luz, podía distinguir—. ¿Qué quieres decir?

—¿De verdad lo has olvidado? —La voz de Leonora tenía algo que hizo fruncir el ceño a Nicky.

—¿Olvidado qué?

—Siempre tuve la duda, ¿sabes? De si lo habías hecho deliberadamente o de si se trataba de un mecanismo de defensa involuntario. Finalmente decidí que era un mecanismo de defensa.

Nicky sintió un repentino temor y se estremeció.

—¿De qué estás hablando? —preguntó a su madre.

Leonora rió entre dientes, compungida.

—Tu padre y yo solíamos bromear sobre cómo habíamos creado un par de clones. Olivia era, es, igual que él. Era rubio con los ojos azules, atractivo y con mucho éxito. Un chico excelente. Neal caía bien a todo el mundo. A las chicas, a los chicos, a todo el mundo. Era el alma de todas las fiestas. ¿Sabes qué? Todavía lo extraño. Él era mi marido. Los demás... Supongo que sigo intentando reemplazar lo que alguna vez tuve. Pero me estoy dando cuenta de que sólo puedes amar así una vez en la vida.

Nicky casi nunca pensaba en su padre, porque recordar al hombre risueño que la consideraba su favorita le dolía muchísimo, incluso después de tantos años. Pero las palabras de su madre se lo recordaron con tanta nitidez que tuvo que apretar un momento los dientes para soportar el dolor.

—Y tú —prosiguió Leonora en voz baja—. Mi preciosa pequeña pelirroja. Tú eras mi clon. A veces creo que es por eso que siempre hemos chocado tanto. Desde que naciste, me costó creer lo parecidas que éramos. Y no sólo de aspecto. Tenías una imaginación viva y maravillosa, como la mía, y un carácter fogoso y valiente. —La voz de Leonora se convirtió casi en un susurro—. Y, a diferencia de Livvy, de pequeña mostrabas verdaderos signos de ser médium.

—¿Cómo? —Nicky aferró la punta de las sábanas con las manos. Mantuvo los ojos fijos en la cara de su madre. Las palabras le sentaron como un jarro de agua fría. Era lo último que habría esperado. Pero, en su interior, en algún lugar no muy recóndito de su alma, sabía que lo que decía su madre era cierto, había sido cierto.

—Lo reprimiste —explicó Leonora—. El don. Estoy segura de que lo tenías, pero después de la muerte de tu padre ya no lo quisiste. Te negaste a aceptar que podías ver algo, sentir algo o saber algo que no perteneciera al mundo corpóreo.

Nicky inhaló con fuerza. Los recuerdos se le agolpaban en la cabeza. Eran recuerdos angustiosos, dañinos, de un sonriente hombre rubio al timón de un yate de ocho metros de eslora que había bautizado *Ilusión* porque se pasaba la semana trabajando en el banco con la ilusión de pasar el fin de semana en este yate con su familia. Pero aquel fin de semana, Nicky y Livvy se estaban recuperando de unas anginas, y se habían quedado en casa con Leonora, de modo que había ido él solo. Les había dado un beso de despedida y se había marchado. La siguiente vez que Nicky lo había visto estaba en la cubierta del yate, que navegaba frenéticamente hacia la costa mientras unas nubes enormes surcaban el cielo en su dirección. El mar se había embravecido hasta que las olas zarandeaban la embarcación como si fuera de juguete. Se oyó un fuerte «crac» cuando el casco chocó contra unas rocas y el yate se hundió. Lo había visto hundirse, había visto la cubierta sepultada por torrentes de agua fría y oscura...

—Papá —dijo sin darse cuenta de que había alargado la mano para sujetar con fuerza las de su madre. Tenía los ojos desorbitados de horror—. Vi a papá...

Se le quebró la voz y se le llenaron los ojos de lágrimas.

—Lo sé —aseguró Leonora, cuyas manos eran tranquilizadoras—. Lo recuerdo. La noche que tu padre murió, antes de que supiéramos que había pasado algo, te despertaste gritando. Cuando llegué a tu lado, me dijiste que tu papá se había ahogado y me describiste todo lo que había pasado, hasta el color de la camisa que llevaba puesta cuando murió. Se había cambiado después de irse de casa, ¿sabes? De modo que no podías saberlo. Pero estabas en lo cierto.

—Era amarilla —soltó Nicky. Le dolía la garganta al respirar. El corazón le latía con fuerza y sentía una pena terrible, desgarradora. Había pasado hacía mucho tiempo. ¿Por qué seguía doliéndole tanto?

—Sí —asintió su madre, que le apretó aún más la mano—. Estuviste días sin hablar. Luego, cuando por fin empezaste a recobrarte un poco, estuviste enfadada, contigo misma y, sobre todo, conmigo. Durante mucho tiempo. ¿No te acuerdas? Era como si te culparas por no haber podido hacer nada para salvar a tu padre a pesar de haber visto lo que ocurría, y me culpabas a mí por haberte dado el don que te había permitido verlo. Y nunca quisiste volver a hablar sobre lo que habías visto esa noche. Estabas tan... reticente que, pasado un tiempo, dejé correr el asunto porque era evidente que te perturbaba mucho. Desde entonces hasta ahora, que yo sepa, no tuviste nunca otra experiencia paranormal. Siempre me pregunté si el don volvería a surgir en ti algún día.

—No lo quiero —dijo Nicky con dificultad debido al nudo que tenía en la garganta.

—A veces yo tampoco —contestó Leonora.

La voz de su madre contenía tal tristeza que se incorporó y la abrazó muy fuerte mientras contenía las lágrimas. Leonora le devolvió el abrazo con la misma fuerza y se quedaron así un buen rato.

—Bueno, eso es todo —dijo Joe para concluir su exposición del caso de Marsha Browning. Estaba de pie en la mugrienta sala de reuniones de la comisaría delante de una pizarra enorme en la que había garabateado una burda cronología de los crímenes que empezaba con Tara Mitchell y terminaba con Marsha Browning. Había marcado la diferencia de quince años con un enorme signo de interrogación, e insistió en que tenían que encontrar la respuesta. Dirigía estos comentarios a los hombres del departamento menos a Randy Brown, al que, como tenía una coartada lo bastante buena como para convencerlo de que no podía ser el asesino, había enviado a cuidar de Nicky. Era domingo por la tarde, alrededor de las seis, una hora en que normalmente dos terceras partes del cuerpo como mínimo habría estado fuera de servicio y él, personalmente, habría estado distrayéndose delante del televisor con algo de comida y tal vez una cerveza. Pero, dadas las circunstancias, todo el mundo trabajaba básicamente las veinticuatro horas del día, incluido él mismo. Dado el reducido tamaño del Departamento de Policía, la urgencia de la situación y la insistencia de Vince en que todo tenía que llevarse del modo más discreto y reservado posible, las cosas iban a seguir así en un futuro inmediato, o hasta que atraparan al asesino. Los hombres asintieron mientras se zampaban lo que quedaba de la pizza que un restaurante local les había enviado gratis para levantarles la moral, y Joe se estaba preparando para asignar las misiones del día siguiente.

—Cohen y Locke, seguid trabajando en la lista de reclusos que gozan desde hace poco de libertad condicional en la zona indicada, tratad de encontrarlos, comprobad sus coartadas. Milton y Parker, hablad con los vecinos de Old Taylor Place para obtener información sobre cualquier persona sospechosa que pudiera haber estado en la zona el día ocho o el catorce, buscad también un perro que pudiera haber aullado en ese mismo vecindario en estas mismas fechas. Hefling y Roe, id puerta a puerta en el vecindario de Marsha Browning para preguntar por cualquier persona sospechosa que pudiera haber sido vista los últimos días. Krakowski, prepara una lista de las habitantes femeninas de la isla que viven solas y dámela lo antes posible. O'Neil, repasa los registros de los teléfonos fijo y móvil de ambas víctimas, y los demás encargaos de todo el resto del trabajo habitual del departamento que pueda surgir. ¿Alguna pregunta?

Hubo algunas, y Joe las contestó lo mejor que pudo. Cuando terminaron, sus hombres se levantaron y se fueron cada uno por su lado. Algunos regresaron a sus mesas mientras que otros abandonaron el edificio.

Joe se encaminó hacia su casa. Tenía que hacer unas cuantas llamadas telefónicas sin testigos. Después de eso, tenía intención de ducharse y empezar quizás a cotejar la información que habían reunido sobre el asesinato de Marsha Browning con la del caso de Karen Wise y también con la del viejo expediente de Tara Mitchell. No era un trabajo difícil, pero llevaba mucho tiempo y tenías que saber lo que buscabas, razón por la cual se había reservado esta tarea para él.

—¿Crees que deberíamos advertir a nuestras conciudadanas que viven solas que cierren la puerta con llave? —preguntó Milton, que salía con Joe por la puerta trasera. Los últimos rayos del sol empezaban a apagarse, y las hojas de los palmitos que rodeaban el estacionamiento susurraban con la brisa. Había un par de coches patrulla ya en marcha, y el olor a gases de escape cargaba el ambiente.

—Puede que sea buena idea —contestó mientras se dirigía hacia su coche con Milton a su lado. Había intentado suprimir la sequedad de su tono de voz sin conseguirlo del todo. En su opinión, deberían advertir a cualquier mujer que viviera sola y no cerrara la puerta con llave, pero dada la cultura relajada de la isla, habría algunas a las que tendrían que recordárselo de modo especial, incluso en estas circunstancias.

—Y deberíamos decirles que vamos a efectuar rondas regulares para velar por su seguridad —dijo Milton.

—Muy bien —respondió Joe, y levantó una mano para despedirse de su subordinado, que se alejó hacia el coche.

—Jefe Franconi.

Al oír su nombre pronunciado por una voz alta y desconocida, Joe se volvió de golpe. Parecía haber por lo menos tres grupos distintos de personas que corrían hacia él desde la parte delantera del edificio. Con una mirada relámpago, distinguió a una mujer sola que lo saludaba con la mano mientras gritaba su nombre, un equipo hombre-mujer, y una pareja hombre-hombre en la que uno de los dos llevaba una cámara cargada al hombro.

Joe se detuvo y se los quedó mirando.

—¿Es cierto que el asesino Lazarus se cobró otra víctima ayer por la noche? —La mujer, que había ganado la competición por una zancada, había llegado la primera. Llevaba un casete, pero Joe no necesitaba verlo ni oír la pregunta jadeante para saber con qué estaba tratando: la prensa. Empezó a caminar de nuevo, con rapidez.

«Dios mío, ¿cómo se habrá propagado la noticia tan rápido?», pensó.

—Sin comentarios —dijo.

—¿Es el mismo hombre que mató a esas chicas hace quince años? —preguntó uno de los hombres. Joe oyó un tenue zumbido y comprendió que una cámara de televisión lo apuntaba a la cara.

—Sin comentarios.

Gracias a Dios, ya había llegado al coche. Pulsó el botón del llavero para abrirlo.

—¿Puede afirmarse que hay un asesino en serie en Pawleys Island?

—Sin comentarios —repitió Joe una vez más mientras abría la puerta y se subía al coche. Cuando salió quemando neumáticos por la puerta lateral del estacionamiento, seguían gritándole preguntas, y tuvo la impresión de que había tenido suerte porque, al parecer, todos habían aparcado delante del edificio.

Mientras conducía hacia su casa pensó con sequedad que a Vince iba a encantarle que lo asediaran así, y tomó el teléfono para advertir al alcalde antes de que también le tendieran una emboscada.

—Por el amor de Dios —gimió Vince—. Todo esto es culpa de ese maldito programa. Sabía que debería haberles impedido emitirlo la primera noche, ¡pero noooo! No me dejaste. Y ahora, mira lo que ha pasado. Es un desastre, joder. ¡Haz algo!

Y colgó el teléfono.

Joe llegó a casa sin problemas, estacionó delante y entró. En cuanto cerró la puerta, se quitó la chaqueta y la corbata, y para asegurarse de que nadie tomaría fotografías por las ventanas, corrió las cortinas antes de encender la luz. Luego se dirigió a la cocina, tomó una Bud Light de la nevera, se instaló en la mesa e hizo algunas llamadas.

La primera, a un amigo que le estaba rastreando el e-mail de Lazarus508, fue en vano. Dejó un mensaje diciendo que le enviaba un segundo e-mail con la misma finalidad y colgó.

La segunda, a otro viejo amigo, dio mejores resultados.

—Necesitaría que me procesaras una cinta de audio —dijo Joe—. Lo antes posible. No es muy larga; dura menos de un minuto. Unas pocas palabras incomprensibles que necesito poder entender.

—Eso está hecho —aseguró su amigo—. Mándamela.

—Gracias.

Joe colgó y empezó a marcar el tercer número. Con el rabillo del ojo, vio que Brian entraba despacio en la cocina. Todo, desde el ruido de sus botas sobre el suelo de vinilo hasta la textura de los vaqueros que vestía o los cabellos rubios, demasiado largos, que le cubrían la frente, parecía real. Nada borroso, nada etéreo. Nada paranormal. Real.

Joe se detuvo a medio marcar.

—Lárgate de mi vida —soltó, y lo decía en serio.

Brian dejó de caminar y le sonrió.

—Ah. Qué poco amable eres —comentó, y lo señaló con un dedo para reprenderlo.

Era un gesto tan propio de ese cabrón que a Joe se le aceleró el corazón. O estaba hablando con un fantasma, que le estaba contestando, o estaba teniendo unas alucinaciones increíbles. Ninguna de las dos cosas presagiaba nada bueno para su salud mental a largo plazo.

—Estoy loco —murmuró Joe con los ojos puestos aún en Brian—. Como una cabra.

—Eso te lo podía haber dicho yo —dijo Brian con jovialidad, y empezó de nuevo a caminar hacia la puerta trasera—. Pero estás haciendo progresos. Por lo menos, volvemos a hablarnos.

—Estás muerto —objetó Joe, y al hacerlo sabía que iba a detestarse después por violar la estrategia de «ignóralo y acabará desapareciendo» que había estado siguiendo los últimos dieciocho meses aproximadamente. La culpa era de Nicky y de su familia habituada a los fantasmas. Al parecer, esa mujer estaba logrando calarle hondo en más de un sentido.

—¿Y qué?

—¿Cómo que y qué? Estás muerto. Vete al cielo. O al infierno. O adonde sea. Me importa un comino. Pero vete de una puta vez.

—Cuidado. Vas a herir mis sentimientos.

Joe lo miró. Brian observaba con nostalgia la cerveza de Joe. Sin desviar la mirada, Joe sujetó la botella, se la llevó a los labios y dio un trago largo.

—Gilipollas —soltó Brian sin rencor, mientras Joe se secaba los labios con el dorso de la mano.

Gilipollas. Por Dios, ¿cuántas veces le había oído llamarlo así? Y en este tono exactamente, además.

—Si realmente estás aquí —dijo Joe con una voz de repente un poco ronca—, échame una mano por una vez y dime quién está matando a estas mujeres.

—¿Qué? ¿Tengo aspecto de tener percepción extrasensorial? ¿Cómo quieres que lo sepa?

—Entonces, ¿qué haces aquí?

—Ah. Esperaba que me lo preguntaras. —Brian le dirigió una de sus típicas sonrisas condescendientes—. Soy tu ángel de la guarda, amigo.

Joe alucinó. ¿Brian era su ángel de la guarda? El Universo no podía estar tan mal.

—Tonterías —soltó y golpeó con ambas palmas la mesa para levantarse del asiento con tanta brusquedad que la silla cayó hacia atrás al suelo con un enorme estrépito—. Todo esto no son más que tonterías. Tengo algún tipo de lesión cerebral rara. Aquí no hay nadie, tú no estás. Estoy solo en esta mierda de cocina.

Llamaron a la puerta trasera. Joe, interrumpido a medio despotricar, miró por encima del hombro de Brian y vio a Dave con la cara prácticamente apoyada en el cristal para ver el interior de la cocina. Fuera ya era de noche, lo que hizo que Joe se preguntara con cierta alarma cuánto tiempo habría estado despotricando y desvariando ahí dentro. Tal vez había sufrido alguna especie de ataque o algo así.

Bueno, podía ser que Brian fuera consecuencia de un espasmo cerebral periódico.

—Hola, Joe —lo saludó Dave. Parecía algo preocupado, y Joe supuso que debía de haberlo oído gritando y hasta puede que también lo hubiera visto golpeando la mesa con las manos.

Por Dios, esperaba que Dave no hubiera visto ni oído nada más. Ver cómo su jefe hablaba solo con alguien invisible no le levantaría demasiado la moral, por no hablar del resto del Departamento, si corría la voz.

Joe se dirigió hacia la puerta y la abrió.

—Hablaba por teléfono —empezó a decir un poco incómodo para tratar de explicar lo que Dave pudiera haber presenciado. Un resoplido hizo que se detuviera y bajara la vista hacia las inmediaciones de las rodillas de Dave. *Cleo* le devolvió la mirada, con el hocico aterciopelado tembloroso y los ojitos redondos relucientes al reflejar la luz de la cocina.

Podría estar en medio de algún tipo de crisis mental, pero eso no significaba que fuera idiota.

—No —dijo antes de que Dave pudiera abrir la boca—. Como ya te había dicho, no quiero cerdos en casa.

—No es sólo *Cleo* —indicó Dave con tristeza—. También soy yo. Amy nos ha echado a los dos. No tenemos dónde pasar la noche.

Pasó un instante.

«Vamos a ver —pensó Joe mientras sus ojos iban de un refugiado al otro—. Las últimas veinticuatro horas han incluido un apasionado intervalo amoroso, un asesinato espeluznante, un montón de gente fastidiando, muchísimo trabajo, una emboscada de una manada de reporteros, un fantasma o una crisis mental, a elegir, y ahora un posible compañero de piso que llega con cerdo incluido. Dicho de otro modo, un día más en el paraíso.»

—Los días de nuestra vida son como los granos de un reloj de arena —le susurró Brian al oído. El muy cabrón estaba justo detrás de él, y Joe no necesitó volverse para saber que estaba sonriendo de oreja a oreja. Era evidente que Dave no veía ni oía nada.

—¡Mierda! —exclamó Joe con resignación a la vez que abría más la puerta—. Venga, pasa. Tú no, cerdo.

17

Joe recogió la silla, Dave asaltó la nevera, y estaban sentados a la mesa con dos cervezas frías y un par de emparedados de embutido, cuando Joe observó que el cerdo estaba de pie sobre las patas traseras y los observaba a través de la ventana. Avisó a Dave, que salió y le dio el resto del paquete de embutido que acababa de abrir para preparar los emparedados. Era embutido de ternera, de modo que no había ningún inconveniente en que el cerdo se lo comiera, por lo menos en un sentido «kármico», pero como Joe tenía otros planes para el alimento, estaba un poco contrariado cuando Dave volvió a entrar.

—Me debes un paquete de embutido —soltó tras alzar la vista del expediente de Marsha Browning, que era uno de los que se había llevado a casa. Por lo menos, el cerdo ya no lo miraba a través de la ventana.

—Mañana iré al súper —prometió Dave—. ¿Quieres que compre algo más, una vez allí? ¿Leche? ¿Huevos? ¿Qué necesitamos?

Este plural, junto con la idea de que Dave hiciera la compra para los dos, sonaba entrañable, demasiado entrañable para Joe. Sólo llevaban quince minutos compartiendo la casa y ya estaba harto.

Siendo así, lo que tenía que hacer era lograr que su nuevo compañero de piso regresara sin demora a su casa, donde tenía que estar.

—Olvídate del embutido —pidió—. Cuéntame qué pasó con Amy.

Dave no necesitó que lo animara más. Se sentó con la cerveza y empezó a explicárselo con tanto detalle que el exceso de información lo abrumó. Cuando Dave terminó de contarle su drama, Joe, que ya sólo lo escuchaba a medias, se había terminado la cerveza y el emparedado y había cotejado la mitad del expediente de Karen Wise con el de Marsha Browning. La razón de que pudiera escuchar y repasar pruebas a la vez era sencilla: desde el principio, apenas tenía ninguna duda de que los dos asesinatos eran obra del mismo hombre. Comparar cualquiera de los dos con el de Tara Mitchell exigía más concentración: había muchos más puntos en los que diferían, los suficientes como para que estuviera dispuesto a concluir casi con certeza que su autor material no era el mismo. Aunque el expediente de Mitchell tenía quince años y no se había preparado bajo su mando y era posible que no fuera del todo preciso, o que se hubieran perdido u omitido cosas.

¡Mierda! Esto también era posible bajo su mando.

—Entiendo la postura de Amy —concluyó Dave con tristeza—. Pero *Cleo* sólo tenía hambre. Nada más.

Joe levantó la vista de su tarea, que podía resultar vital para resolver el caso, para encontrarse con la mirada abatida de su segundo. Dadas las circunstancias, ya no podía seguir manteniéndose al margen. Estaba abierto el consultorio sentimental.

—De modo que Amy llevó una pizza a casa y el cerdo se la tiró de las manos y se la comió. —Joe resumió en una frase la historia que Dave había tardado más de quince minutos en contar.

—Amy dice que *Cleo* la atacó de nuevo. Pero *Cleo* no la atacó. No es de esa clase de cerdo. Y Amy no quiere escucharme —concluyó Dave.

Levantó la botella de cerveza pero la dejó antes de que le tocara siquiera los labios. Al parecer, su último contratiempo lo había afectado tanto que hasta había perdido el gusto por la cerveza.

—De todos modos, fue culpa mía. *Cleo* está acostumbrada a comerse las sobras de la mesa por la mañana y por la noche. Pero, como ya sabes, con lo del asesinato y todo lo demás, he trabajado seguidas casi las últimas veinticuatro horas. No tuve ocasión de ir a casa para darle estos manjares. Sólo tenía la comida del dispensador y no le gusta demasiado.

Joe consideró varias formas diplomáticas de plantear lo que quería decir.

—¿Sabes qué? Tal vez no pueda formarme una idea global de la situación, pero me parece que eras mucho más feliz antes de que Amy se fuera a vivir contigo.

—¿Qué quieres decir? —preguntó Dave con el ceño fruncido.

—Lo único que digo es que puede que Amy no sea la mujer ideal para ti.

—¿En qué sentido?

Joe suspiró. Era evidente que la diplomacia no era lo suyo. En cualquier caso, Dave no parecía entender ese simple razonamiento.

—A ti te gustan los cerdos; a ella, no. Quizá deberías dejarla y empezar a buscar a alguien más compatible contigo.

—Amy y yo somos compatibles —aseguró Dave con una mirada dolida a Joe. Luego, torció el gesto y se desmoronó un poco—. Bueno, más o menos. Se queja mucho cuando tengo que hacer horas extra o trabajar los fines de semana. Y, entonces, cuando yo estoy en casa, ella sale tarde del trabajo. Y siempre pasa algo con su ex marido y los niños. Y, también está *Cleo*, claro.

«A la mierda», pensó Joe. Estaba demasiado cansado para esto. Que otro se encargara del consultorio sentimental.

—Pues ya está, hombre. Es evidente que sois almas gemelas. —Harto del tema, siguió trabajando—. ¿Comprobaste los registros telefónicos?

—Alrededor de una tercera parte. Lleva mucho tiempo. Esas dos mujeres se pasaban mucho rato charlando por teléfono. Y cuando llamo para preguntar de qué hablaron, muchas veces me salen contestadores. Y algunas de las llamadas con números privados son difíciles de localizar.

—Sí —asintió Joe—. Yo he...

Una repentina explosión de ruido en el salón les hizo dar un brinco a los dos.

—¿Qué pasa? —preguntó Joe cuando resultó que el ruido era el televisor, que bramaba a todo volumen.

Mientras Dave y él salían de la cocina, recordó que el aparato estaba apagado la última vez que lo había visto. Pero, al llegar al salón, vio que ahora estaba en marcha. El volumen estaba tan alto que corrió con una mueca hacia el mando a distancia que estaba en la mesita para bajarlo.

—¿Cómo ha sido eso? —preguntó Dave cuando pudieron oírse de nuevo. Contemplaba el televisor con el ceño fruncido—. Qué raro.

Pero la atención de Joe estaba puesta en la pantalla. Cuando vio lo que aparecía en ella, lo entendió todo. Había sido Brian de nuevo, o alguna especie de energía procedente de un espasmo cerebral que ni siquiera había notado. O algo.

Fuera lo que fuera, estaba viendo a Nicky.

—Buenas noches. Les habla Nicole Sullivan, de *Investigamos las veinticuatro horas* —decía Nicky a la cámara. Su cara llenaba la pantalla, y Joe se perdió un poco lo que estaba diciendo mientras absorbía lo preciosa que estaba. Pelo encarnado reluciente, grandes ojos castaños, piel de porcelana, labios carnosos y expresivos; al verla, tuvo un *flashback* tentador de cómo la había sentido entre sus brazos. Ahora sabía que esos labios eran tan suaves y apasionados como parecían...

—¿Encontramos una huella ensangrentada en la casa de Marsha Browning que coincidía con otra en el lugar donde asesinaron a Karen Wise? —soltó Dave con el ceño fruncido—. No lo sabía.

Era evidente que se había perdido algo. Volvió a concentrarse en el programa justo a tiempo de ver cómo la camilla con el cadáver de Marsha Browning recorría el jardín hasta llegar a la ambulancia. A continuación, Nicky estaba de nuevo en pantalla, explicando:

—Las dos veces el asesino Lazarus llamó a esta reportera desde el teléfono de la víctima. En el caso de Marsha Browning hizo la llamada desde el fijo de su casa antes de que se encontrara el cadáver. La policía utilizó esa llamada para localizar a la víctima. Después, de madrugada, el asesino Lazarus me envió otro e-mail enigmático. Decía lo siguiente: «De noche oirás un aullido fuerte...»

Una impresión del e-mail apareció por televisión.

—Mierda —exclamó Joe, que se sentó con brusquedad en el sofá para contemplar con un horror creciente cómo todos los detalles importantes de lo que sabían hasta entonces se emitían a toda la nación.

—Se te ve muy guapa por televisión —dijo Elaine Ferrell mientras acompañaba a Nicky a la puerta principal de su casa—. Piénsate lo de añadirte un poquito de volumen al pelo. Si te decides, avísame y te atenderé enseguida. Por cierto, dale recuerdos a tu madre.

—De su parte —prometió Nicky a la vez que salía. Ya había oscurecido, y vio que el cielo estaba tachonado de estrellas—. Y gracias.

La señora Ferrell se despidió y cerró la puerta, lo que dejó a Nicky sola en la pequeña entrada bajo el tenue brillo de la luz del porche que la situaba a la vista de todos. La idea la puso nerviosa. Tras echar un vistazo a su alrededor para asegurarse de que no había nada escondido tras los arbustos bien recortados que llegaban hasta la fachada de la casa, se alejó de la puerta y cruzó con rapidez el jardín. Había estado dentro casi una hora hablando con la señora Ferrell, una rubia platino de unos sesenta años. Era un poco después de las diez de la noche y, salvo la luz que salía por las ventanas de las casas que flanqueaban la calle, estaba oscuro como boca de lobo. La brisa apenas era un aliento cálido que le acariciaba la piel, pero tenía frío con la camiseta negra y los vaqueros blancos. Oía cosas como el zumbido de los insectos, el ligero ritmo de los bajos de un estéreo lejano, un repiqueteo apagado de metal contra metal. Sentía cosas intangibles, como si unos ojos invisibles la observaran a través de la penumbra. La idea era descabellada pero, aun así, se estremeció. Si no hubiera sido por la presencia del teniente Randy Brown, su escolta policial, que esperaba pacientemente de pie junto al coche patrulla estacionado a apenas cincuenta metros de la casa, se habría dirigido a su automóvil, aparcado delante del otro. Estaba tan nerviosa como una tortuga en mitad de la autopista. Pero no podía evitar la sensación de que algo le seguía los pasos justo fuera del alcance de su visión, oculto en la penumbra. Casi podía notar el aliento del mal en la nuca.

Estaba casi segura de que era su imaginación, alimentada por los hechos horribles de la semana anterior. Los recuerdos que su madre había reavivado la noche pasada parecían haberla sensibilizado respecto al ambiente, y los perturbadores sueños posteriores no habían mejorado la situación. Karen y Tara Mitchell se le habían aparecido, juntas y por separado, para susurrarle algo en una voz tan baja que no podía entender qué decían por mucho que se esforzara.

Pero había tenido la impresión de que intentaban advertirle de algo.

Sólo eran sueños, claro, y no era extraño que los tuviera. Cualquiera tendría pesadillas en esas circunstancias. Y el fantasma de Tara Mitchell se había aparecido a muchas personas. No significaba, como nada de todo esto, que se le estuviera despertando lentamente alguna habilidad paranormal largo tiempo reprimida.

¿O sí?

Cada vez que se permitía plantearse esta posibilidad sentía escalofríos, por lo que decidió con firmeza que tenía que quitárselo de la cabeza. No le iría nada bien sucumbir a la sensación inquietante e inexorable de que, hiciera lo que hiciera o fuera adonde fuese, estaba matando el tiempo hasta que algo terrible pasara.

La clave para no perder de vista el aquí y el ahora era mantenerse concentrada en su trabajo, y esto era lo que pensaba hacer. Su reportaje para *Investigamos las veinticuatro horas* había quedado muy bien. Había recibido varias llamadas de felicitación, la más destacada la de Sid Levin diciendo que ahora estaba seguro de haber tomado la decisión correcta al enviarla a ella en lugar de a Carl.

Y la señora Ferrell, que también había visto *Investigamos las veinticuatro horas*, había llamado a Leonora para que transmitiera cierta información a Nicky. La señora Ferrell era la peluquera de Leonora desde hacía muchos años. También era la mayor entrometida de la isla, una cotilla que estaba siempre espiando por las ventanas y fisgando la vida de los demás. Lo pertinente en este caso era que la señora Ferrell vivía al otro lado de la calle y dos casas más abajo de Marsha Browning.

La señora Ferrell le explicó que estaba casi segura de haber visto cómo un hombre corría las cortinas del salón de Marsha la noche del asesinato.

Cuando su madre le transmitió esta información, Nicky se había dirigido a toda velocidad a casa de la señora Ferrell para sostener una charla amigable. Lo que Nicky buscaba eran habladurías de vecinos, y esto era lo que había obtenido. Trapos sucios de todo tipo que, una vez tamizados, podrían proporcionarle una o dos pistas consistentes. Bastaba con la adecuada para atrapar al monstruo.

Unos faros iluminaron la noche, y Nicky se volvió. Una furgoneta blanca pasó por la calle cuando alcanzaba la acera. Al llegar a la altura de la casa de Marsha Browning, se detuvo. La puerta trasera se abrió con un fuerte sonido metálico, alguien saltó a la calzada y, segundos después, una explosión de luces blancas iluminó la noche.

Nicky observó la escena un momento con los ojos muy abiertos. Conocía esas luces: procedían de la cámara de un fotógrafo profesional. Más prensa en la escena del crimen. El jardín de Marsha Browning estaba acordonado con cinta policial, y había un coche patrulla estacionado en el camino de entrada, pero como Nicky sabía por experiencia, esto nunca detenía a un periodista que se preciara de serlo.

La jauría se cernía sobre su presa.

—Oiga, lárguese de aquí —gritó Brown mientras avanzaba hacia la furgoneta agitando los brazos como si quisiera ahuyentar una bandada de aves de rapiña.

Las luces siguieron estallando en la oscuridad. La luz interior del coche patrulla estacionado en el camino de entrada de Marsha Browning se encendió al salir su ocupante. Cuando éste empezó a bajar con aire resuelto hacia la calle, el fotógrafo se subió de nuevo a la furgoneta, que se marchó.

Mientras las luces traseras rojas se alejaban, Nicky pensó que el policía que la acompañaba estaba observando la furgoneta, lo que, en lo que a protegerla se refería, significaba mirar hacia el otro lado.

Muy bien, puede que estuviera un poco nerviosa. Pero no lo encontró nada tranquilizante. Era el momento de volver a casa.

Quitó la alarma del coche, abrió la puerta del conductor y se disponía a sentarse. De hecho, ya tenía un pie en el pálido suelo gris del coche y empezaba a bajar el trasero hacia el asiento de piel acolchada cuando un ruido repentino la llevó a volverse hacia el interior. Tuvo el tiempo justo de ver cómo la puerta del copiloto se abría de golpe y, para su horror, un hombre se sentaba junto a ella.

Soltó un alarido y casi se cayó fuera del coche antes de reconocerlo.

—No se te da muy bien lo de ir con precaución, ¿verdad? —comentó Joe, que le agarró el brazo justo a tiempo para impedir que se cayera al suelo—. Podría haber sido... Oh, no sé, el asesino Lazarus. Lo pongo como ejemplo.

—Pero no lo eres. —Después de que Joe tirara de ella y la soltara, Nicky se recostó sin fuerzas en el asiento. El corazón le seguía latiendo furiosamente debido al susto, y tuvo que esforzarse por mantener un tono de voz tranquilo. Tardó un momento en recuperar por lo menos el aspecto de estar calmada. Cuando lo hizo, cerró la puerta y lo miró. Con la luz interior apagada, era sólo una presencia robusta que parecía ocupar una cantidad desmesurada de espacio en la penumbra. Le oía respirar, captaba su energía inquieta, veía el brillo de sus ojos que la observaban. Por un momento, el perfil de Joe se recortó contra la oscuridad menos densa del exterior del coche. Era masculino, atractivo, sexy.

Nicky sintió que recobraba las fuerzas.

—Diría que por suerte para ti, ¿no? —Joe se puso un cigarrillo apagado en la boca. Nicky pudo ver el destello metálico del encendedor en su mano—. Si quieres poner el coche en marcha, bajaré la ventanilla.

—Muy bien —dijo Nicky, que inspiró hondo y puso el motor en marcha. Joe bajó un poco la ventanilla. La llama del encendedor brilló un segundo mientras encendía el cigarrillo—. Era de esperar que el teniente Brown impidiera que algún desconocido se subiera al coche conmigo. ¿No era ésa la razón de que me siga a todas partes?

—En teoría. Sólo que, por si no te habías dado cuenta, se había distraído —contestó antes de que la punta del cigarrillo brillara incandescente y que el encendedor le desapareciera en el bolsillo—. Sólo basta eso. Un momento de distracción. Y ¡zas!, tienes a un asesino en el coche contigo. Claro que, si sobrevives, seguro que la historia será un gran éxito televisivo.

Podría decirse que era lenta, pero hasta entonces el susto no le había permitido captar que la voz de Joe tenía un tono especial. Estaba serio, tenía la mandíbula tensa y sus movimientos mostraban una especie de fuerza controlada que hablaba por sí sola. Nicky lo conocía ya lo bastante bien como para reconocer los signos. El señor jefe de policía volvía a estar irritado.

—¿Querías algo en especial? —preguntó—. ¿O sólo me has dado un susto de muerte para demostrarme que estoy equivocada?

—Oh, sí que quiero algo. Cuando arranques, te lo contaré.

Supuso que podría oponerse a su presencia e, incluso, ordenarle que se bajara del coche, aunque las posibilidades de que la escuchara y obedeciera eran pocas. Pero no parecía tener demasiado sentido echarlo. Podía estar enfadado por algo, pero seguía siendo Joe. Irritado o no, tenía la capacidad de acelerarle el pulso, acalorarla y derretirla.

Y, además, cuando lo tenía a su lado, se sentía totalmente segura, lo que, dadas las circunstancias, no era poca cosa.

—Voy a casa —afirmó para advertirle de su destino, mientras se ponía el cinturón de seguridad antes de arrancar.

—Hombre, ¡aleluya!

Sí. Estaba de mal humor.

Aparte del coche patrulla que los seguía, no había más automóviles en la calle ahora que Nicky se dirigía hacia Atlantic Avenue. Sus faros iluminaban los buzones, los cubos de basura (mañana sería día de recogida), y un gato atigrado con los ojos relucientes que cruzaba asustado la calle. A su lado, Joe hablaba con alguien, que supuso que era Brown, por una radio de la policía del tamaño de un transistor que se había sacado de algún sitio. Como llevaba unos vaqueros y una camiseta oscura con una chaqueta también oscura, imaginó que la llevaría en el bolsillo. O puede que sujeta al cinturón.

—Ya puedes irte a casa —indicó Joe por la radio—. Yo me encargo.

—Muy bien. Hasta mañana —contestó Brown por encima de los parásitos.

Después, Joe pulsó un botón de la radio y ésta se apagó. Cuando se la guardó, Nicky detuvo el coche en el stop que había al final de la calle y giró a la derecha, en dirección a su casa.

—¿Quién te contó que se había encontrado un mechón de pelo de Karen Wise en la casa de Marsha Browning? —preguntó Joe con voz aparentemente despreocupada—. Era algo que esperaba mantener en secreto.

—Viste el programa —comentó Nicky, que lo miró de reojo un instante.

—Oh, sí. —Soltó el humo por la ventanilla—. Y bien, ¿quién te lo contó?

—Como periodista, no revelo mis fuentes.

—Tuviste que obtener esta información de un policía, y no fue de mí.

—Para que lo sepas, en esta isla no hay secretos. Podría decirse que todo el mundo lo sabe todo.

—El caso es que tu programa se emite a muchísima gente que no vive en esta isla. ¿Te das cuenta de lo mucho que has perjudicado la investigación al contar todo eso? Ahora el asesino sabe exactamente qué sabemos nosotros.

—Si no lo hubiera contado yo, lo habría hecho otra persona. Hay mucho interés, y sospecho que cada vez habrá más. Ya viste al fotógrafo. De todos modos, también sirvió de algo. ¿Sabes dónde estaba?

—¿Dónde?

—En casa de Elaine Ferrell. Es la peluquera de mi madre. Vio el programa y llamó a mi madre para decirle que tenía cierta información.

—¿Y qué era?

—Vio cómo un hombre corría las cortinas de Marsha Browning la noche del asesinato —anunció Nicky triunfalmente.

Transcurrió un instante. Nicky notó que Joe la miraba a la vez que se sacaba el cigarrillo de la boca.

—¿Me estás diciendo que esa mujer te llamó a ti en lugar de a la policía?

Nicky se encogió de hombros y trató de borrar la sonrisa de su rostro.

—Es que conoce a mi madre —explicó.

El cigarrillo volvió a la boca de Joe. La punta brilló colorada.

—¿Lo vio bien?

—Sí.

—¿Quieres describírmelo?

—Blanco, rubio o castaño claro, complexión delgada, camisa blanca, de aspecto bastante joven.

—Perdóname un momento —dijo Joe como si tuviera indigestión. El cigarrillo desapareció, seguramente por la ventanilla. Nicky no dijo nada mientras Joe sacaba el teléfono móvil y marcaba un número. Cuando alguien contestó, Joe preguntó—: ¿Habéis hablado ya con Elaine Ferrell? Vive al otro lado de la calle de Marsha Browning, un par de casas más abajo.

Hubo una pausa, como si quien estaba al otro lado de la línea consultara una lista de nombres.

—Todavía no —fue la respuesta. Era tenue, pero Nicky pudo oírla—. Teníamos previsto ir mañana a ese lado de la calle.

—Sí, bueno. Acaban de decirme que vio cómo un hombre corría las cortinas de Marsha Browning la noche del asesinato. Envía a alguien a su casa para obtener su declaración —ordenó Joe con voz tensa.

—De acuerdo. Pero son casi las diez y media. ¿Esperamos hasta mañana?

—Hazlo ahora —respondió Joe, y colgó. Se metió el móvil en el bolsillo y dirigió la mirada hacia Nicky—. ¿Te enteraste de algo más?

—Sólo de habladurías. Si alguna resulta pertinente, ya te lo diré.

—Muy bien.

—Te dije que deberíamos trabajar juntos.

Joe emitió un sonido que era un cruce entre resoplido y carcajada.

—¿Para que salga todo por televisión? Mejor que no. Mantener en secreto el hecho de que Karen Wise salió porque la llamada telefónica tenía interferencias nos habría ido muy bien para identificar al... ¿cómo lo llamaste?, ¿asesino Lazarus? Muy bueno, el nombre. Pegadizo. Seguro que triunfa entre tu audiencia. Oye, puede que ganes un Emmy. Pero ¿sabes qué? Hasta que lo contaste a todo el país, poca gente sabía por qué Karen había salido: sólo unos cuantos policías, tu familia y tú, y quizás el asesino.

Nicky le dirigió una mirada. Ya hacía rato que Joe había dejado de estar irritado para pasar a un estado de furia.

—Es una noticia, Joe. No podrás impedir que salga por televisión. O en los periódicos. Tu mejor opción es usar la publicidad para generar pistas. Como la señora Ferrell, por ejemplo. No se habría puesto en contacto conmigo si esta noche no hubiera visto *Investigamos las veinticuatro horas*.

—Habríamos hablado con ella mañana.

—Sí, pero deberías preguntarte cuántas señoras Ferrell hay por ahí sin que tú lo sepas.

—Tarde o temprano, hablaremos con todos aquellos con quienes tengamos que hablar.

—Creo que la palabra clave es *tarde* —replicó Nicky—. Además, hay mucha información que yo puedo conseguir y tú no.

—¿Como cuál?

—Si mi madre puede establecer contacto con Karen, o con Marsha Browning...

—Dios mío —exclamó Joe—. No. Ya estoy harto de tanto espiritismo o como se llame. —Debió de ver la mirada que le lanzó Nicky de reojo porque unos segundos después añadió—: Muy bien, de acuerdo. Si tu madre consigue establecer contacto con Karen o Marsha, o con cualquiera que esté en el mundo de los espíritus y que conozca a Karen o a Marsha, y a quien le apetezca hablar con nosotros aquí en el planeta Tierra para decirnos algo interesante como, por ejemplo, quién las mató, estaré encantado de que me contéis el secreto. Pero, hasta ahora, no parece haber ocurrido, ¿verdad?

Nicky aferró con fuerza el volante.

—¿Sabes qué? Necesitas un cambio de actitud.

—Lo que necesito es que te mantengas alejada de la televisión. Tengo dos mujeres muertas y un asesino que prometió matar a tres. Por la forma en que actúa en el tiempo, lo volverá a intentar pronto. Se pone en contacto contigo, te sigue, es probable que esté muy excitado con la publicidad que le estás dando. ¿Sabes qué pasa con esto de que lo llames asesino Lazarus? Si es el típico asesino en serie, le encanta. Se alimenta de ello. Lo vuelve más audaz. Y me temo que el resultado de todo esto es que va a ir a por ti. En este momento, debes de ser lo máximo para él. Por el mismo precio podrías saltar como una loca gritando: «Ven a buscarme.»

La idea era aterradora, pero no era nada que Nicky no hubiera pensado ya.

—Pues tendremos que atraparlo antes.

—No hables en plural, cariño. El Departamento de

Policía está investigando. Lo que tú estás haciendo es divertir a las masas sedientas de sangre.

—Muy bien. —Habían llegado a Twybee Cottage, y Nicky giró para tomar el camino de entrada un poquito más deprisa de lo normal. La grava que levantó con los neumáticos al hacerlo golpeó los laterales del Maxima. Había luz en las ventanas de arriba, que proyectaba unos rectángulos dorados sobre el tejado del garaje. Cuando Nicky detuvo el coche en la zona de estacionamiento, vio que también había luz en la planta baja—. Tú investigas por tu cuenta y yo, por la mía.

Nicky aparcó junto al Jaguar de Livvy y paró el motor. Ambos bajaron del coche, y Joe la siguió hasta la casa pisándole los talones. Al llegar a los peldaños, se volvió para fulminarlo con la mirada.

—Ya estoy a salvo en casa. Puedes irte.

Joe le sonrió. Fue una sonrisa lenta, burlona, que en lo que a ella se refería volvía a situarlo en la categoría de policía desagradable.

—Lo haría, pero como tengo a todos mis hombres trabajando a toda máquina y no puedo disponer de nadie para que se siente delante de tu casa toda la noche, voy a dormir en el sofá. Ya lo he hablado con tu madre. ¿Sabes qué pasa? Tiene tan pocas ganas como yo de que te conviertan en sushi.

Nicky se lo quedó mirando, pasmada. Luego, como sabía que era la clase de propuesta a la que su madre accedería, se giró otra vez y subió con ímpetu los peldaños sintiendo todo el rato la presencia de Joe justo detrás de ella.

Joe abrió los ojos y notó el olor a café. Estaba grogui, desorientado, y le costó un momento recordar dónde estaba. Una mirada perpleja a su alrededor le permitió captar unas paredes con paneles oscuros ornamentados con cuadros de la guerra de Secesión, unas cortinas doradas corridas, un escritorio y un sillón de piel a un lado y otro de la chimenea. Estaba acostado en un sofá situado frente a ellos, con una sábana hasta las axilas y una almohada bajo la cabeza. Lo recordó de golpe: la almohada y la sábana eran gentileza de Leonora, y estaba tumbado en el sofá del estudio de Twybee Cottage. Un vistazo al reloj y vio que eran casi las siete de la mañana. Había estado despierto hasta poco después de las cuatro repasando mentalmente los detalles de los asesinatos, comparando los expedientes que le había traído Dave, que se había quedado como dueño de su casa. A las siete, Bill Milton llegaría a Twybee Cottage. También había comprobado su coartada y le había asignado la tarea de proteger a Nicky durante ese día.

Mientras tanto Joe iba a ir a casa, ducharse, cambiarse de ropa y dirigirse al depósito de cadáveres del condado de Georgetown. A las nueve de la mañana iba a practicársele la autopsia a Marsha Browning.

Había dormido con los vaqueros puestos. Se colocó la camisa, los calcetines y los zapatos, se ajustó la funda del tobillo y la sobaquera, enfundó la Chief y la Glock, y se puso la chaqueta de modo que no se veía el menor rastro de ningún arma. Luego, fue a la cocina.

La puerta trasera estaba abierta para que la brisa matinal entrara a través de la mosquitera y el ventilador de techo giraba perezosamente. Nicky estaba sentada en la mesa de la cocina hablando con su madre.

Joe se detuvo en el umbral.

—Buenos días, Joe. ¿Quieres un café? —lo saludó Leonora con una sonrisa. Llevaba una bata verde claro con cremallera, el pelo algo aplastado a un lado y tenía la cara pálida y desprovista de maquillaje. Aun así, salvo por la diferencia de edad y de peso, se parecía lo bastante a

Nicky como para que Joe se percatara de que la habría tomado por su madre en otra circunstancia.

Nicky, por su parte, iba totalmente vestida. Su brillante cabellera reflejaba la luz de la mañana que se colaba por las ventanas, iba maquillada y lucía una alegre blusa amarilla. Pero no lucía ninguna sonrisa. De hecho, lo miró con una antipatía bastante evidente.

—Sí, gracias —contestó Joe.

—La cafetera está en la mesa. Sírvete tú mismo. —Nicky pronunció las primeras palabras que le dirigía esta mañana con una voz cortada que le indicó que seguían enfadados. Bueno, muy bien. Se acercó a la mesa donde estaba la cafetera.

—Nicky —exclamó Leonora en un tono que convirtió el nombre de su hija en un reproche, y empezó a levantarse. Joe había estado en el Sur el tiempo suficiente como para saber que una anfitriona educada no dice nunca a un invitado que se sirva él mismo, y menos de una forma tan brusca.

—Ya lo tengo —soltó Joe, y como vio que ya estaba junto a la cafetera, Leonora volvió a sentarse, aunque no sin dirigir una mirada de censura a Nicky.

—He tratado de convencer a mi testaruda hija de que tiene que marcharse de aquí —comentó Leonora mientras Joe se llenaba de café una taza de barro cocido, devolvía la cafetera a su sitio y tomaba un sorbo de la reconfortante bebida.

«Un café excelente», pensó al comprobar lo fuerte que era. Además, necesitaba la cafeína. Y mucho.

—Quizá podrías decírselo tú también —prosiguió Leonora.

—Ya lo hizo, madre.

Joe se volvió con la taza en la mano y su mirada se cruzó con la de Nicky.

—Para lo que sirvió, ¿verdad? Pero te lo diré de nuevo, para que conste: creo que deberías irte de vacaciones a algún sitio hasta que atrapemos al asesino.

—Sí, yo también. —Leonora parecía ansiosa.

Nicky les dirigió una mirada de impaciencia a ambos.

—No —replicó—. Sé que los dos creéis que corro peligro, y puede que sea verdad. Pero si este hombre quiere matarme, no hay ninguna garantía de que no se presente donde yo vaya, donde no lo esté esperando y, por lo tanto, no esté prevenida. Por lo menos aquí tengo protección policial las veinticuatro horas. Y puedo ayudar a atraparlo, que es la única forma en que voy a estar realmente a salvo.

—Pero Nicky... —dijo su madre en un tono lastimero.

—No me pasará nada, mamá —aseguró a la vez que se levantaba. Luego, le plantó un beso en la mejilla y se dirigió hacia la puerta. Al llegar a ella, se volvió para mirar a Joe por encima del hombro—. Por cierto, he escrito una lista con todas las personas que sé que tenían mi nuevo número de teléfono. Te la he enviado por e-mail.

—Espera un momento —pidió Joe, que dejó la taza en el tablero—. ¿Adónde vas?

—Son más de las siete, y mi guardaespaldas ya debe de haber llegado. Te llevaría —le sonrió mordaz—, pero recuerda las normas: tú investigas por tu cuenta y yo por la mía.

Y, dicho eso, se marchó.

—Vaya por Dios —exclamó Leonora con una inequívoca nota de orgullo, mientras Joe echaba un vistazo rápido por la ventana que tenía tras él. Sí, ahí estaba Bill Milton en el coche patrulla—. Cuando pierde así los estribos, no hay nada que hacer.

Joe observó cómo saludaba a Milton y se subía al coche. Hacía una mañana espléndida, soleada y reluciente, y hasta entonces que él supiera el asesino no había atacado a nadie a plena luz del día. Y un policía la escoltaría todo el rato...

—No corre peligro —aseguró tras volverse hacia Leonora—. Por hoy, por lo menos.

—Es que... me preocupa. —Leonora mostraba una expresión inquieta—. Tengo una sensación extraña. Y estoy bloqueada, lo que no me había pasado nunca. No quiero ni pensar en lo que puede significar —explicó, y mirando a Joe a los ojos añadió—: La verdad es que temo por Nicky.

«Yo también», pensó Joe, pero no lo dijo. En lugar de eso, llevó la taza de café hacia la mesa y se sentó. Se le ocurrió que quizá podría obtener más información de la madre de Nicky que de la propia Nicky.

—¿Sabe qué? —dijo con una sonrisa—. Hay algo que me tiene intrigado. Desde el programa del domingo he intentado averiguar el origen de aquellos gritos...

Como Nicky había esperado, la prensa se abalanzó sobre Pawleys Island como las moscas sobre un cadáver. A media semana, casi todos los medios sensacionalistas habían enviado un equipo. En un período al parecer pobre en noticias, el asesino Lazarus había captado la atención del público. Periodistas de prensa escrita, radio y televisión rivalizaban entre sí para ser los primeros en ofrecer un nuevo enfoque de lo que *The National Enquirer* llamó «una historia de terror de la vida real». La relación de un triple asesinato cometido hacía quince años con dos nuevos asesinatos, junto con fantasmas y comunicaciones poéticas del asesino, resultaron especialmente irresistibles para el grupo de la televisión, que perseguía lo mismo que Nicky: una victoria de su programa en las encuestas de audiencia.

Por suerte, gracias a sus contactos en la isla, Nicky seguía teniendo ventaja. Gordon y ella grabaron por todas partes. Las habladurías de los vecinos aportaron tantas pistas que llevaría semanas seguirlas todas. Nicky sólo se encargaba personalmente de las más prometedoras. El resto se remitía al Departamento de Policía, que estaba colapsado hasta el punto de que todo el equipo, no sólo Joe, parecía depender de la cafeína y la desesperación para seguir adelante. Otra ventaja de Nicky era que ninguno de los demás periodistas tenía una madre que fuera médium. Leonora, cuya aparición en el primer programa se seguía emitiendo en los espacios de autopromoción de los siguientes reportajes, era todo un éxito.

—Es fantástico —indicó Sarah Greenberg con entusiasmo a Nicky por teléfono—. Las cifras están subiendo. Y recibimos muchos correos electrónicos sobre tu madre. Tiene que salir en el reportaje final. Sid incluso dijo algo sobre ofrecerle un programa propio el próximo otoño.

Era una de esas noticias que eran buenas y malas a la vez. Leonora estaba contenta de haber logrado conectar otra vez con su público, como decía ella, fascinada por la posibilidad de un programa en otoño, pero seguía bloqueada. Aun así, estaba dispuesta a aportar su grano de arena al caso. Con la ayuda de amigos y vecinos, Nicky estaba reuniendo objetos que pertenecían a las víctimas. Además del *blazer* de Karen, tenía un reloj que Marsha Browning había llevado a la joyería del centro turístico para que lo repararan y una blusa de Lauren Schultz que habían donado sus padres. Se había puesto en contacto con la madre de Becky Iverson, que en la actualidad vivía en Colorado divorciada de su marido y que había accedido a enviarle una prenda de vestir de Becky. Hasta entonces no había obtenido respuesta de la familia de Tara Mitchell, y si no tenía pronto noticias suyas, sería demasiado tarde para incluir algo de Tara. Leonora iba a usar los objetos para intentar canalizar a las víctimas en cuanto llegara el paquete de la madre de Becky, y Gordon iba a grabarlo. Si salía bien, Nicky lo incluiría en el programa.

¿No sería espléndido que una de las víctimas estableciera contacto e identificara al asesino por televisión?

—No cuentes con ello —le advirtió Leonora con sequedad—. Los espíritus no suelen ser tan directos ni siquiera en las mejores condiciones. Y, en lo que a mí se refiere, no son las mejores condiciones.

A medida que mayo cedía paso a junio, el tiempo era cada vez más caluroso y más seco. El ambiente tropical de la isla se fue acentuando a medida que las flores y los árboles prosperaban en todo su esplendor. Los jardines adquirían una tonalidad verde esmeralda. Las piscinas relucían bajo el sol. El cielo era más azul, el océano se mostraba más calmado y la isla estaba tan agitada como un niño en la silla del dentista.

Todo el mundo, incluida Nicky, parecía mirar por encima del hombro a la espera de que pasara algo. Cuando no pasaba, la sensación de terror aumentaba hasta que era tan palpable como la creciente humedad.

La tensión cargaba el ambiente junto con el olor a mar. A medida que pasaban los días, Nicky notaba que se iba tensando como una goma elástica de cuyos extremos tiraran despacio. Lo único de lo que la gente quería hablar era de los asesinatos. Dondequiera que fuera (la tienda de comestibles, la gasolinera, la oficina de correos) la gente la rodeaba para preguntarle las últimas noticias. Al parecer, Joe recibía el mismo trato, con la tensión añadida de que un grupo de periodistas podía abalanzarse sobre él sin previo aviso.

—¡Lárguense de aquí! —bramó a un equipo de la Court TV que invadió la comisaría de policía el miércoles por la tarde. Nicky lo sabía porque, como la mayoría del resto del país, vio el arrebato por televisión.

—Tienes que ser más amable —le advirtió esa noche. Eran poco más de las once, y Joe entró en la cocina de Twybee Cottage con aspecto demacrado, agotado y con ganas de pelea. Como seguía pasando las noches en su estudio, aunque, por la cara que hacía, no dormía demasiado, Nicky lo veía bastante por las mañanas y por las noches, así como alguna que otra vez durante el día, cuando sus caminos se cruzaban casualmente mientras efectuaban sus investigaciones deliberadamente separadas. Seguían más bien enfadados, y por la mirada que Joe le dirigió cuando le dio su consejo sobre cómo tratar a la prensa, iban a seguir estándolo.

—A la mierda la amabilidad —soltó. Luego, cuando Leonora entró en la cocina, respondió a su oferta de un tazón de sopa y un emparedado con una sonrisa cansada que no había hecho acto de presencia cuando se había dirigido a Nicky y con un agradable «no, gracias». Siguió a Nicky con la mirada y añadió en el mismo tono grave y gruñón que antes—: Ya intenté ser amable. No funcionó. Están dondequiera que vaya. Me persiguen a mí, persiguen a mis hombres, persiguen a toda la población. No puedo dar un paso sin que alguien me ponga una cámara delante de las narices. No se merecen ser tratados con amabilidad.

—Como quieras —replicó Nicky a la vez que se encogía de hombros, y se fue a la cama con el vaso de zumo por el que había entrado en la cocina, dejándolo a merced de los cuidados de su madre, que parecía estar tomándole un cariño totalmente fuera de lugar. Al pie de la escalera, se detuvo para volverse e insistirle—: Si no eres amable con ellos, seguirán intentado pillarte hasta que te pillen.

—Correré el riesgo.

La siguiente vez que Nicky lo vio fue por televisión. Estaba en el Linney's Bar, junto al mar, hablando con una camarera sobre un hombre que había pedido un Martini unos quince minutos antes de que Nicky recibiera la llamada del asesino Lazarus mientras estaba con Joe en la playa. Como el ventanal del Linney's Bar daba a la extensión de arena que conducía hacia el complejo hotelero, y nadie en el bar conocía al hombre, parecía una pista interesante. La camarera le estaba describiendo lo sospechoso que había sido el comportamiento del hombre cuando algo, una voz familiar, un sexto sentido u otra cosa, había llevado a Nicky a dirigir la mirada hacia el pequeño televisor que había tras la barra, donde vio a Joe, descamisado y con cara de sueño, en la puerta trasera de un pequeño *bungalow* azul con un plato lleno de comida en la mano mientras hablaba con un cerdo.

18

Era evidente que las imágenes habían sido grabadas hacia el anochecer, puede que el día anterior. Sin camiseta al abrir la puerta trasera y salir al jardín, a Joe se le veía el torso musculoso y bronceado, con una bonita zona de pelo negro en el pecho. Estaba delgado, atlético, sin un gramo de grasa, y era de complexión corpulenta, alto y ancho de espaldas, con un pecho acorde que terminaba en unas caderas estrechas. Llevaba los vaqueros bajos, de modo que le dejaban al descubierto unos abdominales impresionantes y un ombligo vistoso.

«Hummm...», pensó Nicky con admiración, y supuso que una infinidad de colegialas congelaría la imagen y la colgaría de la pared.

Eso fue antes de que empezara a hablar con el cerdo, claro. La cámara retrocedió y ahí estaba, a su lado en la terraza de madera, prácticamente bailando sobre sus cuatro pezuñitas con la mirada puesta en el plato que Joe tenía en la mano. Supuso que era guapo, por lo menos en lo que a cerdos se refería: negro, un poco más alto y mucho más gordo que un perro basset, con las orejas caídas, un gracioso hocico redondeado y un rabito retorcido que se agitaba frenético. Pero seguía tratándose de un cerdo.

—Muy bien —le decía Joe, que parecía de muy mal humor—. ¿Quieres esto? Está bien. Aquí lo tienes. ¿Te crees que puedo comer mientras me miras? Pues no, joder. Además, ¿qué clase de cerdo come emparedados de jamón y alubias con beicon?

Y dejó el plato en el suelo, delante del animal.

Al verlo, Nicky no pudo evitar comparar en Joe el coeficiente de ser atractivo, que era deliciosamente alto, con el de la capacidad de hacer el ridículo, que también era elevado.

Mientras la cuestión estaba pendiente de un hilo, Joe se enderezó y detectó la cámara. Su expresión cambió en un instante de sólo irritada a totalmente colérica.

—¿Qué? ¿Quién carajo...? ¡Saquen esa cámara de aquí! ¡Salgan de mi casa!

Al salir disparado por la terraza, era de suponer que para enfrentarse con el equipo que seguía grabando, casi se tropezó con el cerdo, que se escabullía para quitarse de en medio.

Nicky no pudo evitar reír y gemir a la vez.

Pero como la narración que acompañaba las imágenes se centraba en la ineptitud del Departamento de Policía en su investigación, la cosa no tenía nada de gracioso. Por lo menos, estaba segura de que, desde el punto de vista del jefe Franconi, no la tendría.

Más tarde, cuando volvieron a encontrarse en el vestíbulo de Twybee Cottage como dos barcos que se cruzan en la noche, Nicky no pudo evitar decirle:

—Hoy te vi por televisión. No sabía que tenías un cerdo.

Joe hizo un gesto irónico con los labios.

—Hay muchas cosas que no sabes de mí, cariño.

Lo que, como reflexionó Nicky sentada en el buró de su habitación mientras trabajaba de madrugada porque sólo el agotamiento le permitía dormir sin soñar cosas terribles, era indudablemente cierto. Pero sabía lo bastante de él como para no preocuparse por que el asesino Lazarus llegara a ella de algún modo mientras él pasara las noches en su casa.

Y decidió que esto era mucho.

El caso era que, como ahora había tantos equipos de periodistas en la isla, se encontraban sin cesar dondequiera que fueran. A algunos de sus compañeros ya los conocía y a otros, no. Pero se había establecido una especie de compañerismo entre ellos, junto con una fuerte sensación de competencia. Dos de los equipos habían llevado sus propios médiums, quienes, a pesar de no estar bloqueados que ella supiera, no parecían tener más suerte que Leonora en lo que a la identificación del asesino se refería. La mayoría, en cambio, continuaba siguiendo a varios agentes de policía y autoridades públicas para hacer lo que denominaban «grabación de guerrillas» mientras los policías se dedicaban a interrogar a testigos y a seguir pistas, y las autoridades hablaban sobre cómo los asesinatos iban a afectar la próxima temporada alta. Aun así, como había tantos equipos haciendo refritos de la misma información, los productores empezaron a exigirles algo nuevo. Pasó el viernes, luego el sábado y por fin el domingo, con su emisión de *Investigamos las veinticuatro horas*. Los índices volvieron a subir: estaban ahora en el 32. Los mandamases estaban entusiasmados, llamaban para felicitar a Nicky, le mandaban flores, la alentaban. Mientras, la isla contenía colectivamente el aliento. Sólo seis días habían separado los asesinatos de Karen Wise y Marsha Browning, y ya habían pasado diez sin que el asesino hubiera hecho nada. Al empezar la semana siguiente, la mayoría de la información empezó a concentrarse, pues, en la isla en sí y en la personalidad de la gente implicada en el caso.

Un equipo de la CNN decidió efectuar un reportaje sobre la capacidad de los investigadores, lo que rápidamente se redujo a un reportaje sobre Joe. Nicky oyó con consternación algunos de los rumores sobre lo que tenían planeado emitir. Consternación, enojo e incredulidad.

Llamó de inmediato a Sarah Greenberg y pidió que su departamento de documentación analizara la trayectoria profesional de Joe, para asegurarse.

Sarah la llamó con los resultados hacia las siete de la tarde del miércoles, momentos después de que hubiera terminado una entrevista con el sobrino de Marsha Browning, quien, de manera decepcionante, había resultado ser el hombre a quien la señora Ferrell había visto correr las cortinas de Marsha la noche del asesinato. El sobrino había ido a su casa para dejarle unas fotos familiares. Se había ido hacia las nueve, lo que significaba que si él no era el asesino, y Nicky no creía que lo fuera, aunque Joe se negaba a eliminarlo de la lista de sospechosos hasta recibir los resultados de unas pruebas de ADN, era la última persona que había visto con vida a Marsha Browning, lo que significaba que seguía siendo viable entrevistarlo.

Pero Nicky se olvidó por completo del sobrino de Marsha Browning cuando oyó lo que Sarah tenía que decirle.

—Es verdad —aseguró Sarah—. Hasta el último detalle.

—No puede ser. —Estaba tan asombrada que le sorprendió poder hablar siquiera.

—Lo es —replicó Sarah con energía y certeza—. Tienes un buen instinto, Nicky. Es indudable que esta historia será una bomba. Consíguela.

—Sí, lo haré. Gracias, Sarah —dijo, y colgó con un nudo en el estómago. Estaba sentada en el asiento del conductor de su Maxima, que seguía estacionado delante de la casa del sobrino de Marsha, y, por un instante, sólo pudo quedarse mirando a través del parabrisas los últimos rayos rojos de sol que cruzaban el cielo del atardecer. Gordon, que había grabado la entrevista con la cámara, tocó el claxon al pasar a su lado. Como ésta era la última entrevista que Nicky había programado para el día, iba a tomar algunos planos de la playa y el mar mientras oscurecía. El sonido la sacó de su ensueño, y lo saludó con la mano. Después, comprobó por el espejo retrovisor que el policía que la escoltaba seguía allí, puso en marcha el coche y arrancó.

Apenas había llegado al final de la calle cuando supo qué tenía que hacer.

Tenía que avisar a Joe.

Al salir de la ducha, Joe reflexionó que, en medio del caos, había conseguido establecer una rutina. Cada día, hacia la hora de cenar, iba a su casa, hacía algunas llamadas, se preparaba una comida rápida y alimentaba al cerdo. En realidad, no era que tuviera que alimentar al cerdo. Dave le dejaba el dispensador rebosante de comida para cerdos, de modo que el animal no iba a quedarse sin comer si Joe no aparecía por su casa. Pero la cuestión era que a Joe le gustaba cenar cuando iba a casa, y le resultaba imposible hacerlo si el cerdo lo miraba a través de la ventana a no ser que le diera también algo. Aunque Dave había vuelto a su casa después de pasar sólo una noche en la de Joe, el cerdo seguía con él de modo estrictamente temporal. Amy se negaba a que volviera, y Joe tenía demasiadas ganas de estar solo para insistirle a Dave que se lo llevara con él. Además, en el momento en que había aceptado esta solución había pensado que, como no iba a pasar mucho tiempo en casa en el futuro inmediato, ¿qué tenía de malo?

Había conocido la respuesta cuando había visto el pequeño reportaje sobre él y el cerdo en televisión.

Si sus compañeros de Jersey lo habían visto, y no había oído nada que sugiriera que sí, todavía se estarían riendo.

La buena noticia era que no había visto a Brian desde que le había dicho que saliera de su vida. Si hubiera sabido que librarse del muy hijo de puta era tan fácil, lo habría hecho muchísimo antes.

La mala noticia era que tenía tantos problemas que Brian era lo de menos.

Hoy, como al cruzar la puerta de su casa estaba acalorado, sudado y agotado, había añadido una ducha a su rutina habitual. Se estaba secando cuando empezó a sonar el móvil.

Se enrolló la toalla a la cintura y fue corriendo hacia el salón, donde el televisor tenía puesta la ESPN y el teléfono descansaba en la mesita de centro. Lo tomó y contestó.

—¿Joe?

Conocería su voz en cualquier parte: Nicky.

—Sí. ¿Qué pasa? —Se puso inmediatamente alerta, ya que sólo lo llamaba para darle malas noticias.

—Tengo que hablar contigo.

—Dime.

Pasó un instante. Joe frunció un poco el ceño al captar la naturaleza de su silencio.

—En persona —indicó por fin Nicky—. En privado.

—¿Estás bien? —No había duda de que algo la preocupaba. Joe no le había oído nunca ese tono concreto. No creía que estuviera en peligro porque su voz no contenía la urgencia suficiente, pero...

—Estoy bien. ¿Podemos vernos en algún sitio? ¿Ahora mismo?

—Estoy en mi casa. Podemos hablar aquí. ¿Sabes dónde está? El 264 de...

—Sé dónde está —lo interrumpió—. Estaré ahí en unos minutos.

Y colgó.

Para cuando Joe acababa de vestirse, Nicky llegaba en el coche. La vio a través de la ventana delantera, fue a la puerta, la abrió y salió para esperarla. Estaba casi oscuro del todo, y había luces en las casas situadas calle arriba y calle abajo. El aire estaba cargado de una humedad que le resultaba nueva, y que olía más a vegetación abundante que a mar. Unos niños que jugaban en los jardines cercanos hacían tanto ruido que tapaban cualquier otro sonido. Mientras Nicky se acercaba a él por el jardín, que necesitaba un corte de césped, le llamó la atención lo mucho que le gustaba ver cómo se movía. Con motivo del calor (la temperatura rondaba los veintisiete grados pero había sido mucho más alta a lo largo del día), llevaba una especie de vestido recto sin mangas que le llegaba hasta las rodillas. Era de un color verde amarillento que sólo podía llevar una auténtica pelirroja, y las piernas se le veían largas, delgadas y pálidas. Bill Milton, el policía que la escoltaba, había estacionado detrás de ella y esperaba en el coche, seguramente observando también cómo cruzaba el césped. Joe lo saludó con la mano. Y cuando Nicky llegó a la entrada y lo miró con una expresión casi feroz en la penumbra, le sonrió porque no pudo controlarse.

La ferocidad le sentaba bien.

Nicky no le devolvió la sonrisa.

—La CNN se está preparando para emitir una historia de la que creo que deberías estar informado —soltó sin preámbulos mientras pasaba a su lado para entrar en el salón.

Mientras cerraba la puerta, Joe pensó con resignación que tenía que ser algo malo si se lo advertía, y de inmediato volvió a sentirse agotado. Era algo nuevo con lo que enfrentarse, y no tenía ni tiempo ni paciencia.

—¿Sobre qué?

Nicky se volvió para mirarlo.

—Sobre ti.

Nicky vio que Joe llevaba puesta una camiseta gris oscuro con un logotipo de Miami Heat y unos vaqueros raídos. Tenía el pelo despeinado y húmedo, e iba descalzo. Había un ligerísimo rastro de jabón y vapor en el ambiente, aunque estaban en el salón, sin ningún cuarto de baño a la vista, pero era una casa pequeña.

Lo observaba a la espera de una reacción, pero la que obtuvo no fue la que esperaba. Le dedicó una amplia sonrisa.

—Si es el cerdo otra vez, Dave se va a pasar el resto de su vida dirigiendo el tráfico.

—No es el cerdo. —Mientras le hablaba, Joe corrió las cortinas y pasó a su lado para tomar el mando a distancia de una mesita situada junto al sofá para apagar el televisor; tuvo que girarse para poder seguir mirándolo—. Eres tú.

—Yo —suspiró, se volvió para mirarla y señaló el sofá con la mano. Una sola lámpara iluminaba el salón, que parecía carecer de adornos y de cuadros, incluso en las paredes, pero que estaba ordenado y limpio, con unos muebles prácticos aunque no especialmente bien conjuntados—. ¿Quieres sentarte y me lo cuentas todo?

Nicky no se movió. Tenía el pulso acelerado y un

nudo en el estómago. Estaba con los puños cerrados, situados a los costados del cuerpo. Sólo fue consciente de todas estas cosas cuando miró a Joe y trató de conciliar a este hombre tan presente en su vida con lo que acababa de saber.

—Eras un policía corrupto —anunció.

Joe se quedó muy quieto. Luego, le cambió la cara. Se le tensó, se le endureció el semblante y los ojos se le volvieron inexpresivos.

No dijo nada.

—Aceptabas sobornos a cambio de proporcionar protección a una red de narcotráfico a la que tenías que investigar.

Flexionó las manos. Aparte de eso, permaneció inmóvil, como si estuviera esperando. Nicky sabía qué esperaba: el resto de la historia.

—Por desgracia para ti, la DEA estaba investigando la misma red de narcotráfico y preparó una operación. Te grabaron aceptando dinero, diez mil dólares. Varias veces. Te pillaron *in fraganti*, junto con tres policías más. Cuando los agentes federales os sorprendieron, estabais en un almacén con los narcotraficantes. Alguien empezó a disparar y, cuando terminó todo, había nueve personas muertas, incluidos los demás policías. Tú resultaste gravemente herido después de que te dispararan dos veces en la cabeza. Creyeron que morirías. Cuando saliste del peligro te detuvieron en el hospital, te acusaron de múltiples cargos, incluido asesinato, y te enviaron a un hospital penitenciario a la espera de juicio. Seguías en él cuando retiraron los cargos a raíz de un tecnicismo legal. Sólo que no podías recuperar tu empleo. Imposible. Así que terminaste aquí.

Pasó un instante en que ambos se miraron. Hasta que Joe parpadeó.

—Ahora ya sabes mi secreto —dijo sin darle importancia, con sorna.

A Nicky le cayó el alma a los pies. Inspiró aire mientras sentía un dolor que la atravesaba como un cuchillo. Seguía siendo Joe, alto, moreno, sexy, capaz de hacerle flaquear las rodillas; seguía siendo un hombre al que confiaría su vida sin vacilar. Pero ya había presentido antes que tenía otra cara, una cara peligrosa, una cara que no había conocido y no quería conocer, aunque ahora sabía irrefutablemente que estaba ahí.

—Es cierto. —Su tono convirtió la frase en una afirmación más que en una pregunta.

Joe se movió en dirección a la cocina.

—¿Quieres algo de beber? —preguntó—. Porque yo sí.

Cuando pasó a su lado, lo sujetó por los brazos para retenerlo. Notó sus bíceps cálidos y duros bajo sus delicadas manos.

—¿Es cierto? —tuvo que preguntar a pesar de que sabía que lo era, a pesar de que la CNN iba a emitir un reportaje sobre ello, a pesar de que Sarah Greenberg se lo había confirmado.

Joe la miró. Sus labios esbozaron una sonrisita irónica, pero sus ojos, sombríos e impenetrables, no expresaban lo mismo.

—¿Y a ti qué te importa?

Nicky reflexionó un momento y supo algo.

—Mucho —dijo.

Joe movió la cabeza y la luz de la lámpara le iluminó la cara de otra forma. Nicky vio dos cicatrices pálidas que le partían de la piel bronceada de la sien y le desaparecían bajo la mata despeinada de cabellos negros.

Fijó los ojos en ellas. Contuvo el aliento.

—¿Es ahí donde te dispararon? —Al preguntarlo,

alargó sin querer la mano para tocar con suavidad la piel lastimada.

Joe le agarró la mano justo cuando deslizaba los dedos por la cicatriz. Lo hizo con fuerza, con una expresión salvaje y, cuando sus miradas se encontraron, Nicky creyó que le iba a alejar la mano de las terribles marcas para rechazar por completo su caricia instintiva.

Pero, en lugar de eso, los ojos le centellearon y la sujeción se suavizó.

—Sí, ahí es donde me dispararon —respondió con voz ronca y, sin desviar la mirada, se llevó su mano a los labios. Le besó el dorso y, a continuación, las puntas de los dedos, una a una. Nicky sintió el roce de sus labios en la piel como si la marcara con hierro. Se quedó sin respiración, el corazón le dio un vuelco, y cuando Joe le bajó la mano y acercó la cabeza hacia sus labios, cerró los ojos, levantó la cara y le devolvió el beso, suave y apasionado.

Joe la estrechó entre sus brazos mientras la besaba con más fuerza, y se sintió algo aturdida. Le rodeó el cuello con los brazos y se puso de puntillas para besarlo con toda la emoción contenida desde que había hablado por teléfono con Sarah Greenberg.

Fue un beso desgarrador, lleno de deseo. Sentía a Joe tan cálido y firme contra su cuerpo. Olía ligeramente a jabón y sabía ligeramente a cigarrillos, una combinación que asociaba a él. Lo deseaba tanto que el corazón le latió con fuerza, el estómago se le tensó, y empezó a notar una sensación palpitante en lo más profundo de su ser.

Cuando Joe levantó la cabeza para interrumpir el beso, Nicky emitió un pequeño sonido de protesta y abrió los ojos para ver qué hacía. La estaba mirando con la cara a pocos centímetros de la suya, los ojos medio cerrados y relucientes, y los pómulos algo sonrojados. Notaba la firmeza de los brazos que la rodeaban, el vaivén del tórax al respirar contra sus pechos, la prueba inequívoca de su deseo contra su vientre.

—Joe —dijo con sentimiento.

—Soy un policía corrupto, ¿recuerdas? Deberías irte.

—No quiero irme.

Para impedirle hablar, e impedirse a sí misma pensar, cerró los ojos y lo besó otra vez. Puso sus labios contra los de Joe, le deslizó la lengua en la boca y se estremeció contra su cuerpo. Joe dejó que lo besara un momento, reaccionando a sus movimientos pero nada más hasta que, de pronto, sus brazos la estrecharon con fuerza y la besó como ella quería que la besara, como necesitaba que la besara, como un hombre besa a una mujer por la que está loco. Sus labios eran apasionados, húmedos, ansiosos e insistentes, y con la lengua le acariciaba y mimaba la suya para poseerle la boca. Ella le devolvió el beso con abandono y sintió que un fuego abrasador le recorría todo el cuerpo.

Entonces, Joe le deslizó una mano sobre el pecho, se lo cubrió y lo acarició por encima de las finas capas del vestido y del sujetador. Nicky notó el calor de esa mano, su peso, y le temblaron las piernas. El contacto de su palma le irguió el pezón. Se aferró a Joe, mareada de repente, mientras él apartaba los labios de los suyos.

—Ahora no estamos en la playa —dijo en voz baja y pastosa mientras le deslizaba la boca por la mejilla hacia el cuello. Su aliento le acarició la piel. El deslizamiento cálido y húmedo de su boca por la sensible zona del cuello la hizo estremecer. Sabía lo que le pedía, y pensarlo le aceleró el corazón y la derritió por dentro.

—Ya lo sé. —Sencillamente, no podía contestarle otra cosa.

Joe le deslizó entonces la mano desde el pecho hacia la espalda. Cuando notó el leve tirón en la nuca y oyó el inconfundible sonido de la cremallera al abrirse, se estremeció. El aire fresco le acarició la columna vertebral. Notó los nudillos de Joe al final de la espalda, justo debajo de donde terminaba la cremallera. Ésta se abrió y Joe deslizó una mano en el interior para depositarla en su espalda desnuda. La sensación la dejó sin aliento. Con motivo del calor, llevaba un vestido suelto de lino, fácil de poner y de quitar, y unas sandalias de tacón alto, sin medias. Joe le recorrió la piel con la boca hasta la base del cuello y le acarició la espalda con la mano. Nicky abrió los ojos, sacudió un poco la cabeza para intentar despejarla y se separó de él dando un paso hacia atrás. Mientras mantenía las manos en los brazos fuertes de Joe, fue consciente de tener una ligerísima duda sobre lo que estaba haciendo.

Era Joe, pero lo cierto era que, realmente, no conocía a aquel hombre.

—Nicky —dijo Joe con la voz ronca y la cara tensa de deseo. Pero no intentaba retenerla. Si quería irse, no la retendría. Fuera lo que fuera ese hombre, fuera lo que fuera lo que hubiera hecho o sido, siempre la había protegido. Esta idea eliminó las pocas dudas que le quedaban. La expresión de sus ojos la mareó. Había un calor abrasador entre ambos, pura química, pero también algo más. Algo hacia lo que Nicky se había estado acercando pero con lo que ahora, dadas las circunstancias, no se quería enfrentar. Todavía no.

Dejó caer los brazos, se encogió de hombros con delicadeza y dejó que el vestido le resbalara por el cuerpo hasta los tobillos. A Joe le centellearon los ojos, ahora abiertos del todo. Parecían quemarla mientras seguían el recorrido del vestido en un reconocimiento rápido. Su ropa interior era bonita y delicada, de nylon y encaje color café. Sabía que le quedaba muy bien y vio que él tenía la misma opinión.

—Eres preciosa —soltó Joe, que alargó la mano hacia ella. Nicky salió del círculo de lino que le rodeaba los pies y, cuando sintió que tiraba de ella hacia él, le deslizó las manos por debajo de la camiseta. Su cintura era cálida y suave. Sus músculos, tensos y fuertes, se contrajeron al acariciarlos. Le subió las manos por el tórax, por una amplia extensión de piel firme y curtida. Mientras seguía deleitándose con su cuerpo, Joe emitió un sonido algo entrecortado que le hizo alzar la vista.

La miró un segundo, no más, con los ojos brillantes de pasión mientras ella le acariciaba el tórax con las manos. Y, entonces, la besó. La soltó otra vez para quitarse la camiseta. Nicky sólo tuvo un momento para captar el esplendor de sus espaldas anchas, su pecho y sus brazos musculosos, el triángulo de pelo negro que se estrechaba hacia unos abdominales duros como una tabla para desaparecer bajo la cinturilla de los vaqueros, antes de que la levantara en brazos y empezara a caminar a la vez que la besaba.

Nicky le rodeó el cuello con las manos, deslumbrada por la facilidad con que la cargaba, recostó la cabeza en su hombro y lo besó como si eso fuera lo que más deseaba hacer en el mundo.

Perdió los zapatos, primero uno y luego el otro. Ambos hicieron algo de ruido al golpear la madera noble. No lo oyó, ni se dio cuenta de que estaba descalza.

Estaba tan deslumbrada que ni siquiera se percató de que estaban en el dormitorio hasta que Joe cerró la puerta de un puntapié.

El sonido fue lo bastante fuerte como para captar su atención. Y reaccionó abriendo los ojos.

El salón estaba bien iluminado. La habitación estaba oscura y fresca. Las persianas que cubrían la ventana estaban llenas de unas finas rayas de luz de la luna. Un pequeño aparato de aire acondicionado zumbaba afanosamente. Vio un sillón en el rincón del fondo y, cuando Joe apartó los labios de los suyos y apoyó una rodilla en algo, comprendió que habían llegado a la cama. Recordó que hacía tiempo que Joe no dormía en ella al percatarse de que estaba hecha. Por lo menos, notó bajo la espalda el grosor blando y suave de lo que parecía ser un edredón de un color tenue y, por lo que pudo ver, las almohadas parecían estar bien puestas, de modo que supuso que estaba hecha. Luego, Joe se acostó a su lado. El colchón se hundió bajo su peso y la acercó hacia él. Nicky perdió la conciencia de todo lo demás.

Sintió los labios de Joe fuertes, apasionados y apremiantes en los suyos mientras también le deslizaba las manos por el cuerpo para tocarla, para buscarle y acariciarle los pechos, el vientre, los muslos. Nicky se estremecía, temblaba, se apretaba contra él, y sus manos y sus labios lo ansiaban tanto como los suyos a ella. Los dos tenían prisa, y se quitaron mutuamente la ropa hasta que estuvieron desnudos. Nicky gimió al sentir la boca cálida y húmeda de Joe en sus pechos, en sus pezones. Joe le deslizó una mano entre los muslos y jugueteó con ella hasta que jadeó y se retorció de placer, y arqueó la espalda extasiada. Cuando creía que iba a llegar al clímax, que tenía que llegar al clímax, Joe interrumpió lo que estaba haciendo y volvió a besarla en la boca dejándola temblorosa, aturdida y vacía. Como respuesta, Nicky le descendió las manos por la espalda hacia el contorno firme y redondeado del trasero para arañarle suavemente la piel con las uñas a modo de castigo cariñoso.

—¡Oh, Dios! —exclamó Joe con una voz tan baja y

tan ronca que casi era un gruñido. Deslizó los muslos, cálidos, fuertes y curtidos, entre los de Nicky. Y entonces la penetró.

Cuando lo tuvo dentro de ella, sintió que el cuerpo le abrasaba. Se consumía y se derretía con los movimientos de Joe, profundos y rápidos, que la zarandeaban de pasión. Se aferró a él y gritó al alcanzar por fin el clímax en medio de una serie demoledora de explosiones rápidas y violentas que la lanzaron a un misterioso universo policromo en el que no había estado nunca.

—Nicky —gimió Joe en el cuello antes de penetrarla con un impulso fuerte y profundo que le envió de nuevo al límite el cuerpo, aún tembloroso, mientras él llegaba a su vez al clímax—. Dios mío, Nicky.

Después de esto, Nicky apenas podía respirar. Se sentía exhausta, saciada de placer y totalmente sin sentido.

Pero no por mucho rato. Lo que tiene la realidad es que no hay forma de huir de ella, ni siquiera después de un sexo extasiante. Así que cuando el cerebro de Nicky regresó a este planeta y el cuerpo se le calmó un poco, tuvo que enfrentarse con la situación en la que se había metido, que era, en resumen, que estaba desnuda en la cama con Joe.

Para entonces los ojos se le habían acostumbrado a la penumbra, y las pequeñas rendijas por donde la luz de la luna se filtraba a través de las persianas le facilitaban las cosas. Podía verlo bastante bien. Estaba a su lado, tumbado boca arriba mirando al techo con la cabeza apoyada en un brazo. La posición de sus mandíbulas era adusta. La línea que esbozaban sus labios era adusta. De hecho, toda su expresión era severa, y Nicky cayó de nuevo en la cuenta de que no conocía a ese hombre en absoluto.

La constatación no era una idea especialmente reconfortante en ese instante. Estaba desnuda a su lado, le apoyaba una mano en el pecho y le pasaba un muslo por encima de los suyos mientras él le rodeaba los hombros con un brazo.

Un poco más allá, en la mesilla de noche, descansaba una reluciente pistola negra.

Era un policía corrupto, acusado de asesinato, que había estado involucrado en el narcotráfico.

En cuanto a nuevos amantes se refería, ninguna de las cosas anteriores era demasiado prometedora. Tomadas en conjunto, daban miedo. Hasta entonces Nicky siempre había ido a lo seguro: médicos, abogados, contables.

Puede que aburrido, pero seguro.

Ni en sus sueños más alocados se había imaginado nunca que pudiera acabar desnuda y en posición horizontal con alguien que no fuera de los probos.

Pero ahí estaba.

Joe dirigió los ojos hacia ella. Casi dio un brinco.

—Si se te salen los ojos un poco más de las órbitas, se te van a caer de la cabeza —comentó Joe con sequedad. Retiró el brazo con que le rodeaba el cuerpo y se levantó de la cama. Nicky pudo ver un trasero terso y redondo, y una espalda esbelta y musculosa, y cuando se volvió hacia ella, un *full Monty*. Todo estaba cubierto de sombras, desde luego, pero a pesar de no verlo con claridad, era evidente que lo que tenía delante era impresionante.

Entonces se dio cuenta de que él también la estaba observando. Su mandíbula y sus labios seguían siendo adustos, pero en sus ojos había algo...

Era evidente que, adusto o no, le gustaba lo que veía.

—Y bien —soltó Nicky, porque él no hablaba y parecía que alguien debería hacerlo. Se incorporó, dobló las piernas lo más elegantemente que pudo y contuvo la necesidad de taparse con la sábana enredada (el edredón y las almohadas habían ido a parar al suelo hacía rato) al pensar que semejante muestra de pudor podía dar a entender que tenía poco control sobre sí misma, sobre él y sobre la situación, y como, en realidad, no lo tenía, valía la pena mantener la impresión de que sí. Además, estaba oscuro. Razonablemente oscuro—. ¿Qué hacemos ahora?

Sin responder, Joe alargó la mano para encender la lámpara que había junto a la cama. Nicky apenas pudo contener un chillido cuando esta acción proyectó un círculo suave de luz sobre el sitio en el que ella estaba sentada. Los ojos de Joe le recorrieron el cuerpo, tocando todos los lugares pertinentes, y pudo ver que se encendían de pasión. Estaba ahí de pie, tranquilamente desnudo, y no pudo evitar observarlo a su vez. Era delgado y musculoso, y tan atractivo que se le aceleró el pulso a pesar de que unos segundos antes habría jurado estar tan saciada que era imposible que volviera a estar nunca otra vez dispuesta. Se percató entonces de que, sin importar lo que pudiera saber sobre él, la atracción física que sentían uno por otro era tan fuerte que no iba a poder volverle la espalda y marcharse.

Y, ya que era sincera consigo misma, también podía admitir que la atracción superaba lo puramente físico. ¿Dónde la dejaba exactamente esto?

—Y bien, ¿qué hacemos ahora? —preguntó otra vez.

Joe frunció la boca y entrecerró los ojos.

—Nos vestimos y seguimos con nuestras vidas —respondió, y ya estaba recogiendo los vaqueros de los pies de la cama—. El cuarto de baño está al fondo del pasillo.

—No me refería a esto y tú lo sabes —replicó Nicky,

pero Joe ya había cruzado la puerta. Si la oyó, no dijo nada.

Con el ceño fruncido, Nicky se levantó de la cama y se rodeó el cuerpo con la sábana. Dadas las circunstancias, sólo le faltaba su actitud. Y no lo entendía. Era ella quien debería estar odiándose después de lo que había pasado, no él.

A no ser que...

A no ser que no fuera culpable y fuera demasiado estúpido, testarudo o macho orgulloso (que era básicamente la suma de las dos primeras opciones) para decírselo.

El caso era que siempre la había hecho sentir muy segura.

Iba a seguirlo pero se detuvo para pensar. Su mirada se posó en sus braguitas, que asomaban por debajo del edredón, ahora en el suelo. Echó un vistazo a su alrededor y detectó su sujetador arrugado cerca de la mesilla de noche. La situación de ambas prendas era una prueba silenciosa de la urgencia con que se habían desembarazado de ellas. Joe y ella se deseaban tanto que habían actuado de una forma casi frenética. Que se mostrara tan quisquilloso y distante después de un sexo tan fantástico era sin duda una lucecita roja. La pregunta era: «¿Una lucecita roja para indicar qué?» Recogió la ropa interior y se fue al cuarto de baño. Iban a hablar abiertamente de ello, tanto si a Joe le gustaba como si no. Siendo así, prefería no iniciar la conversación envuelta en una sábana y todavía acalorada y sudada después del sexo.

Sonrió burlona al ver las margaritas gigantes en las puertas de cristal de la bañera y tomó una ducha más rápida. Después, se secó, se puso el sujetador y las braguitas, se cepilló el pelo y, tras dirigir una sonrisa de ánimo a su imagen reflejada, salió del cuarto de baño. Se alegró al ver que Joe no estaba en el salón, de modo que pudo ponerse el vestido sin público. Subió la cremallera a toda velocidad y se dirigió descalza al único sitio donde Joe podía estar: la cocina.

Efectivamente, allí estaba, apoyado en el tablero que ocupaba la otra punta de la pequeña habitación, fumándose un cigarrillo. Un poco más lejos, unos ojitos negros la observaron a través del cristal de la puerta trasera y, pasado un instante de sorpresa, imaginó que se trataría del cerdo que había visto con Joe por televisión. Como en este momento estaba mucho más interesada en el hombre en cuestión, ignoró al animal para concentrarse en él. Llevaba los mismos vaqueros y la misma camiseta que se había quitado antes, y como ella, estaba descalzo. Tenía las mejillas cubiertas de una barba incipiente y los cabellos despeinados, e irradiaba determinación.

Ahora estaba preparada para enfrentarse a él.

—Muy bien —soltó a la vez que rodeaba la mesa que parecía servir tanto para comer como para trabajar—. Vamos a hablar.

Joe se sacó el cigarrillo de la boca.

—Pues sí, me ha gustado —dijo con un fingido tono de entusiasmo que chirrió—. ¿Y a ti? —Entonces, torció el gesto y su voz volvió a la normalidad—. ¿Era esto lo que tenías en mente?

Nicky no hizo caso de este intento descarado de provocarla. Se plantó delante de él, cruzó los brazos y le dirigió la misma mirada directa que dedicaba a una persona a la que podía resultar difícil entrevistar.

—Ahora viene cuando me cuentas tu versión de la historia.

Joe volvió a llevarse el cigarrillo a los labios y dio una larga calada. Soltó el aire antes de contestar, y el humo se le arremolinó alrededor de la cabeza.

—¿Por qué crees que existe también mi versión de la historia?

—¿No existe? —El olor a humo le hizo cosquillas en la nariz. Por lo general, detestaba este olor, pero se trataba del humo de la boca de Joe.

—No, Pollyanna, no existe.

—De modo que todo eso es cierto —lo desafió con los ojos.

—Espera. Un momento. No estoy admitiendo nada. Se retiraron los cargos, ¿recuerdas? No me gustaría que volvieran a presentarlos.

—Los retiraron debido a un tecnicismo legal.

—A mí me fue bien —aseguró mientras se encogía de hombros.

—¿No quieres limpiar tu nombre?

—No especialmente.

—La CNN va a decir que aceptabas sobornos de narcotraficantes para que les dejaras seguir con su negocio.

—No tengo control sobre la CNN. Pueden decir lo que quieran.

—Si no es cierto, podemos detenerlos. O, por lo menos, emitir un reportaje donde cuentes tu versión de los hechos.

—No existe mi versión de los hechos. No tengo nada que decir.

—Eso es absurdo.

—¿Ah, sí? ¿Y si no tengo una versión distinta de los hechos? ¿Y si su versión de los hechos es la única que hay?

—No me lo creo —contestó Nicky con los ojos entrecerrados.

—¿Qué no te crees?

—Nada de todo esto. Que eras un policía corrupto. No suena cierto.

Joe se la quedó mirando un momento, suspiró y apagó el cigarrillo en el cenicero que tenía delante antes de volver a dirigir la vista hacia ella.

—Creo que todavía estás bajo los efectos del clímax. Que te hayas acostado conmigo no me convierte en un santo.

Pasó un instante. Nicky notó que estaba a punto de estallar. Se dio cuenta de que la actitud de Joe empezaba a molestarla. Y mucho.

—Muy bien. —Dio media vuelta y salió de la cocina—. No hace falta que me digas nada. Ya lo averiguaré.

—Espera un momento —dijo Joe, que la siguió, como estaba convencida de que haría. Cuando entró en el salón y se detuvo para observarla con el ceño fruncido, ella ya se estaba poniendo un zapato—. ¿Qué haces?

—Tengo trabajo —respondió haciendo equilibrios para colocarse el segundo zapato—. Oh, por cierto, a mí también me ha gustado mucho.

—Nicky —exclamó Joe con una dureza subyacente en la voz que la obligó a alzar la vista hacia él cuando no había terminado de calzarse, de modo que se sostenía sobre un pie como un flamenco—. Deja mi pasado en paz. No es asunto tuyo.

—Lo es si vamos a tener una relación.

—¿Quién ha dicho que vayamos a tener una relación? —preguntó Joe con el ceño fruncido y los brazos cruzados—. Para que lo sepas, cariño, no me van lo que tú llamas relaciones.

Nicky apretó los labios y, bien calzada por fin, se dirigió hacia la puerta.

—Ya tenemos una. Sólo que te niegas a admitirlo. Quítate de en medio. Me voy.

—Espera —pidió a la vez que le sujetaba un brazo cuando pasaba a su lado. Entonces, la giró y le acabó de subir la cremallera del vestido antes de que pudiera protestar—. Y, por cierto, no me niego a admitirlo. Acostarse una vez con alguien no equivale a tener una relación.

Estas palabras la hirieron. Se separó de él, tensa, abrió la puerta y lo fulminó con la mirada.

—Me alegro de saberlo —replicó con mordacidad, y salió para sumergirse en la calurosa noche.

19

Joe estaba en la entrada viendo cómo Nicky cruzaba indignada el descuidado césped del jardín hacia su coche, y tuvo que contenerse para no ir tras ella. No era necesario. Milton seguía esperando pacientemente en el coche patrulla (una consulta rápida al reloj indicó a Joe que Nicky había estado dentro de su casa una hora y media aproximadamente), y lo vio con mucha claridad cuando abrió la puerta y salió un momento para comentar algo a Nicky. Luego, vio la luz interior del coche de Nicky cuando ésta abrió la puerta del conductor, y se percató de que, antes de entrar, observaba con prudencia el asiento trasero. Por último, vio cómo cerraba la puerta, encendía los faros y se iba con Milton detrás.

No corría peligro.

Entonces entró por fin en casa, más nervioso de lo que había estado desde hacía mucho tiempo. La introspección no era lo suyo (no le gustaba explorar su paisaje interior, en palabras de uno de los psiquiatras a los que lo habían enviado), pero había tenido esta sensación una o dos veces antes, de modo que sabía qué era: la soledad profunda, desgarradora, que resultaba de la percepción de que en este mundo de parejas, familias y webs de corazones conectados, no había nadie, ni una sola alma solitaria, que pudiera considerar realmente suya.

«Ya tenemos una», había dicho Nicky, refiriéndose

a una supuesta relación. La idea lo asustaba. Como le había dicho, no le iban las relaciones. No se le daban bien. Había estado tanto tiempo solo que la idea de ligarse a alguien le ponía los pelos de punta. Para decirlo de nuevo en jerga psiquiátrica, tenía fobia a los compromisos.

Si quieres a alguien, eres vulnerable. Ya puedes medir tres metros de altura y ser a prueba de balas. La otra persona es tu talón de Aquiles, tu espalda descubierta, tu punto débil, lo que podría destruirte.

Ya había estado ahí antes. No iba a estarlo una segunda vez. Al pensar que podría volver a ser así de vulnerable, se le hacía un nudo en el estómago.

Lo que significaba que tenía que cortar lo suyo con Nicky, su «relación» como ella lo había llamado, antes de que pudiera escapársele totalmente de las manos.

«Dicho de otro modo, tío listo, tienes que alejarte de ella.»

Y, asqueado, pensó que había llegado a esta penosa conclusión después del mejor sexo que había practicado en dos años. Bueno, debería decir del único sexo que había practicado en dos años. Pero, aun sin el barniz de los meses de deseo contenido, el sexo había sido fenomenal.

El caso era que la chica también era fenomenal: preciosa, lista, combativa, divertida y capaz de excitarlo con sólo una mirada de esos insinuantes ojos castaños. Era la clase de chica que un hombre como él podía pasarse la vida buscando sin encontrar.

Y lo sorprendente era que creía en él. Eso lo había conmovido, había acertado de lleno en su corazón cauteloso, devastado por la batalla, como una bala con su nombre grabada en ella.

Hombres con quienes había trabajado durante años, novias, ex novias, vecinos... Nadie había cuestionado si era o no culpable de lo que se le acusaba. Que él supiera, habían aceptado la versión oficial como cierta y habían seguido adelante, sin rehuirlo ni nada, sin denunciarlo, sino tratándolo como siempre habían hecho, lo que seguramente decía más sobre él que sobre ellos. Había sido un hijo de puta, seguro del mundo y del lugar que ocupaba en él, seguro de que no había nada en la vida con lo que Joe no pudiera, porque podía con todo. O eso creía él.

Pero se había equivocado. Superman había encontrado su criptonita. El todopoderoso había caído.

Joe Franconi había encontrado algo con lo que, después de todo, no podía. Y casi lo había matado. Pero había sobrevivido e incluso logrado recuperarse prácticamente del todo.

No iba a volver a pasarle.

Pero ahora, en un giro tan desconcertante como sorprendente de los acontecimientos, sin ninguna prueba en absoluto, Nicky creía en él.

Era una mujer a la que había que sujetar y no soltar nunca.

La idea lo asustó muchísimo.

—Mujeres —dijo Brian—. Siempre te atrapan.

Joe se volvió de golpe y vio cómo Brian, con un aspecto tan real como siempre, entraba en la cocina.

Mierda.

—Cállate —le gritó—. Y aléjate de mi habitación.

—Oye —le llegó la voz de Brian—. Sé lo que estás pensando, pero te equivocas. Tengo ciertas normas.

Ninguna que Joe supiera, pero...

Empezó a sonarle el móvil.

—Tenemos una confesión, jefe —le anunció por teléfono Cohen, el agente de servicio en la comisaría esa noche—. Creo que debería venir a escuchar esto.

Alrededor de una hora y media después, cuando Nicky tomó el camino de entrada de Twybee Cottage, seguía enfadada. Si era cierto que estaba bajo los efectos del clímax, como Joe había dicho, él se los había eliminado la mar de bien. Sólo la idea de que podía haber un motivo para que se hubiera portado de una forma tan poco amorosa después del sexo, de que tal vez hubiera adoptado esa actitud en un intento deliberado de alejarla, le impedía lavarse mentalmente las manos en lo que a él se refería en ese mismo instante.

Eso y la triste realidad de que estaba loca por él, con o sin actitud.

Cuanto más lo pensaba, más segura estaba de que la historia que la CNN iba a emitir era errónea. Puede que el romanticismo de Joe necesitara alguna colleja, pero su instinto le decía que era un hombre íntegro. Era trabajador y honrado, y bajo el aspecto exterior de policía duro, era, en realidad, un hombre dulce. Le resultaba imposible de creer que aceptara sobornos o que hiciera la vista gorda mientras había narcotraficantes haciendo negocio a su alrededor. Pero cuando le había dado la oportunidad de hacerlo, no había proclamado su inocencia, lo que, si lo pensaba bien, era algo muy revelador a su favor. Sabía por experiencia que los culpables siempre se declaraban inocentes. Eran los inocentes quienes a veces se aferraban a la culpa por diversas razones. Fuera cual fuera la verdad, estaba segura de que era posible que todavía no la conociera. Era evidente que Joe no iba a decírsela, de modo que la averiguaría por su cuenta, y a la mierda su advertencia de que no se metiera en sus asuntos. Ya había puesto las cosas en marcha para empezar a profundizar en su trayectoria profesional. Lo bueno de haber sido reportera tantos años era que disponía de amigos en toda clase de sitios, y conocía toda clase de formas de averiguar información comprometida. Si no podía averiguar la versión confidencial, nadie podía.

Mientras tanto, iba a asustar a la CNN con la esperanza de que no emitiera la historia. Iba a encargarse de que el mandamás de la cadena se enterara de que había serias dudas sobre la autenticidad del reportaje. En cuanto al reportero, estaba bastante segura de que bastarían dos palabritas para que se echara para atrás: Dan Rather.

Iba a asegurarse de que las oyera a primera hora de la mañana siguiente.

Pero esta noche se concentraría en Tara Mitchell. Tenía grabada en la mente la imagen fantasmagórica que había visto en Old Taylor Place, sin importar la asiduidad con que tratara de evitar pensar en ella. El fantasma de Tara era el que se había visto más a menudo; Leonora la había canalizado, Nicky la veía en sus sueños, y su asesinato había sido el catalizador de los asesinatos de Karen y Marsha Browning. Nicky empezaba a pensar que Tara era la parte esencial del caso. En su búsqueda de un objeto personal de Tara para que lo usara Leonora, había intentado ponerse en contacto con la familia de la muchacha. Hasta entonces, no había podido localizarla. Era como si después de irse de Pawleys Island, esas personas hubieran desaparecido de la faz de la Tierra.

Desde luego, que la hija muriera asesinada tenía que haber provocado todo tipo de traumas a la familia. Puede que los padres se hubieran separado. Puede que se fueran del país. Había mil y una explicaciones posibles de por qué parecían haber desaparecido.

Pero sentía curiosidad. Necesitaba saber qué había sido de ellos. Necesitaba encontrarlos para remendar lo que empezaba a revelarse como un agujero flagrante en la trama de la investigación.

Después de dejar a Joe, había ido a hablar con un par de isleños que habían conocido a los Mitchell cuando vivían allí. No había obtenido demasiada información, pero sí la suficiente para contar con unas cuantas nuevas pistas y para lograr que quisiera saber lo demás.

En cuanto llegara a casa, iba a seguirlas a través del ordenador.

Con esta intención, estacionó en su lugar habitual, junto al Jaguar de Livvy, y bajó del coche, ansiosa por conectarse a la red mientras todavía tenía fresca en la memoria la entrevista que acababa de hacer. Su escolta estaba justo detrás de ella; subiría por el camino de entrada en cualquier momento. No tenía que esperar a que llegara para salir del coche, ya que era evidente que su familia estaba en casa y la puerta trasera le quedaba a pocos metros. Aun así, avanzó deprisa hacia los peldaños. Los tacones se le hundían en la grava y podía oír el tenue crujido de sus propios pasos. También escuchaba el rugido del mar y el inevitable coro de insectos. Las luces de la casa estaban encendidas, como de costumbre. De hecho, no recordaba una sola vez en que no hubiera alguien en casa. También estaba iluminado el porche, cuyo brillo amarillo confería un aspecto más oscuro a la noche.

Al rodear el capó del auto de Livvy, fue consciente de la negrura intensa de la noche. Al alzar la vista al cielo, descubrió el motivo. Una densa capa de nubes tapaba tanto la luna como las estrellas. Captó la ausencia de brisa, la humedad altísima, la sensación de expectación en el aire. Habría tormenta antes del amanecer.

Casi había llegado a los peldaños traseros cuando un objeto en el borde mismo del círculo de luz captó su atención. Lo observó más atentamente con el ceño fruncido y distinguió que era rosa y del tamaño de una caja de zapatos. A Livvy debía de habérsele caído algo al entrar en casa...

Se acercó y se agachó para recogerlo. Casi lo tenía en la mano cuando vio que era el bolso de su hermana.

Ni en un millón de años Livvy dejaría el bolso así, en el suelo.

—¿Liv? —Nicky recogió el bolso y miró, vacilante, a su alrededor. Estaba en una esquina de la casa y el magnolio en flor se erguía grande y fragante a su izquierda. Un poco más allá, los árboles de Júpiter que flanqueaban el extremo opuesto de la casa añadían su aroma fuerte y distintivo a la noche. Ahí, cerca de los arbustos del jardín, a unos diez metros de ella, se movía algo.

—¿Livvy?

El movimiento cesó. Hubo un momento, un instante en realidad, en que lo captó todo como si fuera una imagen congelada. Durante este momento, se lo quedó observando, incrédula. Esa especie de callejón que formaba el jardín entre los arbustos y la casa estaba absolutamente oscuro. Apenas distinguió una forma, encorvada y vagamente triangular, que se elevaba del suelo. Tuvo la impresión de que era una persona y que se había vuelto para mirarla. Entonces, notó el olor. Había estado ahí todo el rato: un aroma a tierra y a almizcle que flotaba bajo la fragancia de los árboles de Júpiter, del magnolio y del mar, pero sólo supo qué era y dónde lo había olido antes cuando algo plateado relució en la penumbra.

La idea la sacudió como un bate de béisbol en el estómago: el brillo plateado era un cuchillo. El olor, que había percibido antes, aquella noche de pesadilla bajo las araucarias, era a sangre.

Había encontrado el bolso de Livvy, que ahora tenía en las manos, en el suelo.

El corazón le dio un vuelco.

—¡Livvy! —gritó a la vez que blandía el bolso como si fuera un arma y arremetía contra la figura encorvada al comprender con espanto lo que estaba pasando. Su hermana estaba siendo asesinada delante de ella.

—¡No! ¡Déjela! ¡Socorro! ¡Socorro!

La figura se levantó de un salto y huyó. Era un hombre, de eso estaba segura. Parecía correr agachado pero, por lo que pudo ver a través de la penumbra, era muy corpulento y sorprendentemente rápido. Oyó el ruido que hacían sus pies al correr por la hierba.

—¡Auxilio! ¡Que alguien me ayude!

—¡Policía! ¡Alto! —bramó una voz de hombre detrás de ella. Nicky comprendió que había llegado la caballería, encarnada en la persona de su escolta policial y se arrodilló junto al cuerpo inmóvil de Livvy, que yacía acurrucada en posición fetal en el césped frío y tupido.

—Livvy —dijo Nicky con urgencia. Al inclinarse hacia su hermana, vio la curva de su mejilla inmóvil, la boca flácida y los ojos cerrados, y sintió que el tiempo se detenía. El corazón le latía como un pistón. La sangre se le heló en las venas. El miedo le supo amargo en la boca.

«¡Oh, Dios mío! Por favor, por favor, por favor.»

Mientras la plegaria silenciosa se le formaba en la cabeza, Nicky oyó unos pasos que se le acercaban con energía, notó la agitación de alguien que corría hacia ella.

—¡Alto! —bramó el policía por encima de su cabeza, era el agente Milton. Notó, más que vio, que estaba en posición de disparo con el arma cogida con las dos manos, pero era demasiado tarde: el asesino había desaparecido en la oscuridad de la noche.

A Nicky le pareció que el agente Milton le decía algo, pero para entonces le resultaba imposible entender el significado de las palabras. Jadeando de miedo, tocó el hombro de su hermana y después le buscó el pulso en el cuello.

—Livvy.

Si lo tenía, sus dedos temblorosos no acertaban a encontrarlo. Pero Livvy todavía estaba caliente. No podía estar muerta.

«Por favor, Dios mío, que no esté muerta...»

—¡Llame a una ambulancia! —chilló Nicky al policía, que ya estaba gritando algo por radio. Entonces, Nicky oyó ruidos procedentes de la casa: el golpe de la puerta mosquitera, un murmullo de voces, gritos. Su madre, su familia, corría hacia la esquina de la casa, donde estaban.

«¡Oh, Dios mío! El bebé de Livvy...»

—Livvy —Nicky puso con cuidado una mano en la panza hinchada de su hermana y la retiró con brusquedad al encontrarse con la calidez pegajosa de la sangre.

Joe condujo hacia la escena del crimen más rápido que un coche de bomberos tras una alarma de incendios. La grava salpicó el coche patrulla cuando subió a toda velocidad el camino de entrada. Una ambulancia obstruía el acceso a la zona de estacionamiento e iluminaba la noche con sus luces estroboscópicas. Detrás de ella, había una gran actividad. Con el corazón latiéndole con fuerza y la respiración de un corredor de maratón en el último trecho, salió del coche, rodeó a toda velocidad la ambulancia y corrió hacia la parte lateral de la casa, donde se concentraba la actividad. El miedo guió todos sus pasos.

Estaba en la comisaría de policía hablando con el chiflado local, que había ido para confesar los asesinatos de Karen Wise y Marsha Browning, cuando había llegado el aviso de que el asesino Lazarus se había cobrado una tercera víctima en Twybee Cottage.

Se le había helado la sangre. El terror le había estrujado el corazón y le había hecho un nudo en el estómago. Casi había batido récords de velocidad terrestre para llegar a la casa. La mitad del departamento lo seguía, y hacía rato que los había perdido de vista.

—Jefe... —Milton se volvió hacia él con aspecto agobiado cuando dobló la esquina de la casa. Un grupo de gente pululaba un poco más adelante, hablando, llorando, maldiciendo, rezando, haciendo Dios sabía qué mientras formaba un semicírculo impreciso alrededor del cuerpo que estaba siendo cargado en ese instante en una camilla.

El horror era palpable, lo mismo que el olor a sangre en el ambiente.

—Tenías que protegerla —rugió en dirección a Milton sin detenerse. Milton le dijo algo que no oyó. Alguien se volvió para mirarlo, para decirle algo. Apenas lo vio, no lo oyó. Estaban John, Ham, Leonora... Vio horrorizado que Ham rodeaba con un brazo a Leonora, que lloraba como si fuera a partírsele el corazón. Harry también estaba ahí, en segundo plano, como siempre...

—Nicky —soltó Joe con voz ronca, tras detenerse junto a la camilla. La zona estaba iluminada y podían verse detalles atroces, como la sangre que manchaba la manta que cubría a la víctima y la rigidez pálida de una mano visible. Los ojos de Joe se clavaron en esa mano mientras los sanitarios abrochaban las cintas que iban a mantener a la víctima en su sitio.

Su vida pareció pasarle por delante de los ojos en esos pocos segundos.

Luego, vio que el pelo de la mujer de la camilla era rubio, no rojizo.

Asombrado, confundido, demasiado atontado de repente para sentir alivio, vio que otra mano sujetaba la mano inmóvil de la camilla. Esta otra era delgada, encantadora y pálida...

Siguió la mano hasta su propietaria y se encontró con Nicky, que estaba inclinada hacia la rubia de la camilla murmurando algo, acariciándole el brazo. Tenía los ojos desorbitados y ensombrecidos de pesar; le temblaba la boca. Las lágrimas le corrían por las mejillas y tenía la cara tan blanca que podría ser de alabastro. Tenía la parte delantera de su bonito vestido verde manchada de sangre.

Por fin lo comprendió: la víctima era Olivia.

Y por una vez en su vida, hubo un momento en que creyó que iba a desmayarse.

Livvy no estaba muerta. Mientras Nicky y Leonora la acompañaban al hospital en la parte trasera de la ambulancia, ésas eran las palabras que resonaban en la cabeza de Nicky. Livvy estaba malherida, pero no estaba muerta.

Las bolsas de suero se balanceaban, los monitores brillaban y el olor a alcohol y a sangre llenaba el reducido espacio. Fuera, la sirena bramaba y la noche que pasaba volando al otro lado de las ventanas no era más que un borrón negro...

—No puedo creer que no lo viera, no puedo creerlo. ¿De qué sirve este maldito don inútil si ni siquiera puedo ver algo que le está pasando a mi propia hija? —gemía Leonora. Con la cara bañada en lágrimas, tenía una de las manos de Livvy entre las suyas mientras miraba a Nicky, al otro lado de la camilla. Nicky, que sujetaba la otra mano de su hermana, sacudió la cabeza. Sí, de qué.

Livvy, que había permanecido inmóvil e insensible

como un maniquí desde que la habían depositado encima de la camilla, se tensó de repente y pareció estremecerse. Un gemido grave se escapó de debajo de la mascarilla de oxígeno que llevaba sujeta a la cara.

—¿Qué ocurre? —preguntó Nicky a uno de los dos sanitarios que asistían a Livvy. El ruido hueco del South Causeway Bridge debajo de ellos mientras la ambulancia lo recorría a toda velocidad le indicó que todavía estaban a diez minutos largos del Georgetown Country Hospital, que era su destino. La idea la aterró.

Uno de los sanitarios echó un vistazo a los monitores y sacudió la cabeza.

Livvy gimió de nuevo. Movió la cabeza.

—Livvy —dijeron a la vez Nicky y su madre, que se habían acercado más a la mujer herida. La mano de Nicky oprimió la de su hermana. Estaba segura de que, al otro lado, Leonora había hecho lo mismo.

—Puede que se ponga de parto —indicó el sanitario—. ¿De cuánto está?

—De ocho meses —respondió Nicky.

—Livvy, estamos aquí —dijo Leonora a la vez que acariciaba la mano inmóvil de su hija. Luego, empezó a rogar—: Dios mío, protege a mi niña...

Minutos después, la ambulancia se paraba en seco, las puertas se abrían y los sanitarios bajaban la camilla. Mientras Nicky ayudaba a Leonora a que saliera, Livvy, rodeada ahora de personal médico, era transportada hacia la sala de urgencias, que había abierto sus puertas de par en par para recibirla.

Joe no pudo pasar la noche en el hospital con el grupo que se reunió para esperar noticias de Livvy. Después de todo era policía, y el jefe del Departamento además, y tenía que dirigir la investigación. Se inició de inmediato la búsqueda del agresor. Se establecieron controles en la carretera, se registraron los jardines, las dunas y la playa alrededor de Twybee Cottage, y se emitió un comunicado para intentar detectar a cualquier persona sospechosa. La noticia de lo que había ocurrido se propagó por la isla como un reguero de pólvora, y pronto se congregó un grupo de curiosos en Twybee Cottage. Había todo tipo de medios de comunicación, y Joe llegó al punto de no prestarles atención mientras respetaran la cinta policial.

Lo que, por supuesto, no hacían.

Por la mañana, tanto él como el personal del Departamento de Policía estaban prácticamente exhaustos. Sólo lo sostenía la adrenalina. Cuando llegó al hospital eran casi las ocho de la mañana. La tormenta que amenazaba la noche anterior había pasado sin causar daño, lo que era bueno para la investigación. Significaba que podían registrar a plena luz del día la zona donde Livvy había sufrido el ataque para encontrar pistas que pudieran habérseles escapado en la oscuridad; en el caso del asesinato de Karen Wise, no habían tenido oportunidad de hacerlo por culpa de la lluvia.

Livvy estaba en la UCI de la cuarta planta. El agente Andy Cohen hacía guardia en la puerta siguiendo órdenes. Joe lo saludó con la cabeza. Un pequeño grupo de familiares y amigos estaba reunido en la sala de espera situada junto a la unidad. Joe entró y miró a su alrededor. Ham, demacrado y con cara de sueño, como todos los demás, se levantó de la silla y se acercó a él.

—¿Alguna idea de quién lo hizo? —preguntó con calma. Pero se parecía lo bastante a Nicky como para que Joe reconociera ciertos signos: los ojos de Ham estaban sedientos de sangre.

—No —contestó a la vez que sacudía la cabeza—. ¿Dónde está Nicky?

—Dentro, con Leonora. Sólo permiten dos visitas a la vez en la UCI.

—¿Podría ocupar su lugar un rato? Necesito hablar con ella.

Ham asintió y lo acompañó a la unidad.

Una vez que cruzaron la puerta de vaivén, el olor a hospital fue más fuerte. La decoración seguía siendo de color gris, gris y más gris. Nicky estaba sentada en una silla de plástico junto a la cama de Livvy. Leonora estaba a su lado, en otra igual. Ambas mujeres parecían agotadas, sin fuerzas. Livvy estaba inmóvil bajo una manta gris. Estaba conectada a un gotero, y los monitores que rodeaban la cama emitían pitidos regulares. Joe supuso que eso era buena señal porque, si no lo hubiera sido, Nicky y Leonora habrían estado emitiendo vibraciones de pánico. En cambio, estaban sentadas en silencio, sin hablar, mirando el cuerpo inerte de Livvy.

Una enfermera empezó a avanzar hacia él cuando entró. Le enseñó la placa sin detenerse, y entonces Nicky alzó la vista y lo vio. Se le iluminaron los ojos y esbozó una ligera sonrisa. Dijo algo a Leonora, que desvió la mirada y también lo vio. Nicky se levantó y se acercó hacia él con una gracia esbelta y trágica.

Joe vio que todavía llevaba puesto el vestido verde manchado de sangre.

Y, en ese momento, supo algo con lo que había estado intentando evitar enfrentarse durante las últimas diez horas.

Por segunda vez en su vida, tenía un punto débil. Nicky lo había vuelto de nuevo vulnerable.

—¿Que hiciste qué? —gritó Joe a la vez que pisaba el freno un poco más fuerte de lo necesario. La grava crujió. En el asiento del copiloto, Nicky sujetó el respaldo de modo instintivo. Cuando el coche se detuvo, giró la cabeza para mirarla con incredulidad. Acababan de llegar a la zona de estacionamiento de Twybee Cottage. A petición de Joe, Nicky, que ya había prestado declaración, le contaba qué había pasado después de que encontrara el bolso de Livvy la noche anterior.

—Empecé a gritar pidiendo ayuda y corrí hacia ellos. —Nicky se desabrochó el cinturón de seguridad y alargó la mano hacia el tirador de la puerta.

—Dios mío —exclamó Joe, que cerró los ojos un momento y volvió a abrirlos para mirarla—. A ver si lo entiendo bien: viste al asesino, viste el cuchillo. Sabías que estaba ahí. ¿Y corriste hacia él? ¿Es que tienes ganas de morirte o qué?

—Estaba matando a mi hermana. —Nicky abrió la puerta y bajó del coche. Estaba tan cansada que las piernas le temblaban. Oía un zumbido extraño en los oídos. Le dolía la cabeza. Incluso tan temprano, ya estaban a veintiséis grados, y sin brisa. Pero el calor le gustó. Se percató de que había sentido frío desde que había encontrado a Livvy la noche anterior.

—Milton te seguía. Lo más prudente habría sido que lo esperaras. Piensa en la diferencia. Tú eres una chica de cincuenta y cinco kilos armada con un bolso. Él es un policía de ciento diez kilos armado con una pistola.

Joe se situó a su lado mientras rodeaba el surtido de vehículos oficiales que abarrotaba la zona de estacionamiento para dirigirse a los peldaños traseros.

—Si no hubiera llegado cuando lo hice, la habría matado. De hecho, casi lo hizo.

Nicky recordó la calidez de la sangre de Livvy en su

mano y sintió frío por todo el cuerpo. Joe debió de haber captado su emoción en su cara porque hizo una mueca y se calló. Pasado el magnolio, una cinta policial amarilla impedía el acceso al jardín lateral. En su interior había policías y funcionarios trabajando.

—Joe —llamó alguien y, al mirar en esa dirección, Nicky vio a Dave, que se agachaba para pasar por debajo de la cinta.

—Sí. —Joe le agarró la mano para que no subiera los peldaños mientras él se volvía para esperar a Dave.

—¿Cómo está Livvy? —preguntó Dave a Nicky. Tenía ojeras y estaba pálido a pesar de su perpetuo bronceado. Era evidente que, como todos los demás, llevaba muchas horas sin dormir.

—Va aguantando. Los médicos han dicho que si supera las primeras veinticuatro horas, tiene muchas probabilidades de recuperarse.

—Todos estamos rezando por ella.

—Gracias —sonrió Nicky.

—¿Querías decirme algo? —le preguntó Joe sin rodeos.

—Una vecina de la calle de al lado dice que pasaba por aquí en coche y vio cómo un hombre se subía a un automóvil aparcado en la calle y se marchaba como si tuviera prisa. Fue más o menos a la hora adecuada. Creo que podría ser nuestro hombre.

—¿Puede describirlo? —quiso saber Joe. La mano con que sujetaba a Nicky con firmeza a su lado era cálida y fuerte.

—No. Estaba demasiado oscuro. Pero... —Se detuvo, y una sonrisa triunfal le iluminó la cara cansada—. Tiene parte del número de matrícula.

—Bien por la señora. —La mano de Joe oprimió la de Nicky, y esbozó una media sonrisa—. Localizadla.

—Lo haremos —confirmó Dave, y se marchó.

Joe siguió a Nicky hacia el interior de la casa. Era la primera vez que Nicky la veía vacía. Todos estaban en el hospital. El silencio que reinaba en ella era casi fantasmagórico.

Arriba, en su habitación, el corazón empezó a latirle con fuerza al conectar el portátil. Éste era el motivo de que Joe se la hubiera llevado del hospital. Nicky era muy consciente de su presencia detrás de ella mientras la pantalla adquiría un brillo azul.

Hizo clic en el icono correspondiente para ver sus e-mails. Y ahí estaba.

Recuérdalo bien para otras veces:
en la vida, recibes lo que mereces.
Por ello, siempre oculta y vigilante,
la muerte envió a su representante.

Estaba firmado Lazarus525.

La noche anterior; la fecha en que Livvy sufrió el ataque.

Se le humedecieron los ojos. Estaba a punto de estallarle la cabeza. Se le revolvió el estómago. Se aferró con ambas manos a la parte superior del respaldo de la silla de piel del buró y la apretó con toda su fuerza.

«No voy a llorar...»

—Nicky —dijo Joe, que, conmovido por su angustia, le sujetaba con suavidad los brazos. Su voz era baja y grave—. Nicky.

Nicky sintió que una oleada atroz de rabia le recorría las venas y oprimió la silla con las manos. Le vino a la cabeza la imagen de Livvy tumbada en el suelo, sangrando indefensa. Le dieron ganas de introducirse en la pantalla del ordenador para encontrar al salvaje que le había hecho daño y destrozarlo con sus propias manos.

—Voy a encontrarte —aseguró en voz baja a Lazarus525—. Me da igual lo que tenga que hacer o lo que tarde en hacerlo. Te juro que te encontraré.

—Nicky. —Joe le sujetó los brazos con más fuerza y tiró con suavidad de ella hacia atrás para alejarla del ordenador. Obediente, Nicky se soltó de la silla, cerró los puños y se volvió para mirarlo. Temblando aún de rabia, alzó la vista hacia él. Joe frunció la boca al verle la expresión de la cara, y sus ojos se llenaron de compasión.

—Lo siento mucho, cariño —dijo con ternura, y la rodeó con sus brazos.

Nicky permaneció un brevísimo instante rígida antes de empezar a relajarse despacio. Poco a poco dejó que la calidez y la fuerza de Joe, que el mero hecho de que estuviera allí con ella, por ella, la calmara. Apoyada en él, le rodeó la cintura con los brazos. Recostó la cabeza en su pecho y cerró los ojos.

—Muchísimo, lo siento muchísimo —murmuró Joe de nuevo. Nicky sintió lo que le pareció ser el roce de su boca en el pelo.

—Tenemos que atraparlo —dijo.

—Lo atraparemos —aseguró Joe en un tono tranquilizador—. Es sólo cuestión de tiempo. No saldrá de esto impune.

Nicky ya casi no temblaba. Se quedó donde estaba un momento más para absorber su calor y su consuelo, y después inspiró hondo para serenarse y abrió los ojos.

—Tenemos que darnos prisa —comentó con una voz sorprendentemente tranquila y fuerte—. Puede volver a desaparecer. Fíjate que dice: «La muerte "envió" a su representante.» Ya tiene sus tres víctimas.

—Puede que sí. Puede que no. Tu hermana no está muerta.

—No. —Esta idea dio fuerzas a Nicky—. No lo está.

Muy bien, basta de sentir lástima. Si se dejaba dominar por las emociones no podría ayudar a nadie, y menos a Livvy. Se separó de Joe y logró dirigirle una breve sonrisa.

—Me gustaría darme una ducha rápida, cambiarme de ropa y quizá recoger algunas cosas para mi madre. Después, tendría que volver al hospital. ¿Me esperarás?

Joe hizo una mueca y la miró a los ojos.

—Cuenta con ello —aseguró.

Mientras Nicky se duchaba y se cambiaba, Joe efectuó un registro rápido de las habitaciones del primer piso y bajó después a la planta baja, donde hizo lo mismo. No tardó mucho en asegurarse de que, excepto Nicky y él, no había nadie en la casa. A pesar de que era pleno día y de que había bastantes policías en el exterior en ese momento, no quería correr ningún riesgo. Fiarse de lo que creía que sabía podría bastar para que Nicky acabara asesinada.

La idea le heló la sangre en las venas.

No lo había visto venir, no habría querido que pasara, pero era demasiado tarde para hacer nada al respecto: al viejo Aquiles le había salido otro talón, y se estaba duchando en el piso de arriba. Siendo así, iba a asegurarse de que permaneciera con vida.

Tampoco había visto venir lo que le había ocurrido a Livvy. Livvy no encajaba en el perfil de las demás víctimas. No estaba soltera, no vivía sola y no tenía ninguna relación con los medios de comunicación. El ataque se había producido un miércoles por la noche. Los otros dos habían sido durante el fin de semana. Estaba en un estado avanzado de gestación. Cabía la posibilidad, desde luego, de que el futuro ex marido hubiera copiado el ataque. Según Dave, el hombre había denunciado que Livvy lo había atacado la noche del asesinato de Marsha Browning, lo que no había prosperado porque (a) los testigos, todos los miembros de la familia de Livvy, juraban y perjuraban que le había caído encima la rama de un árbol, y (b) la policía estaba demasiado ocupada. Pero Joe no creía que el ex marido hubiera tenido nada que ver con el ataque. Estaba casi seguro de que era obra del asesino Lazarus (mierda, Nicky había conseguido que hasta él llamara así al asesino), y también le parecía muy posible que Livvy no hubiera sido la víctima deseada: parecía más razonable suponer que el asesino hubiera querido atacar a Nicky.

Tal vez Livvy lo hubiera detectado oculto entre las sombras, y el asesino se hubiera visto obligado a actuar antes de lo previsto.

Esto explicaría ciertas cosas, como el bolso en el suelo de la zona de estacionamiento, la actuación entre semana y el hecho de que el ataque tenía toda la pinta de haber sido apresurado, casi improvisado, y la prueba más flagrante de ello era que había resultado fallido.

El teléfono de Joe empezó a sonar. Lo sacó, echó un vistazo al número entrante y sintió que se le aceleraba el pulso.

Esperaba esta llamada.

—¿Sí? —contestó.

—Ya tengo la cinta procesada.

—¿Sí?

—La chica empieza diciendo «¿diga?» y escucha. Luego dice: «Hablaba en serio. Y no pienso echarme para atrás.» Escucha y dice: «No te oigo. ¿Puedes hablar más alto?» Escucha otra vez y dice: «Oh. Eso es lo que esperaba que dijeras. ¿Qué? Hay interferencias. No te oigo bien.» Escucha una vez más y dice: «Muy bien. Perfecto. ¿Cómo? Espera, voy a salir, a ver si te oigo mejor.» Y eso es todo.

No era mucho. Desde luego, ninguna pista irrefutable. Pero ¿desde cuándo era fácil la vida?

—¿Te sirve?

—Puede —contestó Joe—. ¿Puedes enviarme una copia lo antes posible?

—Por supuesto.

—Muchas gracias por tu ayuda.

—De nada, hombre.

Joe colgó, pensó un segundo y, después, se dirigió a la puerta trasera (cuando le había sonado el teléfono, estaba en la cocina) y la abrió para llamar a Dave a gritos. No iba a salir a buscarlo. No iba a salir de la casa por ningún motivo mientras Nicky estuviera sola en ella.

—¿Terminaste ya de comprobar los registros de llamadas? —preguntó a Dave sin más preámbulo en cuanto éste entró en la cocina.

—Casi. Por cierto, las últimas tres personas con quienes hablé mencionaron haber oído interferencias. Lo curioso del caso es que una de ellas estaba en la lista de llamadas de Marsha Browning, y nunca hubo ningún indicio de interferencias en su caso.

Joe sintió una profunda indignación.

—No me sorprende —soltó. Podía agradecérselo a Nicky y a su programa. Pon una idea así en la conciencia colectiva, y se pega como una lapa a la mente de todos los que lo hayan oído—. Muy bien, sé que estamos agobiados aquí, pero hay que terminarlo lo antes posible. Y tenemos que empezar a recomprobar las coartadas.

—¿De verdad crees que vamos a atrapar a este tipo? —preguntó Dave con expresión inquieta.

—Sí —afirmó Joe. Entonces volvió a sonarle el teléfono. Echó un vistazo al número, frunció el ceño y contestó.

Nicky entraba en la cocina justo cuando colgaba. Seguía pálida y demacrada pero limpia, con la preciosa melena suave y reluciente, y un toque de carmín en los labios. Llevaba una camiseta sin mangas color chocolate y unos pantalones a juego, y Joe pensó que estaba, literalmente, para comérsela.

Joe aborrecía lo que tenía que decirle.

—Era tu madre —explicó, a sabiendas de que no había forma de hacer que lo que iba a oír le resultara más fácil—. Tienes que volver al hospital enseguida. Tu hermana ha empeorado.

20

La hija de Livvy nació mediante cesárea a las 17.18 h. Como Livvy se debatía entre la vida y la muerte, los médicos creyeron que ésta era la única opción. El bebé fue llevado de inmediato a la UCI neonatal, más que nada por precaución, ya que no se creía que su vida corriera peligro. Ben, el futuro ex marido de Livvy, que se había presentado en el hospital unas horas antes, siguió a la pequeña para estar pendiente de ella, y un grupo que al parecer no incluía a la jovencita boba ya que ni Leonora ni el tío Ham se pusieron histéricos, llegó para acompañarlo. Leonora, casi fuera de sí de ansiedad, iba y venía entre su hija y su nieta, y Nicky permanecía al lado de Livvy.

Se pasó toda la noche sentada junto a la cama de su hermana sujetándole la mano, oyendo los pitidos y el zumbido de los monitores y rezando como no lo había hecho en su vida.

Hacia las cuatro de la mañana, Livvy se movió y emitió un pequeño sonido gutural. Alarmada, Nicky se levantó y se inclinó hacia ella.

—¿Liv?

Para su sorpresa, Livvy abrió los ojos. Sus miradas se encontraron.

—¿Mi bebé? —susurró Livvy con una voz extraña, que no parecía la suya.

—Está bien. No tienes que preocuparte por ella.

Livvy le estrujó la mano con más fuerza.

—¿Me lo juras con el meñique?

Nicky sintió que se le hacía un nudo en la garganta.

—Te lo juro con el meñique.

Los labios de Livvy dibujaron una levísima sonrisa. Luego, cerró los ojos.

La otra llamada que Joe esperaba llegó hacia las ocho de la mañana del viernes.

—¿Quieres oír la buena noticia o la mala noticia? —preguntó su interlocutor.

—¿Me estás diciendo que hay alguna buena noticia? —gruñó Joe—. Ya me has alegrado el día.

—Esa dirección electrónica ilocalizable. ¡La localicé!

—¡Hurra! —Joe sintió un creciente entusiasmo a pesar de lo agotado que estaba después de haberse pasado dos días y medio casi sin dormir—. ¿De dónde procedía?

—Empezó por una cuenta gratuita de Bigfoot, se codificó, rebotó un poco por toda Asia, y se codificó de nuevo...

—¿Podríamos ir al grano? —pidió Joe—. Las cosas están un poco alteradas por aquí.

—Ir al grano nos lleva a la mala noticia.

—Mierda.

—Sí. En resumen, los e-mails se originaron en la Red de Bibliotecas Públicas de Charleston. En la biblioteca principal. El nombre del remitente original era Sr. Patata. Es probable que pudiera localizar el ordenador concreto de cada e-mail, pero no creo que te sirviera de mucho. ¿Sabes cuántas personas utilizan esos ordenadores cada día?

—Demasiadas —respondió Joe con desánimo—. Pero, por lo menos, tenemos por dónde empezar.

Colgó y llamó a la policía de Charleston.

Nicky, Leonora, el tío Ham, el tío John, Harry, Marisa y los policías que Joe había destinado a vigilar Dios sabía qué se quedaron en el hospital hasta alrededor de las tres de la tarde del viernes, cuando los médicos de Livvy les informaron de que parecía que iba a salvarse. Para entonces, la tensión hacía mella en todos ellos. Leonora se derrumbó y se echó a llorar. Nicky insistió en que su madre se fuera a casa a descansar, y Leonora aceptó hacerlo siempre y cuando Nicky prometiera irse a casa a dormir cuando ella volviera. Nicky accedió a ello, y ambas, junto con el tío Ham, el tío John y unos cuantos más, elaboraron deprisa un horario flexible para que Livvy y su hija no se quedaran nunca solas. Luego, Leonora se marchó. Cuando volvió, acompañada de tío Ham y de Joe, Nicky estaba tan cansada que apenas podía levantarse de la silla.

—¿Cómo está? —preguntó Leonora.

—Mejor —contestó Nicky—. Pidió agua dos veces, y a su hija una, de modo que parece recuperarse bastante bien, dadas las circunstancias.

—Le administran muchos sedantes —intervino el tío Ham—. El médico dijo que iban a empezar a reducírselos mañana.

—Vamos —dijo Joe a la vez que pasaba una mano bajo el codo de Nicky—. Das la impresión de estar a punto de caerte. Creo que necesitas dormir.

Viniendo de un hombre cuya cara estaba sumamente demacrada a causa de la fatiga, era como si la sartén le dijera al cazo «retírate que me tiznas», pero estaba demasiado cansada para hacer la observación. Además, necesitaba dormir, urgentemente. No estaba segura de que las piernas fueran a sostenerla hasta llegar al coche de Joe.

De camino a los ascensores, pasaron por la nursería. A pesar de lo cansada que estaba, Nicky se detuvo un momento para mirar a través del cristal. Hayley Rose, que era el nombre que Livvy había elegido semanas atrás, dormía plácidamente en la incubadora. Era pequeñita, tenía la carita colorada y arrugada, y llevaba un gorrito rosa calado hasta las cejas. Livvy todavía no la había visto.

«Tu mamá te va a querer mucho», dijo Nicky en silencio a su sobrinita. Luego, cuando la enfermera le frunció el ceño desde el otro lado del cristal y Joe le tiró del brazo, siguió adelante.

El contacto cálido y suave del aire fresco al salir del hospital por primera vez en casi treinta y seis horas alivió en cierta medida a Nicky. Eran poco después de las once de la noche, y más allá de las frías luces halógenas que iluminaban el estacionamiento, la noche era tranquila y oscura. Estas dos cualidades tenían ahora la facultad de asustar a Nicky, de modo que sujetó con fuerza la mano de Joe y permaneció pegada a él hasta llegar al coche patrulla. Era posible que el asesino Lazarus hubiera finalizado su misión y que fuera a desvanecerse de nuevo entre las sombras como lo hiciera quince años atrás, pero Nicky no estaba preparada para apostarse la vida a que fuera así. Además, como Joe había indicado, había prometido matar a tres víctimas, y sólo dos estaban muertas. Esta idea le provocaba estremecimientos.

Al llegar al coche, Joe le abrió la puerta y volvió a cerrarla cuando se hubo sentado. Cuando Joe ocupó el asiento del conductor, Nicky tenía ya el cinturón de seguridad abrochado y recostaba la cabeza en el asiento de piel sintética. Al bostezar, inhaló el olor a plástico, a café y a humo de cigarrillos, que era a lo que olía el interior del coche de policía de Joe.

Estaba muy cansada. No recordaba haberlo estado nunca tanto.

—¿Qué? ¿Consiguió alguien localizar el número de matrícula que tanto había entusiasmado a Dave? —preguntó cuando Joe puso el coche en marcha.

—Era de alquiler —le informó Joe con una mueca—. El hombre era un turista que iba corriendo a la farmacia a comprar un medicamento para una infección de oído de su hijo. Lo comprobamos.

—¡Oh! —exclamó Nicky, decepcionada—. ¿Y...?

—Espera —la detuvo Joe cuando salía del estacionamiento—. Oye, no voy a hablar más del caso esta noche. Necesito un descanso, y tú también. ¿Tienes hambre?

—Un poco. Más que nada, estoy cansada.

—Sí. Yo también.

Y Nicky pensó que parecía estarlo, a juzgar por las marcas de fatiga que se le veían en la cara y de la barba que le oscurecía las mejillas. Llevaba una corbata roja aflojada, el cuello de la camisa blanca desabrochado y la americana azul marino y los pantalones caqui muy arrugados.

—¿Dormiste ayer por la noche? —preguntó.

—Un poco. —Joe le dirigió una mirada con una leve sonrisa—. ¿Dormiste tú?

—Un poco —contestó, porque se había dormido sin querer en la silla junto a la cama de Livvy, lo que había supuesto una serie de cabezadas de diez o quince minutos interrumpidos por enfermeras, monitores o familiares—. Tenía miedo de cerrar los ojos. No paraba de pensar que si dejaba de mirar a Livvy, podía morirse.

—Los médicos dicen que va a recuperarse.

—Ya lo sé.

—Por cierto, por si se me olvidó mencionártelo mientras te gritaba por ello, creo que fuiste muy valiente al arremeter contra el agresor de Livvy de esa forma —comentó Joe. La miró—. Tonta, pero valiente.

A Nicky le pesaban los párpados. Mecida por el movimiento del coche, parpadeó para intentar mantener los ojos abiertos.

—Bueno, es mi hermana —explicó—. Y si pretendías que fuera un cumplido, ha sido horroroso.

—Verás, ser valiente está muy bien, pero también lo está ser sensato —añadió Joe con una sonrisa.

Nicky puso mala cara. Estaba demasiado cansada para discutir.

En ese momento pasaban por el South Causeway Bridge, y el ruido hueco le resultó extrañamente reconfortante. Era un sonido que asociaba con volver a casa. Debajo del puente, Salt Marsh Creek relucía oscuro a la luz de la luna. El cielo, de un tono más suave, brillaba cubierto de estrellas. Admiraba la belleza de la media luna cuando se percató de que Joe se equivocaba de dirección.

—¿Adónde vas? —preguntó con el ceño fruncido.

—A mi casa. Pasarás ahí la noche. Puede que varias noches. Ahora que todos van y vienen del hospital, y con todo el trabajo de investigación que se sigue efectuando en Twybee Cottage, me imagino que es más seguro que tú te alojes conmigo que al revés.

—Toda mi ropa y mis cosas están en Twybee Cottage —insinuó Nicky, tras reflexionar un momento.

—No, ya no. Tu madre te hizo una maleta. Está en el maletero.

—¿Tienes permiso de mi madre para que yo duerma en tu casa? —Por alguna razón, Nicky lo encontraba divertido. A pesar de lo cansada que estaba, no pudo evitar sonreír.

—Le pareció buena idea.

—Le caes bien.

—Y ella a mí —aseguró Joe, que se detuvo junto a la acera porque ya habían llegado a su casa. Ambos bajaron del coche, y Nicky esperó a que sacara de él su maleta. Luego, entraron en la casa.

Joe cerró la puerta, dejó la maleta en el suelo y encendió la lámpara del salón.

Nicky se sintió de repente un poco incómoda. Sabía que la casa tenía dos habitaciones. Quería dormir con Joe, pero recordaba que antes de que atacaran a Livvy estaban enfadados. Quizá debería decidirse por el otro cuarto...

Podía oír con claridad a Joe diciendo: «No me van las relaciones.»

Pero estaba demasiado cansada para enojarse, demasiado agotada para hacer nada, así que se dejó caer en el sofá, que era de pana de color habano y estaba un poco gastado, con algunas protuberancias. A un lado tenía un asiento reclinable a cuadros escoceses, y al otro, una mecedora de *tweed* naranja, ninguno de los dos era nuevo. Joe fue hacia la cocina quitándose la chaqueta por el camino. Nicky vio que llevaba una sobaquera de nylon negro sobre la camisa blanca. Le daba un aspecto duro y competente, muy viril. Y sexy. Muy sexy.

—¿Quieres unos huevos? —le dijo con la cabeza vuelta mientras daba la luz de la cocina para entrar en ella—. ¿O un emparedado de jamón?

—¿Sabes cocinar? —preguntó a la vez que se instalaba mejor en el sofá.

—Tengo que comer —la voz le llegó desde la cocina—. ¿Te gustan revueltos?

—Suena bien. —Nicky pensó que podría ir a la cocina a ayudarlo, pero estaba demasiado cansada para moverse. Pensó en tomar el mando a distancia de la mesita de centro y conectar el televisor, pero también estaba demasiado fatigada para eso. Oyó cómo Joe se movía en la cocina, abría la nevera, usaba los utensilios...

Cocinaba mal, fatal en comparación con las exquisiteces a las que Nicky estaba acostumbrada al vivir en la misma casa que el tío Ham, pero no dejaba de ser comida, alimento, y tenía hambre. Cuando hubo preparado los huevos, y también tostadas, llamó a Nicky. Como el cerdo lo observaba por la ventana cada vez que cocinaba, había descartado el beicon hacía un par de días. Como Nicky no le contestó, fue al salón a buscarla.

Estaba dormida en el sofá. Sentada, con la cabeza recostada en el respaldo. Su preciosa cabellera se le abría en abanico alrededor de la cara y las pestañas le formaban unas medias lunas negras y tupidas contra la piel lechosa. Tenía los seductores labios un poco separados, y unos suaves ronquidos se escapaban de ellos.

Joe se acercó al sofá sonriendo. Se quedó allí plantado, mirándola, durante un buen rato, disfrutando de su belleza, disfrutando de la imagen algo ridícula pero totalmente atractiva que ofrecía. Se sentía enternecido y confuso, algo a lo que no estaba acostumbrado ni con lo que se sintiera cómodo, y comprendió que el motivo de ello estaba dormido como un tronco en su sofá. Su sonrisa se desvaneció. Estaba metido en un buen lío, demasiado enredado ya con esta chica, y lo mejor que podría hacer era cortar y salir corriendo antes de involucrarse más.

Por desgracia, le era imposible cortar y salir corriendo. Estaba en su casa, dormida en su sofá, porque él era el encargado de mantenerla con vida.

Dadas las circunstancias, tenía tres opciones: podía despertarla y preguntarle si le seguían apeteciendo los huevos, podía dejarla donde estaba o podía acostarla en la cama.

Eligió la última, y la cargó con cuidado para no despertarla. Aunque no era demasiado probable que volviera en sí. Fue un peso muerto en sus brazos (resultaba sorprendente lo mucho que podían pesar cincuenta y cinco kilos), y no se saltó ni un solo ronquido mientras cruzaba con ella la puerta de su dormitorio y la depositaba en la cama. Llevaba puestos unos vaqueros blancos, una camiseta amarillo pálido con unas sandalias. La luz de la habitación estaba apagada, pero podía verla suficientemente bien gracias a la luz que entraba por la puerta abierta. Echó un vistazo rápido a su alrededor, no detectó a Brian por ninguna parte, y pensó. Podía dejar que durmiera con la ropa puesta. Por otra parte, estaría mucho más cómoda sin ella.

Le quitó las sandalias y las dejó en el suelo, junto a la cama. Luego le desabrochó los vaqueros y se los quitó. Vio que llevaba unas braguitas rojas que daban a la curva de sus caderas y a sus piernas esbeltas un aspecto de lo más erótico. La reacción de su cuerpo fue instantánea y automática, e hizo una mueca mientras dejaba los vaqueros en el sillón del rincón. Quedaba la camiseta. Quitársela fue más complicado, pero lo logró, y se vio recompensado con la visión de sus preciosos pechos en unos sujetadores diminutos. El color rojo intenso le quedaba fantástico sobre la piel pálida. Algo, ya fuera el frescor artificial del aire acondicionado que soplaba encima de la cama o la reacción subconsciente a su tacto, como prefirió pensar él, provocó que sus pezones fueran visibles a través de la fina tela del sujetador. Sonreía en sueños, y la tentación era casi irresistible. Más que nada en la vida deseaba meterse en la cama con ella, despertarla a besos y...

Nicky había sufrido un trauma terrible y estaba agotada. Necesitaba dormir, no una sesión de sexo.

Por eso, y también porque era muy buena persona y hacía honor a la fuerza de voluntad viril, la tapó y la dejó dormir.

Pero no se olvidó de regresar a la cocina para dar al cerdo un plato lleno de huevos fríos y grasientos.

Nicky durmió plácidamente hasta que la sensación de unos labios cálidos y firmes sobre los suyos la despertó con un sobresalto.

Se puso tensa y abrió los ojos.

—Buenos días, preciosa, son las ocho —anunció Joe a la vez que se incorporaba. Nicky lo miró un momento, desorientada. Estaba totalmente vestido, salvo por la chaqueta, y se estaba ajustando el nudo de la corbata. Olía bien, a jabón y a pasta de dientes. Tenía buen aspecto, fresco de la ducha, recién afeitado, bien peinado y con la ropa bien planchada. Tenía, en resumen, el aspecto de un hombre que acababa de gozar de una buena noche de sueño, y cuando Nicky echó un vistazo a su alrededor, vio que estaban en su dormitorio y que, de hecho, había dormido con ella.

Y no recordaba nada.

No, mentira, sí recordaba algo. Le había dicho a su madre que volvería al hospital a las nueve.

Gimió.

Al recostarse un poco mejor en la almohada sin soltar las sábanas con que se tapaba hasta el pecho, descubrió que seguía llevando el sujetador y las braguitas. Lo que significaba que Joe la había desnudado, pero no del todo.

De modo que era un caballero, ¿eh? Esbozó una ligera sonrisa. Joe podía adoptar la actitud que quisiera; iba a descubrir la verdad sobre su policía duro y corpulento.

—Tengo que irme a trabajar. —Joe se estaba ajustando la sobaquera, que había recogido de la mesilla de noche—. Dave está en la cocina. Va a llevarte al hospital y a quedarse contigo hasta las tres. Luego, Andy Cohen lo sustituirá hasta las once, hora en que yo ya estaré de vuelta aquí, y es de suponer que tú también. Quiero que me prometas que, pase lo que pase, no irás a ninguna parte sin que te acompañe uno de los dos.

—No te preocupes —aseguró Nicky con fervor mientras observaba con interés cómo Joe comprobaba el arma antes de enfundarla.

—Me preocupo. Y quiero que tengas presente que el tal Lazarus sigue sin haber llegado al número tres —indicó Joe, que recogió la chaqueta del sillón del rincón y se la puso.

Al percatarse de que había algo muy íntimo en observarlo cómo se vestía acostada en su cama, Nicky se puso tensa y sintió que un cosquilleo le recorría la parte interior de los muslos. Entonces recordó el momento en que Joe le había dicho que no le iban las relaciones y puso freno a su olvidadizo cuerpo.

—Te daré una llave para que puedas entrar y salir cuando quieras —dijo Joe, y tomó el llavero de la mesilla de noche para extraer una. La sostuvo en alto para que la viera y la dejó junto a la lámpara—. Procura tener cuidado, por favor. —Había cierta ironía en su tono y un brillo casi apenado en sus ojos cuando le recorrieron el cuerpo antes de irse.

Nicky se quedó allí tumbada un momento más, saboreando la sensación de estar descansada, de no tener que preocuparse demasiado por Livvy, de sentirse cálida y cómoda en la cama de Joe. Podía ver la marca de la cabeza de Joe en la almohada de al lado y, por su posición y por la suya propia, vio que habían dormido acurrucados juntos. Era bastante probable que durante la noche Joe hubiera atraído su cuerpo como un imán atraía un metal.

La mera idea la estaba excitando, así que dejó de pensar en ello y salió de la cama. Su maleta estaba en el suelo junto a la pared, cerca de la puerta, y Nicky sintió otro atisbo de cariño al ver que había sido muy considerado al ponerla donde le iría mejor, sobre todo teniendo en cuenta que Dave estaba en algún lugar de la casa. Convencida de que era una prueba más de que el Joe que conocía no era el Joe que Sarah Greenberg había descrito, sacó el neceser y algunas prendas de ropa de la maleta y se dirigió hacia la ducha. Quince minutos después, entraba en la cocina atraída por el olor a café.

La puerta trasera estaba abierta, y Dave, totalmente uniformado, estaba en cuclillas en la terraza, charlando de modo muy animado con el cerdo. Tenían las caras casi al mismo nivel, en una especie de nariz a hocico, y Dave parecía enfrascado en la conversación.

Como la curiosidad venció al señuelo del café, Nicky salió a la terraza. Hacía una bonita mañana de finales de primavera, soleada y lo bastante calurosa para ser agradable. El jardín trasero era pequeño, estaba vallado y presidido por un gran tupelo negro y un fabuloso grupo de girasoles. La terraza era más pequeña aún, de poco más de un metro por tres metros y medio, con una mesa de madera octogonal, unos bancos y un par de hamacas. Y Dave y un cerdo.

—Buenos días —la saludó Dave, que alzó la vista con una sonrisa rápida y se puso de pie. Él también tenía un aspecto mucho más descansado que la última vez que Nicky lo había visto. La noche anterior debió de suponer una pausa en la que todos habían recuperado parte de un sueño muy necesario.

—Ho... hola. —La vacilación se debía al cerdo, que le estaba olisqueando las piernas. Como llevaba un vestido de tirantes corto color mandarina y unas sandalias, notaba en la piel el aliento cálido y húmedo del animal. La sensación era desconcertante.

Su experiencia con animales domésticos se había limitado básicamente a los perros y los gatos. No sabía nada sobre los cerdos.

—¿Conocías a *Cleo*? —preguntó Dave con una mirada cariñosa dirigida al animal, que se dedicaba a observar las cuentas de colores vivos que adornaban el calzado de Nicky. Como no estaba muy segura de qué querría hacer con las cuentas y era evidente que le gustaban las cosas de colores alegres, encogió los dedos de los pies para ocultar todo lo posible las uñas pintadas en las suelas de las sandalias mientras le daba unas palmaditas torpes en la cabeza. Tenía el pelo negro áspero y liso. El animal reaccionó moviendo las orejas y agitó el rabito con forma de espiral.

«Piensa que es un perro con pezuñas», se dijo a sí misma.

—Formalmente todavía no. La he visto por la ventana. Y por televisión. —A pesar de que el cerdo seguía mirándole los pies, Nicky no pudo evitar sonreír al recordarlo.

Dave también sonrió.

—Joe recibió varios palos por eso, ¿verdad? Lo pasé muy mal.

—¿Tú lo pasaste mal?

—Sí. Me estaba haciendo un favor al tenerla aquí.

—¿Quieres decir que el cerdo es tuyo? —preguntó al comprenderlo de repente.

—Sí. Pero a mi novia no le gusta nada y, bueno, entre una cosa y otra, Joe dijo que podía quedarse aquí.

—Qué... amable por su parte.

Nicky pensó en todo lo que había tenido que soportar Joe de los medios de comunicación debido a todo ese asunto del jefe de policía con cerdo y sacudió la cabeza. Nunca, ni una sola vez, había dicho que el animal no era suyo. Empezaba a comprender que eso era típico de Joe: no quejarse nunca, no dar explicaciones que no le pidieran.

—Es un buen tipo —comentó Dave, que alargaba la mano para tomar algo que había en la mesa—. Ten, dale algo de embutido. Será amiga tuya para siempre.

Le lanzó una loncha de embutido, y Nicky, un poco dura de mollera esa mañana, la atrapó. Había empezado a asimilar la sensación fría y viscosa del alimento en la mano cuando la sustituyó el insistente empuje de un hocico cálido y aterciopelado. Bajó la vista hacia el cerdo, que se zampaba el embutido con entusiasmo, y comprobó que estaba comiendo de su mano.

Soltó el embutido como si quemara.

—¿Lo ves? Le gustas —indicó Dave cuando *Cleo*, tras haberse tragado el último pedazo, husmeó los dedos de Nicky para obtener más.

—Muy bien, cerdita —dijo Nicky a la vez que cerraba los puños. *Cleo*, decepcionada, volvió a fijarse en las cuentas. Nicky le dio de nuevo unas palmaditas en la cabeza y huyó hacia la cocina.

En la comisaría de policía, Joe se sentía como si estuviera en un vagón de tren del Oeste atacado por los indios. Tras conocerse la noticia del ataque a una tercera víctima, Livvy, la cantidad de medios de comunicación se había multiplicado como las setas después de la lluvia. A través del par de ventanas mugrientas de la sala de reuniones veía cómo se estaban montando tiendas blancas en los jardines de los juzgados, situados enfrente. Otros equipos de reporteros se resguardaban del sol con sombrillas azules. Por la calle deambulaban furgonetas con parabólicas. Esta mañana ya había interceptado la llamada de un conciudadano que preguntaba si era legal aceptar dinero de los periódicos sensacionalistas a cambio de alguna historia sobre las víctimas. Unos minutos antes, un periodista de *The National Enquirer* había entrado en la comisaría y había empezado a hacer preguntas. La agente de servicio en la recepción, Laura Cramer, que era novata, le había proporcionado incluso algunas respuestas, totalmente desprevenida, antes de recuperarse de la sorpresa y acompañarlo fuera.

—No me lo puedo creer —gimió Vince. Estaba al otro lado de la línea telefónica de una llamada que Joe intentaba terminar—. Tengo un montón de periodistas en la entrada. Quieren una declaración. ¿Qué tengo que decirles? ¿Que no tenemos ni puñetera idea?

—Prueba con «sin comentarios» —le aconsejó Joe—. A mí me resulta.

Cuando le había sonado el móvil, estaba sentado en su mesa revisando los resultados del laboratorio que acababan de llegar. Ahora, mientras hablaba, merodeaba por la comisaría, mirando por las ventanas, intentando decidir la mejor ruta de escape hacia su coche sin que una banda de periodistas le tendiera una emboscada en cuanto pusiera un pie en la calle. La buena noticia era que tenían el ADN de las escenas del crimen tanto de Karen Wise como de Marsha Browning y que coincidía. La mala noticia era que no coincidía con ningún otro de la base de datos. Si atrapaban al hombre, lo tenían pillado: el ADN lo condenaba. Pero hasta que lo atraparan, no les servía de nada.

Y otra noticia, aún peor, era que en el caso de Tara Mitchell no había ADN para poder compararlo. Si había habido alguna prueba de la que pudieran haber obtenido ADN, hacía mucho que había desaparecido.

Vince seguía taladrándole la oreja.

—Tú no eres un cargo electo —bramó—. El Ayuntamiento te contrató. Y recuerda que lo que tiene el estar bajo contrato es que pueden despedirte muy deprisa.

—¿Estás tratando de decirme que mi empleo peligra, Vince?

—Sí, si no fuera porque entonces tendría que nombrar a otro jefe de policía para manejar este asunto —resopló Vince—. Para cuando estuviera a pleno rendimiento, la temporada turística ya se habría terminado.

—Gracias por el voto de confianza —respondió Joe con sequedad.

—Sí, bueno...

Lo interrumpió el pitido que señalaba que estaba recibiendo otra llamada. Un vistazo al número indicó a Joe que tenía que contestarla.

—Tengo que colgar, Vince. Tengo otra llamada. Es importante —dijo, antes de colgar a Vince y contestar la otra llamada.

Era el inspector Charlie Bugliosi, del Departamento de Policía de Charleston.

—Tiene suerte: hay un banco enfrente de la biblioteca y tiene cámaras de vigilancia para los cajeros automáticos las veinticuatro horas del día, los siete días de la semana. ¿Adivina qué más captan?

—Dígamelo usted —pidió Joe, que sintió que la expectativa le aceleraba el pulso.

—La entrada principal de la biblioteca. Hay una entrada trasera, pero muy poca gente la utiliza. Y el banco recicla las cintas una vez a la semana, así que...

El significado era obvio: era más que posible que las cámaras hubieran grabado al agresor de Livvy cuando entró en la biblioteca para enviar el e-mail.

Lo que volvía a demostrar que tener suerte era a veces mucho mejor que ser competente.

—Estaré ahí en una hora —dijo Joe, y colgó.

Una vez en el hospital, donde averiguó que Livvy estaba mucho mejor, Nicky se quedó de piedra al darse cuenta de que era sábado, veintiocho de mayo. El último *Investigamos las veinticuatro horas* antes de que terminaran los estudios de audiencia de mayo sería el domingo a las ocho de la noche. El resto del equipo (Tina, Cassandra, Mario y Bob) ya debía de estar en la carretera, puesto que después del fiasco del viaje anterior a Pawleys Island, sabían que no debían tentar a la suerte en lo que a las líneas aéreas se refería. Hasta entonces Nicky estaba tan poco preparada para ponerse delante de las cámaras como nunca antes en su vida. El reportaje grabado para el programa habitual, que no era otra cosa que un espacio de autopromoción del siguiente programa en directo, todavía no incluía ninguna mención del ataque a su hermana. La emisión en directo, donde tenía que resumir la investigación, de la que tanto se había olvidado desde el ataque a Livvy, estaba programada para las nueve de la noche. A petición especial de Sid Levin se incluiría una aparición de su madre, la médium bloqueada, para que estableciera contacto con las víctimas más recientes, o con las que aparecieran.

En la habitación de hospital de Livvy, el tío Ham cargaba en brazos a la recién nacida mientras el tío John disparaba la cámara digital a poca distancia de ellos. Livvy sonreía beatíficamente a su bebé. Y Nicky tuvo un *flash* mental: tenía unas treinta y seis horas para preparar un programa en directo que tenía que ser el punto culminante de la temporada.

¿Alguien había dicho «ataque de nervios»?

Livvy, gracias a Dios, estaba despierta y lo bastante consciente para hablar con la policía, para hablar con Nicky y su madre y para arrullar a su bebé. No recordaba nada en absoluto del ataque. Su último recuerdo de esa noche era que había bajado del coche en la zona de estacionamiento. Lo bueno de esta laguna de Livvy era que Nicky no tenía que romperse la cabeza decidiendo si entrevistaba o no a su hermana en el programa del domingo por la noche. Sencillamente, Livvy no tenía nada interesante que añadir.

El dilema ético estaba resuelto.

El otro dilema ético giraba alrededor de lo mucho que estaba dispuesta a revelar ante las cámaras. Lo que le había pasado a Livvy había hecho que su interés en querer informar sobre el caso se convirtiera en querer resolverlo. Deseaba atrapar al cabrón que había hecho todo lo posible por asesinar a su hermana de una forma tan horrible. Según sus fuentes del Departamento de Policía (Joe seguía manteniendo la boca cerrada hasta la exasperación, pero Dave y sus demás escoltas policiales eran muy parlanchines), tenían muchas pistas y, hasta el momento, ningún gran avance. Pero ella había obtenido una información sobre Tara Mitchell que le parecía muy interesante. De hecho, era lo bastante interesante como para ir a los lavabos de señoras del hospital, que estaba usando a modo de oficina improvisada, para llamar a Joe y dársela.

Joe mantuvo otra vez la boca cerrada sobre dónde estaba y qué estaba haciendo. Pero ella le comunicó la noticia de todos modos.

—El padre de Tara Mitchell fue asesinado un año después que ella. Le dispararon dos veces a corta distancia en su coche, que estaba aparcado delante de un club nocturno en Myrtle Beach. Su asesinato tampoco llegó a resolverse.

—¿De veras? —Joe sonaba algo distraído.

—¿No te das cuenta? —Nicky no estaba de humor para eso—. Significa que, después de todo, quizá no estemos buscando a un asesino en serie perturbado. Quizás haya un móvil en el asesinato de Tara Mitchell; quizá sea el mismo por el que su padre fue asesinado.

—Hummm... —dijo Joe.

—¿Me estás escuchando? —soltó Nicky, indignada—. Esto es importante.

—Te he oído. Tienes razón, es importante. Lo investigaremos en cuanto tengamos ocasión.

—¿Supongo que tienes mejores pistas?

—Oh, no —rió Joe—. Ni hablar. No voy a hablarte del caso. Sigue trabajando así de bien, Nancy Drew. Nos vemos esta noche.

—¿Nancy Drew?

Demasiado tarde. Había colgado. Nicky dirigió una mirada violenta al teléfono y salió del lavabo.

Cuando Leonora llegó para sustituirla en el cuidado de Livvy, Nicky le recordó su próxima aparición el día siguiente en la emisión de *Investigamos las veinticuatro horas*, en la que, tras una llamada personal de Sid Levin y un cheque por una cantidad considerable, había aceptado participar. Después de escuchar gemir a su madre quince minutos seguidos sobre el hecho de que estaba bloqueada, de que era incapaz de establecer contacto y del estrés que todo esto suponía, en especial dadas las circunstancias, Nicky se hartó y le señaló que, si realmente no quería hacerlo, no debería haber cobrado el cheque.

Lo que le valió una respuesta airada de Leonora.

—Casi me muero —espetó Livvy, que las fulminó imparcialmente a ambas con la mirada—. ¿Podríais por favor dejar de pelear junto a mi cama?

El reproche era tan propio de la Livvy de siempre que Nicky y Leonora detuvieron la discusión y se miraron entre sí. Luego, se echaron a reír y abrazaron a Livvy, que protestó insinuando que estaba intentando dormir, no obstante les devolvió el abrazo. Cuando el momento de armonía familiar terminó, Nicky había encontrado una solución. Si Leonora efectuaba en directo un recorrido por Old Taylor Place para intentar establecer contacto con quien quisiera aparecer (Nicky planeaba utilizar la nueva información sobre el padre de Tara en esta parte de la emisión), ese mismo día podrían grabar un reportaje en el que Leonora usaría el *blazer* de Karen, el reloj de Marsha Browning, la blusa de Lauren Schultz y el recién llegado jersey de Becky Iverson para convocar a las difuntas. Lo emitirían como si fuera en directo, aunque sería en diferido, lo que significaba que se habría editado para suprimir meteduras de pata, una práctica común en este tipo de programas.

Tras salir del hospital, Nicky se reunió con Gordon en su hotel y pasó el resto del día trabajando sin pausa. Había que acabar la breve grabación para el programa habitual y había que añadir una mención del ataque a Livvy. Nicky decidió dejar el destino de su hermana en suspense en el espacio de autopromoción, con la intención de terminar la emisión en directo con la nota de esperanza de la recuperación de Livvy y del feliz nacimiento de su hija. Gordon y ella estudiaron cómo realizar la grabación de Leonora en directo y, a continuación, grabaron un recorrido por los diversos lugares que se mencionarían durante la emisión.

Cuando todo esto estuvo terminado, eran cerca de las nueve. Una llamada del resto del equipo les confirmó que habían llegado al hotel y, en lugar de reunirse entonces, acordaron encontrarse en Twybee Cottage a las dos de la noche del día siguiente para la grabación en directo de Leonora. Analizarían entonces lo que esperaban que ocurriera en la emisión en directo desde Old Taylor Place el domingo por la noche. Nicky tenía planeada la parte inicial, con una toma del lugar bajo las araucarias donde Karen había muerto, y la parte final, en que aparecería en primer plano diciendo: «Sigue suelto, en alguna parte.» Después del inicio, emitirían el recorrido y la sesión de canalización de Leonora. El resto de la hora se dedicaría a las curiosidades sobre el don de Leonora, al mundo de los espíritus y a imágenes en directo.

Mientras saludaba con la mano a Gordon al regresar exhausta a casa de Joe, Nicky se dijo que algún día debería pensar en conseguir un trabajo menos estresante.

Como la casa estaba oscura y vacía cuando llegaron, el agente Andy Cohen la acompañó dentro, hizo un rápido registro de las habitaciones, comprobó el cerrojo de la puerta trasera y se instaló delante del televisor. Afirmó que tenía instrucciones de no abandonar la casa hasta que el jefe llegara. Era un hombre de mediana edad, simpático pero taciturno, estrecho de espaldas y con un trasero enorme que se debía a los días que había pasado sentado en un coche patrulla, y era evidente que estaba cansado. Después de una breve conversación, Nicky recorrió el pasillo hacia los dormitorios. Había tenido un día muy largo y quería tomar un baño y ponerse algo cómodo (en ese momento, se debatía entre un chándal y un camisón insinuante) antes de que Joe llegara a casa.

Se dirigía al cuarto de baño cuando sonó el móvil. Un vistazo a la pantalla le indicó que era Lisa Moriarty, una vieja amiga que en la actualidad trabajaba como detective privada en Nueva Jersey.

—Tengo información para ti —dijo después de que Nicky la saludara—. Sobre el tal Franconi.

21

Cuando Joe llegó a casa era casi medianoche. Estaba cansado, pero el cansancio era algo relativo, que parecía menor porque había sido un día fructífero. Para empezar, las cintas de vigilancia eran de poca calidad y con mucho grano, y el sistema no estaba diseñado para controlar a las personas que entraban y salían de la biblioteca, pero había captado lo suficiente para despertar el interés de Joe. Las había enviado para que procesaran ciertos cuadros y le habían prometido que el lunes tendría el resultado. Entonces sabría si contenían algo aprovechable o no. Después de esto, había vuelto al pesado trabajo de una buena investigación policial: revisar archivos, comprobar hechos, cotejar información. Y, al hacerlo, también habían surgido algunas cosas interesantes. Luego, al conducir a casa, recordó que el día ya había tenido un inicio prometedor: se había despertado con Nicky enrollada a su alrededor como un espagueti en torno a un tenedor. Estaba casi desnuda y era tan suave y cálida que ya estaba excitado antes de abrir los ojos del todo. La tentación de hacer algo con ella había sido casi irresistible, pero tenía una cita a las ocho y cuarto y no había tiempo. Además, no era descartable que practicar el sexo con ella por segunda vez suscitara de nuevo la discusión sobre las relaciones, y eso era algo que prefería dejar aparcado mientras estuviera en su casa.

¿Por qué las mujeres tenían que etiquetarlo todo?

Pero, fuera cual fuese la situación existente entre los dos, era sorprendentemente agradable entrar en casa y saber que Nicky estaba allí. Cohen, un sustituto lamentable, estaba despatarrado en el sofá, y no se veía a Nicky por ningún lado, aunque los signos de su presencia eran inconfundibles. Sus zapatos, unas bonitas sandalias con cuentas, estaban cerca de la puerta, y una de ellas descansaba de lado como si hubiera caído así al quitárselas de modo despreocupado. Su bolso estaba en una de las mesitas, cerca del sofá. Y había una delicada fragancia casi imperceptible en el ambiente, algo floral, una especie de jabón, quizás, o de champú, que no había estado nunca allí.

Una fragancia de mujer.

Al inhalarlo, Joe se dio cuenta por primera vez de lo mucho que había extrañado que hubiera una mujer en su vida.

Habló un momento con Cohen, y cuando el agente se marchó, fue en busca de Nicky.

La cocina estaba vacía, y las puertas del cuarto de baño y de la habitación de invitados estaban abiertas, de modo que sólo quedaba un lugar donde podía estar: su cuarto. La mera idea lo excitó. La habitación estaba a oscuras, de modo que seguramente Nicky ya estaba dormida. Se desnudaría y se metería en la cama con ella...

Se quitó la corbata y empezó a desabrocharse la camisa mientras abría la puerta. Entró en la habitación con cuidado de no hacer más ruido del necesario para no despertarla y se quitó la sobaquera. A través de las persianas se filtraba bastante luz para ver la forma esbelta de Nicky acurrucada bajo las sábanas en su lado de la cama. Con un ojo puesto en la cama mientras oía el ritmo regular de su respiración y olía la suave fragancia floral que había detectado antes, lo que le aceleraba el pulso, se desnudó hasta quedarse en calzoncillos y se dirigió a su lado de la cama.

Para el carro: toda la cama era suya. ¿Desde cuándo tenía sólo un lado?

Joe reflexionó sobre ese espinoso argumento mientras se deslizaba entre las sábanas. Su pierna entró en contacto con las de Nicky, y el roce suave de su piel bastó para que se le tensara lo que tenía en la entrepierna. Luego, tocó con el brazo la prenda sedosa que llevaba y notó sus curvas debajo. Se volvió boca arriba y miró al techo en un intento de combatir la necesidad de despertarla con un beso y seguir a partir de ahí. Pero su calidez fragante lo envolvió, y notó que desfallecía, que perdía la capacidad de resistencia...

¿A quién pretendía engañar? Le iba a resultar imposible dormir en aquella cama con ella sin perder de vista el resto del mundo.

Volvió la cabeza para contemplarla. Para su sorpresa, vio el brillo de sus ojos que le devolvían la mirada en la penumbra. Esbozó una ligerísima sonrisa. Así que, después de todo, estaba despierta.

—Hola —dijo con voz ronca—. Creía que estabas dormida.

—Joe —soltó Nicky—, ¿quién es Brian?

De repente, Joe se quedó tan inmóvil como si se hubiera vuelto de piedra. Durante un minuto, Nicky ni siquiera estuvo segura de que respirara. Lo había oído cruzar la puerta, quitarse la ropa mientras se desnudaba, había observado su gracia esbelta y musculosa al caminar entre la cama y las ventanas en calzoncillos para dejar la pistola y las llaves en la mesilla de noche. Luego, se había acostado a su lado y se había situado boca arriba entre las suaves sábanas limpias, y sintió su calor, las vibraciones que emitía, y supo al instante lo que estaba pensando: sexo. Ella también sentía un cosquilleo agradable en esa dirección y, en cualquier otro momento, dadas las circunstancias, se habría aproximado a él.

Pero antes necesitaba que le respondiera algunas preguntas. Su reacción ya le dijo mucho. No había ninguna duda: sabía de quién le estaba hablando.

—¿Qué sabes tú sobre Brian? —Su voz carecía de toda entonación.

—Lo conocí esta noche, en la cocina.

—¿Qué? —Joe se sentó de golpe. Las sábanas se congregaron alrededor de su cintura. Cuando se volvió para mirarla, su pecho y sus brazos se veían musculosos y fuertes a la luz de la luna que se filtraba por las ventanas—. Lo conociste...

Se le fue apagando la voz. Daba la impresión de haberse quedado sin aire.

—Estaba sacando la leche de la nevera y, al volverme, había un tipo rubio delante de la mesa, inclinado sobre tu ordenador. Casi se me cae la leche y debo de haber soltado un grito ahogado o algo así porque alzó la vista para mirarme. Le pregunté quién era y me dijo que Brian. Yo quise saber qué hacía ahí y me contestó que te lo preguntara a ti. Y luego se desvaneció. Puf. Sin más.

—¡Mierda! —exclamó Joe, que se recostó de nuevo y se pasó las manos por el pelo—. Creía que yo era el único que podía verlo. Creía que estaba loco, que era una alucinación, ya sabes, un síntoma de...

—Joe, ¿está Brian... muerto? —preguntó Nicky en un tono cuidadoso. Estaba bastante segura de la respuesta, pero quería tener una certeza absoluta.

—Sí —contestó con los ojos puestos en ella—. Por cierto, ¿qué hacía Cohen durante toda esta pequeña representación?

—Ver la tele. No se enteró de nada. Después del susto que me llevé, me alegré de que el hombre de la cocina estuviera muerto en lugar de vivo.

—Sí. —Joe inspiró hondo—. Desde luego.

Nicky lo observó y se le ocurrió algo.

—Espera un momento —dijo con rigidez—. A ver si lo entiendo: ¿todo el tiempo que te has estado burlando de mi madre porque puede hablar con los espíritus y que te portaste como si yo me imaginara cosas cuando vi a Tara Mitchell en una ventana, andabas dando vueltas por ahí con un hombre muerto?

—No «ando» con él. Se aparece cuando le viene en gana. Y ya te he dicho que creía que era una alucinación, quizás. O que me estaba volviendo loco. Después de que aquella noche, en Old Taylor Place, tu madre no lo pudiera ver...

—¿Estuvo ahí? —preguntó Nicky, horrorizada.

—Ya lo creo. Pasándoselo en grande, además. Estuvo junto a ella la mayoría del programa. Pero no lo vio. Así que pensé que había dos posibilidades: o tu madre era una farsante o yo estaba loco.

—Está bloqueada. Ahora mismo no puede establecer contacto con ningún espíritu, por lo menos no como suele hacer. No dejo de decírtelo.

—Sí. —Por su tono, era evidente que todavía no lo entendía y que no le interesaba demasiado—. Así que tú también lo viste. Esto le da un giro totalmente distinto a las cosas. ¿Qué probabilidades hay de que los dos tengamos la misma alucinación?

—Estoy completamente segura de que no es ninguna alucinación.

—No. —La sílaba contenía una gran cantidad de lo que parecía alivio. Soltó un suspiro, se puso bien la almohada debajo de la cabeza, rodeó a Nicky con un brazo y la acercó hacia él—. Dios mío, no estoy loco. ¿Tienes idea de lo bien que me hace sentir esto?

—Hummm... —soltó Nicky. En aquel momento, la sensación irresistible que provocaba estar en un ajustado camisón apoyada en su costado, cálido y musculoso, la distraía demasiado para mantener una conversación inteligente. Pero como su madre siempre le decía, las mujeres James se crecían ante las dificultades, y con ese espíritu, recostó la cabeza en el hombro de Joe, le depositó una mano sobre el pecho y pasó un muslo sobre los suyos. Al inspirar, captó el leve olor a cigarrillos y a hombre que equivalía a Joe para ella, y notó que los dedos de los pies se le encogían.

—Oye —comentó Joe, que le dirigió una mirada—. ¿Significa esto que te pareces a tu madre en algo más que en el cabello rojizo?

—No —aseguró con firmeza—. Los únicos espíritus que he visto son el de Tara Mitchell en aquella ventana, creo, y el de Brian, seguro, en la cocina.

—Perfecto —dijo, aliviado, antes de mirar al techo. Una vez que fijó los ojos arriba, se quedó absorto. Los dedos de Nicky jugaban *motu proprio* con el pelo del pecho de Joe. El pelo era fino y rizado, la piel de debajo, suave y cálida...

—De modo que si los dos podemos verlo, es una indicación muy buena de que está realmente ahí; de que es un espíritu —sugirió Joe con voz pensativa. Nicky alzó la vista de los rizos y comprobó que la estaba mirando de nuevo—. Dios mío. No puedo creerlo. ¿Qué te parece que querrá?

—No sé —contestó Nicky, mientras pensaba que tenía unos pectorales espléndidos cuando, cansada de enroscarle el pelo del pecho, empezó a acariciarle subrepticiamente los firmes músculos que había debajo—. Debe de tener algún asunto pendiente contigo. ¿Se lo has preguntado? ¿Hablas con él?

—¿Hablar? —Joe hizo una mueca—. ¿Yo? ¿Con un muerto? No. Bueno, no mucho. Me refiero a que no iba a hacer semejante locura. Pero una vez le pregunté por qué estaba aquí y me dijo que era mi ángel de la guarda, nada menos —explicó y expulsó el aire de modo audible a la vez que sacudía la cabeza—. Dios mío, tengo que acostumbrarme a esto. Hablar de ello ya me hace sentir que estoy loco.

Nicky pasó por alto esta cuestión secundaria. Mucha gente tardaba cierto tiempo en aceptar que había visto un fantasma. Y, para muestra, vale un botón: ella había vivido siempre en un ambiente en que los fantasmas eran habituales, pero ver a Tara Mitchell la había desconcertado un poco.

—Ahí lo tienes. Si te dijo que es tu ángel de la guarda, es posible que lo sea.

Joe soltó una carcajada. Fue un sonido discordante, que no reflejaba diversión.

—Si lo conocieras, sabrías lo gracioso que es todo esto —sentenció.

—¿Quién es..., era? ¿Un amigo tuyo?

—Es quien me disparó.

Nicky se quedó inmóvil. Se quedó un buen rato mirando a Joe en la penumbra sin hacer nada. Luego, alargó la mano para tocar con cuidado con los dedos las cicatrices que sabía que tenía en la sien aunque no podía verlas.

—¿Él te hizo esto? —preguntó con una voz que era más bien un quejido.

—Sí. —Le tomó la mano y se la acercó a la boca. Nicky sintió sus labios cálidos y firmes, y el cosquilleo de su barba en la piel. Por lo general, este gesto le habría hecho subir la temperatura, pero la había asombrado tanto lo que acababa de saber que, por el momento, era incapaz de excitarse.

—Muy bien —dijo—. Más vale que me cuentes toda la historia.

—Hummm... —La miró y volvió a besarle la palma de la mano, esta vez tocándosela con la lengua. Era cálida, húmeda y... Un momento. No iba a dejarse llevar. Todavía no.

Tenía la fuerte sospecha de que quería distraerla.

—Y vale más que me cuentes la verdad —sugirió con los ojos entrecerrados mientras le retiraba la mano de la boca para dejarla con suavidad sobre el pecho de Joe.

Suspiró al ver el brillo calculador que adquiría la mirada de Joe al oír sus palabras.

—Para ahorrarte tiempo y molestias, quizá debería comenzar yo —dijo—. Para empezar, la noche que te dispararon, eras un policía antivicio que trabajaba en secreto para la DEA ayudando a preparar una redada. El plan consistía en detener al cerebro de la banda local de narcotraficantes y a sus hombres en la entrega de un alijo de cocaína valorado en unos cinco millones de dólares, así como a los policías que les daban protección, de los que tú fingías formar parte, y a los hombres de fuera de la ciudad que iban a comprar la droga. Pero alguien averiguó que eras un agente secreto y todo salió mal.

El brazo de Joe se había ido tensando cada vez más a medida que ella hablaba. Cuando hubo terminado, parecía de hierro. La apretaba con las manos contra su pecho. Estaba inmóvil como una piedra, mirándola con los ojos entrecerrados.

—¿Cómo se te ha ocurrido semejante cosa?

—Es verdad, y tú lo sabes.

La miró un momento más, irradiando tensión.

—Nadie sabe todo esto. Nadie debería saberlo. Todavía se están siguiendo pistas de la redada.

Con la cabeza recostada todavía en su hombro, Nicky levantó el mentón y le dirigió una sonrisita de lo más insolente.

—Oye, como no me canso de decirte: soy reportera. Y buena. Averiguar secretos es lo que hacemos los buenos reporteros, no chuparnos el dedo.

—Dime que no estuviste husmeando el lío de Jersey.

—Pedí a algunas personas que comprobaran ciertas cosas, eso es todo. No te preocupes, se hizo con mucha discreción.

—Eres un peligro —comentó horrorizado a pesar de lo que acababa de asegurarle Nicky—. Se trata de gente peligrosa. No debes meterte con ellos.

Como no le apetecía pasarse media hora oyéndolo refunfuñar sobre lo poco cautelosa que era, le tocaba a ella distraerlo. Así que le pellizcó el pelo del pecho. Joe dijo «ay» y le tomó la mano con la suya.

—Y ahora que ya nos hemos deshecho de toda esa farsa del policía corrupto, ¿quieres hablarme sobre Brian? —pidió Nicky—. ¿Quién era y cómo fue que te disparó?

Pasó un instante en el que Joe se limitó a mirarla sin abrir la boca. Nicky tuvo la impresión de que había algo importante pendiente de un hilo: la confianza.

—Totalmente *off the record* —lo animó—. Sin reportera ni policía. Sólo tú y yo.

—¿Averiguaste algo más sobre mi pasado?

—Básicamente lo que te conté. ¿Por qué?

—Porque para que entiendas quién es, era, Brian, tengo que contarte mi vida, que es algo que no cuento nunca. A nadie.

—Quizá podrías hacer una excepción conmigo. —Instintivamente, volvió la cabeza y le dio un beso suave, tierno y persuasivo en el hombro desnudo—. Ya sé que trabajabas en secreto para la DEA y que hay un fantasma que te hace visitas. ¿Cómo es tu vida aparte de esto?

—Tienes razón —admitió Joe, que esbozó una sonrisa cuando sus ojos se encontraron. Era una señal de que la confianza había aumentado, y guardó esta noción en algún lugar cercano al corazón. Joe suspiró—. Muy bien. Allá va. Lo básico —dijo en un tono enérgico, indiferente—. Mi padre se marchó de casa cuando yo tenía tres años. Mi madre se fue cuando tenía seis. A mi hermana menor, Gina, y a mí, nos enviaron a un hogar de acogida. Poco después, nos separaron. Más adelante averigüé que la habían adoptado. A mí, no. Supongo que era demasiado mayor, demasiado malo (tengo que admitir que no era el niño que se portara como el mejor del mundo), no sé. En cualquier caso, seguí en el sistema de acogida, de un hogar a otro, unos buenos y otros no tanto. Para cuando tenía catorce años, me consideraban incorregible, y terminé en un centro para adolescentes para los que nadie tenía ni tiempo ni paciencia. Brian también vivía allí. Compartíamos una de las diez casitas del complejo con cuatro chicos conflictivos más y unos padres de acogida que no tenían la menor idea de cómo ocuparse de nosotros. Nos metimos en líos, por supuesto, porque sólo vivíamos para eso, y finalmente nos detuvieron a Brian y a mí por romper ventanillas de coches con un bate de béisbol y robar lo que hubiera dentro. Estuvimos en la cárcel una semana antes de que alguien fuera a sacarnos, y la experiencia me hizo reaccionar. No quería volver a la cárcel en mi vida. Tuvo un efecto distinto en Brian.

Nicky había estado escuchando en silencio, con el corazón encogido al pensar en el niño asustado y solitario, y también en el adolescente, igual de solitario y de asustado, aunque decididamente viril que debió de ser Joe ya a esa edad. Cuando se detuvo, Nicky se arrimó aún más a él, le acarició el pecho con la punta de los dedos y le besó con suavidad el lado del cuello para animarlo a continuar, con lenguaje corporal más que con palabras. Temía que las palabras le recordaran que, a pesar de su reserva y su cautela, le estaba permitiendo vislumbrar su corazón.

Joe debió de captar el mensaje porque, pasado un momento, prosiguió. Continuaba rodeándola con firmeza con el brazo, pero ahora miraba al techo mientras hablaba.

—Te echan del sistema al cumplir los dieciocho años. Brian es, era, un año mayor que yo, así que se marchó antes. Llegó su cumpleaños y de repente ya no estaba. Cuando me llegó el turno a mí, las pasé canutas unos meses hasta que más o menos me organicé, empecé a trabajar, pedí prestado para sacarme la secundaria y me hice policía. Cuando trabajaba en antivicio en Trenton, me encontré otra vez con Brian. Él sabía que yo era policía, claro. Como estaba involucrado en casi todo tipo de cosas ilegales, con chanchullos a diestro y siniestro, comprenderás por qué no retomamos nuestra amistad de la infancia y adolescencia. Pero seguimos en contacto de un modo más bien indirecto. Luego, unos conocidos de la DEA se pusieron en contacto conmigo. Querían que les ayudara a atrapar a unos policías que recibían mucha pasta por hacer la vista gorda mientras una banda importante de narcotraficantes efectuaba operaciones en nuestra zona, y yo acepté. Poco después, detuvieron a Brian por posesión de drogas. Como sabía que iba a caerle una condena larga, me mandó llamar; pensó que tal vez podría explotar nuestra vieja amistad para lograr que lo ayudara. Bingo. Ya tenía forma de acceder. Hice un trato con

Brian. Él me introduciría en su círculo, me presentaría como un policía que quería ganar dinero extra, y si las cosas salían bien, cuando todo hubiera terminado, yo me encargaría de que le retiraran los cargos. Entonces, mientras todo esto ocurría, Gina (¿te acuerdas de mi hermana menor?) me encontró a través de algún maldito grupo de Internet que ayuda a personas que han sido adoptadas a encontrar a su familia biológica. No podía creerlo. Tantos años sin tener ninguna noticia de ella, y en el momento más inoportuno ahí estaba, divorciada y con un hijo, llegando como podía a fin de mes como camarera en Newark.

—¿Te alegraste de verla? —intervino Nicky cuando Joe vaciló lo suficiente como para que se preguntara si tendría intención de dejarlo ahí.

—Sí —contestó en voz baja—. Claro que sí. Era mi hermana, ¿sabes? Cuando no tienes, la familia es muy importante. En cualquier caso, estaba pasando por un mal momento financiero, así que la ayudé un poco. E iba a su casa y jugaba con el pequeño. Un chico, Jeff. De diez años. Luego, empecé a pensar que quizás era un poco peligroso para ellos tenerme cerca con todo lo que estaba pasando con la organización de narcotraficantes, así que me distancié de ellos con la intención de mantenerme alejado hasta que todo hubiera terminado. Pero para entonces, como había venido a mi casa, Gina ya conocía a Brian. Y éste, siendo como era, empezó de inmediato a tramar cosas. Pensó que podía utilizarla para sacar provecho en sus tratos conmigo. Empezó a llamarla, a salir con ella. Cuando me enteré de lo que estaba ocurriendo, el daño ya estaba hecho. Brian, el muy idiota, la había estado exhibiendo con orgullo a sus asquerosos colegas diciéndoles que era mi hermana.

Se detuvo, y Nicky se percató de que, de repente, notaba bajo su mano los latidos del corazón de Joe. Pasó largo rato antes de que éste prosiguiera.

—Bueno, como dijiste, la redada estaba preparada. Íbamos a detener a los policías que aceptaban sobornos y a los narcotraficantes, y a confiscar cinco millones de dólares y un alijo de cocaína por este mismo valor. Creíamos que iba a ser muy fácil. Y lo habría sido. Sólo que Brian, el muy cabrón, me vendió. Dijo a Lee Martinez, que era el cerebro del narcotráfico local al que íbamos a detener, que yo era un agente de la DEA infiltrado. Estábamos todos en el almacén con los camiones cargados de cocaína, a la espera de que llegaran los compradores con el dinero. Los agentes estaban fuera, esperándolos, porque era entonces cuando íbamos a iniciar la redada. Acabábamos de averiguar el lugar ese mismo día, de modo que no hubo tiempo para preparar ninguna vigilancia interna. La llegada de los compradores con el dinero iba a ser la señal. Así que estábamos todos esperando dentro del almacén, bastante nerviosos, cuando me dijeron que Martinez quería que fuera a verlo a su oficina, en la parte trasera. En cuanto llegué y vi que Brian estaba allí con esa sonrisita estúpida que lucía siempre que creía que había sido más listo que alguien, supe que estaba en apuros, y efectivamente, los matones de Martinez se abalanzaron sobre mí. Me registraron para ver si llevaba un micrófono, que no era el caso porque, como Martinez era un cabrón de lo más paranoico, nunca sabías cuándo iba a recelar de alguien y pedir que lo registraran. Así que allí estaba, de rodillas, esposado, con una pistola en la cabeza, cuando trajeron a Gina. Estaba atada a una de esas sillas de despacho con ruedecitas y tenía la boca tapada con cinta adhesiva de fontanería. Lloraba en silencio, y unas lágrimas enormes le resbalaban por las mejillas.

Se calló. El corazón le martilleaba el pecho bajo la mano de Nicky, que lo notaba latir con la fuerza de un pistón. El cuerpo de Joe estaba rígido junto al suyo y emanaba una tensión tan palpable como el calor corporal.

—Tengo que reconocerle algo a Brian —prosiguió Joe tras inspirar hondo y soltar el aire con fuerza—. Pareció sorprenderse, como si no hubiera sabido que Gina estaba allí. Ésa era la especialidad de Brian, ¿sabes? El muy desgraciado tenía la habilidad de empezar cosas que le explotaban en las narices. Brian no conocía los detalles de la operación que estábamos llevando a cabo, porque no se los había contado. No sabía, por ejemplo, que la redada iba a ser esa misma noche. Lo único que había podido explicarles era que yo trabajaba en secreto para la DEA. Así que Martinez y sus secuaces pensaron que podrían usar a Gina para sonsacarme qué planeaban los federales. Y funcionó. Empezaron a hacerle cortes en la cara con una navaja lentamente mientras ella se retorcía y gritaba en aquella silla, y te aseguro que canté como un pajarillo. Todo mentiras, claro. Mentía, y todo el rato rezaba para que llegaran los compradores con el dinero y la redada se hiciera a tiempo. No fue así. Martinez debió de cansarse de oírme hablar, o el tiempo se acabó por alguna otra razón, porque me dio un puntapié en el estómago para que me callara y alguien más me golpeó en la cabeza con algún objeto y me dejó fuera de combate. Estaba tumbado en el suelo, medio inconsciente, intentando aguantar porque sabía que en cualquier momento los federales echarían las puertas abajo. Entonces oí que Martinez decía a Brian: «Fuiste tú quien lo trajo aquí, imbécil, acaba tú con él.» Entonces noté la boca de una pistola en la sien. Abrí como pude un ojo y alcé la vista, y allí estaba Brian, de pie, preparándose para apretar el gatillo. Sudaba como un caballo, lo bastante asustado como para mearse encima, y recuerdo haber pensado que el muy hijo de puta no tenía agallas. Pero lo hizo.

Joe se detuvo y cerró los ojos. Nicky se quedó paralizada por el terror, incapaz de hablar, incapaz de moverse. Pasado un instante, Joe abrió los ojos y prosiguió en voz tan baja que tuvo que esforzarse para oírlo.

—Debería haber muerto. Es probable que estuviera lo más cerca que se puede de morirse sin llegar a hacerlo. Sé que Martinez y sus matones creyeron que lo estaba. Lo curioso del caso es que, cuando la redada terminó, mientras los sanitarios me atendían, volví en sí o algo parecido en un par de minutos y vi todo lo que ocurría en aquella oficina. Era como si mirara la acción desde el techo, y lo veía todo con total claridad. Todo el mundo estaba muerto. Martinez y sus matones, Brian, Gina.

Hizo una pausa y tomó aliento, y Nicky se percató de que su corazón latía con la misma fuerza que el de Joe.

—Gina seguía atada a la silla. Estaba cubierta de sangre y una bala le había atravesado la cabeza —explicó Joe con voz lastimera, y Nicky sintió mucha pena por él—. Después me enteré de que los compradores habían llegado y que los federales habían entrado dando alaridos justo después de que Brian me disparara, y Martinez y sus matones iniciaron un tiroteo. Nueve personas resultaron muertas. —Tomó aliento—. De todos los que había en aquel momento en aquella oficina, sólo yo salí con vida.

Dejó de hablar e inspiró hondo. Seguía tumbado, con un brazo doblado bajo la cabeza y el otro alrededor del cuerpo de Nicky. Tenía los ojos clavados en el techo. Nicky notó lo acelerado que le latía el corazón y también, por la rigidez de su cuerpo, lo mucho que intentaba dominar las emociones. Su respiración era lenta, regular, y comprendió que también la estaba controlando.

—En cuanto pude, volé a California para ver a mi sobrino Jeff, que vivía con su padre. Para asegurarme de que estaba bien, ¿sabes? Cuando llegué, estaba jugando en el jardín delantero de su casa de dos plantas. Todo se veía bien, así que crucé el césped para saludarlo. Alzó la vista hacia mí y, con una expresión realmente asustada, me dijo: «Márchate. Por tu culpa mataron a mi mamá.» Y entró corriendo en la casa. No lo culpo, ¿cómo podría hacerlo?: tenía razón. Su padre salió enseguida, y pude ver que Jeff estaba bien, así que me largué. Volví a Trenton, donde me encontré con que tenía que aguantar que me catalogaran de «policía corrupto» hasta que los federales terminaran su investigación allí, lo que en este momento da la impresión de que va a llevarles años, y se movieron algunos hilos para que pudiera conseguir este empleo en Pawleys Island. —Se detuvo y tomó aliento—. Y ya está. Ésta es la historia sobre cómo un policía antivicio de Jersey termina trabajando de jefe de policía en el paraíso.

El tono ligeramente burlón con que dijo la última frase no consiguió enmascarar el dolor que sentía. Nicky podía notarlo en los latidos bruscos de su corazón, en la tensión de sus músculos, en la dureza del brazo con que la rodeaba. Podía verlo en la línea tensa de su mandíbula y en la forma en que seguía fijando la vista en el techo en lugar de mirarla a ella.

No quería mirarla porque no quería que pudiera captar la emoción en sus ojos. Y Nicky comprendió que, bajo el exterior tranquilo y capaz de este hombre adulto todavía se escondía el muchacho solitario y asustado pero decididamente viril.

También se percató de que se le habían llenado los ojos de lágrimas; que le importaba.

—Joe —dijo, y se deslizó sobre él, se apoyó en los antebrazos y le tomó la cara con las manos. Entonces, Joe la miró y deslizó las manos por la espalda de Nicky hasta dejarlas con suavidad en su cintura. Gracias a la almohada que Joe tenía debajo de la cabeza, los ojos de ambos estaban casi al mismo nivel. Nicky notó que Joe tenía las mejillas calientes y que raspaban un poco. Notó también el cuerpo de Joe firme y fuerte debajo del suyo. Tenía los pechos situados sobre el poderoso tórax de Joe y sentía su movimiento ascendente y descendente al respirar. Más allá de los calzoncillos, tenía las piernas musculosas y peludas.

—Lo que le pasó a Gina no fue culpa tuya —aseguró mientras le acariciaba una mejilla.

—Sí, Nicky —replicó Joe, con una voz pastosa e inexpresiva—. Lo fue.

La luz de la luna que caía sobre la cama permitió a Nicky ver lo que ya sabía que habría en sus ojos: un sufrimiento profundo, recurrente, que no había palabras que pudieran aliviar. Sabía que la culpa y la pena eran algo con lo que Joe iba a cargar toda su vida.

Se le hizo un nudo en la garganta. Saber que sufría la hacía sufrir.

—Oye —comentó Joe, en una voz que era casi normal—. ¿Qué es eso? ¿Son lágrimas? Dime que no estás llorando.

Nicky tragó con fuerza. Era evidente que no podía compadecerse. Los policías duros y corpulentos no dan rienda suelta a sus emociones. Se las quedan dentro y siguen con su vida.

—No, claro que no. —Nicky dirigió sus manos hacia los hombros desnudos de Joe. Contuvo la necesidad de sorberse la nariz o de parpadear para no derramar las lágrimas que tenía en los ojos por miedo a que esto las hiciera aún más evidentes. Pero se dio cuenta de que no podía evitar sentir un gran dolor tanto si a él le gustaba como si no.

—Mentirosa —la acusó con los ojos brillantes. A Nicky le pareció detectar algo parecido a la ternura en su voz.

—¿Y qué si lo son? —dijo mirándolo a través de esas lágrimas que ya no podía ocultar—. Me sabe mal por ti.

—Lo que pasa es que es la primera vez que alguien llora por mí —le explicó Joe con una sonrisa dulce y encantadora que no le había visto antes—. ¿Y sabes qué? Me gusta.

Rodó con ella para dejarla debajo de su cuerpo, enmarañados ambos en las sábanas. Y, a continuación, la besó con pasión. Al sentir el contacto de la lengua de Joe en su boca, sintió un estallido de calor en su interior.

Su boca era cálida y húmeda, y su cuerpo tan cálido y fuerte, que Nicky le rodeó el cuello con los brazos, cerró los ojos y le devolvió el beso con una intensidad abrumadora. Tenía el fino camisón arrugado a la altura de los muslos y, como no llevaba nada debajo, era como si estuviera desnuda. El peso de Joe la hundía en el colchón. El calor de su cuerpo se le filtraba por todos los poros de su piel. Joe tenía una pierna metida entre las suyas, y la presión de sus duros músculos sobre sus partes más íntimas la hacía temblar de pasión. Joe deslizó una mano entre sus cuerpos. Sintió su calidez a través del camisón y, cuando le rodeó un pecho, se estremeció un poco. Joe lo acarició y le tocó el pezón con el pulgar por encima de la tela sedosa, y ella elevó el cuerpo hacia esa mano, le clavó con suavidad las uñas en los hombros y le oprimió el muslo entre los suyos. De repente estaba tan excitada que creía que iba a derretirse por dentro.

Joe interrumpió el beso y levantó la cabeza.

—Joe —murmuró para quejarse. Con la respiración acelerada, abrió los ojos y lo miró. Se erguía ante ella con los rasgos atractivos de la cara y el contorno ancho de sus espaldas recortado contra la luz de la luna, y pudo ver el brillo apasionado de sus ojos y la curva sensual de su boca. Su mano se veía muy grande y oscura sobre el camisón color marfil. El hecho de que Joe le cubriera con ella un pecho le dejaba la boca seca.

—¿Recuerdas que te dije que las relaciones no me van? —Su voz le pareció sorprendentemente normal, en especial porque el deseo casi la dejaba a ella sin aliento. Y entonces se acordó de que Joe era de esos hombres que controlan sus emociones.

—Con total claridad —respondió en el tono lo más suave que pudo, a pesar de que ardía en deseos por él, de que lo ansiaba con una pasión que le hacía latir con fuerza el corazón, encoger los dedos de los pies y palpitar todo el cuerpo.

Joe movió la pierna de modo que el muslo, duro y caliente, le presionaba todavía más sus partes íntimas, y no pudo evitar retorcerse de placer.

—Estaba equivocado —prosiguió Joe, con una voz algo ronca antes de deslizarle la boca por el cuello. Nicky descubrió que su piel era tan sensible al contacto cálido y húmedo de la boca de Joe que todo su cuerpo se estremecía al sentirlo—. Quiero tener una relación. Contigo.

—¿Estás seguro de que estás preparado? —Le costó imprimir una nota de sequedad en la voz mientras él le recorría la piel que dejaba al descubierto el escote del camisón con besos cortos y apasionados, le rozaba la pierna con el muslo y le acariciaba el pecho a la vez, pero lo consiguió. Él no era el único que podía conservar la frialdad bajo presión—. Perdóname si me equivoco, pero ¿no fuiste tú quien dijo que acostarse una vez con alguien no equivale a tener una relación?

—Me imaginaba que seguirías enfurruñada por esto. Es por el pelo rojizo —comentó Joe, que había levantado la cabeza y la miraba sonriente. Si no hubiera sido por el brillo apasionado de sus ojos y la inconfundible prueba de su deseo, que podía notar, firme y apremiante, contra su cuerpo, habría creído que estaba tan tranquilo como reflejaba su voz—. Además, ésta será la segunda vez.

Y agachó la cabeza para rodearle el pecho con la boca. Su contacto húmedo le abrasaba la piel a través de la fina tela mientras le chupaba primero un pecho y luego el otro. Contuvo el aliento. Se elevó hacia el muslo firme de Joe y sintió que una oleada de placer le recorría el cuerpo.

—¿Y si soy yo la que no quiere tener una relación? —Era difícil hablar, y mucho más ser coherente, cuando el corazón le latía con tanta fuerza, la sangre le corría a toda velocidad por las venas y el cuerpo le temblaba de emoción. Descendió las manos hacia la espalda de Joe, cuya piel era cálida y húmeda, y le encantó la ostensible virilidad del hombre, la sensación de sus fuertes músculos moviéndose bajo la piel. Encontró la cinturilla de los calzoncillos y deslizó las manos hacia su interior.

Joe levantó la cabeza para mirarla, con lo que interrumpió la exquisita tortura que le infligía en los pechos.

—Me romperías el corazón —aseguró.

El tono casi bromista de esta afirmación la habría engañado si no hubiera sido porque sus ojos proyectaban una mirada feroz e intensa.

—Joe —dijo, con lo que era evidente que aceptaba una relación porque él la besó, con suavidad al principio y con una necesidad imperiosa después. Nicky le devolvió el beso, apasionada y furiosamente. Las manos de Joe la abrasaban al deslizarse por su cuerpo y quitarle el reducido camisón por la cabeza para dejarla desnuda y vulnerable. La acarició por todas partes, la besó y la tocó hasta que, por fin, como la paciencia no había sido nunca su fuerte y estaba cansada de esperar, le bajó los calzoncillos por las piernas y lo rodeó con la boca para hacerle lo que él le había estado haciendo a ella.

—Dios mío —exclamó Joe—. Nicky.

Y entonces rodó con ella y la penetró con tal profundidad que Nicky soltó un grito ahogado y se aferró a su cuerpo para moverse con él con un erotismo tórrido que hacía que temblara, se abrasara y gritara una y otra vez. Por último, la penetró con una serie de movimientos feroces y profundos que la llevaron al orgasmo. Sintió una explosión brutal de pasión que la llevó a clavar las uñas en la espalda de Joe y a rodearle la cintura con las piernas mientras musitaba, jadeante, su nombre:

—Joe, Joe, Joe, Joe, Joe.

—Nicky —gimió él a modo de respuesta mientras permanecía dentro de su cuerpo tembloroso y se estremecía al llegar a su vez al orgasmo.

Después de eso, Nicky yacía agotada en sus brazos, feliz, relajada y somnolienta, escuchando el ritmo profundo y regular de su respiración. El cuerpo de Joe estaba caliente y algo sudado, y lo sentía fuerte y agradable a su lado. Tenía la cabeza apoyada en su hombro y levantó un poco el mentón para mirarlo. Lo que vio fue el ángulo delgado de una mandíbula recubierta de una barba incipiente, la curva sensual de unos labios ligeramente separados, el arco de unas pestañas oscuras sobre las mejillas, la curva pronunciada de los pómulos y, más arriba, dividiéndole la sien, las cicatrices pálidas e irregulares donde le habían disparado.

Y sintió un dolor en el interior del cuerpo, como si se le hubiera introducido una mano gigante y le hubiera agarrado y retorcido las entrañas.

Cuando las pestañas de Joe se levantaron y éste la miró con los ojos brillantes, Nicky tuvo otro de sus momentos de exaltación.

«Estoy enamorada de ti, Joe Franconi —pensó asombrada y un poco aterrada—. Y no tengo la menor intención de decírtelo.»

22

Hacia las cinco de la mañana, Nicky estaba tan cansada que se durmió profunda y plácidamente, después de las cabezaditas de veinte minutos que había dado entre una sesión amorosa y la siguiente a lo largo de toda la noche. Para cuando se quedó dormida como un tronco, hacía rato que la segunda vez de Joe había quedado atrás. Si la medida que éste utilizaba servía de alguna indicación, no había la menor duda de que habían iniciado una relación.

Y todavía no le había dicho que estaba enamorada de él. Ése era un secreto que tenía intención de guardar hasta que estuviera segura de que, al oírlo, no iba a huir corriendo. De momento, presentía que comprometerse a una «relación» ambiguamente definida era lo máximo para lo que estaba preparado.

Aunque eso no la contrariaba demasiado. Comprendía que a Joe le pareciera muy arriesgado dejar que alguien le llegara al corazón. Estaba dispuesta a darle tiempo y, además, ella también lo necesitaba para asegurarse de que no se tratara de un arrebato provocado por el estrés y el deseo.

Pero no creía que lo fuera. Le daba la impresión de que era un amor verdadero.

Lo que resultaba bastante aterrador en sí. Y, para empeorar las cosas, la última emisión de *Investigamos las vein-*

ticuatro horas se produciría pronto, lo que significaba que pronto, no de inmediato porque quería quedarse hasta que Livvy saliera del hospital por lo menos, pero dentro de poco se iría de Pawleys Island. Pasara lo que pasara con el programa, o con *En directo por la mañana* o con cualquier otro programa que pudieran ofrecerle, su trabajo estaba en otra parte. No podía quedarse.

Aunque podría ir de visita, y lo haría con frecuencia porque quería seguir buscando al miserable que había atacado a Livvy hasta que lo atraparan o ella muriera, así de sencillo. Y también iría a ver a Joe.

No sabía qué le parecían a Joe las relaciones a distancia. Pero estaba segura de que lo iba a averiguar en cuanto se diera cuenta de que iba a irse.

Cuando se despertó, eran las nueve de la mañana y estaba sola. Echó un vistazo alrededor de la habitación con cierta cautela porque acababa de acordarse de Brian, pero no había ningún fantasma a la vista. Ni tampoco estaba Joe. Dadas las circunstancias, y como le esperaba un día lleno de cosas que tenía que hacer de forma ineludible, salió de la cama.

En el cuarto de baño, se miró al espejo y casi gritó. ¿Quién había dicho que el amor te da un aspecto saludable? Tenía bolsas bajo los ojos debido a la falta de sueño y una escocedura en la mejilla por el roce de la barba de Joe. Sí, no había duda de que era una escocedura. ¿Y era un chupetón eso que tenía en el cuello? Por Dios, sí que lo era. Y tenía que salir por televisión en directo esa noche.

Mientras se daba unos toquecitos en las bolsas de los ojos con los meñiques, pensó que Mario, Cassandra y Tina iban a tener mucho trabajo. Quizá las cosas mejoraran en el transcurso del día, pero en aquel momento tenía el aspecto de la chica del póster de la mañana después.

Una ducha fría le fue bien para las bolsas de los ojos, por lo menos. Se puso un poco de loción en la escocedura y eligió una camiseta color melocotón con el cuello bastante cerrado con la esperanza de que le favoreciera la cara a la vez que le tapaba el chupetón, de modo que había hecho todo lo posible sin la ayuda de un profesional.

Tomaría una taza de café y se iría. La siguiente parada sería el hospital, donde vería a Livvy. Más tarde, tenía que investigar un poco más sobre el padre de Tara Mitchell...

Al cruzar el salón y dirigir una mirada por la ventana para comprobar que el coche patrulla de Joe ya no estaba estacionado frente a la casa, reflexionó que lo curioso del caso era que había sabido que ya se había ido casi desde el momento en que se había despertado. La casa estaba vacía de una forma extraña, como si su energía hubiera desaparecido. Pensó que si estaba así de unida a él, lo tenía mal, y entró en la cocina. Dave estaba sentado en la mesa comprobando con un lápiz en la mano los datos de una impresión informática apoyada sobre un montón de papeles esparcidos sobre una carpeta abierta. Tenía una taza de café humeante a su lado. Nicky vio que *Cleo*, como era de esperar, miraba hacia el interior a través de la puerta trasera, ávida de manjares. También vio que hacía un día gris y nublado; no había un rayo de sol a la vista.

Pues qué bien.

—Hola —la saludó Dave cuando ella le dedicó un alegre «buenos días» y empezó a servirse una taza de café—. Joe tuvo que irse. Me pidió que te dijera que te llamará después.

Aunque Nicky había pensado que tenía mal aspecto, no era nada comparado con lo horroroso que se veía Dave. Tenía los ojos inyectados de sangre, las mejillas, por lo general rubicundas, estaban pálidas, y todos los músculos de la cara caídos y flácidos.

Sintió cierta alarma.

—¿Ocurre algo? —preguntó Nicky con la taza de café suspendida en el aire, a medio camino de la boca. Lo primero que pensó fue que el asesino Lazarus había vuelto a las andadas.

—Amy se marchó de casa ayer por la noche —explicó Dave con una mueca—. Tomó a los niños y volvió con su ex marido.

—¡Oh! —exclamó Nicky en voz baja, ya que se había enterado de todo sobre la novia de Dave durante las largas horas que el policía había pasado haciéndole de canguro. Se sentó en la mesa y lo miró con compasión—. Lo siento. ¿Estás bien?

—Sí, claro. Como Joe dijo, no estábamos hechos el uno para el otro.

—¿Joe dijo eso?

—Supongo que la vio venir desde un principio —asintió Dave—. *Cleo* también. A ninguno de los dos les gustaba Amy. Me imagino que debería haberles hecho caso.

Nicky alargó la mano hacia el otro lado de la mesa para tomar la de Dave.

—En alguna parte está tu media naranja, Dave. Y la encontrarás. Ya lo verás.

—Supongo —aceptó el policía con una mueca antes de tomar un sorbo de café—. Por lo menos puedo volver a llevarme a *Cleo* a casa. Sé que Joe tiene ganas de que se vaya. La recogeré después. —Se terminó el café y empezó a meter en la carpeta los papeles en los que había estado trabajando—. ¿Estás preparada para irte?

Nicky asintió, se terminó el café y se levantó.

—Este sitio se ha convertido en un hormiguero de bichos raros —gruñó Vince mientras observaba por la ventana de la comisaría a los aproximadamente doce hombres con uniforme de la guerra de Secesión que desfilaban por la plaza de los juzgados. Un equipo de la televisión avanzaba a su lado con una unidad móvil para grabarlo todo. A las tiendas blancas y las sombrillas azules típicas de la ocupación periodística se les había unido un contingente de vendedores ambulantes que voceaban de todo, desde limonada hasta camisetas que ponían «Yo sobreviví al asesino Lazarus»—. ¿Qué carajo están haciendo?

—Supongo que es algo referente a la historia de la isla —respondió Joe, que miró por la ventana sin demasiado interés y se volvió después otra vez hacia la pizarra en cuyo extremo superior derecho habían pegado las fotografías de Karen Wise, Marsha Browning y Livvy Hollis, que también era considerada una víctima a pesar de haber sobrevivido, y en cuyo extremo superior izquierdo estaban las de las tres víctimas anteriores. Todo lo que las víctimas más recientes tenían en común estaba relacionado debajo de sus fotografías, mientras que todo lo que estas tres mujeres tenían en común con Tara Mitchell, Lauren Schultz y Becky Iverson estaba relacionado debajo de las fotografías de las tres muchachas. Conocidos, lugares que habían frecuentado, aficiones, cosas así. Al repasar la lista, Joe pensó que había una cantidad sorprendente de cosas que se solapaban, salvo en el caso de Karen Wise. Claro que las otras cinco habían residido en Pawleys Island, que era pequeña, lo que implicaba, por fuerza, que sus vidas se solaparan. Incluso con quince años de diferencia. Hasta entonces, la relación de Karen Wise con las demás era que había pasado unas dos horas en la isla antes de morir asesinada.

Un par de horas no era demasiado tiempo para conocer a un asesino.

—¿Vas a resolver algún día este caso? —Vince se volvió para mirarlo—. Me imagino que no. ¿Sabes qué? Todo esto es culpa del puñetero programa de televisión de tu novia.

Su novia. Joe pensó al instante en Nicky y sintió algo que era ridículamente parecido a un calorcito indefinido en la región del corazón. Vince la había llamado así antes, y entonces le había molestado muchísimo. Ahora la descripción resultaba adecuada.

No había querido que ocurriera pero, de alguna forma, Nicky había logrado atravesar el chaleco antibalas que se había puesto en el corazón. Lo que pasaba en este caso era que el asesino parecía haberse fijado en ella. Eso no sólo lo aterraba, sino que también hacía que quisiera atraparlo y dejarlo fuera de combate antes de que pudiera intentar atacar de nuevo a Nicky. Tenía el mal presentimiento de que iba a hacerlo antes de que se acabara todo.

—Estamos trabajando en ello —soltó Joe con cierta ironía a Vince antes de volver a examinar las listas.

Cuando Nicky entró en la habitación de Livvy en el hospital, Ben Hollis estaba con ella. Leonora también acababa de llegar, y el tío Ham, que había pasado la noche allí, se iba. El tío John, que había ido a buscar al tío Ham, estaba de pie muy cerca de la puerta, con los brazos cruzados, y fulminaba a Ben con la mirada. Y también estaba Hayley, berreando en brazos de una enfermera uniformada que se la llevaba de la habitación.

La tensión en el ambiente era tan densa que Nicky, que llevaba un jarrón con las margaritas favoritas de Livvy, casi lo volcó en el umbral.

Después, suspiró, arrulló a Hayley cuando pasó a su lado y siguió avanzando para dejar las margaritas en la mesilla de noche, junto a la cama de Livvy.

«Míralo del siguiente modo —se dijo a sí misma—: la buena noticia es que Livvy está lo bastante recuperada como para sumir a la familia en el caos habitual.»

Ben saludó a Nicky con la cabeza y ella hizo lo mismo con desinterés. Si esto era una guerra, y parecía que lo era, ella estaba en el bando de Livvy.

—Piénsatelo —dijo Ben a Livvy, y para sorpresa de Nicky, y frente a las miradas hostiles de todos, se agachó para rozarle la mejilla con los labios.

Livvy lo esquivó.

Y Ben se marchó de la habitación mientras todo el mundo prácticamente lo abucheaba.

—¿A qué venía esto? —preguntó Nicky a su hermana con los ojos muy abiertos.

—Quiere volver conmigo —explicó Livvy, que no parecía tan contenta por ello como era de esperar que estuviera.

—Esa jovencita bobalicona lo ha dejado. —La voz del tío Ham destilaba una satisfacción despiadada.

—Y me imagino que ha calculado lo mucho que perderá en un divorcio —añadió el siempre práctico tío John con sequedad.

—Es posible que por fin se haya dado cuenta de lo que está tirando por la borda —dijo Leonora a Livvy—. A veces es necesaria una crisis para que los hombres se enteren de estas cosas.

—¿Y qué vas a hacer? —quiso saber Nicky, turbada por este último giro de ciento ochenta grados en la vida otrora perfecta de su hermana.

Livvy la miró a los ojos. Parecía preocupada.

—No lo sé —respondió—. Me lo estoy pensando. —Y desvió la mirada para fijarla como un láser en algo situado unos centímetros por debajo de los ojos de Nicky—. ¿Tienes un chupetón en el cuello?

—Según cómo lo mires, la lista de posibles sospechosos oscila entre prácticamente ilimitada y cero —dijo Joe. Estaba hablando con los miembros selectos de lo que Vince, desde los peldaños de la comisaría de policía, que había abandonado una hora antes, había descrito a los medios de comunicación como el Grupo de Trabajo del asesino Lazarus, que, también según Vince, trabajaba bajo la supervisión directa del alcalde las veinticuatro horas al día, los siete días de la semana, y tenía muy bien encaminada la resolución del caso. En realidad, el Grupo de Trabajo para el caso del asesino Lazarus era el Departamento de Policía al completo, que trabajaba lo más cerca de las veinticuatro horas al día, los siete días de la semana, que era humanamente posible, pero que no estaba demasiado más cerca de resolver el caso que la noche del asesinato de Karen Wise. Se encontraban en una escarpada curva de adquisición de conocimientos, y había una montaña de información que analizar, pero Joe esperaba que, en algún momento, alguien encontrara la prueba fundamental que les conduciría hasta la verdad.

Aunque si no tenía suerte, cuando eso ocurriera, ya sería viejo.

—Tenemos a estos hombres —anunció mientras daba unos golpecitos a una lista de quince ex reclusos que vivían en un radio de trescientos veinte kilómetros de la isla y que habían sido condenados por un crimen violento, por lo que habían pasado entre doce y quince años en la cárcel hasta hacía poco. Estaba sentado en la mesa larga de la sala de reuniones beis de la comisaría de policía, rodeado de Bill Milton, George Locke, Randy Brown y Laura Cramer, dicho de otro modo, la edición del domingo por la mañana del Grupo de Trabajo del asesino Lazarus—. Quiero su fotografía y su descripción física (altura, peso), y lo quiero mañana.

—Ya lo he comprobado —objetó Milton—. Todos ellos tienen coartada creíble para uno de los ataques por lo menos.

—Sí, y yo he comprobado este grupo —indicó Brown, en referencia a otra lista realizada por ordenador con las personas que habían llamado al móvil de Karen Wise la última media hora de su vida. La intuición de Joe sobre la llamada con interferencias no había dado frutos, pero la idea le seguía preocupando—. Nadie en ella es siquiera una posibilidad. La mayoría de las llamadas procedió de Chicago. Una fue de Kansas City. Ninguna de estas personas pudo hacerlo porque estaban a cientos de kilómetros de Pawleys Island en aquel momento.

Por eso, el supuesto de que una llamada telefónica con falsas interferencias llevara a Karen Wise hacia la muerte en el exterior de la casa presentaba problemas.

—Aun así quiero fotografías y descripciones físicas —insistió Joe—. Mañana.

Mañana era cuando esperaba que su anterior compañero de la DEA le proporcionara las imágenes mejoradas de ciertos clientes interesantes de la biblioteca. Con ellas en la mano, iba a empezar a hacer comparaciones.

—Supongo que no servirá de nada decirte que repasé este grupo con mucha atención —intervino Locke, que había levantado una tercera hoja que contenía los nombres de todos los que habían estado en Old Taylor

Place la noche del asesinato de Karen Wise—. No sólo los investigué, sino que también comprobé qué hacían cuando mataron a Marsha Browning y cuando atacaron a Olivia Hollis. No hay nadie que no tenga una coartada sólida una de esas dos veces por lo menos.

—Sí —asintió Joe—. Lo sé. Quiero sus fotografías y sus descripciones de todos modos.

Cuando Nicky subió el camino de entrada de Twybee Cottage para grabar en directo la sesión de canalización de Leonora, el inicio del día con el cielo encapotado había empezado a degenerar en una auténtica tormenta. Había relámpagos. Resonaban truenos. Caía una lluvia torrencial que abría riachuelos en la grava. El rugido apagado del aguacero tapaba incluso el sonido omnipresente del mar. Nicky salió del coche y corrió hacia los peldaños traseros con un paraguas mientras Andy Cohen, quien le hacía de canguro esa tarde, aparcaba en la zona de estacionamiento detrás de ella. Gordon estaba en el porche trasero con la cámara enfocada al cielo.

—Es fantástico —dijo mientras Nicky sacudía el paraguas y lo cerraba antes de entrar en la cocina. Su cara reflejaba alegría—. ¡Qué fondo! Como los planos clásicos de una casa encantada.

Contenta de que Gordon estuviera tan entretenido, entró en casa y de inmediato recibió un abrazo de Tina, de Cassandra y de Mario, que estaban en la cocina con los útiles de su oficio extendidos en la mesa y los tableros.

—Me alegro mucho de que te vaya bien —comentó Tina cuando el festival de abrazos terminó—. Estás fantástica.

—No es verdad —la contradijo Cassandra, que la había estado observando con la cabeza ladeada—. Tienes bolsas bajo los ojos. Voy a tener mucho trabajo contigo. ¿Qué es eso que tienes en el cuello?

—Un chupetón —gimió Tina tras observarlo de más cerca. Sus ojos se dirigieron hacia los de Nicky—. ¡Oh, Dios mío! ¿Quién es?

Por mucho que quisiera no hacerlo, Nicky se ruborizó. Como había sabido toda su vida, era la maldición de las personas de tez blanca.

—No entiendo —dijo Mario, pensativo—. ¿Qué es un chupetón?

—Un mordisco amoroso, hombre —le explicó Cassandra y, tras fruncir la boca, añadió—: Muá, muá.

—¿Podríamos empezar, por favor? —Nicky sujetó un perfilador de labios y se lo pasó a Tina—. O voy a hacerlo yo misma.

Joe cruzaba el South Causeway Bridge hacia tierra firme más despacio que de costumbre debido al chaparrón. Llovía con tanta fuerza que tanto él como los demás conductores llevaban los faros encendidos. Los limpiaparabrisas del coche patrulla efectuaban un movimiento continuado con un sonido rítmico que, combinado con el rugido sordo de la lluvia, tenía un efecto casi soporífero, sobre todo porque había dormido unas dos horas la noche anterior. Aunque no se quejaba. Por lo menos, la forma en que se había pasado la noche era una buena forma de no dormir. La mejor, de hecho. Como cura para todo, el sexo apasionado superaba cualquier otro de los tratamientos que había probado, con mucho. Hoy volvía a sentirse él mismo. El Joe Franconi que había sido antes. Puede que una versión más amable y dulce, pero el mismo hombre por lo menos. Saber que no estaba como un cencerro ayudaba, claro. El hecho de que Nicky también hubiera visto a Brian lo tenía casi tan alucinado como saber que lo rondaba su propio fantasma particular. Pero la mayor parte del mérito era de Nicky.

Había curado algo en su interior. Había tomado algo que estaba roto y lo había recompuesto.

Su corazón.

Ésta era la buena noticia. La mala era que tenía la terrible sospecha de que ahora le pertenecía, pero esto era algo de lo que se preocuparía otro día. Por el momento, tenía la intención de saborear todo el tiempo que pudiera el hecho de que Nicky formaba parte de su mundo.

Un rayo cruzó el cielo e iluminó las nubes grises que se agitaban sobre las aguas negras de Salt Marsh Creek bajo el puente. Se dirigía al Georgetown Country Hospital para hacer un par de preguntas más a Livvy. Se había enterado de que su marido y ella podrían haber contratado como jardinero a uno de los hombres que figuraba en la lista de delincuentes violentos que habían salido de la cárcel hacía poco.

¿No sería una solución fácil y estupenda? Vince prácticamente le besaría los pies.

Pero había algo que no encajaba.

En realidad, mientras dejaba atrás el puente y tomaba la Carretera 17 hacia el hospital, se percató de que todo el día había tenido el equivalente a una espina clavada en el cerebro. Lo había estado pinchando, irritando, impidiéndole olvidarse de ella. Ahora sabía de qué se trataba; era algo que Vince había dicho: «Todo esto es culpa del puñetero programa de televisión de tu novia.»

Vince tenía razón. Lo era.

Tara Mitchell, Lauren Schultz y Becky Iverson se habían enfrentado con su destino hacía quince años. Desde entonces, no había pasado nada. El caso se había quedado estancado. La mayoría de la gente lo había olvidado hasta que el programa de Nicky había llegado a la isla para volver a remover las cosas y avivar los recuerdos.

Esta serie de homicidios, todo el asunto del asesino Lazarus, había empezado con aquel programa de televisión.

Joe pensó en ello un momento más y tomó el móvil.

El salón de Twybee Cottage estaba básicamente reservado para las visitas, es decir, los clientes particulares de Leonora. La familia apenas lo usaba. Tenía las paredes pintadas de color dorado y el suelo recubierto con una antigua (en el sentido de «vieja y raída» más que de antigüedad) alfombra oriental, y el mobiliario consistía en sofás y sillones de la época victoriana, algunos de ellos con el relleno original de crin. Había una chimenea con una bonita repisa de caoba y dos ventanas, una que daba al jardín lateral, donde habían atacado a Livvy, y otra, más grande, orientada al mar. Las cortinas de ambas, del mismo brocado dorado que las del estudio, estaban corridas en ese momento para intentar mejorar la iluminación. En un día tan oscuro, Gordon y Bob tenían más trabajo del habitual para que la toma tuviera la luz adecuada.

Leonora, con su atuendo completo de médium, incluido el caftán púrpura y mucho maquillaje, estaba sentada en el sofá de terciopelo, con el *blazer* negro de Karen en la mano. Tenía los ojos muy abiertos y los labios tensos, y cada vez que Nicky la observaba, la fulminaba con la mirada.

—No estoy recibiendo nada —siseó a Nicky después de pedir una pausa.

La cámara ya la había grabado cinco minutos seguidos sin que pasara nada.

Nicky contuvo un suspiro. Había vuelto la diva, el bloqueo no había desaparecido y el horario apretaba. Bienvenida a la vida.

—Tómate tu tiempo —dijo—. Seguiremos grabando con las cámaras. Tú siéntate y haz lo que haces siempre.

Leonora le dirigió una mirada terrible.

—¿Cómo quieres que haga lo que hago siempre si estoy bloqueada?

Nicky asumió un riesgo calculado.

—Casi mató a Livvy, madre. Y si tú no puedes ayudarnos, puede volver a intentarlo. O a intentarlo conmigo en su lugar.

Leonora se la quedó mirando. Luego, cerró los ojos y pasó las manos por el *blazer* otra vez.

Nicky hizo un gesto con urgencia a Gordon y a Bob, que estaban grabando desde dos ángulos distintos porque el tamaño de la habitación no permitía demasiado movimiento con las cámaras. Éstas empezaron a grabar de nuevo.

Leonora se sentó en silencio en el sofá para tocar el reloj de Marsha Browning. Hizo lo mismo con los demás objetos, aún con los ojos cerrados, y volvió al *blazer* de Karen.

—Noto... Noto...

Nicky contuvo el aliento.

El grupo allí reunido guardaba un silencio sepulcral. Isabelle Copeland, una ayudante de producción rubia y esbelta de poco más de veinte años que había volado con el equipo para llevar a cabo las tareas de Karen en este reportaje final, había estado hablando por teléfono con Chicago casi continuamente para informar sobre los progresos de la grabación desde que Nicky había llegado. Llevaba el móvil, era de esperar que en modo de vibración, sujeto contra el pecho con ambas manos mientras observaba la escena totalmente absorta. Mario, Tina y Cassandra, que ya habían visto antes a Leonora en plan diva, tenían los ojos muy abiertos y estaban callados como tumbas. Marisa se mantenía fuera de plano para grabarlo todo con el casete. El tío Ham (el tío John estaba en el hospital con Livvy) estaba apoyado en una pared con los brazos cruzados. Harry se mantenía oculto en el fondo con aspecto resignado. Cerca de él estaba Andy Cohen, que había dejado el coche patrulla guiado por la curiosidad o por la tormenta.

«Vamos, madre», la animó Nicky en silencio. Su madre se pasó el *blazer* entre las manos como si fuera un fular.

—Noto... que hay algo en el bolsillo —aseguró Leonora en tono grave a la vez que abría los ojos.

Nicky apenas pudo evitar gemir. Tras ella, oyó el siseo de una exhalación colectiva.

Menuda decepción.

—No, está bajo el forro —añadió Leonora.

Metió la mano en el bolsillo del *blazer* y hurgó en su interior. Un momento después, sacó una cinta pequeña, de las que se usan en un minicasete. Se la quedó mirando un instante sin comprender nada.

—La notaba... La notaba... Y entonces noté esto —explicó Leonora que cerró el puño alrededor del objeto—. Me expulsó.

Por su expresión, Nicky sabía que si no hubiera habido desconocidos y cámaras presentes, su madre habría soltado unas cuantas palabrotas.

—Dámela. —Nicky avanzó enseguida y retiró el objeto perturbador de la mano de su madre. Leonora dirigió una mirada feroz a la cinta y cuando Nicky retrocedió y se la guardó en el bolsillo de la chaqueta, inspiró hondo y cerró de nuevo los ojos. Pasó las manos por el *blazer*...

—La sorprendió. La cogió por sorpresa. El hombre salió de la penumbra y la cogió por sorpresa —dijo Leonora con los dedos apoyados en el lado izquierdo de la cabeza, cerca de la sien—. Siento dolor en un lado de la cabeza. La golpeó en la cabeza. Y después... Después...

De golpe, se quedó inmóvil. Abrió los ojos y miró fijamente hacia delante.

La habitación estaba fría de repente.

Nicky, que conocía los signos, también se quedó inmóvil, salvo por una mirada frenética de reojo para asegurarse de que las cámaras estaban grabando. Lo estaban haciendo.

—No pasa nada. Estamos aquí para ayudarte. —Parecía que Leonora estaba hablando con alguien a quien los demás no podían ver.

—Es Karen —indicó en un aparte a Nicky. Su voz contenía un entusiasmo reprimido. A Nicky le dio un vuelco el corazón. Dirigió la vista hacia el punto que parecía estar observando su madre, pero no vio nada. La idea de que su madre viera a Karen le aceleró la respiración. Hacía sólo tres semanas, Karen habría estado en esta habitación con ellos, viva—. Está aquí. Puedo verla.

Y, tras dirigir de nuevo la atención hacia la visitante invisible, asintió con compasión y prosiguió:

—Sí, lo sé. Tienes todo el derecho del mundo a estar muy enfadada. —Guardó silencio y ladeó un poco la cabeza como si estuviera escuchando—. ¿Puedes decirnos quién te mató? —preguntó, y volvió a ladear la cabeza—. Dice que la oigamos. ¿Es malvado? Está diciendo que es malvado. ¿Quién es malvado, Karen? ¿Quién? Sólo dice:

«Es malvado» una y otra vez. Espera, Karen. Espera. Oh, se desvanece. Vuelve, Karen. Vuelve, por favor. Se ha ido.

Leonora pareció abatirse un poco. Nicky exhaló. Detrás de ella, oyó otro siseo colectivo que significaba que todos los demás hacían lo mismo.

Nicky avanzó con el micrófono en la mano y habló para los telespectadores.

—¿Puede explicarnos qué ha pasado, Leonora?

Leonora la miró. Tenía los ojos un poco empañados, como solía ocurrir cuando estaba saliendo de un encuentro con el Más Allá. Tardaron un minuto en enfocarse y concentrarse.

—Karen estuvo aquí —dijo—. Está muy enojada por estar muerta. Dijo que quiere volver a la vida, que sólo tenía veintidós años y que no estaba preparada para morir. Dijo que la oyéramos, que el hombre que la mató es malvado. No dejó de repetirlo: malvado, malvado, malvado. Y, después, se desvaneció. —Leonora hizo una pausa antes de añadir para disculparla—. No lleva demasiado tiempo muerta. Les cuesta cierto tiempo aprender a concentrar su energía. En realidad, lo está haciendo muy bien para ser un espíritu tan reciente.

Después de esto, se acabó. Todo el mundo lo notó: la energía había desaparecido por completo de la habitación. Tras unos cuantos intentos infructuosos de establecer contacto, lo dejaron y se dirigieron a la cocina para tomar un café reconstituyente. Bueno, todos excepto Isabelle, que salió al porche para contestar una llamada al móvil.

—Confío en que no esperes demasiado de mí esta noche —murmuró Leonora a Nicky en un aparte que sólo las dos pudieron oír.

—Cualquier cosa estará bien. Da igual lo que pase, ya tengo material suficiente para emitir una hora —la tranquilizó Nicky—. Además, lo que hiciste ahora con Karen fue fantástico. La viste. Estás superando el bloqueo, mamá.

—Pues sí que la vi, ¿verdad? —Leonora pareció animarse un poco—. Quizás esté mejorando. Espero que sí.

—Perdona, Nicky, pero el señor Levin quiere hablar contigo —dijo Isabelle, que había asomado la cabeza por la puerta trasera y hacía señas a Nicky. Ésta estaba en el tablero junto a Leonora, que acababa de servirse la taza por segunda vez. Todos los demás estaban sentados alrededor de la mesa. Nicky salió para ponerse al aparato. Mientras saludaba, pensó que tan sólo hacía tres semanas una llamada del Gran Jefe de *Investigamos las veinticuatro horas* le habría acelerado el corazón y puesto muy nerviosa. Hoy, el hecho de que la llamara no le importaba. Había llovido demasiado (había habido demasiadas vidas, demasiadas muertes, demasiadas confrontaciones con las cosas que eran verdaderamente importantes) para que un simple programa de televisión le pareciera tan importante como antes.

—Sólo quería decirte que la semana que viene saldrá un artículo sobre el programa en *Entertainment Weekly*. En él se dice que *Investigamos las veinticuatro horas* es la mejor sorpresa de la temporada. Y se afirma que tus reportajes sobre el asesino Lazarus son de visión obligada. —Hizo una pausa, como si quisiera que subiera la tensión (y había que admitir que lo había logrado)—. Y que tú eres una de las mejores nuevas figuras televisivas del año.

Muy bien, eso de que un simple programa de televisión no fuera importante quedaba descartado. Era probable que no lo fuera en lo que a la vida en general se refería. Pero para ella, a nivel personal, era todo un éxito. Sintió una oleada de calor en las venas tan potente como cualquier colocón. Puede que no sonriera como una imbécil por fuera (después de todo, tenía algo de dignidad), pero sí lo hacía para sus adentros.

—Es una buena noticia —afirmó intentando dar la impresión de estar totalmente calmada, como si recibiera noticias así todos los días—. Gracias por llamarme para decírmelo.

—Sí, bueno, tengo muchas ganas de ver el programa final esta noche. Faltan cuatro horas para la emisión en directo. ¿Vas a estar en casa de tu madre hasta entonces?

—No, estoy alojada en casa de otra persona. Seguramente iré allí para repasar algunas de las cosas que espero usar en el programa de esta noche.

—Ahí lo tienes —rió Sid entre dientes—. Por eso tienes tanto éxito: estás entregada a tu trabajo. No me equivoqué al enviarte a la isla. Quiero que sepas que aquí todo el mundo está muy orgulloso de ti.

Cuando se fue de Twybee Cottage quince minutos después, Nicky seguía flotando, aunque esperaba que no fuera de una forma visible exteriormente. Ni siquiera la lluvia había conseguido desanimarla. Caían cortinas de agua con tanta fuerza que ésta rebotaba en el suelo y le dificultaba la visión. Por fortuna, para entonces podía efectuar este recorrido con los ojos vendados. Los faros del coche patrulla en el espejo retrovisor le indicaban que Andy Cohen la seguía de cerca.

Después de estacionar delante de la casa de Joe, bajó del coche con el paraguas delante y corrió hacia la puerta principal. Cuando entró en la casa, tenía la parte superior del cuerpo, excepto la cabeza, mojada, y sus zapatos dejaban charquitos fangosos en el suelo.

Si hubiera podido elegir, no habría escogido esta clase de tiempo para su último programa. La casa estaba tan oscura como si fuera de noche.

«Una de las mejores nuevas figuras televisivas.» Daba igual que llevara saliendo por pantalla desde la universidad; sonaba bien, pero que muy bien.

—Si sigue lloviendo así, vamos a tener inundaciones —gruñó Cohen mientras entraba corriendo en la casa tras ella. Como llevaba un sólido chubasquero de la policía, en cuanto se lo quitó, se quedó completamente seco. El suelo de Joe, sin embargo, sufrió una dura embestida de agua. Nicky fue a buscar una toalla para secarlo mientras Cohen registraba con rapidez la casa.

—¿Cuál es el plan? —preguntó mientras se dejaba caer en el sofá y alargaba la mano hacia el mando a distancia.

—Tengo que estar en Old Taylor Place a las ocho. —Era cuando habían acordado reunirse todos; en la hora que faltaría hasta el inicio de la emisión, tendrían el tiempo suficiente para hacer todo lo que necesitaban hacer—. Hasta entonces, voy a darme una ducha y a trabajar un poco —Nicky sonrió—. Usted mire la tele.

—¡Qué trabajo tan bueno! —exclamó Cohen, y se instaló cómodamente.

Nicky se duchó y se puso unos vaqueros y una camiseta. Luego, se dirigió a la cocina. Antes de hacer nada, necesitaba comer algo.

Absorta como estaba repasando mentalmente el contenido de la nevera de Joe, no notó nada hasta que hubo dado unos seis pasos por el salón, iluminado sólo por el televisor.

Cohen estaba tumbado de una forma muy poco natural en un rincón del sofá, que parecía volverse negro a su alrededor. Su mano izquierda, la única que Nicky podía ver, se agitaba contra un cojín como un pajarillo herido. Tenía los ojos cerrados y la boca abierta.

Tenía un enorme hueco negro, como una grotesca segunda sonrisa, en el cuello. De ella manaba un líquido reluciente.

Un olor fuerte a carne, como el de un matadero, cargaba el ambiente.

El olor fue lo que le permitió atar cabos.

Acababan de degollar a Cohen.

23

Algo le golpeó con fuerza en la cabeza. Nicky soltó un grito, vio las estrellas y se tambaleó de lado hacia la mecedora, donde apenas pudo agarrarse antes de caer al suelo. Miró a su alrededor instintivamente.

¿Qué? ¿Quién?

Le zumbaban los oídos. El corazón le dio un brinco enorme, como el de un purasangre que hubiera empezado mal en el cajón de salida e intentara alcanzar a los demás. Unos puntitos brillantes de color le daban vueltas ante los ojos. Antes de que su cerebro aturdido entendiera lo que estaba pasando ya sabía que era malo, que su vida corría peligro, que quienquiera que fuera quien se abalanzaba hacia ella en el salón sombrío acababa de matar a Cohen. Soltó un grito, y otro, y otro. Se separó de la mecedora y trató de correr, de huir mientras el corazón le latía con fuerza, la adrenalina le recorría las venas y las rodillas amenazaban con dejar de mantenerla en pie. Pero en lugar de correr se tambaleaba. Todo daba vueltas a su alrededor, no podía concentrarse y, además, ya era demasiado tarde. El agresor estaba ahí mismo. Captó con el rabillo del ojo algo borroso que describía un arco en la penumbra hacia su cabeza justo a tiempo de levantar un brazo y agacharse.

Lo que fuera le rebotó en la parte posterior de la cabeza con un sonido parecido al de un melón que cae al suelo. Tras el golpe, sintió un tenue sabor en la boca: sangre. Cayó de rodillas. Ahora lloriqueaba más que gritaba, y ya tenía al agresor encima, a horcajadas sobre su espalda mientras le rodeaba el cuello con un brazo para ahogarla.

No podía respirar.

—Por favor, no... —La frase se interrumpió ante el aumento de la presión del brazo.

Respiraba con dificultad, estaba tan mareada que la habitación le daba vueltas como un tiovivo ante los ojos. Forcejeaba para tomar aire arañando el brazo que le oprimía la tráquea.

«Manga larga, lleva manga larga... y guantes...», pensó Nicky.

Un pinchazo frío e intenso debajo de la oreja hizo que el terror le helara la sangre en las venas.

«Dios mío, ayúdame. Va a degollarme», suplicó en su interior.

—Deja de forcejear —dijo una voz de hombre, acompañada de otra opresión salvaje del brazo alrededor de su cuello. Nicky no podía respirar; se ahogaba y le arañaba el brazo—. Te he dicho que dejes de forcejear.

Notaba la hoja gélida en la piel. El agresor estaba presionándola más...

El reguero cálido que sintió en el cuello era sangre, su sangre.

Se quedó paralizada. Se le hizo un nudo en el estómago. Intentaba respirar.

«No quiero morir.»

—Quiero la cinta. ¿Dónde está?

«Voz. Familiar.»

Pero le zumbaban los oídos y todo le daba vueltas. La falta de oxígeno, junto con el miedo, le había vuelto los huesos de gelatina. Era incapaz de saber quién era.

La presión en el cuello se redujo. Emitió un sonido extraño, tosió e inspiró.

—Quiero la cinta.

—¿La... la cinta? —la pregunta entrecortada le valió un puñetazo en la sien que le hizo ver las estrellas de nuevo. Las lágrimas le resbalaban por las mejillas. Notaba su calidez en la piel helada. No podía pensar, no podía ver, no podía oír. Un sudor frío le recorría el cuerpo a oleadas.

—La cinta. Quiero la cinta. La de la chaqueta de Karen Wise. ¿Dónde está?

La cinta del *blazer* de Karen. De golpe, Nicky recordó cómo Leonora comentaba que Karen le había dicho que la oyeran, que era malvado. Karen se había aparecido a Leonora justo después de que ésta encontrara la cinta. ¿Había querido decir que oyeran la cinta?

—¿Dónde está la puñetera cinta?

La golpeó otra vez, con brutalidad, con la mano que agarraba el cuchillo, de modo que el mango le dio en la sien. Los dientes le chocaron entre sí. El dolor la hizo gritar.

—En... En la cocina —soltó.

Era mentira; una mentira desesperada, la mejor que se le había ocurrido a su pobre cerebro confuso. La cocina le parecía un lugar mejor para luchar por su vida que el dormitorio. Para empezar, tenía una puerta que daba al exterior...

—Enséñame dónde.

Sin dejar de rodearle el cuello con el brazo ni apartar el cuchillo, tiró de ella para ponerla de pie.

—¿Dónde? —le bramó en la oreja.

El corazón le latía dolorosamente en el pecho. Al levantar la mano para señalar la cocina, vio que le temblaba. Se estremecía de pies a cabeza y estaba tan asustada que tenía náuseas. Cuando el hombre la empujó en la dirección que había indicado, vio con el rabillo del ojo que la mano de Cohen se había quedado quieta.

Estaba muerto. Lloró por él, lloró por Karen y por Marsha Browning, y lloró por su propio destino.

«No quiero morir.»

Era fuerte, fornido, varios centímetros más alto que ella. Olía a una combinación asquerosa de sudor, sangre y hombre. Notaba su cuerpo caliente encima de ella, pero hasta entonces no le había visto la cara.

Pero su voz le resultaba familiar...

En algún sitio, tenue pero inconfundible, oyó sonar un teléfono. Su móvil. Estaba en el dormitorio, con la ropa que se había quitado, y la cinta. El hombre dejó de empujarla un momento, como si vacilara, como si el teléfono le preocupara.

«Dios mío, por favor —pensó, segura de que alguien se alarmaría cuando no contestara e iría a buscarla—. Por favor, Dios mío, que no sea demasiado tarde.»

—Le daré la cinta —gimoteó—. No me haga daño.

Esto pareció servir. El agresor maldijo con una voz feroz, gutural, que indicó a Nicky que empezaba a notar la presión, que el timbre del teléfono lo había alterado, que el tiempo, su tiempo de acción, podía estar acabándose, y la empujó hacia la cocina.

—Dámela.

«Un plan, un plan, necesito un plan», pensó con desesperación.

La cocina estaba oscura. No había fantasmas amistosos a la vista. Ni cafeteras hirviendo. Sólo una cerdita negra que miraba a través de las persianas medio abiertas de la puerta trasera. Necesitaba un plan. El móvil había dejado de sonar. ¿Iría alguien a buscarla? No había tiempo...

—Ahí —señaló.

—Dámela.

Mientras trataba de recorrer la cocina, él iba pegado a su espalda como si fuera una mochila, siguiéndola paso a paso, sin reducir la fuerza con que la sujetaba ni apartarle un instante la punta del cuchillo del punto situado debajo de la oreja. Nicky tenía la boca tan seca que ni siquiera podía tragar. El corazón le latía desbocado. Tenía el pulso acelerado. Su respiración era rápida y errática. El miedo la mareaba, la aturdía.

Era probable que lo que iba a hacer le supusiera la muerte, pero si no lo hacía, no había duda de que aquel hombre la mataría. Si tenía alguna esperanza de sobrevivir, ésa era su única posibilidad.

—Vamos —ordenó su atacante en un tono salvaje.

«Muy bien, inspira hondo», se dijo Nicky.

Ahí estaba Nicky, apretada contra los armarios, con él tan cerca que notaba los botones de su camisa en la espalda, con uno de sus rollizos brazos alrededor del cuello y poniéndole un cuchillo debajo de la oreja, preparándose para abrir el cajón donde le había dicho que estaba escondida la cinta. Tendría que ser rápida, tendría que ser despiadada...

Vio la cara del hombre reflejada en el reluciente pomo plateado del armario superior más cercano a ella. La cocina estaba llena de sombras, y el pomo distorsionaba sus rasgos, pero no había confusión posible sobre su identidad.

—Sid —soltó, jadeante.

Se quedó quieta. Entonces, él también vio el pomo. Nicky lo supo porque los ojos de ambos se encontraron en él.

—Hola, preciosa —la saludó en un tono tan repelente como la parte inferior, viscosa y húmeda, de una babosa.

—Oh, Dios mío. ¿Por qué? —Apenas fue un susurro.

Notó el movimiento de su pecho en la espalda cuando Sid soltó una carcajada inmunda.

—Todo el mérito es tuyo. Tú me diste la idea. Tú y tu madre médium. «Vamos a conseguir a las víctimas muertas de un asesino en serie» —la imitó con un falsete exagerado—. Me ayudó mucho, en realidad. Estaba planeando una forma de librarme de la puta de Karen Wise. Y tú me la serviste en bandeja. Lo hice bien, ¿verdad? Hasta le corté parte del pelo. Aunque, para que la historia se sostuviera, tenía que seguir adelante con el asunto del asesino en serie. ¿Te gustaron los e-mails? ¿A que eran muy televisivos? Deberías darme las gracias por haber dado un impulso increíble a tu carrera.

Teniendo en cuenta que estaba a punto de matarla, no creía que tuviera que agradecerle nada.

—Pero ¿por qué Marsha Browning? ¿Y Livvy? ¿Y yo? —El pulso le latía con tanta fuerza que apenas podía oír nada por encima del ruido que hacía. Lo único que pensaba era que tenía que entretenerlo hablando todo el tiempo posible.

—¿Por qué no? —preguntó Sid en un tono que era el equivalente sonoro a encogerse de hombros—. Tenía que matar a dos mujeres más, y la periodista local era fácil. Me llamó para pedirme trabajo. Le dije que iría a hablar con ella la siguiente vez que estuviera en la zona. —Soltó una risita horrible—. Y lo hice. Ya lo creo que lo hice. En cuanto a tu hermana, ella también era fácil. Siempre entraba y salía. Y pensé que matarla añadiría auténtica emoción a tus reportajes. También tenía razón en esto. Lo hizo. En cuanto a ti, nunca quise matarte. Podrías haber tenido una carrera muy buena con nosotros. Pero tuviste mala suerte dos veces. La primera, bajaste por el camino de entrada justo después de que acabara de matar a esa puta, y creí que me habías visto. Luego comprendí que no, pero entonces no lo sabía, así que esa noche casi la palmaste. Y hoy encontraste la cinta. La he estado buscando por todas partes. Esa puta la usaba para hacerme chantaje.

—¿Karen? —exclamó Nicky. Algo, su tono de sorpresa o sus ojos desorbitados reflejados en el pomo, o quizá darse cuenta de que el tiempo pasaba, hizo que a Sid se le contrajera la cara. El instante antes de que le apretara más el brazo alrededor del cuello, Nicky supo que su breve respiro se había terminado. Se ahogaba, y le agarró el brazo que le cortaba la respiración.

—Basta de cháchara. Dame la maldita cinta.

Nicky logró asentir.

La fuerza del brazo de Sid se redujo un poco. Nicky resolló, inspiró aire, y abrió el cajón de los cubiertos, agarró un cuchillo de carne y lo clavó en el brazo que le sujetaba el cuello con todas las fuerzas que le quedaban.

Sid gritó y la soltó. El terror dio alas a los pies de Nicky, que saltó hacia la puerta. El tiempo pareció detenerse. En el exterior retumbaban los truenos. Los rayos iluminaban el cielo. Llovía a cántaros. *Cleo* bailaba sobre las patitas; era un testigo mudo de la pesadilla que se desarrollaba en el interior. Nicky veía todo esto a través del cristal, veía la huida tan al alcance de la mano...

—Voy a matarte, puta —bramó Sid, y se abalanzó sobre ella. Cuando la tumbó al suelo, Nicky sólo alcanzó a rozar el pomo de la puerta con dedos temblorosos.

Gritando con la fuerza del silbato de un tren y retorciéndose antes de tocar siquiera el suelo, cayó de costado y terminó boca arriba. El impacto fue terrible y doloroso, pero nada comparado con el pánico absoluto, con el horror por lo que iba a pasar. Sid estaba sentado a horcajadas sobre ella, con un peso tal vez treinta kilos superior al suyo, sin soltar el cuchillo. Nicky chilló otra vez con desesperación mientras levantaba las manos en un intento inútil de protegerse. Notó la sangre que salía del brazo de Sid en la piel y vio que tenía la cara contraída, con una expresión desagradable e inequívocamente malvada...

Le llegaron ruidos desde el salón. Eran unos ruidos tenues, como si hubiera alguien en la puerta principal. Tomó aire y gritó como una sirena de alarma, mientras, por el cambio de expresión de Sid, comprendió que él también los había oído.

Entonces supo qué significaban exactamente esos sonidos: no el rescate, sino una muerte más rápida. Sid quería la cinta. La habría mantenido viva hasta que se la diera. Pero ahora, con alguien en la puerta, el tiempo se había acabado.

Lo había reconocido.

Ambos tenían muy claro que tenía que morir.

Mientras se resistía, se retorcía y se peleaba con todas sus fuerzas para soltarse, Sid levantó el cuchillo, que centelleó dorado cuando su hoja reflejó el brillo de un relámpago. Nicky chilló y levantó las manos en un gesto instintivo de protección y se giró violentamente hacia un lado.

Cleo chocó con fuerza contra el cristal y los sorprendió a ambos. Esto distrajo a Sid, que se desvió de su objetivo. Nicky sintió un fuerte dolor punzante en la parte superior del brazo cuando el cuchillo se hundió en él. Sujetó la muñeca de Sid para contenerlo mientras él maldecía y la golpeaba para intentar soltarse. *Cleo* chocó otra vez contra el cristal y hubo movimiento en el salón.

—¡Policía! ¡Quieto! —bramó Joe, que cruzó la puerta de la cocina con la pistola preparada—. ¡Suelte el cuchillo!

Tras él, llegó con gran estruendo lo que seguramente era la mitad del Departamento de Policía.

Sid, que acababa de soltar la muñeca que le agarraba Nicky, se quedó inmóvil a medio retroceder el brazo con el cuchillo en la mano.

—¡Quieto! —gritó nuevamente Joe—. ¡Levante las manos!

La cara de Sid se contrajo. Y, a continuación, soltó el cuchillo, que repiqueteó en el suelo junto a la cabeza de Nicky. Sid alzó los brazos.

Alguien recogió el cuchillo. Alguien más tiró de Sid para levantarlo, lo esposó y empezó a leerle sus derechos.

—¿Nicky? Dios mío, Nicky —dijo Joe, agachado a su lado con la cara totalmente blanca. Sus ojos, sombríos de miedo, se encontraron con los de Nicky y le recorrieron después el cuerpo con desesperación mientras ella seguía jadeando. Nicky se percató de que estaba cubierta de sangre: la de Sid y la suya.

—No pasa nada —logró comentar con una voz rasposa aunque temblaba de pies a cabeza—. Estoy bien.

Y, cuando Joe alargó las manos hacia ella, se incorporó para que la estrechara entre sus brazos.

Ver toda tu vida pasar ante tus ojos no es una experiencia agradable. Joe lo había descubierto cuando había llegado a la puerta de su casa y había oído gritar a Nicky en el interior. Mientras se esforzaba por introducir la llave a oscuras en la cerradura para abrir la puerta bajo una lluvia torrencial, una flota de coches de refuerzo aparcaba con un chirrido de frenos delante de su casa. Oyó chillar a Nicky como una loca y el corazón, que le latía frenético, casi se le paró. Cuando por fin había logrado abrir la puerta, sudaba como un condenado, maldecía como un descosido y sufría la experiencia más parecida a estar cerca de la muerte que había tenido desde hacía dos años. Cuando entró en el salón junto con una representación de los mejores policías de Pawleys Island, se había encontrado a Cohen desangrado en el sofá. A pesar de que Cohen era uno de sus hombres, una buena persona y amigo suyo, no había reducido siquiera la velocidad en su recorrido hacia la cocina, de donde procedían los gritos.

Al ver a Sid Levin en el suelo, agazapado sobre Nicky, la idea de que podía haber llegado tarde por segunda vez casi lo había vuelto loco.

De eso hacía poco más de una hora. Ahora había recobrado la calma hasta cierto punto, y Nicky estaba sentada en la cocina, prestando declaración a Dave, porque Joe era incapaz de oír su espeluznante relato por segunda vez. Pensar lo cerca que Nicky había estado de la muerte seguía teniendo la facultad de provocarle un sudor frío por todo el cuerpo. Una conexión fallida, o una respuesta de su amigo un par de minutos más tarde, y el resultado habría sido muy distinto.

Nicky estaría muerta. Y su vida habría dejado de tener sentido.

Su casa era ahora oficialmente una escena del crimen. Estaba plagada de policías, entre los cuales estaban sus hombres, así como la mayor parte de otros tres departamentos por lo menos, que habían acudido porque, para un policía, no hay nada peor que el asesinato de otro policía. Trabajaban con una decisión sombría. Sacaban fotografías, embolsaban pruebas, tomaban declaraciones. Los medios de comunicación que habían estado apostados en el césped de los juzgados empezaban a llegar a medida que corría la noticia de que el asesino Lazarus había sido detenido. En la calle había una furgoneta con una parabólica, y los periodistas habían empezado a molestar a la gente cuando salía de su casa o volvía a ella. Los vecinos habían salido en masa, atraídos sin duda por las sirenas y las luces estroboscópicas. Por suerte, la cinta policial colocada a lo largo del perímetro del jardín mantenía a todos los que no tenían que estar allí a cierta distancia. Por desgracia, la lluvia había amainado hasta convertirse en poco más que una suave llovizna. Si hubiera seguido cayendo un chaparrón con la misma fuerza que antes, quizá se hubieran ahorrado parte del circo.

O quizá no.

—¿Cómo estás? —pregunto a Nicky, que estaba sentada en la mesa de la cocina delante de Dave.

—Bien. —Alzó la vista hacia él, le sonrió, y al ver el cariño en sus ojos, a Joe le dio un pequeño vuelco el corazón. Que lo mirara así lo hacía sentir un poco como a un hombre que, después de vagar perdido por un páramo, muerto de frío y de hambre, se encuentra de modo inesperado con una cabaña llena de anfitriones cordiales, víveres abundantes y un buen fuego: un poco incrédulo por su buena suerte y un poco más que afortunado.

Nicky llevaba un vendaje provisional en la parte superior del brazo, donde el cuchillo le había desgarrado la piel y parte de la carne pero no había causado daños permanentes. También tenía dos chichones de gran tamaño en la cabeza, donde el muy hijo de puta del tal Sid la había golpeado, y un cardenal empezaba a oscurecerle la mejilla. Era obligada una visita al hospital de la isla esa misma noche, pero el sanitario que la había atendido había dicho que ninguna de sus heridas precisaba tratamiento urgente, y Nicky no quería ir sin Joe, lo que a él le iba bien. En lo que a él respectaba, no iba a perderla de vista el resto de su vida.

—Estaba diciendo a Dave que *Cleo* es un héroe. Perdón, una heroína. Vio lo que estaba pasando y trató de entrar, con tanto ruido que distrajo a Sid en el momento crucial. Ella y vosotros me salvasteis la vida.

«Muy bien, cerdito precioso —pensó Joe a la vez que dirigía una mirada hacia la puerta, desde donde *Cleo* seguía mirando hacia el interior—. Vas a tener beicon y embutidos toda tu vida.»

—¿Ha hablado? —le preguntó Dave. Joe sabía que se refería a Sid, a quien un contingente de la policía estatal acababa de llevarse. Con el asesinato de Andy Cohen los ánimos estaban demasiado exaltados en el Departamento de Policía de Pawleys Island como para custodiarlo en la isla. Joe sabía cómo podían terminar estas cosas y, dadas las circunstancias, no quería ser el responsable de la vida del detenido.

—Con nosotros, no —respondió Joe. Cuando se sentó, George Locke, que también estaba en la cocina, le sirvió una taza de café y se la dio. Vio que Nicky y Dave ya tenían un café delante. Dio las gracias a George con la cabeza y tomó un sorbo. Era fuerte y estaba caliente, y le vino muy bien. Necesitaba la cafeína—. Pero como lo pillamos in fraganti, y ya se había ido de la lengua con Nicky, no importa. Es un caso muy claro.

Nicky se lo había contado todo a los pocos minutos de que la estrechara entre sus brazos. Ahora se dirigió a ella:

—La ventana de la habitación de invitados está rota. Debió de romper el cristal y abrirla para entrar por ahí. Supongo que ya estaba dentro de la casa cuando Cohen y tú llegasteis. —Tomó un poco de café para esconder el dolor que sentía al pensar en Cohen—. Quería la cinta, que en ese momento tenías en el bolsillo, ¿verdad?

Nicky asintió. Ya se lo había explicado antes. Así que Joe prosiguió.

—Mi pregunta es: ¿cómo sabía que estarías aquí?

—Se lo dije yo. Cuando hablé con él por teléfono. Me preguntó si estaría en casa de mi madre y le dije que no, que iba a venir aquí. Creía que estaba en Chicago —aclaró Nicky. La idea de que Sid hubiera estado entonces en Pawleys Island, planeando matarla, le ponía la carne de gallina.

—Él contaba con eso —asintió Joe—. Podía llamar a la gente desde el móvil y todo el mundo pensaba que seguía en Chicago. Que es lo que ocurrió con Karen Wise la noche de su asesinato. Su llamada fue la que la llevó a salir de la casa. La llamó y fingió que había interferencias, y le pidió que saliera para que tuviera mejor cobertura. La estaba esperando fuera para matarla. —Joe le dirigió una sonrisa lúgubre de satisfacción—. Es lo que tienen los teléfonos móviles. La señal rebota en una torre de la zona desde donde se llama. Ahí es donde Sid metió la pata. Empecé a pensar que tenía que ser alguien relacionado con tu programa, y Sid era el último que había llamado al móvil de Karen Wise. Pedí a un amigo que lo comprobara y acerté de lleno, la llamada rebotó en la torre que está aquí. Su coartada era que estaba en Chicago cuando se cometió el crimen, y esto se la desbarató: Mentía. Lo que lo convertía en el sospechoso número uno, ya ves...

—Dijo que Karen utilizaba la cinta para hacerle chantaje —dijo Nicky.

—Tenía pruebas contra él —asintió Joe—. Acabo de escuchar la cinta, y está todo ahí. Un material realmente escabroso. Al parecer, lo amenazaba con presentar una demanda multimillonaria por acoso sexual en su contra si no le pagaba una gran cantidad de dinero para que guardara silencio. Cuando empezó a trabajar para Santee Productions en agosto, Sid se le acercó y le hizo proposiciones indecentes. Cuando no consiguió lo que deseaba, la amenazó con que perdería su empleo, así de simple. Karen lo grabó todo y volvió las tornas contra él. Lo tenía acorralado. Lo habrían despedido, como mínimo. Su carrera se habría visto perjudicada de modo irreparable y habría tenido que pagar a Karen muchísimo dinero.

—Así que la asesinó.

—Sí —asintió Joe—. Y, después de eso, fue una especie de bola de nieve cada vez más grande. Es piloto y tiene su propia avioneta. Encontramos documentos en su cartera que demuestran que ha estado volando a Charleston. Las fechas coinciden. Es nuestro hombre.

—De modo que estaba totalmente equivocada al pensar que el padre de Tara Mitchell estaba metido en algún negocio sucio —comentó Nicky, que parecía algo decepcionada, y Joe recordó que entre ellos habían mantenido su guerra particular en la investigación. Él había ganado lo miraras como lo miraras, porque Nicky estaba viva.

Por primera vez desde que la había llamado al móvil y no le había contestado, se relajó lo suficiente para sonreír.

—No necesariamente. Por lo que sabemos, algo así pudo haber sido el móvil del asesinato de Tara Mitchell. Pero no tenía nada que ver con el asesino Lazarus. En este caso, se trataba exclusivamente de Sid, que procuraba disimular el asesinato de Karen Wise imitando el pasado.

—Así que se acabó. —Nicky soltó el aire, aliviada—. No me lo puedo creer.

—En resumen, sí.

—¡Resumen! ¡Oh, Dios mío! —A Nicky se le desorbitaron los ojos y se le abrió la boca al recordar de repente que tenía que estar en el aire, en directo, a las nueve de la noche para resumir el caso del asesino Lazarus. La buena noticia era que tenía un final de máxima audiencia. La mala noticia era que el productor ejecutivo del programa acababa de ser detenido por homicidio múltiple. En este caso, ¿era de aplicación la máxima aquella que decía que el espectáculo debe continuar?—. ¿Qué hora es?

—Las siete y treinta y cinco —respondió Dave tras consultar el reloj.

—Gracias. Perdonad, tengo que hacer una llamada telefónica —dijo Nicky, que corrió hacia atrás la silla y se puso de pie de golpe. Error. Se mareó un poco y tuvo que agarrarse al respaldo para no perder el equilibrio. Además, se notaba las piernas tan firmes como si fueran fideos, y agarrarse a la silla le había provocado una punzada dolorosísima en el brazo lastimado pero, aparte de esto, estaba bien para trabajar.

En directo a las nueve.

—Espera un momento. ¿Qué haces? —Joe se levantó también, mirándola como si creyera que se había vuelto loca—. Estás en la lista de heridos, ¿recuerdas? Siéntate.

—Lo haré, si me traes el móvil. Está en la mesilla de noche de tu habitación.

Joe frunció la boca, pero salió de la habitación, era de suponer que para hacer lo que le había pedido, de modo que Nicky volvió a sentarse. Un minuto después, Joe estaba de vuelta y le pasaba el teléfono.

—¿Hay algo que debiera saber? —preguntó.

Nicky le recordó lo del programa y vio que sacudía la cabeza mientras ella marcaba el número de Sarah Greenberg.

—Ni hablar —dijo Joe—. No puedes. Tienes...

Sarah contestó entonces y Nicky le hizo un gesto a Joe para que se callara.

Sarah se quedó perpleja al conocer la implicación de Sid pero, como era una gran profesional, reaccionó enseguida. Cuando Nicky terminó de explicarle la situación, Dave se había ido discretamente de la cocina y Joe lucía una expresión adusta.

Lo que Sarah dijo era, básicamente, lo que Nicky había sabido desde un principio: *Investigamos las veinticuatro horas* tenía que llenar la franja horaria entre las nueve y las diez. Podían reponer un programa grabado, o bien Nicky podría efectuar una actualización en directo de la investigación y convertirla en la presentación de una noticia que anunciara la implicación de Sid y resumiera el caso.

Ambas coincidieron en que esto último sería de visión obligada.

Nicky calculó que podrían utilizar los reportajes grabados que había planeado emitir, incluido el que habían rodado aquella tarde cuando su madre encontró la cinta, que era, por supuesto, el catalizador del caso. ¿No era extraordinario? Lo tenían en directo. Bueno, grabado en directo.

—Haremos eso, entonces —afirmó Nicky a Sarah, y colgó.

—¿Y bien...? —Joe la miraba con los ojos entrecerrados.

—Tengo que irme. Estaremos en el aire a las nueve —explicó Nicky, que volvió a ponerse de pie. Esta vez la cocina no le dio vueltas. Le había subido la adrenalina, y sabía que podía hacerlo. Calculó que todo el mundo se estaría ya dirigiendo a Old Taylor Place. No había tiempo para preparar otro sitio. De todos modos, ése serviría. Podía hacer todo lo que había planeado y reservarse unos quince minutos para describir al final los acontecimientos de la tarde y anunciar la identidad del asesino Lazarus.

Sí.

—¿De verdad vas a seguir adelante con el programa? —La voz de Joe sonaba incrédula—. Nicky, cariño, te han golpeado, apuñalado y casi asesinado. Sé realista. El único sitio al que tienes que ir es primero al hospital y después a la cama.

—Es mi trabajo y voy a hacerlo —replicó airada Nicky mientras se dirigía hacia la puerta del salón. Y, por cierto, hacia Joe, que estaba entre ella y la mencionada puerta. Se interpuso en su camino y la sujetó por los hombros. Nicky alzó la vista para mirarlo con el ceño fruncido—. Perdona, pero tengo prisa. Deja de sobreprotegerme, ¿quieres?

Dave regresó a la cocina.

—Ha venido el alcalde —comunicó a Joe—. Ahora mismo está subiendo por la calle. Me pareció que debía avisarte.

—Mierda —exclamó Joe. Miró a los ojos a Nicky y suspiró—. Muy bien. Ya veo que vas a hacerlo. Pero si sales por delante, los periodistas te asediarán como hormigas en un picnic. Vámonos por detrás.

—¿Hablas en plural? —preguntó volviendo la cabeza para mirarlo, puesto que ya se dirigía hacia la puerta trasera. Lo que había dicho Joe tenía sentido.

—¿Crees que voy a perderte de vista? Yo te llevaré —hablaba con un tono resignado.

—¿No tienes cosas que hacer aquí?

—Muchas. Pero ninguna es más importante que ésta.

Nicky se detuvo con la mano en el pomo mientras su cerebro asimilaba el significado de sus palabras. A pesar de la prisa que tenía, el corazón le palpitó con fuerza. Sonrió a Joe.

—Qué romántico —comentó.

—Soy muy romántico —aseguró Joe agriamente, y alargó la mano para abrir la puerta.

—Joe —dijo Dave, alarmado—. ¿Qué le digo a Vince?

—Dile que volveré.

Dicho esto, Joe abrió la puerta y los dos salieron de la casa. Nicky se detuvo para darle unas palmaditas rápidas a *Cleo*, cuyo hocico aterciopelado le husmeaba la mano y el brazo con una actitud muy cariñosa, y luego ella y Joe cruzaron la verja del jardín, rodearon a la gente que había delante de la casa y lograron llegar al coche patrulla sin ser vistos. No los detectaron hasta que Joe puso en marcha el motor y encendió los faros, pero entonces ya era demasiado tarde: se marchaban calle abajo.

Cuando se pararon en la señal de stop de la esquina, un hombre salió de la penumbra corriendo en su dirección y les hizo señas para que esperaran. Nicky sintió un escalofrío de miedo, pero enseguida recordó que la pesadilla había terminado: el asesino Lazarus estaba detenido. Cuando el hombre se acercó lo suficiente, distinguió el uniforme y vio que era un policía. Más seguridad, imposible.

—Es Bill Milton —le aclaró Joe antes de bajar la ventanilla.

—Perdone, jefe, ¿podría llevarme? —Milton jadeaba debido al esfuerzo que había hecho para alcanzarlos. Se inclinó hacia la ventanilla y miró a Nicky mientras hablaba con Joe—. Me han bloqueado el coche y tengo que ir a la comisaría. Dave me dijo que iban a Old Taylor Place, y viene de camino.

—Sube —accedió Joe.

Milton lo hizo. Seguía respirando con bastante dificultad cuando Joe se detuvo en un stop en el siguiente cruce.

Entonces, sin la menor advertencia, golpeó la cabeza de Joe con la culata de la pistola. Nicky seguía procesando la inesperada acción y el fuerte golpe cuando Joe se desplomó sobre el volante.

24

Nicky seguía mirando boquiabierta a Joe, cuando Milton la agarró por el pelo. El dolor repentino la hizo gritar. Se le humedecieron los ojos.

—Pon el freno de mano —gruñó Milton. Nicky dirigió automáticamente los ojos hacia él. Entonces notó la boca fría de una pistola en la mejilla y se quedó paralizada. Como Joe estaba inconsciente y era de suponer que ya no pisaba el freno, el coche patrulla empezó a rodar.

—Pon el freno de mano —rugió Milton.

Nicky le obedeció. El coche se paró en seco.

Entonces algo le golpeó la cabeza y ya no supo nada más.

El contacto de alguna clase de líquido en la cara hizo volver en sí a Joe. Parpadeó, tosió y abrió los ojos.

Milton estaba de pie junto a él con un vaso grande de McDonald's vacío en la mano. El contenido, que seguramente no era agua porque tenía un olor dulce y era pegajoso, le resbalaba a Joe por la cara y el cuello hasta empaparle la camisa blanca. Al notar el sabor cítrico en la lengua, dedujo que sería Sprite o algo parecido.

Podría superarlo. Pero, al darse cuenta de la situación en que estaba, pensó que quizá no.

—¿Qué mierda...? —preguntó a Milton, sorprendido,

cuando en un intento fallido de moverse, tuvo la desagradable sorpresa de que tenía las manos esposadas a la espalda. Vio que estaba tumbado de costado en un suelo duro y frío. Parecía de piedra vieja, irregular y un poco húmeda. Estaba en una especie de habitación extraña, acaso un sótano, que olía a humedad y a tierra, y tenía las paredes irregulares. Por lo que podía ver, no había ventanas, y la única luz procedía de una lámpara de camping colgada de un gancho en el techo. Le había desaparecido la chaqueta, junto con, como descubrió con una rápida mirada hacia abajo, la Glock de la sobaquera. Una cuerda elástica amarilla y verde le ataba con fuerza los tobillos, lo que explicaba el extraño cosquilleo que empezaba a notar en los pies.

No estaba demasiado seguro de lo que estaba pasando, pero no era nada bueno.

—¿Quieres que me lo cargue? —dijo Milton con la cabeza vuelta.

—No. Veamos primero si me dice dónde está mi dinero. Estoy convencido de que lo hará si se lo preguntamos bien.

Joe supo que el interlocutor era Vince antes de que se situara bajo la luz. Mientras miraba al alcalde con los ojos desorbitados, su cerebro ya había tomado conciencia de que la situación era gravísima.

—¿Qué mierda...? —preguntó de nuevo, esta vez a Vince.

Vince se elevaba ante él y su sombra se proyectaba sobre su cuerpo y el suelo. Joe detectó que llevaba el mismo traje y la misma corbata que había lucido todo el día. La única diferencia era que ahora tenía una pistola en la mano. Tenía el brazo pegado al costado y el arma apuntada al suelo, pero no había ninguna duda de que estaba allí.

Otra mala señal.

—Quiero mi dinero, Joe —comentó Vince.

Joe inspiró y trató de entender la situación. No comprendía nada, salvo que si no salía de ella, lo más probable era que muriera.

—No sé de qué carajo me estás hablando. —Sus palabras sonaron sinceras porque, bueno, eran verdad.

—Mis quinientos mil dólares —explicó Vince pacientemente—. Los que te quedaste de aquella venta de droga en que te dispararon. Quiero que me los devuelvas.

Joe se lo quedó mirando. Estaba pasando algo realmente diabólico.

—Espera un momento —dijo—. ¿Estabas involucrado en aquella venta de droga?

—Mi organización y yo íbamos a comprar esa cocaína para traerla y distribuirla aquí. El dinero era mío. La policía lo confiscó junto con la cocaína cuando efectuó la redada. El único problema es que algunos de mis hombres me informaron después de que los federales sólo habían registrado cuatro millones quinientos mil dólares. Me pregunté qué habría pasado con el otro medio millón. Así que pregunté por ahí. Y me llegó la respuesta: justo antes de la redada, un policía de la brigada antivicio llamado Joe Franconi había despojado a mis hombres de un diez por ciento del pastel. Perdí los cuatro millones y medio, y lo acepto como parte de los riesgos del negocio. Pero ¿el medio millón que tú te quedaste? No. Ni hablar. Quiero que me lo devuelvas.

La voz de Vince se había endurecido al final. Joe, ocupado en absorber un montón de información que desconocía, se lo quedó mirando un momento. ¿Vince? ¿Vince había sido el comprador en aquella operación? En la calle se decía que las drogas eran para el sur del país, desde luego.

Y Vince era un hombre de negocios, simple y llanamente. Vivía para ganar dinero. Residencias de lujo, complejos hoteleros, drogas... Todas estas cosas eran iguales, en el sentido de que eran muy lucrativas. Y donde podía ganarse dinero, siempre había corrupción. Joe sintió cierto desasosiego al caer en la cuenta, un poco tarde, de que Bill Milton, uno de sus hombres, trabajaba al parecer para Vince. Un policía corrupto. Y, si había uno, habría más. Vince, que también había trabajado en la brigada antivicio, lo sabría todo sobre policías corruptos.

El corazón de Joe empezó a latir más deprisa.

—Yo jamás me quedé tu dinero —aseguró pronunciando las palabras despacio y con claridad. No desvió la mirada de Vince, a la vez que intentaba usar la visión periférica para evaluar lo que lo rodeaba. No lograba averiguar dónde estaba, pero estaba seguro de que se encontraba en algún lugar de Pawleys Island. Era evidente que esta la isla se había convertido en el pequeño feudo de Vince.

—Voy a refrescarte otra vez la memoria —indicó Vince, y se metió la mano en el bolsillo—. ¿Te suena esto?

Cuando Vince sacó la mano, había algo en ella. Se inclinó hacia Joe para mostrarle el objeto y éste vio un encendedor plateado. A Joe empezaron a desorbitársele los ojos...

—¿Ves lo que tiene grabado? —Vince señaló con un índice regordete las palabras escritas en el costado del encendedor—. No pone Mickey Mouse.

De hecho, ponía: «A Joe Franconi, con cariño. Holly Alden.» A pesar de la penosa iluminación, que hacía que fuera casi imposible leer la inscripción, lo sabía porque el encendedor era suyo; se lo había regalado una antigua novia.

—Para aclarar las cosas —prosiguió Vince—, te diré que se te cayó cuando arrebataste la pasta a mis hombres y, más adelante, llegó a mis manos. Así que ¿por qué no nos facilitas las cosas y te dejas de tonterías? Dime dónde está mi dinero.

La última vez que Joe había visto el encendedor había sido el día antes de la redada, cuando Brian jugaba con él. De repente, se le encendió la bombilla y todo empezó a tener sentido. Todo. Por eso Brian lo había vendido a Martinez: para tapar el hecho de que había arrebatado medio millón de dólares a los hombres con quienes Martinez hacía negocios, es probable que usando la placa y la identidad de Joe. Si las cosas hubieran salido como Brian había planeado, cuando Martinez se enterara de la extorsión, Joe, el supuesto autor, ya estaría muerto.

Lo había eliminado Martinez por ser un federal.

Y Brian habría sido medio millón más rico sin que nadie se hubiese dado cuenta.

«Hijo de puta», dijo mentalmente a Brian, no sin sentir cierta admiración por lo ingenioso que era el plan. Era sencillo y casi brillante, si no se tenía en cuenta que había ocasionado la muerte de Brian y que parecía que él iba a ser el siguiente.

—Vince —dijo Joe, que, una vez asumido que estaba metido en un buen lío, se esforzaba por repasar y descartar mentalmente distintas opciones para manejar la situación—. Yo nunca extorsioné a tus hombres, jamás tuve tu medio millón. No fui yo. Alguien te informó mal. El hombre que lo hizo se llamaba Brian Sawyer. Debió de convencer a tus hombres de que era yo.

Vince lo observó. Joe pudo ver cómo se le contraía la cara, cómo flexionaba un poco los hombros y las manos, incluida la que sujetaba la pistola, y aceptó el hecho de que Vince era ahora su enemigo e, igualmente importante, que estaba muy empantanado en el camino que había elegido. Aunque lograra convencerlo de que decía la verdad al afirmar que él no tenía su dinero, lo que era cierto, seguiría teniendo que morir.

A no ser que consiguiera hacer algo para evitarlo.

—Te traje a la isla para poder vigilarte —explicó Vince—. ¿No se te ocurrió que, con tu reputación, no deberías haber podido encontrar trabajo en ningún otro Departamento de Policía en toda tu vida? Creíste que algún viejo amigo había movido los hilos para ayudarte, ¿verdad? —sugirió con una carcajada—. Permíteme que te diga que no tienes amigos así de buenos. Fui yo quien te trajo aquí. Creí que tarde o temprano irías a buscar el dinero y que, entonces, sabríamos dónde estaba y lo recuperaría. Pero tengo que admitir que has sido muy listo. Que yo sepa, hasta ahora no has tocado un centavo.

—Porque no lo tengo. Te estoy diciendo que te has equivocado de hombre.

—Lo que no sabía entonces es que trabajabas para la DEA —prosiguió Vince, y Joe no pudo evitar hacer una mueca. Que Vince supiera eso no era bueno. Los narcotraficantes detestan a los policías honestos. Y, además, temen a la DEA—. Si lo hubiera sabido, habría hecho las cosas de otro modo. Habría ordenado que te liquidaran en Jersey, por ejemplo. Pero ahora estamos aquí y no tengo más remedio que manejar la situación personalmente.

Vince se volvió e hizo un gesto a alguien que estaba en la penumbra para que se acercara. Joe aprovechó este momento de falta de atención para meter los dedos en el bolsillo posterior derecho de sus pantalones. Si tenía suerte...

La tuvo. La última vez que había visto sus esposas, Sid Levin las llevaba puestas en las muñecas. Pero la llave seguía en su bolsillo. Joe acababa de tocarla cuando Milton y George Locke («¿Tú también, George?», pensó con amargura) arrastraron alguna cosa que permanecía en la oscuridad y lo dejaron en el suelo, en medio del círculo de luz.

Era Nicky, flácida como un saco de patatas, con los ojos cerrados, las manos atadas a la espalda, una cuerda elástica alrededor de los tobillos y la boca tapada con cinta adhesiva de fontanería.

Un sudor frío recubrió el cuerpo de Joe.

Algo mojado y helado le golpeó la cara, y Nicky volvió en sí, un poco aturdida pero lo bastante consciente como para saber que le dolían la cabeza y los brazos. Y que eso se debía a que los tenía atados a la espalda. Además, tenía los pies dormidos, y los tobillos también atados. Y algo que podía ser cinta adhesiva de fontanería le tapaba la boca.

—Ella no tiene nada que ver en esto —oyó que Joe decía en un tono brusco y duro—. Esto es entre tú y yo. Suéltala.

Esto le hizo abrir los ojos. Se dio cuenta de que tenía la cara mojada, con unas gotitas de líquido que le caían al suelo. Tenía frío, e incluso tiritaba. La habitación pareció moverse un momento, como si yaciera en la cubierta de un barco en alta mar en lugar de estar en un suelo que olía a moho, pero entonces la visión se le aclaró lo suficiente como para percatarse de que estaba en una especie de vieja bodega o sótano, algo con el techo bajo, las paredes curvadas y una iluminación extraña. Joe estaba tumbado de costado en el suelo unos dos metros delante de ella, mirándola con la cara tensa de preocupación y los ojos sombríos. Nicky le dirigió una breve mirada instintiva, porque se alegraba de verlo incluso en esas circunstancias, o, bien mirado, especialmente en esas circunstancias. Entonces comprendió que no podía sonreír por culpa de la cinta adhesiva y quiso hacer una mueca, lo que tampoco consiguió. Así pues, siguió la mirada de Joe hacia arriba para descubrir al alcalde y a un par de policías, Milton y otro al que no reconoció de inmediato, de pie junto a ella, concentrados en Joe. El alcalde empuñaba una pistola, y el policía que no era Milton (creía que se llamaba Locke; la había seguido una o dos veces y le había parecido simpático) tenía una navaja en la mano. Una navaja abierta con una hoja reluciente.

No era muy grande, pero sí lo bastante para ponerle la carne de gallina. Empezaba a tener fobia a los cuchillos.

—Claro que tiene que ver con ella —resopló el alcalde—. Ha estado metiendo las narices en cosas que no le importan, removiendo el pasado, molestando a toda clase de gente en Jersey porque ni ella ni sus amigos pueden dejar las cosas como están. El negocio prospera, las cosas van bien y todo está tranquilo. Y queremos que siga siendo así. La señorita reportera está poniendo nerviosa a cierta gente con las preguntas que está haciendo. Ahora que ha encontrado la pista, ¿crees que la va a dejar correr? En especial, si tú desapareces. Hará preguntas por todas partes. Nadie quiere que eso suceda. No es bueno para el negocio.

—Si ella desaparece, la gente hará toda clase de preguntas —replicó Joe con la voz algo ronca. Sonaba asustado, y la idea de que Joe estuviera asustado dio muchísimo miedo a Nicky—. Puede que pocos me busquen a mí, pero a ella... Vas a cometer un error con ella. Tiene familia, amigos, puede que millones de telespectadores que la buscarán.

—No tendrán que buscarla. —El alcalde dedicó una sonrisa petulante a Joe—. La encontrarán. Y a ti también. Puede que mañana, o en un par de días a lo sumo. Verás, muchas personas, incluidos algunos reporteros, os vieron iros juntos de tu casa en tu coche patrulla. Eso fue lo que me dio la idea de hacerlo esta noche. *Carpe diem*, ¿no? En este momento, ese coche se está hundiendo en las aguas de Salt Marsh Creek. Tuvisteis un trágico accidente, os salisteis de la carretera y os ahogasteis antes de poder salir del vehículo. La corriente se llevó vuestros cuerpos. Cuando aparezcan, estarán en tal estado de descomposición que nadie sabrá con certeza qué os pasó.

Nicky se dio cuenta de que el ruido sordo que oía correspondía a los latidos fuertes de su corazón.

—No saldrá bien —indicó Joe. Pero, por su tono, Nicky supo que creía posible lo contrario. Su cara lucía una expresión dura, más pálida que nunca. Ahora estaba casi boca arriba y miraba al alcalde con los ojos entrecerrados.

—Oh, sí —le contradijo el alcalde con gran seguridad—. Saldrá bien. De hecho, no podía haber ido mejor. Llevo pensando la mejor forma de hacerlo desde que la señorita Reportera empezó a remover las cosas en Jersey. Y esta noche me lo servisteis en bandeja. Gracias al alboroto que ocasiona la detención del asesino Lazarus, vosotros dos sólo seréis un trágico comentario al margen de una historia más importante. «Jefe de policía y reportera muertos en un accidente después de desenmascarar al asesino.» Casi puedo ver los titulares. —Dio un puntapié a Nicky en la espalda—. Parece tu tipo de historia, ¿no es cierto?

Nicky se estremeció de modo instintivo y, al hacerlo, sus ojos se posaron en algo pequeño y rosado que brillaba en una grieta del suelo. Un anillo de mujer... Estaba tan fuera de sitio que le hizo fruncir el ceño. Pero había algo más que le hacía fruncir el ceño: algo que tenía guardado en algún lugar de la memoria.

Sin previo aviso, el alcalde se agachó y le arrancó la cinta adhesiva de la boca. Lo hizo con tanta fuerza que le levantó la cabeza unos centímetros del suelo. Soltó un grito de dolor, que hizo que Joe empezara a maldecir e iniciara un movimiento que quedó interrumpido al instante cuando el alcalde lo apuntó con la pistola.

—Vince, eres un verdadero hijo de puta. Si le haces daño... —La rabia volvía la voz de Joe pastosa y gutural.

—Eso depende de ti —dijo el alcalde a la vez que alargaba la mano para que el policía depositara la navaja en ella. Al parecer, era una práctica tan habitual entre ellos que no precisaba palabras. Acto seguido, Vince se guardó la pistola tras la espalda y se arrodilló junto a Nicky empuñando la navaja.

Nicky inspiró con fuerza. Dirigió una mirada a Joe. Vio que el sudor le perlaba el labio. Estaba tan indefenso como ella. Se le hizo un nudo en el estómago.

Y el anillo seguía centelleando, abriéndose paso en su cerebro...

—Mira, Franconi, te diré qué vamos a hacer —explicó Vince a Joe—. Voy a empezar a rajarle la cara, y voy a seguir haciéndolo hasta que ya no le quede cara o hasta que tú me digas lo que quiero saber.

—Mire —empezó a decir Nicky, desesperada, obligando a las palabras a pasarle por la garganta seca y agarrotada. No sabía muy bien qué hacer, pero no estaba dispuesta a quedarse allí en silencio mientras la cortaban como a un pavo el día de Acción de Gracias—. Si todo esto es sólo por medio millón de dólares, tal vez yo pueda...

Se detuvo cuando de repente recordó dónde había visto antes ese anillo. Lauren Schultz lo llevaba puesto en la fotografía que estaba sujeta con un clip a su expediente. Sus padres se lo acababan de regalar por su cumpleaños, el mismo día que había desaparecido.

El anillo de Lauren Schultz, la cara de Tara Mitchell hecha trizas, el padre de Tara Mitchell asesinado un año después que ella...

—¡Oh, Dios mío! —exclamó a la vez que alzaba la vista hacia Vince—. Usted mató a esas chicas. Usted mató a Tara Mitchell, a Lauren Schultz y a Becky Iverson.

Vince se la quedó mirando un momento. Luego, sus labios esbozaron despacio una sonrisa.

—Es lista —comentó a Joe en tono de aprobación—. Muy lista. Sí, el padre de Tara Mitchell también me había robado. Tenía que mandarle un mensaje. Las otras chicas estaban en la casa. No formaban parte del mensaje, de modo que las trajimos aquí.

Tantos años, tanta pérdida, tanto dolor... Que Vince pudiera desechar la muerte de unas vidas tan jóvenes y alegres, la angustia de sus padres y los años de búsqueda con tanta indiferencia hizo que a Nicky le hirviera la sangre. Sin pensarlo, le escupió en la cara.

El mundo pareció dejar de girar un momento. Todo, hasta el tiempo mismo, se detuvo. El salivazo sólo le había llegado al mentón, y Vince la contempló con los ojos muy abiertos mientras parecía asimilar lo que había ocurrido. En cuanto lo hizo, se le crispó el rostro. Con un bramido de rabia, levantó la mano hacia atrás...

Y sonó un disparo, fuerte como una bomba en aquel espacio cerrado.

Vince chilló y cayó hacia atrás.

—Rueda hacia la pared, Nicky —gritó Joe, y en el segundo que tardó en oírlo y obedecerlo, vio que estaba tumbado boca abajo con los brazos extendidos hacia delante, apuntando la pistola con las dos manos libres.

Mientras rodaba por el suelo, hubo más detonaciones y los cómplices de Vince empezaron a devolver los disparos.

Cuando Nicky llegó a la pared, se acurrucó todo lo que pudo contra la piedra, gritando, con los ojos cerrados y un zumbido en los oídos. El olor acre de la pólvora le llenó la nariz a medida que las balas impactaban en la roca que la rodeaba y rebotaban después por las paredes como bolas mortíferas en medio de un montón de silbidos estridentes que parecían el eco de sus propios gritos. Joe, que de algún modo se había soltado por completo, se agachó sobre ella para cubrirla.

—¡Cierra la puerta! ¡Déjalos ahí! —gritó un hombre, y Nicky creyó que era Vince, pero estaba demasiado asustada para echar un vistazo para asegurarse. Acto seguido se oyó el sonido de metal contra metal y, finalmente, silencio.

Un silencio inquietante, resonante.

—¿Estás bien? —preguntó Joe sin aliento pasado un momento. Se movía y hacía algo a las esposas que Nicky llevaba puestas. Cuando ésta asintió con la cabeza oyó un tenue clic metálico y notó que tenía las manos libres.

Abrió los ojos de golpe.

—¿Cómo? —preguntó, y se atrevió a moverse. Así que se incorporó, se masajeó las muñecas y miró a Joe, que estaba entonces desatándole la cuerda que le sujetaba los tobillos.

—Tenía una llave de las esposas en el bolsillo —sonrió mientras le retiraba la cuerda, y Nicky vio que estaba muy orgulloso y muy seguro de sí mismo, de una forma totalmente sexy y encantadora, por supuesto, porque era Joe, y él era sexy y encantador. Supo que en su interior se estaba felicitando por su actuación y eso la hizo sonreír porque vio con total claridad que, en el fondo, su policía duro y corpulento seguía siendo un niño.

—¿La pistola? —preguntó.

—Siempre llevo otra para emergencias. —Su sonrisa se volvió más amplia. Luego, se subió la pernera del pantalón para mostrarle la funda que llevaba sujeta al tobillo—. Dale gracias al cielo de que nadie enseñó a esos tipos a cachear bien.

Nicky tenía que admitirlo: la había impresionado.

—¡Caramba! —soltó.

—Ya me darás las gracias después como es debido —dijo, y la miró con un brillo en los ojos que no le dejó ninguna duda sobre qué estaba pensando. Luego, se puso de pie, la ayudó a levantarse y añadió—: Vámonos de aquí.

Sí, por favor.

Sólo que no podían, como descubrieron en unos minutos. A seis pasos en la dirección contraria a la que habían seguido Vince y compañía, había un pasadizo estrecho, una especie de túnel. Un pasadizo terminaba en una puerta de hierro. En la parte superior de esta puerta había un ventanillo del tamaño de un bloc de notas cubierto con una tela metálica. Cuando se acercaron a la puerta, empezó a salir agua a borbotones por el ventanillo, como si fuera una cascada. El agua salpicaba el suelo. Formaba charcos en él. Lo inundaba.

—¡Mierda! —exclamó Joe al verlo.

—Intentemos salir por el otro lado —sugirió Nicky a la vez que le tiraba de la mano.

Volvieron sobre sus pasos y cruzaron a toda velocidad el espacio que se ensanchaba desde el pasadizo como la tripa de una serpiente que se ha engullido una presa y volvía a estrecharse para terminar en otro pasadizo, donde había otra puerta. Una puerta de hierro sin ventanillo, cerrada con cerrojo. Y éste estaba en el otro lado.

—¡Mierda! —repitió Joe con una patada final a la puerta, cuando todos sus esfuerzos para abrirla resultaron inútiles.

Nicky pensó que no había oído nunca una expresión que se quedara más corta.

Se volvió para observar el lado de donde habían venido sin dejar de oír el ruido del agua en movimiento.

Fue entonces cuando se enfrentó con la terrible realidad: estaban encerrados en un pasadizo subterráneo que se estaba llenando rápidamente de agua.

Sólo la dignidad y el deseo de no humillarse delante de Joe impidió que se llevara las dos manos a las mejillas y gritara: «¡Vamos a morir!»

Pero no lo hizo. Inspiró hondo y trató de pensar.

—Tiene que haber alguna forma de salir de aquí —dijo Joe con una expresión sombría. Era evidente que sus pensamientos habían seguido más o menos el mismo proceso que los de Nicky. Observaba el techo, palpaba las paredes...

Nicky oía cómo el agua siseaba y salpicaba al caer por el ventanillo. Pronto llegaría donde estaban...

Agua fría y oscura, como la que formaba parte de su peor pesadilla.

El corazón le golpeaba con regularidad el esternón. Su respiración era rápida, errática. Tenía las manos frías y sudadas, y el pánico le colapsaba el cerebro.

«Dios mío, por favor. Dios mío, por favor. Dios...»

De repente, cayó en la cuenta.

—Creo que sé dónde estamos —anunció. Joe la miró con ojos inquisidores mientras ella, muy animada de repente, se frotaba las manos heladas—. Siempre había oído historias sobre este sitio, pero que yo sepa, nadie, excepto Vince y sus hombres evidentemente, creía que existiera de verdad. Se dice que empieza en Salt Marsh Creek y circula por debajo de algunas de las casas antiguas. Harry es aficionado a la guerra de Secesión, y le he oído hablar de él. —Le falló la voz—. Si es subterráneo y tiene su entrada en algún punto de la orilla de Salt Marsh Creek, seguro que se inunda al subir la marea.

—¡Fantástico! —exclamó Joe, que parecía mucho menos entusiasmado que ella—. Eso sólo nos deja una pregunta por responder: ¿cómo saldremos de aquí?

La burbuja de Nicky explotó al darse cuenta de que el hecho de que hubiera deducido dónde estaban no significaba que fueran a salvarse.

—No lo sé —confesó—. Pero tiene que haber un modo.

Era evidente que la puerta era infranqueable. Ni siquiera podían disparar al cerrojo porque, como Joe le indicó cuando ella se lo sugirió, estaba en el otro lado. Mientras, el agua empezaba a mojarles los pies.

—Tiene que haber alguna clase de conducto de ventilación —murmuró Joe mientras Nicky combatía el pánico—. No estaría todo tan seco si no lo hubiera. Vamos —dijo mientras le sujetaba la mano.

Volvió con él hacia el espacio que recordaba la tripa abultada de una serpiente y que estaba ahora cubierto de un agua fría que les llegaba hasta los tobillos y que seguía entrando por la puerta.

—Mira hacia arriba —gritó Joe, y lo obedeció. El techo estaba en muy mal estado, con raíces que asomaban entre la piedra en algunos lugares y sólo tierra en otros, donde faltaban piedras. En realidad, estaba tan ocupada mirando hacia arriba que no habría visto la piedra con la inscripción en la pared si no se le hubiera enganchado un mechón de pelo en una punta irregular. Se volvió para soltarse y vio las torpes letras grabadas en la piedra: JOSIAH TAYLOR, 1863.

Se la quedó mirando un instante mientras el agua empezaba a llegarle a las pantorrillas y toda clase de pensamientos le recorría el cerebro, desde «Por favor, Dios mío, no me dejes morir de esta forma» hasta «Oh, Dios mío, esto lo escribió alguien que estaba en este mismo sitio hace casi ciento cincuenta años, durante la guerra de Secesión».

Entonces cayó en la cuenta del apellido Taylor a la vez que veía el tubito de metal que salía de la argamasa que había encima de la piedra. Tenía un trozo de tela sucia metido a modo de tapón. Tiró de él y metió los dedos en el tubo. Se dirigía hacia arriba y hacia un lado, en paralelo al pasadizo. Al comprobar eso, se le ocurrieron varias cosas a la vez: una, tenían que estar debajo de Old Taylor Place, o cerca de ella, porque este pasadizo tenía que terminar casi con toda seguridad en su sótano; dos, la forma del túnel, por lo menos por lo que podía distinguir, seguía el camino de entrada, y, tres, siendo así, y dado que Karen estaba bajando por el camino de entrada cuando había sufrido el ataque, era probable que este tubo, que debía de ser un tubo de comunicación, llevara los gritos de Karen hasta el interior de la casa, donde habían servido de fantasmagórica apoteosis final para la primera aparición de Leonora en *Investigamos las veinticuatro horas*.

Llegó a la conclusión con una rapidez increíble: esta noche había gente, su equipo, esperándola en Old Taylor Place. Era posible que para entonces estuvieran intentando frenéticamente localizarla mientras se preparaban para emitir el programa en directo a las nueve.

El agua se acumulaba más deprisa. Le llegaba a las rodillas y seguía subiendo. Ya tenía los pies y las pantorrillas entumecidos, los vaqueros empapados hasta la entrepierna y se estaba helando. Bajó la vista hacia la superficie oscura del agua. El terror la aturdió. El corazón le latía con fuerza. La respiración le vibraba en la garganta como si agonizara.

—¡Socorro! —gritó por el tubo mientras rogaba estar en lo cierto y que alguien la oyera. Joe, cerca de ella, soltó un sobresaltado «¿qué pasa?», provocado al parecer por su alarido, pero ni siquiera eso la hizo vacilar un instante—. ¡Soy Nicky! ¡Joe y yo estamos atrapados en un túnel que está debajo del camino de entrada! ¡Se está inundando! ¡Hay una puerta en el sótano! ¡Venid a sacarnos!

—¿Qué estás haciendo? —Joe estaba ahora a su lado y la miraba como si temiera que se hubiera vuelto loca.

—Estoy bastante segura de que es un tubo de comunicación —le explicó de inmediato—. La gente los usaba para hablar con el servicio o con quien fuera hace mucho tiempo. Creo que puede oírse dentro de Old Taylor Place y que eso explica los gritos que oímos la noche que Karen fue asesinada: tiene que tener una salida cerca de las araucarias, de modo que quien estuviera ayudando a escapar a los esclavos pudiera hablar con ellos por él. —De repente, se le ocurrió algo—. ¿Crees que el alcalde y sus amigos seguirán por aquí?

La posibilidad de que aquellas terribles personas pudieran oír sus gritos y volver le erizó todos los pelos del cuerpo.

—Deberían haberse ido hace bastante rato —respondió Joe—. Vince iba a dar una rueda de prensa a las nueve para anunciar la captura del asesino Lazarus —explicó. Y, tras consultar el reloj, añadió—: Y ya son las ocho y treinta y cinco minutos.

«En directo a las nueve», pensó Nicky, que se percató de que *Investigamos las veinticuatro horas* tenía que empezar a emitirse en exactamente veinticinco minutos y ella no estaba allí. Y, en ese momento, le vino a la cabeza una idea: en lo que respectaba a la televisión en directo, tener una reportera muerta era peor que la inactividad total.

—Déjame hacerlo a mí; mi voz es más fuerte que la tuya —pidió Joe, que la apartó para poner la boca en el tubo y empezar a gritar a su vez.

Mientras tanto, el agua seguía subiendo cada vez más deprisa.

—No podemos quedarnos en este lugar —dijo Joe cuando los cubría ya un poco más arriba de la cintura de Nicky. Y, aunque Nicky sabía que tenía toda la razón del mundo, detestaba tener que abandonar el tubo de comunicación, que le parecía su única esperanza. Pero el pasadizo estaba inclinado, y la puerta que carecía de ventanillo estaba situada a más altura. Agarró la mano de Joe y casi perdió pie varias veces en medio del agua mientras chapoteaba con él hacia la parte superior.

Cuando alcanzaron la puerta, el agua les llegaba sólo hasta las rodillas.

—Dios mío —dijo Nicky, que se volvió para mirar asustada hacia atrás—. ¿Cuánto rato crees que tardará en llegar hasta aquí?

La respuesta era, evidentemente, que no demasiado..., si los habían oído. El agua, que les llegaba hasta las rodillas hacía apenas unos minutos, les subía ya hacia los muslos.

Joe hacía todo lo posible para derribar la puerta a puntapiés. Pero ni siquiera se movía un poco.

A medida que el agua aumentaba, el terror sustituyó al miedo. Lo que Nicky siempre había temido más era lo que iba a matarla. Iba a ahogarse en unas aguas frías y oscuras...

Y Joe también. Apenas podía soportarlo. Saber que él iba a ahogarse con ella lo hacía diez veces peor.

Joe estaba justo a su lado, apoyado en la puerta, jadeante, tomándose un respiro después de haberla golpeado con todas sus fuerzas con el cuerpo. Nicky sabía que era un esfuerzo inútil, pero lo admiraba por hacerlo, por intentar salvar sus vidas...

La expresión de su rostro debía de reflejar miedo y pena, porque Joe alargó las manos y la estrechó entre sus brazos.

Mientras el agua gélida se arremolinaba alrededor de su cintura, Nicky le rodeó el cuello con los brazos y apoyó la cabeza en su hombro. Notó la boca de Joe en su pelo.

—Te amo —dijo con fuerza, porque quería que Joe lo supiera antes de que ambos murieran—. Te amo, te amo, te amo.

—Yo también te amo —le pareció oír que Joe respondía, pero no podía estar segura porque un sonido de metal contra metal le tapó la voz. Nicky se enderezó, animada, al comprender que estaban descorriendo el cerrojo al otro lado de la puerta.

Entonces, ésta se abrió, y Joe y ella, junto con una corriente tremenda de agua que casi los tumbó, la cruzaron.

—Perdonad que hayamos tardado tanto —se disculpó Gordon—. Pero es que no encontrábamos la puerta en el sótano.

Nicky vio que detrás de él, Bob, Tina, Cassandra, Mario, Isabelle, Dave, su madre, y un montón de personas más obstruían el pasadizo.

Y, a continuación, echaron todos a correr para huir del agua que seguía subiendo.

—Nicky —dijo Isabelle con urgencia por encima de la cacofonía de voces mientras subían un tramo de escalera para alcanzar la seguridad del sótano de Old Taylor Place—. De aquí a seis minutos tendrías que estar en el aire.

Mientras cerraban la puerta tras ellos y se apoyaba

un momento en la pared más cercana para recobrar el aliento, Nicky pensó lo contenta que estaba de tener la oportunidad de estar en directo a las nueve.

—Muy bien —dijo a la vez que se enderezaba—. Vamos allá.

Epílogo

Una semana después, hacía otro día precioso en el paraíso. El sol brillaba, los pájaros cantaban y los isleños habían salido en masa. Eran poco después de las nueve de la mañana, y Joe estaba de pie en la acera, delante de su casa con Nicky a su lado, saludando con la mano a Dave, que se iba en un Corvette descapotable de color rojo con *Cleo* sentada en el asiento del copiloto. Los dos habían ido a despedirse porque era el último día de Joe como residente permanente de la isla. En dos semanas, habría vuelto a Jersey, a Newark para ser exacto, para trabajar como agente de la DEA.

Era curioso la cantidad de respeto que te ganabas cuando agarrabas la red de narcotraficantes más importante de la Costa Este.

También le había ido bien a Dave. Era el nuevo jefe de policía. La ciudad seguía buscando un nuevo alcalde.

De hecho, todo eran buenas noticias. Según Nicky, Leonora volvía a estar en plena forma. Una vez que sus hijas habían dejado de correr peligro, veía espíritus por todas partes. Livvy también tenía una buena racha. Se estaba divorciando felizmente de su infiel marido y planeaba iniciar una nueva vida como madre soltera. También planeaba trabajar como recepcionista en el restaurante de Ham, que se inauguraría con toda solemnidad el mes siguiente.

Joe y Nicky volverían para asistir al evento.

Oh, sí, ésta era la otra cosa. Él y Nicky tenían definitivamente una relación. De hecho, viajaban juntos al Norte. En coche. En plan de vacaciones. Nicky se trasladaba a Nueva York porque le habían ofrecido el trabajo que deseaba. *En directo por la mañana* había llamado a la mañana siguiente de la última emisión de *Investigamos las veinticuatro horas* para ofrecerle el puesto. Le dijeron que los había impresionado.

Nueva Jersey y Nueva York estaban sólo separadas por un río. Y tanto él como Nicky tenían que buscar piso al llegar. Nadie sabía cómo acabaría eso.

—Creo que ya estamos listos —dijo Nicky, cuando Dave y *Cleo* desaparecieron de su vista. Habían estado cargando las últimas cosas de la casa de Joe en el coche, un Lincoln alquilado, y en ese momento, estaban junto al maletero.

—Muy bien. —Joe la miró, vio el espléndido pelo rojizo que relucía al sol, la bonita cara y figura de Nicky y, sobre todo, el cariño en sus ojos cuando le sonrió, y pensó que era una mujer a la que había que conservar—. Te amo, ¿sabes?

Nicky sonrió más aún.

—Cuidado —advirtió—. Nunca se sabe. Podría tomármelo como un compromiso.

A Joe le pareció que podría soportarlo. Y, para demostrarlo, agachó la cabeza y la besó. Después, entró en la casa y la recorrió con rapidez.

Y allí, en la cocina, se encontró con Brian, apoyado en un tablero, como si estuviera vivo.

O no.

Joe se detuvo y lo fulminó con la mirada.

—Vaya, mira quién está aquí. Mi jodido ángel de la guarda. Cuánto tiempo sin vernos.

—Oye —se quejó Brian—. Que te salvé la vida.

—¿Que me salvaste la vida? Mira, imbécil, ya sabía que me habías disparado. Lo que no sabía era que habías robado medio millón de dólares y que lo habías tramado todo para que me las cargara yo.

—¿Te fijas que tú estás vivo? —Brian cruzó los brazos—. ¿Te fijas que yo estoy muerto? A mí me parece que te fue bien. Además, si no estás muerto es porque no quise matarte. Todo formaba parte del plan.

—¿Qué?

—Sí —insistió Brian—. De acuerdo, hice una jugada y lo tramé todo para culparte a ti. ¡Pero era medio millón de dólares, Joe! Por favor, ¿quién podría resistirse? Admito que te delaté a Martinez. Pero todo el tiempo supe que me ordenaría que acabara contigo, porque él actuaba así. Quien te hubiera introducido tenía que liquidarte si se daba el caso. Así que estaba preparado. Y te disparé aquellas balas para que te rozaran la cabeza, pero sin matarte. Sabía que también me ordenaría que me deshiciera del cadáver, de modo que había previsto que te sacaría de allí en uno de esos cubos grandes de la basura y que los dos nos largaríamos con medio millón de dólares que podríamos repartirnos cuando te recuperaras.

—¿Esperas que me lo crea? —soltó Joe con los ojos entrecerrados.

—Oye, te juro por Dios que es verdad. —Brian levantó una mano al decirlo—. ¿Has visto alguna vez un ángel de la guarda que mienta?

En eso tenía razón.

—De todas formas, me voy —prosiguió Brian, que se separó del tablero—. He terminado con la labor de ángel de la guarda. Ya no volverás a verme —anunció, pero tras reflexionar un instante, añadió—: Por lo menos, mientras vivas.

—Espera un momento. ¿Dónde está el medio millón de dólares?

Brian le sonrió de oreja a oreja.

—¿Recuerdas aquella cueva en el bosque que había detrás de la casita y que solía usar como escondrijo?

—Sí —asintió Joe.

—Está ahí. Gástatelo bien. Disfruta de la vida, amigo.

Y entonces, así sin más, se fue; se esfumó.

Aunque Joe no lo consideraba una gran pérdida.

Oyó el claxon impaciente en el exterior. Había llegado el momento de irse.

«Disfruta de la vida», le había dicho Brian. Mientras cruzaba la puerta por última vez, Joe pensó que eso era exactamente lo que pensaba hacer.

Para él, esta frase podía resumirse en tres palabras: Nicky. Matrimonio. Hijos.

¿Y el medio millón de dólares? Iría a ver si estaba en la cueva, y si era así, haría lo correcto y se lo entregaría a la policía. Probablemente.

Con una amplia sonrisa en la cara, Joe cruzó el jardín y se subió al Lincoln junto a Nicky. Luego, puso en marcha el coche y arrancó.

Adiós, paraíso; hola, Jersey.

Definitivamente, sonaba muy bien.